던

DAWN
by HIRANO Keiichiro

이 도서의 국립중앙도서관 출판예정도서목록(CIP)은
서지정보유통지원시스템 홈페이지(http://seoji.nl.go.kr)와
국가자료공동목록시스템(http://www.nl.go.kr/kolisnet)에서 이용하실 수 있습니다.
(CIP제어번호: CIP2015006966)

던

D A W N

—

중력의 낙원

**히라노
게이치로**
장편소설

이영미 옮김

문학동네

등장인물

사노 아스토	일본인 외과의사. '던'의 승무원. 도쿄 대지진으로 외아들을 잃고 우주비행사의 꿈을 키웠다.
사노 교코	아스토의 아내.
릴리언 레인	공화당 부통령 후보의 딸. '던'의 승무원이자 생물학자.
노노 워싱턴	'던'의 승무원이자 컴퓨터 책임자.
메리 윌슨	'던'의 선장. 여자 오디세우스로 불린다.
닐 캐시	'던'의 승무원. 미군 출신.
알렉산더 F. 그로스	'던'의 조종사.
그레이슨 네일러	민주당 대통령 후보.
마이크 델가도	민주당 부통령 후보. 히스패닉세.
로런 키친스	공화당 대통령 후보.
아서 레인	콜로라도 주지사. 공화당 부통령 후보.
카본 탈	군사기업 데번 사 CEO. 지구로 귀환한 아스토를 스카우트하려 한다
워런 가드너	PR회사 LMC와 계약한 영상작가. 민주당 선거 PR를 맡고 있다.
짐 킬머	워런의 어시스턴트. 대통령선거를 좌우할 중요한 정보를 갖고 있다.
딘 에이스	증강현실 연구자. 인간처럼 행동하며 성장하는 영상 프로그램을 개발한다.

차례

1장

저마다의
이야기

1. 중력의 낙원

"여러분에게도 여러 가지 꿈이 있을 겁니다. 부디 그 꿈을 포기하지 말고 노력하세요.

스스로 노력하는 것. 당연히 그게 가장 중요합니다. 뜻대로 풀리지 않고 실패할 때도 있을 겁니다. 그럴 때 '이까짓 일쯤이야' 하며 이를 악물고 노력하는, 굴복하지 않겠다는 마음가짐 없이는 절대 앞으로 나아갈 수 없습니다.

그러기 위해서는 매사를 되도록 밝고 희망적으로 대해야 합니다. 어떻게든 되겠지란 긍정적인 마음에서 어떻게든 해내겠다는 강렬한 의욕이 생겨납니다. 우주비행사는 모두 그렇습니다. 안 되겠다고 생각하면 거기서 이미 끝입니다.

그런데도 정말로 어떻게 해야 할지 난감할 때는 주위 사람들과 상의하고 도움을 받으세요.

혼자만의 노력으로 이뤄지는 꿈은 절대 없습니다.

저는 우주비행사가 되기 전에 일본에서 의사로 일했습니다. 그때 도쿄 대지진이 일어나서 제 아이가 세상을…… 떠나고 말았습니다. 살아 있다면 딱 여러분 또래죠.

그후 저는 우주비행사가 되기로 결심하고, 많은 분들의 도움과 응원을 받아 마침내 화성까지 다녀왔습니다.

수많은 분들이 도와주신 덕분이죠. 저 혼자만의 힘으로는 절대 불가능했을 겁니다. 지금도 진심으로 감사하고 있습니다.

세상을 떠난 제 아이도 하늘 저멀리서 저를 늘 지켜봐주었습니다. 제 아이의 이름은 '태양'이었습니다. 하늘의 '태양' 말입니다. ―이상해요? 특이한가요? 하하. ……그래서 저는 우주선에서 진짜 태양을 볼 때마다 '아, 태양이가 지금 날 지켜보고 있구나' 하고 생각했습니다.

물론 동료가 곤란에 처했을 때도 도와줘야죠. 마찬가지입니다.

자기가 좋아하는 일을 열심히 해나가는 것. 문제가 생기면 서로 돕는 것.

이 두 가지만은 부디 잊지 말아주십시오. 간단하지만 매우 중요한 일입니다."

반짝반짝 빛나는 듯한 아이들의 박수갈채에 남색 NASA 폴로셔츠를 입은 영상 속의 그가 눈이 부신 듯 실눈을 떴다. 피부에 윤기가 돌고, 지금보다 얼굴선에 더 탄력이 느껴졌다.

"네, 정말 좋은 얘기였죠. 사노 아스토 씨는 오늘 여러분을 위해 텍사스 휴스턴에서 캘리포니아까지 어렵게 와주셨어요.

마지막으로 다시 한번 감사인사를 드릴까요. 준비됐나요? 자, 다함께, 사노 아스토 씨, 고맙습니다—!"

"저야말로 정말 즐거웠습니다. 고맙습니다. 또 만나요."

"박수—!"

─정원 잔디 위에 옷을 벗은 채 누워 있던 아스토는 스위치가 내장된 어금니를 두 번 깨물어 영상을 정지시켰다.

콘택트렌즈형 모니터에 전송된 영상은 NHK 다큐멘터리 프로그램 〈세계로 웅비하는 일본인들〉에서 그를 다룬 회차의 앞부분, 그가 실리콘밸리의 일본인 학교를 방문한 장면이었다.

영상이 뒤로 물러나자 제목과 함께 프로그램 내용이 떴다.

─스물두 살의 젊은 나이에 의과대학을 졸업하고 우수한 외과의사로 활약하면서, 한 살 위의 교코 씨와 결혼해 아이를 낳고 순풍에 돛 단 듯한 인생을 살아가던 사노 아스토 씨. 느닷없는 도쿄 대지진의 습격으로 더없이 사랑하는 외아들을 잃고, 그 쓰라린 경험을 안고 구명 의료 활동에 종사하던 중, 제2의 인생으로 우주비행사가 되겠다는 목표를 세운다. 인류 최초로 유인 화성탐사를 성공시키며 전 세계인들에

게 꿈과 희망을 심어준 사노 씨의 반평생을 '마음의 여행'이라는 주제와 함께 짚어본다.

다시 한번 어금니를 깨물어 모니터를 끄자, 그의 뇌가 영상과 교체하듯 그날의 기억을 재생하기 시작했다.

교류회가 끝난 뒤 아이들에게 에워싸여 사인을 해주고 학부모 몇 사람과 일본어로 잠깐 담소를 나눈 후 막 학교를 나오려던 참이었다. 아까부터 교실 한구석에 보이던, 백발 섞인 밤색 머리의 여자가 가까이 다가오더니, 수첩을 펼치며 사인을 요청했다.

아스토는 철수를 준비하는 제작회사 스태프들 옆에서 친절하게 그 요구에 응해주고 수첩을 덮어 펜과 함께 건넸다. 그녀는 "고마워요" 하며 수첩을 받아 가방에 집어넣더니, 난데없는 말을 꺼냈다.

"사실대로 말해주세요."

"네?"

"오늘 당신은 아이들 앞에서 정직하지 않았어요. 사실대로 말해야 해요."

그녀는 그렇게 말하고는 빙긋이 웃으며 오른손을 내밀었다.

"만나뵈서 영광이에요. 앞으로의 활약을 기대할게요."

아스토는 짧게 악수를 나눴지만, 그녀가 떠난 후에도 손바닥에 남은 감촉이 불쾌해서 더러워진 손을 주체 못하듯 한동안 펼친 채 서 있었다. 옆에서 지켜보던 연출자가 걱정스레 말을 건넸다.

"무슨 일 있으세요?"

"아, 아뇨. ……그냥 좀 유별난 사람 같군요."

"아― 어느 자리에나 있죠, 저런 사람."

연출자가 그렇게 말하고는 얼굴을 과장스럽게 찡그리며 웃었다.

그로부터 며칠 후 휴스턴으로 돌아온 뒤였다. 존슨 우주센터의 훈련용 수영장으로 가려고 엘리베이터에서 내린 순간, 우주비행사실장 이언 해리스가 어깨를 두드렸다.

"고민 있으면 상의해. 단, 누구와 문제를 공유할지 잘 생각하고. 알겠지? ―올바른 선택을 할 것. 알고 있으리라 생각하네만, 그것만은 명심하도록. ……"

길게 꼬리를 뺀 다리 네 개짜리 로봇 스프링클러가 뒤뚱뒤뚱 돌아다니며 물을 뿌리는 모습을 바라보면서, 아스토는 그 두 사람의 말뜻을 멍하니 생각했다.

강렬한 태양열이 물보라라도 일으킬 것처럼 등으로 쏟아져내렸다. 아무것도 바르지 않았으니 보나마나 나중에 살갗이 벗어지겠지. 야자나무 그늘에 몸을 숨길까 했는데, 한동안 고개를 숙이고 있는 사이 그늘은 심심해진 것처럼 멀찍이 도망쳐버렸다.

심호흡을 하며 풀 향기를 맡고, 양손으로 잔디를 움켜쥐어 뺨에 문질렀다.

코끝에 날카로운 잔디 잎이 스치는 느낌이 들었다. 초점을 맞추는 사이, 그것이 갑자기 폴짝 뛰어오르더니 작은 포물선을 그리며 다른 풀잎에 내려앉았다. 부화한 지 얼마 안 된 듯한 새끼 메뚜기였다.

너무도 작고 사랑스러운 그 도약을 지구의 중력이 결코 놓치지 않았다는 사실에 아스토는 왠지 모르게 마음이 흔들렸다. 뛰어오르기 위해 저 가느다란 여섯 개의 다리에 실린 힘은 사람의 살갗조차 간질이지 못하는 미시적인 에너지였을 것이다.

눈 깜짝할 사이일지언정, 저 작은 메뚜기는 바람과 함께 대지로부터의 해방을 느끼고, 이어 회수의 궤도로 능란하게 미끄러져들어가면서 목표한 풀잎에 매달렸다. 그리고 지금은 또다시 다음 행선지를 곰곰이 궁리하고 있다.

뭔가로 인식되기에 나는 너무 거대한 게 틀림없다고 그는 느꼈다.

메뚜기와 같은 눈높이로 앞을 바라보자 오십 평 남짓한 잔디밭에 갑자기 광대한 지평선이 펼쳐지고, 동시에 코앞에 있던 잔디 이파리가 구체적인 형태로 우뚝 솟아올라, 새로운 모든 도약을 받아들이는 그 고요한 평온이 자신을 감싸는 느낌이 들었다.

다음에는 어디로 향할 생각일까? 메뚜기는 딱히 누구의 시선도 의식하지 않고, 늠름하게 곧추세운 등의 끄트머리에서, 나아갈 방향을 판단하기 위한 복잡한 정보처리를 아까부터 줄곧 조용히 뒤풀이하고 있다. 자못 다기차고 맑은 그 생명활동이 그는 한없이 사랑스러웠다.

"—어땠어, NHK 프로그램?"

가까이 다가오는 비치샌들의 기척에 메뚜기는 순식간에 모든 판단을 내동댕이치듯 옆으로 뛰어올랐다.

가로막힌 태양빛이 지면에 짙은 사람 그림자를 짜냈다.

교코가 웅크려앉아 그의 얼굴을 들여다보았다.

"……좀 너무 거창하더라."

아스토는 검은자위가 유독 짙은 속쌍꺼풀 눈을 연신 깜박거리며 말했다.

"사실이 그런걸. 인터뷰에 응한 사람들도 굉장히 좋게 말해줬지?"

"……그랬지."

"왜 그래?"

"응?"

"—어젯밤 일, ……혹시 신경쓰여서 그래?"

"아, 아니, 아니야. ……어제는 내가 미안. 왠지 피곤해서."

"아니야, 전혀. ……"

교코는 그가 결국 프로그램을 끝까지 보지 않았을 거라고 짐작했다. 그러고는 잔디를 응시한 채 입을 다물어버린 그의 옆얼굴을 바라보았다. 그녀는 어딘지 모르게 시바 견*을 닮은 둥그스

---

* 주로 적갈색의 털빛에 몸집이 작은 일본 토종개.

름하고 자그마한 그의 이목구비에 애착을 느꼈다. 처음 만났을 당시 그는 아직 대학생이었는데, 의학부를 월반으로 졸업한 수재라는 점과 수염이라봐야 거의 솜털 정도인 어린애 같은 얼굴의 부조화가, 지적인 면에서 성숙이 빠른 인간일수록 정신적으로는 성장이 늦다는 그녀의 통념적 믿음과 합치되는 듯해서 묘하게 납득이 갔었다. 그 얼굴이 지금은 여위어 각이 두드러지고, 귀환 후에도 캄캄한 우주의 얼룩처럼 계속 남아 있던 눈 밑 다크서클은 일 년이 지나 외려 조금 더 짙어진 인상이었다.

그녀는 프로그램을 제작한 스태프들도 끝까지 온전히 이해하지 못한 듯한, 몇 달 동안 응급실 근무를 하던 그가 불쑥 우주에 가고 싶다는 말을 꺼내게 된 심경에 관해 이 기회에 다시 한번 얘기를 나눠보고 싶었다. 실제로 그녀가 아는 한 그는 그전까지는 우주에 전혀 관심이 없던 사람이었다. 우주와 관련된 책을 읽는 모습도 본 적이 없고, 그런 얘기를 꺼낸 기억조차 없었다. 그녀가 별을 보며 아름답다고 말을 건네면 무관심하게 맞장구를 치고 황급히 겉웃음을 덧붙이는 정도였다.

그런데 태양이 죽고 딱 일 년이 되어가던 구 년 전 가을날, 병원에서 돌아온 그가 난데없이 자고 있던 그녀의 팔을 붙잡고 베란다로 데려나가더니, "화성이야!"라며 하늘을 가리키고는 신들린 듯 이야기를 쏟아놓기 시작한 것이다.

그날 밤 항성처럼 맹렬하고 붉게 빛나던 화성의 빛을 그녀는 잊을 수 없었다. 희한한 광경인 건 분명했지만, 돌이켜볼수록 그 이상의 무엇이 그토록 그의 마음을 흔들었는지 신기했고, 어느새 남편의 변심 자체가 괴이하게 발광하는 수수께끼의 상징처럼 여겨졌다.

그후로는 입만 열면 우주 얘기뿐이었다. 본래 말수가 많은 편도 아니었지만 지진 후로 더욱 줄어들었던 대화는 언제부터인가 그녀에게 한 가지 불안을—그것도 남편이 그녀가 절대 용납할 수 없는 생각을 가슴속에 몰래 감추고 있는 건 아닐까 하는 불안을 품게 만들었다. 외과를 그만두고 응급실 복직을 앞둔 시기에 아스토는 실수로 주오 선 이치가야 역 플랫폼에서 추락할 뻔한 적이 한 번 있었다. 아슬아슬한 순간 주위 승객들의 도움으로 살았는데, 그 얘기를 들은 그녀는 안도하기는커녕 남이 보면 전혀 이해할 수 없을 격렬한 분노를 드러냈다. 이유를 솔직히 털어놓지는 않았지만, 내심 자기의 불안이 적중했다고 느꼈기 때문이다.

그런 일에 비하면 무엇이든 열중할 대상이 생겼다는 건 좋은 징조임이 틀림없었다. 그것을 깨뜨리지 않으려고 그녀도 관심이 있는 양 우주에 대한 남편의 열정에 맞장구를 쳐주었다. 후쿠이의 친정 부모님이 올라와서 보고는 조금 이상하지 않냐며 걱정했지만, 재해를 입은 현실에 대한 몰이해에 유난히 과민해져 있던 그녀는 전혀 이상하지 않다고 반발하며 고개를 저었다. 그 결과 결국 그의 입에서 우주비행사가 되고 싶다는 고백이 나오기에 이른 것이다.

아스토는 하늘을 보고 누운 채 옆에 앉은 그녀의 얼굴을 보려 했지만, 등뒤에서 호시탐탐 기회를 노리던 강렬한 태양빛에 눈동자를 찔리고 말았다.

눈부신 어둠 속에서 매미가 울어댔다. 저멀리서 고속도로를 달리는 자동차 소리가 쉴새없이 울려퍼졌다.

하늘을 똑바로 올려다보며 다시 눈을 떴다. 내부에서 빛을 내는 듯한 중량감 가득한 구름이 발치에서 다가왔다.

"저런 게 떠 있다니.⋯⋯"

"응?"

"아, ⋯⋯저 맑고 파란 하늘 너머에는 인간을 단 일 초도 살려두지 않는 절망적인 어둠이 펼쳐져 있어. ⋯⋯그토록 완벽하게 죽음에 포위된 지구가 그러면서도—아니, 그렇기 때문일까—어떤 행성도 따라잡을 수 없는, 그야말로 압도될 것 같은 아름다움으로 덩그러니 떠 있지. —믿어져?"

교코는 그의 관자놀이에 붙은 마른 잔디를 손가락으로 살며시 떼어내고 머리칼을 어루만졌다. 짧게 깎아도 차분히 가라앉는 부드러운 머리칼 사이에 태어나자마자 늙어버린 듯한 흰머리 몇 가닥이 나 있었다.

귀환 후 아스토는 딴사람이 된 것처럼 말이 많아졌고, 이상하게도 핵심에 닿지 못하는 종잡을 수 없는 말이 정착할 곳을 찾지 못하고 허공을 떠다니는 느낌이었다. 그녀는 그런 인상을 그가 방금 꺼낸 말에서 연상한 '뜬구름 잡는 듯한'이라는 관용구에 적용해보았다.

"……아 참, 당신도 탄도여행에서 봤겠구나."

"응. 고도가 낮아서 지구는 역시 크다고 느꼈어. —우주에 가는 건 이제 됐다 싶어. 무서웠거든."

"사방팔방 어디를 둘러봐도 끝이 없어. 그런데 닿을 수도 없는 저 머나먼 곳의 별들만 눈부시도록 찬란하게 빛나지. ……"

불현듯 아스토의 눈동자가 다시 부유하는 기미를 띠었다.

"우주선에서 읽은 『영국 현대문학 선집』에 「이상한 나라로 가는 앨리스Alice into Wonderland」라는 단편이 실려 있었어. 예의 '앨리스' 패러디 중 하나인데, 이런 얘기야. —노년에 접어든 앨리스가 언니의 무덤가에서 자기 인생을 회상해. 이상한 나라에서 돌아온 앨리스는 사람들에게 그 이야기를 했다가 완전히 이상한 사람 취급을 받았지. 그래서 남은 인생 동안은 누구에게도 그 이야기를 하지 않고 마음속에 담아놓은 채 그저 이따금 혼자 남몰래 떠올리곤 했는데, 그러다보니 어느덧 자기 생각에도 그건 역시 꿈이 아니었을까 싶어진 거지. —그렇게 인생을 돌아보는데, 눈앞에서 그 토끼가 시계를 보며 달려가는 거야, 옛날의 '젊은' 모습 그대로. 앨리스는 자리에서 일어나 허약해진 다리로 죽어라 그 뒤를 쫓아가지. 가쁜 숨을 헉헉 몰아쉬면서. 그러다 구멍을 발견하고는, 당연히! 무아지경으로 뛰어들어."

"그래서?" 교코가 흥미로운 듯 뒷말을 재촉했다.

"앨리스는 감동해. 옛날과 완전히 똑같았으니까. 끝도 없이 떨어져내리는 게 말이야. '아래로— 아래로— 아래로'……그동안 많은 생각을 해. 두번째니까 이번에는 실수를 저지르지 않겠다고. 맨 처음 방에서는 눈물은 금물. 말장난에도 다시는 지지 않으리라. 그 오만한 하트 여왕에게도 당당하게 한마디해주리라. 아니면 난 여전히 사형선고를 받은 상태일까? 트럼프 신분으로! —앨리스는 우스워서 소리 높여 웃었어. 그렇게 크게 웃는 건 오랜만이라 무척 유쾌했지. 그러다 자신의 결혼생활을 떠올리고는 조금 우울해져버려. 이유까지는 나오지 않지만. 그리고 일과 아이, 무척이나 사랑했던 언니. ……그 외에도 이런저런 생각들을 떠올리지만, 아무리 가도 '이상한 나라'는 나오지 않아. 몇 시간이 지나고, 몇 주가 지나고, 급기야 앨리스는 죽고 말지만, 그뒤에도 어느 곳에도 다다르지 못해. 뼈만 남고, 그 뼈도 사라지고, 그녀 자신이 완전히 소멸한 뒤에도 낙하는 여전히 끝나지 않아. 그래서 그녀는 지금도 영원히 낙하하고 있지. 어딘가에서. —어디도 아닌 어딘가에서. ……그런 얘기였어."

"—희한한 얘기네." 교코는 미소를 머금었다. "누가 썼어?"

"잊어버렸어. 젊은 영국 작가였는데, 찰스 아무개……였나? 아니, 헨리…… 뭐, 아무래도 상관없지. 아무튼 승무원 전원이 이 이야기에 비상한 관심을 보였어. 이 소설에는 중력이 있으니까. 다들 완전히 매료된 거야."

"중력이라. 그렇구나. ……"

아스토의 눈이 고양高揚의 절정을 찍은 것처럼 깊은 회상의 바닥으로 서서히 가라앉았다.

"릴리언 레인은, ……그녀는 독창적인 해석을 내놓더군. 이건 일종의 우주소설이라고. ―그러고는 독서 단말기를 거꾸로 뒤집어 보이면서, 이렇게 하면 늙은 앨리스는 오히려 중력을 거스르며 광대한 우주공간으로 날아오르는 것처럼 보인다는 거야. '위로― 위로― 위로'인 셈이지. 사실 그건 아이러니야, 그녀답게 신랄한…… 다다라야 할 '이상한 나라'에 언제까지고 다다르지 못하는 앨리스. ―그 무렵 우리에게는 아직 그런 얘기를 나누며 웃을 여유가 있었지. 화성을 향해 국제우주정거장을 출발한 지 한 달쯤 지났을까. 호만궤도에 진입한 뒤라 마음도 느긋했거든. 닐은 조심성 없는 얘기라며 얼굴을 찡그렸지만, 고전 SF 마니아인 노노는 폴 앤더슨의 『타우 제로』라는, 우주선의 브레이크가 고장나 영원히 우주공간을 떠돌게 된 사람들이 나오는 소설 얘기를 하면서 그녀의 해석에 흥분했지. ……"

이 말을 하고 또다시 입을 다문 아스토의 얼굴을 교코는 한동안 말없이 바라보았다. 그리고 좀 길다 싶은 머리칼을 양손으로 어루만지고, 땀을 흘릴 기미조차 없는 동그스름한 이마에 살며시 입을 맞췄다. 아스토의 표정은 변하지 않았다. 무감하다기보다는 어떤 표정을 지을지 선택하지 못하는 눈치였다.

"—들어오는 길에 병원에 들러서 노노를 보고 왔어." 그가 중얼거렸다.

"그랬구나. 어때?"

"좋아질 기미가 약간 보이긴 하는데, ……아직 시간이 필요해. 좋은 의사가 붙어 있긴 하지만. 마침 그의 아내 도티가 와서 잠깐 얘기를 나눴는데, 그녀도 지쳐 보여서 걱정스러워."

"그렇겠지. 나도 연락해볼게."

"그렇게 해줘. 기분전환이 될 테니까."

"……서로한테."

스프링클러의 물안개가 바람에 흩날리며 두 사람의 살갗을 어슴푸레 적셨다. 한순간 불안정한 홀로그램 영상처럼 무지개가 포물선을 그리다 조각으로 사라져버렸다.

교코는 넌지시 시선을 돌리고 자리에서 일어서며 물었다.

"릴리언이 가족과 같이 아서 레인의 선거 유세를 지원하러 나오는 게 오늘 아닌가?"

"음, ……글쎄, 모르겠는데."

"텔레비전 안 보게?"

"관심 없어. ……"

"그 사람, NASA는 이제 완전히 그만둔 거지?"

"그만뒀어. 다른 일을 하고 싶겠지."

"스타잖아, 지금은."

아스토는 강렬한 빛을 못 견디겠다는 듯 볕에 붉게 그은 오른 팔로 눈을 가렸다. 아내의 입을 통해 릴리언 레인의 이름을 듣는 것이 몇 달 만인 것 같았다. 그래서 어젯밤 둘 사이에 있었던 일을 다시금 떠올렸다.

그녀가 자리를 뜨고 잠시 후, 허리케인 홍수에 대비해 고상식高床式으로 지은 거실에서 대통령선거 유세 소리가 들려왔다.

─남편 아서 레인의 가족을 여러분께 소개하겠습니다.

큰딸 엘리자베스 로빈슨과 그 가족입니다. 남편 톰, 그리고 아이들 애니, 브라이언, 파이퍼. 다함께 콜로라도 농장에서 달려왔어요. 돈독한 신앙심과 선악에 대한 결백한 가치관을 타고난 그녀의 내면에는 소박하고 밝고 인생을 늘 긍정적으로 바라보는, 이 나라를 지탱해온 여성들의 아름다운 전통이 맥을 잇고 있습니다. 우리의 긍지입니다.

작은딸 릴리언 레인. '던DAWN' 승무원의 일원이죠. 인류가 최초로 화성 땅을 밟은 것은 공화당 허Hur 정권의 최고 공적 중 하나였습니다. 그것은 희망이자 미래였지요. 그리고 그 인류의 대표가 바로 미합중국 국민이었습니다! 그것은 결코 우연이 아니며 필연 또한 아닙니다. 아서 레인이 차기 대통령 후보 키친스와 함께 실현시킨 일입니다.

릴리언은 공군에서 연마한 애국적 헌신에 이어 이 영예롭고 혹독한 미션에 참가했고, 임무를 훌륭하게 완수해냈습니다. 그녀 또한 우리

가족의 자랑입니다.

한 사람 한 사람이 근면하게 노력한다면 이 나라에 불가능이란 없습니다.

그녀로 하여금 화성 땅을 밟게 한 것은 무엇이었을까요? 늘 그 등을 밀어주고 절대 나약한 소리를 하지 않게 해준 것은 무엇이었을까요? 그것은 바로 미국의 개척정신입니다. **하늘은 스스로 돕는 자를 돕는다.** 미합중국은 성실하게 노력하는 모든 이에게 보답하는 공평하고 평등한 나라입니다! 그녀는 그 작은 예에 불과합니다. ……

부통령 후보인 아서 레인 콜로라도 주지사의 아내 모디 레인이 콧소리 섞인 새된 목소리와 거드름 피우는 말투로 물결치듯 어미를 끌면서 이야기를 쏟아놓았다.

아스토는 다시 콘택트 모니터에 영상을 불러낸 후, 어금니를 깨물어 '화성 도착'이라는 제목을 클릭했다.

—2033년 11월 6일 오전 10시 17분, 인류가 마침내 화성에 첫발을 내디뎠습니다. 인류에게 새로운 대지와 새로운 하늘이 주어진 역사적인 순간입니다! 와, ……믿기지 않는군요. 훌륭합니다! 정말로, 정말로 감동적입니다!

인류는 지금 이 순간을 기점으로 또하나의 행성을 소유하게 되었습니다. 건배합시다! 두번째 세계를 위하여!

선장 메리 월슨의 헬멧에 탑재된 카메라가 붉게 흐려진, 옅은색 선글라스 너머로 보는 듯한 화성의 하늘을 지금 아스토가 실제로 올려다보고 있는 지구의 하늘 위로 띄웠다.

이미 무인탐사 로봇이 보낸 영상을 통해 누구나 알고 있을 광경이었다. 그러나 그때 세계는 기시감을 모조리 태워버린 듯 인간의 분명한 시선으로 그것을 본다는 실감에 흥분을 맛보았던 것이다.

소재로 전락하지 않고 있는 그대로 인간을 놀라게 하는 현실이 아직 남아 있었다는 감동!

지평선은 사람의 손이 닿지 않은 완전함을 그 거대한, 양단의 무한한 연장선 끝에만 출현할 수 있는 원호 속에서 귀울음이 들릴 만큼 격렬하게 떨쳐 보였다. 대지는 태고의 바다로 버려진 채 수십억 년이라는 시간을 거쳐 지금도 여전히 때묻지 않고 신선한 폐허의 모습을 간직하고 있다. 무방비하게 드러난 행성의 맨살에는 무수한 바람이 제집인 양 거리낌없이 휩쓸고 다닌 옷자락의 흔적이 그려져 있고, 세월이 심심풀이로 시작한 흙장난은 변덕스럽기 짝이 없는 싫증에 하품과 함께 내동댕이쳐져 수백만 년, 수천만 년 동안 방치된 채, 꾸깃꾸깃 흐트러진 시트처럼 요염하고 완만한 기복을 남기고 있었다.

—모독적일 정도로 장대한 '창조'의 중도 포기입니다! 성서 첫 장에서, 「창세기」의 이틀째 언저리에서 내동댕이쳐진 '창조'!

인류는 지금 '땅은 푸른 움을 돋아나게 하라! 씨 있는 식물과 씨 있는 열매를 맺는 나무를 그 종류대로 돋아나게 하라!'라고 스스로 명령하는 황홀을 손에 넣은 것입니다! ……

붉은 흙을 밟으며 한 발, 또 한 발 나아가는 걸음이 보였다. 영상이 바뀌었다. 다름아닌 그날의 아스토 자신의 모습이었다. 지평선에 이르러 천천히 뒤돌아보자, 순백의 우주복으로 몸을 감싼 나머지 승무원들이 온화한 중력의 마중을 받으며 깡충거리는 듯한 발걸음으로 착륙 로켓의 계단을 내려왔다.

헬멧의 바이저로 표정을 가린 채 얼굴을 맞대며 끌어안았다. 화면은 계속 흔들렸다. 그것은 지금 다시 그 광경과 재회한 잔디 위의 아스토 탓이기도 했다.

화면 한쪽에 '메리디아니 평원' '우주선 던' '호만궤도' 같은 관련용어 설명을 비롯해 '우주사업 관련 펀드' 광고와 'S&O 제약' '혼다' '리 화학' '해리 사社' '로크 사' '데번 사' 같은 스폰서 기업들의 이름이 늘어섰고, 이에 덧붙여 〈카프리콘 프로젝트〉(1977년) 〈토탈 리콜〉(1990년) 〈청靑과 적赤〉(2021년) 〈화성 폭발〉(2025년) 등의 영화 제목들이 표시되었다.

화면 아래 정보란에는 '릴리언 레인, 발리우드 영화 〈사랑의 행성〉에 출연하나? 감독은 〈군신軍神의 향연〉으로 잘 알려진……'이라는 문장이 스쳐지나갔다.

아스토는 일어나서 손으로 잔디를 털어내며 집안으로 눈길을 돌렸다. 다섯 살쯤 되어 보이는 태양이 소리를 지르며 어스름한 거실의 소파 주위를 천진난만하게 뛰어다니고 있었다.

'—잘되고 있어. 지금 이대로 모든 것이. ……'

살며시 고개를 가로저은 그는 스스로에게 되뇌듯 마음속으로 중얼거리고, 다시 무의식적으로 조급하게 눈을 깜박거렸다.

2. 파티의 어스름한 귀퉁이에서

"……뉴욕은 벌써 어딜 가도 '산영(散影, divisuals)' 협력점 뿐이야. 그런 데서 어떻게 살지? 내가 쇼핑하고 호텔로 돌아왔거든? 그런 다음 휴스턴에 있는 아들한테 전화했더니, 내가 몇시에 어디 있었는지 모조리 알고 있는 거야! 어떻게 아느냐고 물으니까 '산영'으로 내 얼굴을 검색했다지 뭐야. 정말로 다 나온대. 아침 열시에 바니스에서 치마를 산 것부터, 플래닛 할리우드에서 아이들 선물을 고른 거며, 점심으로 햄버거를 먹은 거랑 거리를 걸어다니는 모습까지, ……방범카메라에 잡힌 모습은 하나부터 열까지 다 나와. '내 선물은 〈군신의 향연〉 티셔츠지?' 이렇게 말하는 거 있지. 정말 황당하더라. 어쩌다 그런 게 생겼는지 몰라."

아스토는 유인 화성탐사의 동료 승무원이었던 닐 캐시와 함께 휴스턴 도요타 센터 옆에 새로 지은 호텔의 오프닝 파티에 초대받았다. 귀환 후 두 사람은 휴스턴 교외에 있는 존슨 우주센터에서 함께 근무했지만, 업무상 필요할 때 외에는 대화를 나눈 적이 전혀 없었다. 선장 메리 윌슨과 조종사 알렉산더 F. 그로스는 워싱턴 DC를 방문하고 뉴욕에 가 있었다. 릴리언 레인은 NASA를 그만두고 부통령 후보로 나선 아버지 아서 레인을 지원하는 중이었고, 노노 워싱턴은 건강이 좋지 않아 당분간 병원 신세였다.

리셉션이 끝나고 스탠딩 파티가 시작되자 그들은 NASA의 스폰서 기업 임원들에게 인사하느라 이리저리 끌려다녔고, 이제 겨우 창가 한 귀퉁이에서 한숨 돌리는 중이었다.

닐은 당연히 아내와 함께였다. 아스토는 교코가 몸이 안 좋다고 해서 혼자 왔는데, 집에서 나오기 전 무심코 그리 아파 보이진 않는다고 말하는 바람에 사소한 말다툼이 오갔다.

"방범카메라 영상이 전부 인터넷에 연결돼서 누구나 볼 수 있다고? 무섭네. 이제 사생활이라곤 없어."

"그것뿐이면 그나마 낫지. 문제는 '산영'에 '안면 인증 검색' 기능이 있다는 거야. 예를 들어 슈퍼마켓 방범카메라에 찍힌 내 얼굴을 마크해두면, 같은 얼굴이 찍힌 다른 방범카메라 영상들을 컴퓨터가 알아서 모아온대. 주차장, 지하철, 레스토랑, …… 몇시 몇분에 어느 방범카메라에 찍혔는지 목록으로 다 나와버리니까 정말 골치 아프지."

"어떻게 나를 구분해내는 거지?"

"당신을 구분해내는 건 아니에요. 당신 얼굴을 구분해내는 것뿐이죠. 원래는 로봇용으로 연구된 기술이에요. 로봇이 앞에 있는 사람을 식별해낼 때는 눈과 코의 비율이 어떻게 된다거나 머리가 벗어졌다거나 턱이 갈라졌다거나 하는 특징을 분석해서 이건 유진이다, 이건 릭이다, 하고 구분하잖아요?"

"그렇죠."

"그 기술을 응용한 거예요. 마크된 얼굴을 분석해 같은 특징을 가진 얼굴을 과거에 쌓인 영상들 속에서 찾아내죠. 그래서 일란성쌍둥이는 동일인물로 검색된대요."

사방을 에워싼 유리벽이 실내의 모습 전부를 깊은 곳까지 생략 없이 충실하게 반사했다.

환영 같은 파티장이 밤하늘에 네 곳으로 펼쳐지고, 그곳에 모인 사람들은 소리를 완전히 빼앗겨 무음의 소란 속에 서로 하얀 이를 드러내고 있었다.

저 아래 펼쳐진 거리의 조명이 마치 맑고 투명한 어둠 속에서 밝게 빛나는 은하계 별들 같고 취기까지 더한 탓에 창밖의 자신을 바라보던 아스토는 긴장을 늦추면 자칫 중력을 잃고 다리가 허공을 향해 거꾸로 떠오를 것 같은 불안감에 휩싸였다.

멀리서 재즈 밴드의 연주가 들렸다. 누가 말하는지도 모를 대화가 줄곧 이어지는 가운데, 의기양양한 닐의 말투만이 귀에 두드러졌다.

"사생활 문제로 보는 건 잘못이죠."

"어머, 왜요?"

"대체 누구의 사생활이라는 거죠? 한편에 퍼블릭한 생활이 있고, 다른 한편에 프라이빗한 생활이 있다. 그런 고대 그리스적 이분법을 요즘 같은 세상에 누가 믿겠습니까?"

"그런가요?"

"사적으로 친한 친구가 '산영'으로 내 행동을 체크한다면 기분이 좋진 않을 거예요. 아니, 생판 모르는 남이 보는 것보다 훨씬 불안하겠죠. 얼굴을 맞대고 만나는 사람들이 내가 여기저기 흩뿌린 일상생활의 단편들을 뒤죽박죽 섞어 이상한 형태로 뭉뚱그려 생각한다면, 상대를 어떻게 대해야 할지 알 수 없겠죠. 어떤 분인(分人, dividual)도—s가 들어가는 divisual이 아니라, d가 들어가는 dividual 말입니다—성공할 수 없어요.

이 사람에게는 이런 면을 보이고 싶다. 하지만 보이고 싶지 않은 면도 있다. 그런 식으로 자기 정보를 어느 정도 컨트롤하는 게 대인관계의 기본이잖아요?"

"그야 물론이죠. 되도록 좋은 면만 보이고 싶으니까."

"그렇죠. 게다가 무엇을 '좋은 면'이라고 생각하느냐도 상대에 따라 달라요. 그런데 '산영'의 검색기능은 이것저것 가리지 않고 끌어모아서, 좋고 나쁠 것도 없이 이것이 최근 일 년 동안의 닐 캐시라는 남자라고 종합해서 공개해버리죠. 그건 정말 민폐예요."

"'산영' 창시자 중 한 사람이 일본계잖아요. 이름이 시드니 챈이던가?"

대화에 열중해 있던 몇몇 사람들의 시선이 묵묵히 화이트와인
을 마시던 아스토에게 쏠렸다.

아스토가 고개를 들면서 대답했다.

"아뇨, ……챈은 일본계가 아닙니다. 중화계죠."

"어머, 일본도 중화연방의 일부잖아요? 아닌가요?"

대화의 중심에 있던 지역 석유회사 부장의 부인이라는 여자가
농담으로 보이지 않는 심각한 표정으로 의아하다는 듯 물었다.
닐은 아래를 내려다보며 나지막이 코웃음을 쳤다.

아스토는 파티용인 대외적 디비주얼에서 한 발짝도 더 내디디
지 않은 채 어깨를 으쓱하며 말했다.

"아뇨, 아직까지는요."

"아니에요?"

"네."

부인은 의심스러운 듯 주위를 둘러봤지만 사람들의 표정은 제
각각이었다. 아스토는 빈 잔을 들여다보는 척하다가 가볍게 들
어올리고 "실례합니다" 하며 그 자리를 벗어났다.

그만 돌아갈 생각으로 대화에 푹 빠진 이들의 등 사이를 헤집
고 걸어가다가, 웃음소리가 솟구칠 때마다 갑자기 뒤로 젖혀지
는 몸에 부딪혀 사과를 받기도 했다.

간신히 사람이 별로 없는 언저리로 나온 그는 "아스토" 하고
부르는 소리에 뒤를 돌아보았다. 아무도 없었다. 두리번두리번

시선을 돌리다 짙은 다홍색 넥타이를 맨 남자가 화이트와인을 한 손에 들고 기둥 옆에 서 있는 것을 알아차렸다.

어두워서 누구인지 알아볼 수 없었다. 고개를 갸웃거리자 상대가 낯익은 발걸음으로 천천히 다가왔다.

기둥에 달린 조명이 그 얼굴을 선명하게 비추었다. 아스토는 "아아" 하며 오른손을 내밀었다.

"또 뵙는군요. 지난번에는 많은 얘기를 나눠서 즐거웠습니다."

"나야말로 대단히 즐거웠네."

데번 사의 CEO 카본 탈은 거뭇한 빛깔이 살짝 감도는 이를 드러내고 웃으면서, 부하직원처럼 바짝 긴장해 서 있는 아스토의 등을 두드렸다.

"혼자 오셨습니까?"

"아니, 아내는 저쪽에서 한창 얘기에 빠져 있네. 난 이런 자리가 영 안 맞아서."

"저도 그렇습니다. 한차례 인사를 끝냈으니 조용히 돌아가려던 참이에요."

"현명하군. 여기는 '인류 역사상의 영웅'이 오래 머무를 장소가 아니지."

아스토는 조심스럽게 미소지으며 고개를 저었다.

"부인은?"

"아, ……공교롭게도 몸이 좀 안 좋아서요. ……그것도 좀 걱정되고."

탈은 눈 속 깊이 탐색하는 듯한 기미를 보여 아스토를 놀라게 했지만, 금세 부드러운 표정으로 돌아가 "그거 안타깝군"이라고만 말했다. 그리고 갑자기 누군가를 발견한 듯 턱을 치켜들더니, 다시 그의 등 한가운데 손을 얹으며 말했다.

"소개하고 싶은 사람이 있네."

그들이 걸음을 내디딘 쪽에는 하나같이 덩치가 큰 남자 대여섯 명이 모여 한창 얘기에 빠져 있었고, 기분 탓인지 주위에는 오가는 사람들이 없었다.

"……그레이슨 네일러는 안 돼. 그렇게 소극적인 사람이 어떻게 이 나라를 지키겠나. 만에 하나 공화당이 진다 해도 마이크 델가도가 그나마 몇 배는 나아. 델가도가 대통령에 네일러가 부통령. ─그렇게 된다면야 사 년은 그럭저럭 참아낼 수 있겠지. 하지만 그 반대는 최악이야. 여하튼 네일러만은 용납 못해. 그놈은 태연하게 히로시마와 나가사키의 평화기념공원으로 헌화하러 가는 인간이야. 기본적인 역사인식부터 잘못된 멍청이라고!"

"실례합니다, 산체스 씨." 탈이 말을 건네자, 흥분해서 저도 모르게 언성을 높이던 남자가 움찔하며 뒤를 돌아보았다.

"오호, 카본. 잘 지냈나?"

"네, 잘 지냈습니다. 잠깐 소개해드리죠. 우주비행사 아스토 사노입니다. ─이쪽은 전 공군대장 존 산체스 씨."

"처음 뵙겠습니다. 아스토 사노입니다. 만나뵙게 되어 영광입니다."

"처음 뵙겠습니다. 존 산체스입니다. 이런 자리에서 슈퍼스타를 만나뵐 줄이야. 훌륭한 연설이었어요."

"고맙습니다. 몇 번을 해도 익숙해지질 않는군요."

아스토는 악수를 나눈 큼지막한 손에서 단단한 심지를 감싼 듯한 부드러움을 느꼈다. 파티에서 사람을 소개받을 때 상대를 고를 수 없는 데서 오는 불안이 순식간에 누그러졌다. 이어서 자신을 에워싸며 잇달아 손을 내미는 제복 차림의 청년들과 한차례 악수를 나눴다.

"이 사람 역시 지금은 소중한 친구이자 우리의 자랑이지. 그러나 한 세기 전의 폭탄 두 발이 없었다면 이러지 못할 거야."

산체스가 아까 하던 이야기를 이어가며 아스토의 어깨를 두 번 두드렸다. 아스토는 이럴 때면 늘 그러듯 일부러 무슨 얘기인지 모르겠다는 애매한 표정을 지으며 청년들을 바라보았다. 그러자 방금 이름을 들었지만 이미 잊어버린 남자 하나가 그 자리를 추스르듯 입을 열었다.

"저는 동아프리카에서 쭉 일본 자위대와 작전을 함께했어요."

"그래요?" 아스토가 눈을 크게 떴다.

"네. 제일 친했던 사람은 같은 브라질계 이민자였지만."

"아, 네, ……요즘은 이민자가 많죠, 자위대에도."

"네. 동남아시아계도 많았고요. 필리핀 사람, 태국 사람, ……
우리는 같은 브라질계 이민자면서 자기가 얼마나 일본인 같고
미국인 같은지, 음식 취향부터 농담 성향까지 일일이 예를 들어
가며 웃어댔죠. 그가 좋아하는 음식은 낫토와 락교라더군요. 저
도 요코스카에 있을 때 먹어봤는데 토할 뻔했어요."

옆에서 듣고 있던 청년들이 "노―"라며 얼굴을 찡그리고 웃
었다.

"일본인 중에도 싫어하는 사람이 있어요. 외국인이 낫토나 락
교를 좋아한다면 호감이 들겠죠." 아스토도 웃었다.

"그 친구는 정말이지 영락없는 일본인이었어요! 그런데 저에
게 이렇게 말하더군요. 넌 죽으면 알링턴 묘지에 미국인으로, 애
국자로 잠들 수 있다. 하지만 난 야스쿠니에 안치될 수 없다고.
정말인가요? 그는 누구보다 용감한 군인이고, 일본을 위해 목숨
을 걸고 싸우는 진정한 일본인인데요!"

때마침 밴드 연주가 끊기고, 드문드문 박수 소리가 일었다.

청년은 말끝에 미소를 지었지만 아스토는 흔들리는 눈동자를
어찌할 수 없었다.

"지금 법률은 그렇지 않을 겁니다. ……그분이 오해했겠죠.
저도 자세히는 모릅니다만. ……"

"그럼 그가 전사하면 어디 잠드나요? 일본인은 가난한 브라질
계 이민자인 그를 애국적인 일본인으로 받아들일 수 있습니까?"

"……"

"이 사람이 총리도 아닌데 공격하면 곤란해. 이 사람은 일본을 대표하는 우주비행사야. 당연히 나라를 위해 목숨을 거는 게 어떤 일인지 누구보다 잘 알지."

탈이 옆에서 도움의 손길을 뻗어주었다. 청년도 더는 물고 늘어지지 않고, 하고픈 말을 다 쏟아내 속이 후련해진 듯 물러났다. 그뒤에는 처치 곤란한 침묵만 남고 말았다.

그들과 헤어진 후, 탈이 출구까지 아스토를 배웅하며 말했다.

"순수해서 그래, 저 친구들. 언짢아하지 말게."

"물론이죠"라며 고개를 저었지만, 아스토는 자기가 동요하고 있다는 것을 확연히 느꼈다.

탈은 의미심장하게 틈을 두고 그의 눈을 바라보더니, 살짝 통증이 느껴질 만큼 팔 위쪽을 꽉 움켜쥐며 말했다.

"닐 캐시가 차기 우주비행사실장 후보라는 소문은 나도 들었어. 그리고 자네가 훈련생 지도교관 자리로 만족한다는 얘기도. NASA는 자네를 과소평가해. 화내지 말게. 우리는 이제 동료야. 난 가까운 친구로서 걱정하는 거야.

자네가 의사로서 우주에서 겪은 경험은 무척 귀중해. 자네 이름도 필요하고. 지난번에 한 얘기는 진심이야. 우리 회사 제약부의 고문으로 와준다면 연봉 2백만 달러를 보장하지. 자넨 그만한 가치가 있어. 말리부의 연구시설을 쓰게. 우리 회사에서는 실력이 최우선이야. 인종은 관계없어.

자네는 선택받은 인간이야. 그러니 다른 사람과는 다른 인생을 살아야지."

그러고는 입을 열어 무슨 말인가 꺼내려는 아스토를 가로막더니 마지막으로 덧붙였다.

"우주에서 무슨 일이 있었나. —쓸데없는 소리야. 아무 말도 할 필요 없어. 그냥 앞으로 나아갈 생각만 해. 알겠나? 아무 말도 할 필요 없다고."

3. 여자 오디세우스

유인 화성탐사선 '던'의 조종사 알렉산더 F. 그로스는 인터뷰에 응하는 선장 메리 윌슨 옆에서 스튜디오에 모인 2백 명 정도의 방청객을 모호하고 깊은 눈빛으로 바라보고 있었다.

NASA 홍보활동의 일환으로 기획된 CNN 공개녹화 프로그램이었는데, 오늘 분위기는 최근 일 년간 몇 차례나 있었던 엇비슷한 다른 기회와는 조금 달랐다.

스튜디오에 모인 사람들은 학생부터 가족, 혼자 온 중년층과 여가시간이 충분한 고령자 등으로 다양했고, 한눈에 우주 마니아로 보이는 청년이나 심령술사처럼 온몸을 보랏빛으로 휘감은 여자 등도 드문드문 눈에 띄었다. 무대 위의 두 사람을 주시하는 눈에는 단순히 꿈결 같은 흥분이라고만 단정할 수는 없는 관심이 충분히 느껴졌다.

다른 언론사는 참여하지 않았지만 우주생활에 대한 상세하고 특이한 이야기에 전혀 무관심해 보이는 사람들이 몇 명 있었는데, 그들은 두 사람이 하는 이야기의 내용보다 오히려 두 사람의 목소리 억양이나 표정, 몸짓에 더욱 주의를 기울이고, 은연중에 내비치는 폭로의 순간을 놓치지 않겠다는 듯 단단히 낀 팔짱을 풀지 않았다.

"ㅡ그렇군요."

사전에 협의된 질문을 한 차례 마친 진행자 알리시아가 그들에게 보내는 신호인지 아니면 스스로 일단락을 지으려는 의도인지 그렇게 한마디 내뱉고는 고개를 크게 끄덕거렸다.

방청객은 콘택트 모니터에 표시된 실시간 시청자 반응을 놀랄 만한 정확도로 취사선택해 정치인이든 운동선수든 스캔들에 휘말린 유명 여배우든 특유의 속시원한 어법으로 '초밥 달인처럼' 능란하게 다루는 이 명물 사회자에게 감탄하면서, 이제부터 화제에 올릴 내용을 기대하는 마음으로 앉음새를 고쳤다.

"그런데"라며 그녀가 상큼한 미소를 지었다. "이번 미션이 '유인'이어야 했던 필연성에 대해 의문을 제기하는 목소리가 출발 전부터 꽤 있었습니다. 당신들이 화성에서 수행한 모든 미션이 무인탐사로도 충분히 가능했다는 것이 많은 과학자들의 지적이에요. 다시 말해 꼭 인간이 가야 할 이유는 전혀 없었다. 가장 신랄한 비판자는 이렇게 말했죠.

당사자로서 이런 의견을 어떻게 생각하시나요? 실제로 지금 이 타이밍에 인간이 화성에 가는 것이 의미가 있었을까요? 기존 무인탐사와 달리 예산이 1조 달러에 달하는 어마어마한 규모였는데요."

선장 메리가 살짝 익살을 떨듯 놀란 표정을 지어 보였다.

"우리는 어디까지나 승무원이기 때문에 그런 것을 판단할 입장이 아니에요. 주어진 임무에 최선을 다할 뿐이죠. NASA를 벤치라고 하면, 승무원은 필드 플레이어죠. 그렇게 생각해주세요." 그리고 카메라와 방청석으로 골고루 시선을 던졌다.

마주앉은 두 여자가 비슷한 또래임을 많은 사람들이 이때 처음 알아차렸다.

"그럼 오너는 대통령인가요?"

알리시아가 그녀의 주장을 깔아뭉개듯 곧바로 되물었지만 메리는 못 들은 척했다.

"저도 부족하나마 과학자 중 한 사람이지만, 지금까지와 같은 로봇 탐사로는 한계가 있어요. 인간에겐 지극히 쉬운 일이라도 로봇이 하기엔 어려운 일이 얼마든지 있으니까요.

화성을 예로 들면 대기중에 떠다니는 미세한 티끌이나 먼지가 늘 미션을 방해해왔어요. 인간이라면 한 손으로 쉽게 털어낼 수 있을 태양광 발전 패널의 먼지를 끝내 털어내지 못해서 작동을 멈춰버린 로봇이 한두 대가 아니죠. 별로 어렵지도 않은 미션 하나를 수행하기 위해 로켓을 여러 차례 쏘아올린 적도 많고요. 무인탐사 한 번에 드는 비용이 유인탐사에 비해 적은 건 분명하지만, 성과를 거둘 때까지 몇 차례나 반복해야 한다면 한 번의 유인탐사와 비교해 어느 쪽이 비용 대비 효과 면에서 현실적일까요. —물론 그 답은 이번 미션의 성과에 달렸겠지만, 과학적 결론이 나올 때까지는 좀더 시간이 필요하죠. 연구는 이제 막 시작됐으니까요."

"그렇다면 무인이냐 유인이냐에 상관없이 화성탐사의 필요성 자체에 대한 근본적인 논의를 펼쳐야겠군요. 1조 달러가 있으면 뭘 할 수 있을까? 정말 실감이 안 날 정도로 엄청난 액수죠.

과연 어떨까요, 유인 화성탐사가 사회보장이나 빈곤문제보다 우선되어야 할 과제였을까요? '영역이 있는 곳에는 반드시 패권 다툼이 생긴다'고 키친스 부통령이 말했는데, 국가 예산 분배와 관련해 우주개발 경쟁 과열화를 비판하는 의견에 대해서는 어떻게 생각하시죠?"

밑에서 조명을 받은, 한순간도 흔들림 없는 완벽한 미소가 질문 마지막에 덧붙여졌다. 메리는 동요하지 않았다.

"질문이 거기까지 비약하면, 제 수비 범위를 완전히 벗어나버리는데요."

"개인적인 의견이라도 상관없습니다."

"한 가지만 덧붙이자면, 1조 달러라는 액수는 어디까지나 현재까지 프로젝트에 들어간 총경비고, 그 대부분은 민간자금으로 마련했어요."

"그 문제는 제 질문보다 훨씬 정치적으로 들리는데요? 소행성 광물자원의 독점적 개발과 더불어 군수산업의 우주화 또한 현 공화당 정권의 중점 정책이었어요. 자원개발과 군비확장이라는 전형적인 제국주의적 팽창 경향이죠. ―어떤가요? 당신에게 이런 질문을 던지는 건 잘못일까요?"

"안타깝지만 그렇다고밖에 대답할 수 없군요. 전 정치나 경제에 관해 논할 만한 지식도 능력도 없습니다. 과학자이자 우주비행사일 뿐이니까요. 일반적으로 생각하는 학자보다 몇 배는 더 세상 물정에 어두운 인간이라고 생각해주시면 돼요. 게다가 이 년 반이나 지구를 떠나 있었으니까요."

이쯤에서 알렉스가 샛길로 벗어난 화제를 간신히 손끝으로 수정하듯 끼어들었다.

"질문을 이렇게 바꿔보면 어떨까요? 즉 화성에 가지 않을 이유는 무엇인가로."

알리시아가 허를 찔린 듯 한순간 미간을 찌푸렸다. 메리는 웃으며 얘기를 이어갔다.

"알렉스가 하려는 얘기는 이런 거예요. 화성에 가는 이유를 충분히 납득하는 건 중요하죠. 지당한 이야기입니다. 하지만 가지 않기로 결정하고 왜 가지 않는지 납득하는 것 또한 똑같이 중요합니다. ─이유가 뭘까요? 그곳은 이미 눈에 보입니다. 인류의 새롭고 광대한 활동영역이 예고되어 있어요. 미국 국민만이 아니에요. EU와 러시아, 인도, 중화연방 사람들도 모두 그 사실을 알고 그곳을 목표로 삼고 있어요. 가지 않는다는 선택은 현실적으로 불가능하죠. 그렇지 않나요? 인간이 그곳에 간다는 건 결국 목적으로서 중요한 것입니다."

"여러분, 이해가 되시나요?"

방청석의 공감을 살피는 알리시아의 질문에 사람들 대부분은 어떻게 생각해야 할지 판단을 내리기 어려워하는 모습이었다.

"또 한 가지, 당신은 왜 지금이냐고 타이밍에 대해 물었습니다. 제 생각은 이래요. 결과적으로 기술이 그 수준에 도달했기 때문이죠.

19세기 유럽에 처음 철도망이 깔렸을 때, 예산을 더 긴급히 필요로 하는 다른 분야도 있었겠죠. 하지만 우리는 철도망 구축이 미뤄진 세상을 상상할 수 없어요."

"예로 드신 문제에 꼬투리를 잡을 생각은 없지만, 화성에 다녀오는 것이 철도망 구축만큼 현실적인 의미가 있을까요? 화성을 지구처럼 인간이 살 수 있는 환경으로 만든다는 테라포밍 구상이 자주 거론되는데, 그건 수 세기를 요하는 엄청나게 장대한 계획인데다 상당히 SF적인 느낌을 줍니다. 식물을 심고 세균류를 번식시키고, ……정말로 그런 일이 가능하다고 믿으시나요?"

방청석에서 이날 처음으로 실소가 터졌다.

"가능성은 물론 있죠. 다만 시간은 걸립니다."

"까마득히 먼 얘기군요."

"그러나 '목표'는 언제나 '목적'보다 앞서야 합니다. '제논의 화살'이라는 역설을 아시나요?"

"아뇨. —아, ……화살이 과녁에 다다르려면 먼저 그 절반 거리를 가야 한다는……"

알리시아가 콘택트 모니터에 표시된 설명을 확인하며 말했다.

"맞습니다. 그리고 그 절반에 이르려면 또 그 절반까지 가야 하죠. ……그것을 무한히 반복하다보면 시간이 아무리 지나도 화살은 과녁에 다다를 수 없다는 역설입니다.

과학적이지는 않지만, 프로젝트라는 것은 이 역설과 비슷합니다. 물론 목표가 아예 안 보일 정도로 멀어도 곤란하겠지만, 그런 의미에서 본다면 현시점에서 우리는 화성 이주보다는 그것을 위한 테라포밍 개시를 목표로 삼아야겠죠. 만약 화성에 다다르는 것 자체를 목표로 삼았다면 인류는 영원히 화성에 다다르지 못했을 거예요. 기묘하게 들릴지 모르지만, 이건 논리라기보다 저의 직감에 가깝습니다. —잘 아시는 바와 같이 지구 온난화는 금세기 초의 예측을 훨씬 웃도는 속도로 진행되고 있죠."

"그리고 허 정권 하에서 그 대책은 몹시 정체된 양상을 보이고 있고요. 그건 정치적 실패이자 인재人災예요."

메리는 무리하게 비집고 들어오는 알리시아의 질문 방식을 시청자에게 강조하려는 듯 곤란한 기색으로 쓴웃음을 지어 보였다.

"한편 지구의 인구가 80억을 넘어서자 물과 식량 부족, 연료자원 고갈, 그리고 무엇보다 주거지 부족이 현실적인 위기로 떠올랐어요. 화성 이주는 우리 세대에서는 꿈같은 얘기일지라도 우리 손자 세대에는 현실적인 검토 과제가 될 겁니다. 그러려면 어쨌든 인간이 일단 화성에 도착하고 체재하는 단계부터 시작해야 합니다. 남극도 그렇게 해서 누구나 갈 수 있는 장소가 되었죠.

중요한 건 곤란이 무엇인지 정의하는 거예요. 인간에게 곤란한 것은 무엇인가? 이것을 치밀하게 데이터화하는 과정 없이는 아무것도 시작할 수 없어요. 그렇게 구체적인 곤란을 하나씩 극복할 때마다 인류는 또 한 걸음 전진하는 게 아닐까요?"

"충분히 이해는 가지만, 그런 설명은 수사학적으로 지나치게 세련된 것 같은데요."

"그런가요? 저는 홍보 전문가가 아니라서 오히려 불친절한 표현으로 들릴까 염려스러운데. 이게 솔직한 심정이에요.

테라포밍이 상상의 범위를 넘어선다면, 조금 전에 언급했던 소행성의 희소금속 채굴사업을 떠올려보세요. 아직은 지구 근처의 활동에 한정되어 있지만, 화성과 목성 사이의 소행성대에는 몇십만 개의 소행성이 존재합니다. 그중에는 통째로 철광석으로 이루어진 것도 존재하죠. 본격적인 개발을 위해선 유인탐사가 불가결합니다.

분야에 따라 조금씩 다르지만, '던'의 성과 중 특히 돋보이는 영역이 의학입니다. 아시는 바와 같이 이번 미션에는 아스토 사노라는 매우 유능한 일본인 의사가 승무원으로 참가했는데, 우주선으로 왕복한 일 년, 그리고 화성에 체재한 일 년 반 동안의 활동을 기록한, 일본인다운 근면함과 꼼꼼함, 성실함이 유감없이 발휘된 그의 상세한 데이터는 명백히 인류의 보물입니다. 승무원들이 건강을 유지할 수 있었던 것도 그가 유연하고 현실적인 관리 프로그램을 짜고 부상과 질병에 적확히 대처해준 덕분이죠.

어려움은 수없이 많았어요. 그러나 우리는 그 미지의 어려움을 최초로 떠맡는 임무에 긍지를 느꼈습니다. 매우 사적인 충만감이었지만, 그 충만감을 확신할 수 있었던 건 우리 임무가 철저히 공적인 것이었기 때문이죠. 미합중국 국민은 말할 것도 없고 지구상의 전 인류를 위해 봉사할 수 있다는 것. ─그것이 우리가 느낀 감동의 전부였습니다."

메리는 말을 맺으며 온화한 미소를 머금었는데, 눈가에 잡힌 잔주름이 민낯 특유의 섬세한 음영을 동반하고 있어서, 사회자의 어색하고 경직된 미소를 대조적으로 강조했다. 방청석에서는 자연스레 박수가 일었다. 알리시아는 뜻밖이라고 느꼈지만 눈앞에 떠오른 모니터에 더욱 열띤 시청자의 반응이 홍수처럼 밀려들었다.

그녀는 평소와 달리 감정적으로 변했고, 그것을 자각하고는 어떻게든 감정을 억제하려 애썼다.

"이번 유인 화성탐사가 국위선양에 효과적이었다는 건 국민 대부분이 인정하는 바죠. 그리고 그 타이밍이 대통령선거를 겨냥했다는 점도. —하지만, ……"

말을 이을지 말지 망설이는 그녀에게 연출자가 인컴으로 중지하라는 지시를 내렸다. 그런 얘기는 누구도 달가워하지 않고, 스폰서가 방송에 동의할 리도 없다. 방청객이 인터넷으로 미방송분을 퍼뜨릴 수는 있겠지만, 너무 과하면 파워블로거들에게도 반감을 살 위험이 있다.

실제로 그녀의 초조한 표정은 이미 방청석의 분석 대상이 되어가고 있었다.

"그럼, —질문을 바꿔보죠. 알렉스 그로스 씨, 당신은 이번 화성탐사 전부터 꽤 오랫동안 메리 윌슨 씨와 함께 일했다고 들었는데요."

"네. 달에서 그리고 국제우주정거장에서 함께 일했습니다."

"그로스 씨가 볼 때 윌슨 씨는 어떤 여성인가요? 세간에서는 '콜

럼버스의 후예''여자 오디세우스''21세기의 로알 아문센' 등 거
창한 별명이 생겼던데요. 본인 앞이라 말하기 좀 쑥스럽겠지만."

아직 삐걱거림이 조금 남아 있지만 알리시아는 차츰 안정을
되찾아갔다.

"훌륭한 분이죠. 총명하고, 판단력 뛰어나고, 세심한 배려와
따뜻한 인간미까지 겸비했습니다. 4백 명이 넘는 NASA의 우주
비행사 중, 절대 실패를 허용하지 않는 역사적인 이번 미션의 리
더로 가장 적합한 인물임이 틀림없습니다. 물론 승무원들도 전
폭적인 신뢰를 보냈습니다."

"이 사람은 늘 이렇게 진지한 표정으로 농담을 해요. 익숙지
않으면 당황스럽죠."

장내에 미소의 잔물결이 일었지만 알렉스는 고개를 가로저었다.

"과장이 아닙니다. NASA 같은 곳에는 유능한 인재가 발에 차
일 정도로 많아요. 하지만 '선택되는' 신비의 사랑을 받는 인간
은 한정돼 있지요. 제가 선택된 건 우연이에요. 다른 누구라도
상관없었겠죠. 그러나 그녀가 선택된 데는 필연을 느낍니다."

"말이 나온 김에 승무원 선발과정에 관해서도 잠깐 여쭤보고
싶은데요, ―"

알리시아의 질문이 다시금 결코 만만치 않은 대화의 발판을
날렵하게 뛰어올랐다.

"전직 NASA 우주비행사이자 이번 미션의 예비 승무원이었던

데브라 오언의 증언을 알고 계신가요?"

알렉스는 앞을 바라본 채 옆의 기척을 살폈지만, 메리가 입을 열 기미가 없어서 직접 대답했다.

"소문은 들었습니다."

"그녀는 이번 미션의 인선이 정치적 배경이 동반된 명백한 부당 인선이었다고 블로그에 상세한 글을 올렸습니다. 그녀는 우주비행 횟수 9회, 국제우주정거장 체재 3547시간, 달 기지 체재 1215시간 등 실적상으로는 후보자들 중에서 월등히 두드러졌죠. 그런데 왜 선발되지 못했을까요? 요컨대 '선택되는' 신비의 사랑을 받지 못했다는 뜻일까요?"

"방금 말씀드린 대로 우주비행사는 4백 명이나 됩니다. 안타깝지만 어느 미션의 인선에서든 그런 불평의 소리는 나오게 마련이죠."

"그녀가 당신 두 사람의 선발이 부당하다고 주장한 건 아닙니다."

방청석의 술렁거림으로 이 이야기가 일반인에게도 널리 알려졌음을 짐작할 수 있었다.

"구체적으로는 릴리언 레인의 선발을 문제삼았죠. 발표된 그녀의 실적은 비행 횟수 5회, 국제우주정거장 체재 1328시간, 달 기지 체재 657시간인데, 다른 후보자들과 비교하면 조금 떨어지는 실적 아닌가요?"

"꼭 그렇진 않습니다."

"그런가요? 예를 들어 또다른 승무원인 닐 캐시는……"

"무슨 말씀인지는 물론 잘 알지만." 메리가 끼어들었다. "그런 비교검증은 별 의미가 없습니다. 우주비행사에 대한 평가는 비행시간이나 횟수로만 내려지는 게 아니니까요. 작년에 신인상을 받은 양키스의 데릭 던컨 주니어는 경기 출장 횟수가 적지만 일류선수라는 사실에는 변함이 없죠. 우리는 필드 플레이어예요. ─저는 이 비유가 마음에 듭니다."

"양키스 팬이신가요?"

"아뇨, 당연히 애스트로스 팬이죠."

방청석에서 농담조의 탄식이 흘러나왔다. 스태프들도 팔짱을 끼며 얼굴을 마주보았다.

"안타깝군요." 알리시아가 받아쳤다. "아무튼 당신은 릴리언 레인을 우주비행사로서 어떻게 평가하나요?"

메리는 알리시아의 질문이 끝나자마자 대답했다.

"외람되지만 저의 주관적인 평가 이전에 그녀가 이 년 반에 걸친 혹독한 미션을 무사히 완수해냈다는 사실이야말로 이번 선발의 적절함을 증명한다고 봅니다. ─그렇다면 데브라는 해내지 못했을까? 그건 알 수 없지만, 그녀는 이번 발언으로 인해 결코 멀지 않았을 재도전의 기회를 스스로 내팽개치고 말았죠. 그것이 모든 걸 말해줍니다."

알리시아가 메리의 눈을 똑바로 바라보며 말했다.

"데브라 오언뿐 아니라 여러 미디어에서 아서 레인 콜로라도 주지사가 공화당의 차기 부통령 후보로 지명된 사실을 언급하면서, 그의 둘째딸인 릴리언 레인의 선발에 정치적 압력이 개입된 게 아니냐는 의혹을 거론하고 있어요."

"상황상 그렇게 생각할 수도 있겠지만, 개인적으로는 그런 얘기에 현실성을 느낄 수 없어요. 그 말을 믿는다면 유인 화성탐사의 위험성을 과소평가하는 겁니다. 다행히 우리는 무사히 지구로 귀환했지만, 그러지 못할 확률도 결코 낮지 않았어요. 적어도 대통령선거까지 내다보고 어떤 계획을 세울 만한 상황은 아니었죠."

"그렇다면 오히려 귀환 후 릴리언 레인의 인기에 힘입어 아버지가 부통령 후보로 선정됐다는 뜻일까요?"

"얘기가 그렇게 단순하진 않겠죠. 오히려, ……"

메리는 무슨 말을 하려다 멈추고 알렉스와 의미심장한 눈빛을 주고받았다.

"오히려?"

"아뇨. ─아무튼 제가 언급할 문제는 아닙니다."

알리시아는 직감적으로 뭔가 있다고 느꼈지만, 순간적인 판단으로 깊이 추궁하기보다 오히려 충분히 뜸을 들임으로써 시청자에게 위화감을 심어주는 쪽을 선택했다. 화제가 되면 영상은 반복적으로 시청되게 마련이다.

효과적인 침묵 후, 그녀는 방청석의 반응을 넌지시 확인하고 입을 열었다.

"물론 당신도 공화당을 지지하겠죠."

"그 질문에 반드시 대답할 필요가 있나요?"

"아뇨. 그래도 궁금하긴 하네요."

"그런 이야기를 하려고 여기 나온 건 아닌데요."

"그렇군요. —알겠습니다. 오랜 시간 감사했습니다."

철면피 여자가 마지막으로 잠깐 드러낸 불쾌한 기색에 알리시아는 보람을 느꼈다. 메리는 그런 그녀의 심적 변화를 훤히 꿰뚫어봤다는 듯 자못 내려다보는 태도로 천천히 고개를 저어 보이고는 말했다.

"저희야말로 즐거운 시간이었습니다."

그러고는 일어서면서 먼저 오른손을 내밀었다.

4. '닌자'

'……빌어먹을, 영 안 풀리네. ……'

지난 세기 중반에 지어진 낡은 빌딩의 공동화장실에서 거울에 비친 제 모습에 넌더리를 내며 쓰레기통을 걷어찬 워런 가드너는, 기세 좋게 벌컥 문을 열어젖혔다가 앞에 서 있는 어시스턴트 짐 킬머를 보고 엉겁결에 소리를 높였다.

"뭐해, 이런 데서?……"

"찾고 있었습니다."

몇 개월 전 난데없이 뉴욕 로어이스트사이드에 있는 이 스튜디오로 찾아와 자길 써달라고 부탁했을 때와 똑같은 모습이었다. 흰색 셔츠와 사이즈가 맞지 않는 듯 헐렁헐렁한 남색 바지. 살짝 부푼 올백 머리 때문에 표정 변화가 거의 없는 얼굴이 묘하게 두드러져 보였다.

워런은 한숨을 내쉬고 머리를 긁적이며 앞장서 걸어갔다.

"—무슨 일인데?"

"중요한 극비정보예요. —대통령선거 형세가 단번에 역전될지도 모릅니다."

짐은 뒤따라오며 열심히 연습한 대사를 읊는 듯한 말투로 대답했다.

워런은 낡은 복도에 울리는 짐의 발소리의 리듬감이 왜 이렇게 안 좋을까 생각하며, 이따금 엇박자가 끼어드는 듯한 그의 묘한 걸음걸이를 의식했다. 그러다 그의 말에 조금 늦게 반응해 우뚝 멈춰 서는 바람에 뒤따라오는 그와 부딪히고 말았다.

"아야, ……"

"……아, 죄송합니다."

앞으로 휘청하는 순간 워런은 즐겨 신는 도마뱀가죽 부츠 끄트머리에 물방울 몇 개가 묻어 있는 것을 알아차렸다. 조금 전 손을 씻을 때 튄 수돗물이지 오줌은 아니었지만, 짐이 보면 오줌이 튀었다고 생각할 게 틀림없었다. 그런 생각이 들자 혼자 멋대로 한 상상인데도 괜스레 부아가 치밀었다.

워런은 그를 돌아보며 신발로 시선을 떨어뜨렸다. 평범한 뉴밸런스 흰색 운동화였지만 신발창이 의외로 두껍다. 두 사람 다 175센티미터가 조금 넘는 비슷한 키였다.

"신발이 안 맞아?"

"—네?"

짐은 멍한 표정으로 자기 발밑을 내려다보다가, 패션 지적을 받았다고 여겼는지 쭈뼛쭈뼛 뒷걸음쳤다.

"아니, 사이즈 말이야. 잘 맞으면 상관없고."

그렇게 말한 후 다시 등을 돌리고 걸어갔다.

'……중요한 극비정보라. —흥분되는 마음은 이해하지만, 화장실까지 쫓아오진 말라고 첫날 말했을 텐데? 정신 사납잖아, 밖에서 누가 기다리면. ……'

스튜디오로 돌아와 모니터 앞 의자에 앉는데 책상 위에 있던 종이 한 장이 떨어졌다. 몸을 굽혀 바닥에 들러붙은 종이를 줍느라 애를 먹던 그는 급기야 짜증이 폭발하기 일보 직전에 이르렀다.

마감이 두 시간 남았는데, 밤새워 만든 영상의 완성도는 몇 번을 다시 검토해도 절망적이었다. 도대체 어디서 무엇이 꼬여 이 지경이 되고 말았을까?

짐 킬머는 틱 증상인지 여느 때처럼 오른손 엄지 첫째 마디로 왼쪽 눈 밑을 두어 번 긁었다. 그 모습을 보고 있으니 갑자기 맥이 풀려서 "간단히 얘기해봐"라고 별 기대 없이 말을 건넸다.

"버지니아에서 일어난 사건입니다. ─피해자는 잭 대니얼, 1996년 5월 13일생, 오하이오 주 출신, ID 난민이고요. 마지막 주소는 버지니아 주 리치먼드 시 노스 23번가 404. 오랫동안 행방불명이었는데 먼 친척이 사체의 신원을 확인했어요. ……"

삐걱거리는 소리를 내며 의자 등받이에 기댄 워런은 마음을 가라앉힐 요량으로, 계약 때 짐이 선물해준 A. 로드의 사인볼을 손에 쥐고 주워올린 서류를 훑어보며 중얼거렸다.

"─잭 대니얼? 부모는 알코올 중독이라. ……"

서류는 민주당 선대본부가 계약한 PR회사 LMC와의 첫 화상회의 내용을 스태프가 정리한 것이었다.

3기 전에 수립된 이른바 인터넷 투표법 시행 후, 아니나 다를까 선거 때마다 동향에 휩쓸리는 '유동층'에 대한 대책으로, 종래 매스컴 기준의 '큰' PR와 달리 후보자 승인이나 선대본부와의 표면적 관계 없이, 다소 치사한 수법을 쓰더라도 인터넷상의 복잡한 조류에 적확한 영향력을 행사할 만한 PR를 소규모 제작회사에 위탁한다는 것이 LMC의 전략이었다. 워런 가드너는 그런 전략을 위해 추려진 영상작가 중 한 명이었다.

그들은 아마추어 작품에선 찾아볼 수 없는 압도적인 퀄리티를 기대했다. 제작한 PR은 선대본부 내부의 경쟁을 통해 채택과 불채택을 결정하며, 반향에 따른 인센티브를 보수로 받고, 실적이 우수한 사람은 대통령선거 공식 PR영상 제작에 관여하게 된다. ―원래 젊은 뮤지션의 영상클립이나 저예산 CM, 다큐멘터리 프로그램 등을 작업하던 그는 갑작스러운 연락을 받고 얼떨떨했지만, 공화당 후보 로런 키친스를 역겨울 정도로 싫어했기 때문에 두말없이 의뢰를 받아들이고, 선거전을 시작하기도 전부터 '완전한 패배전'으로 평가될 만큼 약소한 네일러 진영에 가세하기로 결심한 것이다.

실제로 반 이상은 그 자리의 분위기에 휩쓸려 응낙한 터라 스태프들은 취향 한번 독특하다며 어이없어했는데, 짬짬이 할 수 있겠지 싶어 대수롭지 않게 여겼던 것과 달리 막상 시작해보니 만만치가 않았다.

어젯밤에 제작한 짧은 영상을 다시 재생하던 그는 짜증스러워 도중에 끊어버렸다. 끝까지 보지 않아도 그것이 LMC가 노리는 바를 완전히 벗어난다는 사실은 자명했다.

"실은 잭 대니얼이라는 남자는 작년 6월 7일 열대열 말라리아로 죽었습니다. 대서양 연안 도시의 수영장 등에서 학질모기가 대량으로 발생해 말라리아 환자가 나왔다는 건 잘 아시겠지만……"

워런은 '그만 됐다'는 뜻으로 공을 쥔 손을 들어 제지한 뒤, 모니터를 노려보며 입을 열었다.

"아서 레인의 정보를 달라고 했잖아. 공화당 부통령 후보 아서 레인. 내 말 못 들었어? 온난화 문제는 됐어. 에코버블이 붕괴한 후로 다들 회의적이야, 그런 얘기엔."

"아뇨, 얘기가 더 있습니다. —FBI 국가보안부가 수사를 시작했어요."

워런은 그 말뜻을 이해하지 못하고 의아하다는 듯 고개를 들었다. 그리고 그제야 자기가 입은 오렌지색 폴로셔츠의 양쪽 겨드랑이에 큼지막한 땀 얼룩이 생긴 것을 알아채고 눈을 휘둥그레 떴다.

"—무슨 소리야?"

"이걸 봐주십시오."

짐이 셔츠 앞주머니에서 프로젝터가 달린 휴대전화를 꺼내 스튜디오 벽에 비췄다. 워런은 음성지시로 방의 조도를 조금 낮추었다.

서모그래피*로 표시된 낯선 방이 나타났다. 전체가 녹색으로

---

* 몸 표면의 온도를 측정해 화면에 나타내는 방식.

채워져 있고 한가운데 사람 형태를 띤 붉은 고온 부분이 보였다.

"뭐야, 이게?"

"리치먼드에 있는 잭 대니얼의 집입니다. 증강현실(AR, Augmented Reality) 룸에 있는 상황이에요. 실제는 아니죠."

"……"

"딘 에어스라는 인물이 2031년부터 2035년 여름까지 휴스턴에 있는 NASA 존슨 우주센터에 근무했습니다. 현실에 존재하지 않는 것을 컴퓨터 3차원 영상으로 겹쳐 보여주는 증강현실 연구자로, 캘리포니아 공과대학 졸업 후 매사추세츠 공과대학 대학원에서 박사학위를 취득했죠.

에어스는 특이하게도 인간과 똑같이 행동하는 자율형 인간인 AR인간을 연구했어요. 어떤 인물의 개연적 성격, 개연적 육체를 유전자 정보로 계산해 환경 필터로 축감한 시사정보를 실시간으로 업데이트하면서 성장시키는 복잡한 알고리즘 연구로 성과를 올렸죠. 마치 살아 있는 것처럼 말하고, 살아 있는 것처럼 행동한다는 것이 캐치프레이즈인 모양인데. ……"

짐은 눈썹을 찡그린 채 입을 반쯤 벌리고 있는 워런을 보고 구체적인 설명을 덧붙였다.

"예를 들면, ……음, 저의 DNA 정보와 해부학적 데이터, 지금까지의 생활환경 등등 일련의 정보를 제공하면 에어스는 저와 똑같은 AR인간을 설계할 수 있어요. 물론 로봇이 아니고 3차원 영상이니 만질 수는 없지만, 가령 대통령선거 뉴스나 할리우드 스타 가십 등 내가 관심 있는 장르의 화제를 미리 등록해두면, 매일같이 날아드는 해당 정보에 따라, 광학적으로 만들어진 나와 똑같은 인간이 그것에 관해 내가 할 법한 얘기들을 하는 겁니다. ─이렇게 바로 눈앞에서요."

양손으로 제스처를 덧붙이며 말하는 짐을 워런은 '이 녀석은 진짜 인간이 맞을까?' 하는 눈빛으로 바라보았다.

"으음, 요컨대…… 로봇이 아니다? 안드로이드도 아니고?"

"그렇습니다. 단순한 빛의 그림자죠. 복제인간 안드로이드는 지금 기술로는 아직 실현할 수 없습니다. 인간과 완벽하게 똑같이 만들려면 인공배양한 당사자의 피부나 근육을 이용하는 게 가장 좋은데, 이 방법은 기술적으로도 어려울뿐더러 윤리적으로도 논란의 여지가 있죠. 물론 알맹이를 채우기가 훨씬 더 어렵겠지만. ─그러나 3차원 영상의 경우에는 사회가 크게 상관하지 않아요. 게다가 영상이면 시간에 따른 변화를 추가하기도 쉽죠. 성장하거나 늙거나, 살이 빠지거나 찌거나. 짓궂은 얘기지만, 딘에어스의 AR인간은 본인이 본래 발암 유전자를 가지고 있는 경우 암에 걸려 비쩍 마르다가 끝내 죽어버리도록 프로그래밍되어 있다고 합니다."

"그게 무슨 의미가 있지?"

워런은 어이없다는 듯 말하며 손안의 공을 빙글빙글 돌리기 시작했다. 짐이 그쪽으로 힐끗 시선을 던지고는 말했다.

"과학자의 천성이겠죠. 일단 진짜와 똑같이 만들고 싶다는 목표를 정하면 그 이유는 생각하지 않아요."

"그 연구가 무슨 도움이 됐나?"

"우주비행사가 장기간 지구를 떠나 있는 동안 가족을 케어하는 용도로 검토됐고, 실제로 유인 화성탐사 당시 일본인 우주비행사 아스토 사노의 집에 시험적으로 도입했다고 합니다."

"그 의사 말인가?"

"네."

"우주비행사의 AR인간이란 거야?"

"아뇨, 그 사람의 죽은 아이의 AR죠."

"……아이?"

"도쿄 대지진 때 죽었나봅니다. 아이는 대인관계가 적은 만큼 디비주얼이 미분화되어 있어 그 시스템에 적합하다더군요. 어른들이 자연스럽고 친절하게 대해주고, 엉뚱한 반응을 보여도 '미숙함'으로 이해해주죠. 번역도 용이하고."

워런은 팔짱을 끼고 고개를 갸웃거렸다.

"―뭐, 그건 됐어. 그런데 그게 대통령선거와 무슨 관계가 있는지는 아직 한 마디도 안 나왔군. 요컨대 그 잭 대니얼이라는 남자도 딘 에어스의 AR시스템을 집에 들였다는 뜻이겠지?"

"네. 가수 퀸 에이치의 AR와 함께 살았던 모양이에요."

"허? 변태야?"

워런은 짐을 바라보며 이 마르고 고지식해 보이는 남자가 그 유명한, 퀸 에이치의 케이맨제도 앞바다 선상 섹스 사진을 찍은 '솔트 피닛'이라는 사실을 떠올리고는, 새삼스레 인간이란 신기한 존재라고 느꼈다.

'산영' 등장 이후 파파라치는 순식간에 멸종 위기를 맞았고, 옛날부터 그런 족속을 혐오해온 워런은 그래도 싸다고 생각했지만, 그 사진만은 미리 짠 게 아닐까 싶을 만큼 완벽해서 당시 매우 감탄했던 기억이 있다. 그 '솔트 피닛'이 '가소성형可塑成形'을 해 이렇게 평범하기 그지없는 청년의 모습을 하고 있다는 걸 과연 누가 상상이나 하겠는가? 그러니 정체불명일 수밖에.

"─찬찬히 살펴보세요."

재촉하는 말에 모니터를 뚫어져라 응시했지만, 방에는 잭 대니얼의 붉은 덩어리 외에는 아무것도 보이지 않았다.

"보여요?"

"아니, 전혀."

문제의 장면을 되감아 일부분을 확대했다.

"이 부분을 다시 한번 잘 살펴보세요."

포인터가 가리키는 곳을 주시하자, 남자의 몸에서 조금 떨어진 곳에 작고 붉은 점 같은 것이 움직이는 모습이 보였다.

"아, 보인다. 이거 말이야?"

"맞아요."

"뭐야, 이게?"

"피를 빨아먹은 학질모기예요."

"아ー, ……"

다시 모니터에 집중하자 점의 움직임에 이끌려 머리가 위아래로 조금씩 움직였다.

"이쪽에도 두 마리 더 있어요. 여기랑 저기, ……이겁니다."

화면 속의 잭 대니얼이 이쪽 목소리를 듣기라도 한 듯 갑자기 자세를 바로잡더니, 오른팔을 신중하게 찰싹 내리쳤다. 그리고 손바닥을 물끄러미 응시한 뒤 불안하게 주위를 몇 번 두리번거리다가, 곧이어 공포가 엄습한 듯 방안을 오락가락하기 시작했다. 짐이 영상을 멈췄다.

"딘 에이스의 증강현실은 콘택트렌즈 방식이 아니라서 특수한 3차원 프로젝터를 설치한 방안에서만 볼 수 있어요. 홀로그램처럼 만들어진 빛인간의 지향성은 실내 적외선카메라의 해석 결과에 따라 정해지죠."

"알아듣기 쉽게 설명해."

"인간에게는 체온이 있잖아요, 36.5도 정도의."

"응."

"온도를 감지하는 적외선카메라로 인간을 촬영하면, 이렇게 색깔별로 화면에 표시할 수 있어요. 붉은색일수록 온도가 높고,

푸른색일수록……"

"낮다."

"네."

"그 정도는 알아."

"그래서 이 시스템에서는 온도 감지와 소리를 통해 실내의 인간이 누구고 어디 있으며 어디를 보고 있는지, 서 있는지 앉아 있는지, 잠들어 있는지 깨어 있는지를 판단하죠. 생체가 있는 장소를 가려내는 데는 색이나 형태의 분석보다 이 방법이 더 확실해요. 이렇게 하면 흑인인지 백인인지도 관계없죠. AR 속 빛인간은 그 분석 결과로 감지된 체온 덩어리 쪽으로 다가가서 말을 건네거나 미소를 짓습니다."

"그 시스템에 피를 빨아먹은 모기가 우연히 찍혔단 말이군."

"그렇습니다."

"─그래서?"

"문제는 모기가 날아다니는 모습입니다. 잘 보세요. 이 방은 지하실을 개조한 곳이라 창문이 없어요. 이런 곳에 모기가 세 마리씩이나 들어온 것부터 부자연스럽지만, 그보다 더 기묘한 건 모기의 움직임입니다. 피를 빤 후에도 잭 대니얼의 몸으로 몇 번이나 되돌아가죠."

워런은 공을 돌리던 손을 멈추고 한동안 화면을 뚫어져라 바라보았다. 그리고 엄지를 다시 공의 솔기에 얹으려는 순간, 공이 미끄러져 바닥으로 굴러떨어지고 말았다.

짐은 그것을 집어올린 후, "단순한 모기가 아니라는 뜻인가?"라고 묻는 워런에게 "네"라고 대답하며 건네주었다.

"실은 전에 동아프리카 열대열 말라리아 환자 일부에서 병변이 매우 급격해진 사례가 있다는 보고를 현지에서 활동했던 전직 '국경 없는 의사회' 회원이 발표했어요. 그후 전황이 몹시 악화된데다 미군이 호위를 거부해서 조사가 더 진전되지 못한 모양인데, —그 증상이 잭 대니얼이 죽은 과정을 담은 영상의 기록과 흡사합니다. 치사율은 24시간 이내에 100퍼센트에 가깝고요."

"그 보고서를 볼 수 있나?"

"있긴 한데, 보고자가 아프리카 해방전선의 과격파로 활동한 디비주얼이 인터넷상에서 수집되어서 정보 자체가 정크화됐어요."

"색깔 있는 수상쩍은 얘기란 뜻이군. 실제로 그런 건 아니고?"

"국내에서는 원격조작 로봇 병기의 활약이 크게 보도된 무렵이라 거의 화제가 되지 않았지만, 실제로 미군은 현지 민병들 사이에 이 신종 열대열 말라리아가 돈 것에 꽤 큰 도움을 받았다는 정보를 들었습니다. 그들은 이 말라리아를 '닌자'라고 부르죠. 정신 차려보면 이미 죽은 뒤라는 의미로."

의자에서 다시 삐걱거리는 소리가 났다. 워런은 머릿속을 정리하려 애쓰며 공을 힘껏 주물렀다.

"이 신종 열대열 말라리아는 군사용으로 개발된 병기예요. 직접 살포하거나 원격조작하는 방식이죠."

"잘 믿기진 않지만, ……동아프리카 전쟁의 기반이 상당히 엉망이라고는 하더군."

"민간회사에 외주를 맡긴 부분이 그래요. 말단으로 내려갈수록 규제에서 자유로워지니까요."

"즉 자네 생각에는 잭 대니얼이라는 이 남자도 그 '닌자'에 살해되었다, 그런 뜻인가?"

"네."

"암살?"

"그렇게 보입니다."

"대체 뭐하는 놈인데? 국가보안부가 움직였다는 건, —스파이나 테러리스트?"

워런이 조명을 다시 올리고 짐 킬머의 얼굴을 바라보았다.

"잭 대니얼만이 아닙니다. 남부를 중심으로 미국 각지에서 이와 비슷한 증상의 말라리아가 확인됐어요."

"뭐라고?"

"정말이에요."

"누가 그런 짓을 해? 설마하니 군에서 그런 어리석은 짓을 했을 리는 없잖아?"

"아뇨, 군이 관계됐을 가능성도 있습니다. 하지만 군이 아니라도 상관없죠. 이런 것이 테러리스트의 손에 넘어갔다는 것만으로도 심각한 문제니까. 이건 생물학무기예요. 핵과 마찬가지로 유출될 경우 문제가 매우 심각하죠."

"그렇다면 FBI에선 왜 공개하지 않지? 응? 대체 어디서 들은 정보야? 가짜 아니야?"

"정보원은 말할 수 없지만, 엉터리 정보는 아닙니다. ─옛 파파라치 동료 중에는 보도자금을 마련하려고 엉터리 정보를 파는 사람도 많았어요. 잘 아시겠지만 신문을 비롯한 기존 미디어 보도가 인터넷에 밀려 점점 위축되어가는 형편이라, 저널리스트들은 모두 제 살을 깎아가며 가까스로 자금을 마련하고 있어요."

"그건 알아."

"정보망이 있어요. 끼리끼리는 통하게 마련이니까."

워런은 의자를 살짝 돌리고, 포크볼로 쥔 공을 손가락 사이로 미끄러뜨려 왼손에 내려놓고 목을 꺾었다.

"정보가 얼마나 되지?"

"유권자를 움직일 자신은 있지만, 보고 판단해주십시오."

"전부 가져왔나?"

"아뇨, 일부입니다."

"신중하군."

"확인하고 싶은 것들도 있어서요. ─뒷받침할 확실한 증거를."

"시간이 필요한가?"

"일주일만 주십시오."

"오래 걸리는군. ─일단 사흘 후에 보고해. 이게 사실이라면 엄청난 얘기인데. ……"

"해보겠습니다. 말라리아는 이제껏 남부 극빈지대에만 발발하는 줄 알고 있었는데, 버지니아에서 유행할 조짐이 있다는 뉴스가 나오자 역시나 주목을 끌었죠.

현재는 온난화 문제로만 해석되고 있지만 '닌자'의 존재가 밝혀지면 일종의 패닉이 일어날 겁니다. 그런 모기가 주위에 날아다니고 어느 날 갑자기 예고도 없이 자기가 희생될 수 있다고 상상하면. ─끔찍한 얘기지만 공포는 사람의 마음을 움직이죠. 제2의 베트남, 제2의 이라크라는 말을 듣는 동아프리카 전쟁의 실패를 사실에 근거해 어필할 수만 있다면, 텍사스에서 버지니아에 이르는 레드 스테이트(공화당 지지 주)를 단번에 파랗게 칠해버릴 수 있을지도 모릅니다."

"뭐, 그야 ─잘 풀린다면 그럴 테지만."

그렇게 말한 워런은 공을 책상에 내려놓고, 지난번 1차 텔레비전 토론회 후 나온 절망적인 지지율 조사 결과를 손으로 가리켰다. 전부 격차가 컸고 로스앤젤레스 타임스에서는 32 대 26으로, 격차가 저조한 경우에도 6퍼센트나 차이가 났다.

"이건 양날의 칼이군. ─잘 생각해봐. 국방과 안전보장 문제는 네일러의 아킬레스건이야. 토론회 봤지? 시종 서로의 속내만 떠보다 끝났다는 평도 있지만, 공격 포인트였던 동아프리카 전쟁의 수렁화에 관해서도 그의 주장은 전혀 지지를 받지 못했어. 최근 팔 년간 국제연합의 무능함을 부각하는 공화당 정권의 PR가 국민들의 뼛속까지 새겨진 거야. 국제협력 같은 건 초등학생의 꿈쯤으로 여겨. 동아프리카에는 전 세계 '악'의 온상이 된 광대한 국가용해지대가 출현했지. EU는 에코화로 화석연료 의존도가 낮아져서 개입해봤자 손익계산이 안 맞으니까 아무도 손을 대지 않아. 러시아와 중화연방도 안보리에서 반대하지. 그리고 허 정권은 과격파 이슬람 세력에 의한 끔찍한 독재정권을 탄생시킬 수는 없다며 이곳을 '민주주의의 마지막 승부처'로 삼고, 어마어마한 전사자를 내면서도 전쟁을 계속하고 있어, 알겠어? 전 세계의 비난을 받아도 이 호경기 덕분에 국민한테선 지지를 받는 거지. 미국이야말로 세계평화를 지키는 경찰이라고 말이야. 그런데 국내에 그런 살인 모기가 우글우글 번식했다는 걸 알아봐. 지금 같아서는 전쟁을 완수해 테러리스트를 근절하자는 쪽으로 흘러갈 게 뻔해. 적이 원하는 바야."

"하지만 비국가적 여론은 게이츠 재단 무렵부터 말라리아에 민감했어요. '무영토 국가'인 '플래닛plan-net'도 분명히 움직일 테고요. 저는 군이 지뢰를 밟았다고 봅니다. 국내외의 반발은 불가피해요."

"그것도 출처에 따라 달라지겠지. 군이 그런 무기를 개발했다고 증명할 수 있겠나?"

"지금부터가 시작이지만, 가능하다고 봅니다."

워런은 생각에 잠긴 듯한 표정을 지으며 주먹으로 턱을 두세 번 두드렸다. 그리고 아까부터 정지해둔 자작 영상에 눈길을 돌리며 깊은 숨을 몰아쉬었다.

"하긴, ……내가 어떻게든 끌어오려는 유권자층에는 이런 수상쩍은 얘기가 잘 먹힐지도 모르지. 좀더 강렬한 엔터테인먼트를! ─이게 LMC의 요구사항인데, 난 그 의도의 진면목을 믿기로 했어. 반응이 올지도 몰라."

혼잣말 같은 중얼거림에 어떻게 대응해야 할지 머뭇거리는 짐을 보며 워런이 빈정거리듯 말했다.

"난 말이야, 이래봬도 진심으로, 이 나라의 대통령에는 총명하고 겸허하며 성실한 인간이 적합하다고 생각해."

"네, 물론이죠."

짐은 고개를 끄덕였지만 곧 심각한 얼굴로 덧붙였다.

"하지만 미디어 전략상으로는 최악의 후보예요."

"그건 알아."

워런은 씁쓸히 웃으며 혀를 찼다. 그리고 굴러떨어질 뻔한 공을 위에서 덮치듯 잡아누른 후 두통으로 얼굴을 찡그리며 자조하듯 충고했다.

"자네도 프레젠테이션 방법을 좀더 궁리해야겠어. 성실함 하나로 만사 해결되는 세상이 아니니까."

5. 디비주얼스(dividuals/divisuals)

워런 가드너는 짐 킬머가 건네준 자료를 바탕으로 세 가지 PR영상을 만들어 LMC로 보냈다. 그리고 한 시간쯤 후, 직접 만나고 싶으니 당장 극비리에 와달라는 선대본부 미디어 대책 책임자의 답장을 받고 워싱턴 DC로 불려갔다.

가는 비행기 안에서 그는 로런 키친스 공화당 대통령 후보의 연설을 다시 보았는데, 그 바람에 공항에 도착할 무렵에는 머릿속이 온통 반론의 말들로 가득차서 술도 안 마셨는데 구역질이 날 지경이었다.

—미국은 지금 강력한 통일과 안정된 번영의 시대를 맞고 있습니다! 그것이 왜 중단되어야 합니까?

이 세계의 가치는 두 가지뿐입니다. 선이냐 악이냐. 반드시 그 둘 중 하나입니다. 어떤 사람이 그 경계에서 방황하고 있다면, 어떤 국가가 그 경계에서 방황하고 있다면! 물어봅시다, 어느 쪽에 가담하겠느냐고. 우리는 우리가 구현하는 선의 세계로 들어오는 자를 축복으로 맞아들입니다. 그러나 악의 측으로 향한다면 철저히 벌해야 마땅합니다!

민주당이 주장하는 무정견한 가치관의 다양화가, 세기가 바뀌던 시기에 얼마나 끔찍한 사회혼란을 초래했는지 떠올려주십시오.

다양한 가치관. —물론 좋습니다. 그러나 제아무리 다양해도 결국에는 선과 악 두 가지 색깔로 분명히 구분해야 마땅합니다. 그것이 **정치**

입니다!

허 정권 2기 팔 년 동안 이어진 행복을 냉정하게, 현실적으로 평가해주십시오. 그것은 우리가 이겨서 얻어낸 행복입니다! 신앙과 전통에 뿌리내린 흔들림 없는 가치관 그리고 자조적인 노력. 반면 확고한 방향이 없는 자유는 살육이 횡행하는 완전한 무질서 상태로 이 세계를 해체해버릴 겁니다!

이 세계를 보십시오. 수없이 많은 국가가 실패했고, 민주정치demo-cracy는 악마정치demoncracy로 타락하는 기로에 서 있습니다. 독재국가가 잇달아 탄생하려 하고 있습니다. 그리고 그들의 외교수단은 테러입니다!

맞서 싸워야 합니다! 분별없고 틴에이저 같으며 퇴폐적인 네일러 후보의 이상주의가 다다를 곳은 수없이 단편화된 미분열국The Divided States of America입니다!

공항에서 택시를 탄 후로도 워런은 줄곧 이 연설을 생각했다. 그리고 일전에 이스트세인트루이스의 흑인 지도자 믹 데이비드가 한 말을 떠올렸다.

"누군가가 올바른 말을 한다고 느꼈을 때는 절대 그 말만 기억해선 안 된다. 그 사람의 표정과 목소리를 반드시 함께 기억해야 한다. 그리고 몇 번이고 떠올려라. 그 사람이 어떤 표정과 목소리로 그 말을 했는지. ……"

투표일까지는 한 달 남짓 남았다. 다음주의 2차 텔레비전 토론회를 앞두고 LMC도 참가한 선대본부의 미디어 대책 회의에서는, 두 차례의 중간 휴식을 포함해 네 시간에 이르는 논의가 이어졌다.

오랜만에 체온을 지닌 얼굴들이 모였음을 악수로 확인한 멤버들의 표정은 케네디와 클린턴, 오바마 등 역대 민주당 대통령들의 환한 사진에 둘러싸여서도 처음부터 영 신통치 않았다. 검푸른 직사각형 탁자를 에워싸고 자리에 앉은 그들은 본론으로 들어가기 전에 닷새 전 미주리 주에서 일어난 일에 관한 잡다한 감상부터 풀어놓았다.

별로 대수로운 일은 아니라 해야 했다. 주로 멕시코계 이민자로 이뤄진 청중 4백 명 정도가 모인, 민주당 부통령 후보 마이크 델가도의 타운 미팅에서 나온 발언이었다.

자연스럽게 열기를 더해가는 솔직하고 단도직입적인 논의를 두 시간 만에 끝마친 후 충분히 보람을 느낀 델가도는 "오늘날 미합중국에서 예전의 마이너리티는 더이상 마이너리티가 아니다"라고 다소 고양되었지만 충분히 침착한 투의 스페인어로 말해 연설을 마무리지었다.

윤곽이 선명한 갈색 얼굴에서는 어딘지 모르게 품격이 묻어났고, 리조트 호텔에서 흔히 볼 수 있는 고급 반투명 벌꿀비누(그 자신도 애용한다는)에 비유한 그의 캐리커처가 한 신문에 실린 후로, 간혹 그 푸른 눈이 태양빛에 반사된 남쪽 섬의 산호초 바다처럼 보이기도 했다. 카메라는 델가도의 자신감 넘치는 얼굴을 계속 클로즈업했다. 모여 있던 사람들 역시 그것을 반사하듯, 열광과는 또다른, 깊이 감동한 듯한 진지하고도 정한精悍한 표정을 지었다.

영어 자막이 있는 그 짧은 영상은 방송 직후 눈 깜짝할 사이 반향을 불러일으켜서, 단 하룻밤 만에 미국 전체의 화젯거리로 떠올랐다.

뭐가 그렇게 문제였을까? ─미주리 주 같은 지역에서조차 멕시코계 이민자가 이미 인구의 35퍼센트에 달한다는 사실이 의외였을 수는 있지만, 그렇다 하더라도 발언의 내용 자체는 새삼스러울 정도로 단순한 인구통계상의 상식이었다.

미국이 히스패닉계 이민자들에게 자리를 빼앗기고 있다는 강박관념의 무분별한 분출로 보이기도 했지만, 리버럴한 젊은 비히스패닉계 백인과, 마찬가지로 '마이너리티'인 흑인, 아시아계 이민자, 나아가서는 히스패닉계 중에서도 비멕시코계 이민자에 속하는 이들에까지 불만은 매우 광범위하게 침투해갔다.

미디어에서는 다양한 분석을 내놓았고, 그 분석이 다시 유권자들에게 말할 거리를 던져주고 이차적인 설득력을 얻었다. 내용은 둘째 치고 잘난 체하는 표정과 말투가 비위에 거슬린다는 솔직한 감정적 반응도 있었다. FOX 텔레비전 해설자의 표현을 빌리자면 '웃을 수만은 없는 뭔가를 느낀' 모양이었다. 객관적으로 보면—요컨대 인간의 표정을 식별하는 로봇에게 판정을 맡긴다면—델가도의 태도는 더없이 냉정하고 설득력 넘치며 훌륭하다고 할지도 모른다. 재치 있는 로봇이라면 '우등생 타입'으로 분류할 것이다. 그러나 선거에서 투표하는 주체는 살아 있는 인간이다. 델가도는 늘 그랬듯 '기본적인 유머감각'이 부족했던 거라고 해설자는 평했다.

"결국 누구를 위한 대통령이냐, 가 문제겠죠."

공화당 부통령 후보 아서 레인은 대통령 후보 로런 키친스를 대신해 이렇게 촌평했는데, 얄미울 정도로 효과적인 이 한마디가 이날 회의에 출석한 사람들의 우울을 얼마쯤 더 부추긴 것은 틀림없었다.

가치관의 다양성을 옹호하는 민주당의 숙명이 매번 그렇듯, 예비선거의 치열한 내부 혼전 결과 다섯 명의 입후보자 중 본선거까지 살아남은 대통령 후보 그레이슨 네일러와 마지막까지 경쟁한 마이크 델가도 부통령 후보는 이번에도 서로의 약점을 속속들이 발가벗기고 장점은 모조리 유보해놓은 상황이었다.

공화당 진영이 네일러를 비판할 때 빼놓지 않고 써먹는 '어정쩡한 외교'니 '꿈꾸는 이상주의자'니 하는 말들도 원래는 모두 델가도가 생각해낸 것이었다.

총기규제에 적극적이며 전미 총기협회 회원도 아닌 네일러는 총화기의 매입 및 소유 자격의 엄격화에 덧붙여 구경이나 총탄 종류, 사정거리, 장탄수 등을 10단계로 평가해 '치사 성능'을 수치화하고, 각 총화기 제작사의 총생산량당 비율을 공표해 수치가 작을수록 세금우대 조치를 해주겠다는 유니크한 공약을 내세웠다.

그 10단계 평가에서 그가 '1'로 꼽으며 조성금까지 약속한 것이 '대체총'이었다.

"인간이 인간을 죽인다. ─이런 야만적인 발상과는 이제 그만 작별을 고해야 합니다. 미국은 세계를 선구하는 과학기술국입니다. 그런 나라에서 왜 사랑하는 가족을 지키기 위해 스스로 살인자가 되게 만드는 끔찍한 도구를 계속 사용하려는 걸까요? 매일 2백 명에 달하는 사람들이 총기에 의해 목숨을 잃고 있습니다. 연간 7만 명. 이 미합중국에서 말입니다. 그중 정당방위를 인정받은 것은 연간 고작 105건입니다. 나머지는 모두 살인입니다.

저는 총기를 소유할 권리를 제정한 미합중국 헌법 수정 제2조를 존중합니다. 그러나 무릇 무기란 최소한도의 필요 이상으로 위력을 발휘해선 안 됩니다. 호신을 위해서라면 '대체총'을 소지할 일입니다. 사정거리는 충분합니다. 전기자극, 투약 등의 방법으로 0.5초 이내에 두 시간에서 여섯 시간 동안 상대의 신체적 자유를 완전히 빼앗을 수 있습니다. 이것은 개인(individual, 인디비주얼)이 아니라 분인(dividual, 디비주얼)만을 쏘는 총입니다.

오발의 실수를 돌이킬 수 있는 총이며, 언제든 후회를 만회할 수 있는 총입니다.

왜 이것으로는 부족할까요? 사냥을 즐기는 사람들이 있습니다. 그러나 가사상태에서 깨어난 포획물을 다시 숲으로 돌려보내는 데 불만이 없지 않습니까? 낚시꾼도 잡은 고기를 풀어줍니다. 그것이 스포츠맨십 아닐까요?"

네일러의 제안은 장기적으로는 헌법 수정을 노리면서, 완고한 태도를 보이는 전미 총기협회에 대한 현실적인 타협안으로 규제파 일부에서 높은 평가를 받았다. 그들은 네일러가 총이 가진 악마적 미감을 깨는 단계에 착수했음을 이해했고, 범죄와 자살 대부분이 소구경 총에 의한 것이니만큼 그것을 '대체총'으로 바꿔나가자는 정책에 실질적인 효과를 기대할 수 있었다. 신중함이 필요한 안건이지만, 돈을 노리는 강도의 손에 들린 것이 총이 아니라 '대체총'이라면 최악의 경우 결과가 상당히 나아진다. 그러나 바로 이를 통해 예비선거 당시 델가도가 '장난감 건맨'이라는 우스꽝스러운 이미지를 그에게 부여하기도 했다.

그리고 역시 델가도가 들고 나온 문제 중 히로시마와 나가사키 평화기념공원의 헌화 문제는 지금까지도 네일러의 애국심에 의구심을 불러왔고, 한편으로는 워싱턴의 친중파를 경계하게 만들었다.

물론 네일러도 맞받아쳤다. 본래는 공화당을 지지할 법한 히스패닉계 이민자 표를 자신이 가져올 수 있다고 어필하는 델가도가 그만큼 민주당의 주장에서 멀어지고 있다는 점을 들어 '자리를 잘못 찾아 민주당 예비선거에 나왔다'고 야유했고, 그의 '편중된 지지기반'을 강조하며 그가 입에 올리는 농담 하나하나에서 '지독한 향수 냄새가 풍긴다'고 비웃었던 것도 네일러였다.

비방전에서 상처 입기는 양쪽 지지자들도 마찬가지였다.

힘겹게 승리한 네일러는 거당 체제를 구축하기 위해 고육지책으로 델가도를 부통령 후보로 지명했지만, 보스턴 출신인 네일러를 지지하는 동부 부유층을 중심으로 한 광범위한 지지자들과, 최초의 히스패닉계 대통령으로 델가도를 지지해온 '마이너리티' 층, 그리고 중도층이 다시 심각하게 대립하기 시작한 것이 선대본부의 새로운 걱정거리였다.

워런은 묘하게 푸념조로 시작된 회의에 처음에는 공부하는 마음으로 귀를 기울였지만, 너무 의욕을 앞세운 탓인지 어느새 오랜 버릇대로 메모지 위에 낙서를 긁적이기 시작했다.

"……동아프리카 전쟁에선 철수론도 지속론도 영 불거지지 않아요. 지루하게 이어지는 분위기죠. 9·11에 맞춰 보도한 예의 미군 병사 학살 뉴스의 영향도 한정적이었어요."

"애당초 보도에서 패기가 느껴지질 않았어. 뉴욕에서 반전 데모가 일어났다. 너무 빤한 얘기잖아?"

"맞습니다. S&N에서 만들어낸 '웃는 얼굴로 성조기를 흔드는 아프리카 아이들'의 이미지가 국민들 머릿속에 박혀버렸어요.
……"

적대하는 공화당 진영 PR회사에 험담을 퍼붓는 LMC 쪽 사람들의 얘기에 귀기울이면서, 워런은 완성된 자기 그림에 흥분했다.

'……제길, 난 역시 만화가가 됐어야 해! ……'

작정하고 그린 건 아니었지만 로런 키친스의 그 캐리커처는 보고 있으면 부아가 치밀 만큼 실물과 꼭 닮았다. 푸른 힘줄이 선 얄팍한 이마며 옅은 눈썹, 푹 꺼진 음침한 눈, 짤막한 콧대와 위압적인 콧방울까지 어디를 뜯어봐도 절묘했다. 마지막 마무리로 안경테를 조금 짙게 칠했는데, 그건 쓸데없는 짓이었다. 철사처럼 가느다란 테의 예리한 느낌을 망쳐버린 것이다.

"……총기규제만 하더라도 '반대 64퍼센트'니 어쩌니 하는 수치는 다 게이티드 커뮤니티*를 개발하는 부동산 업계의 PR 탓이에요."

"게이트 밖을 상어가 헤엄치는 바다로 비유했던……"

"맞아요. 그 이미지예요. 치안 악화를 숫자로 이해한 게 아니죠. ……"

이왕 시작했으니 네 사람 다 그려봐야겠다 싶어 이번에는 마

---

* 외부인 출입 제한 주택지.

이크 델가도의 캐리커처에 착수했다. 그것도 간단했다. 리조트 호텔풍 욕실에서 비누 포장을 뜯으면 반질반질한 델가도의 웃는 얼굴이 나온다. 새것처럼 각이 선 모서리를 강조하고, 말풍선에 '워싱턴을 깨끗하게!'라고 써넣고, 연설이 뛰어나다고 평가받는 그의 '세탁 혀washing tongue'를 살짝 외설스럽게 강조해준다. 목소리가 좋다고 은근 자랑하는 면도 음표를 그려서 담아내자. 호오, 걸작인데. 오리지널리티는 부족하지만, 그림의 완성도는 단연코 오리지널보다 나았다.

"……윤리문제는 터부예요. 인공 임신중절이 헌법으로 금지된 게 육 년 전? 칠 년 전인가요? 호황으로 실업률이 낮아지면 그런 건 정권 선택의 이유에서 뒤로 밀리게 마련이에요. ……"

발동이 걸렸다. 다음은 아서 레인. 잠깐 망설였지만, 딸인 우주비행사 릴리언 레인을 떠올리자 유달리 또렷한 눈과 입을 잘 표현할 수 있었다. 우주선 '던'도 그럴싸하게 그리고, 그걸 손으로 가리키며 '어때요, 훌륭하죠?'라며 자랑하는 모습을 그렸다. 화성이 상징하는 군신 마르스의 이미지를 가져와 고대 로마 전사 같은 모습으로 꾸몄다. 훈장도 달아줄까. 내친김에 릴리언도 그려주자. '던'의 동체 부분에 입을 맞추고 하트 마크. 이건 좀 심한가. ……

"……그런 데 관심을 가진다면 고생할 게 없겠지. 재정 누적 적자가 130조 달러야. 누가 그걸 실감할 수 있겠나? 그저 숫자일 뿐이야. 게다가 공화당은 자기들이 부풀려놓은 그 막대한 적자를 충실한 사회복지를 내건 네일러의 '큰 정부' 비판으로 바꿔치기하려 들잖아."

"재작년에 베스트셀러가 된 책이 있었지. 음, 뭐더라……"

"『미합중국 도산』?"

"그래, 그 저자는 어때?"

"키스 머레이? —아직 모르나?"

"뭘?"

"올해 초에 코카인 소지로 체포됐어."

"……"

당했군. 워런은 속으로 그렇게 한마디 중얼거렸다. 드디어 마지막 차례 그레이슨 네일러였다. 자, 그런데, ……어떻게 생겼더라? 손은 선을 그리고 싶어 근질거렸지만 아무것도 떠오르지 않았다. 윤곽은, ……아니, 특징이 먼저지. 제일 먼저 떠오르는 부분이 어디일까? ……펜 끝은 계속 허공을 헤맸지만 착지지점이 보이지 않았다.

워런은 갑자기 불안해진 손놀림으로 먼저 눈을 그려보았다. 어딘지 모르게 달랐다. 지우고 다시 그렸다. 썩 마음에 들지는 않았지만 이어서 코와 입을 그렸다. 점점 더 멀어지는 기분이었다. 자포자기한 심정으로 머리칼과 윤곽으로 마무리해보았다.

—누구야, 이건? ……

그렇게 매일같이 자료 영상으로 얼굴을 봐왔는데 왜 안 그려지지? 나지막이 혀를 차고 선을 덧붙여가자 조금씩 가까워지긴 했지만, 아무리 해도 핵심에는 닿지 못하는 느낌이었다.

'빌어먹을, ……'

"……그럼 자료를 보여주겠나, 워런?"

'……왜 이렇게 안 풀려. ……'

"워런 가드너, 자네 차례야."

별안간 귀로 날아든 자신의 이름에 그는 교사에게 지적당한 학생처럼 허둥거렸다. 모두가 그를 주목하고 있었다.

"……네" 하고 헛기침을 한 후, 준비해온 '잭 대니얼'의 영상을 회의실 한쪽 벽에 설치된 모니터에 비추고 앞을 향해 섰다.

다들 어리둥절한 표정을 지었고, 곧이어 그 의미를 생각하며 한숨을 내쉬었다. 왜 그러나 싶어 고개를 갸웃거리며 뒤돌아본 후에야 워런은 앗 소리를 질렀다.

벽에는 훌륭할 만큼 특징이 잘 잡힌 세 사람의 당당한 얼굴과 너무 모호해 그 누구도 아닌 듯한 한 남자의 얼굴이 또렷이 대조를 이루며 늘어서 있었다.

"아, 그게, ……시간이 없어서." 그가 뚱딴지같은 변명을 했지만 LMC 책임자는 "됐어. 빨리 하기나 해"라며 재촉했다. 선대 본부의 미디어 대책 책임자 셸던 랭걸은 "곤란한 재능이군"이라고 말하며 미소를 건넸다.

워런은 마음을 다잡고 짐 킬머가 건네준 잭 대니얼 방의 서모그래피 영상을 재생했다. 일동이 기묘한 표정을 지으며 몸을 앞으로 내밀었다.

앞선 전화 통화에서 이들이 '닌자'의 존재는 대강 알고 있지만 미국 국내에서 사용된 예에 대해서는 아무 정보도 없다는 것을 추측할 수 있었다. 얘기해보니 역시나 예상했던 대로라, 이곳에 와서 만나자마자 "어떻게 그런 걸 알았나?"라며 몹시 놀라워했다.

"국방 고등연구 계획국은 오래전부터 이 분야의 연구에 조성금을 내고 있어. 우리 쪽에서도 조사하고 있는데, 이 모기의 움직임이 부자연스러운 건 분명하군. 포만감을 느끼는 유전자가 손상되었거나, 인간이 내뿜는 이산화탄소에 과잉반응하도록 개량되었거나, 혹은 원격조종을 받고 있거나. ……어쨌든 자연계의 평범한 모기는 아닐 거라는 의견이었지."

워런은 랭걸의 말에 평정을 가장하면서 남몰래 가슴을 쓸어내렸다. 파파라치가 물어다준 이 정보를 정말로 믿어도 될지 스스로도 내심 불안했던 것이다.

"그런 것 같습니다."

"이 학질모기도 증거물로 갖고 있겠지?"

"네. 다만 이 방에서 회수했다고 증명하긴 어렵습니다."

"어디 있나?"

"저희 직원이 갖고 있습니다."

"믿을 수 있나?"

전직 파파라치라고 말하려다 생각을 바꿨다.

"원래는 프리랜서 저널리스트였습니다. 가져오는 자료를 보면 일은 제대로 하는 것 같은데, 나중에 프로필을 제출하겠습니다."

캐리커처로 긴장이 풀려버린 출석자들 사이에 피로의 물결이 급속도로 번져나갔다. 짐 킬머가 아니라 바로 자신이 검증당하고 있음을 워런은 그들의 눈빛에서 느낄 수 있었다.

"다음 영상입니다. ─피해자 잭 대니얼이죠. 프로필은 나눠드린 자료에 있습니다. '산영' 영상을 몇 개 가져왔습니다. ─죽기 석 달 전 리치먼드 시내의 쇼핑몰을 찾았을 때의 영상입니다. FBI 와처인 사용자가 이 사건에 주목하고 코멘트를 달았지만 무슨 수사인지는 모르는 것 같습니다. 그리고, ……그의 도요타 자동차가 교외 고속도로를 달리는 장면. 이건 개인 소유 자동차에 장착된 카메라가 촬영한 영상입니다. 잘 아시겠지만, 보험 가입 조건이 된 후로 지금은 다들 차에 카메라를 설치해두니까요. 이것도, ……그리고 이것도, ……날짜와 시간은 전부 다릅니다. 검색기능을 통해 드문드문 나온 것들인데, 주목도가 낮은 사건이니 가짜 영상은 섞여 있지 않다고 볼 수 있겠죠. 일하는 모습은 없습니다. 어쨌든 수가 극단적으로 적은 걸로 보아 '가소성형'을 통해 여러 얼굴을 갖고 있었을 가능성이 있습니다."

"가소성형이라니?"

몇 명이 고개를 갸웃거려서 워런은 보충 설명을 했다.

"얼굴 안에 이른바 가소성 실리콘이라는 물질—사실 실리콘이 아닌 것 같습니다만—을 주입해 이런 식으로." 그는 양쪽 뺨을 오른손으로 올렸다 내렸다 한 후 말을 이었다. "형태를 바꿀 수 있게 했습니다. 특수한 광선을 쐬면 단단해지거나 부드러워지거나 부풀거나 움츠러들거나 하죠. ……그리고 절개한 눈 가장자리를 일시적으로 접착하거나 가발을 쓰거나 하기도 합니다. ……과거의 '산영' 영상이 나오지 않는 걸 보면 어느 시기에 대대적인 기초성형을 했을지도 모릅니다. 즉 두세 개의 얼굴을 갖고 있었을 가능성이 있습니다."

"정말 그런 사람이 있나, 요즘엔?"

나이 지긋한 참석자가 놀란 듯이 물었다. 워런은 멀리 갈 것도 없이 이 영상을 가져온 우리 직원 짐 킬머도 가소성형을 했다고 말하려 했지만 이번에도 머뭇거렸다. LMC에서 온 젊은 직원이 그를 대신해 대답했다.

"우리 회사와 자주 일하는 배우 중에도 있어요. 그런 이들은 어차피 성형을 하게 마련인데, 이십 년 전처럼 딱딱하게 굳힌 얼굴을 만들고 허물고 수선하는 과정을 평생 반복하던 시대에서 지금은 '움직이는 얼굴' 시대로 변해가고 있어요. 아직은 분위기만 바꿔주는 수준이지만, 배우들은 역할에 따라서 가소성형한 몇 종류의 얼굴을 나눠 활용하기도 하죠. 눈구멍의 깊이만으로도 인상이 완전히 달라지니까요. 개인적 용도의 얼굴을 만들어두면 변장하고 다닐 필요도 없을 테고, 여름에는 특히 편하죠. —이런 건 역사의 필연이라고 봅니다. 사진에서 정적인 미를 궁극까지 추구한 후 영화의 시대가 도래한 것처럼, 움직이지 않는 것의 시대 뒤에는 반드시 그것을 움직이는 시대가 이어지니까요."

"배우야 이해가 가지만, 일반인에게도 그런 기술이 필요할까?"

"변장하고 싶은 사람들이 있는 한은 그렇죠. 아직은 수술비용이 턱없이 비싸서 부자들한테만 퍼졌지만, 가격이 내려가면 아마도."

"그런가?"

"네. 현재 세계에서 가소성형이 가장 발전한 나라는 일본인데, 수술비용이 상당히 저렴합니다."

"결국 기록 미디어에 달린 셈이죠. 일본은 그 좁은 국토에 '산영'을 쫙 깔아놨어요." 이번에는 일본통인 선대본부 미디어 대책 담당자가 끼어들었다. "게다가 역사적으로도 흥미롭죠. 주제에서 조금 벗어나지만, 일본에는 『겐지 이야기』라는 고전이 있습니다."

그는 모니터에 위키피디아의 『The Story of Genji』 페이지를 띄웠다.

"이것이 지금 미디어론적 시점에서 다시금 주목받고 있습니다. 분인주의(dividualism, 디비주얼리즘)의 디비주얼스(dividuals)와 인터넷의 '산영(divisuals)' 모두를 생각해볼 수 있다고.

첫번째 의미는 간단합니다. 주인공 히카루 겐지는 굉장한 플레이보이로, 여러 여자들을 위한 분인(分人, dividual)을 내면에 품고 있죠. 개인(個人, individual)이 대인관계에 따라 완전히 분열(divide)하는데, 이건 현대 일본인의 특징이기도 합니다. 누구와 함께 있느냐에 따라 인격이 확확 바뀌죠. ─이건 크게 상관없고, 여기서 중요한 것은 또다른 의미입니다.

히카루 겐지라는 인물을 자극하고 움직이는 것은 젊어서 세상을 떠난 어머니 기리쓰보노 고이에 대한 사모의 정인데, 그것을 구체화하는 인물이 바로 그의 어머니를 쏙 빼닮은 계모 후지쓰보입니다. 그는 그 계모의 모습을 찾아 숱한 여자들에게 손을 뻗칩니다."

참석자들은 휴식 삼아 다리를 꼬고 웃으며 이야기를 들었다.

"『겐지 이야기』에서 중요한 부분은 '같음' '닮음' '다름'이라는 세 가지 비교양태입니다. 히카루 겐지는 죽은 어머니, 다시 말해 계모와 '닮은' 여자에게 매료됩니다. 왜일까요? 그것은 당시 인간의 외관을 기록하는 미디어가 뇌 속의 '기억'뿐이었기 때문입니다. 사진이나 비디오와는 비교조차 할 수 없는, 정밀도가 매우 낮은 기록장치죠. 게다가 여자들은 하나같이 어스름한 그늘에 숨어 있습니다. 전기도 없죠. 막상 '닮았다'는 여자 앞에 선다 한들 기억 속 어렴풋한 어머니의 이미지와 지금 눈앞에 있는 여자의 모습이 같은지 어떤지 비교할 방법이 없어요. 생각하기에 따라 어떻게도 바뀔 수 있는, 지극히 모호한 이야기죠.

극단적으로 말해, 당시에는 얼굴이라는 게 별로 엄밀하지 않았어요. 지금처럼 선명하고 또렷한 것이 전혀 아니었죠. 어렴풋하고 어딘지 모르게 모호한 것. 그것이 바로 인간의 얼굴이었습니다. ―조금 전 네일러의 얼굴처럼."

그렇게 말하며 갑자기 자기를 돌아보는 바람에 워런은 순간적으로 입매를 일그러뜨렸지만, 얘기를 끊은 것을 미안해하는 듯한 그 일별에 새삼스레 '계속하시죠'라는 몸짓을 해 보였다.

"그런데 그후 회화, 사진, 영상을 거치며 기록 미디어의 정밀도가 비약적으로 향상되었고, 나아가 사진이나 영상이 누구나 일상적으로 찍을 수 있는 저렴하고 부담 없는 대상이 되었죠. 얼굴은 점점 더 선명하고 또렷해졌습니다. 얼굴의 중요성이 높아졌다고 해도 좋을지 모릅니다. 상대적으로 다른 능력의 평가는 저하되었죠.

금세기 초의 불가소성형 기술은 그러한 시대의 산물인 셈입니다. 가장 아름다운 단 하나의 얼굴을 사진이나 영상 같은 기록 미디어에 담고 싶다, 기억을 늘 그것과 대조해달라는 얘기죠. 필름에서 디지털카메라로 옮겨가면서 사진 촬영의 기회가 일반적으로 늘어난 것과 성형수술이 널리 퍼진 것은 완전히 동시대적 현상입니다.

다른 한편으로 인간은 하루 중 근무시간에는 회사에서 기능에 따라 분화하고 그후에는 인터넷이나 교우관계 속에서 취미에 따라 분화하면서, 대인관계의 다양성만큼 자기 안의 분인을 점점 늘려가지 않으면 도저히 살아갈 수 없게 되었죠. 저 사람을 만날 때와 이 사람을 만날 때 다른 디브div를 취하는 식으로 말입니다. '산영'은 바로 그런 시대에 등장한 겁니다.

얼굴이라는 것이 매우 또렷해져서 저 사람의 얼굴은 이러이러하다고 모두가 사진이나 영상 같은 데이터와 기억을 대조하며 살게 된 시대에, '산영'은 그 유일한 얼굴을 이용해 한 인간이 지닌 분인을 모조리 통합해버리죠. 물론 방범카메라의 정밀도가 높아진 것도 한 가지 원인입니다. 예전과 같은 흐릿한 영상으로는 불가능했을 테니까요.

따라서 가소성형은 모든 장소에 자기 모습이 기록되어버리는 시대에 그 미디어의 특성에 상응해 널리 퍼져가는 기술이 된 셈이죠. 얼굴을 이용한 검색으로 여러 장소에서 여러 사람을 만났던 자기를 일괄적으로 한데 모을 수 없도록 말입니다. 얼굴이 다르면 '산영'은 동일인물로 인식하지 않으니까요.

결과적으로 가소성형의 등장과 함께 인간은 마침내 타고난 단 하나의 얼굴에 구속되는 시대에 작별을 고한 셈입니다. 본래 얼굴에 따라 다르겠지만, 일본에는 한 사람에게 전혀 다른 얼굴을 네다섯 개씩 만들어주는 의사도 있다고 합니다."

다들 식은 커피를 마시며 이따금 고개를 끄덕이거나 메모를 하며 망연히 귀를 기울였다. 그런 느슨한 분위기가 싫었던 랭걸은 "과연" 하며 고개를 끄덕인 후, "잘 알았네만 이야기가 주제를 너무 벗어났군. 아까로 되돌아가지. —미안하네, 워런. 계속하게"라며 펜으로 그를 가리켰다.

"아, ……네."

워런은 무슨 얘기를 하던 중이었는지 떠올리며 입을 열었다.

"음, ……아, 그렇죠. 조금 전 얘기에서도 나왔지만, 평범하지 않은 일에 연관되어 있으면 역시 얼굴이 몇 개씩 있는 게 편리하다는 겁니다. 그런 의미에서도 잭 대니얼은 수수께끼가 많은 인물이죠. 그가 가소성형을 했다는 가정하에 하는 얘기지만."

"버지니아 주법州法에선 유비쿼터스 ID 휴대가 의무던가?"

"아뇨. 아마 그래서 이주지로 선택했겠죠. 지역색으로 볼 때 본래 '산영'에 비협조적이고, 치안유지는 자위自衛나 경찰권력이 기본입니다. 총기소지율도 높고요."

"스파이인지 테러리스트인지. —신분은 확실치 않고?"

조도를 낮춘 어스름한 실내 한 귀퉁이에서 랭걸의 안경이 모니터 빛을 반사하며 눈빛을 감췄다.

"지금 우리 직원이 조사하는 중입니다. 아마추어라 어느 정도까지 밝혀낼지는 알 수 없지만. ……"

"이쪽에서도 손을 쓸 테니, 필요한 경비는 청구하게. —어찌됐든 이 '닌자'라는 것의 출처가 정말로 미군인지부터 확인해야 해. 그것을 설득력 있게 주장해 국민들이 믿게 만드는 게 관건이야. 그런 어리석은 무기를 사용하고 관리도 제대로 못했다면 국제적으로 큰 문제야. 미국의 수치지."

"출입국 관리의 허술함도 문제가 되겠죠."

다들 고개를 끄덕이는 와중에 랭걸이 갑자기 주먹으로 책상을 가볍게 두드렸다. 워런은 그 소리에 흠칫했다.

"다만, 이 잭 대니얼이라는 남자의 정체는 또다른 문제야. 살해됐지만 아무래도 단순한 피해자 같진 않군. 이 남자는 과연 누구지? 누구의 적이었지? 미국의 적이라면 안전보장 문제에서 불안하다고 여겨지는 네일러에게 불리한 요소가 돼. 국민들은 '악당에게도 지나치게 친절한' 네일러는 도저히 미국을 지켜낼 수 없을 거라고 느끼겠지.

게다가 이런 남자가 태연한 얼굴로 돌아다녔다면, 공화당은 틀림없이 분인주의 유행이 야기한 도덕적 부패라는 방향으로 여론을 조작해서, 급진파 자유주의자에게 거부반응을 보이는 지지자들이 단번에 민주당에 등을 돌리게 만들 거야.

자네들은 나를 노인 취급 하지만, 디비주얼리즘에 대한 반발은 자네들의 생각 이상으로 뿌리깊어. 성실함을 미덕으로 삼는 이 나라를 지탱해온 토대를 파괴할지도 모르는 사상이니까."

참석자들이 랭걸의 말투에 압도당하는 모습을 워런은 은근히 감탄스러운 심정으로 말없이 바라보았다.

"자네들이 이 자리에서 드러내는 분인이 자네들이 다른 공간에서 구사하는 다른 여러 분인들과 어느 정도 비율로, 어떤 식으로 자네들 내부에 네트워크화되어 있는지 난 알 수 없고 묻지도 않아. 그러나 지금 국민은 그 복잡성과 불안감으로 인해 어떤 계기만 생기면 그 반동으로 단숨에 무너져버릴 아슬아슬한 지경까지 와 있어. 히피 자유주의자들 무리가 약으로 자기 안의 분인을 용해시켜 개인의 전체성을 회복하자고 주장하는 판국이란 말이지. 나는 나라는 거야. 에드먼드 버그의 책 같은 것이 팔리는 이유도 바로 그거야. 고리타분한 보수주의와 한끗 차이지. —이대로 놔둘 순 없어."

회의장은 긴장감을 띠며 고요히 가라앉았다. 랭걸은 틈을 두지 않고 부하직원인 미디어 대책 담당자에게 물었다.

"'산영'은 그런 우리를 안심시켜줄 시스템일까? 난 국민의 상호 감시라는 게 도무지 마음에 안 드는데."

그는 눈썹을 한껏 치켜세우며 입을 다물고, 수염이 나부낄 만큼 깊게 숨을 몰아쉬었다.

"장기적으로는 위화감의 목소리가 줄어들 걸로 보입니다만, 아직은 저항이 크죠. 일반적으로도."

"경영자 피터 골드와 시드니 챈은 우리 편이라고 봐도 좋을까?"

"음, 글쎄요……"

역시나 여기저기서 쓸쓸한 웃음이 새어나왔다.

"로비활동에는 열심이지만, 본심은 여전히 인터넷에 대한 이해가 없고 전쟁을 선호하는 현 공화당보다는 그나마 민주당이 낫다는 정도겠죠. 오히려 충성심 높은 사용자들이 노골적인 정치불신을 품고 있어요. ……

방범카메라, 감시카메라의 세계적 네트워크를 구축하려는 사람이니 피터 골드의 사상이 반동적으로 여겨지는 건 어쩔 수 없겠지만, '산영'이 등장한 경위 자체는 매우 반권력적입니다.

잘 알려져 있듯이 금세기의 감시사회화에는 '런던형' 모델과 '도쿄형' 모델이 있습니다. 국가나 시에서 공공자금으로 무수한 감시카메라를 설치하고 집중 관리하는 방식이 런던형, 편의점이나 상점가, 그리고 아파트 등에 시민들이 독자적으로 설치한 사설 방범카메라를 범죄 발생시에 경찰이 이용하는 방식이 도쿄형입니다. 도쿄형은 예산이 들지 않고 국민들에게 설치 동의를 정치적으로 얻어낼 필요도 없어서 어느새 전 세계에 침투했죠. 실제 운용 면에서는 두 가지를 섞은 경우가 대부분이지만.

피터는 현실적으로는 경찰과 치안권력 쪽만 그런 사설 방범카메라의 정보를 파악하고 자의적으로 활용하는 상황에 저항하기 위해, 지금까지 뿔뿔이 흩어져 있던 방범카메라 영상을 네트워크화해서 인터넷으로 일반에게 널리 공개했습니다. 특히 경찰이 편의점 방범카메라 등에 안면 인증 기능을 심어두고, 미리 등록해둔 지명수배자 등이 찍히면 경찰서로 직접 연락이 가는 시스템을 이용하기 시작한 것이 계기였죠. 범죄와 관계없는 사람의 동향에도 활용될 가능성이 있었고요.

그렇게 해서 범죄 피해자 및 가해자의 사건 전후 동향을 사회 전체가 공유할 수 있는 구조를 만들었죠. ―처음에는 그랬습니다. 지금은 사전에 각자 등록하고 로그인만 하면 범죄와 관계없이 누구의 얼굴이든 검색할 수 있지만."

랭걸은 '지난 세기에 출생한' 사람에게 더없이 적합한 그의 설명에 고개를 끄덕이며 물었다.

"실제로 원죄冤罪는 줄었지?"

"네, 맞습니다. 오인 체포로 억울하게 죄를 뒤집어쓰는 사건이 전국 평균 38퍼센트 감소했어요. 재판에서 배심원의 판단에도 결정적인 영향을 미치게 됐죠. 게다가 범죄 억제 효과도 있었고요. 전국 평균 통계상으로 범죄율이 7퍼센트 가까이 감소했다는 결과가 나왔습니다."

"북동부 도시에서 그렇단 얘기겠죠?"

유일한 여자 참석자가 이론을 제기했지만 그는 고개를 가로저었다.

"아뇨, 꼭 그렇진 않습니다. 도시 지역에선 다같이 감소하고 있어요. 게다가 지방 교외에서도. ―다만 '산영' 협력 지역과 비협력 지역 간의 치안격차는 계속 벌어지고 있죠. ……"

성가신 얘기에 휘말려버렸다는 생각에 혼란스러워진 워런은 머리를 긁적이며 후회했다. 그리고 산만해진 대화가 따분해 그리다 만 네일러의 얼굴을 다시 바라보았다. 네일러가 아닌 다른 누군가를 닮은 기분도 들었지만, 그렇게 보자면 어디에나 있을 법한 흔한 얼굴이었다.

랭걸은 그의 기색을 눈치채고 논의를 일단 매듭짓고는 용기를 북돋아주듯 말을 건넸다.

"아무튼 심각한 문제야. 워런, 선거의 흐름이 단번에 바뀔 가능성이 자네가 하는 일에 달려 있어. 부디 힘을 빌려주게."

책상에 팔꿈치를 내려놓은 순간 처음으로 안경 너머 그의 눈을 또렷이 바라볼 수 있었다. 어딘지 모르게 미국 원주민의 가죽 공예품 질감을 연상시키는 눈이었다.

워런은 "네"라며 고개를 끄덕이고, 준비한 다른 자료를 불러내 그에게 전송했다. 뉴욕 스튜디오에 있을 때부터 충분히 알고 있었지만, 거대한 프로젝트에 관여하고 있다는 실감이 갑자기 혈액으로 섞여들어 온몸을 휘돌기 시작했다. 의욕이 솟구쳤다. 반면 짐 킬머라는 남자를 너무 쉽게 믿어버린 건 아닌가 하는 걱정도 들었다.

문득 '파파라치'라는 말의 이탈리아어 어원을 떠올리고 그는 미간을 한껏 찌푸렸다. 그것은 분명 '앵앵대며 날아다니는 모기'라는 뜻이었다.

6. 잃어버린 이 년 반

"이건 사명감이야, 아스토. ─나 개인의 문제가 아니야."

그날 노노 워싱턴은 평소라면 어떤 상황에서든 표정 속에 남겨둘 부드러운 탄력이 넘치는 미소를 완전히 제거해버린 듯한 얼굴로 아스토를 뚫어져라 바라보며 말했다.

"네가 의사로서 내 유전자 테스트 결과를 걱정한다는 건 잘 알아. 내 스트레스 내성 수치가 낮은 것도 과학적 사실이고, 안타깝지만 부정할 수 없어. 하지만 이건 어디까지나 수치상의 얘기야, 안 그래? 무사히 미션을 끝마칠 가능성이 훨씬 높아.

난 말이지, 아스토. 무슨 수를 써서든 꼭 화성에 가고 싶어! 아니, 반드시 가야 해! 인디애나 주 게리라는 깡패투성이 도시에서, 정말이지 피나는 노력으로 간신히 여기까지 올라왔어. 고생은 말할 수도 없지. 그건, ……일본인인 넌 알지 못해. ─그렇게 한 걸음 한 걸음 걸어 여기까지 왔다고! 내가 화성에 가는 건 나 같은 처지에 있는 모든 사람들의 희망이야! 인생은 스스로 바꿀 수 있다, 난 그걸 몸소 보여주고 싶어!

물론 나는 바보가 아니야. 알고 있어. 너니까 하는 얘기지만─ 그래, 누구보다 성실하고 신뢰할 수 있는 너니까! ─허 정권의 목적은 나 같은 처지의 사람들에게 희망을 심어주는 것이 아니야. 그런 사람들이 잇달아 전쟁터로 내몰리는 것을 사회의 눈에서 은폐하기 위해서지! 그들은 국군에도 못 들어가고, 민간기업의 비정규 병사로 전쟁터에 파견돼서 전사자로 헤아려지지도 못한 채 픽픽 죽어가고 있어! 그런데도 정부는 말하지. 어떤 환경에서 태어나든 자기 인생을 선택할 수 있다고. 노노 워싱턴도, 동아프리카에서 싸우는 애국 전사도 모두 스스로 선택한 길이라고.

알겠니, 아스토! 난 그걸 훤히 알아. 알면서도, 모든 걸 꿰뚫고 있으면서도 꾹 참는 거야! 귀환 후에 난 환한 표정으로 기자회견에 임할 거야. 나라는 인간이 신의 시험에 드는 건 바로 그 순간일 거야. 우리는 기회가 주어졌을 때 마땅히 말해야 해!

승무원들에게는 절대 피해 주지 않을게. 나한테 자격이 있다는 건 알잖아? 워싱턴 쪽은 내 선에서 설득했어. 다만 이언 해리스 실장이 걱정하고 있지. 그는 의사인 너의 판단을 중시해. 부탁이야, 올바른 판단을 내려줘. ……"

아스토는 욕실 세면대에 찬물을 틀어놓은 채 몇 번이나 얼굴을 씻어내면서, 우주비행사실장 이언 해리스에게 최종적으로 노노를 강력히 추천했을 때를 떠올렸다. 그 혼자만의 판단으로 결정될 일은 물론 아니었지만, 의견이 고려된 것은 사실이었다.

비정해질 수 없어서만은 절대 아니었다. 당시 유전자 테스트 결과는 불확정 요소가 많아 과대시할 수 없었다. 다른 후보자가 아니라 노노가 뽑힌 것도 NASA의 종합적 판단이었다. 노노의 아내 도티는 남편도 감사해하고 있다고 울먹이며 그에게 말했다.

아스토는 거울에 비친 제 얼굴을 바라보았다. 그리고 말없이 격려하듯 양손으로 천천히 그 형태를 확인했다. 주름 하나 없는 이마 밑으로 조금 거만한 듯 뻗은 눈썹. 살짝 들어간 눈. 이곳에서는 오히려 눈에 띄는 자그마한 코. 둥그런 턱선. ……거울 속 남자도 말대꾸 없이 똑같이 손으로 얼굴을 훔쳤지만, 어쩐지 본래 동작을 따라잡지 못하는 느낌이었다.

2층 서재로 돌아가니 모니터 앞에서 서성이던 교코가 돌아보며 물었다.

"샤워했어?"

"아니, 세수만 했어."

"그래. 말끔해 보이네."

뺨에 남은 물기에 에어컨 바람이 닿아 시원했다.

창으로 비쳐들어 바닥에 흘러넘치는 오후의 햇살이 아깝게 느껴졌다. 날씨가 늘 화창한데도 그런 느낌이 드는 건 예정에 없던 주말을 주체할 수 없어서라기보다, 인간이 태양빛을 에너지로 활용하는 기술을 알아버렸기 때문일 것이다.

지난달 지붕 위의 태양열발전 패널을 최신 사양으로 교체한 뒤로 발전효율이 비약적으로 향상해, 거실의 AR시스템에 소비돼온 입이 딱 벌어질 만한 전기료가 단번에 절반으로 떨어지는 바람에 두 사람은 깜짝 놀랐다. 움직임에 차이가 날 리는 없지만 기분 탓인지 태양이도 활기차고 건강해진 것처럼 보였다.

"엄청난 호화저택이네. 어디야? 서해안?"

아스토가 모니터에 띄워놓은 영상을 가리키며 교코가 물었다. 투명하게 아름다운 말리부 연구소와 미소 띤 직원들이 슬라이드 쇼로 흐르는 데번 사의 사이트였다. 그 옆에는 카본 탈이 '당신들에게 딱 맞을 거'라며 현지 부동산 회사를 통해 보내준, 시설에서 매우 가까운 '호화저택'의 영상이 나란히 늘어서 있었다.

"3백만 달러나 해. 말리부야."

"엄청나다. 저런 집에는 누가 살까?"

아스토는 말없이 모니터로 다가가 손끝으로 영상을 넘겼다. 발코니에서 곧바로 개인 해변으로 내려가는 계단. 실벚나무를 모티프로 삼았다는 거대한 이탈리아제 샹들리에가 달리고 천장이 위층까지 높게 뚫린 현관, 바다가 한눈에 바라다보이고 대리석 바닥이 깔린 드넓은 거실, 그리고 어디서 물을 끓이고 어디서 설거지를 하는지 짐작조차 할 수 없는 거대한 조각 같은 부엌. ……

"살아보고 싶어, 저런 집에?"

아스토는 시선을 맞추지 않은 채 물었다.

"저기? ……글쎄, 좀 그럴 것 같은데." 교코가 보브 스타일의 검은 머리칼을 흔들고 살며시 고개를 갸웃거린 후 농담조로 "뭐, 나쁘진 않겠지"라고 말하며 웃었다.

"당신이 좋다면, ……진지하게 생각해볼까 싶어서."

"생각……하다니, 뭘?"

물에 잉크를 떨어뜨린 것처럼 아스토의 미간에 그늘이 번졌다.

"……말했잖아, 지난번에."

교코는 아래를 내려다보며 조그만 입을 다물었다. 그리고 말을 붙일 엄두가 나지 않을 만큼 세차게 고개를 가로저었다.

"왜?"

아스토는 목소리에서 가시 돋친 기색을 감출 수 없었다.

"군수산업에 관련됐다는 그 얘기? 그거야, ……사실 그런 회사는 수없이 많아, 당신이 모를 뿐이지. 일본도 마찬가지야. 탱크를 만드는 자동차회사도 있고, 미사일을 만드는 전기회사도 있어."

"그럴지도 모르지만, ……당신은 그런 회사에서 일하면 안 돼."

"왜?"

"사람들에게 꿈과 희망을 줬으니까. ─나도 받았고. 그러니까 실망시키지 마. 지난번 NHK 프로그램에서도 아이들이 하나같이 초롱초롱한 눈빛으로 당신을 바라봤잖아. ……"

"그건 좀 잘못된 거야. 나도 물론 올바른 이야기라고 생각하긴 해. 하지만, ……난 그렇게 훌륭한 인간이 아니야. 그저 화성에 다녀왔을 뿐이지."

"아무나 할 수 있는 일은 아니잖아? 인류 역사상 여섯 명뿐인데."

"전 세계에서 훌륭한 사람 여섯 명을 뽑아 화성에 보낸 게 아니야. 우주비행사에 적성이 맞는 여섯 명이 뽑힌 거지."

"그렇게 자조적으로 말하지 마."

"사실이야. —대단한 일이 아니라고. 난 그렇게 존경받을 만한 인간도 뭣도 아니야. ……"

선 채로 그녀를 내려다보며 말하고 싶지 않았던 아스토는 모니터 앞을 벗어나, 앞머리에서 눈가로 떨어진 물방울을 훔쳐내고 소파에 앉았다.

"그래서 동아프리카에서 전쟁을 벌이는 회사에 취직하겠다는 거야?"

"전쟁, 전쟁. 당신이 대체 언제부터 그렇게 정치에 관심을 가졌지? 왜 이래, 갑자기? 누구한테서 무슨 말이라도 들은 거야?"

"당신이 지구에 없었던 이 년 반 동안 상황은 변했어. —똑같지가 않아."

순간 아스토는 그 말을 억지로 삼켜보려 했지만 몸이 받아들이지 못한 듯 부르르 떨렸다. 그래서 거칠게 소리쳤다.

"그래서 그 이 년 반을 되돌리려고, 보충하려고 나도 나름대로 최선을 다하고 있잖아! 그건 내가 가장 괴로워하는 문제라고!"

교코는 시선을 피하지 않고 그를 응시했다.

"당신만이 아니야. 지구에 남겨졌던 나 역시……"

"알아! 안다니까, 그건."

아스토는 벌레를 털어내는 듯한 몸짓으로 그녀의 말에서 도망치더니, 자기 자리를 찾아 헤매듯 방안을 왔다갔다하기 시작했다.

"내가 아무리 사람들에게 꿈을 심어줬어도, NASA가 유인 화성 탐사를 실현할 수 있었던 건 현 공화당 정권 덕분이야. 민주당은 예산을 투자할 생각이 없었어. 그 공화당이 동아프리카에서 전쟁을 하고 있지. 데번 사는 전쟁을 돕고 있지만, 그전에 유인 화성탐사에도 협력했어. 모든 것이 다 연결돼 있다고. 완전히 순화해버리는 건 불가능해. 당신처럼 표현한다면, 애초에 유인 화성탐사 자체가 전쟁 스폰서들에게 더럽혀졌다는 얘기가 되겠군."

교코는 냉정함을 유지하기 위해, 누가 꼬집은 것처럼 경직된 그의 뺨에 시선을 주었다. 반박하고 싶었지만 말이 잘 정리되지 않았다.

아스토는 신념이라기보다 그녀의 말문을 막으려고 꺼낸 자기 주장의 정당성을 주체할 수 없었다. 그래서 "……나도 그 이 년 반을 어떻게 보상할지 나름대로 고민하고 있어. 당신이 기뻐하는 걸 보고 싶어"라고 말했지만, 무의식중에 입 밖에 낸 '보상'이라는 말이 두 사람 사이에서 멋대로 퍼져가 수습할 수 없게 될 듯한 분위기에 불안을 느꼈다.

"난 당신을 생각해서 한 말이야. 전쟁을 반대하는 목소리가 커지고 있으니, 당신은 틀림없이 타깃이 될 거야."

"지나친 생각이야."

"왜 NASA를 그만둬야 해? 그렇게 노력해서 우주비행사가 됐는데."

그는 간신히 소파에 앉았지만, 하필이면 창으로 들이친 햇빛이 닿는 자리라 눈이 부셔서 그늘로 물러났다.

"……솔직히 말하면, NASA에는 이제 내가 설 자리가 없어. 세간에 공표되지 않았지만 이번 미션에서 나에 대한 평가는 좋지 않았어. 쓰쿠바로 돌아가 JAXA*에서 일하는 것도 좋겠지만, ……일본으로 돌아갈 마음은 없어."

교코는 햇빛이 드는 그의 옆자리로 가서 앉았다.

"이유가 뭐야? 당신은 임무를 완수했잖아. 혹시 일본인이라서?"

"아니, 그게 아니야. 여러 가지 일이 있었어. ……치명적인 실수도 있었고."

"실수?"

"그래, ……실수."

그녀는 처음 들은 그 말에 놀라움을 감출 수 없었다.

"무슨 일인데?"

"……나중에 얘기할게."

---

* 일본 우주항공 연구개발기구.

"지금은 안 돼?"

"마음의 정리가 안 됐어. ―게다가 나 혼자만의 문제도 아니라서. ……"

아스토는 그렇게 말한 후, 뭔가에 이끌린 듯 모니터 속 말리부 바다를 바라보았다. 그는 아직 한 번도 가본 적 없는 그 장소에 억누르기 힘든, 스스로 생각하기에도 불가사의할 만큼 강렬한 향수를 느꼈다.

"……돈에 연연하는 게 아니야. ……그러니 그렇게 멸시하지 마. ……"

"난 멸시한 적 없어." 교코는 의아스러운 듯 표정을 굳히며 부정했다. "왜 그래, 당신? 그런 식으로 말하면 알 수가 없잖아. 나한테 말해봐야 소용없다는 거야?"

"그건 아니야. ……지금 상태가 싫어."

"……"

"우리에게는 다다를 목적지가 필요해. ―적어도 지금 나에게는. ……조용한 안식의 장소를 원해. 우리 둘이 다시 한번 행복했던 그 시간으로 돌아갈 수 있는 장소. ……"

그녀는 아스토의 말이 의외였다. 언제 적 얘기를 하는 걸까? 지진 전 도쿄에 살던 때일까?

"NASA를 그만두는 건 상관없어. 당신이 알아서 결정할 일이니까. ―하지만 데번 사 말고도 할 수 있는 일은 얼마든지 있잖아? 지금은 싫다고 거절하지만, 텔레비전 CM이든 뭐든 그냥 하면 되잖아."

아스토는 표정을 흐리며 고개를 저었다.

"왜 하필 데번 사야? 왜 그렇게 연연해?"

"연연하는 게 아니야."

그녀의 절박한 목소리에 아스토는 뭔가 짚이는 것이 있는 것처럼 눈을 크게 뜨며 입술을 깨물었다.

"카본 탈 씨는 내 상황을 잘 이해하고 있어. 당신이 참석하지 않은 지난번 파티에서 확신했지. 그 사람은 총명하고, 게다가 친절해. 지금 나한테 어떤 도움이 필요한지 누구보다 잘 알아. ……머물 곳이 필요해. 단순한 장소가 아니야. 우리가 존재하기 위한 장소야. ……당신은, ……오해하고 있어."

"당신에게 호의적인 건 그 사람만이 아니잖아?"

아스토는 고개를 휙 쳐들었다.

"—무슨 뜻이지?"

"어?"

"당신 혹시, ……릴리언이 데번 사에 있었던 것 때문에 그래?"

눈을 마주치지는 않았지만, 자리에서 일어선 그녀의 맨발에 충분한 표정이 담겨 있었다.

"그게 아니라, 다른 회사도 있다는 뜻이야. —여기서 왜 뜬금없이 릴리언 얘기가 나와?"

교코는 대답을 기다리며 한동안 서 있다가 말없이 방에서 나갔다.

　책상 위의 모니터 영상이 천천히 바뀌었다. 바다와 하늘을 온통 황금빛으로 물들이며 기울어가는 저녁해가, 지금도 여전히 기억 속에서 숨막힐 듯 강렬한 빛을 내뿜고 있는 우주의 눈부신 태양을 되살려내려 했다.

　아스토는 오른손 안에서 하나의 침묵이 되살아나는 것을 느끼고 몸서리쳤다. 떨림을 억누르기 위해 그 감촉을 움켜쥐려 했지만, 손가락은 되레 그에 저항하듯 피 같은 땀에 미끄러지며 경련하듯 펼쳐져버렸다.

　손바닥을 덮듯 왼손을 얹은 후 눈을 감고 꼭 움켜쥐었다. 힘없이 떨어뜨린 머리를 흔들었다. 지금은 그저 모든 것을 잊고, 의식에 엉겨붙은 시간의 사체에서 한시바삐 해방되고 싶었다.

2장

행성과
갈팡질팡하는
사람들

7. 그날, 국제우주정거장에서 너는, ⋯⋯

—바로 이것이 지구였다.

거대한 나이프로 흰색 유화물감을 대담하게 덧바른 듯한 구름 틈새로 질 좋은 터키석처럼 선명한 빛깔의 바다가 엿보였다. 갈철석 파편 같은 육지의 형태를 응시하다보니, 마침 이베리아반도 언저리임을 알 수 있었다.

위성궤도에서 내려다보면 늘 그렇듯, 해안선이 그려내는 어마어마하게 장대하고 한 치의 어긋남도 없는 대지의 윤곽은 지상 훈련을 할 때 본 CG보다 오히려 어린 시절 봤던 종이 지도에 가깝게 느껴져서, 결국 이걸 본뜨고 싶었던 걸까 하는 생각에 오히려 그 서투름이 사랑스럽게 다가왔다.

모든 것이 눈도 뜰 수 없을 만큼 찬란한 빛에 휘감겨 있다. 이미지는 전혀 겹치지 않지만, 말로 표현하자면 영락없이 태양빛을 반사하는 거대한 '미러볼' 같은 느낌이었다.

우주의 어둠은 영원히 깨지 않는 깊은 잠처럼 순수하고, 그 어떤 혼탁함도 받아들이지 않았다.

창백한 대기층이 흐릿해지는 의식 끝자락의 꿈처럼 황홀하게 지구 표면을 뒤덮고 있다. 자애로 가득한 눈동자처럼 고요한 그 곡선을 저멀리, 서로 부딪치지 않는 것이 신기할 정도로 수없이 많은 인공위성이 에워싸고 있고, 시선 끝에는 유달리 위압적인 미국의 군사위성이 우뚝 솟아 있었다.

아스토는 국제우주정거장(ISS)의 일본제 실험 모듈 '키보(希望, 희망)'에 딱 하나 열려 있는 작은 창 아래로, 건설중인 유인화성탐사선 '던'의 동체 부분을 바라보았다. 실제 미션에서는 대기권을 탈출하는 로켓으로 여기까지 날아온 뒤 '던'으로 갈아타고 화성으로 향하게 된다. 각 부분의 최종 조립은 우주에서 작업하기로 되어 있었다.

그는 늘 그러듯 그 표면에 무수히 적힌 이름 중에서 '長谷川陸(하세가와 리쿠)'라고 한자로 쓰인 일본인 이름을 찾아내 "안녕"이라고 인사를 건넸다.

NASA는 전체 길이가 150미터에 달하는 이 로켓의 표면에 개인이나 조직, 기업 등의 이름을 써넣을 권리를 판매하는 독특한 아이디어를 채택했다. 돋보기로나 볼 수 있는 백 달러짜리 자리부터 쏘아올렸을 때 카메라에 가장 잘 잡히는 1억 달러짜리, 나아가 화성 착륙기의 5억 달러짜리에 이르기까지 등급은 실로 다양했는데, 가장 큰 목적은 사업자금을 모집하고 우주비행사들을 격려하는 차원이었지만, 막대한 비용을 투자하는 이 프로젝트에 국민의 찬성을 이끌어내는 것이 현 공화당 정권이 정치적으로 노리는 바이기도 했다.

자기 이름이 화성까지 갔다가 우주비행사들과 함께 지구로 되돌아온다. 혹은 화성에 영원히 남겨진다. 처음 발안했을 때는 그게 무슨 의미가 있느냐며 웃음거리가 되었는데, 막상 모집해보니 눈 깜짝할 사이에 정원이 차서 예정에 없던 자리까지 만들어내야 했고, 마지막에는 추첨을 했는데 거기서 할리우드 유명 배우가 탈락의 고배를 마신 것이 큰 뉴스가 되기도 했다.

마감 발표 후에도 취소를 기대하는 이들의 신청이 계속 쇄도했다. 그것은 합리적으로 설명하긴 어렵지만 어렴풋이 알 것 같기도 한 현상이었다. 장대한 모험에 함께하는 느낌이 들고, 이렇다 할 변화 없이 평범한 일상을 살아가는 존재로서의 불안과 고독을 조금은 위로받는 기분도 드는 모양이었다.

언론에서는 육안으로 확인조차 할 수 없는 공간 따위를 누가 원하겠느냐며 회의적인 반응을 보였지만, 사진으로 찍은 이미지를 확대해 SNS에 올리는 정도는 백 달러짜리 자리로도 충분했다.

아스토가 승무원으로 뽑힐지 안 뽑힐지 아직 모르는데도 그의 부모와 친척, 학창 시절 친구들까지 합심해 눈이 휘둥그레질 만큼 비싼 공간을 사들였다.

아스토는 우연히 '키보' 창밖으로 발견한 '하세가와 리쿠'라는 이름의 주인이 누구인지 알지는 못했지만, 자신을 응원하는 일본인들의 대표 삼아 이렇게 먼저 일본어로 인사를 건네는 것이 일과가 되었다.

미소의 여운을 머금고 있던 아스토는 누군가가 막 머리를 감은 듯 샴푸 향기를 풍기며 오른쪽 어깨를 장난스럽게 두드리는 바람에 뒤를 돌아보았다.

2층에 설치된 보관실에서 천천히 내려온 릴리언 레인이 조금 길어져 뺨을 스치는 금발을 오른손으로 귀 뒤로 넘기면서 벽 쪽 실험 선반을 열더니, 안에서 튀어나온 도구에 놀라 엉겁결에 소리를 질렀다.

둘씩 짝을 지어 임무를 수행중인 지금은 중요도가 낮아서 휴스턴으로 보내는 영상 전송 표시가 '오프'로 설정되어 있었다.

붉은 산호색 반지 아래로 늘씬하게 뻗은 두 다리가 그녀 자신도 알아채지 못하는 새 아스토의 눈앞까지 떠왔다. 몸을 살짝 젖히며 피하려 했지만, 예기치 않게 중심을 잃고 한 바퀴 도는 바람에 버둥거리는 발로 그녀의 장딴지를 걷어차고 말았다.

"―괜찮아?"

균형을 잡으며 돌아보자 그녀는 파란 눈동자를 휘둥그레 뜨며 웃었다.

"아, ……미안."

"아니야." 그가 손을 뻗으며 말했다. "별일이네."

"응?"

"당신도 이럴 때가 있구나. 평소에는 매사에 빈틈이 없는데."

릴리언이 손을 잡고 끌어주자 이번에는 힘이 너무 세서 서로 몸이 부딪치고 말았다. 그녀는 또다시 웃었다. 아스토는 이런 초보적인 실수가 왠지 부자연스러워서 의도적인 것처럼 느껴졌다. 이렇게 가까이서 그녀와 얼굴을 마주하는 건 유인 화성탐사 승무원 후보로 같은 그룹에서 공동훈련을 시작한 후 처음이었다.

"이제 됐네."

"액시던트지."

릴리언은 선반을 닫은 후 벽에 등을 대고 몸을 안정시켰다. 그리고 뜻하지 않게 싹튼 부드러운 분위기를 놓치지 않겠다는 듯 입을 열었다.

"저기, 한 가지 물어봐도 될까?"

"―뭔데?"

"전부터 묻고 싶었는데, ―아스토明日人라는 이름을 우주비행사astronaut에서 따왔다는 거 정말이야?"

"아아, ……" 손가락으로 천장을 짚으며 몸을 똑바로 세운 그가 웃었다.

"자주 듣는 말인데, 그건 아니야. 일본어로 '내일의 사람'이라는 뜻이지."

"'내일의 사람'? 그래? ─흐음, 멋진데."

"일본 사람들은 의미를 생각하며 이름을 짓거든. 예를 들면 미카美香는 '아름다운 향기'라는 뜻이고, 이치로一郎는 '장남'이라는 뜻이고. ─난 2000년에 태어난 밀레니엄 베이비인데, 그 무렵 일본은 거품경제 붕괴 후유증으로 미래가 암담한 시대였거든. 부모님이 희망을 담아 지은 이름 같아."

"그럼 이름 때문에 우주비행사가 된 건 아니네?"

"직접적으로는 그렇지."

"난 타고난 우주비행사인 줄 알았어. 화성에 대해서도 처음부터 아주 상세하게 알고 있길래."

"우주비행사가 될 생각은 없었지만, ─글쎄, '내일의 사람'이 되어야 한다는 생각은 마음속 어딘가에 있었는지도. ……어차피 일개 외과의사의 인생에는 만족하지 못했을지 모르지. ……NASA에 와보니 나보다 훨씬 어릴 때부터 우주비행사를 열렬히 동경해온 사람이 가득해서 처음에는 기가 죽긴 했어. ─난 그렇지는 않아. 솔직히 JAXA 모집 직전까지는 전혀 관심이 없었으니까."

아스토는 옆쪽 벽에 설치된 노란색 난간을 붙잡아 옆으로 흘러가던 몸을 정지시켰다. '키보'는 거대한 원주형 모듈이지만 실내는 계기들이 가득한 직육면체 평면으로 구성되어 있다.

"어릴 때는 뭐가 되고 싶었어?" 릴리언이 물었다.

"딱히 없었어."

"정말? 왜? 일본인은 다 그래?"

"아니, 나 개인의 문제겠지. —바보 같은 꿈은 몇 개 있었지만."

"예를 들면?"

아스토는 미소를 머금고 어설픈 손동작을 섞어가며 말했다.

"F1 레이서 같은 거. 미하엘…… 아니, 마이클 슈마허의 팬이었거든. 알아?"

"이름 정도만."

"가솔린 시대 최고의 F1 레이서야."

"그래? 꿈이 있었네, 엄연히."

"유치원 때 얘기야. 그후에는, ……뭐였더라? 되고 싶지 않은 것만은 확실했는데."

"뭔데?"

"의사."

그는 쓴웃음을 지으려고 치켜세운 뺨에서 뜻밖의 무게감을 느꼈다.

"아버지가 시골 개업의라 나도 알게 모르게 그 길을 따르지 않을까 생각하게 됐는데, 왠지 강요당하는 것 같아서 싫더라고. ……물론 의사라 해도 이 나라처럼 부자는 아니야, 전혀. —아버지가 싫은 건 아니었지만, 내 삶의 목표는 어딘가 다른 데 있을 것 같은 기분이 줄곧 들었지. 그러면서도 결국 뭐가 되고 싶은지 모른 채 시간이 흘렀고, 정신을 차려보니 의사가 돼 있었고. ……전공을 바꿔도 좋겠다는 생각이 들어서 고등학교 때처럼 월반까지 해가며 졸업했는데, 막상 일하기 시작하니 그럴 계제가 아니었지.

운명이었나봐, 이제 와서 돌이켜보면. —도쿄 대지진이 일어났을 때 외과의사였으니."

"힘들었지?"

아스토는 손이 닿는 곳으로 시선을 끌어왔다.

"……물론 다들 힘들었지만, 다른 직업에 종사하면서 재난을 당하는 것과는 분명 달랐을 거야. 구하지 못한 생명이 셀 수도 없었으니까. ……"

"어쩔 수 없잖아, 그건."

"……어쩔 수 없었어. 그래도 난 그때까지 대학병원에서 힘든 수술을 꽤 많이 집도했고, 구하기 힘든 생명을 많이 구해냈거든. —오만하게 들리겠지만 실제로 그랬어. 그렇게 우쭐한 상태로 착각하며 살아갔다면 차라리 훨씬 편했을 거야. 내게도 당연히 할 수 있는 일과 할 수 없는 일이 있어. 그러나 내 경우엔 사람의 생사와 직결되는 일이지. 내가 기술적으로 향상되는 기쁨이 한 사람에게 존재하지 않았을지도 모를 미래를 존재하게 만드는 중대한 일로 너무도 소박하게 결부되는 기분이 들었어. 물론 안타깝고 뼈아픈 경험을 수없이 하면서 성장해왔지만, ……내가 할 수 있는 일을 치료 이상의 무엇으로 맹신하도록 강요받는 것 같았어. ……그 의식의 팽창을 어떻게 해야 좋을지 몰랐지. ─잘 설명이 안 되지만. ……"

릴리언은 이해하려고 애쓰는 표정으로 살며시 고개를 기울였다.

"그렇게 내 안에 쌓여가던 것을 지진 재해가 허물어뜨리고 산산조각내버린 느낌이었어. 끊임없이 실려오는 환자들 속에서 선배니 상사니 할 것 없이 모두 고함을 질러대며 치료를 계속했지. ……그 한순간의 충격과 함께 세상의 시간이 별안간 맹렬한 속도로 돌아가기 시작했고, 분명히 존재했던 인간의 수명이 눈앞에서 순식간에 다해버려서, 어떻게든 시간을 원래 속도로 되돌리려 안간힘을 써도 도무지 따라잡을 수 없었지. ……

그후로 꿈을 자주 꿔. 사실은 그게 아닐지도 모르지만, 잠에서 깨면 늘 같은 꿈을 꾼 듯한 기분이야. 수많은 사람이 끈으로 칭칭 휘감겨서 수없이 구멍이 뚫린 드넓은 지면 위에 누워 있지. 구멍 밑은 불바다야. 난 거기 서 있고, 위험하다는 걸 느껴. 그런데 갑자기 흔들리는 거야. 땅이. ……사람들이 잇달아 떨어져내리지. 허겁지겁 끈을 잡으려 하지만 무시무시한 속도로 획획 빠져버려서 절대 잡을 수가 없어. 모두 살려달라고 절규해. 난 필사적으로 사방팔방 뛰어다니지만 매번 아슬아슬한 순간에 놓치고 말아. 땅속 불바다에서는 고통스러운 신음소리와 함께 살려달라는 절규가 계속 들려와. 현기증이 나고, 어떻게 좀 해보라는 욕설이 날아오고, ……"

아스토는 이마의 땀을 훔치고 젖은 손바닥을 감추듯 움켜쥐었다.

"그렇게 아들은 죽고 말았고, 아내도 중태에 빠졌지. 친구도, 지인도, ……난 왜 살아 있을까, 왜 살아남았을까, 그 의미를 곰곰이 생각하게 됐어. 의미 따윈 없다는 걸 알면서도. ……그때 죽었어도 이상할 것 하나 없다, 그런 생각이 들면 종종 내가 유령처럼 느껴졌지. 실은 나도 죽었는데 알아채지 못하는 것뿐이다, 혹은 죽은 나와 빨리 합치되어야 한다. 도쿄의 어느 거리를 걸어도 그곳에서 재난을 당해 세상을 떠난 사람들 생각이 떠나질 않았어. ……한동안 넋 놓고 지내다가, 그래도 이건 아니라는 생각에 ER에서 일하기 시작했어. 이젠 절대로 되돌릴 수 없는 그 순간을 어떻게 하면 되돌릴 수 있을까 줄곧 고민하면서. ……"

아스토는 너무 심각해진 이야기를 억지로 수습하려는 듯 연신 얼굴을 매만지며 말했다.

"그후로 무슨 변덕인지 JAXA에 응모해서 우주비행사가 됐고, ……지금은 지구의 400킬로미터 상공을 초속 8킬로미터 속도로

빙글빙글 돌고 있는 거야. ─이렇게 말이야."

"흐음."

"경쟁자들이 이런 고백을 들으면 난 곧장 화성행 후보자에서 제외되겠지. 정신적인 면에서 불안요소야. 내가 선발하는 입장이라도 난색을 표할 거야."

릴리언은 눈꺼풀에 아주 살짝 힘을 주며 말했다.

"난 말 안 할 거니까 괜찮아."

"묵비의 의무 하나를 떠안기고 말았군."

조금 전에 튀어나온 듯한 십자드라이버가 제멋대로 흐르는 관성에 몸을 맡긴 채 두 사람 사이로 유유히 끼어들었다. 아스토는 그것을 손으로 낚아채고는 부드럽게 미소지었다.

"그러네. 불공평하니까 당신한테도 의무를 떠안겨볼까."

그녀는 눈가를 스치는 머리카락을 슬며시 걷어냈다.

"얼마든지."

아스토는 웃으며 고개를 끄덕였다.

"난 말이지, ……아버지가 싫어."

그녀는 그렇게 중얼거리며 양손으로 한쪽 무릎을 감싸안았다.

"아서 레인 주지사?"

"응, 맞아."

"왜? ─아니 뭐, ……힘들긴 하겠지, 정치인 집안에 태어나면. 뭘 하든 아버지 이름이 따라다닐 테니까."

"성공하든 실패하든 마찬가지야. 유인 화성탐사 후보에 오른 것도 연줄이라고 쑥덕대는걸."

"어딜 가나 나쁘게 말하는 사람은 있게 마련이야. 나도 저런 놈이 후보가 된 건 일본에서 돈을 썼기 때문이라는 말을 심심찮게 들었어. 인터넷에도 제법 그럴듯하게 꾸민 얘기가 나돌고. 미국과 중화연방이 직접적으로 관계를 굳혀가면서도 우주개발 쪽에서는 서로 양보 없이 경쟁하고 있지. 일본은 본래 자원이 없는 나라니까 어떻게든 미국과 함께 소행성 광물 채굴사업을 하고 싶어해. ㅡ그건 분명한 사실이지만, ……"

릴리언은 고개를 살짝 끄덕였지만, 이해를 표하려는 그의 '일본인다운 친절'을 조금 따분하게 느끼는 기색이었다. 그래서 "그렇지. ㅡ하지만 나도 그런 고민은 십대까지만 했어. 지금은 아무래도 상관없어. 뭐든 삐딱하게 보는 버릇을 도저히 못 버리는 사람들이 있으니까"라고 말하며 무릎을 풀었다.

"내가 하고 싶은 말은 그런 게 아니야. ㅡ그게 아니라, ……예를 들면 이런 거야. 아버지는 나나 리즈 언니에게 흑인과 결혼하지 않았으면 좋겠다고 공공연하게 말해. 사회적으로 흑인을 차별하는 것은 나쁘다. 나는 정치인으로서 늘 그런 불평등과 싸워왔다. 공적인 자리에서 차별주의자를 호되게 야단친 적도 있다. 그러나 흑인의 범죄율이 백인보다 높다는 것은 범죄통계를 통해 누구나 아는 사실이다. 게다가 인간에게는 아무래도 맞고 맞지 않는 것이 있다. 물론 상대에게 잘못이 있다는 건 아니다. 그저 취향의 문제고, 그것은 어쩔 수가 없다. 흑인을 좋아하는 사람이 있는가 하면 좋아하지 않는 사람도 있다. 백인을 좋아하는 사람이 있는가 하면 좋아하지 않는 사람도 있다. 마찬가지다. 그렇지 않냐? —무슨 느낌인지 알겠어? 이런 말을 하면서 미소를 짓는 거야. 그런 아버지가 너무 싫었고, 그 옆에서 동조한다는 듯이 웃는 사람들도 싫었어. 그 전형이 엄마지. ……생물학자는 내가 원한 일이지만, 공군에 들어간 건 아버지의 겉치레 발언대로 행동해 아버지를 배신하고 싶어서였어. 한심해 보일지 모르고, 지금은 나 자신도 그렇게 생각하지만, 그때는 무척 심각했어. 올바르고 애국적인 선택이지만 내 딸에게는 시키고 싶지 않다. —이게 아버지의 본심이야. 사람에게는 적성에 맞고 맞지 않는 게 있다고 했지."

"그렇군. ……"

"그런데 군대는 정말이지 나와 지독하게 안 맞는 세계였어. 필요악이라고까지 생각하진 않지만, 내가 관여했던 생물학 연구는, ……그랬지."

그녀는 머뭇거리며 고개를 옆으로 저었다.

"뭘 해도 상황은 나쁜 방향으로만 흘러갔어. —데번 사와 공동연구로 동아프리카에 갔었거든."

"NASA와 거래하는 그 제약회사?"

"맞아. 하지만 제약 부문은 그 회사의 극히 일부에 불과해. ……다른 얘기도 알아?"

그녀의 눈에 경계의 빛이 스며들었다.

"아니, 우주에 가져올 약 문제로 영업사원을 자주 만났지만."

"그렇구나, ……" 그녀는 고개를 끄덕이고는 "공군과 같이 하는 연구였으니까 대강 짐작이 갈 텐데"라고 말했다.

아스토는 고개를 갸웃거렸지만, 그녀가 먼저 질문을 가로막듯 입을 열었다.

"동아프리카의 상황은 끔찍했어. 역사나 정치뿐 아니라, 거기 살고 있는 사람들 하나하나의 마음속까지 온갖 문제가 복잡하게 뒤얽혀서 혼란스러워졌어. ―미국에 대해서도 감정이 좋지 않아. NGO나 국제연합과 협력하질 못하니까. 실수든 뭐든 현지인들을 그렇게 많이 죽였으니 좋게 봐줄 수가 없겠지. ……진흙탕이야. ……떠올리고 싶지 않아. 지금도 동아프리카 전쟁 뉴스를 보면 기분이 몹시 나빠져. ……"

아스토는 한동안 말없이 그녀를 바라보다가 화제를 바꿀 요량으로 물었다.

"부모님은 우주에 가는 걸 반대했어?"

"물론이지. 엄마는 결사반대였어. 아버지는 얼떨떨해했고. 하지만 내 인생이니까 그런 건 상관없어. ―당신 부모님은?"

"걱정은 하지만, 응원해줘."

"그렇구나. 좋은 가족이네."

"……그런가."

"파트너는? 일본인이었나?"

"맞아. 이름은 교코今日子. 의미는, ……'오늘의 여자'쯤 될까. 서로의 이름이 재미있어서 처음에 이야기가 잘 통했지."

"재밌네. 그녀는, ……이해해, 이 일을?"

그때 갑자기 공조 설비 작동음이 끼어들면서 두 사람 사이의 거리가 순식간에 벌어졌다.

"—응? 뭐라고?"

릴리언은 잘 안 들린다는 시늉을 했다. 아스토가 말을 건네려 했지만 그 모습은 어둠 속으로 점점 더 멀어지고 닫혀갔다. 두통의 응어리가 의식으로 번지며 구석구석까지 침투했다. 기억의 나사가 서서히 조여드는 느낌이었다.

'……난 대화 상대를 잘못 선택했어. ……교코, ……태양이가 죽은 뒤로 우리는 줄곧 이런 어둠 속을 헤맸지. ……빛은 늘 광원을 알 수 없는 채 어질어질하고 무수한 난반사로 우리를 현혹했고, ……그래, 이건 날 죽이려는 빛이야! —빛! 날 죽이려 해!'

꿈이 아니라고 아스토는 느꼈다. 의식을 똑바로 유지해야 한다. 나는 지금 여섯 명의 승무원 중 한 명으로 유인 화성탐사선 '던'에 탑승해 있다. 지구를 떠난 지 석 달. 2033년 7월 22일이다. ……

잠을 청했지만 마음처럼 되지 않았고, 어느새 다시 릴리언 레인을 생각하고 있었다. 바로 옆, 똑같이 비좁은 개인실에서 잠들어 있을 그녀를. ─거기서 기억이 한심스럽게 흘러넘친 것이다. 그리운, 그 넉넉한 공간을 윤택하게 펼쳐 보이며.

눈을 뜨기가 두렵고, 무엇보다 숨이 막혔다. 태양 표면 폭발이 일어난 걸까? 어마어마한 우주방사선 빛이 눈꺼풀 속을 훑고 지나갔다. 그 모든 것이 자신의 육체를 관통하며 지금 이 순간에도 DNA의 고리를 잘라내고 세포를 파괴하고 있다는 사실에 그는 몸서리를 쳤다.

죽음 그 자체와도 같은 절대 침묵 속에서, 우주선의 기계음이 생체를 윤택하게 해주는 혈류 속 적혈구와 산소의 탈착 소리를 금속성으로 모방하는 것처럼 느껴졌다. 그 가상의 소음이 진동을 동반해 우주선 안에 울려퍼졌다.

"……아스토."

소리가 들리는 것 같았다.

"……아스토, ……아스토, ……"

기상시간까지는 아직 조금 남아 있을 터였다. 인공 일사기日射機를 벗고 눈을 뜨자, 방사능 빛이 아주 짧은 순간 어른거리며 남아 오히려 더 불쾌했다.

시야 끄트머리에는 뽑혀버린 귀마개가 떠다니고 있었다.

문밖에서 인기척이 느껴졌다. 침낭에서 나와 커튼을 걷으니, 노노 워싱턴의 시뻘건 눈이 어둠 속에서 흔들리며 빛나고 있었다.

8. 메르크빈푸인의 습격

"아스토, ……깨워서 미안해."

"괜찮아. —무슨 일이야? 잠이 안 와?"

주위를 몇 번이나 둘러보던 노노는 신경이 쓰이는 듯 이미 살펴본 곳을 또다시 몇 번이나 돌아보더니, 오른손으로 얼굴 절반을 난폭하게 문지르고는 날카롭게 혀를 찼다. 그리고 땀이 밴 이마를 가까이 대며 귀엣말을 했다.

"—긴급사태야."

아스토는 미간을 찡그리며 그의 얼굴을 바라보았다.

"무슨 일인데? 다 깨울까?"

"쉿! 안 돼. 공황상태가 될 거야."

노노는 거세게 고개를 흔들고 오른쪽 관자놀이 언저리를 주먹으로 비틀듯이 짓눌렀다.

"대체 무슨 일이야?"

"……여기서는 말 못해. 로보노트* 조작실로 가자. 이 시간에 거긴 아무도 안 올 테니까."

"……"

---

* 로봇(robot)과 우주인(astronaut)의 합성어로 유인 우주선 50년 역사상 처음으로 우주에 파견된 로봇 우주인.

"서둘러!"

"……알았어."

다른 승무원들 몰래 조작실로 향하는 동안 노노는 몇 번이나 벽에 몸을 부딪혔고, 급기야 해치 가장자리에 발이 걸리자 "빌어먹을!"이라고 외치며 있는 힘껏 걷어찼다.

하얀 맨발바닥 깊이 금속 핸들이 무방비하게 박혔다. 아스토는 그 충격음이 섬뜩했지만, 티 나지 않게 확인해보니 동체에 일그러진 흔적은 보이지 않았다.

"노노, 비상시 매뉴얼에 따르면 우리는 지금 잘못된 대응을 하고 있는 거야. 무슨 일이 생기면 승무원 전원이 문제를 공유하고 휴스턴과 협조해야 해."

그는 자극하지 않으려고 일부러 '너'가 아니라 '우리'라고 말했다. 그러나 노노는 곧바로 그 말을 부정했다.

"아니, 절대 안 돼! 이건 예상 밖의 일이야! ……진정해, 아스토. 일단 진정하라고. ……이건 정말 어처구니없는 일이야."

노노는 말하면서 검지 손톱으로 엄지를 생채기가 나도록 세게 긁었다. 순식간에 손톱 옆으로 시침핀 대가리처럼 부풀어오르는 핏방울이 애처로워 보였다.

작은 창을 지나 조작실로 뛰어든 노노가 경계하듯 밖으로 시선을 던지더니, 뒤돌아 아스토를 응시했다. 아스토는 엉겹결에 손을 뒤로 돌려 난간을 움켜잡았다.

"우리는 친구야. ……내가 이 우주선에서 진심으로 믿는 사람은 너뿐이야."

아스토는 안으로 들어올 때 몰래 기록카메라를 켜둔 걸 들켰나 싶어 경계했지만 그건 아닌 듯했다. ―하지만 그래서 오히려 노노의 갑작스럽고 너무나 배타적인 우정의 표명이 한층 불온하게 느껴졌다.

"물론 나도 널 믿어. ―대체 무슨 일이야?"

노노는 고개를 돌리더니 괴로운 듯 다시 머리를 짓누르며 혼잣말처럼 중얼거렸다.

"……어떡해야 하나? ……어쨌든 릴리언을 구해야 해."

"릴리언?"

"너도 '메시지'를 받았을 텐데?"

"메시지?"

"릴리언은 납치당할 거야."

"……"

"요즘 또다시 메르크빈푸인이 내 뇌에 접속해서 바이러스 공격을 해댔어. 내 기억은 이미 20퍼센트 정도 오염되어버렸고, 새롭게 교체되고 있어. 끔찍한 악몽 같은 기억이야. ……시간이 없어! ……아무리 버텨도 도저히 당해낼 수가 없어. ……"

"……노노, ……"

진정시키려고 어깨를 어루만졌지만, 어둠에 휩싸인 노노의 눈에는 오히려 더 힘이 들어갔다.

"그런데! 내가 우연히 새 메시지를 수신했지! 메르크빈푸 성토의 지하조직이 나에게 접촉을 해온 거야. 그자들의 목적은 내가 아니었어. 릴리언이었다고! 제길, ……제길, 그걸 이제야 깨닫다니. ……그자들은 릴리언을 유괴해서 메르크빈푸 성의 특수생물 연구기관에서 인체실험을 하려는 거야. 말도 안 돼! ……잘 들어, 아스토. 충격적이겠지만, 우린 속은 거야! 하나부터 열까지 모조리 함정이었어! 이 유인 화성탐사 프로젝트의 모든 것이 터무니없는 속임수였다고! NASA는 왜 필요도 없는 유인탐사에 매달렸을까? 무인으로도 충분한데! —이게 그 답이야! 휴스턴은 우리가 모르는 사이에 완전히 메르칸, 아니지, 메르…… 메르카빈—발음이 왜 이리 어려워! —메, 메르크빈푸인들에게 지배당한 거야! 전두엽 프로그램이 유전자 단계부터 완전히 다시 쓰인 거지. 우리가 화성에 도착하면 무엇이 기다리고 있을 것 같아? 바로 메르크빈푸인들의 거대 기지야. 그래, 거기서 릴리언을 넘겨줄 계획이라고. 이건 대통령도 몰라. NASA가 러시아나 중화연방을 앞지르기 위해 멋대로, 독단으로 거래한 거야! 지금까지 지구에서 받아온 영상은 전부 그놈들이 수정한 가짜야! 화성에 아무것도 없다는 건 거짓말이야, 새빨간 거짓말! 지구인들이 제대로 한 방 먹은 거라고! 나는 동지들이 보내준 화성의 진짜 모습을 봤어. 믿기지 않을 만큼 엄청나더군. 금빛 찬란하게 빛나고,

크기도 펜타곤의 몇십 배는 되고, ……무리야. 절대 이길 수 없어. ……그런데, ……어쩌면 좋지, 아스토? 릴리언을 순순히 그놈들에게 넘겨버릴 거야? —아니, 그럴 순 없어! 안 그래? 응?"

"……노노, ……"

아스토는 노노가 자기 몰래 에탄올 같은 걸 마셨는지, 아니면 환각작용이 있는 암페타민을 복용했는지 의심했다. 그런 종류의 약은 원칙적으로 그나 선장 메리가 동석한 자리에서만 열 수 있는 상자 안에 있으니 불가능할 테지만.

"진정해, 노노……"

아스토는 무슨 말을 건네야 할지 모른 채 그의 양어깨를 힘주어 고쳐잡았다.

"이 문제는 우리 둘이서만 감당할 수 없어. 다함께 생각해보자, 응? 날 믿어."

"안 돼! 절대 안 돼! —메리도, 알렉스도, 닐도! 이미 메르크 빈푸인이 뇌 속 프로그램을 새로 써버렸어. 이런 얘기를 나눈 게 밝혀지면 우리 둘은 살해당해! 아아! 아니면 약을 맞고 잠들어버리거나. ……사실 놈들은 너를 제일 먼저 지배하려 했지. 약을 자유롭게 사용하려고."

아스토는 양팔에서 떨림을 느꼈다. 노노의 몸에서 전해진 떨림이 아니라 자기 자신의 떨림이었다.

"—릴리언한테는 말했어?"

"아니, ……충격받을 테니까."

"그렇……겠지."

"생각만 해도 소름 돋아. ……너무 끔찍한 얘기야! 릴리언은 우주비행사로 선발되어 훈련받은 게 아니야. 지구인 중 놈들의 인체실험을 견뎌낼 만한 개체를 찾아내라는 지령 때문이었어! 그래서 그런 혹독한 테스트가 필요했던 거라고! 메르크빈푸인들 은 릴리언을 임신시킬 속셈이야! 우리는 아무것도 모르고 그런 계획의 호위 역할로 선발된 거고! 그렇게 고된 훈련을 이겨냈는 데…… 릴리언이 그놈들에게 당할 거라 상상하면, 난……"

노노는 울부짖으며 머리를 감싸안고 아스토의 손에서 벗어나 려는 듯 몸을 비틀었다. 그 바람에 '혼다'라는 이름이 붙은 일본 제 로보노트의 조작 패널에 부딪혔다. 아스토는 그 반동에 의해 천장으로 떠오르는 제 몸을 손으로 잡아누르고 천천히 노노 곁 으로 다가갔다.

"아스토, ……나에겐 이제 시간이 없어. 서두르지 않으면 놈 들의 뇌 바이러스 공격에 무릎을 꿇고 말 거야. ……두통이 너무 심해. ……흰개미가 집을 갉아먹는 것처럼 머릿속이 흐늘흐늘 무너져내리고 있어. ……"

"내가 진찰해볼게, 노노. 최선을 다할게."

노노는 눈물을 훔치며 고개를 들었지만, 곧이어 갑자기 무표 정하게 변하며 시선을 피했다. 그리고 섬뜩해하는 아스토의 손

을 잡고 손톱으로 옥죄듯 강하게 움켜잡더니 몇 번씩 심호흡을
하며 말했다.

"아스토, 넌 뛰어난 의사잖아?"

"어, ……그래, 물론이지. ―그러니 날 믿어."

"……다른 승무원들 뇌에서 오염된 부분만 수술로 제거할 수
있을까?"

말문이 막혔다. 노노는 떨면서 아래를 내려다보더니 입술을
악물고 중얼거렸다.

"역시 힘든가. ……그게 불가능하다면 우리 둘이 우주선을 점
령하자. 지구로 귀환해 대통령에게 이 일을 보고해야 해! 나도 군
인이야. 게리 같은 쓰레기 동네 출신이지만, 엄연한 미합중국 국
민이라고. 아무리 위험해도 지금은 나라를 위해 행동해야 해!"

9. 균열

"……릴리언이 노노와 함께 있습니다. 약이 잘 들어서 지금은
잠들었어요."

"그렇군요. ……알렉스에게 방금 우주선 내부를 점검해달라
고 부탁했고, 대화 내용을 두 사람에게도 수시로 송신하고 있어
요. 먼저 시작하죠. 물론 기록은 해둡니다."

메리 윌슨은 그렇게 말하고 테니스공보다 조금 작은 구체를 손으로 두어 번 가볍게 건드렸다. 카메라 위쪽에 빨간 램프가 켜지더니, 세 피사체의 얼굴을 파악하며 공중에서 스스로 위치를 잡았다.

어렴풋한 노란빛이 감도는 조명이 승무원 전원이 모일 수 있는 넓이로 설계된 우주선의 덱을 비추며, 사람이 없을 때는 마치 제 세상인 양 그곳을 점거하도록 사육된 듯한 어둠—그것은 우주공간의 야생 어둠과는 전혀 달랐다—을 완전히 몰아내버렸다.

아스토는 운동기계 가장자리에 기대어 메리와 마주보고 있었다. 반대쪽 끝에는 노노에게 맞아 입술이 부어오른 닐 캐시가 있다.

우주선 안에 긴급경보가 울린 후로 두 시간이 지났다. 지금 이 순간에도 그들을 지구와 이어주고 있는 휴스턴 시각으로는 새벽 네시 이십분을 넘어선 참이었다.

노노가 난동을 부리며 아스토에게 덤벼들었을 때의 충격에 반응해 경보가 울리자, 우주선 전역의 영상이 자동으로 휴스턴에 전송되었다. 아스토 혼자서는 역부족이라 알렉스와 닐까지 셋이서 노노를 붙잡고 진정제로 안정시킨 뒤 가까스로 재웠다. 그후 아스토가 기록영상과 함께 경위를 보고하고, 휴스턴의 협의 결과가 막 도착한 참이었다.

예상했던 대로 급성 일과성 정신장애로 보고 당분간 경과를 살피는 게 좋겠다는 지시가 내려왔다. 난동을 부리면 구속도 부득이하겠지만 최소한으로 대처하라고 정신심리지원 담당관이 조언했다.

"이걸로 넘어갈 리 없어. 아까 노노가 어떤지 봤잖아요? 완전히 미쳤어. 우주선을 망가뜨릴 기세였다고!"

다친 곳 때문에 제대로 발음을 하지 못하면서도 뺨을 붉히며 주장하는 닐의 모습을 보며 아스토는 그가 친형처럼 따르는 알렉스가 없는 자리에서 논의가 시작되어버린 상황을 아쉬워했다. 메리는 표정을 억누르고 말했다.

"달리 방법이 없어요. 어쨌든 승무원 한 명이 줄어드는 건 남은 이 년 남짓한 기간을 고려할 때 심각한 손실이에요. 더군다나 노노는 이 미션의 컴퓨터 책임자예요. ─당신도 알잖아요?"

"물론이죠! 하지만 그전에 승무원들이 우주선째로 전멸해버리면 의미가 없잖습니까? 우리도 나름대로 컴퓨터 지식이 있어요. 휴스턴의 도움을 받으면 어떻게든 할 수 있을 겁니다."

"닐." 메리가 새삼스레 이름을 불렀다. "당신이 훈련에서 보여준 높은 협조성이 지금이야말로 빛을 발휘할 때라고 난 믿어요. 문제가 생겼을 때는 다함께 손잡고 해결에 힘을 쏟아야 하잖아요?"

"그 정도는 압니다. 하지만 협력이 최선의 방법일 때 얘기죠. 휴스턴은 이런 말썽에 대한 데이터를 원합니다. 안 그래요? 하지만 그건 문제의 위험성을 완전히 과소평가한 겁니다. 이건 훈련이 아니에요. 무슨 일이 생기면 곧바로 지원군이 오는 달이나 ISS가 아니란 말입니다. 화성으로 향하는 호만궤도상이라고요!"

"냉정을 되찾고 차분히 생각해보죠."

메리는 조금 위쪽에서 마치 중력을 느끼듯이 내려와 그의 눈앞에 섰다. 억지소리는 말하는 당사자가 자각한다는 것이 그녀의 견해였다. 그러니 오히려 한동안 마음껏 말하게 내버려두며 폭력을 당한 불만과 불안을 발산하게 해줘야 할 것이다. 아스토는 그런 의도가 느껴지는 메리의 사려 깊은 눈빛에서 든든함을 느꼈다.

"……난 충분히 냉정해요."

갑자기 기가 꺾인 듯 말투가 시들해졌지만, 닐의 동요는 쉽게 가라앉지 않았다.

"안 그래도 요즘 들어 노노의 언동이 이상했어요. 집중력 부족으로 실수를 연발했고, 그제 '혼다'를 이용해 선체를 수리할 때도 두 번이나 실수했어요. 이해가 안 돼요. ……아스토, 그래서 내가 충고했지? 들었잖아? 넌 노노랑 친하니 마치 내가 이유 없이 헐뜯기라도 하는 것처럼 그 녀석을 두둔했지만, 그 결과가 이 모양이야. 의사로서, 친구로서 넌 노노에 대한 책임을 제대로 완수하지 못했어. 인정하지?"

아스토는 미간을 떨면서 턱을 들었지만, 분노가 목을 옥죈 듯 곧바로 반박의 말이 나오지 않았다.

지구를 출발한 뒤 석 달 남짓한 시간이 경과하자, 승무원들 간에 쌓여 있던 피로가 최근 일주일 사이 급속하게 팽창되기 시작했다.

그 순간 의사로서 좀더 주의를 기울였어야 마땅하나 자신의 스트레스를 관리하기 바빠서 무심코 흘려버렸던, 노노에 대한 닐의 험담이 불현듯 그의 기억을 엄습했다.

"—노노가 식사할 때 쩝쩝거리는 소리, 그거 진짜 짜증나. 입만 다물고 먹으면 되잖아? 왜 그게 안 되지? 그 녀석 집에서는 다들 그랬나? 한번 대놓고 말해줄까. 아직 기간도 한참 남았는데. ……"

분명 시작의 기미는 있었을 것이다. 그러나 사태가 이렇게 될 때까지 휴스턴의 지상 스태프를 포함해 어느 누구도 그것을 적확하게 잡아내지 못했다.

사전 시뮬레이션에서는 승무원의 정신상태에 심각한 위기가 찾아오는 시기를 미션의 '4분의 3 크루'에 접어들 무렵으로 예측했지만, 궤도가 안정된 후 각자에게 풍족한 여가가 주어지자 승무원용 디비주얼을 벗어던지고 다시 걸치기를 꺼리는 듯한 나른한 소곤거림이 적잖이 퍼져나갔다.

우주선 안을 오갈 때도 자연스레 서로 시선을 피하게 되었고 그것을 내심 편하게 느꼈다. 같이 식사를 하는 일은 거의 사라지고, 로보노트 조작실이나 식량 보관실, 남들이 잠든 후의 덱 등

비좁은 개인실 외에 사적으로 사용할 만한 장소를 찾아 서로서로 이동하는 기척을 살피게 되었다. 조종석을 독차지하는 알렉스가 은근히 부러움을 샀다. 메리조차 화장실 앞 공간에서 입욕 대신 몸을 닦아낼 때 그전과 달리 충분한 시간을 들이게 되었다. 닐은 정신위생 프로그램을 짜인 대로 완수하려는 아스토에게 농담조로 불평하며 주위의 동조를 구하곤 했다.

NASA에서 매일 지구의 뉴스 다이제스트를 전송해줬지만, 승무원들 사이에서는 사전에 동의한 것 이상으로 과잉 검열을 한다는 의혹이 높아져갔다.

닐은 지금 우리는 '맹인'이나 다를 바 없다며 불만을 쏟아냈다.

"눈이 안 보이는 사람도 당연히 세간의 화제에 관심이 있어. 얘기를 듣고 여러 가지를 알고 있지. 그렇지만 얘기를 해주는 사람은 자기가 경멸당할 만한 지저분한 얘기는 웬만해선 안 하잖아. 불스의 롤런드 호프먼이 3쿼터에 들어가기 전 화장실에서 뭘 했는지, 뭐 아주 못할 건 없겠지만, 굳이 상세히 묘사해가며 말하진 않는다고. 고작해야 그런 일이 있었다고 슬쩍 귀띔하는 정도겠지. 거기가 어찌어찌해서 어떻게 됐더라, 나 같아도 그런 얘기는 남한테 못할 거야. 왠지 핸디캡이 있는 사람의 마음을 더럽히는 것 같아서 뒷맛이 안 좋잖아. ―이런 거야 애당초 몰라도 곤란할 것 없겠지만, 어떤 얘기가 이 세상에 숱하게 굴러다니고 다들 남몰래 즐기는 걸 아는데 자기만 그 정보에서 완전히 차단

되는 건 정말 고통스러울 거야.

지금 우리 상태도 마찬가지야. 휴스턴은 과민해. 듣기 좋은 뉴스만 보내주고 자극적인 건 하나도 없어. '그 뉴스 봤어?' '어, 봤어.'—그걸로 끝이야. 사전에 주소를 등록해둔 가족이나 친구의 메일조차 일일이 점검당해. 이 주에 한 번 영상으로 만나는 것도 NASA뿐이야. 견딜 수가 없어. 하긴 지구에서 아내가 헤어지자고 연락해도 곤란하겠지만."

각자의 잡담이 마침내 바닥을 드러내자, 모두 인터넷이나 매스컴의 시시하고 잡다한 정보를 그리워하기 시작했다. 화제가 바닥난다는 것은 얼마나 끔찍한 일인가! 아무 말 없이 같이 있는 것이 고통스러워서 어느새 다들 국제우주정거장의 샤워실보다 조금 넓은 자기 방에 틀어박히기 시작한 것이다.

출발한 지 고작 석 달 만에. —아스토가 예상 밖의 사태를 보고하자 휴스턴은 몹시 놀라워했다. 그러나 그 시작까지는 좀더 거슬러올라가야 하지 않을까. 그들은 엄청난 예산을 소비하며 몇 년에 걸친 혹독한 훈련을 견뎌내고, 치열한 선발 경쟁에서 살아남아 지구를 떠나와서 여기 이렇게 있는 것이다. 그 모든 과정이 끊임없는 긴장을 요구했다. 승무원의 정신은 이미 무의식중에 마魔의 '4분의 3 크루'에 접어든 것이 아닐까.

의식은 제자리에 가만히 머무르지 않는다. 그것은 늘 진지한 활동을 할 대상을 찾는다. 자신들을 화성까지 반쯤 자동으로 데려다줄 호만궤도에 진입한 후 목적 없이 무료해진 그들의 사고는, 잇달아 처리해야 할 눈앞의 구체적인 임무 대신 저멀리 끊임없이 펼쳐지는 위기의 상상만 상대하게 되었다.

끊임없는 진통 같은 불안이 의식의 문틈으로 서서히 스며들면서 차오르기 시작했다. 시뮬레이션으로 훈련한 온갖 트러블의 목록이 가능성의 세계를 슬며시 빠져나와 현실을 갉아먹는 느낌이었다. 그 싹이 이미 어딘가에 돋아나 있다. 어쩌면 여봐란듯 생생히 드러나 있는데 아무도 보지 못하는 건 아닐까.

의식 속에서 현재가 비어버린 만큼 미래가 활개쳤고, 당연히 과거 또한 칠칠치 못하게 흘러넘쳐 제대로 빠지지 않았다.

개의치 않았던 승무원들의 언동이 생각보다 집요하게 기억에 들러붙어 있는 것을 발견하고 비로소 자신이 상처받았음을 알아챘다. 그런 감정이 계속 정리되지 않고 급기야 서로에 대한 혐오로까지 발전하는 것이 걱정스러웠다.

조금 전 보고에서 휴스턴의 의료부장은 승무원의 인간관계 또한 로켓의 일부라는 이야기를 새삼 다시 강조했다. 선체에 균열이 생겼을 때 그곳을 두드려서 망가뜨리는 바보는 없다. 그러나 인간관계에선 그런 억제력이 절대적으로 발휘되지는 않는다. 알면서도 무심코 균열을 더 넓히는 언동을 저질러버리는 것이 인간이다. 심각한 감정적 충돌이 생기면 그것을 즉시 선체 자체의 균열로 인식해야 한다. 근본적인 처치는 나중 문제고, 일단은 균열 부분이 더 번지지 않도록 수습하고 안정을 찾은 후 충분한 수리에 들어가야 한다.

닐이 무의식적으로 되뇌는, 노노가 우주선을 망가뜨리려 한다는 외침에는 훈련중 배운 그런 발상이 배어 있는지도 모른다. 그런 가정하에 그가 그야말로 그 균열에 주먹을 내리치는 듯한 발언을 하는 상황을 냉정하게 생각해보려 애썼다.

"—네 지적은 노노의 상태를 걱정하는 것이 아니었어. 정당하다고 볼 수 없는 비난이어서 그땐 노노를 두둔했지만, 의사로서이 사태를 예방하지 못한 점에는 책임을 느껴. 하지만 근본적인 원인은 따로 생각해볼 필요가 있겠지. 일단 지금은 휴스턴의 지시대로 급성기 증상이 가라앉을 때까지 상태를 지켜보는 수밖에 없어."

아스토의 말에 닐이 곧바로 반박했다.

"지금 농담해? 메르크빈푸인한테 뇌가 오염됐다고 볼 수밖에 없군. 그를 24시간 감시할 수 있어? 제발 좀 현실적으로 생각해. 어떻게 치료할 건데? 이런 우주선 안에서? 응? 근본적인 원인도, ……처음부터 알고 있었잖아. 노노는 유전자 면에서 부적합했어. 인종적 공평함을 내세워 억지로 흑인 한 명을 집어넣은 대가란 말이야, 이건!"

"닐, 말조심해요. 이 대화는 모두 기록됩니다. 휴스턴에도 전송할 예정이에요."

메리가 일부러 목소리를 낮춰 경고하듯 말하고는, 기록장치의 렌즈를 보며 한순간 움찔하는 그의 어깨에 손을 얹었다. 그리고 우호적인 정적을 충분히 활용하며 타일렀다.

"냉정해집시다. 단결이 필요한 때예요."

10. 지구까지의 맹세

노노와 함께 있는 릴리언 레인의 귀에도 회의 내용이 전송됐 겠지만, 아스토는 다른 승무원들이 앞으로의 일정을 확인하는 동안 노노를 진찰하는 김에 그녀에게 직접 결론을 전해주기로 했다.

투약치료를 하며 당분간 경과를 지켜보자는 방침에는 변화가 없었지만, 도중에 논의에 가세한 알렉스 역시 닐만큼 감정적은 아니어도 보다 현실적으로 대처하자고 주장해서 메리를 몹시 동 요시켰다.

"선택지는 하나가 아닙니다. 그러나 최선의 선택을 생각하기 전에 먼저 치명적인 선택부터 배제해야 합니다."

알렉스는 빠르고 적확하게, 그리고 감정적인 요소를 모두 배 제하고 증상에 대한 판단을 내리라고 아스토에게 거듭 요구했 다. 치료라는 발상이 현상황에 적합하지 않다면 미션 수행상 '최

140

대한 장해가 되지 않는 처치'를 내려야 한다는 의견은 현실주의자인 그다웠지만, 그 말에 내포된 의미를 생각하자 승무원들 사이에는 침묵이 흘렀다.

알렉스를 '존경하는' 닐은 그의 가세를 반기면서도, 군인으로서 착실하고도 화려한 경력을 지닌 그가 말하는 '최대한 장해가 되지 않는 처치'가 어느 선까지를 의미하는지 상상하고 갑자기 머뭇거렸다. 그 모습을 본 아스토는 이런 은근한 위협으로 닐을 얌전하게 만드는 것도 알렉스의 의도였을지 모르겠다고 해석했다.

노노는 항정신병 약물 주사를 맞고 자기 침낭 안에서 잠들어 있었다. 거주공간의 조명은 어두웠지만 발쪽의 등과 아스토의 방에서 새어나오는 불빛을 통해 촉촉한 속눈썹이 감겨 있음을 확인할 수 있었다.

정말 잠들었을까? 환자라고 생각해서인지 그렇게 똑바로 선 수면 자세가 새삼 기묘하게 느껴졌다.

육체는 분명 깊이 잠들었다. 그러나 공포는 여전히 그의 내부에서 스스로를 억제할 길 없이 신음을 흘리는 것 같았다. 아스토는 마른침을 삼키고, 파자마 대신 입는 회색 폴로셔츠 옷깃의 단추를 풀고 안쪽의 긁히고 찢긴 상처를 어루만졌다. 옷에 피가 묻어 있었다. 다른 승무원에게는 밝히지 않았지만, 난데없는 노노의 습격에 목이 조였던 순간의 공포를 그는 잊을 수 없었다.

흰색 긴소매 티셔츠를 입은 릴리언이 천천히 돌아보았다. 그녀 역시 울고 있었던 것 같았다.

"—어때?"

아스토는 속삭이듯 물어보고는 그녀가 붙들고 있넌 노노의 손을 잡고 맥박을 쟀다. 그런 다음 노노의 방문을 닫고 그녀의 얼굴을 다시 바라보았다.

"넌 어때? 괜찮아?"

"……응."

"다들 동요하고 있어. —노노도 걱정이지만, 닐이 저렇게 공황상태에 빠질 줄이야, ……솔직히 뜻밖이야."

"노노는 닐이 자길 싫어한다고 늘 고민했어."

아스토는 눈을 크게 떴다.

"너한테 그렇게 말했어?"

"아니. ……보면 알잖아, 그 정도는."

"……그렇긴 하지."

"노노는 어떻게 돼?" 릴리언은 매달리듯 그의 눈을 바라보았다. "나아질 가망은 있어?"

아스토는 말을 고르듯 일단 시선을 피한 후 입을 열었다.

"급성기가 지난 뒤 단기간에 증상이 개선될 가능성은 있어. 지금은 그걸 기원하는 수밖에 없지."

"닐처럼 난리 치진 않았지만, 알렉스도 상당히 비관적이던데."

"그랬지. 메리가 충격을 받았어. 그 두 사람은 오랫동안 알고 지낸 사이잖아. NASA에서도 둘을 중심으로 이번 승무원 편성을 고려했으니, 알렉스의 태도에 신경을 쓰겠지."

"알렉스는 언제든 냉정하게 결단하는 점이 믿음직스럽지만, ……그만큼 무서운 면도 있어."

"조금 전 얘기야?"

"그것도 포함해서."

"괜찮을 거야. 기본적으로 NASA의 지시를 거역하는 사람은 아니니까."

"그렇긴 하지만. ……당신이 볼 때, 솔직히 이건 어떤 증상이야?"

아스토는 나지막이 한숨을 내쉬었다.

"상황이 심각해. 구급반응이라 쳐도 알렉스 말대로 여기 갇힌 채 환경을 바꿀 수 없다면 치료가 어려울 테니까. 휴스턴은 무엇보다 연쇄반응을 경계하고 있어. 나도 좀 감정적이었지만, 특히 닐은 잘 살펴봐야 할 거야."

"원인은 뭐야?"

릴리언이 팔짱 낀 양 팔꿈치 언저리를 세게 움켜쥐며 물었다.

아스토는 고개를 갸웃거렸다.

"글쎄, ……뭐 짚이는 거라도 있어?"

"……아니. 그냥 왜 이렇게 됐는지 궁금해서."

"복합적인 스트레스겠지. 단순히 한 가지 원인이 아니야. 소강

상태가 오면 스스로 무슨 얘기를 할지도 모르지. ……뭐든 알아내면 말해줄게."

"응, ……고마워."

지구 미디어에 영상을 보낼 때를 위해 개인 소지품 적재량 범위 내에서 화장도구 휴대가 인정되어서 릴리언은 평소 눈가와 입술에 연하게 화장을 했지만 지금은 민낯 그대로였다. 최근 들어 아스토가 거의 자기 방에 틀어박혀 있었던 탓에 그녀와 단둘이 얼굴을 마주하는 것도 오랜만이었다. 지구에선 어디를 가나 조명이 너무 밝은 탓에 인간의 얼굴이 뉘앙스를 고심한다. 지금 발 쪽에서 솟아오르는 빛을 받아 기복이 풍부한 윤곽만 드러나는 그녀의 얼굴을 바라보며, 아스토는 어둠에 감춰진 표정은 파고들지 않고 그 얼굴 윤곽을 가만히 남겨두고픈 심정이었다.

턱을 들자 그림자가 얼굴에서 미끄러지면서 살짝 높은 갸름한 콧대와 훤한 이마, 그리고 부드러운 곡선을 그리는 통통한 뺨이 두드러졌다.

노노의 방문을 돌아본 그녀가 물었다.

"현실적이야? 노노가 앞으로 이 년이 넘는 시간 동안 이런 환경을 견디고 무사히 귀환한다는 게?"

곧게 뻗은 목덜미가 빛을 받아 불안하게 드러났다. 아스토는 굳게 입을 다물고 숨을 내쉰 후 말했다.

"헌신적으로, 최선을 다해야. ……"

그녀는 그다음 말을 확인하려는 듯 뒤돌아보았다. 아스토는 그 눈빛을 향해 단호하게 약속했다.

"난 반드시 그를 지구로 데려갈 거야. —반드시. 이 일에는 내 책임도 있으니까. ……닐이 무심코 말실수를 한 것처럼, 지구에서는 노노의 선발에 유전학적 위험성이 동반되었다는 논란이 일게 틀림없어. 인종문제가 얽힌 매우 민감한 사안이라 어느 선까지 공론화될지는 모르겠지만. 나는 동행하는 의사 입장에서 그를 추천했지. 그의 유전자 데이터 평가는 어떤 환경을 상정하느냐에 따라 완전히 달라지니까. 가장 어려운 건 그의 과거를 파악하는 일이야. 트라우마가 된 디비주얼이 어떤 형태로 잠복해 있는지는 확인할 방법이 없어. —난 그런 상황에서 자의적으로 전제한 위험요인 때문에 그의 기회를 빼앗아선 안 된다고 생각했고, 그 생각에는 지금도 변함이 없어. 하지만 이런 사태가 벌어진 이상, 꾸준히 그를 돕는 것이 나 나름대로 책임을 지는 방법이라고 생각해. 그건 우주비행사로서의 책임이자 친구로서의 책임이기도 하지."

그의 말을 듣는 동안 릴리언의 얼굴은 어느새 다시 어둠 깊숙이 잠겨들었다. 그녀는 얘기를 마친 그에게 애매하게 "……응" 하고 한 번 맞장구를 칠 뿐이었다.

11. 10광년의 아이

아까부터 빈번하게 쳐다본 탓인지 시간의 흐름이 묘하게 느렸다. 시계는 '15:36 3. Oct. 2036'으로 표시되어 있었다.

사노 아스토는 온종일 존슨 우주센터의 훈련용 수영장에서 우주비행사들의 수중 움직임을 모니터로 점검하면서, 그제부터 오늘까지 있었던 일들을 떠올렸다.

그후 데번 사의 카본 탈에게서 세번째로 연락이 왔는데, 휴스턴에 왔다고 하기에 그제 그가 묵는 포시즌스 호텔 스위트룸에서 만났다.

탈은 일전의 파티에서 그의 가족과 함께 찍은 사진을 인화까지 해와서 건네고는, "내가 아니라 내 아내가 주는 걸세"라고 밝히며 검은색과 연분홍색의 조화가 아름다운 알베르 엘바즈의 파티 드레스를 교코에게 선물했다. 아스토는 일단 사양했지만 그는 웃으며 말했다.

"내 체면 구기지 말고 받아줘. 게다가 이건 자네한테 주는 선물도 내가 주는 선물도 아니야. 내 아내가 자네 아내에게 보내는 우정의 표시지. 우리는 중개인일 뿐이네."

그러고는 다시 비서를 불러 상세한 계약조항을 기재한 서류를 보이며 의료·제약부 부장 대우와 오 년 계약에 지난번보다 더 오른 3백만 달러의 연봉을 제시했고, 경쟁사가 아닌 타사의 외부

고문을 맡는 것을 허용한다는 특별조항까지 덧붙여 회답 기한을 일주일로 통보하며 답변을 재촉했다.

　아스토는 종이와 데이터 두 가지로 건네받은, 난해한 법률용어들로 가득한 방대한 서류를 대강 훑어본 후, 오기 전부터 물어보려고 마음먹었던 데번 사와 동아프리카 전쟁의 관련성에 대해 질문했다. 인도적 개입을 명목으로 내세운 동아프리카 미군 파견이 국제연합의 결의를 거치지 않았다는 사실은 알고 있었다. 그러나 정치에 관심이 없는 그의 이해력은 그 이상 나아가지 않았다. 교코의 지적이 신경쓰여서 그후 직접 인터넷 검색을 하거나 사람들과의 대화를 통해 데번 사에 관해 알아보긴 했는데, '전쟁 협력 기업'으로 언급되는 건 분명했지만 늘 필두에 오르는 로크 사 등과 비교하면 대여섯번째 정도인 느낌인데다, 애매한 비판은 있어도 상세한 사항은 찾아볼 수 없다고 해도 좋을 만큼 불분명했다.

　아스토의 질문에 카본 탈은 쾌활하게 웃으며 비서와 얼굴을 마주보더니, "걱정 말게. 자네가 관여하는 건 어디까지나 우주의학 쪽의 의료·제약 부문 연구라 군사 쪽과는 완전히 별개야. 같은 회사지만 다른 디비주얼이라고 봐주면 좋겠군"이라고 말한 뒤 이렇게 덧붙였다.

　"자네가 영어를 실수했을 테지만, 동아프리카에서의 군사행동은 '전쟁'이 아니야. '개입'이지. 그래서 일본 자위대도 협력하잖나, 안 그런가?

잘 알겠지만, 동아프리카의 정치 상황은 이루 말할 수 없이 복잡해. 여러 나라에서 잇달아 정부가 무너지면서 광대한 국가 용해지대가 생겨버렸지. 그런 무정부 지대에서 부족 대립과 민족 대립, 종교 대립, 이데올로기 투쟁이 테러리스트들을 끌어들여서 속수무책으로 혼란을 야기하고 있어. 수많은 이들이 강간이나 학살 같은 비인도적 행위에 무고하게 희생됐고, 피해자가 80만 명에서 120만 명에 달하는 판국이야.

우리 같은 선진국 사람들이 그것을 방관해선 안 돼. ―절대로. 방관만큼 비열한 태도는 없어. 난 적어도 그렇게 믿고 있네.

말로는 누구나 할 수 있겠지. 문제는 누가 자기 목숨까지 내던지면서 그곳으로 가려고 하느냐야. 우리 회사는 '개입'을 위한 시스템을 고민해. 정의를 위해 싸우려는 병사들의 목숨을 비열한 악당 무리의 폭력에 희생시킬 순 없어. 당연한 얘기지. 이쪽을 위험에 노출시키지 않고 악을 몰아내려면 어떻게 해야 하는가. 테크놀로지란 바로 그것을 위한 거야. 절대 상대의 무장에 뒤떨어져선 안 돼. 그런데 무지하고 어리석은 위선적 평화주의자들은 그걸 두고 '전쟁 협력'이니 뭐니 떠들어대지. 터무니없는 소리! 미국은 세계의 경찰이야. '가정폭력'이 발생하면 당연히 달려가야지. 설령 집안일이더라도 관여해야 해. 미국만이 유일하게 공중폭격 후 지상군을 투입했지. 정의를 위해! 하지만 맨주먹으로 처들어가는 바보는 없어, 안 그래? 그래서 나는 허 정권에 협력했고, 키친스를 지지하지. 네일러는 바보야. 현실을 전혀 모르는 동부의 철부지 도련님이라고."

탈의 설명을 차분한 표정으로 들은 아스토는 "─알겠습니다"라고 고개를 끄덕이며 일단 답변을 보류하고, 교코와 다시 한번 의논하기로 마음먹었다.

어젯밤 그녀를 데리고 클리어레이크의 호숫가 호텔로 저녁을 먹으러 간 것은 원래 약속했던 일이기도 하지만, 분위기를 봐서 그 얘기를 꺼내볼 생각 때문이기도 했다. 호수라 해도 실제로는 멕시코 만의 후미라 낮에는 그다지 맑다고 할 수 없는 잔잔한 물이지만, 해 질 무렵에는 일본의 단풍이 떠오르는 선명하고 따뜻한 빛깔로 물들어서, 두 사람 다 이곳에 살기 시작한 뒤로 줄곧 마음에 들어한 곳이었다.

레스토랑 안의 조명은 은근하게 낮춰져 있고, 예약해둔 창가 탁자에 촛불 하나가 밝혀져 있었다.

전채요리를 기다리는 동안 아스토는 한참이나 망설이며 와인을 고르다가, 결국 평소처럼 아사히 맥주를 마시며 말없이 밖을 내다보았다.

잔교에서 서성거리던 사람의 그림자가 순식간에 흐려지고, 그만큼 뭔가가 아스라이 남아 있는 기척이 강해졌다.

평소에 보는 시설 내 수영장과 달리 시야 깊숙한 곳까지 가득

들어찬 바닷물은 지구 중력의 압도적인 힘을 흘러넘칠 듯 뿜어냈고, 저녁놀의 유혹에도 태연했다.

교코는 오후에 멤피스 교외에서 발생한 자동차 사고 뉴스에 충격을 받은 모양이었다. 보도된 영상이 NASA 거리변에 있는, 평소 자주 가는 쇼핑몰 풍경과 똑같다는 것이다. 바이러스 테러라는 정보는 아직 확실하지 않지만, 당분간 자동운전 레인에는 오르고 싶지 않다고 말했다.

"제일 먼저 충돌한 차에는 아이와 젊은 엄마가 타고 있었대."

"그래. ……안타까운 일이군."

아스토는 소방차와 구급차에 에워싸여 불타오르는 레스토랑 안의 영상이 그녀에게 지진의 기억을 되살렸음을 알아채고 짧게 대답했다.

그로부터 어느덧 십 년이 흘렀다. ―그렇다, 십 년. 그것은 이 세상 모두가 공유하고 있는 하나의 시간이다. 지금 지나가는 일 분이 어제를 정확히 일 분만큼 과거로 밀어내고, 하루의 끝이 일 년 전 일을 다시 하루만큼 현재와 멀어지게 하는 그런 시간. ……그러나 한 사람 한 사람이 가진 시간은 훨씬 다양하고 훨씬 뒤죽박죽이며 미덥지 않아서, 개인 안에 있는 분인에 따라 시간의 흐름이 제각각 도중에 끊기거나, 어딘가에서 시작하거나, 서로 얽혀 합류하며 단숨에 가속되거나, 겹쳐지고 오락가락하며 가까스로 결말을 맞는다. ―그 속에는 어느 순간 갑자기 어떤 슬품 때문에 멈춰버린 채 사라지지 않고 언제까지나 끝나지 않는 고독한 시간도 있다.

아스토는 별생각 없이 가족 셋이서 미야자키에 갔을 때 이야기를 꺼냈다.

태양이가 조금 컸으니 오랜만에 여행이라도 가고 싶어서 주말에 다녀올 수 있는 장소를 찾아 바닷가 리조트 호텔을 예약했던 것이다.

야자나무 잎이 바람결에 살랑거리는 바닷가를 걷고, 모아이상 모조품 앞에서 셋이 기념사진을 찍었다. 꽤 오랫동안 보지 못했는데, 그것들은 지금 어디로 가버렸을까?

바닷가는 예상외로 한산했고, 드넓은 바다에 반짝이는 오후의 햇살이 넉넉한 잠의 품으로 사람들을 끌어안았다.

태양이는 셋이 함께 백화점에 가서 산, 돌고래가 그려진 살짝 헐렁한 노란색 수영복을 입고 있었다. 이삼년은 입힐 수 있을 거란 점원의 권유에 일부러 4~6세용 큰 사이즈를 산 것이다.

등에는 아직 큼지막한 몽고반점이 남아 있고, 볼록하게 솟아오른 견갑골 두 개가 사랑스러웠다. 아이는 파도가 밀려오는 얕은 물가에 배를 깔고 엎드려서 딱히 하는 것도 없이 그저 하염없이 먼 곳을 바라보고 있었다.

아스토는 그 모습을 잊을 수 없었다. 그건 대체 무엇이었을까? 무슨 생각에 잠겨 있던 걸까? 그저 배 밑으로 스미는 바닷물이 기분좋았던 것뿐일까? 성장이란 것은 물론 오랜 시간 속에서 일어난다. 그러나 그 순간의 태양이는 아무것도 하지 않는 그 잠깐의 시간 동안 분명 착실히 성장해가는 듯한 기미를 가득 머금고 있었다. 거기에는 하나의 생명이 있었고, 그것이 제 몸을 바짝 에워싼 밝고 환한 세상을 조금씩 밀어내며 자기 자리를 만들어가려 했다. 그는 아버지로서 그 모습을 가슴 뜨거워지는 감동과 함께, 그렇게 영원히 지켜보고 싶었던 게 아닐까. ……

교코는 아스토의 얘기를 들으며 "그랬지, ……"라고 말하고는 희미한 미소를 지으며 고개를 끄덕였지만 차츰 표정이 흐려졌다. 그리고 마지막에는 "왜 지금 그런 얘기를 해?"라고 물으며 눈초리가 살짝 올라간 조그만 눈을 깜박거리며 아래를 내려다보았다.

아스토는 할말을 잃었고, 얘기는 그대로 끝나버렸다.

멀리 있는 탁자에서 큰 웃음소리가 일어 실내에 나지막이 메아리쳤다. 파테가 담긴 전채요리 접시는 간혹 단단한 나이프 소리만 울릴 뿐 과묵했다.

"맛있네." 아스토가 말하자 교코도 "응, 맛있어"라고 대답했다.

사그라져가는 대화의 불씨를 배려하듯, 그녀는 조금 갑작스럽게 낮에 텔레비전에서 본 대통령선거 2차 토론회 이야기를 꺼냈다.

사회자가 윤리관에 대한 질문을 던지자 공화당의 로런 키친스

152

는 분인주의가 야기한 사회의 복잡성을 철저히 비판하고, '신뢰'에 바탕을 둔 보다 간소하고 성실하며 그만큼 밀접하고 깊은 인간관계를 재건해야 한다고 거듭 강조했다.

―어떤 이들은 인격의 복수성, 다양성을 인정하자고 주장합니다. 얼굴을 맞대고 이야기하는 상대의 모든 것을 알기란 불가능하며 알려고 해서도 안 된다, 그것이 바로 인간의 자유라고. 이것이 바로 디비주얼리즘이라는 경박한 사상입니다. 그러나 지금 저는 감히 여러분에게 묻고 싶습니다. 그것이 정녕 이 나라를 풍요롭게 하고 우리를 행복하게 만들었느냐고.

부모조차 자기 눈이 닿지 않는 곳에서는 자식이 뭘 하는지 알 수 없습니다. 온 가족이 철면조 구이를 둘러싸고 즐겁게 대화를 주고받는 순간에도 우리는 자식의 웃는 얼굴 뒤에서 정체 모를 무수한 분인들이 남몰래 웃고 있는 모습을 상상해야 합니다. 그게 행복입니까? 개인이란, 자기 자신이란 대체 어디 있는 걸까요?

사회는 점점 연대를 잃어가고, 분단의 끝에서 분단된 인간들의 파편이 정처 없이 미아가 되어가고 있습니다. 디비주얼리스트라 불리는 사람들은 그것을 이해하고 그것에 **익숙해지**라고 말합니다. 혹은 교육하라고.

그들의 왜곡된 엘리트주의는 단적으로 잘못됐습니다! 복잡한 사회에 적응하기 위해 인간 스스로 복잡해지라고 부추기는 겁니다. 완전히 주객전도죠. 전 그런 세상을 절대 반기지 않습니다! 다들 그런 것에 지칠 대로 지쳤습니다. 가장 정직한 인간이 가장 행복하게 살아갈 수 있는 사회. 그것이 우리가 몰두해야 할 정치적 과제입니다.

이에 그레이슨 네일러는 정직함은 물론 존경받아야 마땅하다고 응하며 민주당에 극단적 디비주얼리즘의 딱지를 붙이려 드는 전략에 저항한 후, 이렇게 말을 이었다.

—제가 이해하기로 디비주얼리즘이라는 말에는 사회학적 분석도구 이상의 의미가 없습니다. 나는 지금 이렇게 당신과 토론하고 있지만 아내나 딸과 즐겁게 대화할 때는 이런 화제를 꺼내지도 않고, 말투와 표정도 다릅니다. 지금 같아서야 가족 누구도 상대해주지 않겠죠. 그뿐입니다. 그런 현상을 가리켜 디비주얼리즘이라고 부르는 것이고요.

주변에 다양한 생각을 가진 사람이 많을수록 그에 대응하는 나 자신 역시 다양해져야 합니다. —그게 그렇게 어려운 얘기인가요?

물론 때로 디비주얼을 정리할 필요도 있습니다. 이런 생각에 도움을 받은 사람도 상당히 많아요. 학대당하거나 따돌림을 당하거나 고된 직장에서 우울증에 걸리거나. ……그들은 과거의 그런 디비주얼을 나쁜 관계의 산물로 간주하고 배제하는 자유를 얻은 겁니다. **과거는 하나가 아닙니다.** 디비주얼마다 각자의 과거가 있으니, 그것을 현재의 자신을 형성하는 디비주얼의 틀에 넣고 싶지 않다면 링크를 제외해버리면 그만입니다.

그러면 안 되는 걸까요? 물론 우리는 법을 침해하는 범죄적 디비주얼을 숨기고 있는 인간을 긍정해선 안 됩니다. 그것은 용납할 수 없는 일입니다. 당연하죠. 당신은 종종 내가 그것을 긍정하는 것처럼 발언하시는데, 이 자리를 빌려 새삼 그 점을 부정합니다. 완전히 악의에 찬 비난이에요. ……

"난 알 것 같으면서도 아직 이해가 안 돼, 분인주의라는 거 말이야. ―당신은 잘 알지?"

교코는 늘 그렇듯 샴페인과 화이트와인 한 잔씩만 마시고도 뺨이 붉게 달아올라 있었다.

아스토는 그녀의 배려를 받아들이듯 "우주 정신의학에서 배웠으니까"라고 말했다.

그리고 둘 사이에 가로놓인 침묵의 공백을 어떻게든 메우고 싶은 마음으로 설명했다.

"'개인'이라는 말이 영어로 individual이잖아? 이 말은 본래 '나누다'라는 의미인 divide에 부정접두사 in이 붙어서 '나눌 수 없는 것'이라는 뜻이 된 거고. In-dividual이니까. 예를 들어 여덟 명의 사람을 네 사람씩 나눈다, 그 네 사람을 두 사람씩 나눈다, 그 두 사람을 한 사람씩 나눈다, 그 한 사람은 더이상 '나눌 수 없다'. 그러니까 '개인'은 individual이지."

"흐음, 그러네. ……"

"그런데 일본어로 '분인'이라고 표현하는 dividual은 '개인'인 individual도 대인관계에 따라, 혹은 자리에 따라 훨씬 잘게 '나눌 수 있다'는 발상이야.

인간의 몸은 하나뿐이니 그걸 나눌 방법은 없지만, 실제로 우리 자아는 상대에 따라 다양하게 나뉘어. 당신과 마주하는 나, 부모님과 마주하는 나, NASA에서 노노와 마주하는 나, 실장과 마주하는 나. ……원만한 관계를 위해서는 아무래도 바뀔 수밖에 없지. 이런 현상을 개인의 분인화(dividualize, 디비주얼라이즈)라고 하는 거야. 그리고 그 각각의 내가 분인이지. 곧 개인은 분인의 집합인 셈이고. ─이런 사고방식을 분인주의라고 해."

아스토는 빈 잔을 보고 주문을 받으러 온 웨이터에게 레드와인 한 잔을 추가했다. 때마침 맞은편에서 메인요리가 막 나오는 참이었다.

"그거, ……우리가 어릴 때 쓰던 '캐릭터'라는 말이랑 비슷한가? 상대에 따라 캐릭터를 바꾼다는 식으로 말했었잖아."

교코가 반듯하고 가느다란 손가락을 뺨에 얹으며 물었다.

"비슷하지만, 캐릭터라고 하면 아무래도 표면적인 느낌이잖아? 캐릭터를 바꾼다, 연기한다고 할 때 과연 바꾸거나 연기하는 주체는 누구인가, 그건 또 무엇인가라는 얘기로 이어지겠지. 그러면 '진정한 나'와 '그 자리에서만 쓰는 가면'이라는 몹시 고루한 이원론이 돼버려.

실감상으로도 난 지금 당신과 얘기하는 나를 억지로 꾸며내고 있진 않아. 자연스럽게 이렇게 되는 거지. 어머니랑 얘기할 때도 억지로 캐릭터를 만들진 않고. 디브는 캐릭터처럼 조작적

operational인 것이 아니라, 마주하는 상대와의 협력적cooperative 결과물이라고 이해되지.

또하나 캐릭터랑 다른 점은 사람이 없어도 된다는 거야. 아무도 없는 바다나 산 같은 자연계의 영향으로 다른 장소에 있을 때와는 다른 내가 불현듯 만들어진다. 그것도 디브라고 할 수 있지. 관계하는 사람이나 사물이 있어야 분화하는 자기 안의 일면, 그 분인이 중심점 없이 네트워크화된 것이 개인이라는 거야. 진정한 자기가 없는 대신 여러 가지 자기를 계속 옮겨다니면서 사고한다는 발상이지."

"그럼, ……군이 표현하자면 다중인격 같은 느낌일까?"

"다중인격은 인격이 분열할 때 상대가 존재하지 않잖아? 누군가 상대가 있고 그 사람과 소통하고 싶어서 분인화하는 것과 달리 제멋대로 분열해버리니까 디브와는 역시 구별되지. 내가 지금 당신에게 보이는 디브는 나 혼자서는 절대 만들어낼 수 없어. 당신과의 관계 속에서 이런 내가 만들어진 거지. 따라서 디브는 늘 상대와 한 세트인 셈이야. ―단, 학설은 나뉘는 것 같더군. 다중인격 역시 상상 속의 누군가에게 맞춰서 분열한다고 생각할 수도 있으니까.

그런데 다중인격은 인격과 인격이 링크되지 않잖아? 조금 전까지 자기가 뭘 했는지 떠올리지 못하기도 하고. 그런데 디비주얼은 그런 일이 없으니 그 점이 차이라고 할까. 하지만 그 부분

도 다분인주의(multidividualism, 멀티디비주얼리즘)냐 분인다
원주의(dividual pluralism, 디비주얼 플루럴리즘)냐 하는 식으
로 또 논의가 분분하지. ……"

"그렇구나. ……"

교코는 복잡한 논의를 더 파고들 생각은 없는 듯 고개를 끄덕
인 후, 대화 도중에 나온 솔 뫼니에르로 손을 뻗었다. 아스토도
티본스테이크에서 튀는 기름이 조금 가라앉길 기다렸다가 나이
프를 들었다.

"—맛있어?"

"응, 이 집 고기는 역시 맛있어. 미디엄레어로 잘 구워졌어. 겉
은 바삭바삭하고. —그쪽은?"

"응, 맛있어. 한입만 줘볼래?"

"응."

아스토는 접시를 밀어서 한가운데의 고기 한 점과 마늘 글라
세 하나를 건네주고, 때마침 레드와인을 들고 온 여자 종업원과
눈이 마주쳐서 미소를 머금었다. 접시를 앞으로 당기고 와인을
한 모금 마신 후 입을 열었다.

"트라우마 치료법 중에 아버지에게서 받은 성적 학대 같은 디
비주얼을 개인을 구성하는 링크에서 제외해버리는 방법이 있지.
네일러가 한 얘기가 그런 거 아니었을까. —또 분인화 거부는 아
이들에게 자주 나타나는 증상이야. 나는 누구에게나 똑같다고

주장하는 탓에 커뮤니케이션 부전_{不全}을 겪곤 하지."

"그런 때 '나'는 누구지? 역시 디브야?"

"그렇겠지. 고딕 스타일을 좋아하는 여자애를 예로 들면, 그런 커뮤니티에서 통하는 디브가 기본적인 디브로 고착돼버리는 거야. 지금까지의 디브는 오합지졸로 처리하고."

촛불이 비추는 교코의 이마에 순간 먼 과거의 어떤 경험 하나를 이해한 작은 번득임이 스쳤다. 이목구비가 작고 굴곡이 적어서 그녀의 친구들은 옛날부터 농담 삼아 곧잘 '고케시'* 얼굴이라고 말하곤 했다. 아스토는 그 미세한 동요가 무엇인지 알 수 없었지만, 물어보기가 망설여졌다.

"우주선에서의 스트레스는……" 그가 얘기를 이었다. "분인의 산출이 과도하게 억제된 탓이라고들 해."

"무슨 뜻이야?"

"'던'에서처럼 여섯 명이 계속 같이 있으면, 그동안은 오로지 한 종류의 디브로밖에 살아갈 수 없잖아? 우주공간의 스트레스는 본래 지상에서는 여기저기 자유롭게 디브를 흩뿌려왔는데 여기선 그럴 여지가 없다는 점에서 나와. 그건 역시, ……괴롭지. 인간은 제각기 수많은 디브를 끌어안고 다양한 모습으로 살아감으로써 균형을 잡을 수 있다고 봐. 그럴 방법이 없으면 갈 곳을

---

* 일본 도호쿠 지방 특산의 목각인형.

잃은 디브는 과거의 기억이나 미래의 상상 속에서 흘러넘치게
되지. 그 속에서 기억의 장면이 새로 쓰이거나, 채 하지 못했던
말이 다시금 말해지거나, 잘못 했던 말이 정정되기도 해. —다른
한편, 가능한 미래에서는 상상의 몫만큼 각각의 승무원 디브들
이 생겨나 나의 디브와 끝없이 대화를 나누지. ……그 내성은 우
주비행사들 사이에서도 상당한 개인차가 있지만, 난 의사면서도
내성이 별로 강한 편이 아니었어. ……괴로웠지. 밖으로 발산할
수 없는 디브가 내부에서 증식해가는 것은 정신건강상 매우 좋
지 않게 느껴졌어. 관리하기도 힘들고."

"그럼 노노도 약한 편이었나?"

교코의 질문에 아스토는 한순간 나이프를 쥔 손을 멈추고
"……글쎄"라고 중얼거렸다. 그러고는 고기 한 점을 입에 넣고
천천히 씹어서 삼킨 후 말했다.

"지금 그를 완전히 지배해버린 디브가 어디서 유래했는지, 계
속 기록하면서 고심했어. 그의 헛소리가 뭘 의미하는지. ……끝
내 알아내진 못했지만. ……"

교코는 살며시 고개를 끄덕이더니 와인 잔을 손에 들고 한동
안 창밖을 내다보았다.

날이 완전히 저물어서 바다와 하늘의 경계가 똑같은 어둠으로
덧칠되었고, 유리창에 비치는 두 사람의 모습은 그만큼 짙어졌다.

레스토랑 안에는 브래드 멜다우&조슈아 레드먼의 신작 스탠

더드 앨범이 나지막이 흐르고 있었다.

잔을 내려놓은 교코가 큰맘 먹은 듯한 투로 입을 열었다.

"저기, 아스토. 사랑하는 사람에게는 자기 디브를 모두 보여야 한다고 생각해?"

아스토는 잠시 머뭇거리다가 입으로 가져간 빵을 그대로 삼킨 후 와인을 한 모금 마시고는 "인간은 타자의 분인밖에 알 수 없대. 개인은 영원히 알 수 없다더군"이라고 일반론적으로 대답했지만, 그것으로는 충분치 않은 것 같아서 다시 "받아들여야 하는 거라면—그렇겠지?"라고 덧붙였다.

"결국 다람쥐 쳇바퀴네? 어느 쪽에서 결단을 내린다면 그렇다는 건가? —예를 들어 내가 알리길 원하고, 당신에게 알 의무를 지우고 싶다면?"

윤곽이 흐린 그녀의 얼굴이 흔들리는 촛불 불꽃에 무방비하게 드러났다.

아스토는 그녀의 의도를 헤아릴 수 없었다. 방금 분명 '내가' '당신에게'라고 말했다. 하지만 실은 그 반대가 아닐까? 사실은 나야말로 숨김없이 모든 것을 밝혀야 한다고 말하고 싶은 게 아닐까? 그리고 자기는 알 의무를 감당해낼 수 있다고. ……

"우리가 서로를 대하는 디브는…… 너무 순수한지도 몰라."

아스토는 그렇게 말하고, 답하기 힘든 질문을 넘기려는 듯 와인 잔을 입에 가져갔지만, 갑자기 그 무게를 주체하지 못해 탁자에 내려놓고 말았다. 그리고 유리창에 비친 아내의 옆얼굴을 바라보았다.

그녀는 식어버린 소스가 묻은 접시 위 광어 조각을 마주하며 그의 말을 생각하는 듯했다.

"이제 그만할까, 이런……"

입을 여는 아스토를 교코가 가로막았다.

"누군가를 좋아한다는 건…… 나에 대한 그 사람의 디비주얼을 사랑하는 거야? 그것을 사랑하는 나 자신도 그 사람에 대한 디브야? 분인이야? 인디비주얼끼리 서로 사랑하고, 한 인간 전체끼리 사랑하는 건 역시 무리일까? 그런 데 집착하는 건…… 유치하고 무의미한 거야?"

그녀가 두 눈에 힘을 주었다.

"설득하려는 게 아니야. 당신 생각을 알고 싶어. 당신이 우주에 간 이 년 반 동안 무슨 일이 있었는지 사실 난 잘 몰라. 화성에서 당신의 디브가 어땠는지도 알 수 없어. 전부 말할 수 없다는 것도 이해해. 그렇지만 뭔가를 숨기고 있고 그것 때문에 힘들다면, ……그걸 없었던 것으로 만들 수 없어서 괴롭다면, ……"

"교코, ……"

"내가 당신의 그런 디브를 받아들일 수 있을지 없을지는 모르겠어. 그것 때문에 우리 사이가 돌이킬 수 없어질지도 몰라. ……당신만이 아니야. 나 역시 그동안 이곳에서 지내온 디브가 있으니까. ……"

다 타들어간 촛불이 붉은 유리그릇 밑바닥에서 불안하게 불꽃을 흔들었다.

아스토는 지금까지 몇 번 '산영'을 통해, 자기가 지구에 없었던 동안의 그녀 모습을 검색했었다.

화성에서 돌아온 후 그의 성공을 시기하는 NASA의 우주비행사들이 그녀가 태양이의 AR를 디자인한 딘 에어스라는 남자와 빈번하게 길거리를 돌아다녔다는 소문을 퍼뜨렸는데, 실제로 그도 차를 타고 외출하는 둘의 모습을 '산영'에 등록된 게이트 방범카메라 영상으로 두어 차례 본 적이 있었다.

딘은 일 년 전에 돌연 NASA를 그만둔 뒤로 소식이 끊기고 '산영'에서도 모습을 감췄다. 교코와의 이별이 원인이라는 말이 떠돌았지만, 아스토는 친절하게도 그 소문을 일부러 알리러 온 2기 선배인 미국인 우주비행사를 복도에서 있는 힘껏 밀쳐버렸다.

아스토는 지금까지 한 번도 교코에게 그 소문에 대해 말하지 않았다. 말하면 안 된다고 생각했고, 말하고 싶지 않았다. 그녀 역시 그가 지구에 남겨둔 아내를 '산영'의 '안면 인증 검색'으로 찾아본 것에 관해 아무 말이 없었다.

눈치채지 못한 걸까, 아니면 대수롭지 않게 여기는 걸까? 그런 의문이 마침내 이 순간 얼음 녹듯 풀린 기분이었다. —물론 알고 있었다. 그리고 줄곧 생각해왔다.

아스토는 어느새 그녀에게서 시선을 돌리고, 눈동자에 아련한 통증을 느끼며 촛불 불꽃을 뚫어져라 바라보았다.

"……어떡해야 좋을지, 솔직히 나도 잘 모르겠어."

말문이 막힌 교코가 에두르지 않고 솔직하게 말했다.

입을 다문 두 사람에게 웨이터가 다가와 웃는 얼굴로 요리에 대한 감상을 묻고는 접시를 치워갔다.

그는 공백이 된 탁자 위로 작은 한숨 하나를 굴리듯 떨어뜨렸다. 그리고 그것이 힘없이 멈추는 것을 느낀 후, "……나도 그래"라고 중얼거렸다.

ㅡ아니, 알고 있었다. ……

수영장가에서 다시 그때를 떠올리며 아스토는 생각했다.

"다른 것도 아닌 나에 대한 교코의 디브가 굳이 모든 걸 말하려 든다면, 틀림없이 난 받아들일 거야."

그렇게 말해야 했고, 그녀가 원한 것도 그런 말이었다. 그러나 입을 열고 목소리를 내려던 마지막 순간 자신이 겁을 내고 있다는 걸 느꼈다.

시계 표시는 조금 전과 거의 변화가 없었다. 15:55 3. Oct. 2036ㅡ그런데도 오 분 후면 휴식 시간이었다. 양손으로 얼굴을 문지르고, 수중의 우주비행사 영상과 함께 심박수와 혈압수치를 확인했다.

전형적인 '탈진증후군'이라고 의료부장에게 곧잘 농담처럼 말했지만, 그런 자가진단의 태도 자체가 귀환 후 우주비행사가 주의해야 할 병례로 관찰된다는 것을 그는 의식하고 있었다.

"—지구 말인데, 역시 너무 복잡하다는 생각이 들어."

「이상한 나라로 가는 앨리스」에 대한 릴리언 레인의 해석에 자극받은 노노 워싱턴은 '습격' 직전 유인 화성탐사가 일종의 '시간 역행'이라고 열심히 설명했다.

"인간의 디브는 점점 세분화되어가고, 디브 하나하나의 수명도 짧아. 여기저기로 가버린 예전의 디브가 어떻게 됐는지도 전혀 알 수 없어. —아스토, 우리는 지금 시간여행을 하는 거야. 우주공간을 맹렬한 속도로 질주하면서. 여기는, 그래, 근대 이전쯤이 아닐까? 한정된 대면對面의 커뮤니케이션만 존재하지. 먼 옛날 수도도 뭣도 없었던 부자유스러운 취락처럼 말이야. 모두 단 한 종류의 분인이 개인과 과부족 없이 정확히 합치해. 달리 디브가 늘어날 필요도 없어. 그러니까 마지막에 다다를 화성은 유사有史 이전의 지구인 거야! 인간은 말할 것도 없고 동식물도 아직 탄생하지 않았으니까. —그러니 이 '던'은 말하자면 타임머신인 셈이지. 우리 의식상태 역시 자연히 인간의 역사를 거슬러올라가는 셈이고. ……"

'그 시간을 다시 한번 거꾸로 되짚어 현대로 되돌아온 인간은 처음과 똑같을까, 노노? 아니면 뭔가가 완전히 변해버렸을까?

기다리던 사람들의 눈에는 우리가 원래와 똑같아 보일까? ……'

거대한 수영장은 무중력상태에 대한 모의훈련을 하는 곳이라 때마침 다음 로켓 발사 때 수리할 예정인 국제우주정거장의 주거동 모형이 물속에 가라앉아 있었고, 미션에 임할 젊은 이십대 우주비행사들이 구명 다이버가 지켜보는 가운데 일일이 순서를 확인하며 작업하고 있었다.

수영장에 가득 담긴 파란 물을 사람들은 곧잘 휴스턴의 하늘빛 같다고 했는데, 그는 오히려 초등학교 공작 시간에 꾸깃꾸깃 구겨서 파도를 표현하던 디오라마*의 파란색 셀로판 바다를 떠올렸다.

창이 없는 실내에 설치된 조명이 잔잔하게 흔들리는 수면을 태양빛처럼 반짝이게 했다.

아스토는 문득 누군가가 쳐다보는 기척을 느끼고 얼굴을 들었다. 일본인으로 보이는 관광객이 2층 견학용 창가에서 이쪽을 가리키며 무슨 얘기를 나누고 있었다.

그 창가 한구석에 시선을 던졌다. 호기심 가득한 관광객 옆에 파자마 차림의 노노가 멍한 얼굴로 우두커니 서 있었다.

'저런 데서 뭐하지? 병원을 빠져나온 건가?'

---

* 배경을 그린 커다란 막 앞에 여러 가지 물건을 배치하고, 그것에 조명을 비추어 실물처럼 보이게 한 장치.

놀란 아스토는 천천히 의자에서 일어섰다.

우주선에서 한 달 남짓 급성기를 보내고 그의 판단으로 마침내 구속을 풀어줬을 때처럼, 노노는 마비되어 힘이 들어가지 않는 듯한 눈으로 이쪽을 바라보고 있었다.

중력이 있는 지구로 육체가 복귀한 뒤에도 그의 의식은 여전히 무게감각을 되찾지 못한 듯했고, 그 불균형이 지금 유난히 두드러지게 느껴졌다.

아스토는 덱으로 올라가는 계단 대신 수영장을 향해 천천히 걸음을 내디뎠다. 노노가 무슨 말을 하려 했지만 중얼거림 같은 그 미세한 입술의 움직임을 본 아스토는 들리지도 않으면서 알았다는 듯 몇 번이나 고개를 끄덕여 보였다.

'괜찮아, 노노. 걱정하지 마. ……그보다 난 알고 싶어! 지난번에 병실에서도 물었지? 노노, 넌 우주선 안에서 뭘 전하려고 한 거지? 무엇 때문에 괴로워하고 무엇을 호소한 거야? 노노! 알려줘! 메르크빈푸인의 습격이란 게 대체 뭐지? 네 악몽 속의 말을 나도 알아들을 수 있게 번역해줘! 노노! ……'

또 한 걸음 내디디려는 순간, 아스토는 뒤에서 갑자기 오른팔을 낚아채는 힘 때문에 넘어질 뻔했다. 그 모습을 본 노노는 두 손을 유리창에 딱 붙이고서 울부짖었다.

"아스토, 조심해! 네 전두엽은 지금 바이러스 공격을 받고 있어! 아아, 팔을 붙잡혔군! 어서 도망쳐! 어서!"

아스토는 흠칫 놀라며 필사적으로 팔을 뿌리친 후, 자기를 끌고 가려는 상대를 증오를 가득 담은 눈빛으로 돌아보았다.

의아한 표정으로 선 사람은 훈련생에게 지시를 내리고 있던, 달에서 귀환한 우주비행사였다.

"……아스토, 괜찮아?"

금방이라도 수영장에 빠질 듯 두 다리를 적시고 선, 화성에 다녀온 영웅의 모습을 너나없이 주시하고 있었다.

아스토는 상황을 설명하려고 창으로 다시 시선을 돌렸다. 그리고 그곳에는 얼굴을 마주보며 뭐라고 소곤대는 관광객뿐이라는 사실을 알아채고 몹시 놀란 듯 우두커니 멈춰 섰다.

"—암페타민 후유증인가?"

달에서 귀환한 우주비행사가 걱정스러운 기색으로 물었다. 아스토는 아래를 내려다보며 붙잡힌 팔 위쪽에 왼손을 얹은 후, 나지막한 목소리로 "……아니"라고 얼버무리며 고개를 저었다.

훈련을 마치고 병원에 들르지 않고 곧장 집으로 돌아와 신발을 벗고 거실로 들어서자, 교코 옆에 있던 태양이가 "앗" 하고 알은체를 하며 웃는 얼굴로 그에게 달려들었다.

"아빠, 다녀오셨어요!"

교코가 가르쳤을까. '파파'가 아니라 또렷한 일본어로 '아빠'라고 말했다.

아스토는 순간적으로 지구에 귀환해 AR 태양이를 처음 봤을 때 느꼈던 경악을 떠올렸다. 아직 입원 치료 전이었던 그는 도쿄에서 죽은 태양이가 정말로 살아 돌아왔다고 믿을 뻔했다. 자기가 부재했던 이 년 반 동안 눈부신 과학적 진보가 일어나서, 태양이가 마지막 보았던 그 모습 그대로 살아 돌아와, 그때보다 성장해 교코와 함께 그를 기다리고 있다고.……

"—아빠."

아스토의 기억은 깊고 깊은 밑바닥부터 뒤섞이고 부딪쳐서 형태가 허물어지며 얼크러졌다.

그 자신도 어릴 때 똑같이 외치며 병원에서 돌아온 아버지를 맞았었다. 그는 마치 그때의 아버지에 대한 기억이 끼어든 것처럼 어린 시절의 자기 모습을 멀찍이서 바라보았다. 그리고 그것은 눈앞의 태양이와 완전히 겹쳐졌다. 이 아이는 분명 나를 닮으며 커가고 있다! 그러나 사실은 반대일 터였다. 이 AR는 생전의 태양이의 영상을 베이스 삼아 아버지인 아스토의 외모를 성장 프로그램에 주입해 닮아가도록 설계한 것에 지나지 않았다. 그것은 과학적 필연성에 근거한 것이 아니라, 이용자인 부부 두 사람에게 디자이너가 서비스로 베풀어준 세심한 배려일 뿐이다. 그렇다면 무릇 인간의 자식이 부모를 닮고, 그러기 위해 열심히 키워가는 데는 역시나 인간의 발생을 디자인한 어느 위대한 존재의 세심한 배려가 깔려 있다는 뜻일까? ……

아스토가 웅크려앉자 조금 늦게 인식한 태양이가 그를 마주보며 환하게 웃는 표정을 지었다. 살아 있었다면 이미 열 살이 넘을 테지만, 교코는 그날부터 다시 키우고 싶다며 세상을 뜬 만 두 살 육 개월 시점부터 시작하도록 초기설정을 의뢰했다.

죽어버린 별의 빛이 뒤늦게 지구에 도달하듯, 태양이는 그렇게 10광년이나 먼 곳에서 두 사람의 현재 생활 한복판에 모습을 드러냈다.

어느새 만 다섯 살이 되었다. 머지않아 초등학교에 다니는 것처럼 아침에 사라졌다 오후에 다시 모습을 드러내고, 저녁식사 자리에서 친구와 논 이야기를 하고, 유행하는 애니메이션 스티커나 카드를 사달라고 조를 것이다.

미소를 머금은 포동포동한 뺨을 살며시 만지려는 순간, 태양이는 변덕을 부리듯 너무나 자연스럽게 달아나버렸다.

교코는 양팔을 펼치고 기다렸다. 태양이는 미리 프로그램된 소파와 탁자 위치를 교묘히 피하며 그 발치로 달려가더니 장난스럽게 이쪽을 돌아보았다. 러닝셔츠 틈새로 등에 남은 푸르스름한 몽고반점이 어른거렸다.

교코는 재미있다는 듯 웃으며 "태양이가 '아빠'라고 불러서 깜짝 놀랐나보네"라고 말하고는 두 손으로 머리를 쓰다듬는 시늉을 했다.

아스토는 그저 말없이 그 모습을 지켜보았다. 그리고 주머니에서 천천히 휴대전화를 꺼내 두 사람의 모습을 화면에 담고 셔터를 눌렀다.

사진 속에서는 살아 있는 교코와 빛덩어리인 태양이가 구별되지 않았다.

그것은 어디서나 찾아볼 수 있는 지극히 평범한 엄마와 아들의 사진이었고, 누구에게 보여줘도 '행복해 보인다'는 감상이 나올 것이 틀림없었다.

아스토는 시선을 들었다. 그의 기억 속에 남몰래 잠들어 있는 태양이를 이렇게 바깥세상에서 뛰어놀게 하기란 절대 불가능했다.

3장

맹렬히
난반사하는
과거

12. 짐 킬머의 우울

망가진 울타리 밑을 빠져나가가며 찢긴 팔에서, 피가 번지다 못해 감당이 안 될 만큼 흘러내렸다.

오후의 태양은 한나절 내내 동쪽에서 서쪽으로 천천히 샛길을 더듬어가는 평소와 다름없는 단조로운 작업에 지칠 대로 지쳐서 말도 하고 싶지 않아하는 기색이었다. 폐허가 된 공장은 그 무뚝 뚝한 석양에 완전히 익숙해졌는지, 기다랗게 늘어뜨렸던 그림자 를 나지막이 깔리는 어둠에 신속히 내주기 시작했다.

뒤따라오는 사람은 네 명, 아니, 다섯 명이었다. 그중에는 초 등학교 시절 매일같이 함께 놀던 래리 헌터도 끼어 있었다. 심지

어 길을 지나던 그를 발견하고 친구들을 부추긴 것이 바로 그 래
리였다.

계속 뛰어오느라 숨이 턱까지 차올랐지만 몸속 세포들이 좀더
서두르라고 재촉하는 듯해, 무작정 팽창하려 드는 폐가 침을 삼
키려 할 때마다 짜증을 부리며 억지로 입을 비집어 열었다.

벽돌로 지은 낡은 창고에 뛰어들자 깨어진 창으로 미세한 빛
이 비쳐들었고, 한 발짝 내디딜 때마다 건물에 울려퍼지는 발소
리가 입을 모아 그가 도망치는 방향을 고자질했다.

발길질에 문이 부서지는 충격음이 나고 동시에 사람들의 발소
리가 어지럽게 헝클어졌다. 고함소리가 들리고, 낡은 기계가 쓰
러지는 소리가 났다.

짐 킬머는 자기 등에 표적이 그려져 있고, 금방이라도 그곳에
총구가 겨눠질 듯한 느낌을 받았다.

죽을힘을 다해 계단을 뛰어올라갔지만 진로를 완전히 잘못 짚
었다. 막다른 골목에 몰리고 말았다. 위협하는 총소리가 연달아
울리고 이어서 웃음소리가 들려왔다. 곧이어 녹슬고 부패한 바
닥을 밟은 느낌과 동시에 계단이 아래로 꺼져내렸고, 그는 2층에
다다르기 직전에 무너지는 건물 파편과 함께 바닥으로 곤두박질
쳤다.

머릿속에 통증이 작열하고 의식이 몽롱해졌다. 그 때문에 온
몸을 관통하던 공포가 어중간하게 뒤로 밀려났다. 달려든 소년

들 중 하나가 그의 양쪽 뺨을 우악스럽게 움켜쥐고, 피가 흐르는 후두부를 또다시 콘크리트 바닥에 내리찍었다. 그리고 다함께 몸을 억누르더니, 왼팔을 뻗게 하고 손목 언저리를 있는 힘껏 짓밟았다. 신음소리와 함께 움켜쥐고 있던 주먹이 힘없이 풀렸다. 래리 헌터가 서바이벌 나이프를 건네받자, 다들 손바닥을 찍어버리라고 아우성쳐댔다.

"살려줘, 래리! 부탁이야, 살려줘!"

울부짖는 그를 위에서 내려다보던 래리가 어금니로 껌을 씹으며 무릎을 꿇고 손목을 움켜쥐었다.

"살려줘! 우린 친구였잖아!"

움켜쥔 나이프가 치켜올라갔다. 찔린다! 도망치려고 격렬하게 몸부림치자, 명치로 주먹 한 방이 날아들었다.

이를 악물고 눈을 질끈 감았다. 바로 그 순간 이쪽으로 돌진해오는 또다른 발소리가 등뒤에서 들려왔다.

"스톱, 래리! 스톱!"

래리가 목덜미를 붙잡혀 뒤로 나뒹굴었다. 소년의 부드러운 뺨을 때리는 섬뜩한 소리가 들려왔다.

몸을 짓누르던 무게가 갑자기 가벼워졌다. 머뭇머뭇 눈을 뜨자 매드 헌터가 어깨를 들썩여 숨을 몰아쉬면서 그를 내려다보고 있었다.

"─괜찮니?"

목소리가 들렸다. 그러나 창고에 가득한 어둠은 조심스러운 듯 그 표정을 감추고 있었다.

……오래전 기억이었다.

웨스트멤피스 교외의 한산한 쇼핑몰 안 멕시코 음식점 한구석에서 코로나를 마시던 짐 킬머는 갑자기 불안한 눈치로 주위를 둘러보았다. 속았을지 모른다는 생각이 그 순간 또다시 더러운 쥐새끼처럼 뇌리를 훑고 지나갔다.

오후 햇살이 2020년대 초에 유행한 '뉴 라티노'의 향수 어린 멜로디에 깜박 잠든 채 창가의 빈자리 위로 드리워져 있었다. 손님은 안쪽에 앉은 두 사람뿐이고, 주인 아들인 듯한 웨이터가 카운터에서 이따금 무릎을 쳐가며 휴대전화 게임에 열중하고 있다.

주방에는 요즘 세상에 아직 저런 게 있나 싶을 만큼 구형인 텔레비전이 달려 있고, 정보 단말기를 내장한 수경을 소개하는 쇼핑 채널이 틀어져 있었다. 탄탄한 구릿빛 몸의 청년이 고층빌딩 사무실에서 모니터 네 개 사이를 동시에 오가며 업무를 처리하고, 자투리 시간에 찾은 스포츠센터 수영장을 크롤 영법으로 묵묵히 왕복하며 수경 모니터로 영화를 보거나 인터넷을 즐겼다.

—시간을 압축합시다! 두 시간을 한 시간에 살기! 아니, 삼십 분에! 그것이 바쁜 현대를 살아가는 유일한 방법입니다. 한 번에 한 가지씩

만 하며 사는 건 이제 그만! ……

　그제부터 누군가에게 계속 감시당하는 기분이 들었다. '산영' 검색기록을 체크해보니 아나나 다를까 뉴욕에 있을 때와 얼굴이 달라진 자신을 끈덕지게 쫓아다니는 낯선 이름이 몇 개 떠서 그 것들을 모두 차단했다. 얼굴의 뉘앙스를 조금씩 달리하며 바꿨 으니 '산영'은 그의 발자취를 온전히 더듬을 수 없었다. 이곳이 '산영' 비협력 가게인데도 여전히 불안한 것은 조금 전 또다시 들어온 발신자 불명의 메시지 탓이었다.

　'스톱, 짐! 스톱!'

　말하자면 어설픈 실수를 저지른 것이다. '닌자' 운반책에게서 직접 실물을 입수하기 위해 '캐치업'이라는 조직의 사람과 두 차 례 접촉을 시도해봤지만 모두 실패했고, 그로 인해 꼬리가 잡힌 듯했다. 죽은 매드 헌터가 당시 동생 래리를 말리며 외치던 말과 메시지 내용이 똑같은 것은 단순한 우연이겠지만, 몇 번씩 반복 해서 수신하는 사이 그 문자는 낮고 쉰 매드의 목소리를 머금게 되었다.

　'캐치업'에서 보낸 경고일까, 아니면 다른 누군가가 보냈을까. 어느 쪽이든 매드 헌터는 사후 세계에서 그것을 이용해 이제 그만 두라고 호소하는 것이다. 이런 일에 휘말리게 하려고 너에게 정 보를 맡긴 것이 아니다, 방법이 잘못되었다, 아마추어가 왜 그런 위험한 짓을 하느냐, 라고.

짐은 어제 이곳에 온 후로 자기 뇌가 왜 자꾸 그날 폐공장에서의 기억을 끄집어내며 재생을 되풀이하는지 생각했다. 대체 뭘 하려는 것일까?

무너져내릴 듯한 건물들. 인기척 없는 도로. 정원에서 공허한 눈빛으로 물끄러미 이쪽을 바라보는 아이 엄마. 폐허의 요새 같은 공영단지. ……눈에 보이는 것들 하나하나가 자신이 나고 자란 디트로이트 교외의 풍경을 떠올리게 했다.

미국 어디에나, 아니, 아마 세상 어디에나 흩어져 있을 쓸모없이 버려진 공장 마을.

그 고장의 디비주얼을 줄곧 자기 안에서 쫓아내버리고 싶었다. 그런데 지금은 오로지 그 디브만을 위해 살려고 한다. 그렇게 된 계기는 매드 헌터와의 재회였고, 그와 그의 동생 래리의 죽음이었다.

그는 손끝에서 튀어오른 라임 과즙이 창으로 비쳐든 빛줄기에 은가루처럼 반짝이는 모습을 바라보면서, 화성에 갔다가 정신이 이상해져서 돌아온 흑인 우주비행사 노노 워싱턴을 떠올렸다. 노노는 인디애나 주 게리 출신이었다. 디트로이트 교외의 그랜드빌 같은 빈민가보다 훨씬 더 구제불능으로 황폐해진 동네인데, 그런 곳에서 우주비행사 같은 엘리트가 나오다니. 사람들이 '기적'이라며 놀라워 마지않는 것도 무리가 아니었다.

그 자신도 노노의 그런 삶에 공감했고 존경스럽기도 했다. 그러나 매드 헌터는 그에 관해 이런 논평을 했다.

"그래도 게리에서 태어나면 확률적으로 동아프리카 전쟁에 나가게 될 가능성이 훨씬 높아. 디트로이트도 마찬가지잖아? 한 사람이 초인적인 노력과 은총 같은 행운 덕분에 영웅이 된다 한들, 백 사람이 전장에서 저임금 비정규 병사로 버러지처럼 죽어간다는 사실에는 아무 변화도 없어. ─잘 들어, 가장 나쁜 건 눈을 가리는 거야. 현정권에서 보면 노노 워싱턴은 정치적 이용가치가 충분하거든."

그것은 물론 짐 킬머 스스로도 오랫동안 품어온 확신이었다. '열악한 환경'은 비참함의 온상이며, 당연히 의학적으로는 '열악한 유전자' 또한 마찬가지라고 할 수 있을 것이다.

노노 워싱턴에게 정신질환이 생긴 이유는 우주비행사가 되기엔 유전자의 스트레스 내성에 문제가 있어서라는 소문이 돌았지만, 본의 아니게 인종문제와 연결되어버릴 염려가 있어서 매스컴은 보도하기를 꺼렸다.

그러나 정말로 그것뿐이었을까? ……

콘택트 모니터가 약속 상대의 접근을 알렸다. 고개를 들자 입구에 스무 살 안팎의 왜소한 청년이 혼자 서 있었다. 미리 알려준 대로 얼굴 여기저기에 피어스가 달려 있다.

"─아, 안녕하세요?"

"안녕하세요?"

두 사람은 어금니를 깨물어 성문聲紋 인증 결과를 콘택트 모니터로 확인한 후에야 미소를 건네며 악수를 주고받았다.

"'캐치업' 사람과 직접 만난 건 두번째예요."

'224n'이라는 이름으로 연락을 주고받은 청년은 그렇게 말하며 의자에 앉더니, 자기 얼굴을 응시하는 상대의 시선에 담긴 의미를 깨닫고 주눅든 투로 말했다.

"이쪽에는 아직 가소성형 기술이 발전하지 못했어요. 내가 한 건, ……싸구려 불법이고."

그런 뜻으로 바라본 것이 아니었던 짐은 고개를 가로저었다.

"아니, 오히려 본래 얼굴로 나왔나 해서 놀란 거야. —게다가 생각보다 젊어서."

"그래요? 고맙군요."

'224n'은 쑥스러운 듯 몸을 꼬며 웃었다. 찢어진 셔츠를 몇 장씩 겹쳐 입었지만 가녀린 골격이 걸치고 있는 지방층이 그보다 더 얇겠다 싶을 만큼 비정상적으로 비쩍 마른 체구였다. 약 때문일까, 하고 짐은 생각했다.

그는 ID를 제시하고 싶지 않은지 술이 아니라 콜라를 주문했고, 음료가 나오자 대놓고 호기심을 드러내며 물었다.

"당신 얼굴은? 혹시 일본제?"

짐은 답변을 망설였지만 고개를 끄덕이며 솔직하게 대답했다.

"상이군인 성형 자원봉사로 미국을 찾은 일본인에게 부탁했지."

"그래요? 역시 마무리가 깔끔하네요. 정말 깔끔해. ……넋이 나갈 만큼 쿨해."

소매를 걷고 잔을 쥔 그의 양팔에 무수한 자해 흔적이 보여서 짐은 넌지시 그쪽으로 시선을 던졌다.

"난 몸뚱이로 돈을 버니까." 그는 입매를 바짝 당기곤 "……가소성형을 안 하면 살기 힘들죠"라고 말했다.

짐은 그러냐며 고개를 끄덕여 보였는데, 너무나 부드러운 뉘앙스가 감도는 그 표정이 '224n'에게 이루 말할 수 없는 부러움을 샀다.

"다른 지역으로 가볼 생각은 없나?"

"사실은 그게 가장 좋겠지만, ……어머니와의 관계를 도저히 끊을 수 없어요. 어머니를 위한 디브를 매일 갱신하지 않으면 버틸 수 없는 인간이라서. 나만 그런 게 아니에요. 어머니는 더하죠. ─당신 말대로 이곳 생활에는 정말 넌더리가 나지만."

그렇게 말하며 그는 무심결에 팔을 긁는 바람에 생긴 지 얼마 안 된 딱지를 뜯어버리고 말았다. 그리고 천천히 가죽가방 안을 뒤적이더니 "─이거예요"라며 검은색 플라스틱 케이스를 꺼내 건넸다.

짐은 체온으로 데워진 그 모난 감촉 속에서 암울한 생명의 기척을 느꼈다.

"말라리아 병원충이 들어 있어요. 간단해요. 그 상자 속에 살아 있거든요. 고양이 같은 것에 감염시켜서 학질모기가 꼬이는 곳 언저리에 풀어놔요. 그럼 알아서 피를 쭉쭉 빨 테니까. 설명은 뚜껑 메모리에 들어 있고."

"전부터 구하고 싶었는데, 좀처럼 연락이 닿질 않더군."

"흐음, 요새 FBI가 캐고 다니는 중이라." 그가 의기양양하게 덧붙였다. "잘 모를 테지만, 이따금 운반책이 찍소리 못하고 당하거든요. 말 그대로 모기처럼."

"그런데 왜 뉴스에 안 나오지?"

짐이 놀라서 물었다.

"어라? 머리가 나쁘시네. 공개되면 훨씬 더 퍼질 거 아녜요. 나 같은 놈이 수도 없이 튀어나올 거라고요. 세계 곳곳에 '애드 호크 테러리스트'가 있잖아요? 아무런 이유 없이 충동적으로 테러를 저지르는 놈들. 당신 역시 겉은 멀쩡해 보여도 머릿속은 이상하니까. 안 그래요? 모두 마찬가지야, 요즘 세상은."

'224n'은 히죽 웃었지만, 짐은 오히려 거짓말이라는 의심이 들었다.

"게다가 출처도 문제될 테고. 그러면 그자들도 곤란하겠지. 쥐도 새도 모르게 체포하는 건 간단해요. 약 거래라도 해두면 그만 이잖아요? 어차피 그런 무리는 NVIP(별로 중요하지 않은 사람) 일 테니."

"자네는 왜 응해줬지? 내가 수상하지 않았나?"

184

"수상했지만, 이젠 상관없어요."

"왜?"

"몰라요? '캐치업'은 대통령선거에 맞춰 범행성명을 낼 예정이에요. 아주 빅뉴스가 되겠죠. 이미 준비가 진행되고 있어요. 난 절대 모기처럼 당하지 않아. 당당히 FBI에 체포될 거야!"

짐은 입술에 집게손가락을 대며 주위를 둘러본 후, 약속한 현금이 든 봉투를 건네고 플라스틱 케이스를 가방에 넣었다. 그리고 아직 소금이 남은 곳을 찾아 잔을 입에 대고는 생각할 시간을 가지기 위해 창밖으로 고개를 돌렸다.

드넓은 주차장에 자동차의 그림자는 거의 없고, 내리쬐는 오후의 햇빛이 지면 한가득 고여 펼쳐져 있었다.

"—체포되면 자네 어머니가 슬퍼하지 않을까?"

"정상적인 집안에 태어나면 그렇게 생각하겠죠."

'224n'은 뜯겨나간 딱지의 흔적이 신경쓰이는지 집게손가락 끝으로 피를 훑어내 엄지로 문지르듯 훔쳤다. 짐은 침통한 눈빛으로 그 모습을 바라보았다.

"우리 어머니는 이 나라를 죽도록 증오해요. 동아프리카 전쟁에서 젊은이들이 죽어가네 어쩌네 하는데, 여기서도 픽픽 죽어가긴 마찬가지야. 어차피 갱한테 죽을 바에야 전쟁에 나가서 개자식들 몇 명이라도 해치우고 죽는 게 훨씬 후련할지도 모르지. ……난 실은 어머니가 예전에 살던 아파트 주인한테 강간당해서 생긴 놈이에요. 뭐 하긴, ……당해주고 임대료를 퉁쳤을지 모르지. 그 얘기를 옆집 홀리에게 했더니 뭐라고 하는 줄 알아요? 자기는 엄마가 경찰이랑 해서 생긴 자식이라나."

'224n'은 귓불의 피어스를 미세하게 흔들며 웃었다.

"FBI에 체포되면 아마 이웃에 자랑하고 다닐걸요. ─그렇지만 난 그런 어머니를 누구보다 사랑해요. 교도소 아크릴판 너머로 어머니를 보는 게 제일 좋으니까. 그렇게 흥분되는 일도 없거든. 당신은 이해 못하겠지만."

"난 디트로이트 교외에서 자랐어."

짐은 셔츠 단추를 풀고 소매를 걷어붙인 후 그날 울타리에 찢겨서 생긴 흉터를 보여주었다. 크게 다치지도 않았는데 의외로 흉터가 선명하게 남았다.

"아아, ……거기도 끔찍한 모양이던데."

"지금도 바르게 살고 싶다는 생각을 해."

짐은 큰맘 먹고 그렇게 말했지만, '224n'은 누가 겨드랑이라도 간질인 것처럼 키득거리며 자기 팔을 어루만졌다.

"입만 살았군요, 이런 짓거리나 하면서. ─우리 같은 사람들은 죽을 때까지 안 변해."

그리고 갑자기 친밀감을 느낀 듯 "좋은 걸 보여드리지"라며 충치투성이의 이를 맞물어 모니터 영상을 고르더니, "전송해도 돼요?"라고 물었다.

고개를 끄덕이며 파일을 확인한 짐이 미간을 찌푸렸다.

"……이건?"

"우주비행사 릴리언 레인이에요. NASA에 들어가기 전. 동아 프리카 소말리아에 있는 극비시설이에요."

"진짜야?"

"물론이죠! 하나 더 있어요."

그렇게 말하고 전송한 영상은 짐의 눈에도 익었다.

"그건 우주 사진이에요. 누워 있죠? 히히."

"뭐하는 거야, 이게?"

"자, 기대하시라. 이 여자를 자근자근 폭로해줄 테니까. 잘 봐 둬요. 어디까지 몰아갈지."

짐은 두 가지 영상을 저장한 후 다시 그를 바라보았다. 그리고 손을 들어 웨이터를 불렀다. 오래 머무르는 게 아니었다. 게임에 푹 빠진 소년은 좀처럼 고개를 들지 않다가, 혀 차는 소리를 내 자 결국 지문인식 지불기를 들고 왔다.

"난 그건 안 돼."

팁을 얹어 현금을 건네자 '224n'이 옆에서 타코스를 추가로 주문했다.

"안 가나?"

"배고파서 당신한테 받은 돈으로 뭘 좀 먹고 가려고."

"그건 내가 사지."

"진짜?"

"그래."

그렇게 말하고 조금 넉넉하게 30달러를 탁자에 내려놓은 후 일어섰다. 자리를 뜨며 어깨를 가볍게 두 번 두드리니 허물어져 버리지나 않을까 걱정스러울 정도로 가녀린 감촉이 돌아왔다.

"이쪽에 다시 올 일 있으면 연락해요." '224n'이 그렇게 말하며 웃었다. "당신, 그쪽에 흥미 있으면 공짜로 하게 해줄 수도 있으니까. 아니면 우리 어머니를 소개해줄까?"

뿜어내듯 웃음을 터뜨리는 그에게 짐은 "고맙군. ……생각해보지"라고만 말하고 가게에서 나왔다.

인적 없는 주차장 한가운데에 심긴 야자나무 주위에서, 화려한 색의 희귀한 열대 새들이 황금빛이 감돌기 시작한 파란 하늘을 경쾌하게 춤추며 날아다녔다.

강렬한 빛을 반사시키는 빨간색 자동차 옆에서는 드러그스토어에서 나온 어린아이가 엄마의 커다란 안경을 쓰고 새들의 모습을 신기한 듯 올려다보고 있었다. 트렁크를 열던 엄마가 안경을 벗고 보라고 말하자 시키는 대로 하더니, 방금 전까지 보이던 새들이 갑자기 자취를 감춰버린 것에 매우 놀라는 눈치였다.

짐은 아이와 엄마의 모습을 한동안 넋 놓고 바라보았다. 그리고 자기 콘택트 모니터의 AR 기능을 정지한 후, 고개를 살짝 숙이고 순식간에 모든 것이 사라져버린 하늘 아래를 걸어 자동차로 향했다.

차문을 열면서 가게 창가로 시선을 돌리니 '224n'이 휴대전화로 누군가와 통화하는 중이었다. 그리고 무슨 기척을 느꼈는지 이쪽을 살피다 금세 다시 시선을 피했다.

불안에 휩싸인 짐은 황급히 차에 올라 주위를 살펴본 후 시동을 걸었다.

웬일인지 가게에서 조금 전의 웨이터가 뛰어나왔다.

―자동운전 도로로 바로 나갈 수 있습니다. 유도해드릴까요?

사이드브레이크를 내리고 막 대답하려는 순간, 그는 예의 엄마와 아이의 차를 보고 낯빛을 잃었다. 곧이어 앞유리창에 '트래픽 바이러스' 경고가 어른거린다 싶더니 별안간 시스템이 다운되고, 그와 동시에 핸들이 멋대로 도로 반대편으로 꺾이려 했다. 그는 이를 악물고 핸들을 필사적으로 움켜쥐었다.

"……빌어먹을!"

사이드브레이크를 있는 힘껏 올리고 기어를 P로 되돌려 허둥지둥 차 열쇠를 뽑았다. 그리고 가방을 거머쥐고 문을 연 후 가게로 뛰어갔다.

'224n'은 멀찍이 있는 주방의 텔레비전을 바라보며 콜라를 마시고 있었다. 짐 바로 옆으로 모자가 탄 자동차가 엄마의 비명을 가둔 채 손쓸 방법도 없이 무섭게 내달리더니 어마어마한 충격음과 함께 가게로 돌진했다. 곧이어 자동운전 레인을 달리던 자동차 세 대가 타이어 소리를 요란하게 울리며 잇달아 주차장으로 돌진해왔다. ―치인다! 재빨리 뒤로 펄쩍 물러서자, 그의 발치를 아슬아슬하게 스친 첫번째 차가 파편과 분진에 파묻힌 모자의 차 꽁무니와 격돌했다. 깨지다 만 유리가 우박처럼 사방으로 튀어올랐다. 간발의 차이로 두번째 차가 잇달았고, 브레이크가 듣지 않는 세번째 차까지 처박히자, 가솔린 차였던 두번째 SUV가 굉음과 함께 폭발하고 시커먼 연기를 피워올리며 무시무시한 불길을 내뿜었다.

연달아 두 번의 폭발이 일어나면서, 그 진동이 지면에 사정없이 나동그라진 짐의 온몸에 생생히 전해졌다.

와르르 쓰러진 의자와 탁자가 솟구치는 불길 속에서 타는 소리를 내며 숯으로 변해갔다.

시커먼 연기 속에서 누군가가 비틀거리며 도망쳐나와 옷에 붙은 불을 끄려고 땅 위를 굴렀다. 그리고 또 한 사람. ―그뒤로는 아무리 기다려도 뒤따라 나오는 사람이 없었다.

무슨 일인가 해서 놀란 사람들이 쇼핑몰 매장에서 튀어나왔고, 눈치 빠른 이들은 소화기를 가지러 들어가거나 소방서나 경찰에 연락했지만, 대부분은 꼼짝 못하고 어안이 벙벙해 있었다.

허연 소화기 가루를 온몸에 뒤집어쓴 사람이 움직일 힘을 잃고 바닥에 엎드린 채 쓰러져 있었다. 가까이 달려가려던 짐은 이를 떨다가 조금 전 껐던 콘택트 모니터를 다시 켰다. 그 순간을 놓치지 않고 또 새로운 메시지가 수신되었다.

'―스톱, 짐! 스톱!'

13. 나는 무슨 일에 휘말렸는가?

워런 가드너는 사망자 다섯 명, 중상자 네 명을 내며 뉴스에까지 나온 멤피스 교외의 사고에 하마터면 짐 킬머가 말려들 뻔했다는 사실을 알고, 곤란한 사태가 벌어졌음을 직감적으로 알아챘다. 짐 킬머는 직접 연락해오긴 했지만 도청의 우려가 있으니어디 있는지는 말할 수 없다며, 뉴욕으로 돌아가면 자료를 들고곧장 스튜디오로 찾아가겠다는 말만 하고 뭐라고 질문할 새도없이 전화를 끊어버렸다.

그후 '산영'으로 사고 영상을 검색해봤지만 해당 쇼핑몰이 비협력 업체인지 나오지 않았다. 대신 근처를 달리던 자동차 블랙박스에 찍힌 영상이 몇 개 있었는데, 그중 하나에 짐 킬머로 추측되는 남자가 현장에서 우왕좌왕하는 모습이 찍혀 있었다.

얼굴을 확대해봤지만 가소성형한 얼굴인지 스튜디오에서 봤을 때와는 전혀 다른 사람이었다. 그러나 어딘지 모르게 인상이남아 있었고, 체격이나 특유의 걸음걸이 등 전체적인 분위기는틀림없이 짐 같았다. 그가 맞는다면 스튜디오에서 본 얼굴, '솔트 피닛'의 얼굴에 이어 세번째 얼굴인 셈이다. 대체 얼굴이 몇 개나 있는 걸까? 아니, 그보다 대관절 그의 정체는 무엇일까? — 줄곧 그런 의문이 남았다.

10월 2일에 열린 2차 텔레비전 토론회의 부진으로 말미암아 민주당 선대본부에서는 급기야 네거티브 캠페인을 본격화하자는 결정이 내려졌고, 소재로 쓸 만한 정보가 LMC를 통해 산더미처럼 밀려들었다. 하나같이 진절머리가 날 만한 내용이었다.

사십사 년을 살아오면서 대통령선거에 관여하는 이제 와서야 새삼 느끼는 것인데, 아무래도 미국은 세계에서 자신의 크기를 주체할 줄 모르는 듯 보였다. 그 거구를 그대로 유지하려는 사람이 키친스라면, 생활습관성 질병 진단을 받아들이고 건강관리에 힘쓰려는 사람이 네일러라는 것이 최근 그의 마음에 와 닿은 비유였다. 물론 건강 장려는 이 나라에서 비만이 줄지 않는 것과 마찬가지로 어려운 문제다.

2차 텔레비전 토론회에서도 네일러는 여전히 소득격차를 시정하기 위한 대기업 증세와 중산층 감세, 중소기업 지원을 공약으로 내걸었지만, 이후 반응을 보면 유권자의 위기감을 자극하는 '미국이 이류 국가로 전락하는 날'이라는 키친스의 거창한 캐치프레이즈에 단번에 분쇄당한 느낌이었다.

동아프리카 전쟁과 관련해 네일러는 중국이 중화연방으로 체제를 전환하는 시기에 현지에서의 위력이 순식간에 저하되었고,

192

그 틈에 진출한 러시아와의 자원개발 경쟁 탓에 극도의 빈곤, 원리주의적 종교 세력의 확대, 부족간 항쟁, 독립운동과 이데올로기 대립, 무기 밀수와 용해국가에서 흘러드는 무기들, 연쇄적으로 일어나는 증오, 치명적인 몇몇 무장해제의 실패, 나아가 표면화되지 않는 '마술' 공격 등의 문제가 일어났음을 하나하나 상세히 설명하고, 허 정권이 조잡하게 정보를 분석하고 국제연합을 무시한 채 난맥적으로 과잉 개입했으며, 설상가상으로 외주를 받은 민간 전쟁기업이 거칠게 대응한 결과 스스로 전쟁 당사자가 되어버린 상황을 통렬히 비판했지만, 그 올바른 견해를 이해하는 유권자는 거의 없었다. 여기서도 역시 "문제는 그런 게 아닙니다. 단순합니다. 보다 안전하고 평화로운 세계를 만들기 위해 미국은 무엇을 해야 하는가? —국민 한 사람 한 사람에게 물어보면 알 수 있을 겁니다!"라고 파괴력 있게 반격한 키친스가 승리했다.

게다가 키친스는 국제기구 편성을 무시한 제국주의적 팽창이라는 비난을 받는 허 정권의 우주개발사업에 대해, 소행성 희소금속 채굴에 대담한 예산을 투입하는 것을 골자로 한 확대방침을 내세워, 관련주가 잇달아 상한가를 치는 덤까지 챙겼다.

실태와 동떨어진 우주 비즈니스가 이미 거품화되고 있다는 것은 자명했다. 이 경향은 '던'의 유인 화성탐사 성공 후 특히 현저해졌는데, 에코 비즈니스의 거품이 꺼진 후에 호된 곤경을 치르고서도 국민이 새로운 투자처의 출현에 전혀 자제력을 발휘하지 못한다는 것이 네일러 진영의 고민의 씨앗이었고, 보다 현실적이며 억제적인 그들의 계획은 아무래도 소극적이고 볼품없고 밋밋하게 비쳤다.

'던'과 관련해 예상치 못한 묘한 움직임이 일어난 것은 마침 그 직후였다.

그것은 처음에는 선거와 전혀 무관해 보였지만 차츰 꼭 그렇지도 않은 분위기로 변해갔다.

계기는 중화연방의 화성 위성에 잡혔다는, '던' 승무원이 화성 체재 모듈에서 받은 '수술' 영상의 유출이었다.

십오 초가량의 짧은 영상인데, 수술대 같은 침대 위에 한 사람이 누워 있고 그 옆에 다른 한 사람이 붙어 있는 모습이 흐릿한 적외선카메라 영상으로 담겨 있었다. 둘 다 얼굴이 보이지 않고 몸도 시트 같은 것으로 덮여 있어서 누가 무슨 수술을 하는지는 알 수 없지만, 그런 수술이 있었다는 사실 자체가 공표되지 않은데다 옛날 '외계인 영화'를 연상시키는 수상쩍은 분위기 때문에 인터넷상에서는 그 진위를 둘러싸고 숱한 논의가 오갔다. 유출처로 추정되는 중화연방에서는 공식적인 코멘트를 하지 않았다.

불과 한나절 만에 온갖 억측이 떠돌았는데, 소문 중 하나로 이런 이야기가 있었다. ―수술을 받은 사람은 지금도 여전히 NASA

병원에 입원해 있는 노노 워싱턴이다. 노노는 단순히 정신실조증을 일으켜 지구로 귀환한 것이 아니다. 화성에서 '메르크빈푸인'이라는 우주인에게 인체실험을 당한 것이다. 유인 화성탐사는 인간을 산 채로 우주인에게 넘겨주기 위한 장대한 위장 계획이었다. NASA는 그런 사실을 줄곧 은폐하고 있다. ……

향수 어린 SF적 망상으로 꾸며진 이 소문은 잇달아 그 '증거'를 쌓아나갔고, 인기 있는 소설 공동창작 사이트 '위키노블Wikinovel'에는 금세 관련 글들이 올라왔다.

그전에도 '위키노블'에는 '던'의 유인 화성탐사를 주제로 한 소설이 몇 개 올라왔지만 초기화면 인기 순위에 오를 정도로 주목받진 못했고, 열렬한 애호가나 호기심 많은 필자와 독자가 있긴 해도 굳이 말하자면 아는 사람이나 아는 정도였다. 그런데 예의 수수께끼 '수술 영상'이 유출된 후 눈 깜짝할 사이 13위까지 순위가 뛰어올랐다.

그후 상황 변화에 속도가 붙었다. 지금까지 공표된 유인 화성탐사의 여러 정보가 부분적으로 수정되며 재구성되었고, 기존 작품을 접목한 글에 새로 쓰인 글까지 가세해 「메르크빈푸인의 무서운 음모」 「메르크빈푸인 습격!」 「화성제국 메르크」 「공포의 두뇌개혁」 같은 몇몇 베리에이션이 순식간에 등장했고, 거의 분 단위로 전 세계의 참가자를 늘려갔다.

'던' 시리즈 중 원래부터 탄탄한 인기를 모으고 있던 것은 릴리언 레인의 선내 연애가 플롯 전면에 강하게 드러난 「머나먼 화성」이라는 작품이었다.

'던' 선체에 이름을 새기고 그 사진을 SNS에 올린 사람들 중에서도 유난히 열성적인 부류가 최근 일 년간 「머나먼 화성」의 독자이자 필자였다.

그들은 당연히 NASA를 절대적으로 지지했고, 단지 그 이유만으로 차기 선거에서 대규모 우주개발사업 예산을 공약한 로런 키친스에게 표를 던질 생각이었다. 부통령 후보로 지명된 릴리언 레인의 아버지 아서 레인에게도 물론 열광했는데, LMC의 분석에 따르면 그중엔 본래는 민주당을 지지할 만한 경향인 '유동층'이 상당수 포함되어 있었다.

릴리언 레인의 이름을 검색한 사람들 대부분이 순위가 한창 오르는 중이던 이 소설에 다다랐다. 「머나먼 화성」에서 파생한 베리에이션 중에는 당연히 포르노 성향을 띤 노골적인 묘사가 곳곳에 박혀 있는 글도 있었지만, 그것이 꼭 많은 이들의 사랑을 받는 건 아니라서, 수정을 둘러싸고 어이없을 정도로 격렬한 실랑이가 자주 벌어졌다.

인기를 끈 것은 좀더 고독하고 불안해하면서 생사가 걸린 극한 상황을 다기차게 살아가는 릴리언을 묘사한 작품이었는데, 집필자는 불특정 다수였지만 지명도가 상승함에 따라 인기 위키 소설가들도 이따금 가필에 참여하게 되었다.

실명으로 소설에 등장한 관계자들은 여느 때와 마찬가지로 픽션일 뿐이라며 별다른 코멘트를 하지 않았지만, 릴리언 레인은 『배너티 페어』인터뷰에서 그에 관한 질문을 받고 뜻밖에도 "저도 가끔 읽어요. 물론 현실과는 다르지만, 재미있으니까"라고 대답해 큰 화제가 되었다.

최신작 「공포의 두뇌개혁」에서는 노노 워싱턴이 같은 승무원인 닥터 사노에게 메르크빈푸인에 대한 정보를 극비리에 털어놓은 탓에 반응성 정신장애 진단을 받아 투약치료를 받는다는 줄거리가 펼쳐졌는데, 그때부터 한동안 이어지는 음울한 묘사가 많은 독자들의 흥을 깨뜨렸다.

그 모든 것은 단순한 놀이였을 것이다. ―그런데 10월 6일에 열린 부통령 후보 텔레비전 토론회 직후 나온 지지율 조사 결과에 양 진영의 선대본부는 어안이 벙벙해졌다.

내용 면에서는 거의 호각이거나, 사회보장비의 내실을 주장하는 마이크 델가도보다 증세와 소득 재분배라는 부정적 이미지를 교묘하게 심은 아서 레인이 약간 앞서는 분위기였다. 그런데 막상 뚜껑을 열어보니, 지금까지 아무리 흔들어도 내려가지 않았던 레인의 지지율이 근소하게나마 떨어졌고, 그 영향은 대통령 후보 로런 키친스에게까지 미쳤다.

전혀 예상치 못한 결과였지만, 그에 대한 분석은 더욱 충격적이었다. 아서 레인의 지지율 하락 원인은 대통령선거와 아무 관계도 없는, '위키노블'에 묘사된 가상의 릴리언 레인에 대한 여성 보수층의 반발이었다.

유인 화성탐사 사업은 무당파층을 끌어들이는 데는 분명 절대적인 힘을 발휘했지만, 한편으로는 진화론을 인정하지 않는 종교 우파 중 현실과 신앙의 그러한 모순을 어떻게 해결할지 심각하게 고민하는 사람이 의외로 많았다. 표면적으로 드러나게 쑤군거리는 이들보다 훨씬 많은 수였다. 특히 '던'이 화성에 도착하는 순간 CBS 진행자가 구약성서 「창세기」의 한 구절을 인용해 무심코 입에 올린 "인류는 지금 스스로 '땅은 푸른 움을 돋아나게 하라! 씨 있는 식물과 씨 있는 열매를 맺는 나무를 그 종류대로 돋아나게 하라!'라고 명령하는 황홀을 손에 넣었습니다! 인간이야말로 창조주입니다!"라는 발언이 신에 대한 모독이라는 강한 반발을 불러일으켰다.

거기에 덧붙은 문제가 릴리언 레인이었다. 콜로라도 주 시골 출신이지만 아무래도 신앙심이 깊어 보이지는 않고, '차가운 느낌'에 '도도한 분위기'를 풍기는 미모의 독신 엘리트인데다, 이따금 보이는 쾌활한 미소에는 '남자들의 마음을 사로잡는' 가련함까지 은근히 감돌아서, 공화당을 지지하는 여성 유권자들에게 감정적으로 강한 거부반응을 불러일으켰다.

물론 이런 이유가 키친스에게 등을 돌릴 정도까지는 아니었다. 그러나 마지막 총력전을 코앞에 두고 대통령선거의 긴장이 살짝 풀어진 이 시기에 이르자 '위키노블'의 영향이 예상외로 강하게 드러나기 시작했고, 어떤 계기만 있으면 공들여 그물을 던져둔 '유동층'에까지 단숨에 확대될 것 같은 분위기였다.

지금까지 이미 퇴직한 릴리언의 인기를 이용하는 형태로 '위키노블'에 관용적인 태도를 보여온 NASA는 워싱턴의 강력한 요청을 받고 비로소 대변인을 통해 성명을 발표했다.

"유인 화성탐사 미션에서 승무원이 '지구 밖의 지적 생명체'와 접촉한 사실은 전혀 없다. 노노 워싱턴의 애국적인 위업을 경박하고 거짓에 가득찬 말로 더럽히는 행위는 누가 되었든 용납하지 않을 것이다. 모든 국민은 깊은 존경과 애정을 담아 그의 영웅적 고뇌가 하루빨리 치유되길 기도해야 할 것이다."

릴리언에 대한 직접적 언급을 신중하게 삼가는 이런 코멘트와 함께, 본 건과는 관계없다고 밝히면서도 정보 누설자 세 명을 처벌한다고 발표했는데, 그것이 오히려 사태의 영향력이 얼마나 큰지 강조하는 꼴이 되어, 또다시 「머나먼 화성」의 조회수는 순식간에 한 자리가 더 늘어났다.

'열세'의 흐름을 타개하지 못한 채 투표일까지의 예정표를 애끓는 심정으로 바라보던 민주당 선대본부는 당연히 뛸 듯이 기뻐했다.

LMC는 이 일을 경시하지 않고 자원봉사자 브로커들을 동원해 현정권의 유인 화성탐사가 얼마나 무모한 프로젝트였는지 다각도에서 검증하는 사이트를 단 두 시간 만에 만들어내고, 그것에 관한 이야기를 여기저기 퍼뜨리게 했는데, 반응은 그들 스스로도 놀랄 만큼 빠르고 컸다.

사이트를 만들자마자 그들은 유인 화성탐사 프로젝트의 재정적 문제를 추궁하려던 자신들의 의도가 완전히 빗나갔음을 깨달았다. '위키노블'의 '던' 시리즈 소재에 굶주린 애호가들은 지금까지는 오로지 상찬의 대상이었던 그 가혹한 모험이 실제로는 승무원들의 인권을 철저히 경시한 비정상적인 조건하의 미션이었다는 점을 풍부한 임상사례를 들어가며 비판한 우주의학 전문가나 정신과 의사 등의 증언에 강한 흥미를 느꼈다. 사이트가 화제로 떠오름에 따라 '위키노블' 속 노노 워싱턴의 인물상은 극적으로 변화했는데, 지금까지 나약함이 강조되고 엘리트 집단의 낙오자처럼 정신이상을 보이던 「머나먼 화성」 속의 그가 난폭한 국가 프로젝트의 무력한 희생자로 바뀌고, 그의 심리에 대한 묘사가 동정적인 터치로 새롭게 쓰여갔다.

LMC는 워런 가드너에게도 과도함과 신분 노출에 각별히 주의해 릴리언 레인의 이미지를 실추시킬 만한 영상을 만들어달라며 소재를 보내왔는데, 그는 그것에 몹시 화가 났다.

'대체 왜 나더러 연예인인 양 폼이나 잡는 멍청한 여자를 꼬치꼬치 캐내는 추잡한 영상을 만들라는 거야! ……어지간히 우습게 보였나보군. ……'

로어이스트사이드의 스튜디오에서 할렘에 있는 집으로 돌아가는 지하철 안에서, 그는 다시 그 생각을 하며 한숨을 내쉬었다.

직접 작업하고 싶지 않아서 임시로 고용한 젊은 스태프에게 지시를 내렸는데, 뜻밖에도 그런 비열한 짓은 하고 싶지 않다며 몹시 경멸스러운 표정으로 거부하는 통에 급기야 짜증이 폭발하고 말았다.

'월급이나 축내는 주제에. 젠장, ……멍청한 새끼, 쓰레기, ……덜떨어진 놈. ……누군 뭐 좋아서 이런 하찮은 일을 맡은 줄 알아! ……다 나라를 위해서야. 입다물고 일이나 하란 말이야!'

만원 차량이 정차역에서 감속할 때마다 승객들이 앞뒤로 흔들리며 서로 발을 밟거나 몸을 부딪쳤다.

바로 앞에는 하늘색 셔츠를 입은 인도인이 서 있었는데, 그의 목덜미에서 풍기는 강렬한 강황 냄새가 숨을 들이쉴 때마다 기관지를 날카롭게 파고들면서 뇌를 중추부터 마비시켰다. 비강을 차단하고 입으로만 호흡하면서 그는 어디선가 읽은, 웬일인지 우주비행사들이 일본의 카레라이스를 즐겨 먹었다는 얘기를 불현듯 떠올렸다.

공연히 쳐다보면 안 될 것 같아서 그는 얇은 선글라스의 모니터를 켜고 짐 킬머가 오후에 보내준 파일을 열었다.

예의 '수술 영상' 소동에 관해서는 이미 알고 있었지만, 짐이 입수한 것은 만약 가짜가 아니라면 분명 NASA에서 유출된 장면을 완전히 다른 각도에서 찍은 영상이었고, 누워 있는 사람은 노노 워싱턴이 아니라 릴리언 레인, 옆에 있는 사람은 아스토 사노였다.

릴리언은 괴로운 듯 눈을 감은 채 꿈쩍도 하지 않는다. 그런 그녀의 손을 두 손으로 부여잡은 아스토가 깊은 생각에 잠긴 눈빛으로 그녀를 지켜본다.

이건 뭘까?— 다른 영상에는 수혈을 받으며 산부인과 계통 수술을 받는 듯한 그녀의 모습이 기록되어 있고, 옆에 있는 모니터에는 지구에서 보낸 원격지시가 타임래그를 거쳐 잇달아 표시되었다. 집도는 당연히 아스토가 했을 테고, 카메라는 아마 그의 고글에 장착되어 있었을 것이다.

LMC에서 보내준 자료를 확인해봐도 릴리언 레인이 유인 화성탐사중 수술을 받았다는 기록은 없었다. NASA의 발표도 없었다. 숨기는 걸까, 아니면 발표할 필요가 없다고 판단했을까. 산부인과 계통의 수술이라면 사생활 문제가 걸리겠지만, 그렇다 하더라도 이런 영상이 뒤늦게 불쑥 튀어나온 것이 수상쩍었다. '수술 영상'에 자극받은 탓일까. 새삼 다시 살펴보니 그녀를 노노 워싱턴으로 착각한 것이야말로 묘한 이야기였다. ……

빌 클린턴 가에 있는 자기 집으로 돌아온 후에도 워런의 마음은 줄곧 딴 데 가 있었다. 오랜만에 동갑내기 아내와 네 살과 열 살 된 두 딸과 함께 저녁을 먹었지만, 건성으로 대화에 응하는 사이 뭘 먹었는지도 모른 채 배가 불러버렸고, 아이들이 애니메이션을 보기 시작한 틈을 타서 선물받은 매켈란 12년산을 들고 서재에 틀어박혔다.

대형 모니터로 영상을 다시 확인해보니, 릴리언 레인 옆의 아스토 사노는 아무래도 울고 있는 것 같았다. 비탄에 빠진 표정이 매우 인상적이었다.

'대체 무슨 일인데 울지? 수술중에 실수라도 했나? ……그래서 NASA가 숨긴다. —그런 건가? ……'

그밖에 다른 정보가 없는지 한동안 인터넷을 검색해봤지만 딱히 눈에 띄는 것은 없었고, '위키노블'의 「머나먼 화성」에서 릴리언 레인이 상대를 모르는 아이를 임신한다는 전개가 펼쳐져 승무원들을 동요시켰다.

'—임신……이라.'

헤드레스트에 머리를 기댄 그는 일주일 만에 맡는 스카치 향에 현기증을 느끼며 다리를 꼬고 한동안 생각에 잠겼다. 그러다 결말 없는 망상이 지겨워져 '산영' 페이지로 이동한 후, 지금껏 한 번도 그런 적이 없지만 불현듯 생각이 나서 자기 이름을 검색해보았다.

오늘 아침 스튜디오 직원이 보던 정보 프로그램에서 '산영'에 중독된 최근 젊은이들을 특집으로 다뤘는데, 그들은 자기 모습을 영상으로 남기고 싶은 마음에 일부러 한껏 꾸미고 '스폿'이라 불리는 '산영' 협력점에 빈번히 드나들거나 자신의 하루 행동을 빠짐없이 '산영'으로 확인하고 그것을 SNS에 공개한다고 한다. 그러기 위해 '산영'에 비협조적인 미시시피 주에서 일부러 뉴욕으로 이사 왔다는 이십대 초반 여자의 인터뷰가 나왔는데, 그녀는 지금 '스폿'의 아이돌이 되었다고 한다. 워런은 애니메이션 캐릭터처럼 완벽하게 성형한 그 얼굴을 보고 입이 딱 벌어졌다.

처음으로 보는 '산영' 속 자신의 모습에 심장박동이 빨라졌다. 저녁 무렵 그는 지하철 개찰구를 빠져나왔다. 참 나, 표정이 왜 저렇게 우중충해? 내가 매일 저런 변태 같은 눈빛으로 거리를 돌아다니나? 그래서 요즘 여자들한테 인기가 없었군. ……

지하철 안에서는 마침 바로 위에 카메라가 있었는지, 인도인 뒤에 서서 얼굴을 찡그린 그의 모습이 정면으로 선명하게 찍혀 있었다.

'……방금 냄새난다고 생각했지. ……이제 고개를 옆으로 돌리겠군. ……저 봐, 돌리잖아. ……그리고 옆에 있는 가슴 큰 여자를 보고, 고개를 제자리로 되돌리고, ……그후에 힐끗, ……봤지! 하하, 나도 꽤 밝히는군. ……아니, ……저건 뭐야? 아주 그냥 힐끗힐끗, 힐끗힐끗, ……완전 넋을 놓고 쳐다보네. 누가 봐도 뻔하잖아. ……드디어 입이 움직였다. 모니터를 켜고, ……엇? 옆에 있던 저 여자, 날 노려봤네. ……전혀 몰랐는데. ……'

쓸쓸하게 웃으며 다시 잔을 입에 댔다. 고작 몇 시간 전부터 지금에 이르는 시간 동안에도 의식의 지속 같은 것보다 영상의 지속이 존재에 훨씬 확실하게 다가온다는 사실을 그는 새삼 실감했다. 젊은이들이 푹 빠질 만했다. 옆에 있던 여자에게 관심이 생겨서 '안면 인증 검색'을 해볼까 싶었지만, 기록이 남으면 진짜 치한 취급을 받을 것 같아 그만두었다. 그리고 자기 영상의 과거 조회 기록을 열어본 그는 흠칫할 정도로 많은 이름에 눈이 휘둥그레졌다.

'……뭐야, 이건? ……이렇게 많은 사람이 날 지켜봤나? ……'

어쩌다 우연히 본 듯 전혀 모르는 이름도 몇 개 있었지만, 아는 사람이 더 많았다. 스튜디오 스태프의 이름이 있는가 하면 LMC 담당자의 이름도 있었다. '벳시'라는 이름은, 성은 다르지만 예전에 사귀었던 그 '벳시'가 아닐까? 결혼했다는 소식은 들었는데. ……놀랍게도 열혈 팬이자 딱 한 번 PV 작업을 했던 무히크무함의 보컬 빌리 퀘스천의 이름도 있었다. 본인일까? 진작 잊은 줄 알았는데 아직까지 기억하고 있었을 줄이야. ─그러나 무엇보다 어이가 없는 것은, 대체 하루에 몇 번이나 검색하는지 모를 만큼 빈번하게 기록된 아내의 이름이었다.

시작 시점은 딱 한 달 전쯤인데, 마침 그가 대통령선거 업무에 쫓겨 매일같이 한밤중이 지나서야 귀가하던 무렵이었다.

처음에는 그 기록에 섬뜩함을 느꼈지만, 모니터 앞에 앉아 남편 모습을 몇 번씩 검색하는 아내를 상상하자 차츰 미안한 마음이 들었다.

왠지 가슴이 심하게 답답한 것 같아 숨을 크게 몰아쉬었다. 요즘 들어 수면시간이 극단적으로 짧아져 거의 매일 세 시간 정도밖에 못 잔 탓인지, 채 한 잔도 안 마셨는데 의식이 비스코티처럼 알코올을 빨아들이며 모서리부터 흐무러지기 시작했다.

그는 짐 킬머가 말한, 예의 '닌자'에 물려 죽은 '잭 대니얼'의 모습을 '산영'으로 다시 검색했다.

버지니아로 옮겨가기 전까지의 발자취는 완전히 수수께끼였고 LMC에서 받은 정보도 FBI의 발표도 없었지만, '산영'의 '실종자 목록'에 실린 젊은 날의 사진을 볼 때마다 지금과 너무나 딴판인 그 모습에 이십이 년이라는 세월의 흐름이 실감되었다. 성형과 노화에 따른 변화로 본래 얼굴은 거의 완전히 자취를 감춰버렸다.

멍한 눈빛으로 드러그스토어에서 물건을 사거나 바 입구에서 담배를 피우는 잭 대니얼의 영상을 정지화면으로 하나하나 살피다보니, 정말로 FBI가 이런 남자를 수사했을까 하는 의구심이 문득 밀려들었다.

'……그러고 보니 오늘 아침 텔레비전에서 산영이 버전업됐다고 했지. 그래서 디자인이 바뀌었나? ……'

워런은 왼손 가운뎃손가락을 잔에 넣고 얼음을 눌러 그 매끄러운 감촉을 확인하며 오른쪽으로 돌렸다. 아까부터 시계처럼 규칙적으로 작아지던 얼음이 갑자기 시간이 빨리 흘러가듯 녹아내렸다.

찬찬히 보니 오른쪽 가장자리에 새로 생긴 '통합검색(indivi-sualizer, 인디비주얼라이저)' 버튼이 있어서 눌러보았다. 오 초쯤 지나자 작년 2월에 찍힌, 어찌된 영문인지 전혀 다른 사람의 모습이 한 건 검색되었다. 그리고 눈 깜짝할 사이 다시 세 건, 여섯 건으로 불어났고, 유난히 튀는 차림을 한 퀸 에이치를 쫓는 파파라치 집단까지 섞여들었다.

'……어떻게 된 거지? 오류투성이잖아. ……'

워런은 한쪽 팔꿈치를 괴고 한동안 모니터를 노려보다가, 이윽고 책상 앞에서 일어나 동쪽 창으로 가서 7층 아래 거리를 내려다보며 천천히 술잔을 기울였다. 실내의 조명을 받아 반짝이는 젖은 얼음이 잔 안쪽을 왼쪽으로 반 바퀴 돌면서 입술 위까지 스카치의 물결을 일으켰다.

컬럼비아 대학교 학생일까? 이십대로 보이는 남녀가 24시간 영업을 하는 고급 슈퍼마켓에서 나와 차 앞에 서서 얘기를 나누고 있었다. 그가 저 나이였을 무렵 이 근처는 재개발이 한창이었지만, 그래도 이 시간대에 백인 둘이서 돌아다니기는 상당히 조심스러웠다.

얼마 전에도 두 딸에게 옛날 흑인 동네였을 무렵의 할렘 동영상을 인터넷으로 보여줬는데, 큰딸은 거짓말이라며 끝까지 믿지 않았고, 작은딸은 애당초 무슨 말인지 이해하지 못하는 것 같았다.

자동차 뒤에 '그레이슨 네일러에게 투표합시다!'라는 스티커가 붙어 있어서 찬찬히 살펴보니, 그들이 입고 있는 점퍼도 자원봉사자 유니폼이었다.

나에게는 저런 청춘이 없었구나 싶어서 그는 살짝 감상적인 기분에 젖어들었다.

대통령선거 시기가 되면 대학생 신분임에도 SNS를 이용해 유권자의 조직화를 도모하거나 커뮤니티 활동에 참가하거나 집집을 방문하며 자원봉사에 힘쓰는 친구가 그의 주위에도 많았다. 그런 유형의 건전함을 딱히 경멸할 마음은 없었지만, 너무나 거리낌없이 밝은 미소를 지으며 손을 내미는 그들을 접하면 아무래도 나는 못할 일이라며 물러서게 되었다.

그들 같은 사람이야말로 이 나라를 올바른 방향으로 이끌어갈 것이다. 그건 틀림없다. 그리고 결국 지금까지도 자신이 그런 것에 반발하는 마음을 버리지 못했다는 사실을 그는 왠지 참담한 심정으로 반성했다. 어리석게도 나는 좀더 복잡한 인간일 거라고 믿어온 걸까. 실은 비열한 마음을 갖고 있으면서도 그것과 싸우며 어떻게든 똑바로 살아가는 인간이 맑고 건강한 영혼을 타고난 인간보다 정신적으로 더 깊이가 있을 거라고 말이다. ─황당하다는 생각이 들었다. 나이도 먹을 만큼 먹었는데 아직까지 그런 삐딱한 근성에서 벗어나지 못하다니, 이 무슨 의미 없는 고집이란 말인가? ……

조금 전에 본 모니터 영상이 비틀거리며 가까스로 사고에 다다른 듯. 그러고 보니 영상 속 파파라치 중에 '솔트 피넛'이 있지 않았나 싶은 생각이 불현듯 들어 책상으로 돌아갔다. 모니터를 보니 과연 그 생각이 맞았다.

'―역시 그랬군. 솔트 피넛―파파라치 일을 하던 무렵의 짐 킬머 아닌가. ……그런데 왜 여기 나오지?'

딱 한 번 짐이 그 얼굴을 스튜디오에서 보여준 적이 있는데, 그때 그는 이제껏 반신반의했던 '가소성형'이라는 것을 실제로 눈앞에서 보고 소스라치게 놀랐다.

'정말 대단해, 요즘 성형은. ……'

문득 등뒤에서 누군가가 다가오는 기척이 느껴졌다. 돌아보려는 순간 비명소리가 솟구쳤다.

"와악!"

심장이 터질 뻔했다. 깜짝 놀라 의자에서 튀어오르자, 몰래 방으로 숨어든 딸들이 신이 나서 다리를 버둥거리며 자지러지게 웃어댔다.

"깜짝이야. ……간 떨어지는 줄 알았네."

워런은 그렇게 말하며 두 아이를 끌어안았다.

"엄마가 아빠 일하니까 방해하고 오래." 큰딸 에이미가 장난스럽게 말했다.

그는 몹시 뜨거운 커피라도 삼킨 것처럼 한순간 표정을 굳힌 후, 딸들의 이마에 입을 맞췄다.

"그래. ……미안하구나, 오랜만에 모두 모였는데."

"아빠, 일해?"

"아니, 이제 그만할 거야."

둘째딸 케이티가 모니터를 보려고 책상 앞에서 발돋움을 했다.

"이 사람들 누구야?"

"응? 이건, ……"

설명하려던 그는 갑자기 술기운이 싹 달아난 기분으로 '통합 검색'이라는 새로운 기능의 의미를 이해했다.

'……아하, ……이건 가소성형을 간파해내는 거군, 공통점을 찾아내서. ……그래서 '통합'인가? ……여기 나온 여러 얼굴의 인간이 결국은 모두 잭 대니얼인 셈이야. 지금까지 나오지 않던 가소성형 얼굴이 한꺼번에 다 밝혀진 건가? 대단해. ……대체 이 남자는 얼굴이 몇 개나 있는 거지? ……하나, ……둘, ……'

그렇게 헤아리던 그는 고개를 갸웃거렸다.

'아니, 잠깐. 그런데 왜 '솔트 피넛'이 섞여 있지? 옛날의 짐 킬머가? ……'

"이건 말이지, 케이티, 모두 똑같은 한 아저씨란다. 담배를 피

210

우는 이 사람이랑, ……여기……"라고 말하다가 그 얼굴을 한 잭 대니얼이 포르노 숍으로 들어가는 모습을 보고 허둥지둥 스크롤바를 내렸다. "그래, 차에 타고 있는 이 아저씨. 다 같은 사람이야."

워런은 일부러 혼란스럽게 말했지만, 말하는 동안 스스로도 어떻게 된 영문인지 알 수 없어졌다.

'─그럼 죽은 잭 대니얼과 짐 킬머가 동일인물이라는 얘기잖아. ……어떻게 된 거야? 그 녀석은 유령인가? AR? ……말도 안 돼. ……'

워런은 다시 스튜디오에서 찍은 짐의 사진과 '산영'에 나온 '솔트 피닛'의 영상을 확대해 비교해보았다. 전혀 다른 사람처럼 보였다. ─아니, 그게 아니라 정말 다른 사람인가?

"케이티, 이 두 사람이 같은 사람으로 보이니?"

"다른 사람이지, 아빠."

케이티가 당연하다는 듯 말했다.

"……그래. 케이티 말이 맞아. ……"

그는 그렇게 말하고 난처한 듯 에이미를 돌아보았다. 에이미는 갖가지 빛깔의 마블 초콜릿 중 그에게 노란색을, 케이티에게 초록색을 한 알씩 건네고 자기는 빨간 초콜릿을 입에 넣은 후, "다른 사람이야, 아빠"라며 어깨를 으쓱했다.

"……가소성형을 했을 거야. 여기 카메라를 들고 있는 게 옛날 얼굴이고. ……아니, 또하나의 얼굴? ……그리고 아빠 스튜디오에 있는 이게 지금 얼굴이고. ……"

에이미는 종잡을 수 없는 그의 설명에 고개를 흔들더니 마블 초콜릿을 오독오독 씹으며 두 이미지를 '동일성 판정'에 올렸다.

"아빠, 몰랐어? 비교해보면 되잖아."

스튜디오의 짐 사진이 '산영'에 추가되자 양쪽의 비교가 시작되었다. 단계가 여러 개였는데 우선 두개골을 삼차원으로 복원하고, 얼굴 각 부분의 특징들을 하나하나 검토하고, 체격부터 골격까지 시뮬레이션을 만들면서 모든 것을 수치화했다.

눈 깜짝할 사이에 해석 결과가 나왔다. '동일인물일 확률 4퍼센트—다른 사람'이라고 떴다.

"이것 봐! 케이티 말이 맞잖아!"

워런은 놀랄 만한 딸의 솜씨에 요즘 애들은 다 이런가 어이없어하며 명확한 판단을 청하듯 물었다.

"……다른 사람이라고?"

"그렇다니까!"

에이미가 자신만만하게 말했다.

"다른 사람이야, 아빠!" 케이티가 덧붙였다.

워런은 마블 초콜릿을 입에 던져넣고 모래를 씹듯 천천히 어금니로 깨물면서 물었다.

"그럼, ……여기 카메라를 들고 있는 사람은 누구지?"

"아이참, 이 아저씨잖아."

에이미가 귀엽게 미간을 찡그리더니 '아빠, 바보야?' 하는 표정으로 돌아보며 화면을 손가락으로 가리켰다. 케이티도 재미있다는 듯이 잭 대니얼과 '솔트 피닛'을 가리켰다.

워런은 무심코 떨어뜨릴 뻔한 잔을 다시 고쳐쥐었다. 그리고 이번에는 '솔트 피닛'의 얼굴로 '통합검색'을 해보았다. 잭 대니얼을 포함한 몇몇 얼굴이 잇달아 올라왔지만, 그중에 짐 킬머는 없었다.

'짐 킬머는 '솔트 피닛'이 아니다. ……그렇다면 그 녀석의 경력은 전부 엉터리였나? ……나는 대체 무슨 일에 휘말린 거지? ……'

그는 갑자기 다시 땀을 흘리기 시작한 듯한 크리스털 잔을 책상 위에 내려놓고, 축축해진 왼손으로 눈앞에 흘러내린 앞머리를 천천히 쓸어올렸다.

14. '문제'로서의 릴리언 레인

'던'이 지구를 출발한 지 넉 달 반, 노노 워싱턴의 정신질환이 발병하고 한 달 반이 흘렀다. 화성 궤도에 도착할 때까지 앞으로 두 달 남짓 남았고, NASA와의 교신에서는 타임래그가 이미 삼

분 이상 벌어졌다. 미미한 시간이긴 했지만 승무원들에게는 그것 또한 신경을 긁는 듯한 불안과 초조를 불러왔다.

이미 지상에서 습도 100퍼센트 실내에 공복상태로 갇혀 삼십년 전의 컴퓨터로 아무리 애써도 정상적으로 깔리지 않는 애플리케이션 설치를 계속 시도하는, 더할 나위 없이 무의미한 스트레스 부하 훈련을 경이로운 인내력으로 소화해내고, 화성과 지구 간 교신의 편도 오 분짜리 타임래그 시뮬레이션도 충분히 대응해낸 승무원들이 고작 삼 분의 타임래그를 왜 못 견뎌하는지 휴스턴의 존슨 우주센터에서는 심각하게 받아들였다.

사건은 그런 와중에 일어났다.

그날 미션운용부장 도널드 스턴에게 도착한 메리 윌슨의 메일을 소장 해럴드 앨런, 우주비행사실장 이언 해리스 이하 안전관리 담당관, 정신심리지원 담당관, 총괄의료부장 등 총 여섯 명이 회람했는데, 일독 후 하나같이 속수무책이라는 절망적인 기분에 휩싸였다. 1조 달러나 들여 아폴로 프로젝트 이래의 염원으로 NASA가 총력을 결집해 몰두해온 이번 유인 화성탐사 프로젝트가 붕괴 직전에 놓였다는 암담한 예감이 모두의 얼굴로 번져나갔다.

세 시간에 이르는 극비회의 끝에 그들은 일단 문장화한 내용을 메리에게 보내고, 다시 마주앉아 대응을 협의했다.

모니터 앞에 앉은 메리는 초조함을 감추지 않았다.

"—일단 아스토에게 진찰을 맡기는 수밖에 없는데, ……그에게 그런 여유가 있을까?"

직접 대화하는 역할은 승무원들의 직속상관이자 그들에게 두터운 신뢰를 얻고 있는 이언 해리스가 맡았다. 질문 후 육 분을 기다리는 동안 손을 두드렸다 팔짱을 꼈다 하는 그녀의 모습을 관찰하던 정신심리 지원 담당관은 머릿속에 떠오르는 생각을 필사적으로 억누르려는 듯 이따금 턱 근육을 부풀리며 입술을 깨물었다.

"없다면, 무슨 방법이 있나요?"

메리가 양손 엄지로 눈머리를 세게 누르고 초조함과 싸우며 말했다.

"노노를 돌보느라 그가 한계에 다다른 건 확실해요. ……그러나 승무원들이 협력해서 부담을 나누는 것 말고는 달리 방법이 없어요. 닐도 전처럼 이성을 잃고 흐트러지는 모습은 더이상 보이진 않고요. 선내에서는 오히려 노노의 정신질환을 공동의 문제로 간주하며 긴장감과 단결력을 되찾아가고 있어요. 화성에 착륙할 때까지 어떻게든 협력하며 버텨내려 하는 중이죠. —릴리언의 이번 문제는 그런 위태로운 균형에 치명상을 입힐 게 틀림없어요. ……현상황을 정확히 인식해서 실효성 있고 적확한 지시를 내려주세요. 우리는 휴스턴의 대응에 전적으로 불만이에요."

"―오케이, 알았어."

일단은 진정시켜야 했다. 일부러 승무원의 불만을 대변하는
거라 짐작됐지만 그 이상으로 그녀 자신의 솔직한 의견 같기도
했다. 해리스는 숨을 한 번 내쉬고 다시 말을 이었다.

"그쪽 상황은 이해했어. 아무튼 일단 아스토의 진단 결과를 보
고해주게. 그리고 상대가 누구인지도. ―사건성을 검토하게 되는
게 최악의 케이스인데, 릴리언의 얘기를 들어보지 않고는 진척
이 없겠지. 자네에게 말하지 않는 것도 심각하지만, 아스토에게
도 한번 물어보라고 해. 의외로 솔직하게 말할지도 모르니까. 물
론 우리 쪽에 바로 밝혀도 되고. 우리도 선내의 과거 영상을 재
확인하고 있는데, 지금까지는 이렇다 할 장면을 찾지 못했어.

상대가 판명된 후 이번 일을 다른 승무원들에게 비밀로 할지
공개할지 다시 고민해보자고. 그때까지는 자네 선에서 묶어두
고, 알겠지?

메리, 자네에게 부담을 지우는 걸 미안하게 생각해. 하지만 의
지할 사람은 자네뿐이야. 잘 견뎌주길 바라네. 자네들은 인류의
역사를 바꾸는 중이야. 익히 알겠지만, 그건 결코 쉬운 일이 아
니네."

그들은 미션 컨트롤 센터의 대형 모니터 대신 담당 정신과의
사가 각각의 승무원들을 문진할 때 사용하는 개인실 모니터 앞
에 진지한 표정으로 모여 있었다.

필요한 연기처럼 보이기도 했지만, 해리스는 눈에 눈물을 글썽였다. 육 분 후 메리가 내놓은 답변은 그것이 효과를 거뒀음을 말해주었다.

"물론 잘 알고 있어요. ……저도 최선을 다하겠습니다."

교신을 마치고 회의실로 이동한 일동은 한동안 말문을 열지 못했다. 십오 분가량 침묵을 지킨 후에야 마침내 해럴드 앨런이 중얼거렸다.

"결국 릴리언 레인이군."

나머지 다섯 사람은 고개를 움직이지 않고 그저 눈으로만 서로의 표정을 확인했다. 비행운용부장 딕 라이트가 워싱턴에 출장중이긴 했지만 누가 배신해서 밀고할지 모르는 상황에서 다른 사람도 아닌 그의 꼭두각시라고까지 불리는 앨런 소장이 노골적으로 인사에 대한 비판을 입에 올린 사실에 모두 신선한 충격을 받았다. 두 사람은 우주개발 민영화의 흐름 속에서 육해공군에 더해 우주군을 창설한다는 백악관의 구상에 가장 협력적인 편이라 존슨 우주센터에서는 소위 '겉도는 존재'였다. 지금까지 완전히 고립되어 있던 앨런은 사람들의 반응에서 관계 회복을 기대했는지 말을 이었다.

"대체 워싱턴이 우주비행사에 관해 뭘 알아? 안 그래요? 제아무리 정치적 계산이 있다 해도 성공 못하면 말짱 헛수고인데."

그렇게 동의를 구했지만, 아무도 대꾸하려 하지 않았다.

이언 해리스가 골똘히 생각에 잠긴 표정으로 심각하게 말했다.

"릴리언만 공격하는 건 도리에 어긋납니다. 상대가 있다는 얘기니까. ……사건성이야말로 가장 큰 걱정거리죠."

그 목소리의 진동을 일동에게 전달한 공기는 흔들림이 멈춘 뒤에도 여전히 긴장을 머금고 있었다.

도널드 스턴이 책상에 팔을 괴고 새삼 의료부장에게 물었다.

"다시 확인하는데, 만약 임신이라면 릴리언에게 선택의 여지가 있을까?"

"아니. 출산은 도저히 불가능해. 위험성이 너무 커. ―그렇다고 낙태에 위험성이 없는 것도 아니지. 매우 높아."

의료부장의 대답에 앨런이 고개를 저었다.

"그렇게 간단한 얘기가 아니야. 이건 단순한 의학적 문제가 아니라고. 정치문제이기도 하니까. 낙태는 엄연한 헌법 위반이야. ―모르진 않겠지?"

그 말에 다들 놀란 표정을 감출 수 없었지만, 릴리언 레인이 보수파 정치인 아서 레인의 딸인 이상, 사실이 공개되면 실제로 그런 논의가 벌어질 가능성이 있었다.

"어쨌든 수술을 한대도 화성에 도착한 후가 되겠지. 몇 주째인지는 모르지만, 앞으로 두 달 후면 화성 궤도에 도착한다는 데 일말의 희망을 걸어보자고. 난 수술 설비를 점검하고 전문의 수배와 시뮬레이션 준비에 들어가도록 하지. 간단한 수술로 끝나면 다행일 텐데. ……생각만으로도 미쳐버릴 지경이군."

의료부장은 몇 번이나 고개를 흔들었다.

"뭐, 아직 결정난 건 아니잖아. 아스토의 진단 결과를 기다려보자고. —기우로 끝날지도 모르지, 안 그래?"

앨런이 격려하듯 말했다.

"릴리언 레인이 사실을 털어놓을까?" 지금껏 입을 다물고 있던 정신심리 담당관이 고개를 갸웃거렸다.

"그야 알 수 없지만, ……" 해리스가 그를 향해 몸을 돌리더니 "아스토의 의학적 소견이 확실해지면 부정하진 않겠지"라고 말했다.

"아까부터 쭉 의아했는데, 아스토가 상대가 아니라고 어떻게 단정하죠?"

모두가 최악의 상상을 무의식적으로 피하고 있다는 듯 정신심리 담당관이 지적했다. 허를 찔린 것처럼 아무도 대답하지 못했다.

"내가 가장 걱정하는 건 아스토가 그녀를 강간한 케이스예요. ……그렇게 임신했다면, 솔직히 손쓸 방법이 없죠."

말을 내뱉은 후 그 충격의 크기에 스스로도 놀라 얼마간 말을 완화할 필요를 느꼈다.

"물론 가능성 차원의 얘깁니다. 더이상 나쁜 케이스는 없을 테니, 그게 아니길 기도합시다. —경위상 노노의 갑작스러운 정신질환과의 관계도 신경쓰여요. 그가 망상을 통해 무엇을 전하려

하는지 아스토가 상세히 기록하고 있으니, 릴리언의 임신이라는
관점에서 뭔가 알아낼 수 있을지 다시 한번 분석해보죠."

해리스는 그 말에도 별다른 위안을 받지 못했지만, 결심을 굳
힌 듯 한 사람 한 사람의 눈을 바라보며 말했다.

"아무튼 그들을 지키기 위해 최선을 다합시다. 지금은 믿을 수
밖에 없어요. 그들 자신을. 그리고, ―그래요, 신을."

15. 벌거숭이 인간

"아스토, ……메르크빈푸인들은 은하계 행성마다 버섯형 우
주선을 배치했는데, 그것이 포자를 흩뿌리면서 증식해."

"포자?"

"그래. ……하지만 그 포자는 우주방사선에 오염돼있어서 우
주선의 형태가 차츰 변하지. ……속지 않게 조심해야 해. ……"

아스토는 움직이지 못하게 매직테이프로 벽에 고정해둔 노노
의 알몸을 소독약을 묻힌 스펀지로 정성스레 닦아내며 그의 중
얼거림에 대꾸했다. 노노는 카테터 끝에 연결된 소변팩을 공허
한 눈으로 바라보고 있었다.

어제까지 담당이었던 닐이 배설물 처리를 게을리한 것에 아스
토는 무력한 분노를 느끼고 있었다.

배설기관을 통한 감염이 우려되었고, 결석 위험도 있었다. 휴스턴과 상담하면서 그는 매사를 예방하는 방향으로 대처해야 하지만 그래서 오히려 부정적인 생각에 얽매이기 시작했음을 스스로 의식했다.

환기가 되지 않는 우주선 안에서 노노의 몸이 뿜어내는 찌를 듯한 악취가 승무원들 사이에 음울한 짜증을 불러일으켰다.

물이 그리웠다. 리사이클한 폐용수가 아닌, 신선하고 맑은 물! 흘러넘칠 듯이 찰랑이는 물속에 뛰어들어 온몸을 구석구석 깨끗이 씻어내고, 탄산이 든 차가운 미네랄워터를 목젖을 울리며 실컷 마시고, 크게 트림을 하고, 소파에 몸을 파묻고 싶었다. ─그런 갈망에 온종일 들볶인 나머지, 남은 이 년이라는, 정신이 아득해질 만큼 긴 시간을 생각하자 기분이 암담해졌다.

이 우주선에 상쾌함만큼 결여된 쾌감은 없었고, 그 답답함은 곰팡이처럼 은밀하고도 신속하게 승무원의 체내를 광기로 좀먹기 시작했다.

하루에 한 사람이 사용할 수 있는 물의 양은 25리터로 한정되어 있었지만, 닐은 노노를 담당하는 날에는 30리터까지 허용해야 한다고 주장했다. 먼저 메리가, 뒤이어 당연히 휴스턴도 이 의견을 거절했고, 지상에서는 그런 불가능한 요구를 아무렇지 않게 했다는 점이야말로 몹시 경계해야 할 징후라고 인지했다.

아스토는 의사로서 객관성을 유지하려 애썼지만, 저도 모르는 새 지금 이 순간도 닐이 분풀이할 작정으로 노노의 간호를 소홀히 했다는 생각 때문에 분노에 사로잡혀 있었다. 그가 남의 눈을 피해 물을 맘껏 낭비하며 마시고 몸을 씻을 거라는 의심을 떨쳐낼 수 없어서, 몇 번이나 남몰래 격납고에 가서 잔량을 확인했다.

'……보나마나 그 녀석은 노노 탓으로 돌리겠지. ―원래 그런 놈이야. 그리고 노노를 제대로 감시하지 못한 내 탓으로 돌릴 테고. ……빌어먹을, ……'

기아 위기가 닥치면 승무원들은 어떻게 될까? 화성에서 조달하는 물과 폐용수 리사이클로 그나마 수분은 어찌어찌 해결할 수 있을 것이다. 정수 시스템만 고장나지 않는다면. ―하지만 식량은? 먼 옛날 조난선에서 그랬던 것처럼 시체를 먹으면서까지 살아남으려고 할까? 아니면 인간으로서 그래서는 안 된다며 거부할까. ……서로 미워하면 안 된다. 속이면 안 된다. 다치게 하면 안 된다. 죽이면 안 된다. ―지구상의 그런 규정들이 극한상태에 빠진 화성에서도 과연 의미를 가질까? 법률? 윤리? 아무도 없는, 아무도 보지 않는 화성 한 귀퉁이에도 그것들이 적용될까? 나중에는 문제가 된다. 그러나 은폐해버리면 그만 아닐까? ……

닐 때문에 식량이 없어진다 해도, 돌아가는 길에 그만큼 그의 몫을 줄인다는 것은 현실적이지 않다. 가여워서가 아니다. 발광할 게 빤하기 때문이다. 그렇다면 몰래 먹어버리는 쪽이 이득이라는 생각이 싹틀까? 절망적인 상태가 닥쳤을 때, 승무원들이 노노에게 얼마나 관대할 수 있을지 아스토는 걱정스러웠다. 죽는 게 낫다고 생각할까? 사고사하더라도 노노는 결국 영웅으로 칭송받는다. ─그렇게 생각할까?

탈취장치도 방취 마스크도 제 기능을 하지 못했다. 변이 튀지 않도록 기저귀를 재빨리 투명한 쓰레기봉지에 넣고 상태를 확인했다. 그리고 둔부를 닦아주려고 등뒤로 돌아간 순간, 아스토는 그쪽에 기묘한 뭔가가 늘어져 있는 것을 알아채고 마른침을 삼켰다.

순간 회충 대가리처럼 보였지만, 출발 전 실시한 엄격한 메디컬 체크를 생각하면 있을 수 없는 일이었다. 그렇게 부정하자 그는 오히려 더 깊은 공포에 사로잡혔다. 그 하얀 끄트머리는 노노의 몸속에서 충분한 시간 동안 성장한 후 마침내 바깥으로 기어나오는 것처럼 보였다.

'─뭐지?……'

대가리가 살짝 움직였다. 살아 있나? 꺼리는 기색을 보이는 노노의 몸을 억누르고, 물리지 않을까 경계하며 서서히 잡아뺐다. ─지저분해서 뭔지 알 수 없었지만, 생물은 아니었다. 손가락으로 닦아내고 찬찬히 응시하니 그것은 길이 12센티미터쯤 되는 매직테이프였다. 자잘한 물건들이 선내에 떠다니지 않도록 벽에 온통 매직테이프를 붙여뒀는데, 아마도 노노가 그 조각을 먹어버린 모양이었다.

쓰레기봉지에 재빨리 집어넣고, 내친김에 장갑도 벗어서 같이 버렸다. 입을 꽉 다물고 그것을 집어던진 그는 황당하고 한심스러운 동요를 주체하지 못해 스스로에게 화를 내며 일단 노노의 몸에서 멀어졌다.

어딘가에 기대고 싶어 몸을 웅크려 바닥으로 내려갔지만 마음이 가라앉지 않았다.

'……다른 것도 삼켰을까? ……'

배가 아프다는 얘기는 없었지만, 만약을 위해 기록영상을 점검하고 초음파검사를 해볼 필요가 있었다. 성가신 이물질이 발견되지 않으면 다행일 텐데. 뭐든 먹어버리는 습관이 생긴 것도 걱정이었다.

고개를 숙이고 눈을 감았다. 아스토는 거울을 마주할 때마다 자신의 체적이 무게의 실감 없이 은밀하게 감소해가는 것을 느꼈다. 질주하는 무중력 공간 속에서 육체는 앞뒤 생각 없이, 그의 허가도 받지 않고, 지구에서 살아가는 데 필요했던 근육과 지방을 멋대로 처분해갔다. 그것은 귀환 후 지구에서의 생활은 물론이고 화성이라는 '미래의 태고'에 대한 준비에도 그다지 적절하다고 할 수 없었다.

차츰 타임래그가 벌어지면서 이 주에 한 번 지구에 있는 교코와 대화하는 일도 왠지 모르게 삐걱거리기 시작했다. 그는 사람들이 보내준 응원과 격려의 말을 이유 없이 짜증스러워했고, 그녀는 그런 그의 반응에 당혹스러워했다. 마지막 전화에서 별 뜻 없이 던진 "말랐네"라는 한마디에 괜스레 화를 내는 바람에 찝 찝하게 전화를 끊고 말았다. 그 일이 지금 그녀 안에서 어떤 감 정을 부풀리고 있을까 상상하면 견디기 힘들었다.

"……메르크빈푸 성의 지하조직은 911채널을 가지고 있고 각 각 50주파수를 사용해서 접근하기 때문에 조심해야 해. 게다가 스파이가 잔뜩 잠입해 있어. ……우주선 소믈리에의 약점은 암 호화해서 배수관에 묻어놨고. ……"

노노는 묶인 것을 알지 못하는 듯 몸을 비틀다 그 반동으로 천 장에 머리를 부딪히거나 했고, 그때마다 살짝 놀라는 표정을 지 었다.

투약치료로 골밀도 저하를 어느 정도 억제했지만, 그의 경우 는 특히 하반신에서 근육의 폐용성 위축이 두드러졌다.

흑인답게 조각 같던 대퇴근이 꽃이 시들듯 강한 탄력을 잃어 가고, 그대로 놔두면 어느 순간 갑자기 부들기에서 맥없이 툭 떨 어져버릴 것 같았다. 지구의 3분의 1 정도이긴 해도 중력이 존재 하는 화성에서 어느 정도 회복할 수 있을지 아스토는 프로그램 을 생각하며 고심했다. 주거 모듈에 정착하면 여러 가지 방법을 생각해볼 수 있겠지만, 행동이 자유로우면 오히려 감시는 더 어 려워진다. 개인실에 혼자 있다 알몸으로 불쑥 밖에 나가기라도 하면 끝이다. ―곁에 붙어 있는 방법밖에 없을까. 타임래그 탓에 지구에서 모니터로 감시하는 데도 한계가 있었다. 그 자신이 감당해낼 수 없으면 이대로 계속 묶어두는 수밖에 없었다.

작업을 마쳐야 했지만 이동방법을 잊어버린 양 몸이 도무지 움직이지 않았다. 아스토는 무엇보다 억울증상抑鬱症狀의 자각을 두려워했다. 두번째로 발병하면 승무원들도 도저히 감당할 수 없을 것이다.

"……메르크빈푸에서 사육하는 우주 카멜레온의 무지갯빛에서, ……쥐도 새도 모르게 쓰디쓴 아스피린이 채취되고, ……"

아스토는 눈앞에 떠 있는 벌거숭이 몸을 바라보았다.

'……무슨 말을 하려는 걸까? 분명히 의미가 있을 텐데. 다만 하고픈 말과 단어의 연결이 조금씩 어긋날 뿐이다. ……무슨 말일까? 메르크빈푸인—적……맞서 싸워야 할 상대……강력한 하이테크 군비……릴리언을 구해낸다? ……릴리언, ……릴리언, ……'

오늘도 실은 그녀가 함께 있을 예정이었다. 그런데 메리가 불러서 덱으로 간 후 끝내 돌아오지 않았다.

노노가 한 말들을 기록해 그녀에게 건네주고 뭔가 짚이는 것 없느냐며 해석의 실마리를 청해봤지만, 다른 승무원들과 마찬가지로—아니, 오히려 더 차가운 태도로—'모른다'고만 할 뿐이었다.

그래서 그는 바로 오늘처럼, 노노의 간호를 마치고 개인실에 재운 후 이 로보노트 조작실의 불을 끄고 눈을 감고 떠 있었던 것이다. 혼자 있고 싶으니 아무도 오지 말라고 하고서. —그후, ……정신을 차려보니 옆에 그녀가 있었다. ……오직 그녀 혼자만. ……

새 장갑을 낀 그가 노노의 몸을 다시 스펀지로 닦기 시작했다. 선내는 섭씨 23도를 유지했는데 피부에 추워하는 기색은 드러나지 않았다.

간지러운지 아니면 기분이 좋은지 노노의 얼굴에 미소가 감돌았고, 처음 봤을 때는 아무래도 좀 놀라웠던 당당한 페니스가 카테터의 튜브를 치켜들면서 천진하게 발기했다.

"—아스토, 들려?"

이어폰으로 메리의 신호가 들어왔다.

"네, 들립니다."

"그쪽은 어때? 지금 시간 낼 수 있어?"

"이제 곧 끝납니다. 다리를 닦아주고 옷만 입히면 됩니다."

"그래? 끝나면 이쪽으로 잠깐 와줄 수 있을까? —릴리언과 셋이 할 얘기가 있는데."

말투는 차분했지만 오히려 억눌린 것처럼 느껴졌다.

"……셋이……만요?"

"그래, 일단은. —괜찮겠지?"

"……네, 알겠습니다."

그는 스펀지와 장갑을 버리고 노노의 구속을 풀어 자국을 문질러주고 옷을 입힌 후, 두 손을 알코올로 깨끗이 소독하고 냄새를 확인하듯 코로 가져갔다.

소독제를 방에 뿌리다가 돌연 충동적으로 노노와 자기 몸에도 듬뿍 뿌렸다.

창문의 차가운 감촉이 그리워서 무심코 그쪽으로 가 얼굴을 문질렀다.

그러나 맹렬한 속도로 우주공간을 빠져나가는 우주선에서 보이는 경치는 졸음을 부를 만큼 유장해서, 그의 의식 밑바닥으로 슬며시 손을 집어넣어 괴로운 기억을 기분좋게 움켜쥐는 것처럼 느껴졌다.

16. '짚이는 것은?'

노노를 재우는 데 시간이 걸려서, 가까스로 메리를 찾아가니 릴리언은 이미 보이지 않았다.

"수고했어. 노노의 상태는 괜찮았나?"

"네. 괜찮습니다."

노고를 치하하는 듯한 메리의 말에 아스토는 살며시 표정을 누그러뜨렸다.

"당신의 헌신적인 태도에 휴스턴에서도 감탄하고 있어. 일본적인 근면함이라고 해야 할까? 알렉스가 말하길, 이 우주선은 충실한 두 일본인에게 보호받고 있대."

"두 일본인? ……아아, 로보노트 '혼다 씨' 말인가요?"

"맞아, 일본제잖아? 우주선 보수는 그가, 승무원 보수는 당신이 맡고 있지. 다들 당신의 도움을 얼마나 많이 받고 있는지 몰라."

"고맙습니다. 제 역할을 다할 뿐입니다."

아스토는 에둘러 어휘를 골라가며 말하는 그녀에게 먼저 물었다.

"─무슨 일 있습니까?"

메리는 표정을 바꾸더니, 그의 눈동자 가장 깊은 곳의 빛깔까지 확인하려는 듯 뚫어져라 바라보며 말했다.

"릴리언한테 무슨 얘기 들었나?"

"아뇨."

"건강에 관해서, 아무 얘기도?"

"네. ……전혀."

그녀는 팔짱을 끼고 가운뎃손가락으로 팔꿈치를 두세 번 두드린 후, 단도직입적으로 말했다.

"릴리언이 임신했을 가능성이 있어. 확인해줄 수 있을까?"

"─임신? ……"

아스토는 낯빛을 잃었다.

"그래. 당신 진찰이 필요하지만, 그녀 스스로도 그 가능성을 인정했어. 휴스턴의 의료부에 알리고 대응책을 협의했으니, 그쪽에서 당신에게도 메시지를 보냈을 거야."

"……"

"짚이는 것은?"

"……네?"

"그런 상담을 받은 적 없었나?"

메리는 긴장하는 기색을 드러내는 그를 위해 일부러 질문의 의도를 설명했다.

"아뇨, ……딱히."

그러고 보니 일주일 전쯤 릴리언이 그에게 '던' 프로젝트에 들어가기 전 자신의 우주방사선 피폭량 데이터를 보고 싶다고 부탁했었다. 그것이 일종의 메시지였다고 생각할 수도 있겠지만, ……

"낳는다는 선택지는 없어. 휴스턴도 같은 의견이야."

메리가 반론의 여지 없이 말했다.

"그녀는 뭐라고 하나요?"

"임신이 사실이라면, 그에 따른 낙태에 동의했어."

아스토는 현실적인 가능성을 냉정히, 의학적으로 생각해보려고 노력했다.

"알고 계시겠지만 제 전문은 외과와 ER입니다. 인턴 때와 우주의학 전문연수에서 산부인과를 경험하긴 했어도 낙태 수술은 해보지 않았습니다. 낳지 않는다 해도 여러 가지 위험성에 대한 검토가 필요합니다. 만에 하나 자궁외임신일 경우에는……"

그 이상 말이 이어지지 않았다. 목숨을 건질 수 없다는 생각이 의식의 앞길을 끊어버린 것 같았다. 두 아이의 엄마인 메리는 잘 알고 있다는 듯 고개를 끄덕였다.

"최악의 사태도 염두에 둘 필요가 있어. ―휴스턴은 경구약 처치를 제안하는데, 어떨까?"

"임신 삼 개월 이내라면 검토할 만하지만, 수술과 마찬가지로 출혈 위험이 문제죠. 릴리언은 Rh$^+$ AB형이니 보관중인 혈액이 부족할 경우에는 급한 대로 승무원 누구에게서나 수혈이 가능합니다."

"그렇지."

"어쨌든 시뮬레이션을 통해 휴스턴 의료부의 전면적 지원을 받을 필요가 있습니다. 지구와의 타임래그가 더 벌어지기 전에 충분한 시뮬레이션 시간을 할애해주십시오. ……정말로 임신이라는 가정하에 드리는 말입니다만."

"으음, 물론."

메리는 그의 시선을 피하지 않고, 그가 얘기를 이어가기 위한 공백을 의미심장하게 방치했다.

아스토는 재촉받는 것을 알아채고 이번에는 질문으로 손을 뻗었다.

"상대는, ……누구라고?"

메리는 표정의 변화 없이 한동안 말이 없다가 이윽고 입을 열었다.

"릴리언은 밝히지 않고 있어."

"상대가 누구인지 말 안 했다고요?"

"말하고 싶지 않고, 말할 생각도 없다고. —하지만 적어도 난 선장으로서 알 권리와 의무가 있어. 분명히 말하지만, 휴스턴은 최악의 케이스를 염두에 두고 있어. 이건 사전 위험성 시나리오에도 있었던 거야. 나나 릴리언이나 경구피임약을 복용하고 있는데, 거기에는 강간에 대비하는 의미도 있다는 건 당신도 알지?"

"……네."

"그녀는 계속 피임약을 먹어왔다고 했어. 정말로 임신 가능성이 있을까?"

"처방을 했으니, ……복용법만 지켰다면 가능성은 매우 낮을 겁니다."

"휴스턴 의료담당관은 이번에 너무 많은 약을 시험적으로 복용한 탓에 그중 뭔가가 효과를 저해했을 가능성이 있다고 했어. —그렇게 고려해볼 수도 있나?"

아스토는 한순간 아랫입술에 경련이 스치는 것을 숨기려는 듯 티 나지 않게 눈을 비비며 대답했다.

"……고려해볼 만하다고 생각합니다."

"그렇군. —알았어."

메리는 고개를 힘주어 한 번 끄덕였다.

"합의하에 생긴 일이라면 다행이지. 한 가지 문제는 해결된 셈이니까."

"네."

아스토는 몸이 천천히 뒤로 기우는 것을 알아채고 움직임을 멈췄다. 메리가 그의 팔에 손을 얹었는데, 거기서 또다른 힘이 느껴졌다.

"당신은 내 의무를 이해하지? 감히 묻겠는데, —당신이 상대인가?"

그의 몸이 떨리는 듯한 미동이 메리의 손으로 전해져왔다.

"……"

"아스토, ……괜찮아?"

그렇게 묻는 그녀의 눈동자에 혼란의 빛이 드리워졌다.

"아, 네, ……괜찮습니다. 좀 피곤해서."

아스토는 그녀의 팔에서 벗어나 이마의 땀을 훔치고 심호흡을 했다.

"기분 나쁘게 받아들이진 마. 모두에게 묻는 거니까."

"네. 그렇지만 순서가 잘못됐어요. 릴리언의 임신 사실을 확인하는 게 먼저 아닐까요?"

"그렇군. —알았어. 가서 푹 쉬어. 그리고 릴리언을 진찰해줘."

"……네."

출구로 향해 이동하는 그의 등을 그녀는 말없이 바라보았다. 분명하게 부정하지 않은 것을 어떻게 받아들여야 할까. —아스토는 아닐 거라고 생각했다. 이유가 뭐냐는 휴스턴의 물음에 그녀는 뭐라고 꼬집어 설명할 수는 없지만 그저 '성격상'이라고 대답했다. 릴리언과의 관계가 좋았지만 연애로까지 발전할 기미는 보이지 않았다.

휴스턴은 가령 아스토가 상대고 게다가 그 관계에 사건성이 있더라도 절대로 그를 몰아세워선 안 된다고 몇 번이나 강조했다. 선내 의사의 협력 없이는 미션을 성공할 수 없다. 처벌은 지구로 돌아온 후에도 얼마든지 내릴 수 있다. 여하튼 지금은 미션을 무사히 완수하는 것을 최우선으로 생각해야 한다.

물론 그것은 알고 있다. 아스토뿐 아니라 승무원 중 누가 관여됐더라도 마찬가지였다. 그러나 혹시라도 이 일에 사건성이 있다면, 그에 합당한 '벌'과 '용서'의 계기를 거치지 않고서 과연 남은 이 년간 그 인물을 감정적으로 수용할 수 있을까. —선장으로서의 의무를 아무리 강하게 다짐해봐도, 그 점은 전적으로 회의적이었다.

17. 뜻밖의 고백

초음파로 릴리언 레인을 진찰한 아스토는 메리에게 '임신 육 주째'임을 알리고, 자궁외임신은 아니며 현재 조기유산 가능성은 낮다고 설명했다. 상대에 관해서는 아무 말도 못 들었다고 했다.

휴스턴에 보고한 후 알렉스에게 상황을 설명하자 그 역시 놀라는 기색이었지만, 잠시 생각한 뒤 닐에게는 자기가 말하는 게 좋겠다며 자진해서 나섰다. 대화는 그렇게만 끝났지만 메리는 역시 그는 이 일과 관계가 없다고 느꼈다.

남은 미션 기간을 고려하면 문제의 원만한 해결은 불가능하다는 생각이 들었다. 경우에 따라 궤멸적인 타격을 입을 수도 있지만, 그렇다고 계속 은폐한 채 무사히 미션을 마칠 수 있을 것 같지도 않았다.

고백을 끌어내고 다함께 용서하는 것. ─도박이긴 해도 그것이 인간이 시간과 장소를 함께하며 생존하기 위한 최후의 기반이라는 것이 이번 일을 겪으며 그녀가 고심해서 내린 결론이었다. 악행을 구체적인 개인에게서 몰수해 '원죄'라는 인간 일반의 비극에 양도해야 한다. 누군가 신앙 때문에 받아들이지 못하더라도, 현실적으로는 마땅히 그 기능을 인정해야 했다.

휴스턴은 그녀의 결단에 반대했고, 특히 해럴드 앨런 소장은 너무 무모하다며 난색을 표했다. 그러나 결국 미션운용부장 도널드 스턴이 모든 책임을 지겠다며 승인했고, 다른 이들도 그 결정에 동의했다.

그들은 메리가 갑자기 의욕을 회복해가는 모습에서 희망을 발견했다. 그녀는 "우리도 그렇게까지 바보는 아닙니다"라며 열심히 설득을 시도했다. 우주의 먼지가 될지 모른다는 절박한 위기감은 제아무리 뜻을 같이한다 해도 지구에 있는 인간과는 절대 공유할 수 없는 감정이었다. 전멸을 피한다는 목표는 결국 단결 외의 선택지를 주지 않을 것이다. 그것이 그녀의 단순하지만 강력한 확신이었고, 그렇다면 거기에 희망을 걸어보는 수밖에 달리 방법이 없었다.

협의는 휴스턴 시각으로 2033년 9월 8일 오후 아홉시, 노노를 제외한 승무원 다섯 명이 모인 자리에서 열렸다.

메리가 릴리언 레인의 임신 사실을 밝히자, 혼자 아무것도 모르고 있다가 직전에야 간신히 알렉스에게서 얘기를 전해들은 닐은 왜 지금까지 숨겼느냐며 노골적으로 불신감을 드러냈다.

"진단을 내린 게 그제야."

아스토가 메리를 대신해 설명했지만 그는 납득하지 않았다.

"그건 아니지. 훨씬 전부터 세 사람 낌새가 수상했어. 숨기려고 한 거야. ―안 그래?"

"사생활 문제가 있잖아요. 아스토는 묵비의무를 따랐을 뿐이에요."

메리는 반발하는 그를 달래면서도 그의 말투가 신경쓰였다. 모르고 있었다는 사실에 분개할 뿐 자기가 상대로 의심받는다는 생각은 전혀 못하는 기색이었다.

릴리언은 네 사람과 조금 떨어진 벽 쪽에 서서 한 손을 주머니에 넣고 무심하게 대화를 듣고 있었다. 검은색 러거셔츠를 입고 팔짱을 끼고 있던 알렉스가 단도직입적으로 그녀에게 물었다.

"상대는?"

그 말투가 너무나 자연스러워서, 그 자신은 처음부터 명단에서 제외한 느낌이었다.

터키석 빛을 띤 릴리언의 눈이 지금은 빈집의 탁자에 놓인 돌처럼 싸늘했다. 그녀는 입을 다문 채 한숨을 내쉬었다.

메리는 그녀의 대답을 기다리다가 포기한 듯 말했다.

"아스토의 진단으로는 임신 육 주째예요. 당연히 상대는 승무원 중 누군가겠죠."

닐은 상대가 누구인지 모른다는 사실에 놀란 듯 "누구야? 난 아니야!" 하며 옆에 있는 알렉스를 돌아보았다.

알렉스는 말없이 고개를 가로저었다.

메리는 릴리언의 반응에 주목했지만, 그녀는 그 자리에서의 디비주얼을 완전히 거부하는 듯했다.

"하느님과 양심을 걸고 하는 말이겠죠?"

두 사람 모두에게 던지는 말이겠지만 노골적으로 다짐을 받는 말투에 아스토는 비로소 메리가 닐을 의심해왔음을 알아차렸다.

그렇게 생각할 만한 이유는 없지 않았다. 릴리언과 닐은 최근 들어 거의 말을 섞지 않았고, 메리는 그것을 의식하고 이따금 두 사람에게 대화를 시키려고 노력했다. 그것이 추측의 이유일 수 있겠지만, 그런 비약은 지구에 있을 때의 그녀라면 역시 생각할 수 없는 것이었다. 스스로 의식하지는 못해도, 메리는 네 남자 속에 여자 둘이 섞여 있는 불균형한 승무원 구성에 뒤늦게 생생한 두려움을 느끼고 있었다.

닐은 그녀의 말에 밴 의심의 기운에 민감하게 반응했다.

"지금 농담해요? 하느님이고 부처고 어디든 맹세해! 난 관계없어. ─아스토 넌 어때? 아직 아무 말도 안 했잖아."

모두의 시선이 그 목소리에 마구잡이로 묶여 그의 표정으로 이끌렸다.

그는 빨라진 심장박동이 티셔츠까지 전해지는 걸 느꼈다. 선내의 소음 속에서 그의 말을 기다리는 공기는 눈이 부실 정도로 맑았다.

맨 처음 한 말은 목소리가 갈라져서 제대로 나오지 않았다.

"뭐라고? 안 들리잖아."

닐이 험악한 표정으로 말했다. 아스토는 릴리언의 얼굴을 힐끗 바라보고 다시 입을 열었다. 바로 그 순간,

"그만둬. 바보 같아, 이런 건."

릴리언이 진저리치듯 말했다. 메리는 순식간에 뺨을 붉게 물들이고, 지금껏 본 적 없는 분노를 드러내며 강한 어조로 받아쳤다.

"그럼 당신 자신의 의무를 다하세요."

아스토가 끼어들려 했지만 릴리언이 그보다 앞서서 "당신이 생각하는 것과는 달라요"라고 부정하고, 조명에 얼굴을 환히 드러내며 말했다.

"—상대는 노노야. ……"

다들 너무도 뜻밖인 말에 눈이 휘둥그레졌고, 반신반의하며 다음 말을 기다렸다.

"물론 합의하에 한 거야."

릴리언이 단호히 말한 후, 어안이 벙벙해진 일동의 얼굴로 민감하게 시선을 돌렸다.

한동안 아무도 말을 꺼내지 못했다.

메리는 생각지도 못했다는 듯 그녀를 바라보다가, 정신을 차리고 숨을 한 번 내쉰 후 위엄을 되찾으려는 투로 말했다.

"낙태에는 동의하죠?"

"의학적인 판단에 따르겠습니다."

릴리언은 그렇게 말하고 아스토 쪽을 보았다.

알렉스가 말없이 대화를 정리하듯 아스토에게 시선을 던질 때 닐이 끼어들었다.

"못 낳지. —안 그래? 생각하는 것 자체가 어리석어. 만에 하나

낳는다 해도 어떻게 키우려고? 미션을 방기할 건가? 우리는 속 편하게 화성 여행을 온 게 아니야. 인류의 사명을 짊어졌다고! 모두 자긍심을 품고 여기 와 있는 거야. 정말 기가 찰 노릇이군. 어처구니없는 멍청이야. 어떻게 그런 짓을 할 수 있지? 한쪽은 정신이 이상해지고, 다른 한쪽은 임신이라니."

메리는 닐의 말을 제지하면서도 한편으로는 동조했다.

"닐이 말한 대로 가장 먼저 우리가 무엇을 위해 이 우주선에 탔는지 생각해야 합니다. 휴스턴도 같은 지시를 내릴 텐데, 당신 은 의무적으로 그 지시에 따라야 해요. ―동의하죠?"

릴리언은 "처음부터 낳을 생각도 없었어요"라고만 말하고 시 선을 피했다.

메리는 다시 아스토에게 의견을 청했다.

"그렇습니다. ……출산과 보육, 어느 쪽이든 모자 양방에게 상당한 위험이 따릅니다. 기압 문제도 있고, 예를 들면 태아가 거꾸로 있어서 난산일 경우도 염두에 두어야 합니다. 그밖에, ……"

아스토의 말에 닐이 눈썹을 찡그리며 말했다.

"내 말 못 들었어? 못 낳는다니까. 의학적으로 어려운 건 누구 나 다 알아. 미안하지만, 릴리언 개인이 위험한가 아닌가는 접어 두시지. 오히려 승무원 여섯 명 중 하나가 빠지느냐 아니냐를 생 각하는 게 네 의무일 텐데, 아스토?"

"릴리언만의 문제가 아니야." 아스토가 그늘진 목소리로 말했다.

"노노?" 닐이 과장스럽게 놀라는 척했다. "냉정한 판단이 가능하다고 생각해, 저런 상태로?"

"그만해요, 닐. 아스토는 의사로서 견해를 밝히는 것뿐이니까."

그렇게 감싸던 메리는 불현듯 아스토가 도쿄 대지진 때 아이를 잃었다는 사실을 떠올리고, 문제 해결에 고려해야 할 점이 또 하나 더해진 느낌을 받았다.

닐이 다시 릴리언 쪽을 바라보며 다짐을 두었다.

"어쨌든 미션이 최우선이야. 매정한 소리지만, 한 사람 한 사람이 자각을 갖고 팀을 위해 최선을 다하지 않는다면 우리는 살아 돌아갈 수 없어. 1조 달러나 되는 돈을 들여서 전 세계 사람들의 기대를 짊어진 채 화성으로 향하고 있다는 사실을 똑똑히 자각하라고! 새삼스레 할 말도 아니잖아? 바보짓에 발목 잡히는 건 질색이야."

릴리언이 차가운 눈빛을 그에게 돌리고 말했다.

"당신도 입으로만 떠들어대지 말고, 노노에 대한 의무나 똑바로 지켜."

그 말에 닐이 코를 벌름거리며 "뭐야? 난 똑바로 하고 있어!"라고 거칠게 대꾸했지만 그녀는 무시했다. 그리고 메리에게 물었다.

"이제 됐나요?"

메리는 입을 굳게 다물고 고개를 끄덕인 후 말했다.

"앞으로가 정말 힘들 거예요. 단결합시다. 그것 말고 지구로 귀환할 방법은 없으니까."

그리고 릴리언에게 타이르듯 말했다.

"고백해줘서 고마워요. 모든 승무원이 당신을 지원할 것을 약속합니다. 물론 노노도. ─서로 돕는 게 중요해요."

"……고마워요. 지시에 따르겠습니다."

제각각 입을 다문 채 그 말을 듣는 와중에, 메리는 우려했던 사건성이 발견되지 않아 어떻게든 이 난국을 헤쳐갈 수 있겠다고 안도하는 한편, 별안간 낙태 수술의 위험성이 현실적으로 다가와 냉담히 닫아두었던 그녀에 대한 동정심이 되살아났다. 화성에 도착한 후면 임신 십오 주째 무렵이다. 전문의가 아닌 아스토가 과연 할 수 있을까?

그녀는 암울한 예감을 떨쳐내듯 "자, 이제 그만 자죠. 내일부터 또 새로운 하루가 시작됩니다"라고 집에서 아이들을 야단친 후처럼 밝게 말했다.

한 사람씩 차례대로 덱 출구를 빠져나갔다.

아스토는 안쪽에 있던 릴리언을 티 나지 않게 기다리다가 마지막에 둘만 남자 작은 목소리로 "─고마워"라고 말했고, 입 밖에 낸 후에야 그 부적절한 표현에 당황했다.

릴리언은 고개를 조금 숙이고 그의 앞을 천천히 지나갔지만, 출구 언저리에서 고개를 살짝 돌리고 허공에 뜬 머리칼을 뒤에서 가볍게 누르며 어렴풋한 미소의 기색을 보냈다.

4장

마엘스트롬

18. 얼굴 속의 미아들(Lost Children in Faces)

파리 시청사 앞의 대규모 데모 광경이 비치고, 장엄한 곡조의 현악기가 페이드인된다. "농!"이라고 외치는 입. 클러스터폭탄이 흩뿌려지고, 불발탄에 양손과 한쪽 다리가 날아간 아이의 얼굴로 카메라가 천천히 접근한다. 베를린, 로마, 도쿄 등 각 도시에서 사람들이 '반전'을 호소한다. 사막의 도로를 달리던 미군 장갑차가 폭파된다. 막사에서 식사를 하며 카메라를 바라보는 백인 병사의 거슴츠레한 눈. 인터넷에 넘쳐나는 반미 감정. '9·11'. 스커드미사일 오폭으로 가족을 잃은 이라크인의 눈물. 격분하는 시민. ……

—미국이 전 세계의 존경을 잃었던 시대.

연설하는 조지 W. 부시. 딕 체니, 도널드 럼즈펠드 등 공화당의 전설적 네오콘들. 불타오르는 플래카드 속에 악마의 형상으로 그려진 부시의 얼굴.

—우리의 미국이 전 세계의 증오를 샀던 시대.

전 지구 군사비의 절반을 미국 한 나라가 점유한다는 2006년 당시의 원그래프. 2008년 금융위기로 생겨난 대량 실업자들의 흑백영상. 같은 해 국방부가 이라크, 아프가니스탄 군사비와 별개로 5810억 달러에 달하는 예산을 요구했다는 당시의 신문기사. 이라크 전쟁에 1조 500억 달러를 투입했다는 사실.

—그리고 우리 스스로도 대통령에게 긍지를 느낄 수 없었던 시대.

이라크인 기자가 던진 구두에 맞은 조지 W. 부시. 뉴욕 타임스, 워싱턴 포스트를 필두로 한 각 신문사의 비판기사와 캐리커처.

—그 시대로 돌아가선 안 된다.

동아프리카 전쟁에 투입된 로봇 병기가 기관총을 발포하는 모습. 전 세계의 반전 데모 현장. '오폭'으로 날아간 집을 가리키며 카메라를 향해 울부짖는 민간인. 백린탄에 타들어간 소녀의 등. 지금까지 퍼부은 3조 달러가 넘는 군사비와 외주 민간 전쟁기업의 목록. 밀수된 대량의 무기. 허 대통령의 인형을 짓밟는 사람들과 웃는 얼굴로 밀담을 주고받는 허와 키친스. 그리고 말라리아에 감염된 아이를 끌어안고 눈물 흘리는, 피에타 상처럼 숭고

하게 찍힌 어머니의 모습. 애절한 소프라노. ······

─전 세계가 진정으로 존경하고 사랑하는 미국이 되기 위해.

세계 각 지역이 무수한 선으로 연결된 지구의 영상. 인터넷상에서 온갖 언어로 뽑아낸 '미국이 좋다'라는 하얀 글자. '미국이 싫다'라는 검은 글자. 육성. 그것들이 무수히 겹쳐지다, 이윽고 화면 전체가 새하얀 빛에 휩싸이며 이 초간의 침묵이 찾아든 후, 서서히 그레이슨 네일러의 모습이 떠오른다.

─그레이슨 네일러와 함께 인류의 '다음 단계'로 나아갑시다.

······모니터는 거기서 정지하며 동영상 재생을 마쳤다.

워런 가드너는 로어이스트사이드의 스튜디오에서 LMC가 세 번째로 수정을 지시한 PR영상을 되풀이해 보면서, 화면에 대한 집중력이 차츰 사라지는 것을 느꼈다.

아무 말 없이 관자놀이 언저리를 몇 번이나 집게손가락으로 짓누르는 그에게 어시스턴트가 "다시 틀까요?" 하고 물었다.

"아니야, 됐어. ─어떻게 생각해?"

"여전히 지나치다는 거죠?"

"그래. ─그러면서 아프리카 현지인들이 좋아한다는 허 정권의 그 사기꾼 같은 영상을 뛰어넘으라니. 대체 어쩌라는 거야? 응? 이 정도는 해야지. 안 그러면 무슨 인상이 남는다고?"

"어차피 이걸 봐도 국민 대부분은 강 건너 불구경 심정일 거예요."

"그렇게 생각해?"

"네."

"표로 연결되기는커녕 반감까지 살 수 있다?"

"그런 셈이죠."

"밥, 자네 몇년생이지?"

워런이 의자를 빙그르르 돌리며 물었다.

"2013년생입니다."

"2013년이라. ―나도 늙었군. ……어때? 솔직히 조지 W. 부시라고 하면 누군지 감이 잘 안 오나?"

"뭐, 역사에 이름을 남긴 대통령이니." 그는 그렇게 말하고 웃더니, "젊은 유권자도 알고는 있죠. 브라질에 흑인이 있는 걸 몰랐다는 얘기라든가. ……"라고 덧붙였다.

"그 얘기는 진짜야. ―뭐, 그건 됐고. 군사비 부분에선 3조 달러를 사회보장비와 구체적으로 비교하는 내용을 다시 써볼까. 또 '큰 정부'라고 비판받으려나. ……그리고 나머지는 키친스를 조지 W. 부시와 한통속으로 엮는 연출을 강조하는 정도겠군."

"레이건이 아니라요?"

워런은 고개를 끄덕이면서 밥이 자기 지시를 납득하지 못한다는 것을 피부로 느꼈다. 그런 건 지금껏 몇 번이나 하지 않았느냐는 기색이라 거리낌없이 편하게 말해보라고 했더니, 정말로 거리낌없이 '뭔가 부족하다'고 말하고 싶어하는 표정이었다.

"그런 방향으로 해보자고. 다음 미팅은 한 시간 후에."

묵직한 방음문에 어스름한 정적이 밀폐된 B스튜디오를 나선 그는 옆에 있는 A스튜디오에서 작업하는 레이지레이지의 프로모션 영상을 부러운 듯 들여다보고, 목을 돌리며 이스트휴스턴 거리에 있는 델리로 점심을 먹으러 갔다.

'……내 탓이 아니야. 결국은 이것도 아니다, 저것도 아니다, 하며 어정쩡하게 갈피를 못 잡는 선대본부에 LMC가 휘둘리는 게 잘못이야. ……젠장! 하여간 요즘 세상은 정보가 너무 많아. 게다가 점점 복잡기괴해지고. 아무리 치밀하고 자세하게 분석해봤자 유권자는 점점 더 헷갈릴 뿐이라고. 그래서 키친스 같은 단세포가 먹히는 거 아냐. ……'

그는 메뉴도 보지 않고 최근 이 주간 매일같이 먹는 칠면조에 뱀밥 데리야키 소스 무침을 곁들인 참깨 베이글과 콜슬로, 피스타치오 머핀과 콜라를 주문한 뒤, 낯익은 점원이 묻지도 않고 '그레이슨 네일러에게 한 표를'이라는 붉은 글씨가 적힌 컵을 고르는 모습을 바라보았다.

계산대 옆 모니터에서는 스폿뉴스가 흘러나오고 있었다.

—그레이슨 네일러가 민주당 후보로 지명된 후 일찌감치 지지를 표명했던 세계 최대 규모의 '무영토 국가' '플래닛'이 7일 오후 회견을 열어, 그리니치표준시 12일 오전 0시에 동아프리카 전쟁 관련 미

공개 자료를 일제히 공개하겠다고 발표. 미국 대통령선거를 앞두고 모종의 '폭탄정보'가 나오지 않을까란 억측을 관계자들 사이에 불러일으키고 있다. ……

'폭탄정보'란 '닌자'를 의미했다. LMC에서 듣기로 플래닛이 지난 주말 선대본부로 동아프리카의 '닌자' 관련 자료를 무상으로 제공하겠다고 극비리에 타진해온 듯한데, 공개 시기와 방법을 둘러싼 주도권 싸움에서 타협안이 나오지 않아 사흘 전인 10월 7일 오전을 기해 교섭이 끝내 결렬되었다고 한다.

선대본부의 태도가 미적지근한 것은 '닌자'의 출처가 미군이라는 확증을 얻지 못했기 때문이었다. '닌자'가 치사율 100퍼센트에 근접하는 변이 열대열 말라리아원충임을 발표한 전직 '국경 없는 의사회'의 프랑스인 의사는 짐 킬머의 말대로 과격한 아프리카 해방운동가로 경계받는 처지였고, 미국산 무기라는 억측부터가 완전히 상황증거일 뿐인데다 병사들의 증언도 모두 익명이라서, 플래닛의 활동이 안 그래도 내정간섭이라는 강한 비판을 받고 있는 지금 상황에서는 이 '최후의 수단'이 물불 안 가리는 저속한 네거티브 캠페인으로 폄하될 가능성도 있었다. 플래닛과 미국의 이중국적을 가진 국민은 바야흐로 1천만 명을 넘어섰고, 올해 초 참가권을 획득한 올림픽에서도 미국인 플래닛 대표선수의 활약이 큰 화제에 올랐다. 소위 '영토국가'의 내정간섭과 동일시할 수는 없다는 것이 사람들 대부분의 견해이긴 하지만.

워런은 요즘 유행하는 사워크림을 얹은 베이글 샌드위치를 베어물며 탁자 위에 펼쳐둔 모니터로 플래닛이 지금껏 공개한, 넋이 나갈 정도로 비참한 이미지들을 바라보았다.

로봇 병기에 사살된 민병들의 시체 더미. 무인전투기에 폭격을 당해 불타는 집들. 여기서 그리 멀지 않은 뉴저지 맥과이어 공군기지에서 한쪽 무릎을 꿇고 무인전투기를 조종하는 젊은 미군들. ─게임 같기도 하지만 별로 재미있어 보이지 않을뿐더러 훨씬 단조롭고 권태로운 사무처럼 느껴지는 것이, 비겁한 인간 일반에 대한 모독을 직감적으로 느끼게 하는 교묘한 편집이었다.

가게 안에는 타워 오브 파워의 옛날 노래 〈Only so much oil in the ground〉가 흘러나왔다.

'……밥은 지금쯤 타코스나 먹으면서 다른 제작회사 무리와 모니터 너머로 '우리 보스는 왜 하필 선거 같은 데 발을 들여놨는지 모르겠어. 좋아하는 음악 일이나 얌전히 할 것이지'라느니 어쩌느니 떠들고 있겠지. 젠장, 안 그래도 제일 후회하는 사람이 나야. ……무엇보다 이 호경기에 야당이 선거에서 이기긴 힘들어. ……'

그는 스크린을 터치하기 위해 엄지와 검지에 묻은 소스를 번갈아 핥으며 잇달아 바뀌는 영상을 뚫어져라 바라보았다.

두 다리의 일그러진 단면을 생생하게 드러낸 채 검게 그을린 시체. 검은 군용견 두 마리가 알몸의 포로를 뒤쫓는 모습. 강간 후 살해된 듯 보이는 다섯 소녀. ……파리투성이인 아이의 카메라를 응시하는 해맑은 눈동자. 학질모기가 해질녘 물웅덩이 위를 떼지어 날아다니는 섬뜩한 광경. 거품을 문 노파. 임종의 순간 침대를 에워싼 네 가족에게 뭔가를—그렇다, 틀림없이 뭔가 중요한 말을—전하려 애쓰는 소녀. ……

몇 번이나 고개를 흔들면서 모니터를 바라보았다. 정신을 차렸을 때는 접시 위의 베이글이 몽땅 사라지고 없었다.

워런은 양쪽 입가를 다시 한번 손가락으로 닦고 그것을 핥은 후 포크를 집어들고 콜슬로를 먹어치웠다. 그리고 콜라를 마시고 트림을 참으며 머핀을 한입 베어물고, 침대에 누운 소녀의 얼굴로 다시 시선을 던졌다.

콧속으로 스미는, 버터를 듬뿍 머금고 달걀과 어우러진 달콤한 피스타치오의 풍미가 뭐라 표현할 길 없는 상쾌한 색조를 식감에 부여했다.

이와 잇몸 사이에 들러붙은 찌꺼기를 혀로 훑어낸 뒤, '……오늘따라 이상하게 맛있군. 이러면 살찔 텐데……'라고 생각하며 남은 콜라로 자잘한 찌꺼기를 삼켰다. 유분이 입안을 부드럽게 뒤덮었다.

소녀는 뭔가 말하고 싶어했다. 무슨 얘기를 하고 싶었을까? 눈이 움푹 꺼지고, 뺨은 몹시 여위었다. 고열에 흐무러져 의미를 놓쳐버린 말이 헛되게 미동하는 입에서 흘러나오는 광경이 눈앞에 생생히 떠오르는 듯했다.

양팔을 머리 위로 올려 팔짱을 끼자 아까보다 훨씬 큰 트림이 솟아올라 턱을 끌어당기며 밀어내리고, 덩달아 식도를 역류하는 위액을 억지로 삼켰다.

다시 쟁반 위의 잔해를 보고 그는 어이없는 기분이 들었다.

먹었다는 의식도 거의 없이, 정신을 차려보니 그 많던 양이 다 사라지고 없었다.

위 밑바닥에 가라앉은 기분좋은 무게에, 조금 전 스튜디오에 있었을 때의 기분이 나른하게 가라앉아가는 느낌이었다.

워런은 세번째로 그 소녀의 모습을 바라보았다. 그리고 천천히 양손을 풀어 탁자 위에 팔을 괴고, 집게손가락을 눈머리에 모으며 코와 입을 덮듯이 양손을 맞잡았다.

그는 아무것도 느껴지지 않는다는 실감과 조용히 마주했다.

새삼 놀랄 일도 아니었지만, 소재로 다루는 영상에 익숙해져서만이 아니라 어느새 아무래도 상관없다는 생각이 마음속 어딘가에 싹튼 것 같아 갑자기 불안해졌다.

국민 대부분이 이미 이 자료에 맞먹을 정도로 잔혹한 영상을 지나칠 만큼 많이 봐왔고, 게다가 그 현실감의 순도에는 늘 의혹이 깃들어 있었다.

실제 현실을 미디어가 그대로 실을 리 없다는 것은 다들 익히 아는 바였고, 편집이나 가공에 속지 않겠다는 경계심이 모든 것을 의심하는 심리를 사회에 확산시켰다.

말로 하는 해설은 픽션에 불과하고, 인과관계의 설정도 자의적인 조작이 아닐까 하는 미심적은 시선을 받았다.

플래닛을 정식 국가로 인정하지 않는 백악관은 이 발표를 철저히 무시했지만, 현정권의 지지자들은 몇몇 학살 사진이 현지 부족이나 민병 조직이 저지른 범행이라는 상세한 반론을 인터넷에 공개했다. 워런조차 정말 그런가 싶었을 정도로 설득력이 있었으니, 일반 국민이라면 대부분 곧이곧대로 받아들일 것이 틀림없었다.

실제로 플래닛을 가장 먼저 국가로 인정한 프랑스를 비롯한 EU 각국에서조차 이번 행동에 대한 반응은 뜨뜻미지근했고, 관련 NGO 몇몇이 성명을 발표하고 안보리가 조사에 나설 거라는 소문이 돌았지만 대통령선거 전의 움직임은 기대할 수 없었다.

플래닛에 대한 경계심을 풀지 못하는 매스컴은 정보의 정확성에 회의적이었고, 여론은 현재로서는 거의 무관심했다. 교묘한 미디어 전략으로 지금까지 전 세계를 놀라게 해온 그들이 보기에는 하찮고 허술한 인상이 강해, 흥분하는 사람은 고작해야 이 영상의 쿨함에 감동한 LMC의 CM플래너나 아트디렉터 정도였다.

선대본부는 한시라도 빨리 짐 킬머가 입수했다는 '닌자'의 실물을 보내달라고 플래닛과의 교섭 기간 동안 LMC를 통해 줄기차게 재촉했지만, 워런은 그 기한을 맞추지 못해서 오히려 내심 안심하고 있었다.

아무리 생각해도 이 문제는 그가 관여하기에는 덩치가 너무 컸고, 깊이 들어가면 틀림없이 위험해질 것 같았다.

'산영'의 버전업 이후 그는 짐 킬머라는 인간을 전혀 알 수 없게 되었다. 머릿속이 너무도 혼란스럽고 그것을 생각만 해도 우울해졌다.

오늘 아침에도 큰딸 에이미가 로스앤젤레스의 마약밀매로 지명수배된 남자의 거래 상대가 '산영'의 '통합검색' 결과 한창 흥행중인 영화 〈니르바나 드림〉에서 주연을 맡은 핵 채프먼으로 밝혀져 인터넷이 떠들썩하다고 신나게 얘기해줬는데, 그는 도저히 웃을 수 없었다.

그가 아는 한, 짐 킬머라는 남자는 이 세상에서 세 가지 얼굴을 갖고 있다.

하나는 늘 스튜디오에 드러내는 그 얼굴.

다른 하나는 아마도 개인적으로 사용하는 얼굴로, 멤피스의 자동차 사고 때 '산영'에 찍힌 얼굴.

그리고 또하나는 무슨 속셈인지 '솔트 피닛'이라는 파파라치인 척하며 꼭 닮게 만든 얼굴인데, 워런이 분명 두 눈으로 똑똑히 봤음에도 밖에서는 사용하지 않는지 '산영'에서는 확인되지 않았다.

'산영'의 '통합검색' 서비스 시작 후 그 기능에 대해 여러 가지

지적이 있었는데, 기본적으로 미국에서의 가소성형 예를 샘플조사해 통계를 냈기 때문에 일본제에는 '취약하다', 즉 제대로 통합이 되지 않는다는 얘기였다. 그래서인지 일본인에게 수술을 받았다는 짐 킬머의 얼굴을 검색해보면 멤피스에서의 얼굴은 나오지 않았고, 반대로 해봐도 마찬가지였다.

문제는 파파라치 '솔트 피넛'의 얼굴이었다.

'산영'은 그것을 계속 버지니아에서 '닌자'에 물려 죽은 잭 대니얼의 얼굴 중 하나로 판정했다. 게다가 그 잭 대니얼도 이십이 년 전에 실종된 잭 대니얼과는 다른 사람이며, 그인 척하는 가짜라는 것이다.

워런은 혀를 찬 뒤, 짐 킬머가 한 엉터리 설명을 일단 다 잊어버리려고 얼굴을 찡그리며 두 손으로 거칠게 머리를 긁적였다.

'……어려운 얘기가 아니야. 말하자면 이런 거지. —어딘가에 '솔트 피넛'이라는 파파라치가 있었다. 말썽이 될 만한 사진을 찍는 바람에 쫓기게 됐는지 가소성형으로 여러 얼굴을 만들었는데, 그중 한 사람이 아마 실종자 명단 같은 데서 적당히 선택했을, 위스키 이름과 같은 잭 대니얼이라는 남자였다. 그는 그 얼굴을 베이스, 이른바 '홈 페이스'로 삼아 잭으로 위장해 버지니아에서 살았는데, 공교롭게도 그 상태로 살해당하는 바람에 잭 대니얼이 죽은 것으로 인식된 것이다. 실종된 진짜 잭이 지금 어디서 뭘 하는지는 모른다. 아마 객사했겠지.

그런데 이번에는 그렇게 공석이 된 '솔트 피넛'의 얼굴을 짐 킬머가 이어받아 자기 과거를 '솔트 피넛'으로 바꿔버렸다. 그 녀석이 진짜로 누구인지는 알 수 없다. —그렇게 된 것이다. ……'

중개인을 통해 로스앤젤레스의 유명한 가십잡지 『PEEPLE!!』의 편집장에게 문의했더니, '솔트 피넛'의 본명이나 그 밖의 정보는 알 수 없지만 '산영'으로 볼 때 버지니아에서 죽은 남자는 내가 아는 '솔트 피넛'과 닮았다, 성형해서 얼굴은 바뀌었지만 어딘지 모르게 이상야릇한 분위기가 옛날 그대로다, 특히 퀸 에이치의 광팬이었으니 그 AR와 살았다면 틀림없을 것이다, 라는 답변을 보내왔다. 그리고 '솔트 피넛'의 파파라치 활동은 전쟁 보도 자금을 모으기 위해서였고, 동아프리카에도 몇 번 갔던 걸로 안다, 재미있는 사람이었는데 죽었다니 유감이다, 전쟁터가 아니라 미국 땅에서 말라리아로 죽은 게 아이러니하다고 덧붙였다.

워런은 다 먹은 음식 쟁반을 옆으로 밀어내고 '산영'으로 최근 오 년간의 '솔트 피넛' 영상을 정리했다.

시간을 거슬러올라갈수록 당연히 기록이 줄었지만 버전업 후 새롭게 조회할 수 있게 된 오 년분을 더듬어가니, 작년 6월 7일 버지니아에서 머리숱이 적고 두툼한 코가 특징적인 잭 대니얼의 얼굴로 시체가 확인될 때까지 그는 기초성형을 포함해 무려 여섯 개의 얼굴을 나눠 쓰고 있었다. 버지니아 전에는 아마도 필라델피아에 살았던 것 같은데, 그중 두 얼굴은 텍사스, 루이지애나, 미시시피, 플로리다 등 남부 여러 주에서도 띄엄띄엄 확인되었다.

워런은 2034년 '솔트 피닛'이 휴스턴 근교를 두 차례 방문했을 때의 영상을 어제에 이어 다시 불러냈다. 다운타운 끝자락에 있는 허먼 파크 안의 '일본 정원'에서 그는 예의 딘 에어스라는 남자를 만났다.

처음에는 그 남자가 누구인지 몰랐지만, '안면 인증 검색'을 통해 존슨 우주센터에 근무한 AR 연구자이자 우주비행사 사노 아스토의 집에 드나들던 사람임을 알아냈다. '솔트 피닛'의 버지니아 집에 퀸 에이치의 AR시스템을 만들어준 것도 그 남자였고, 결과적으로 그것이 '닌자'의 암살 장면을 기록하게 된 것이다.

누구와 닮았다는 생각이 어젯밤부터 줄곧 머릿속을 떠나지 않았다. ─누구지? ……

십 분쯤 꼼짝 않고 모니터를 노려보았다. 그러다가 포기하고 시계를 보니 한시가 훌쩍 넘어 있었다. 늘어져라 기지개를 켰다. 탁자 위를 정리하며 고개를 기울여 전원을 끄려던 그는 "……어?" 하며 모니터를 뚫어져라 들여다보았다. 딘 에어스가 틱 증상처럼 오른손 엄지 손톱으로 왼쪽 눈 밑을 두 번 긁었다. 한동안 지켜보고 있으니 또다시 긁었다.

머리로 이해하기에 앞서 어깻죽지부터 싸하게 마비되듯 소름이 돋으며 등 전체로 퍼져나갔다.

'아아, ……그렇군. 왜 이제껏 못 알아챘지? 짐 킬머잖아. ……'

'통합검색'은 두 사람을 동일인물로 간주하지 않았지만, 누락되었을 가능성도 있었다.

곧바로 딘 에이스와 짐 킬머의 얼굴을 에이미가 가르쳐준 '동일성 판정'에 걸어보았다.

몇 초 기다렸다. 결과란에,

—47퍼센트 합치, 동일인물이 아닐 가능성이 높습니다.

라는 문장이 떴다.

"뭐야, ……헷갈리게. ……"

그는 무심코 그런 소리를 흘리며 각각의 다른 영상끼리도 판정을 시도해보았다. 경우에 따라서는 합치율이 50퍼센트를 넘어서기도 했다.

'가소성형의 정밀도 때문인가. ……하긴, 그렇게 생각하면 말은 되는군. 그래서 짐이 '솔트 피닛'이 살해당한 영상을 가지고 있었던 거지. ……자기가 만든 시스템이니까. ……젠장, 왜 좀더 일찍 알아채지 못했지? 그러니 당연히 전직 파파라치로 안 보이지! ……'

워런은 주먹으로 손바닥을 몇 번이나 내리치며 "……드디어 알아냈어. ……제길, 그런 거였군. ……" 하고 소리 없이 입만 움직여 중얼거렸다.

"됐어!"라며 탁자를 내리친 순간, 휴대전화로 전화가 걸려왔다. 밥이었다.

"어, 바로 들어갈 거야."

전화를 받자마자 성가시다는 듯 대꾸했는데, 힐끗 모니터를
보니 웬일인지 '산영'이 접속 불능 상태였다.

"그게 아니에요!"

밥이 전화기 너머에서 허둥거렸고, 스튜디오의 다른 직원들이
웅성거리는 소리도 들려왔다.

주위를 둘러보니 손님 몇몇도 모니터 앞에서 고개를 갸웃거리
며 옆 사람에게 말을 건넸다.

"좀 성가신 일이 생겼어요."

"뭔데 그래?"

좋지 않은 예감이 들었다.

"'산영'에서, ……알고 계세요?"

"지금 막 봤어. ―짐 킬머 얘기야?"

"짐? 아니에요. 그레이슨 네일러 말이에요!"

"네일러가 어떻게 됐어?"

"지금 난리가 났어요! 가소성형 의혹이 제기됐다고요. 게다
가 동성애자 매춘업소를 드나드는 모습까지 적발됐단 말입니다.
9월 16일 14시 7분, 장소는 워싱턴. '산영'의 '통합검색'이 그가
맞다고 판정했어요."

"뭐?!"

꼬고 있던 다리를 있는 힘껏 치켜드는 바람에 워런은 탁자 모서리에 무릎을 세게 부딪쳤다.

"아야!"

그 기세에 절반 이상 남아 있던 콜라 잔이 쓰러져서 얼음이 사방으로 튀고 쟁반 위가 흥건해졌다. 청바지에도 쏟아져서 차가운 기운이 다리에 스며들었다.

"……여보세요, ……여보세요? ……"

한숨이 나왔다. 봇물 터지듯 쏟아진 콜라 위에서 '그레이슨 네일러에게 한 표를'이라는 글자가 덧없이 표류하다가, 버티딜 힘도 없이 그대로 탁자 밑으로 굴러떨어졌다.

워런은 어찌할 도리 없이 그 모습을 바라볼 뿐이었다.

19. 사랑이 매개하다

'산영'에 원래부터 비판적이었던 주요 매스컴은 그레이슨 네일러의 동성애 매춘 의혹에 관해 의외로 신중했다.

'산영' 설립자 중 한 사람인 CEO 피터 골드가 오후 다섯시에 기자회견을 열어 서비스가 해킹을 당해 일시적으로 정지됐음을 인정하고, 복구하는 데 한나절이 필요하다고 설명했다. 기자들 사이에 보안 시스템의 취약성에 관한 가차없는 대화가 오간 후,

당연한 흐름으로 네일러에 대한 질문도 이어졌다.

골드는 개별 영상에 대해서는 언급하지 않겠다고 밝히고, 일반인이 스토킹을 당하거나 공인이 암살 위협을 받는 등의 경우에는 요청에 따라 해당 인물을 검색 대상에서 제외하는 등 마땅한 조치를 취하지만, 원칙적으로는 그런 경우라도 공적인 공간에서의 모습 공개는 계속 이어져야 하며, 오히려 그것에 위해를 가하는 반사회적 인간을 사회 전체가 감시하는 것이야말로 바람직한 방향이라는 종래의 견해를 새삼 강조했다.

"예를 들어 대부분의 스토커들은 평소 매우 성실한 사회인으로 생활하며, 이웃사람에게 인사를 건네고 회사에서 열심히 일하고 동료와 술자리를 갖고 가족과 즐거운 주말을 보내곤 합니다. 그들은 경찰의 질책보다도 자신의 스토커 디비주얼이 그를 다른 디비주얼로 대하는 사람들에게 밝혀지는 것을 가장 두려워합니다. 직장 상사나 이웃들이 자신의 불쾌한 디브를 알게 되는 걸 끔찍이 두려워하죠. 실제로 '산영'을 이용한 스토커 감시 자원봉사가 이미 여러 군데 등록되어서 나름의 성과를 거두고 있습니다.

경찰 체포를 돕는 것이 목적이 아닙니다. 가족이나 회사 사람들에게 그의 반사회적인 일면을 알려, 그를 사랑하는 사람들을 통해 스토커의 디브를 억제하고 봉인해나가는 것이 목적입니다. 기본적으로 제 이상은 공권력에 의한 단속과는 다른 형태의 사회융화입니다. 올바른 것이 무엇인가를 결정하는 주체는 위쪽의 권력이 아닙니다. 우리 자신이어야 합니다."

기자 중에는 사생활 침해를 이유로 그의 발상에 정면으로 반대하는 사람이 많았다. 소송이 몇 개씩 걸려 있지 않느냐는 질문까지 나오자 골드는 몸짓을 섞어가며 열심히 대답했다.

"감시사회라는 것을 한번 곰곰이 생각해보십시오. 방범카메라가 전혀 없는 사회. ―우리가 이제 와서 그런 세상으로 돌아갈 수 있습니까? 그게 현실적인 얘긴가요? 우리 앞세대 사람들은 그저 감정적으로, 심정적으로 '감시사회 반대'를 부르짖었을 뿐 그 어떤 구체적인 대책도 내놓지 못했습니다. 꿈같은 이상주의를 고집할 것이 아니라 현실적으로 생각해야 합니다! 어떻게 해야 하는가. 감시사회의 공포란 결국 무엇인가. ―아시겠습니까, 그것은 단순히 남들이 지켜본다는 사실에 그치는 것이 아닙니다. 정보의 '비공개 독점'과 '자의적 활용'. 그것이 공포입니다. 국가가 방범카메라 영상을 이용해 개인생활을 멋대로 좌지우지할 수 있다, 바로 그거란 말입니다.

이 사회에서 방범카메라나 감시카메라를 죄다 치워버릴 수 없다면, 그 공정한 운용을 도모하는 것밖에는 달리 방법이 없습니다, 안 그렇습니까? 주나 국가가 중심이 되어 집중적으로 관리하는 각각의 감시카메라, 방범카메라 영상을 국민 모두가 공유하는 거지요.

거대한 하나는 전부 수많은 작은 것으로 해체되어야 합니다. 그런 후 다시 자유롭게 네트워크화되는 것─그것이 현대입니다.

상상해보십시오. 교외 간선도로변에서 선량한 노부부가 근근이 가게를 꾸려가고 있다고 칩시다. 그들에게 방범을 위한 카메라를 설치하지 말라고 누구도 강요할 수 없습니다. 당연합니다. 그리고 그들을 지켜주는 존재가 경찰밖에 없는 한, '수사 협조' 명목으로 방범카메라 영상을 제공하라고 요구할 때 그들은 거절할 수 없습니다. 그들의 방범카메라를 경찰의 감시 시스템에 접속시키겠다는 요청을 거절할 수 없습니다. 그것이 현실입니다.

그런 그들을 우리는 비난할 수 없습니다. 하지만 그로 인해 미국 전역의 프라이빗한 '방범카메라'는 결국 사회 구석구석까지 파고든 '감시카메라'로서 경찰권력의 집중적 관리하에 놓인 것이나 다름없습니다.

그들은 몰수한 영상을 완전히 자의적으로 수사 증거로 채택하거나 처분할 수 있습니다. 억울한 누명을 쓴 피의자가 어딘가에 자신의 알리바이 영상이 있을 거라고 호소해도 몰래 지워버리면 그만입니다. 여러분은 그런 상황이 최선이라고 생각하십니까? 이상적인가요? 나아가 에셜론 같은 국제적 통신 도청 시스템에서는 하루에 80억 건에 달하는 우리의 전화, 이메일, 팩스, 그 밖의 모든 정보를 국가안전보장국이 자유롭게 점검하고 있습니다.

발상을 바꿔야 합니다! 큰 전환이지만, 이미 우리는 그 단계에 접어들었습니다.

경찰이 볼까 두려워서 범죄를 저지르지 않는다. ─나쁜 생각은 아니겠지만, 저는 미국 국민의 한 사람으로서 누가 봐도 부끄럽지 않게 행동한다는 생각하에 일상생활을 영위하는 쪽이 더 바람직하다고 봅니다. 동시에 권력 남용에는 온 국민이 대항해야 합니다.

오늘날 사회는 아무리 생각해도 너무 복잡합니다. 사회가 좀 더 투명해져야 합니다. 작고 사랑스러운 외딴 시골마을에서는 집밖으로 한 발짝만 나오면 누구나 얼굴을 알아보니 부끄럽지 않게 생활하려고 노력하죠. '산영'은 도시를 그러한 소촌小村적 세계의 평화로 압축하는 툴입니다. 물론 여러분에게는 충분한 사생활이 보장됩니다. '산영'이 내 집안, 게이티드 커뮤니티 안까지 비집고 들어가지는 않습니다. 세상의 눈길로부터의 피신처가 엄연히 확보되어 있습니다. ……"

유세 지역인 미시건 주에서 비서로부터 소동과 관련된 보고를 받은 그레이슨 네일러 민주당 후보는 거울 앞에서 넥타이 매듭을 좌우로 비틀면서 무뚝뚝하게 웃음을 섞어 말했다.

"그건 오해야."

선대본부는 극비로 긴급회의를 열고 네일러의 그 말을 믿어도 될지 어떨지 의논해야 했다. 정말 오해라면 네일러로 오인받은 사람이 곧바로 부정할 텐데, 그런 정보가 올라오지 않는 것이 마음에 걸렸다. 파트너의 매춘과 관련해 경찰에서 참고인 조사를 받고 있다는 정보도 들어왔다. 주위에 커밍아웃하지 않은 사람이라면 벌써 '산영'에 연락해 시스템 복구 후 자기 영상을 지워달라고 요청했을지도 모른다.

처음에 네일러는 이 일을 별로 대수롭지 않게 여기는 것 같았다. '산영' 시스템이 다운된 절묘한 타이밍을 타고 음모론이 야기되면서 소동이 한층 커지자, 다시 "있을 수 없는 일이야. 그런 요령을 타고났다면 좋았을 테지만"이라고 응수했다. 그리고 문제의 그 시각에는 콜로라도 주의 유세장에서 워싱턴으로 한창 이동하는 중이었다고 비서를 통해 확인해주었지만, 그것이 얼마간 성가신 사안임은 누구나 직감적으로 알아챌 수 있었다. 일정상으로는 분명 그 시각 영상에 나온 장소에 있는 것이 거의 불가능했지만, 동행한 스태프나 경호원, 운전기사 등이 다같이 입을 맞춰 거짓말을 한다면 아주 불가능한 일도 아니었다.

물론 선대본부는 네일러를 믿기로 했고, 결과적으로는 그 결단이 산만해져가던 그들의 사기를 고양시켰다. 만에 하나 거짓이라는 증거가 나오면 이 선거는 끝이었다. 랭걸은 이 상황에서 우리에게 거짓말을 하는 인간이라면 애초에 미합중국 대통령이 돼서는 안 된다고 단호하게 말했다. 모두 같은 의견이었다. 화상회의 모니터에 나란히 늘어선 참석자들의 머리가 일제히 위아래로 움직이는 모습이 마치 까딱이 인형 진열장 같았다.

그리고 갑자기 지금껏 민주당 진영이 선거운동에서 미적지근한 태도를 취해온 윤리문제가 수면에 떠올라 논의가 시작되었다.

그들에게는 물론 적에게 양보할 수 없는 신념이 있었지만, 선거에서 이기기 위한 전략 면에서는 명백히 양날의 칼이라서 불리하게도 유리하게도 작용할 수 있었다.

그레이슨 네일러에게는 씁쓸한 경험이 있었다. 그가 동성애자라는 소문이 돈 것은 실은 이번이 처음이 아니었다. 텍사스 주에서 선거 자원봉사를 하던 대학생들이 개별방문을 하다가 "호모자식은 꺼져"라고 노골적으로 문전박대를 당했던 경험을 처량한 표정으로 투덜거리곤 했는데, 기묘하게도 동성애자들 사이에서도 네일러가 그쪽이라고 생각하는 사람이 많았다. 이유인즉, '보면 안다'는 것이었다.

한번은 매스컴을 이끌고 로스앤젤레스에 있는 작은 컴퓨터 관련 기업을 방문했는데, 그야말로 '보면 알' 만한 외모의 젊은 남자 직원이 갑작스럽게 이렇게 물었다.

"당신은 동성애자입니까?"

미소 띤 그의 얼굴이 지나칠 만큼 천진난만해서, 주위에는 숨죽인 웃음과 어이가 없어 입을 떡 벌린 침묵이 뒤얽히며 번져갔다.

평소 네일러는 어떤 질문에도 자기는 동성애에 편견이 없는 사람이라고 대답해왔다. "저 사람은 이쪽이야"라며 수군거리는 얘기에 예의상으로라도 결코 맞춰주는 일이 없었고, 원래부터 사생활 쪽 화제에는 조심스러운 편이었다. 만나는 이들을 스스럼없이 대했고, 굳이 누군가가 그런 고백을 하면 왜 그런 얘기를 하느냐며 회피하는 대신 상대의 심정을 헤아려주는 다정함도 있었다. 그 청년에게도 평소처럼 그렇게 대하면 좋았을 텐데, 웬일인지 그때 그는 한순간 말문이 막혔다.

"……아니요, 유감이지만."

작은 목소리로 그렇게 중얼거리고, 마침표를 찍는 것을 깜빡했다는 듯 황급히 경직된 미소를 덧붙였다.

청년은 별안간 제정신이 든 것처럼 고개를 숙이고 말했다.

"그렇군요. ……죄송합니다. 실례했습니다."

그러나 이후 몇 초간 이어진 침묵은 그 대화의 의미를 뒤집어 내보이는 것처럼 왠지 모를 애처로움을 자아냈다.

반향은 컸다. 인터넷에서는 네일러의 그때 영상이 반복적으로 시청되었고, "……아니요, 유감이지만"이라는 말은 한동안 유행어가 되었다.

풍설에 개의치 않는 성격의 네일러는 그 반응보다 오히려 자신의 태도를 성찰하며 적잖이 상처를 입었다. 그런 그에게 측근들은 또다시 마음이 끌렸지만, 그 일이 그의 평가를 떨어뜨릴지언정 끌어올리지는 못했던 것은 사실이었다.

이번에도 역시 기자들로부터 그런 솔직한 질문이 쏟아지겠지만, "네"라는 대답은 아무도 기대하지 않았고, 정작 사람들이 관찰하고 싶어하는 것은 그가 반응하고 대답하는 태도였다.

"차별주의자냐는 질문으로 넘어갈 만큼 사안이 단순하진 않습니다. 애매하게 부정하면 오해의 여지가 남을 테고, 절대 아니라고 하면 차별 감정이 드러날 수 있죠. 어떤 표정이 좋을까요? 홍소는 말할 것도 없고, 실소든 미소든 멋대로 해석될 텐데."

'수완가 케인'이라는 별명이 붙은 삼십대 중반의 주임 스피치라이터가 말했다.

"무난한 건 성명만 내는 방법입니다."

참가자 대부분이 고개를 끄덕였지만 랭걸은 "그건 아니야"라며 반대했다.

"승부를 걸어야 해. 어쨌든 지금 이대로라면 정세가 어려워. 매스컴뿐 아니라 유권자들도 그레이슨 네일러의 육성을 듣고 싶어해. 그러니 도망쳤다는 인상을 주지 말았으면 해."

일동은 분위기를 살피듯 모니터 속의 얼굴을 마주보았다. 케인이 굳이 확인하려는 투로 입을 열었다.

"개인적으로는 찬성이지만, 계산해보면 진보층에서 얻을 수 있는 표보다 중도, 보수층에서 잃을 표가 훨씬 많을 텐데요?"

랭걸은 그가 반론을 제기했다기보다 방침을 전환하기 위한 각오를 물었다고 판단하고는 고개를 크게 끄덕인 후 침착한 어투로 말했다.

"솔직히 그레이슨 네일러가 미디어에서 돋보이는 남자는 아니야. 그건 지금까지의 선거전을 통해 우리 스스로 뼈저리게 실감한 부분이지. ─그럼에도 불구하고, 그는 예비선거에서 마이크 델가도를 눌렀어. 그 의미를 다시 한번 생각해봐야 해. 단순히 자금력의 차이가 아니야. 델가도가 히스패닉계라는 이유만도 아니고. 그의 '사랑할 수밖에 없는 교양인' 이미지를 좀더 자연스럽게 유권자에게 전달할 수 있도록 발상을 전환해야 하지 않을까? 미디어를 최대한 투명하게 대해서, 평소 우리와 커피를 마실 때, 별생각 없이 입을 열 때의 매력을 그대로 자연스럽게 노출하는 거야. ─섣불리 망가뜨리지는 않고 말이야.

이 나라 유권자들 전체를 뿔뿔이 흩어진 인간들의 집합으로 생각할 게 아니라, 단 한 명의 살아 있는 인간─우리의 소중한 친구 한 사람으로 생각하는 거야. 미국이라는 이름을 가진 그 친구는 결코 완벽한 인간이 아니야. 매우 편협한 면도 있고, 난폭한 면도 있고, 많은 모순을 떠안고 있고, 불안을 역으로 드러내 강한 척하려는 어리석은 버릇도 있지. ─그렇지만 그에게는 약자를 동정하는 따뜻한 마음이 있는가 하면 다양한 사람들의 생각을 받아들이는 유연함도 있어. 모든 인간이 그렇듯 그 친구 안에도 여러 가지 디비주얼이 있고, 지금 이 순간에도 상쟁하고 있지.

네일러는 그런 한 인간─미국이라는 이름의 한 친구에게 친근하고도 성실하게 말을 건넬 수 있는 남자야. 카메라 너머에 있는 것은 분할 불가능(individual, 인디비주얼)한 한 사람의 유권자지. 그에게 솔직하게 말할 기회를 주자고. 나머지는 우리 몫이야."

마이크 델가도 부통령 후보는 선대본부의 그런 의견에 찬성하고 자기도 같은 생각이라고 밝혔지만, 네일러가 그 건을 직접 언급하기 전에 '완충장치'를 두는 게 좋겠다고 제안했다.

델가도는 불과 며칠 전 일흔 살 생일을 맞아 대대적인 파티를 연 것으로 화제가 된 게이 배우 J. J. 매코이와 그가 영화 프로모션 차원에서 출연하기로 한 금요일 밤의 인기 생방송 프로그램 〈하워드 립 쇼〉 사회자에게 직접 연락해, 서두에서 이번 일을 넌지시 언급해달라고 부탁했다. 두 사람 다 델가도와 오랫동안 알고 지낸 사이였고, 특히 J. J. 매코이는 네일러와도 가까웠으며 말할 것 없이 민주당 지지자였다.

저녁 뉴스에서 예의 '산영' 네일러 영상에 위조 흔적이 보인다는 새로운 사실이 보도되었다. 찍힌 것은 네일러와 전혀 다른 사람이지만 누군가가 부정한 방법으로 그 방범카메라 기록에 접속해서 영상에 네일러 얼굴의 특징을 심어놓은 결과, '산영'이 가소성형으로 '오인'한 것 같다는 게 전문가의 의견이었다. 문제의 인물이 네일러라는 의혹이 이렇듯 의외로 빠르게 종식되어가는 중에 남은 것은 네일러 본인의 반응이었다.

〈하워드 립 쇼〉에서 사건에 관해 언급한 시점은 서두가 아니라 영화 이야기가 일단락된 후였는데 그 흐름이 너무나 자연스러워서, 호텔에서 방송을 보던 델가도는 눈을 감고 고개를 살짝 숙이며 미소지은 후, 역시 다르다고 감탄하듯 몇 번이나 고개를 가로저었다.

"누가 누구를 좋아하는 건 남이 참견할 일이 아니잖아요? 안 그래요? 물론 너무 한심하다 싶으면 관두라고 말할 수야 있겠죠. 그렇지만 요즘 같은 시대에 남자네 여자네 따지다니요? 아직까지 그런 얘기를 하고 있다는 게 이 나라의 비극이에요. 내가 젊었을 땐 훨씬 심했죠. 그래서 아버지에게 흠씬 두들겨맞거나 학교에서 따돌림을 당한 끝에 사내답게 아버지의 권총으로 자살한 친구도 있었어요. 어리석은 아버지는 일이 벌어진 후에야 눈물을 흘리며 후회하지만 엎질러진 물이죠! ─그런 일이 있어서는 안 됩니다, 안 그렇습니까? 정말이지 믿을 수가 없어요. 지긋지긋하게 피곤한 사람들이에요, 차별주의자들은."

"때마침 그레이슨 네일러도 '산영' 오인사건으로 그런 소동에 휘말렸더군요."

"그러니까 그것도 한심하다는 겁니다. 불쾌하기 짝이 없어요. 이 나라의 대통령을 결정하는 중요한 시기에 정말 한심하지 않습니까? 대체 누가 그런 짓을 했죠?

그레이슨은 스트레이트예요. 다 아는 사실입니다. 그렇지만 게이냐 스트레이트냐 같은 무례한 질문을 받으면 누구나 말문이 막히게 마련이죠, 안 그렇습니까? 그건 실례예요. 그 사람은 차별주의자도 아니고, 그저 친절하고 온화할 뿐이에요. —따뜻한 사람이죠. 그런 사람을 리버럴하다느니 모럴이 없다느니 하며 폄하하면 안 됩니다. 그건 전통이나 신앙을 따지기 전에 근성부터 글러먹은 거예요.

다양한 생각을 가진 사람들이 다함께 사이좋게 살아가는 세상이 최고 아닙니까? 그보다 좋은 게 있나요? 이번 영화의 주제도 그겁니다. —어, 우연히 연결됐군요."

"그러게 말입니다. 역시 사랑이군요."

"그럼요, 사랑이죠. 자유, 평등, 동포애. 정치인은 자유와 평등만 언급하니까 두 가지가 대립하는 것처럼 보이는 겁니다. 자유를 우선해서 '작은 정부'를 만들자. 아니다, 평등이 중요하니 '큰 정부'를 만들자. —바보 같은 소리죠. 당연히 양쪽 다 중요하잖아요. 두 가지가 서로 모순될 때는 있겠죠. 그것을 맺어주는 것이 사랑 아닐까요? 다들 정치의 기본인 사랑을 잊고 있어요. 그러니 싸움이 일어날 수밖에.

동포애fraternité란 모든 사람이 서로를 사랑하는 겁니다. 누가 따돌림당하는 건 좋지 않아요. 사람끼리도 그렇고. 나라끼리도 그렇고."

"조예가 깊으시군요. 프랑스혁명 얘기죠."

"젊은 시절 사귀었던 프랑스인 애인이 가르쳐줬죠. —'사랑'

과 함께요."

"하하하, 그렇지 않았다면 듣지 않았겠죠."

"그야 누구나 마찬가지죠."

인터뷰의 효과는 기대 이상이었다. 방송은 하룻밤 사이 미국 전역에서 반복적으로 재생되었고, 뉴스로도 다뤄져 화제가 되었다.

다음날인 11일 토요일 아침, 알링턴 묘지를 찾아 동아프리카 전쟁 전사자 유족들과 만남을 가진 네일러는 "어제 텔레비전은 보셨습니까?"라는 취재 기자들의 질문에 온화하게 웃는 얼굴로 "네, 봤습니다"라고 대답했다.

"배울 점이 많은 인터뷰였습니다. 매우 좋아하는 배우인데, 인간적인 매력도 재확인했죠."

질문의 시작이 '동성애 의혹에 관해서는?'이 아니라는 점에 동행한 스태프들은 남몰래 눈짓을 주고받았다.

"'산영' 영상에 관해서는 어떻게 생각하십니까?"

"컴퓨터상의 실수일 거라 여겼는데, 누군가 고의로 그랬다는 얘기를 듣고 유감이었습니다. 장난칠 의도였다면 저급한 일이죠. 저로 혼동된 사람의 피해가 걱정스럽습니다."

뉴욕 타임스의 저명한 여기자로, 지금껏 네일러와는 미묘하게 거리를 둬온 린다 해서웨이가 때가 왔다는 듯한 눈빛을 하며 정면으로 물었다.

"현재 동성결혼은 헌법으로 금지되어 있는데, 수정에 관해 생각해보셨나요? 지금까지는 애매한 태도를 취해오셨는데요."

"수정하겠습니다."

네일러는 그윽한 눈길로 그녀를 바라보며 망설임 없이 대답했다.

"2022년 동성결혼을 금지한 헌법 수정은 줄곧 잊히지 않는 사안 중 하나였습니다. 저는 반대표를 던졌고, 지금도 옳은 일이 아니었다고 생각합니다. 인정하기 어렵다는 분들의 생각도 나름대로 존중합니다만, 헌법으로 권리를 제한하는 것은 잘못이라고 생각합니다. 추상적으로 생각할 사안이 아닙니다. 이 문제로 고통받는 사람들을 떠올려주십시오. 그때 수정에 반대했던 사람들의 얼굴이 지금도 제 뇌리 깊이 새겨져 있습니다. 그 기억에 대해 저는 완전히 성실하지는 못했습니다. 어제 J. J.의 용기 있고 참으로 세련된 인터뷰를 보고, 저는 새삼 제 책임을 자각했습니다. 미국은 지금까지 몇 번이나 그래왔듯 미래를 향해 변화해야 합니다. '다음 단계'로 나아가야 합니다. —물론 '사랑'으로요."

지지자들 사이에서 환호성과 박수가 터져나왔다. 기자는 질문을 계속하려 했지만 곧 억누른 미소를 살짝 내비치고, "알겠습니다"라며 고개를 끄덕였다.

차에 타자 동행한 스피치라이터 케인이 둘이서 생각한 것 이상으로 좋았던 그의 애드리브에 감동한 듯 "최고였어요! 유권자들의 마음이 움직였을 겁니다"라고 말했다.

"그럼 다행이겠지만. 보수층은 맹렬하게 반발할 거야. 선거전이 훨씬 터프해졌어."

"물론 저희도 지금까지보다 더 노력할 겁니다. 인간은 역시 보람 앞에서 자신이 가장 빛난다는 걸 알고 있어요. 스태프들의 사기도 오를 겁니다."

"고맙네. '보람 앞에서'라, 괜찮은 문구군. 다음 연설에 써볼까?"

"네. 지금 막 제안하려던 참이었어요."

네일러는 120밀리미터의 두툼한 방탄 유리창으로 한동안 밖을 내다보았다. 그리고 옆에 앉은 그를 천천히 돌아보며 흐뭇한 미소를 건넸다.

"……왜요?" 케인이 눈썹을 치켜세웠다.

"어젯밤 델가도와 두 시간이나 영상통화를 했어. 중간부터는 각자의 모니터 너머로 버번을 따라주면서."

차 안의 모두가 놀란 표정으로 그를 바라보았다.

"표면적으로는 어쨌든 간에, 예비선거의 비방전은 솔직히 가슴 아팠어. 나도 인간이니까. 잠 못 이룬 날도 꽤 있었고. ─그런데 이제 겨우 진심으로 화해한 기분이 들더군. 그가 먼저 다가와준 덕에. 전보다 훨씬 잘 이해하게 된 기분이야."

네일러는 그렇게 말하고 다시 한번 표정을 부드럽게 풀었다.

케인은 그 코끝에서 퍼지는 은은하고도 긴 주름의 아름다움을 처음 알아차리고, 감동에 겨운 나머지 오한이 스치는 느낌을 받았다.

"자유와 평등은 사랑으로 매개되지 않는 한 결코 그 모순을 해소할 수 없다. —간단한 일인데 말이야. ……" 그는 다시금 또렷한 목소리로 중얼거렸다.

20. 건배, 잭 대니얼!

그레이슨 네일러가 동성결혼을 허가하는 헌법 수정을 명확히 선언한 것은 원래 공약이었던 임신중절 허가 헌법 수정과 더불어 뜨거운 논쟁을 불러일으켰다.

열렬한 환영의 목소리가 일어나는 한편, 지지자들 사이에서조차 지나치게 과감한 그 제안에 대해 '이상적이지만 아직은 미국이 그것을 받아들일 만큼 충분히 성숙하지 않았다'고 염려하는 소리가 들렸다. 매스컴도 대체로 그 위태로운 선거전략에 회의적이었지만, 뉴욕 타임스의 린다 해서웨이는 기사에서 '적어도 왜 그를 뽑아야 하는지 이유가 뚜렷해진 유권자가 많을 것이다'라고 호의적으로 논평했다.

공화당 진영은 이번 일을 계기로 네일러 지지층에서 멀어진 표를 단숨에 흡수하기 위해, 아서 레인이 다소 중도적인 태도를 취하는 것과 달리 높은 지지율 조사 결과에 절대적 자신감을 내보이는 로런 키친스가 일절 양보하지 않는 결벽스러운 자세를 내세움으로써, 종교 원리주의자와 인터넷 비사용층뿐 아니라 온건한 전통주의자로서 네일러의 모나지 않은 온화함에 막연한 호감을 품고 있던 사람들까지 모조리 끌어갈 태세를 취했다.

"남자가 남자를 좋아한다. 여자가 여자를 좋아한다. ―글쎄요. 그리스신화에서처럼 동물을 사랑하든 식물을 사랑하든 조각을 사랑하든 개인의 취향이라고 한다면 말은 되겠죠. 우리는 인간의 자유에 충분히 관대합니다. 그럼에도 역시 이렇게 물을 수밖에 없군요. 그들은 왜 그토록 결혼이라는 제도에 집착하는가? 결혼은 결혼입니다. 우리 네 살배기 손자도 그 의미를 알아요. 남녀가 맺어져 가정을 꾸리고 아이를 낳아 키우는 것. ―그것이 결혼의 신성한 의미입니다.

왜 그들은 굳이 그 의미를 바꾸려 드는 걸까요? 동성애자가 한집에 사는 것을 간섭하려는 게 아닙니다. 원한다면 자유롭게 사십시오. 자유주의자들의 특기인 신조어를 만들어 그에 알맞은 새로운 호칭을 붙이면 될 일 아닙니까, 안 그래요? 차이는 차이예요. 결혼과 같을 수는 없습니다. 이건 차별이 아니라 구별이에요.

게다가 그들은 인공 임신중절까지 인정하려 합니다. 어처구니없는 얘기죠. 사랑하는 미합중국에 새로운 생명을 받아 키우

280

는 숭고한 사명을 방기하고, 신의 뜻을 거슬러 무력한 어린 생명을 말살한다. 그레이슨 네일러는 대관절 뭘 하려는 걸까요? 무슨 꿍꿍이일까요? 그것은 명백히 이 나라를 파멸시키는 만행입니다.

동아프리카에서 자유와 민주주의를 위해 고귀한 목숨을 걸고 악당들과 싸우는 애국자들에게는 살인자라는 오명을 씌우고, 다른 한편에서는 죄 없는 무구한 생명을 어머니의 체내에서 학살하려는 음모를 꾸미고 있단 말입니다. 그게 '사랑'이라니! 파렴치한들 같으니!"

10일 심야에 '산영'이 복구되고, 네일러로 오인받은 인물의 영상은 본인의 요청에 따라 삭제되었지만, 네일러의 얼굴로 '통합검색'을 시도한 사용자 수가 모든 주州에 걸쳐 9천만 명을 넘어서면서, 결과적으로는 서비스 버전업 사실을 단번에 일반 국민에게 널리 알리는 계기가 되었다.

'통합검색'이나 '동일성 판정'의 오류 사례는 복구 후에도 상당히 많이 보고되었고, 정밀도에 관한 한 아무래도 사전에 홍보한 내용에는 못 미치는 듯했지만, 업체 측은 당분간 그 진위 판별을 사용자의 수작업에 맡기고 그동안의 오류 패턴을 데이터로 축적해 해석 능력을 서서히 높이려는 의도인 듯했고, 그 속도는 확연히 빨라졌다.

다른 한편 생각지도 못했던 효과가 나타났다.

FBI 마니아 극히 일부 사이에서만 주목받았던 가짜 잭 대니얼/솔트 피닛 암살사건이 '가소성형 얼굴을 여섯 개나 가진 남자'로 별안간 인터넷에서 주목을 끌면서 '통합검색' 누락을 보완하는 수정 영상과 정보 댓글이 늘어났고, 스파이 의혹 또는 테러리스트 의혹 등 온갖 억측이 어지럽게 나돌기 시작했다.

'솔트 피닛'의 정체가 최대 관심사가 되면서, 급격하게 통합되어가는 증언과 그것을 뒷받침하는 여러 가지 영상을 통해 디트로이트 교외 출신인 '매드 헌터'라는 남자의 이름이 부각되었다. 경력은 아직 불확실했지만 동아프리카 전쟁에서 전사한 래리 헌터라는 동생이 있고, 케이맨제도 앞바다에서 퀸 에이치의 선상 섹스 사진을 찍어 한몫 챙겼으며, 2030년 무렵부터 동아프리카를 몇 번이나 찾았다는 것이 공항 등의 '산영' 영상으로 명확해졌다. 나아가 또 한 가지 흥미로운 점은 그가 한때 플래닛 국적을 갖고 있다가 과격파가 대량으로 국적을 박탈당한 2034년 함께 국적을 잃은 것 같다는 사실이었다.

오후 네시에 '닌자' 실물을 들고 로어이스트사이드의 스튜디오로 올 예정인 '짐 킬머', 즉 딘 에어스를 기다리고 있던 워런 가드너는 B스튜디오 회의실에서 다리를 꼬아 PA탁자 옆에 올리고 멍하니 상념에 잠겨 있었다.

로런 키친스를 조지 W. 부시에 빗댄 예의 PR영상 수정을 가까스로 마치고 썩 개운치 않은 기분으로 한숨 돌리고 나니 오히려 마음이 더 어지러워졌다.

시계를 보았다. 소파에서 두 시간은 잘 수 있을 듯했지만 짐 킬머/딘 에어스가 오기 전에 '산영'의 매드 헌터 갱신정보를 다시 확인해둬야 했다. 그의 신원조사는 전혀 진척이 없었지만, 최악의 경우를 상상하면 음식도 제대로 넘어가지 않았다.

매드 헌터가 플래닛 국민이었다는 사실을 안 후로 워런은 아무래도 이 일련의 소동에 배후가 있을 듯한 느낌을 떨칠 수 없었다. 그레이슨 네일러의 게이 의혹 소동은 그에게 매우 사사롭게 다가왔지만, 그렇기에 더더욱 내막을 캐보고 싶은 충동을 억누를 수 없었다.

실제 목적은 '산영'의 버전업 홍보가 아니었을까? 대통령선거만큼 미국 국민의 관심을 한데 집중시키는 이벤트는 없다. 그 결과 매드 헌터의 존재가 순식간에 일반에까지 알려졌다. 한편 플래닛은 충분한 논의 없이 막무가내식으로 '닌자' 정보를 공개하려 하는데, 그것이 바로 오늘밤이다. 매드 헌터의 존재와 '닌자' 문제는 각각 따로 불거져 합류 직전까지 가겠지. —마지막 퍼즐 조각은 무엇일까? '짐 킬머'를 사칭하는 딘 에어스가 손에 넣은 예의 영상, 그리고 미국 국내에서 사용되고 있다는 '닌자'의 실물이 아닐까? ……내가 지금 휘말려든 일의 내막은 그런 것일까? ……만약 그렇다면, 채워야 할 퍼즐 조각이 하나 더 있을 것이다. '닌자'가 일개 테러조직이 개발한 것이 아니라 메이드 인

아메리카라는 증거. ─그것은 어디서 나올까? 짐은 오늘 그것도 가져올 생각일까? 그것을 건네받으면 난 과연 어떻게 해야 하는가? ⋯⋯

한동안 냉담하게 굴 사이 잠이 먼저 정나미가 떨어져서 달아나버린 듯, 수면 부족임에도 도무지 졸음을 붙들어둘 수 없었다.

포기하고 터치패널을 건드려 '산영'에 로그인한 후, '짐 킬머'라는 이름으로 등록해둔 페이지로 이동하려 했다. 그러다 초기 화면에 뜬 뉴스 속보 제목에 소스라치게 놀랐다.

─22년 전 실종된 잭 대니얼 씨, '나는 죽지 않았다'고 스스로 신분을 밝히다.(am 11:56 11. Oct. 2036)

22년 전부터 행방이 묘연해 실종신고된 오하이오 주 출신의 잭 대니얼 씨(40세)가 10일 오리건 주 포틀랜드 교외에서 노숙자를 지원하는 자원봉사 단체 '핫 수프' 멤버에게 발견되어 경찰의 보호를 받고 있다는 사실이 밝혀졌다.

잭 대니얼 씨는 1996년 5월 13일, 오하이오 주 털리도의 GM 하청회사에서 일하던 스콧 씨와 빌딩 청소부로 일하던 루시 씨의 외동아들로 태어났다.

아버지의 실직과 함께 고등학교를 중퇴한 후 고향에서 여러 직업을 전전하다가, 18세 때 캘리포니아로 가겠다며 집을 나간 후로 소식이 끊겨 행방을 알 수 없게 되었다. 가족이 실종신고를 했지만 스콧 씨가

2018년, 루시 씨가 2022년에 각각 세상을 떠났고, 다른 친척은 없었던 듯하다.

본인의 진술로는 한동안 캘리포니아에서 생활하다 에코버블 붕괴 여파로 노숙자가 되어 각지를 전전했다고 하며, 발견된 장소인 포틀랜드 교외 차이나타운 근처에는 육 년 전에 정착했다고 한다. 이유는 '음식이 맛있어서'.

민주당의 선거 자원봉사자이기도 한 발견자 에마 브라운 씨는 노숙자를 지원하는 한편 일 년 전부터 그들의 선거권을 확인하는 작업도 시작했는데, '산영'에서 화제가 된 잭 대니얼 씨 '본인'을 찾아내고는 놀라움을 감추지 못했다.

"이름을 들은 순간 바로 인터넷 뉴스가 떠오르긴 했지만, 설마하니 정말로 그 잭 대니얼일 줄은 몰랐어요. 실종자 명단의 사진과 비교해 보니 확실히 옛 모습이 남아 있더군요."

대니얼 씨는 최근 십오 년간 한 번도 인터넷을 사용하지 않았고, 당연히 자신이 버지니아에서 죽은 것으로 처리되었다는 사실은 꿈에도 몰랐다고 한다. 경찰은 증언 및 생체인증 확인을 통해 그를 실종자 잭 대니얼 본인으로 판정했다. 한편 가짜 잭 대니얼이 누구인지, 일부에서 말하는 대로 '솔트 피넛' 매드 헌터라는 파파라치인지, 수수께끼는 해명을 향해 한 발짝씩 다가가고 있다.

링크된 페이지로 넘어가자 '오랜만에 '잭 대니얼'을 맛보고 기뻐

하는 '진짜' 잭 대니얼 씨(왼쪽)와 24년 전 사진(오른쪽)'이라는 캡션
과 함께, 한 손에 술병을 들고 웃으며 '건배'하는 노숙자의 사진
이 큼지막하게 떴다.

일어서서 식은 커피를 따라온 후, 귀찮은 짐이라도 옮겨온 것
처럼 의자에 털썩 주저앉았다. 그리고 리클라이닝 시트의 등받
이를 젖히고 도마뱀가죽 부츠를 벗은 후, 다시 PA탁자에 두 다리
를 뻗고 자포자기 심정으로 눈을 감았다.

토막 난 말들이 머릿속에 소용돌이쳤다. 끊임없이 뭔가를 생
각하려 애썼지만 잉크가 휙 스치고 지나간 것처럼 사고의 흔적
을 도무지 판독할 수 없었다. 그것이 눈꺼풀 안쪽에 어른거리는,
채 형태를 이루지 못한 어떤 이미지와 맺어지려다 튕겨나가고,
그의 의식은 그 사이에서 우왕좌왕했다. 진정하고 어긋난 잠과
의 인연을 재차 독촉할 상황은 도무지 아니었다.

다리를 바꿔 꼬는 순간 앞에 놓여 있던 뭔가를 건드렸다. 곧이
어 바닥에서 유리 깨지는 요란한 소리가 들렸고, 그것이 가족사
진이 든 액자임을 알아차렸다.

'……빌어먹을! ……'

애써 억누르던 불안이 가슴속에서 맹렬하게 치솟는 것을 느끼
고 오른발을 치켜들어 있는 힘껏 걷어차려 했다. 그러다 아까 따
라온 커피를 떠올리고 슬며시 눈을 뜬 후 심호흡을 하며 가만히
다리를 내려놓았다. 그 바람에 아슬아슬하게 모서리에 멈춰 있

던 A. 로드의 사인볼이 결국 탁자에서 굴러떨어지고 말았다.

'대체 어쩌라는 거야? ……'

반쯤 마비된 발을 내리고 부츠를 끌어당겼다. 가족사진 위에
는 유리 조각이 처참하게 흩어져 있었다.

공을 주워올려 표면을 훅 불어낸 뒤, 오른손으로 가볍게 두 번
던져올렸다가 붙잡았다.

있는 힘껏 벽에 집어던지면 속이 후련해질까?

공의 솔기에 손가락을 얹고 힘껏 움켜쥐려는 순간, 그는 손끝
에 모래알만한 파편이 박히는 느낌을 받고 엄지 손톱으로 털어
내려 했다. 그러다 뭔가가 걸리는 것을 느꼈다.

공을 꿰맨 빨간 실이 풀려서 비어져나와 있었다.

'—뭐야, 이건?'

볼펜 끝으로 실을 2센티미터쯤 뽑아보았다. 가죽 틈새로 안경
에 장착하는 타입의 아주 작은 메모리가 엿보였다. 그는 그것을
조심스럽게 빼내 뚫어져라 살펴보았다.

'짐이 넣었나? ……이게 대체 뭐지? ……'

21. 릴리언 레인 구출작전

바람이 일 때마다 붉은 지표면에서 흐릿한 코발트블루 빛을

띤 모래가 솟구쳐올랐다.

아스토는 집중포격을 당해 낭떠러지 앞에 쓰러진 알렉스의 시체로 눈길을 돌렸다.

"아스토, 적의 보병은 지금 네 명뿐이야. 메리는 이쪽에서 처리했어. 요새 정면으로 들어가 바로 왼쪽 통로를 오른쪽으로 돌면 그 끝에 릴리언이 있을 거야. 날 믿어. 닐은 완전히 세뇌당했어. 발견하면 망설이지 말고 사살해! 반드시! 머뭇거리는 순간 네가 죽을 테니까!"

"알았어, 노노. ─넌 괜찮아?"

"어, 뭐 그런대로. 뇌 공격이 여전해서 두통이 심하지만. ……"

"편히 쉬고 있어."

"미안해."

노노의 무선연락을 끊은 아스토는 결심을 굳히고 낭떠러지를 향해 지면을 천천히 기어가기 시작했다. 헬멧 실드 너머로 여명의 미니어처처럼 바닥에서 뻗어나오는 찬란한 황금색 빛줄기가 보였다.

접근할수록 눈이 부셨다. 시야를 닦아내고 마른침을 삼킨 뒤, 두툼한 장갑을 낀 채로 방아쇠를 당길 수 있는지 확인했다. 그리고 고개가 돌아가지 않는 우주복을 입고 계기장치 등을 읽기 위해 쓰는 손거울을 꺼내 아래쪽 상황을 신중하게 살폈다.

낭떠러지의 경사가 40도쯤으로 거의 절벽에 가까웠지만, 아스토는 '지구의 3분의 1'이라는 화성의 중력이 자기편이 되어줄 거라 믿으려 애썼다.

별안간 눈앞에 섬광이 번득이는가 싶더니, 선명한 레이저빔이 잇달아 날아왔다. 허둥지둥 손을 거둬들였지만, 그 순간 거울이 빛을 날카롭게 반사하는 바람에 혀를 찼다.

'……아뿔싸, 빌어먹을!'

시간이 없었다. 십오 분 후에는 릴리언을 태운 우주선이 요새 기지를 출발해 메르크빈푸 성을 향해 화성을 떠날 것이다.

"아스토, 뭐해! 이젠 시간이 없어! 겁먹은 거야?"

"……안 되겠어. 얼굴을 내미는 순간 총에 맞아 죽을 거야. 작전을 다시 짜자."

"무슨 소리야! 우주선이 떠나버리면 릴리언을 구할 기회는 영영 사라져버려! 우리 우주선으로는 도저히 쫓아갈 수 없어. 놓쳐버린다고."

"그렇지만 이렇게 절망적인…… 죽을 게 빤한 작전을. ……"

"우리가 해온 게 그거잖아! 이번 유인 화성탐사 미션 자체가 그랬어. 우리는 불가능을 가능하게 만들어왔다고!"

"그건, 몇 년이나 훈련하며 준비한 거고, ……"

"비겁한 자식!"

노노의 질타에 아스토는 말을 잃었다.

"이건 전쟁이야! 그렇게 느긋한 말을 할 상황이 아니라고. 넌 동아프리카에 있는 동포를 생각해본 적 있어? 난 흑인이라 잘 알아. 우리 선조는 아프리카에서 끌려온 노예야. 그런 우리 동료가 지금 또 노예처럼 아프리카로 보내져서, 현지의 아프리카인과 총질을 하며 픽픽 죽어가고 있어. 게다가 그들은 알링턴 묘지에도 묻히지 못하는 비정규 파견 병사라고! 우리집도 가난했어. 난 공부가 좋았고, 죽어라 노력했지. 하지만 그러지 않았던들 어떻게 비난할 수 있지? 잘 들어, 병사들은 전장에서 끔찍한 운명과 싸우고 있어! 우리 우주선은 시간을 거슬러서 마침내 이곳에 도착했고! 여기는 말이지, 잘 들어, 아스토! 아프리카야! 인류의 출발지라고!"

"……나한테 왜 그런 얘기를 하지, 노노? ……우린 친구가 아니었나? ……"

아스토는 난생처음으로, 무척이나 진지하게 누군가에게 죽어야 한다는 설득을 받고 있다고 느꼈다. 그리고 그로 인해 일찍이 경험하지 못했던 절망적인 공포에 휩싸였다.

천천히 몸을 위로 돌려 화성의 하늘을 올려다보았다.

실드의 스모크 너머라는 것이 너무나 안타까웠다. 눈길 닿는 어느 곳이든 구름 한 점 없었고, 하늘 또한 대지와 마찬가지로 아직 아무것도 시작되지 않은 상태라, 지구의 파란 하늘이 지닌 온화한 성숙이 새삼 그리웠다.

그쯤에서 또다시 탐색하는 듯한 레이저빔 섬광이 한 번 솟구쳤다.

"……아스토, 넌 일본인이잖아? 가미카제 공격을 한 나라의 국민이라고! 목숨을 걸지 않는 한 넌 영원히 미국에서 인정받을 수 없어! 이민자들은 모두 그래왔어. 빈곤한 이들은 모두 그래왔 다고! 그래서 전쟁에 나가는 거잖아!"

'어쩌다 이 지경이 되고 말았을까? ……'

"더이상 시간이 없어. 앞으로 십 분! 아니, 팔 분이야!"

"부탁이니, ……제발 조용히 좀 해, 노노."

"태평하게 누워 있을 상황이 아니라니까, 아스토! 네 전두엽 도 총공격을 받고 있다고! 당장은 몰라도 결국엔 당해낼 수 없 어! 어느 쪽이 먼저 무너지느냐! 그 싸움이야!"

'보고 싶은 사람이 많다. ……아버지, 어머니, ……교코, ……'

"아스토!"

'……죽으면 태양이를 만날 수 있을까? ……저곳으로 뛰어들 면? ……'

"아스토!"

노노의 집요한 재촉에 그는 결심을 굳히고, 모래먼지가 솟구 쳐 발각되는 일이 없도록 경계하며 옆으로 다섯 바퀴 구른 후 크 게 심호흡을 했다. 숨을 내쉴 때마다 실드가 뿌옇게 흐려졌다가 맑아졌다. 바닥에 엎드려 신중하게 낭떠러지 아래를 내려다보 았다.

—눈이 부셨다. 그 빛은 모든 것을 태워버릴 것처럼 압도적인 광채로 가득했다.

아스토는 무심코 눈을 내리뜨고, 스모크를 짙게 올리며 다시 얼굴을 내밀었다.

요새는 지구에서는 본 적조차 없는 신비로운 빛줄기를 내뿜으며 언덕 일대를 점령하고 있었다. 그것은 흡사 갓 태어나 첫 목욕물에 몸을 담근 태양이었으며, 끝이 없는 광채는 산도를 빠져나온 아기의 첫 울음소리처럼 강건했다.

"죽이길 망설이면 안 돼! 상대는 인간이 아니야. 에일리언이야! 우주의 테러리스트라고! 악당 그 자체야! 빌어먹을 놈들의 뇌를 날려버려!"

일대에 흘러넘치는 빛에 감싸여 보병들의 모습이 보이지 않았다. 아스토는 총을 한 손에 들고 단숨에 비탈을 뛰어내려갔다.

흙먼지가 피어올랐다. 바닥을 밟을 때마다 발밑이 허물어져 고꾸라질 것처럼 휘청거렸다. 버텨내고 일어서려 애쓰며 쏜살같이 다시 한 걸음 내디뎠다. 속도를 줄였지만 차츰 가속이 붙어서 바닥으로 몸이 끌어당겨지는 느낌이었다.

급기야 눈부심이 심해지면서 시야에서 물체의 형체를 앗아갔다. 갑자기 레이저빔 몇 줄기가 무시무시한 기세로 날아왔다. 헬멧 가장자리를 훑으며 오른팔 옆을 스쳐지났다. 멈춰 서면 바로 그 순간 육체의 모든 부분이 표적이 되어 무수한 빔을 관통시키겠지.

'……여기서 죽는 건가? ……'

빨라진 심장박동에 거친 숨을 몰아쉬며 아스토는 생각했다. 노노의 목소리가 또다시 헬멧 안에 울려퍼졌다.

"넌 릴리언을 사랑하잖아? 사랑해! 그렇지? ……"

아스토는 이를 악물며 고개를 가로저었다.

"시끄러워! 벌써 메르크빈푸인에게 머리를 완전히 점령당한 거야?"

"릴리언의 뱃속에 있는 건 아스토 네 아이잖아? 그래서 우리 승무원들은 모두 엉망진창이 돼버렸어! 이 사고뭉치야!"

"릴리언은 메르크빈푸인의 아이를 가진 게 아니었어? 넌 지금 혼란한 상태야!"

눈이 부셨다. 모든 것이 시야에서 사라지고, 끝없이 빛의 나락으로 떨어져내리는 것 같았다.

"아아아아아ー악!"

아스토는 불현듯 전율하며 생각했다.

'혹시 이미 맞아버린 건 아닐까? 그리고 내가 지금 보고 있는 이 빛은 활짝 열린 죽음의 문에서 뿜어져나오는 게 아닐까? ……'

그는 더이상 발밑에서 흙의 감촉을 느끼지 못한 채 사방팔방 마구잡이로 총을 난사했다.

"……그래, 노노. ……네 말이 맞아. 아아! 난 릴리언을 사랑했어. ……정말 진심으로. ……"

아스토는 불도 켜지 않은 채 서재 모니터 앞에 홀로 앉아 '위키노블'의 '던' 시리즈가 내뿜는 빛과 마주하고 있었다.

그리고 그 빛을 너무 쏘였다는 듯 조금 오랫동안 팔을 괸 채양 손바닥에 얼굴을 파묻은 후, 그대로 천천히 고개를 숙이며 열기 띤 머리칼을 손으로 빗어넘겼다.

릴리언 레인의 화성 수술 영상이 퍼져가는 과정에선 두 단계가 명확히 두드러졌다. 우선 '던'이 지구로 귀환하고 일 년이라는 시간이 지났을 때 중화연방에서 나온 '유출 영상'이라는 몹시불분명한 영상으로, 거기 찍힌 사람이 노노 워싱턴이라는 오해로 화제를 불러모았다. 그후에는 아스토가 휴스턴 의료부와 협의하기 위해 촬영한, 릴리언임을 확연히 알아볼 수 있는 몇 종류의 영상이, 초음파 영상이나 수술 과정을 설명하기 위해 지구에서 보내준 영상 등과 함께 이른바 '진상'을 갈망하는 요구에 응하며 홍수와도 같은 기세로 유포되었다.

그것은 이미 완전한 스캔들로 탈바꿈했다. 릴리언 레인은 놀랍게도 '던' 선내에서 임신했던 것이다! 게다가 화성에서 그 아이를 낙태했다!

NASA의 존슨 우주센터는 사실관계에 관해 명확히 언급하기를 꺼리면서도 정보누설 사태를 중시해 조사위원회를 만들겠다고 발표했지만, 센터 안에서는 결국 형식적 대처일 뿐 유야무야되리라는 의견이 대부분이었다. 설령 외부 고문위원회가 움직인다 해도, 보나마나 선거 후일 터였다.

어디서 이런 힘이 작용하고 있는가, 이에 대한 견해는 내부와 외부 두 가지로 갈라졌다.

내부라고 말하는 사람은 이번 현상을 우주비행사 인사가 대통령선거나 우주군 창설 등 워싱턴의 정치 역학에 지나치게 침해당하는 현 라이트=앨런 체제에 반발하는 일종의 자정작용으로 이해했다. 릴리언 레인은 비행운용부장 딕 라이트의 주선으로 발탁되었으므로, 그 실패를 부각하는 정보를 누설한 것은 라이트뿐 아니라 소장 해럴드 앨런의 실각까지 노리고 있다는 설이었다.

한편 외부라고 말하는 사람은 유포자의 목적이 릴리언 레인의 인기를 떨어뜨리는 것이며, 단순히 질투나 저속한 가십 취미에서 비롯된 것일지도 모르지만 규모와 타이밍을 고려할 때 부통령 후보 아서 레인에게 타격을 주기 위함이라고 보는 것이 타당하다고 보았다.

내압에 의한 누설일 경우, 해고자가 추가 정보를 거듭 폭로할 염려가 있었다. 외압인 경우, 소동을 가라앉히려고 기를 쓰는 워싱턴의 공화당 진영에서 '사태를 악화시키지 말라'고 엄명을 내릴 터였다.

워싱턴의 영향은 '위키노블'에 대한 NASA의 대응에서도 간과할 수 있었다.

'위키노블'은 릴리언 레인의 임신중절 소동을 명백히 부추기고 있었다. '던' 시리즈는 각 작품 각 장의 통합과 분리, 편집과 고쳐쓰기를 반복하며 여러 버전을 이어나갔는데, 그중 릴리언의 임신에 관해서는 '처녀 수태'라는 내용과 '메르크빈푸인'과의 사이에 생겼다는 내용—히스패닉풍 인형 우주인을 등장시켜 할리퀸 로맨스의 영향으로 보이는 장면을 연출한 것부터 거대한 문어처럼 생긴 그로테스크한 생물이 습격하는 프리키한 포르노그래피까지—외에는 노노 워싱턴이나 사노 아스토를 상대로 설정한 것이 대부분이었다. 그런데 노노가 그녀를 강간하고 그 죄책감 때문에 정신이상을 일으켰다는 플롯에 노골적인 인종차별적표현이 쇄도한 탓에, '위키노블' 자체가 사회적으로 비난받는 표적이 되었다.

새로 등장한 「화성 최초의 살인」이라는 단편은 '화성의 아담은태어나기도 전에 살해당했고, 행성은 최초의 인간의 죽음을 영원히 기억해야 하는 숙명을 짊어졌다'라는 무거운 문장으로 시작하는 음울한 작품이었다. 또한 「한 알의 밀이 죽지 아니하면」이라는, 「머나먼 화성」의 뒷이야기에 해당하는 중편에서는 오백년 후를 무대로 생물학자 릴리언이 낙태한 아이를 분해하기 위해 흙속에 뿌린 세균과 박테리아가 화성 테라포밍의 진정한 기원이 되었다는 신화적인 이야기가 펼쳐졌는데, 그 묘사는 시리즈 중에서도 가장 장엄하며 기발한 상상이 넘쳐났다.

'위키노블'을 정기적으로 이용하는 사람들은 작가와 독자를 합쳐 바야흐로 누계 2천만 명 이상에 달했고, '던' 시리즈에 한정해서도 450만 명 남짓으로 불어나 있었기에, 외부에서 조정하려 들거나 강경하게 삭제를 요구하는 등의 섣부른 대응은 검열 문제, 저작권 문제를 방패로 소송을 거는 등의 성가신 사태를 불러올 수 있었고, 실제로 그런 움직임이 있었다. 언젠가 논의가 필요해질지라도 일단 지금은 시기가 좋지 않다. 국소적인 미디어상의 트러블은 상위 미디어로 격상시키지 말고 어디까지나 국소적으로 대처한다. 이것이 그런 경우에 대처하는 기본자세였다.

NASA 홍보효과를 기대하고 일부러 관대한 태도를 취했던 당초의 의도도 간파당했다. 상황이 나빠졌다고 권력을 이용해 적대적으로 다루면 사용자들이 반발할 것이 당연하며, 현실적으로는 종이 소설의 사생활 보호 기준에 의거해 항의서를 보내는 정도의 방법밖에 없었으나, 그런 경우에도 어쨌든 사태가 악화되길 원치는 않았다.

그 결과 매우 우스꽝스럽게도 '던' 시리즈의 등장인물들 이름이 모두 비슷한 듯 다른 가명으로 바뀌었는데, 묘하게도 독자들 사이에서는 실명일 때보다 오히려 신빙성이 높아 보인다는 의견이 많았다.

그레이슨 네일러가 동성결혼과 인공중절을 인정하는 공약을 새롭게 내건 일을 계기로 대결구도를 더욱 강화해 보수 성향 유동표를 끌어들이려고 의욕을 불태우는 로런 키친스 진영에서 보면, PR회사의 전략에 따라 지금껏 적극적으로 활용해온 릴리언 레인의 존재는 이제 뿌리깊은 인기는 쓸 만하지만 그것이 무엇에 어떻게 작용할지는 전혀 판단할 수 없는 골칫거리가 되어버렸다.

우주공간이라는 장소의 특수성상 낙태가 사실이었다 해도 '모체에 위험이 미칠 경우'라는 예외규정이 있으니 법에 저촉되지는 않으리라는 것이 전문가들의 일치된 의견이었지만, 그런 결과를 빤히 알면서도 욕망에 굴복해서 결국 죽이게 될 한 생명을 잉태시킨 죄에 대해서는 키친스를 지지하는 종교 보수층이 반발할 것이 자명했고, 이미 그런 징후가 보이고 있었다. 한편 아서 레인이 정치인으로서의 입장과 별개로 자신의 정책과 모순되는 행동을 저지른 딸에게 아버지로서 어떤 태도를 취할 것인가 하는 점도 주목을 끌었다.

NASA로부터 함구 명령을 받은 아스토는 NASA의 설명에 의혹을 품은 JAXA의 은밀한 문의에 사실을 밝히지 않았다. 인터넷을 중심으로 쇄도하는 취재 요청에도 물론 응하지 않았다. 집이 게이티드 커뮤니티 한가운데였던 터라 현관을 나서자마자 매스컴에 에워싸이는 일은 없었지만, 일본과 미국 양쪽의 SNS 상황을 보면 자신이 지금 세간에서 어떤 시선을 받는지 충분히 알 수 있었다. 두 번 다시 그럴 생각이 없으면서도 혹시나 해서 이름을 검색해보니, 어느새 정보 꼭대기까지 '일본인 우주비행사 사노 아스토의 우주선 섹스 의혹!'이라는 가십 기사가 올라와 있었다. 밑으로 내려가면 훨씬 더 노골적인 표현이 쏟아져나올 게 뻔했다.

어제 한밤중, 시차를 잘못 계산한 듯 늦은 시간에, 다른 때는 먼저 전화해도 좀처럼 받지 않던 아버지가 고향 도야마에서 음성전화를 걸어와 요즘 근황 등을 에둘러 물었는데, 결국 마지막까지 그 이야기는 언급하지 않았다. 뒤에서 답답하다는 듯 아버지를 다그치는 어머니의 목소리가 훤히 들렸지만, 아버지가 성가셔하며 바꿔주려 하자 정작 '됐어, 됐어'라며 몸짓으로 거절하는 모습이 적막 속에서 가슴 아플 정도로 생생히 전해졌다.

아스토는 마지막에 "괜찮아요"라고만 말했다.

그 말을 들은 아버지는 그저 "그래, ……"라며 수긍하고는, 못내 아쉬웠는지 "건강 조심해라"라고 덧붙였다.

그런 말은 화성에 가기 전에도 들은 적이 없었기에 "고맙……"이라고 인사를 건네려는데, 아버지는 이어서 "―고 네 엄마가 말해서, ……하는 말이다"라고 했다.

아스토는 어머니가 늘 자기 SNS를 본다는 것을 알고 있었다.

그러니 보나마나 산더미처럼 쌓인 가혹한 댓글들을 보고 안절부절못했을 거라는 생각이 들었다.

—당신은 일본의 수치입니다. 아이들의 꿈을 배신했어요. 이제 두 번 다시 '일본인을 대표해서' 같은 말은 하지 마십시오. 민폐입니다. 당신의 존재는 일본 국익을 해치고 있어요. 사과하세요. 그리고 다시는 공식 석상에 얼굴을 내밀지 마세요. ……

상황 변화를 알고 데번 사의 카본 탈이 가장 먼저 연락해와 휴스턴의 포시즌스 호텔에서 만났다.

계약 얘기는 없던 일로 하자고 나올 줄 알았는데, 탈은 뜻밖의 얘기를 꺼냈다.

"아스토, 이번 일은 순전히 릴리언 레인을 파멸시키려는 거대하고도 비열한 음모야. 그녀의 미래를 망가뜨리려는 거지. NASA 안팎으로 그녀를 시기하고 좋지 않게 보는 사람이 많다는 건 자네도 알고 있겠지? 어쨌거나 남보다 뛰어난 인간은 불합리한 미움을 사게 마련이야. —자네도 자주 겪어봤겠지. 우리가 살아야할 세계는 안타깝게도 그런 곳이야. 그런 인간들이 사는 곳이라고. 게다가 그녀의 아버지는 아서 레인 아닌가. 이 비겁한 음모를 뒤에서 선동해서 득을 볼 사람이 한둘이 아니야. —내 말 이해하지?

그녀는 지금 정신적으로 궁지에 몰렸어. 여기저기서 압력을 받고 속임을 당해서 완전히 자포자기 상태야. 측근이 알려준 확

300

실한 정보에 따르면, 그녀는 자기 미래를 완전히 망가뜨리려는 생각까지 하고 있어. 그 이상은 묻지 말아주게. 아직 말할 수 없고, 자네도 모르는 편이 나을 테니까.

아스토, 자네와 릴리언 사이에 무슨 일이 있었는지, 난 그런 저속한 억측은 하지 않아. 과거는 과거야, 안 그래?"

아스토는 무심코 중얼거렸다.

"탈 씨, ……당신이니까 믿고 말씀드립니다만, 릴리언이 임신한 건 사실입니다. 그리고 그 상대는 제가 아닙니다. 노노입니다."

"자네는 그 말을 정말로 믿나?"

"―네?"

"나도 유출 영상을 봤어. 수술 후 그녀 옆에서 우는 자네를 보고 사정을 짐작했지. 낙태한 건 자네 아이야. ―그렇지? 그녀는 수술 후 출혈이 멈추지 않아 하마터면 목숨을 잃을 뻔했어. 자네는 그 일로 계속 괴로워하고 있고. 그렇지 않은가?"

탈은 친절하기 그지없는, 그러나 기업가다운 담담한 태도로 그렇게 말했다. 그리고 갑자기 눈물을 글썽이는 아스토의 손을 가볍게 잡으며 말했다.

"언제까지나 연연할 필요는 없어. 과거란 좋든 나쁘든 미래의 족쇄가 되게 마련이야. 돌아보지 마. 그래야만 인간은 전진할 수 있어. 그렇지만, ―그 족쇄를 풀기 위해 꼭 필요하다면 자네 나름의 방법으로 지금 릴리언을 지켜줘야 하지 않을까? 응?"

"……"

그는 눈에 힘을 주고, 아스토가 자신을 대하는 분인을 관통해 개인에게 직접 한 마디 한 마디 심듯이 말했다.

"임신 사실이 없었다고 자네가 동행의 자격으로 정식 성명을 발표하면 돼. 물론 NASA의 내부 조정을 거친 뒤에. 산부인과 계통의 질병이었는데, 그 이상은 사생활이니 파고들지 말라고 분명히 말하는 거야. 이 정보가 소비되는 양상을 놓고 이미 부녀자들사이에서 동정의 소리가 높아지고 있어. 산부인과 계통 질병이었다고 하면 매스컴에서도 구체적으로 어디가 어떻게 된 거냐는식의 추궁은 삼가겠지. 수술이나 초음파 영상은 어디서 가져다가 날조한 가짜라고 얼버무리면 돼. '위키노블'은 아랑곳 않겠지만, 그건 한낱 망상의 세계야.

내 말 알겠나, 아스토? 숨김없이 드러낸다고 될 일이 아니야. 자네는 거짓말을 해야겠지만, 그 고통을 릴리언에 대한 속죄로 묵묵히 받아들여야 해. ─그게 남자야.

그녀만이 아니야. 교코 씨 역시 그런 얘기는 알 필요 없어. 릴리언도 자네의 행복을 바랄 거 아닌가. 총명한 사람이니 자네가거짓말한 걸 알았다 해도 자네나 교코 씨의 행복을 깨뜨리면서까지 사실을 밝힐 필요는 없다고 이해할 게 틀림없어. 임신 사실이 없었던 게 되면, 무엇보다도 영광으로 가득한 자네들의 유인화성탐사가 더럽혀지지 않아!

'던'! 그건 '여명' 아닌가? '떠오르는 태양'이지! 인류의 새로운 역사를 위한 태양은 아름답게 빛나야 해. 순수해야 한다고!

모든 것이 원만하게 정리될 거야. 자네 하기에 달렸어. 계속 덮어둬! 지구의 법이 미치지 않는 곳에서 생긴 일이야. 그렇게 해서 NASA에, JAXA에 은혜를 갚고, 떳떳하게 우리 회사로 오란 말이야. 당연히 그래야지! 내가 자네에게 뭐랬나? 친구라고 했잖나. 그 말의 의미를 가벼이 여기지 말게.

우리는 자랑스럽게 자네를 맞을 생각이야. 말리부의 부드러운 태양빛이 자네 두 사람의 미래를 언제까지고 환하게 밝혀줄 거야. 그곳은 인간의 고통을 없애주는 진정한 '낙원'이야. ……"

아스토는 그때 눈을 크게 부릅뜬 채 어렴풋이 흔들리던 탈의 표정을 잊을 수 없었다.

세계가 원만하게 돌아갈 수 있도록, 거짓말에 따르는 심적 고통을 묵묵히 받아들여라, 탈의 이 말이 가슴속 깊이 새겨졌다. 그 고통과 함께하는 한 릴리언에 대한 죄책감도, 교코에 대한 죄책감도, 그리고 무엇보다 화성에서 낙태 수술을 위해 기구를 손에 들었을 때 한순간 떠오른 태양이의 죽은 얼굴에 대한 죄책감도! ─ 참고 견딜 수 있을 듯한 기분이 들었다. 아스토의 오른손은 지금도 여전히 한 죽음의 기억을 남몰래 움켜쥐고 있었다. 결코 추상적이지 않은, 어떤 구체적인 감촉이었다. 고통만이 치유를 가져다준다. 그것이 진실이라고 그는 느꼈다. 쾌락도 망각도 아니다.

4장 마엘스트롬　303

오직 고통만이 자신이 미래를 살게 해주고, 미래를 살아도 좋다고 설득해줄 것이다. 말로만 넘어가려는 것은 너무 뻔뻔하다. 그저 말하지 않음에 따르는 번민을 영원히 이어가는 것만이 죄와 더불어 살아가는 유일한 방법 아닐까?

'받아들여야 한다, 모든 것을. ……'

절전기능으로 모니터가 꺼져서 음성지시로 천장 조명을 켰다. 자리에서 일어나 교코와 데번 사 건을 다시 한번 의논하려고 뒤돌아보자, 거기에 노노 워싱턴이 서 있었다.

아스토는 헉하고 숨을 삼키며 우뚝 멈춰 섰다.

"아스토, 메르크빈푸인이야! 네 전두엽은 지금 바이러스 공격을 받고 있어!"

노노가 필사적으로 외치며 무섭게 달려들었다. 아스토는 두려운 나머지 비틀거리며 뒷걸음쳤지만, 책상까지 몰리자 오히려 감정이 북받쳐 "오지 마! 오지 말라고! ……잘 들어, 노노. 네 오명도 씻길 거야! 제일 좋은 방법이잖아! 왜 그걸 몰라줘? 날 더이상 성가시게 하지 마! 난 앞으로 나아가고 싶어!"라고 얼굴을 붉히며 소리쳤다.

"이제 좀 작작해! 난 죽을힘을 다해 널 지구로 데려왔어! 너도 알잖아? 난 네 목숨을 지키고 싶었어. 아니, 한 사람의 목숨을 지켜내고 싶었어! 그리고 해냈잖아? 네 몸에는 상처 하나 나지 않았어. 화성에서 재활치료도 열심히 했고, 수면시간까지 줄여가면서 네가 혹시 우주복도 입지 않고 밖으로 훌쩍 나가버리진 않을까 늘 노심초사했어. 거의 하루도 깊이 잠든 적이 없다고. 얼마 안 되는 내 몫의 물까지 썼고, 하반신 간호까지 쭉 내가 도맡았잖아! 나도 괴로웠어! 그 비좁은 우주선에 여섯 명이나 갇혀 있었잖아. 언제 고장날지 몰랐어. 물이나 음식이 언제 바닥날지 몰랐다고! 공조설비 하나만 고장나도 전멸이었어! 그런 불안 속에서 승무원들의 건강을 관리하고, 어떻게든 정신건강을 유지시키려고 필사적으로 노력했다고. 살아남는 게 미션이었으니까! 지진 피해를 입은 수많은 사람이 나에게 희망을 걸었지. 난 그들의 마음에 보답하고 싶었어! 세상을 떠난 태양이에게 최선을 다해 살아가는 모습을 보여주고 싶었다고! 내 말 알아들어? 그래서 너를 데리고 돌아왔잖아! 나더러 더이상 뭘 어쩌라는 거야? 응? 그런 말을 할 자격이 너에게 있기나 해!"

그의 말에 문득 정신이 든 듯 노노는 걸음을 멈췄다. 그리고 서글픈 눈빛으로 한동안 서 있다가 아무 말 없이 침묵 속으로 사라지려 했다.

"아냐, 노노. 그런 뜻으로 한 말이 아니야. 성가시다니, …… 전혀 아니야! ……아니라고. ……난 단지 ……스스로 괴로울 뿐이야. ……"

아스토는 허둥지둥 그를 붙잡으려 했지만 이미 늦었다. 무심코 입 밖으로 내뱉은 자신의 말에 격렬한 자괴감이 들었다.

'……그런 생각 안 했어, 노노. ……믿어줘. ……다만, 널 위해서도 이게 좋다고 생각했어. 안 그래? 도티도 힘들어하잖아. ……'

그렇게 생각한 그는 또다시 릴리언이 임신했던 것은 역시 노노의 아이가 아니었을까 하는 의심에 사로잡혔다. 설령 그렇더라도 카본 탈의 생각이 이치에 맞는 걸까? 노노가 아무 말도 못하고 있는 한?—

홍소를 터뜨릴 것처럼 들썩거리는 입술을 그는 어찌할 수 없었다. 책장 앞에서 손을 뻗었다 다시 거두는 동작을 몇 번이나 되풀이하다가 둘째 서랍을 살짝 열고 바닥을 뒤적거렸다. 그리고 그 감촉에 표정이 확 변했다.

서랍을 더 활짝 열고 안의 서류들을 헤집듯이 꺼내 바닥에 내동댕이친 후, 눈으로 봐도 아무것도 없는 게 빤한 텅 빈 바닥을 구석구석까지 다시 한번 손으로 더듬었다.

숨겨뒀던 암페타민이 사라지고 없었다.

혀를 차고, 바닥에 엎드려 서류 다발을 잡아뜯을 듯 한 장 한 장 뒤척이고, 꼴도 보기 싫다는 듯 주위에 흩뿌렸다.

"빌어먹을, 왜 없는 거야!"

두 손으로 머리카락을 마구 쥐어뜯으며 이를 갈았다.

언뜻 보니 일본에서의 훈련 기록을 철해둔 서류 위에 군청색으로 빛나는 화성의 커다란 돌이 놓여 있고, 그 속에서 뭔가가 꿈틀거리는 기척이 느껴졌다.

'……생물?'

아스토는 깜짝 놀라 눈을 휘둥그레 떴다. 금이 간 돌 틈새에서 빨강과 파랑, 노랑, 자주 등 온갖 빛깔의 메뚜기들이 밖으로 튀어나오려는 모습이 보였다.

'이런 걸 가져오다니! ……지구가 오염되잖아! ……'

당황한 그는 금방이라도 안의 것들이 밀려나올 듯한 그 물질을 덮으려고, 주위에 흩뿌린 종이들을 정신없이 긁어모았다. 그 순간 "앗!" 소리를 지르며 손을 뒤로 뺐다.

종이에 손가락을 2센티미터쯤 베여 붉은 피가 흰 종이 위에 드문드문 떨어졌다.

'메뚜기가 쏟아져나오면 수습할 수 없어! 모두 사방팔방으로 날아가버릴 거야!'

쇳소리 같은 고통이 귓속을 찢을 듯 꿰뚫는 와중에 필사적으로 종이를 긁어모았다.

이를 악물며 시선을 떨구자 어찌된 영문인지 어느새 돌이 사라지고 없었다. 그리고 서류 밑에 약이 든 종이봉지 귀퉁이가 살짝 엿보였다.

'……찾았다!'

눈빛을 반짝이며 뛸 듯이 달려들었지만, 거꾸로 뒤집어 흔들자 암페타민 대신 복숭앗빛의 죽은 메뚜기 한 마리가 손바닥으로 떨어졌다. 획 집어던지며 엉덩방아를 찧은 뒤 찬찬히 살펴보니 그것은 한 마리 종이학이었다.

아스토는 그 날개를 손가락으로 집어 붉은 지문을 또렷이 찍은 후, '……빌어먹을, 누굴 놀리는 거야!' 하며 사정없이 찌그러뜨렸다.

그리고 손가락을 핥아 쇠맛을 띤 피의 여운을 침과 함께 종이 위에 퉤 뱉어낸 후, 교코가 있는 거실로 달려갔다.

22. 태양과 두 개의 행성

교코는 소파 주위를 빙글빙글 도는 태양이를 바라보면서, 약 발작으로 비명을 지르는 아스토를 살펴보러 2층으로 가야 할지 망설이고 있었다. 이치가야 역에서 아슬아슬하게 구조되어 집으로 돌아온 그날 아스토의 얼굴이 기억에 되살아났다. ─아니, 그녀가 본 것은 결국 실행되지 못한, 전철로 뛰어드는 그의 모습이었다. 달려가봐야겠지만 지난번처럼 심한 소리를 들을 생각을 하니 마음이 무거웠다. 그런데 아스토가 먼저 거실로 달려나왔다.

태양이가 멈춰 서서 아빠를 돌아보더니, 얼굴에 웃음꽃을 활짝 피우고 새된 소리를 지르며 다가갔다. 기세가 꺾인 아스토는 제 발치로 달려드는 천진난만한 그 모습을 말없이 바라보았다.

한순간 시야가 흐려졌다가 눈 깜박임과 함께 환해지고, 두 알의 흐릿한 안개가 투명한 아이의 몸을 채 적시지 못하고 바닥으로 떨어지며 부서졌다.

아스토는 나지막이 코를 훌쩍이고 오열을 참아내며 입으로 숨을 몰아쉬었다. 흥분한 상태로 나는 여기서 그녀에게 무슨 말을 하려 했던 걸까? 그는 발작의 고통 밑바닥에서 힘겹게 기어올라오는 이성에 팔을 뻗어 끌어올리며 생각했다. 직시할 수는 없었지만, 지금 교코가 자기를 얼마나 측은한 눈으로 바라볼지 상상하면 가슴이 찢어질 것 같았다.

태양이는 그런 그의 모습에 웃음기를 거두고 표정과 표정 사이의 어색한 이음새에 갇혔다. 그 모습은 마치 뭔가를 골똘히 생각하는 것처럼 보였다. 이윽고 정보를 통합하고 슬픈 듯 고개를 들더니, "아빠, 울어? 왜 그래?"라고 영어로 물으며 고개를 갸웃거렸다.

아스토는 힘없이 뒷걸음친 후, 과연 이건 괜찮을까 하고 생각했다. 이것 역시 마약이 아닐까. 그는 참지 못하고 교코에게 다가가 손가락질하며 소리쳤다.

"당신도 이런 거에 얽매여 있잖아!"

NHK 프로그램 녹화 때 이상한 여자가 말을 붙인 무렵부터 암페타민 중독이 다시 원점으로 돌아가 감정을 억제할 수 없게 되었다는 자각과, 그렇지만 내 생각에도 일리가 있다는 심정 사이에서 그의 의식은 완전히 갈피를 잃었다.

뒤따라온 태양이가 다시 다리로 달려들었지만 그는 성가시다는 듯 뿌리치며 외쳤다.

"저리 가, 이 가짜야!"

태양이는 그 목소리의 험악함과 크기, 그리고 무엇보다 내용 자체를 민감하게 분석하고 겁에 질린 듯 우두커니 멈춰 서더니, 얼굴을 일그러뜨리며 큰 소리로 울기 시작했다.

교코는 아스토와 눈을 마주치지 않은 채 옆으로 스쳐지나 안을 수 없는 조그만 몸을 끌어안듯 감쌌다.

"가여워라. ……아빠가 너무하네. 소리나 지르고."

"당신은 언제까지 그렇게, 나에게 할 말을 계속 태양이한테 할 거야? 가짜 태양이한테!"

태양이는 턱을 쳐들고 몸을 앞으로 내밀면서 필사적으로 호소하듯 울어댔다.

그 모습이 태양이가 살아 있을 때와 섬뜩하리만치 똑같아서, 그는 한순간 정말로 태양이가 눈앞에 있고, 불행한 죽음을 맞을 수밖에 없었던 아들에게 자신이 심한 상처를 준 듯한 느낌에 사로잡혔다. 그래서 누군가가 앞에서 밀어뜨린 것처럼 휘청대며 소파에 주저앉은 후, 고장난 옛날 장난감을 때리듯 주먹을 불끈 쥐고 제 머리를 연신 내리쳤다.

"당신은 어째서 이 아이가 살아 있다고 생각하지 않아?"

교코는 남편의 몰이해에 진지하게 고민하는 표정을 지어 보였다. 아스토는 그 말을 어떻게 받아들여야 할지 알 수 없었다.

"살아 있어? 이게? ……당신은 정말로 이게 우리 둘의 진짜 태양이라고 믿는 거야? 응!"

그는 이 상황을 어떻게 바로잡아야 할까 생각했다. 그 이 년 반을 없던 것으로 치고 앞으로 나아가려는 게 아니었나? 방금 전에 그렇게 결심하지 않았나? —이 년 반? 아니, 그건 아니다! 태양이가 죽은 후의 십 년! 메워야 하는 건 그 시간이 아닐까! 그게 과연 가능할까? 나는 화성으로 갔고, 그녀는 그동안 줄곧 환영과 함께 살아왔다. —그렇게 잘못 보내버린 시간을 이제 와서 어찌해야 한단 말인가!

"아무리 짧게 살았어도, 태양이는 절대 다른 것과 바꿀 수 없는 유일한 생명이었어! 안 그래?"

교코는 처음 만났을 때부터 지금까지 바뀐 적이 없는 짧은 보브 스타일의 검은 머리칼을 얼굴에 흩뜨린 채, 조그만 눈초리를 붉게 물들이며 호소하듯 말했다.

"태양이가 있었기에 이애도 있는 거야. 뭐가 됐든, 어떤 형태든, 태양이가 우리에게 남겨준 거라는 사실에는 변함이 없잖아? 태양이의, 태양이만의 유전자가 죽은 후에도 살아남아서, 부질없는 머릿속의 기억에서만이 아니라 이렇게 또렷이 눈에 보이는 형태로 존재하면서, 지금 살아 있는 우리에게 말을 건네고 있잖

아. ―당신은 어째서 그걸 소중히 여기지 않아?"

"엄마 아빠, 싸우지 마."

태양이가 손등으로 눈물을 훔치며 몇 번이나 고개를 가로저었다.

"……미안해. 엄마랑 아빠는 잠깐 얘기하는 것뿐이야."

교코는 만질 수 없는 그 얼굴에 양손을 갖다대며 엄지로 눈물을 닦아주려 했지만, 센서가 그 섬세한 몸짓을 판독하지 못하는지 눈물은 마를 줄 몰랐다.

아스토는 가슴이 조여드는 심정으로 교코의 양손을 바라보았다. 가상의 얼굴 윤곽을 최대한 정확히 어루만지듯 손을 작고 동그랗게 오므리지만 아무런 감촉도 느껴지지 않고, 눈앞에 있는 것은 그저 흐릿한 빛덩어리뿐이다.

'……마치 유령에 홀린 것 같군. ……'

그녀마저 환각이나 기억 속의 모습처럼 느껴지고, 이 상황이 마치 화성의 침대 위에서 매일같이 시달렸던 악몽 같았다.

"살아 있는 게 아니야, 교코. ……그냥 프로그램일 뿐이야."

"하지만 살아 있는 다른 것들도 마찬가지잖아?"

아스토는 말문이 막혀서, 아무리 해도 닦이지 않는 태양이의 눈물을 어떻게든 닦아주려 애쓰는 그녀의 옆얼굴을 응시했다.

"그건 인간이 할 일이 아니야."

"그래서 뭐? 인간이 그걸 재현하면 왜 안 되는데?"

"재현 따윈 불가능해. ―가능해도 해선 안 되고."

"—왜?"

"그야! 죽은 우리 태양이가 불쌍하니까!"

아스토는 저도 모르게 소파에서 벌떡 일어서서는, 이어질 자신의 움직임이 주체되지 않아 통증을 참아내듯 이를 악물었다.

"당신은 그런 유령에 얽매여서 진짜 우리 태양이는 까맣게 잊어버렸잖아! 도쿄에 가도 무덤조차 찾지 않고!"

"난 항상 이 아이를 통해 태양이와 연결돼 있어. 당신 혼자 화성으로 가버린 동안에도 쭉 그랬다고!"

교코는 처음으로, 이런 말까진 하고 싶지 않았다는 눈빛으로 그렇게 말했다.

"그럼 추억만으로도 충분해! 사진이나 동영상, 아니면 진짜 태양이를 떠올리면 된다고! 그렇지만 이건……" 아스토는 AR를 가리켰다. "이, 이건 아니잖아!"

"당신이 정말 하고 싶은 말은 그게 아닐 텐데?"

"무슨 뜻이야?"

"이애는 나와 당신의 아이가 아니다, 나와 딘의 아이다, 라고 말하고 싶은 거지?"

아스토는 반사적으로 "아니야! ……"라고 받아쳤지만, 더이상 말이 이어지지 않았다. 우리가 지금 혈안이 되어 하는 얘기가 결국 이거였나? 지구에 없던 이 년 반 동안 딘 에어스와 교코의 관계에 관한 소문은 존슨 우주센터에서도 몇 번이나 들었다. 그리고 그녀도 당연히 릴리언 레인을 의식했을 것이다.

　—결국 각자의 문제가 언제나 이렇게 다른 문제와 뒤얽히고 유착되어버리기 때문에 해결할 수 없는 거라고 그는 느꼈다. 어디서부터 어떻게 손대야 할지 실로 난감했다.

　입을 다문 두 사람 사이에서 태양이가 갑자기 깜짝 놀란 듯 교코의 품을 빠져나와 아스토에게 달려오더니, "딘이야?! 딘이 온 거야?"라고 젖은 속눈썹을 반짝거리며 외쳤다.

　아스토는 진짜 태양이가 그렇게 물은 듯한 기분에, 자신들의 대화가 전적으로 악영향을 끼친다고 느꼈다.

　'……이제, ……이제 질렸어. 가슴을 쥐어뜯는 이따위 거짓말은. ……'

　말없이 거실을 나가려는 아스토에게 교코가 말했다.

　"당신은 오해하고 있어. —아마, ……나도 그렇고, ……여러 가지를."

　아스토는 멈춰 서서 뒤돌아보았다.

　"무슨 얘기를 하고 무슨 얘기를 하지 말아야 할지, —무슨 얘기를 듣고 무슨 얘기를 듣지 말아야 할지, ……나도 지금까지 몰랐으니까."

　"……"

　"서로 생각을 정리해서 다시 한번 차분하게 얘기해보자. 딘 얘기를 하고, 릴리언 얘기도 듣고 싶으니까. —왜 데번 사에 가는 걸 원치 않았는지, 그것도 확실히 설명할게."

한참 동안 그녀의 눈을 바라보았다. 그것은 그가 진심으로 사랑했고 평생 소중히 하고 싶다는 간절한 바람으로 결혼한 그녀의, 결코 상상해보지 않았던 십삼 년 후의 눈이었다. 입가에 손을 얹은 채 뺨을 적시며 그도 간신히 고개를 끄덕였다. 태양이는 두 사람 사이에서 어쩔 줄 모르고 우두커니 서 있었다. 그러나 교코가 "아빠한테 안녕히 주무시라고 인사해야지"라고 말하자, 조금 전 고함친 일을 아직 마음에 두고 있는 듯 겁먹은 표정으로, "……안녕히 주무세요"라고 말했다.

아스토는 몸을 심하게 떨면서 그 모습을 바라보다가, 이윽고 웅크려앉아 손짓해서 부른 후 조그맣게 옹그린 손으로 그 머리를 어루만져주며 말했다.

"잘 자라."

5장

보이지 않는
무리

23. '산영' 비협력 지역으로

네시에 스튜디오에서 만나기로 약속한 딘 에어스가 장소를 바꾸고 싶다는 연락을 해와, 워런은 지시대로 스튜디오 앞에 대기 중이던 블랙박스 없는 영업용 자동차에 올라탔다. 그리고 만약을 위해 딘이 반_反'산영' 사이트에서 검색해 보내준 경로 데이터를 운전석으로 전송했다. 서니사이드 교외에 있는 '산영' 비협력 지역 가게로 가는 최단거리 익명 경로가 앞유리창에 떴다.

워런은 창가 쪽 손으로 슬며시 얼굴을 가리면서 고개를 살짝 숙이고 앞을 확인했다.

트렌치코트 깃을 세우고 니트 모자를 눌러쓰고 레이밴 선글라스를 쓰고 스튜디오를 나서려니, 안내창구의 젤라가 보고는 "이번에는 탐정이라도 되셨나요?"라며 웃었다.

올해 겨울도 따뜻하겠다는 예보가 있으니 10월 중순에 이런 차림새는 좀 지나치지만, 그나마 한여름이 아닌 것이 다행이었다.

운전기사는 중국계인 듯했다. 자동조종 택시가 늘어가는 와중에 노조 협약에 따라 사람이 운전하는 택시도 일정수 확보되었는데, 요즘 들어서는 블랙박스를 피해 이민자의 영업용 자동차를 이용하는 손님이 급속히 늘어가는 추세였다. 의외로 좋은 차라는 것이 처음 이용해보는 그가 받은 인상이었다.

출발하고 한동안은 앞뒤 차량의 블랙박스가 신경쓰였지만, 신변의 안전을 생각하면 오히려 적극적으로 카메라에 모습을 남기는 편이 좋을지 모른다는 생각이 불현듯 들었다. 꼭 '산영' 비협력 지역이라서가 아니라 치안이 좋지 않다는 이유로 거의 발을 들이지 않던 지역인데 무슨 일이 생겨도 그걸 찍어줄 카메라가 없다는 것은 꽤 불안한 얘기였다. 그렇다면 목격자에게 의지하는 수밖에 없다는 뜻인가? 설령 목격자가 나오더라도 과연 얼마나 도움이 될까? 사람의 기억처럼 불확실한 기록장치는 이제 아무도 신용하지 않는다. 게다가 언어로 풀어놓는 원시적인 재생방법으로는!

워싱턴의 선대본부 회의에 참석했을 때도 기억과 기록 이야기가 잠깐 나왔는데, 무릇 기억이라는 것은 오직 스스로의 생존을 위해 발달시킨 기능이므로 애당초 타자와 공유하는 것이 무리라고 했다. 그래서 기록 미디어가 발달한 것 아니겠는가? ─그 완성이 바로 '산영'이었다.

지금 이 순간 살아 있는 나를 사회 구성원들에게 공개하느냐 마느냐는 결국 딘 에어스를 믿을 수 있느냐 없느냐에 달렸다고 워런은 생각했다.

선대본부에서는 수상쩍은 디비주얼을 보이는 사람과는 하루빨리 무조건 관계를 끊으라는 엄명을 내렸다. 지난번 대통령선거에서도 그랬듯이, 선거 관계자 디브의 순도는 남은 삼 주 사이에 철저히 밝혀질 터였다.

작업물도 오랜만에 좋은 평가를 받은 참이었다. 음악 PV작업도 좋지만 이 일에서도 또다른 보람을 느끼기 시작했다. LMC에서는 다음번엔 인터넷을 겨냥한 과격한 내용뿐 아니라 공식 영상도 맡게 될 거라고 했다. 개런티도 훌쩍 뛴다. 대통령을 수행하는 영상 크리에이터가 되면 아내나 딸들이 얼마나 우쭐해할까? 꽤 오랫동안 연락하지 못한 하와이의 부모님도 자랑스러워할 게 틀림없다. 그런 상상을 하자 기분이 좋아졌다. 밴드의 요청대로 한 것뿐이지만, 플라스틱 쓰레기에 뒤얽혀 초록색 피를 토하며 몸부림치는 레이지레이지의 PV를 만드는 것과는 차원이 달랐다. ─하지만 어쨌거나 모든 것은 잠시 후 만나게 될 딘 에어스에게 달려 있었다.

예를 들어 대통령 주위에 열 명의 스태프가 있다고 가정하고, 한 사람당 평균 세 개가량의 디브가 있다고 치자. 합계 서른 명의 분인/열 명의 개인. 사 년 전 선거에서는 그중 스물아홉 개의 디브가 순수해도 단 하나가 부적절하다고 간파되면 아웃당하는 분위기였다. 지금은 어떨까? 애당초 가능하기나 한 일일까?

'짐 킬머'라는 이름으로 고용한 전직 NASA 직원 딘 에어스. 그는 암살당한 파파라치 겸 저널리스트인 매드 헌터라는 남자와 깊은 관계를 맺고 있었다. 통칭 '솔트 피넛'. 매드와 관련된 디브가 검다면, 딘은 당연히 잘릴 것이다. 그러나 딘의 윗선도 그럴까? 아니면 훨씬 윗선부터? 전혀 나쁠 것 없는 '짐 킬머'라는 선량한 디브와 연결된 디브를 가진 나는 그것 때문에 LMC에서 잘리게 될까?

그렇게 되면 '대통령을 수행하는 영상 크리에이터'라는 꿈은 날아가지만, 그건 그나마 포기할 수 있었다. 하지만 딘이 오늘 뭔가 엉뚱한 것을 가져와 나에게 떠맡기려 한다면 또다른 문제다. 큰 공적이 될지는 몰라도 신변에 위험이 미치는 일은 사양하고 싶다. 무엇보다 가족은 어쩌고? 역시 '산영'의 보호하에 만나는 게 좋지 않았을까? ……

차가 계속 서 있었다. 신호 대기중인가 싶어 별생각 없이 있었는데 그렇다기에는 시간이 너무 길었다. 의아스러워 운전기사에게 말을 건네려는 순간, 갑자기 차 유리창을 두드리는 소리가 들려서 그는 펄쩍 뛰어오를 정도로 놀랐다. 선글라스 너머 이미 해가 기울어버린 바깥으로 눈길을 돌리자, 기괴한 얼굴의 낯선 남자가 안을 들여다보고 있었다.

"어이, 뭐해! 빨리 출발해!"

그러자 운전기사가 의아하다는 듯 몸을 틀더니, "여기서 동승자를 기다리라는 지시가 떴는데 괜찮겠습니까?"라고 억양이 강한 영어로 물으면서 조금 전 그가 전송한 데이터 내용을 가리켰다.

"─뭐라고?"

밖의 남자가 선글라스를 벗고 "짐이에요"라고 말한 듯했지만 믿을 수 없었다.

"……짐?"

워런은 창문을 열고 물었다.

"그래요, 얼굴을 바꿨어요. ─빨리!"

목소리까지 달라 망설이는데, 곧 그가 니트 터틀넥을 손으로 끌어내려 성대에 붙인 이펙터를 보여주었다.

뒤의 차가 경적을 요란하게 울려댔다. 워런은 안쪽으로 몸을 옮기고 남자를 안으로 들인 후 운전기사에게 외쳤다.

"출발해, 출발."

차가 달리기 시작하자마자 금세 실수했다고 후회했다. 이 괴물 같은 얼굴을 한 남자가 정말로 짐 킬머, 아니, 딘 에어스일까? 이러니 '산영'에 안 잡힐 수밖에. 몇 가지 얼굴의 잡동사니가 산더미처럼 쌓인 듯한 생김새였다. 용해된 디비주얼이 고스란히 얼굴에 드러난 것처럼, 몇 명이나 되는 인간의 특징들이 누가 누구인지 알 수 없게 뒤죽박죽 섞여 있었다.

본인임을 어떻게 확인해야 할까? ─선글라스 너머로 옆얼굴을 슬쩍 훔쳐보자, 과민해진 탓인지 딘은 금세 그 눈길을 알아챘다.

"도망다니는 동안 '산영' 검색에 걸리지 않으려고 가소성형 얼굴을 조금씩 조정했는데, 단기간에 너무 손을 많이 대는 바람에 망가져서 돌이킬 수 없게 됐어요. ……"

성대에 장착했던 기계를 떼어내자 목소리와 말투는 분명 그가 알고 있는 짐 킬머였다. 옷을 많이 껴입어서 덩치가 커 보이지만 키도 대체로 비슷했다. 밑창이 두툼한 뉴밸런스 운동화도 똑같았다.

"……그나저나 놀랍군. 피카소의 입체파 시대 그림 같은 얼굴이야."

워런은 이번에는 거리낌없이 그 얼굴을 찬찬히 살펴보았다. 딘이 웃어 보이려 했지만 그러면 금방이라도 얼굴이 무너져내릴 기세라, 워런은 무심코 됐으니 그냥 있으라고 말할 뻔했다.

"아픈가?"

"네, ……진통제를 먹어요. 염증이 난데다 안에 넣은 물질이 이상하게 부풀어서 신경을 압박하는 바람에."

"병원은?"

"나중에."

"빨리 가보는 게 좋겠어. ―한 가지 묻고 싶은데, 왜 자네 얼굴은 '산영'의 '통합검색'으로 검색이 안 되지? 전에 말했던 그 일본인 의사의 실력 덕분인가?"

"아마 그럴 겁니다. 그에게 수술받은 사람 중 내가 아는 이들은 모두 '산영'의 '통합검색'에서 누락됐어요. 그래도 뭐, 시간문제겠죠. '통합검색'이 개발단계에서 상당한 수의 가소성형 샘플을 수집했지만 일본인의 기술은 또 좀 다르거든요. 머지않아 분석될 테죠."

"하긴, 섬세하니까."

"네. ……"

워런은 앞을 보며 무심코 한숨을 내쉬었다. 이 사람과 엮이면 끝내 나도 이런 얼굴로 부득이하게 도피생활을 하는 신세가 될까. 그런 상상을 하자 현기증이 났다.

딘이 준 A. 로드의 사인볼 속에 감춰져 있던 메모리에는 말 그대로 딘 에이스의 '메모리', 기억/기록이 고스란히 담겨 있었다. 딘은 디트로이트 교외의 머콤 출신으로 GM 노조 간부였던 아버지와 전업주부 어머니 사이에서 외동아들로 태어났고, 그 어린 시절의 영상이 유난히 많았다. 캘리포니아 공대 학부생 시절, 매사추세츠 공대 대학원생 시절, 그리고 NASA에 근무하며 아스토 사노의 집에 드나들고 '태양'이라는 아이의 AR를 개발해 돌봐주던 무렵. ―모두 행복한 분위기였지만, 그늘이 있다고 보면 그런 것 같기도 하고, 지나치게 성실한 표정으로도 보였다. 그러나 그것은 민낯이 자연스럽게 뒤섞인 것이지, 이렇게 엉망으로 왜곡된 얼굴은 절대 아니었다.

어쩌다 이 지경이 되고 말았을까? 메모리에 들어 있는 ID 이미지에는 '짐 킬머'가 허리케인 '도로시' 때문에 행방불명된 피해자 중 한 사람이라는 설명이 붙어 있었다. 매드 헌터가 '잭 대니얼'인 척했던 것처럼 그도 남의 경력을 도용했다는 뜻이다. 그리고 그 매드 헌터와 동아프리카에서 죽었다는 동생 래리 헌터까지 셋이 오랜 친구라는 사실을 디트로이트 시절의 사진으로 알 수 있었다.

영상 자료에 비해 글은 적었고, AR 관련 연구논문이 잔뜩 들어 있긴 했지만 무슨 소리인지 알 수 없어서 전부 읽지는 않았다. 다만 '태양'이라는 아이의 AR 기록은 육아일기처럼 재미있어서 군데군데 훑어보았다. 기본적으로 기술적인 얘기가 대부분이었지만, 간혹 다음과 같이 인상 깊은 부분도 있었다.

……설령 아스토가 사라진다 해도 교코 씨와 나는 사랑하는 사이가 될 수 없겠지. 내 마음은 결코 보답받을 수 없다.

내가 사랑하는, 나와 같이 있을 때의 그녀의 디비주얼은 결국 그녀가 그와의 관계에서 오랜 시간 동안 만들어온 것일 테니까.

가로챈 사랑이 왜 잘될 수 없는지, 나는 그녀를 사랑하게 된 후에 비로소 이해했다.

그의 존재를 중심으로 살아가려는 그녀가 내 눈에는 애달파 보였지만, 그와의 디비주얼을 중심으로 스스로를 추스르는 모습을 지켜보면서, 나는 가까스로 이해할 수 있을 듯한 기분이 들었다. ……

목적지에 가까이 오자 워런은 역시나 별로 오고 싶지 않은 장소라고 생각하며 창밖으로 눈을 돌렸다. 어디 가느냐는 질문에 장소를 말해주니 눈이 휘둥그레지던 젤라의 표정이 이해가 됐다. '산영' 누락이란 이런 걸 두고 하는 말일까? 무슨 일이 생기면 시체는 그 근처에 있을 테니 잘 부탁한다는 말에 젤라는 농담도 진담도 아닌 표정으로 "싫어요, 찾으러 오라니. 본인이 잘 알아서 돌아오세요"라고 말했다.

가게는 지하에 자리잡은 움막 같은 무국적 식당이었다. 딘은 여러 번 와본 듯한 투로 말했다.

"전에 남의 눈에 띄고 싶지 않을 때 자주 왔어요. 이젠 유명해져서 찾아오는 관광객이나 커플이 늘었지만, 그러면 또 그런대로 남의 눈에 잘 띄지 않겠죠."

워런은 어느새 이런 정보에서 멀어진 걸 보니 나도 나이를 먹었구나 하는 묘한 실감이 들었다.

계단을 내려가는 딘의 발걸음은 예전처럼 영 불안해 보였다. 탁자 위의 LED 촛불과 천장의 간접조명뿐이라 선글라스를 쓴 채로 가게 안을 걷기가 힘들었다. 둘 다 새카만 선글라스를 쓴 것이, 누가 봐도 수상쩍은 모습이었다.

라오스인으로 보이는 사장이 일본 선술집을 모델로 했다는, 입구가 다실처럼 생긴 아담한 별실로 안내해주었다. 둘은 평범한 손님인 척 맥주와 해물전을 주문했다. 술이 나오자 딘이 선글라스를 벗고 검은색 상자 두 개를 꺼냈다. 잘 보니 눈가가 유독 심하게 일그러져 있었다. 워런은 표정을 숨기려고 맥주를 입에 댔다.

"하나는 잭 대니얼을 문 학질모기예요. 다른 하나는 미국 국내에서 '닌자'를 사용하는 '캐치업'이라는 조직의 말단에서 입수한 변이 열대열 말라리아원충이고요."

"기록해도 되나?"

"네."

워런은 선글라스에 내장된 카메라를 켜고 내친김에 렌즈 색깔을 옅게 조절한 후, 딘이 애매하게 표현한 디브를 받아들이지 않겠다는 듯 단호한 투로 "잭 대니얼이 아니라 매드 헌터, 통칭 '솔트 피넛'이겠지?"라고 말했다.

딘은 한순간 눈을 휘둥그레 떴다가, 순순히 고개를 끄덕이며

"맞습니다"라고 말했다.

"A. 로드 사인볼에 들어 있는 메모리를 봤어. 그건 만약을 대비한 거였나?"

"……네, 그런 생각이었죠."

워런은 살며시 고개를 끄덕이고 말했다.

"아무튼 그 덕에 인간관계는 대강 파악했어. 헷갈리니까 본명으로 얘기해. 자네는 '짐 킬머'가 아니라 딘 에어스라고 봐도 되겠지?"

"그렇습니다."

"그리고 '닌자'에게 물려 죽은 사람은 디트로이트 시절 소꿉친구인 매드 헌터. 래리 헌터의 형이고. ―그렇지?"

"네, 맞습니다."

워런은 눈썹을 무겁게 치키며 다음 이야기를 재촉했다.

"―그런데?"

"무슨 얘기부터 해야 할지. ……"

"무슨 얘기든 상관없어. 시간은 많으니까."

"우리가 어렸을 때의 얘기부터 해도 될까요?"

"물론이지."

워런은 두 손을 쳐들며 재촉했다.

24. 헌터 형제

"가족 이야기는 메모리에 들어 있는 그대로입니다. 저나 헌터 형제나 디트로이트 출신인데, 우리의 어린 시절에는 자동차 산업이 완전히 시든 때라 일대가 매우 황폐했죠.

저희 아버지도 GM에서 일했지만, 노조 간부라 생활은 그리 궁핍하지 않았어요. ―잘 모르시겠지만, 실은 전미 자동차노조에 NASA 직원도 가입돼 있어요."

"그래? 몰랐는데."

"그래서 NASA에 있을 때 아버지를 안다는 사람을 한 번 만난 적이 있어요. 이름이 좀 알려진 사람이었죠. ―그렇다보니 저는 그리 나쁘지 않은 머콤이라는 동네에 살면서 블룸필드 힐스에 사는 부잣집 애들이랑 타이거스 시합을 보러 가기도 하고, 한편으로는 교외에 사는 백인 노동자 아이들과 자주 어울리기도 했어요. 이 주변과 분위기가 좀 비슷했죠. 그런디처럼 위험한 빈민가 쪽은 절대 안 갔지만.

내 위치가 미묘하다는 건 어릴 때부터 어렴풋이 알고 있었지만, 2000년대 말 대량실업 시대에 접어들자 더욱 확연해졌죠. 이 나이가 되어서까지 나쁘게 말하고 싶진 않지만 솔직히 우리 아버지는 어느 쪽 사람들의 신뢰도 받지 못했어요. 아들인 저도 마찬가지였죠. 초등학생 시절 친했던 친구 몇 명이 자연스레 저희

집에 발길을 끊게 됐어요. 내가 놀러갔더니 그쪽 가족들이 너희 아버지는 배신자라고 비난한 적도 많았고, 친구에게 무시당하거나 괴롭힘을 당하기도 했죠. ─안 좋은 추억이에요. ……"

워런은 '그럴 테지'라고 말하듯 고개를 끄덕였다.

"그래도 저는 역시 행복했다고 생각해요. 아버지가 실직하고 앞날이 막막해진 집의 아이들은 대부분 우리와 더는 어울리지 않았지만, 그렇다고 그런디의 흑인 무리에 낄 수도 없었죠. 그렇게 설 자리를 잃고 어중간한 위치에서 자포자기로 흘러갔어요. 폐업한 쇼핑몰에서 총을 난사하고, 약을 하고, ……상해죄로 체포된 친구도 있고, 강간으로 잡혀간 놈도 있었죠."

"끔찍하군. ……"

"아버지는 자동차 산업이 이 나라 영광의 상징이라고 늘 얘기했어요. 그것이 이제는 거대한 시체처럼 속수무책으로 버려진 느낌이었죠. 오대호 주변부터 미국의 뿌리가 썩어들어가기 시작했다는 말이 있는데, 살아본 저도 정말 그런 느낌이었어요. 특히 노조가 원흉 취급을 당하고 비판의 표적으로 떠올랐으니 아버지도 나름대로 괴로웠겠죠. 쉰세 살이라는 이른 나이에 뇌졸중으로 세상을 떠났어요. 담배와 비만 탓도 있었지만."

"자네는 별로 뚱뚱하진 않군."

"어머니를 닮았죠."

"아직 건강하신가?"

"재혼하신 후로 연락이 끊겨 지금은 어떨지. ……"

"흠, 그렇군. ─그래서?"

"래리 헌터는 제가 어릴 때 제일 친했던 친구예요.

정말 친형제처럼 컸는데, 그 친구야말로 대불황으로 아버지가 실직하는 바람에 인생이 어긋나버린 전형적인 예였죠. 그후로는 정말이지 걷잡을 수 없을 만큼 막 나갔어요. 저는 많은 사람의 미움을 샀지만, 그 친구만큼 절 심하게 미워한 사람도 없어요. 슬픈 일이었지만 엉뚱한 분풀이라는 생각도 들었죠. 그들은 물론 고용주를 원망했지만, 노조에 대한 증오는 조금 특별했어요. 래리의 아버지는 비정규 고용자 해고 명단이 작성될 때 우리 아버지에게 중재를 부탁했는데, 아마 아버지가 매몰차게 거절했던 모양이에요. 굴욕을 느꼈겠죠."

딘은 그렇게 말한 후 무심코 평소 버릇대로 눈 밑을 긁었는데, 그 순간 격렬한 통증이 느껴졌는지 얼굴을 움찔했다.

"괜찮아?"

"아, 네. ……"

딘은 고개를 끄덕이더니 열기 띤 얼굴을 가볍게 어루만지고, 주머니에서 진통제를 꺼내 페트병 물과 함께 넘겼다.

"실례했습니다. ……저 스스로도 디트로이트에 내 자리가 있다는 생각은 전혀 안 했어요. 항상 인터넷 세계에서만 살았고, 고등학교도 별로 대단한 학교가 아니라서 말 그대로 인터넷으로 공부를 했죠. 래리를 비롯한 옛 친구들이 구제할 길 없는 나락으로 추락하는 모습을 보면서, 마음속으로 난 저렇게 되지 말아야지 결심했어요. ─솔직히 전 그들이 무서웠어요. 어디까지가 본심이었는지 아직도 모르겠지만, 한번은 래리와 그 친구들에게 거의 맞아죽을 뻔한 적도 있죠. 그때 말려준 사람이 그의 형 매드였어요. '닌자'에 살해당한 '솔트 피넛'이죠."

"매드는 나이가 좀 많지?"

"저보다 네 살 위. 래리는 저보다 두 살 아래였어요. 형제 사이는 좋았지만 둘이 씨가 달라서 매드는 래리의 아버지를 싫어했어요. 그래서 의붓아버지의 해고에 분노하지 않았죠.

매드는 저를 잘 보살펴줬어요. 영웅 타입은 아니고, 오히려 성깔 있고 삐딱한 인간이었죠. 과잉된 느낌이랄까. ……주위에 인기가 있어서 래리 쪽을 제압해줄 수 있었는데, 고등학교 졸업 후 이 일 저 일 전전하다 프리랜서 사진기자가 되어서 마을을 떠났어요. 정나미가 다 떨어졌겠죠. 저하고도 그후로는 소식이 완전히 끊겼는데, NASA 시절 플래닛을 통해 재회한 겁니다."

"─자네도 플래닛 국적을 갖고 있나?"

"네."

"지금도?"

"그렇습니다."

워런은 마침내 여러 가지가 이해된 듯 엄지로 아랫입술을 젖히며 몇 번이나 고개를 끄덕였다.

"매드 헌터, 자칭 '솔트 피넛'은 보도사진 자금을 모으려고 파파라치 일을 한 것으로 알려져 있는데, 파파라치 일도 나름 자기가 좋아서 한 겁니다. 섹스처럼 흥분된다고 했거든요. ―좀 특이한 사람이었죠."

"그 녀석 집에 있던 퀸 에이치의 AR시스템은 자네가 만든 거겠지?"

"맞아요. 부탁을 받았죠. 그에게는 그녀가 마시고 버린 종이컵이나 머리카락 같은 것이 많아서 DNA 채집이 가능했고, 생활환경 데이터도 놀라울 정도로 풍부하게 모아놓고 있었죠. 퀸 에이치에 대한 그의 디브는 변태라고 해도 어쩔 수 없다고 봅니다."

워런은 실소를 흘리며 내친김에 부침개 한 조각을 입에 넣고 딘에게도 권했지만, 그는 "됐습니다"라며 고개를 저었다.

"2028년 케이맨제도 앞바다에서 퀸 에이치의 선상 섹스 사진을 찍었을 때는, 저에게 뭐라고 연락하진 않았지만, 아마 정신 못 차리게 좋아했을 겁니다. 그후로도 툭하면 그 얘기였고, 보수도 두둑이 챙겼을 테니까요. 전쟁 보도에 몰입하게 된 건 그로부터 조금 후죠."

워런은 고개를 갸웃거렸다.

"그건 왜지? 계기가 있었나?"

"퀸 에이치 마니아라는 변태적 디브와는 모순되지만, 그는 본래 정의감이 강한 인간이라 꾸준히 보도사진을 찍어왔어요. 난처한 문제들이 은폐되는 걸 지독히 싫어했죠."

"그러면서 가소성형 얼굴을 여섯 개나 갖고 있다니, ─모순 아닌가?"

"그렇긴 하죠. 권력에 대항하기 위해서라는 나름의 논리가 있었겠지만. ……그건 둘째 치고, 그가 전쟁 보도에 열을 올리게 된 계기는 래리가 동아프리카에서 전사했기 때문이에요. 역시 '정의감'이 발동해서, 아무래도 전장의 상황이 이상하다고 직감했겠죠."

"……그렇게 된 거군."

"저와 래리는 완전히 다른 세계에 살았어요. 특히 캘리포니아 공과대학에 들어간 후로는 만날 기회도, 소문을 들을 기회도 사라졌죠.

그렇지만 저처럼 냉담한 인간을 대신해서, 생판 남인데도 진심으로 그의 신상에 대해 상담해주고, 경제적 원조를 약속하고, 조국의 골칫거리로 소외당하지 않고 영웅으로 존경받을 만한 일을 주선해주는 사람들도 있었죠."

"자원봉사자?"

워런은 시니컬하게 받아칠 생각이었지만, 감정을 변변히 드러낼 수 없는 딘의 표정으로도 그것이 완전히 빗나간 추측임을 알 수 있었다.

"신병 모집 얘기예요. 국군, 민간기업군 양쪽 다. ……"

"……아아." 워런은 얼굴을 찡그렸다.

"저는 초등학교 시절 형제처럼 가까웠던 친구가 팔 년 만에 연락하고 찾아왔던 날을 지금도 생생히 기억해요. 눈빛을 반짝이며 동아프리카에 가겠다고 하더군요. ─앞으로 무슨 일이 있더라도 그날은 평생 잊을 수 없을 겁니다. 뭐라고 해야 할지, ……"

그는 통증의 원인인 물질의 위치를 어떻게든 바꿔보려고 애쓰듯 또다시 이를 악물며 광대뼈 언저리를 어루만졌다. 탁자 밑에서는 의식을 딴 데로 돌리려는 듯 이따금 신발을 비벼댔다.

"─이런 동네는 이제 질색이라고 내뱉듯이 말했어요. 여기 있는 한 내게 미래는 없다. 노숙자가 되거나, 자살하거나, 살해당하거나, 누굴 죽여서 교도소에 가거나. ─그건 사실이었고, 실제로 그때 그는 이미 불법침입으로 체포된 이력이 있었죠.

진작 알고 있던 사실이지만, 거기서 탈출할 결심을 하게 해준 계기가 아이러니하게도 신병 모집이었던 거예요.

그는 사원으로 기업군에 들어가 급료를 받기보다 국군 병사로서 영예를 얻고 싶어했어요. 퇴역 후 진학을 도와주겠다는 약속도 받은 모양이에요. 저더러 사회의 악당으로 일생을 마치고 싶진 않다고 하더군요. 국가의 사랑을 받기 위해, 국가를 위해, 국가의 적과 목숨을 걸고 싸우는 조건을 받아들이기로 결단한 겁니다. 저는 이미 오랜 세월 동안 보지 못했던 그의 환한 표정을 눈앞에 두고 할말을 잃었죠. 초등학교 시절 타이거스 선수가 되고 싶다고 말했을 때도 왠지 모르게 체념이 앞선 무력감이 어려 있었어요. 그런 그가! 미래의 빛을 눈부시게 반사시키는 것처럼 실로 환하게 눈을 반짝였어요. ─그런 얼굴로, 아프리카에 가겠다고 말한 거죠."

"─찬성했나?"

"아뇨, ……그만두라고 했죠."

워런은 팔짱을 끼고 벽에 등을 기대며 이해를 드러내듯 고개를 끄덕였다.

"솔직히 동아프리카 상황은 잘 이해가 되지 않았어요. 국가 용해지대가 출현해 심각한 인권유린이 발생한다는 뉴스를 보고 누군가가 개입해야 한다고는 생각했고, 그 임무를 떠맡는 사람들에게 존경심도 들었어요. 하지만 래리가 지원한 경위는 이해되지 않았죠. 저는 제 과거를 돌아보고픈 마음도 있어서, 유전자 요인과 환경 요인의 교차점에서 인간이 어떤 식으로 형성되는가란 문제를 연구주제로 삼고 있었는데, 아무리 생각해도 정치나 경제 실패로 역경에 내몰린 인간을 그 존엄성의 회복을 미끼 삼아 값싼 노동력으로 전장에 내보내는 발상은 잘못된 것 같았어요. 그건 그 사회의 실패를 '은폐'하는 짓 아닙니까?"

"자네 말이 옳아. 그것이 현 허 정권의 수법이지. 그래서 가난한 이민자들이 전쟁에 뛰어들고 있고, 그들은 단지 미국인에게 미국인으로 인정받고 싶을 뿐이야."

워런이 몸을 내밀면서 험악한 눈빛으로 말했다.

"나중에 알았지만, 래리의 급여는 절망적일 정도로 낮았고, 민간기업 계약 병사들은 더더욱 비참했어요. 신병 모집의 선전문구는 그런 실태에 비해 지극히 기만적이었고, 무엇보다 그런 이유로 전장에 나가면 래리는 무턱대고 앞장서다 죽을 것 같았죠. ─불길한 직감이었지만.

그래요, ……결국 그렇게 됐어요. 저는 래리를 설득하지 못했죠. 두 번씩이나 절친한 친구의 미움을 샀어요. 그리고 처음보다 두번째가 훨씬 사무쳤죠. 래리는 말했어요. 너는 내가 이 나라의 골칫거리로 일생을 마치는 대신 명예를 회복할 마지막 기회를 이런 식으로 조롱하느냐. 먹살이라도 잡을 기세로, 필사적으로 분노를 억누르면서요. 그리고 다시 일어서려는 내게, 너라면 누구보다 먼저 인정해주리라 믿었고, 너의 격려를 받으며 새 인생을 시작하고 싶었다, 네게는 그런 의무가 있다, 우리 가족을 이 지경으로 내몬 사람이 네 아버지니까! 너는 그런 나를 두 번씩이나 철저히 모욕했어! 절대 용서 못해! 너만은 무슨 일이 있어도 용서하지 않아! ─그렇게 말하더군요."

"그리고, ……동아프리카에서?"

"죽었죠. 총에 맞아 벌집이 되어서. 그리고 애국자 중 한 명으로 알링턴 묘지에 잠들었어요. ─제 일생에서 다시없이 후회되는 일이에요! 무슨 말을 해서라도, 다리를 잡고 매달려서라도 말려야 했어요. 그의 생각을 존중했다, 그건 그저 자기변호에 지나지 않아요! 그는 죽고, 난 이렇게 살아남았죠. 대체 이유가 뭘까요? 늘 여기서 생각이 막혀버려요. 무엇일까? ─곰곰이 생각하다 보면 괴로워서 머리가 돌아버릴 지경이죠. ……"

누구의 얼굴일까. 워런은 눈물이 가득 고인 채 심하게 떨리는 눈과 참혹한 얼굴을 바라보며 생각했다. 지금 대체 누가 울고, 누가 나에게 호소하는 것일까? 딘 에어스라는 인간의 과거에 더는 수수께끼가 없었다. 그러나 얘기가 이쯤에 이르자, 워런은 새삼 자신이 누구와 마주하고 있는지 알 수 없어졌다.

전에도 한번 지금처럼 한 인간의 얼굴이 알 수 없어진 적이 있었다. 워싱턴의 선대본부에서 심심풀이로 그레이슨 네일러의 캐리커처를 그렸을 때였다.

그때는 그저 '평범한 후보'의 무개성에 일동이 쓴웃음을 짓고 넘어갔지만, 그 네일러의 얼굴이 지금 별안간 눈앞의 딘 에어스와 겹쳐지려 했다. 그 신비로움에 워런은 섬뜩해졌다. 가장 먼 두 개의 얼굴이 대통령선거 한복판에서 서로 이어지는 것이 그에게는 실로 기적처럼 느껴졌다.

25. 누구에게나 골칫거리였던 인간

가게 안에는 최신 테크노 케착 앨범이 흐르고 있었다.

딘은 눈가를 훔치고 호흡을 가다듬은 후 이야기를 이어갔다.

"……래리가 전사하고 2029년 말경부터 매드는 동아프리카를 오가게 됐어요. 플래닛이 확보하고 있는 루트를 이용했는데, 전장 깊숙이까지 들어가 취재하려면 플래닛 내부 과격파 쪽의 인맥이 필요했죠."

"플래닛은 '무영토 국가'를 선언하면서 테러리스트를 매우 엄중하게 배척했다던데?"

"그랬죠. ─그러나 그건 모순이에요."

"어떤 면에서?"

"국제사회에서 발언권을 얻기 위해 플래닛이 가장 신경쓴 부분이 테러를 불사하는 과격파들을 몰아내고 네트워크를 순화하는 일이었죠. 하지만 바로 그 점 때문에 플래닛은 서브 국가에 불과하게 된 겁니다."

"자정 능력이 없다는 뜻인가?"

"그렇죠. 영토국가와 달리 플래닛은 결국 신용판매회사가 모태가 된 기업국가나 마찬가지니까요. 플래닛 국민이 국민 본연의 자세에 걸맞지 않는다면 서비스를 단계적으로 정지해 페널티를 부과하는 조치 정도는 취할 수 있지만, 본격적인 교정이나 치료를 하는 시스템은 없어요. 끝까지 보살필 수가 없죠. —그게 큰 차이예요. 지금으로선 배제하는 방법뿐이에요. 서브 국적을 말소해 메인 국적의 디브로 당사자를 돌려보낸다. 거기까지죠."

"잘 알겠는데, 그 링크는 어디서 잘라내지? 과격파도 플래닛 안에서 여러 디비주얼을 가지고 있고, 다방면으로 링크를 넓혀 놨을 텐데."

워런이 탁자에 오른쪽 팔꿈치를 괴고 어깨에 체중을 실으며 캐물었다.

"네, 물론이죠. 그래서 완전히 배제하긴 어려워요. 경계에서는 과다 제거나 과다 잔여 양쪽 다 가능성이 있죠. 암을 난폭한 외과 수술로 제거하던 시대처럼."

"그렇게 배제된 과격파가……"

"'캐치업'이죠. 매드는 그쪽에 접근했다는 이유로 만약을 위해 배제된 과다 제거 부분이었어요. 그런 의미에서 저는 과다 잔여 일 테고요."

"그 '캐치업'이라는 게 구체적으로 어떤 조직이야?"

"구성원은 잡다해요. 전 세계 곳곳의 모든 인간에게 링크가 뻗어 있으니까요. '거울 이론'이 그들의 기본적인 발상이죠. 무력 행사에는 무력행사로 대항한다. 결국은 테러 얘기지만."

"그래서 미국 국내에 '닌자'를 뿌린다는 건가?"

"그렇죠. 그들은 다른 무엇보다 타국의 무기 사용에 매우 강한 저항을 드러내요. 문민경찰의 중립적 개입은 인정하지만, 군대를 이용한 부당 개입, 과잉 개입이 일어났다고 판단하는 순간, 침략으로 간주하고 '거울 이론'을 실행하는 겁니다.

그들은 온화한 비판이라는 형식을 택하지 않아요. 미디어가 아무리 보도한들 결정적인 현실은 반드시 빠뜨린다는 점에 매우 민감하게 반응하죠. 국민 대다수가 동아프리카에서 매일같이 얼마나 많은 사람이 죽어가는지 텔레비전이나 신문, 인터넷 등을 통해 지나칠 정도로 많이 접하고 있지만, 그 리얼리티를 받아들이는 건 아무래도 불가능하죠. '캐치업'은 자신들을 미국 본국으로 전송된 미군의 카피로 여겨요. 충실하게 미국과 똑같이 행동한다는 겁니다. 본체가 멈추면 그들도 자동적으로 멈추게 돼 있죠. 그런 피드백 조직이 '캐치업'이에요.

미군이 정의를 위해, 미안하게 생각하면서도 민간인한테까지 피해를 입히는 것과 마찬가지로, '캐치업' 또한 미국의 전쟁을 중지시키기 위해 역시나 미안하게 생각하면서 민간인을 끌어들여 피해를 입히는 겁니다."

"한 가지 구실일 수는 있겠지만, 그게 과연 지지받을 만한 생각일까?"

"그들은 무력 개입의 저의를 절대 허용하지 않는 것은 물론이고, 어쩔 수 없다는 생각도 단호히 거부해요. 정의를 위해 약간의 희생은 어쩔 수 없지 않느냐고 말하면, 정의를 위해 약간의 희생은 어쩔 수 없지 않느냐고 똑같이 받아치는 겁니다. 완전히 똑같은 카피이자 메아리인 셈이죠. 신랄한 모방이에요. ─클러스터나 핵무기 시대라면 그 방법을 미국 국내에 썼겠죠. 제아무리 머리로 알고 있다 해도, 자기 몸에 들이닥치는 현실을 실감하고 공포를 느끼지 않는 한 절대 알 수 없다는 게 그들의 근본적인 사고방식이에요."

"─그래서 그 시작이 '닌자'란 말인가?"

"그들이 활동을 개시하기 위해 '닌자'에 주목한 것은 미군의 비열함을 부각함과 더불어 여러 의미에서 그것이 효과적이었기 때문이겠죠. 값도 싸고 미국 국내로 들어오기도 수월해요. 키우면 수가 늘어나고, 뿌려도 눈에 띄지 않고, 일단 퍼지기 시작하면 회수할 방법이 없어요. 무차별적으로 아무나 죽이며 돌아다니죠. 게다가 말라리아는 금세기 들어 인터넷 관계 재단이 박멸을 위해 엄청난 힘을 쏟아온 상징적인 질병이에요. 군대는 민간 기업을 편승시켜 어처구니없는 실수를 저질렀어요. 반드시 큰 반향이 있을 겁니다."

워런은 다시 팔짱을 끼고, 생각에 잠기듯 위를 올려다보았다. 그리고 입을 열었다.

"그래, ……좋아. 그래서 매드 헌터는 동아프리카 전쟁을 취재하는 과정에서 미국 국내의 '닌자'에 이르렀다, 그런 얘기지?"

"네, 그렇긴 한데, ……" 딘이 머뭇거렸다.

"그렇긴 한데, 뭐?"

"솔직히 그는 이용당한 면도 있어요."

"이용?"

"매드 본인에게서 들은 얘기예요. —'캐치업'은 본래 플래닛에 있던 사람들이라 미디어 전략을 중시하죠. 최대의 효과를 거두기 위해 규모와 내용, 그리고 방법에 관해 치밀한 계획을 짭니다. '닌자'가 사용된 상황을 보면, 학질모기가 생식 가능한 지역이어야 하니까 필연적으로 남동부에서 남부로 한정됐고, 그중에서도 의료보험을 들지 못하는 저소득층이 사는 '산영' 비협력 지역이 선택됐죠. 카메라를 설치하지 못해 어쩔 수 없이 비협력 지역이 된 곳이지만요. 몇 건 만에 발견되어 사소한 사건으로 치부되지 않도록, 공개 시점에 온 국민이 기겁할 만큼 피해자 수를 몇십 명, 몇백 명으로 몰래 누적시키기 위해서예요.

그러기 위해 본래대로라면 동아프리카로 끌려갔을 법한 빈곤층 젊은이나 이민자 등을 모집해서 '닌자' 운반책으로 썼어요. 이 또한 그들의 '거울 이론'이죠."

"비열하군. 그것도 카피한 비열함이라고 하겠지만."

"그렇죠."

"그래서?"

"그들이 가장 고심한 점은 이 계획을 어떻게 효과적으로 미디어에 내보내느냐는 거였죠. 조금 전에도 말했듯이 그들은 미디어의 리얼리티에 회의적이에요. 그래서 주목한 사람이 파파라치 매드 헌터였죠.

처음에 '캐치업'은 당연히 매드의 존재를 거북하게 여겼을 겁니다. 그런데 조금 지나자 오히려 이용가치를 발견하게 된 거죠. 파파라치로서의 병적인 취재 능력과 뛰어난 기록 기술, 그리고 그것을 센세이셔널하게 미디어에 내보내는 인맥과 감각. ─그것을 고스란히 자기들 활동의 홍보에 활용하려 했겠죠. '캐치업'은 매드가 정보를 수집하는 여러 루트에 의도적으로 범행을 누설했어요. 결정적인 정보에는 이르지 못하는 선에서."

딘은 부침개 접시를 옆으로 밀고 탁자 위에 모니터를 펼치더니, '닌자' 피해가 확인된 장소를 표시한 남부 각 주의 지도를 띄우고 그중 미주리 주의 한곳을 클릭했다.

─몰라요. 보험이 없어서 병원에 못 갔어요. 자원봉사 선생님이 말라리아라고 진단했죠. 몸이 안 좋아지고 겨우 하룻밤 만에 죽었어요. 아직도 믿기지 않아요. ……

"─증언이군."

워런이 혼잣말을 흘렸다. 영상 속에선 백발이 섞인 흑인 여자가 기억 속 광경을 어떻게든 말의 그물로 끌어올리려 애쓰며 가운뎃손가락과 넷째 손가락으로 이마 가장자리를 눌렀다.

"매드는 이런 증언 영상을 여기, 붉은색으로 표시된 장소들에서 수집했죠. 그리고 많진 않지만 의사의 증언도요. 방금 얘기에

나온 자원봉사 의사도 포함되어 있어요. ―'닌자'라는 이름은 안
나오지만."

워런은 그 분포도를 보면서 '산영'의 '통합검색'이 찾아낸, 남
부 각 주를 전전하는 매드 헌터의 발자취를 떠올렸다.

'이 취재 때문이었군.……'

그는 재생이 끝난 영상 속에 정지된 여자의 얼굴을 바라보았
다. 너무나 애매한 '증언'이었지만 그 표정에는 기묘하고 끔찍한
사태의 엄습에 어리둥절해진 인간의 불안감이 더없이 긴박하게
드러나 있었다. 그것이 오늘 아침까지 숱하게 봐온, 동아프리카
유니세프 말라리아 치료소에서 아이 옆에 우두커니 서 있는 어
머니의 얼굴과 겹쳐졌다.

"매드 헌터는 왜 이걸 공개하지 않았지?"

"확신이 없었겠죠. 범행 순간까지는 잡아내지 못했고, 특히
'닌자'가 미군에 의해 개발되었다는 결정적인 증거까지 한 발짝
남겨둔 상황에서 멈추고 말았어요. 그 스스로도 전쟁 저널리스
트로서 미디어가 실제 현실을 전달하는 능력에 늘 딜레마를 느
끼고 있었으니, 그런 것 없이는 이 특종이 효과를 거둘 리 없다
고 예상했겠죠.

그러던 중 그는 자기가 이용당하고 있다는 걸 눈치챘어요. 그
래서 자료를 끌어안은 채 고민에 빠져들었죠. 결과적으로 자신
이 테러리스트들 계획의 일부로 훌륭하게 기능해버렸으니까요.

─게다가 타이밍을 잡기도 어려웠을 겁니다. 대통령선거가 가까워왔으니까. 이것이 발각되면 어떻게 될까? 그는 '캐치업'의 의도대로 미국 내에서 반전운동이 고조되리라고는 전혀 생각하지 않았어요. 오히려 현 공화당의 강경 노선에 순풍 역할을 할 거라고, 민주당 진영의 우려와 의견을 같이했죠. 그렇게 되면 동아프리카의 전선은 앞으로 사 년은 더 이런 진흙탕 상태를 이어갈 것이고.

그는 FBI에 정보를 제공했어요. 그래서 그가 죽고 국가보안부가 그렇게 빨리 움직인 거죠. 그러나 그때 그들은 공개하지 말 것을 요구했고, 매드도 취재를 계속하면서 효과적인 타이밍을 가늠하려 했죠. 살해당한 것은 바로 그 직후예요."

"누가 죽였지?"

워런이 간발의 틈 없이 물었지만, 딘은 탁자 가장자리에서 몸을 떼고 잠시 입을 다물었다. 워런은 무의식중에 케착 리듬에 맞춰 가운뎃손가락으로 탁자를 두드렸다.

이윽고 딘이 입을 열었다.

"─어느 쪽이든 매드를 죽일 이유가 있었다고 봅니다. '캐치업'은 더는 그를 조종할 수 없어져 초조해했고, 동아프리카 조직의 활동 실태를 비롯해 그가 쥐고 있던 정보가 당초 예상보다 많았어요. 그러니 그의 취재 자료만 압수한다면 죽여도 상관없다고 생각했을지 모르죠. 그는 아무도 믿을 수 없었어요. 이따금 발표할 매체를 제공하는 척하며 접근하는 사람도 있었으니까요.

하지만 제 의견은 다릅니다. '캐치업'이 내부 분열을 가장해 군 관계자—그중에서도 '닌자'를 개발한 기업의 지시를 받아 살해한 것으로 보여요.

여하튼 미국 국내의 피해자가 상당한 수로 늘어나고, 뿌려놓은 학질모기를 회수할 수 없다는 건 심각한 상황이죠. 언젠가 출처가 문제될 텐데, 그때 그 생물무기가 메이드 인 아메리카로 밝혀지면 당연히 곤란하잖아요. 인류에 또하나 새로운 절망의 씨앗을 뿌린 것이 정의의 전쟁을 수행하는 미군이었다니! 그러니 '닌자'는 어디까지나 테러리스트 악당이 만든 것이어야 합니다."

"구체적인 기업 이름까지 밝혀냈나?"

"—데번 사예요."

"데번 사?" 워런이 이름만 들어본 기색으로 되물었다.

"원래는 제약화학회사인데, 군대 건강관리 프로그램에 관여하게 되었고, 지금은 전쟁 전반의 매니지먼트에 강한 영향력을 행사하는 회사죠. 일반적으로 그런 면은 별로 알려지지 않았지만.

조지 W. 부시 시절부터 군대는 다양한 기능을 민간에 외주해왔어요. 큰 정부에서 작은 정부로, 관에서 민으로라는 흐름이죠. —하지만 그러면 군사행동의 기반은 반드시 흐트러져요. 기업은 영리조직이고, 각종 규제에서 제외되는 경우가 많아요. 데번 사는 그런 흐름을 타고 허 정권 아래서 급성장한 상징적 회사입니다. 후발이다보니 무리한 부분도 있었을 테고."

"그 회사에서 지금도 '닌자'를 제조하나?"

"아뇨, 2027년 소말리아에 지은 연구소를 2030년에 일단 폐쇄했어요. 그후 건물을 헐고, 지금은 정부와 민간기관에서 각각 조성금을 받아 같은 자리에 말라리아 박멸 연구기관을 설치했죠. 그렇게 과거를 '없었던 것'으로 만들려는 겁니다."

신음소리를 흘린 워런은 손이 허전해서 들고 있던 대나무 젓가락을 세우며 고개를 갸웃거렸다. LED 촛불이 그 그림자를 탁자 위에 드리워서, 젓가락을 올렸다 내렸다 할 때마다 끄트머리를 정확히 합치시켰다. 워런은 한동안 멍하니 그 모습을 바라보다가 고개를 들고 딘의 눈을 들여다보며 "어떡할 거야?"라고 물었다.

"설령 데번 사가 제조했다 해도 어떻게 증명하지? 대통령선거까지 삼 주밖에 안 남았어."

"열쇠를 쥐고 있는 인물이 있어요."

"그게 누군데?"

"릴리언 레인이에요."

"우주비행사?"

"맞아요. NASA 시절 매드 헌터와 재회한 건 우연이 아니었어요. 제가 골치 아픈 상황에 빠졌다고 경고하러 온 거기도 했지만, 그가 정작 관심을 가진 건 다른 얘기였죠. 바로 릴리언 레인이었어요."

"그건 또 무슨 소리야? —아, 파파라치로?"

"파파라치를 가장했지만, 맨 처음 그녀를 주목한 건 '캐치업'이에요."

"왜?"

"NASA에 들어가기 전 그녀는 공군에 있었어요."

"아아, ……그랬지."

"오하이오 주 라이트 패터슨 기지의 생물화학 연구소에 근무했죠."

워런은 눈을 휘둥그레 떴다.

"그후 반년가량 데번 사의 소말리아 연구소에 파견됐어요. 2028년부터 2029년 사이에. '닌자'가 제조됐을 것으로 보이는 시기와 정확히 겹치죠. 그녀의 전문분야는 학질모기였고요."

"확실해?"

"당시 현지에서 그녀가 찍힌 사진도 있어요. —릴리언 레인의 우주비행사 선발 과정에는 의혹이 끊이지 않았죠. 아서 레인의 딸이라서 뽑힌 것 아니냐고. 하지만 그 소문은 어찌 보면 진상을 감추기 위한 표면적인 명목이었어요. 그녀는 오히려 데번 사를 통해 '닌자'의 묵비의무 계약을 방패로 허 정권과 거래했을 가능성이 있어요."

워런은 카메라로 녹화하고 있다는 것도 잊고 엉겁결에 선글라스를 벗었다.

'—그게 퍼즐의 마지막 조각인가. ……'

선글라스의 이어패드를 깨물며 머릿속을 정리하다가, 잠시 후 자신의 나쁜 버릇을 알아채고 선글라스를 내려놓았다.

"증언을 받아낼 수 있을까?"

딘은 애처롭게 붉어진 눈 밑에 들러붙은 눈꺼풀을 흡사 상처를 벌리듯 크게 떴다.

"잔혹한 얘기지만, 지금 그러기 위해 온갖 힘을 동원하고 있어요. '던'에서의 임신 사실이 이 타이밍에 터져나온 건 우연이 아니에요. 그녀는 그 스캔들 때문에 영웅이자 스타로 남을 가능성을 모조리 잃어버렸죠. 지금 정신적으로 몹시 궁지에 몰린 상태인데, 플래닛이 이때를 노려 접근중일 거예요."

"—뭐라고?"

사태의 진상이 막연히 예상했던 것보다 훨씬 추잡해서 워런은 불신을 품었다.

"플래닛이 그런 조직이었나?"

"그들이 계획한 게 아니에요. 그녀를 궁지에 몰아넣은 건 '캐치업'이죠. 플래닛은 그저 그녀의 증언을 받고 싶은 겁니다. 구원의 손길을 뻗으면서. 그러는 것이 설령 '캐치업'의 의도에 부합할지라도. 그렇게 매드 헌터가 멈춰버린 지점부터 다시 나아가려는 거죠.

반대로 저지하려는 움직임도 당연히 있어요. 그런 의미에서 키를 쥐고 있는 또 한 사람은—아마 아스토 사노일 겁니다."

던은 이렇게 말하고 힘주어 눈을 두 번 깜박이며 슬쩍 시선을 피했다. 워런은 그 사소한 몸짓에서 교코 사노를 향한 마음을 담은 예의 메모리 속 글을 떠올렸다. 그리고 뭔가 깨달은 듯 돌연 표정을 바꾸고 물었다.

"그도 혹시…… 플래닛인가?"

"아뇨, 아니에요. '닌자'와도 '캐치업'과도 관계없어요. —다만 릴리언과의 관계로 인해, 지금 누가 뭘 하려 하든 정보의 흐름 속에서 중요인물이 돼버린 거죠.

NASA는 우주개발 민영화와 우주군 창설 구상 사이에서 흔들리는 중인데, 데번 사는 그 여파를 이용하려 들고 있어요. 불우한 워싱턴의 퇴직 관료를 낙하산 인사로 받아들이는 것처럼, 현 NASA 체제에서 설 자리를 잃은 아스토 사노를 그가 가진 정보와 함께 거둬들이려는 겁니다. —그러나 무엇보다 중요한 건 아스토를 통해 릴리언의 행동을 컨트롤하는 거죠. 데번 사가 '닌자'를 개발했다는 사실은 치명적이에요. 그래서 CEO 카본 탈은 임신 문제를 지렛대 삼아 그를 다시 그녀에게 접근시키려 하고 있죠. 그녀의 입을 원만하게 막기 위해서요."

"……그렇게 된 거군. ……과연."

"저는 이걸 보고만 있을 수 없어요."

"잠깐 기다려. ⋯⋯"

워런은 눈을 감고 머릿속에 소용돌이치는 불길한 예감이 순식간에 사라지길 고대하며 주문이라도 걸듯 한동안 손바닥으로 이마를 문질렀다. ―그러나 곧 포기한 듯 손을 멈추고 고개를 들더니, 말없이 그 모습을 지켜보고 있던 딘에게 말했다.

"잘 알겠는데, 중요한 얘기를 들어야겠군. ―준비됐나? 순서대로 물어보지. 첫째로, 자네는 어떻게 매드의 자료를 갖고 있지?"

딘은 갑작스럽게 앞으로 되돌아간 질문에 "그가 저에게 맡겼어요. '닌자'에 물리자마자 곧바로 무슨 일이 일어났는지 알아챘기 때문에 죽을 준비를 한 거죠"라고 대답했다.

"그래서 그자가 남기고 간 일을 이어받기로 했다?"

"그렇습니다."

"얼굴까지 똑같이 만들고, 이름을 사칭하면서?"

딘은 입을 다문 채 살며시 고개를 끄덕였다.

"어이가 없군. ―아무튼 됐어. 그거야 자네 맘이니까. 그런데 말이야, 대체 왜 내가 그 문제에 얽혀들어야 하지?"

"미국인이기 때문입니다."

"웃기는 소리!"

워런은 엉겁결에 탁자를 내리치며 고함을 질러 분노를 드러냈다. 마치 그 진동 탓인 듯 딘의 얼굴이 갑자기 이곳에서의 디비주얼에 대응하는 하나의 결속을 이룬 것처럼 바뀌었다.

"처음부터 그럴 속셈으로 우리 스튜디오를 찾아온 거야?"

"그렇습니다."

"왜 하필 나지?"

"플래닛은 '닌자' 문제를 대통령선거의 쟁점으로 만들기 위한 미디어 대책으로 여러 영상 제작회사의 목록을 작성했어요. 그 중에 당신 회사도 있었죠."

"번지수가 잘못됐어. 난 단지 '유동층' 대책으로 고용됐을 뿐이야. ……"

그는 그렇게 말하고 탈진한 듯 벽에 등을 기댔다.

"'유동층' 대책도 필요했죠. 그러나 이 프로젝트의 결정자 중에도 플래닛 국민이 있었어요. 그들이 이용한 겁니다. 보이는 건 뭐든 활용하는 게 플래닛이에요. ―그런 의미에서는 원래 플래닛 내부의 커뮤니티였던 '캐치업'도 마찬가지지만. 그들은 이번 기회를 통해 워싱턴과 전혀 무관하면서도 강력한 사회침투력을 가진 영상작가를 스카우트하려 했어요. 당신은 그중 한 사람이었고요. ―'산영'에서 낯선 사람들이 당신을 체크했죠?"

"아아, ……그랬지."

"다는 아니겠지만, 그중 몇 명은 플래닛 사람일 겁니다. 당신이라는 인물을 확인한 거죠. 어떤 디비주얼을 갖고 있는지."

"……"

"최종적으로 당신 스튜디오를 선택한 사람은 접니다."

"……오호, 이렇게 고마울 데가. —이유는 뭐지?"

"당신 작품이 좋았으니까요."

"그럼 왜 처음부터 그런 사정을 얘기하지 않았지?"

"믿어도 좋을지 알 수 없었어요."

워런은 애써 웃는 표정을 지었지만, 소리는 도저히 나오지 않았다.

26. 오늘과 내일의 거리

……초여름 오후의 기억이었다.

교코는 활기를 되찾은 태양이를 소파에 재운 후, 평소보다 시간을 들여 꼼꼼하게 AR시스템을 정비한 딘 에어스를 안뜰 쪽 발코니로 안내했다.

수영장 표면에 반사되는 휘황찬란한 빛이 숨막힐 듯한 질량감을 머금어 눈이 부셨던 기억이 생생하다. 투명한 물바닥에 파문의 그림자가 드리우고, 미풍을 낚아채 한순간 짙게 흔들렸다.

와사비 아이스크림을 띄운 콜라 두 잔에 레몬을 듬뿍 짜넣었다.

잔 속에서 탄산이 소리와 함께 거품을 일으키며 미세한 물보라를 주위로 흩뿌렸다. 일본에 있을 때 자주 마셨던 기억이 나서 며칠 전 직접 아이스크림을 만들어둔 터였다.

딘은 "맛있네"라며 미소지은 후, 거실을 돌아보며 나지막이 중얼거렸다.

"태양이가 이대로 성장해서, 저 방에서 한 발짝도 나갈 수 없다는 걸 의식하게 되면 어떤 생각을 할지, ……요즘은 온통 그 생각뿐이야."

그녀는 숟가락을 젓던 손을 멈추고 잔 안쪽에 붙여 천천히 빼낸 후 물었다.

"물론 계속 살아갈 순 있겠지?"

"고장나지 않는다면. ─게다가 난 저 아이가 언제 죽을지 몰라. 인간의 목숨과 마찬가지지."

"하지만 당신은 태양이의 유전자 정보를 완전히 파악했잖아?"

"알아도 손쓸 수 있는 게 있고 없는 게 있어. 지금도 이런 환경에서 영유아가 일반적으로 사고를 당할 확률이나 병에 걸릴 확률의 통계를 이용해 프로그램을 짠 거야. 지난번 소파에 부딪혀서 머리가 조금 찢어진 것처럼."

태양이는 실내의 희미한 불빛 아래 기분좋게 잠들어 있었다. 탁자 위에 놓여 있던 A. 로드의 사인볼이 바닥에 굴러떨어져 있었다.

교코는 그 공을 물끄러미 바라보았다.

"이 집에서 평생 못 나가는 거네, 저애는. ……그런 앞일은 생각해보지 않았어."

"무리도 아니지. 무책임하게 들리겠지만, 나 역시 생각 못했으니까. 이 시스템 자체도 오 년만 지나면 완전히 구식이 될 거야. 그때쯤이면 콘택트렌즈 방식으로 공유할 수 있는 AR를 고안해볼 생각인데, 아직 문제가 많아."

"연구는? 잘돼?"

"……응. ……뭐 그럭저럭."

딘은 아래를 내려다보며 콜라에 잠긴 아이스크림을 한입 먹고, 잇달아 다시 한입 먹었다.

"이게 무슨 맛이지?"

"와사비 아이스크림이야."

"와사비? 초밥에 넣는 거?"

"그래."

"몰랐네. 디트로이트 출신이라 어릴 때부터 일본 음식을 자주 먹었어. 물론 초밥도 좋아하지만, ……이런 건 없었는데."

"일본에서는 애들도 좋아해. ―태양이한테도 먹여주고 싶은데, ……식사 때는 괴로워. AR 음식은 먹지, 배고프다고 응석 부려서 진짜 음식을 만들어주면, ……당연한 일이지만 그릇의 음식이 줄지 않아."

"그래서 내 AR는 유령으로 불리지."

딘이 자조하듯 웃음을 흘렸다.

초여름의 조숙한 햇살이 지붕 위로 부서지며 발밑에 유리 조각처럼 흩어졌다.

교코는 샌들을 신은 발을 그늘에서 살며시 꺼내 그 열기에 직접 대보았다.

"……사실 난 처음에는 저애의 그런 점이 영 불만이었어. 완전하지 않은 느낌이었으니까. —하지만 금방 생각을 바꿨어. 예를 들면 선천적인 병 때문에 집밖으로 거의 못 나가고 사는 아이도 있잖아? 밥을 못 먹는 아이, 늘 누워서 지내는 아이도 있고. 그런 아이의 엄마는 그 현실을 애정으로 받아들여. —그래서 저애한테 뭔가 부족하다거나 다른 아이들과 다르다는 생각은 안 하기로 했어. 지진 재해로 몸을 잃어버렸지만, 저애의 무언가는 계속 이어지는 거야. —무언가는. ……그렇게 생각해. ……"

녹기 시작한 아이스크림이 얼음 틈새를 뚫고 서서히 가라앉고, 물방울이 늘어가는 잔 속에서 대모갑처럼 투명한 액체를 탁하게 만들어갔다.

딘이 진지한 표정으로 그녀를 바라보았다.

"—난 이 일을 그만두기로 했어."

순간 교코는 그 단순한 말의 의미를 이해할 수 없었지만, 낯빛은 이미 창백해졌다.

"왜……?"

"하고 싶은 일이 따로 있어서. ……지금은 그 이상 말 못해."

"어디로 가는데?"

"······그것도 말 못해."

바람이 부는지, 하늘에서 커다란 구름이 유유히 흘러가면서 안뜰 끝자락부터 그림자로 뒤덮으려 했다.

수영장가에서는 어디선가 날아든 작은 새 두 마리가 물을 마시고 주위를 경계하듯 쉼 없이 고갯짓을 했다.

말이 제자리를 찾을 수 없을 것만 같은, 티끌 한 점 없는 정적이었다.

딘이 더 견디지 못하고 입을 열었다.

"난 당신 곁에 있어야 할 사람이 아니야."

"왜?"

"누군가가 우리 관계를 악용하려 해."

"······무슨 뜻이야?"

그는 잔에 남은 자신의 왼손 자국이 흘러내리는 물방울에 흐무러지는 모습을 무심히 바라보았다. 그러다가 다시 말을 이었다.

"존슨 우주센터가 내 연구를 채택했을 때, 장난감과 다를 바 없다는 반대 의견과 달리 일부에선 강한 지지가 있었지. 유인 화성탐사 기간 동안 승무원의 정신상태를 어떻게 유지할 것이냐가 큰 문제였어. 기계는 모든 에러를 염두에 두고, 지구에서의 백업을 포함해 놀라운 정밀도를 실현했지. 그런 상황에서 결국 가장 취약해지는 건 인간의 정신이야. 여섯 명이나 되는 인간이 이 년 반 동안 먹을 물도 넉넉하게 얻을 수 없는 폐쇄 환경에서 공동생활을 하는 거잖아. 지금 당신 남편과 동료들이 애쓰는 것처럼."

"응."

"그런 논의를 진행하던 중에, 대학에서 AR 연구를 하던 나에게 갑작스러운 제의가 들어온 거야. 우주선과 우주기지에서 승무원의 정신적 안정을 도모할 만한 AR시스템을 연구해달라고. 꿈같은 얘기지만, 우주선 안의 풍경이 저멀리 수평선이 펼쳐진 남국의 리조트처럼 바뀐다면 기분이 상당히 달라지지 않겠어?"

"응, 그렇겠지."

"그 공동연구에 고용된 거야. ─난 인간형 AR를 연구하고 있었기 때문에 어떤 것이 가능할지 시험할 겸 동료의 아들과 똑같은 AR을 만들어봤는데, 사람들이 그걸 재미있게 받아들였고 현 단계에서는 오히려 지상에 남은 가족들의 정신적 케어에 도움이 되지 않을까 하는 방향으로 얘기가 흘러갔지. 우주선에 싣기에는 시스템이 너무 컸으니까. 프로젝트의 본줄기와 전혀 관계없는, 부수적인 이 발상에 오케이가 난 것도 아마 정말 기분전환 정도로, 말 그대로 장난감 수준으로 간주했기 때문일 거야. 거기서는 세간에서 상상조차 할 수 없는 온갖 별난 연구가 허가되고, 잘만 풀리면 뭔가 도움이 될지 모른다고들 생각하니까. ……그래서 일본인이고 게다가 아이를 잃은 당신의 존재를 처음으로 알게 됐지.

연구자들은 죽은 사람의 AR를 만든다는 점에 굉장한 흥미를 가졌어. 특히 아이는 디비주얼이 미분화된 상태라 내 시스템에서 다루기 수월했거든. 그렇지만 난 한 인간의 마음의 상처를 치유하는 데 내 연구가 도움이 되길 진지하게 바랐지."

"……알아. ─실제로도 그랬고. ……"

"그런데 이 프로젝트에는 전혀 다른 의도도 숨어 있었어."

"……뭔데?"

"안타깝게도, '던' 프로젝트가 실패로 끝나길 바랐던 사람이 많아. 겉으로 드러나진 않았지만 발사에 이를 때까지 온갖 방해 공작이 일어났어. 여러 차례 연기된 이유를 세간에서는 대통령 선거에 맞추기 위해서라고 하는데, 그것만은 아니야. 우주개발이 지니는 의미의 폭만큼 수많은 방해 이유가 있지. 여러 이유가 함께 작용한 게 틀림없지만, 어쨌든 미국의 실패를 국내외에 결정적으로 부각시켜 우주개발사업에 큰 타격을 입히고 싶어했던 세력은 현상황을 불행으로 여기고 있지."

"그건, ……이해해. 안타깝지만."

"발사가 성공한 이상, 프로젝트를 실패로 만들 수 있는 방법은 제한적이야. 가장 효과적인 방법은 제일 불안정하고 취약한 부분을 공격하는 거야. ─요컨대 승무원의 정신이지."

수영장가에서 놀던 작은 새들이 동시에 날아오르고, 그 뒤에는 수면에 기억처럼 퍼져가는 잔물결만 남았다.

"그들은 내가 태양이를 만들어서 당신과 나, 그리고 태양이 셋이서 유사가족 같은 관계를 이루길 기대했어."

"—유사가족?"

"그래. ……태양이를 매개로 내가 당신을 사랑하고 당신이 나를 사랑함으로써 프로젝트의 붕괴가 시작되길 기대했지. 특히 아스토 사노는 '던'의 의사니까, ……영향이 크지. ……'던'은 이미 귀로에 접어들었어. 방해꾼들이 할 수 있는 일은 이제 많지 않아. ……"

딘은 그렇게 말한 후 가까스로 형태를 유지하고 있던 아이스크림을 숟가락 끝으로 바닥까지 가라앉혔다. 그 손이 희미하게 떨리고 있었다.

무슨 말이든 해야 했지만 아무 말도 할 수 없었다.

교코는 그저 흘러가는 시간이 이쯤에서 멈추려는 두 사람의 귓가에 대고 삐걱이는 듯한 소리를 듣고 있었다.

"……NASA는 그렇게 나이브하지 않았을 거야. 아스토가 없는 동안 당신이 다른 누군가와의 디비주얼을 베이스로 정신건강을 유지하더라도, 그건 그거라고 생각하지 않았을까. 딱히 희한할 것도 없는 얘기지. ……나이브한 건 나야."

"……"

"그런 나의 나이브함에 누군가는 기대를 걸고, 또 경계를 하지. —그게 현재 상황이야."

딘 에어스는 그렇게 말하고 괴로운 듯 웃어 보였다.

"그래, 상황이 달랐다면 난 지금의 내 마음에 용기를 갖고 솔직하게 살아보려 했을지도 몰라. 하지만, ─그래선 안 된다고 생각해. 그래서 내가 해야 하는 또다른 일을 위해 살기로 결심했어. ……"

─딘 에이스를 본 것은 그날이 마지막이었다. 그를 잊은 적이 없었고, 아스토가 지구로 귀환한 후에도 이따금 떠올렸지만, 굳이 행방을 찾지도 연락하려 하지도 않았다.

그런데 한 달 반 전에, 일 년이 넘도록 소식이 없던 그에게서 갑자기 메일이 온 것이다.

교코는 부엌에서 양상추와 블루치즈와 호두, 건포도를 버무려 샐러드를 만들면서 오늘밤 아스토에게 딘 이야기를 어떻게 해야 할지 생각했다.

양상추 한 조각을 맛보고 고개를 살짝 갸웃했다. 예전에 네덜란드 출신 가족의 집에서 먹어보고 맛있어서 조리법을 배웠는데, 강한 냄새를 꺼리는 아스토를 생각해서 고른 치즈의 맛이 약간 부족한지 그때와 조금 다른 느낌이었다. 가다랑어포를 뿌리고 간장을 치면 맛이 날 것 같았지만, 그건 먹기 전에 해도 좋을 것 같아서 일단 손을 씻었다.

그리고 치킨 토르티야 조림을 만들려고 냉장고에서 닭가슴살을 꺼내 썰기 시작했다.

그녀는 딘이 보낸 메일 내용을 어떻게 받아들여야 할지 갈피를 잡을 수 없었다. 장소나 근황처럼 현상황을 알 수 있는 실마리는 전혀 없이, 아스토에게 접근하는 데번 사라는 기업은 동아프리카 전쟁에서 저지른 범죄 행위로 가까운 시일 안에 반드시 고발당할 것이다. 아스토가 이용당할 위험이 있다. 엮이지 않게 하라는 경고만 적혀 있었다.

인터넷으로 데번 사를 검색해봐도 그런 고발 기사는 나오지 않았다. 동아프리카 전쟁에 관여한다는 정보는 회사 차원에서 분명히 밝히고 있었지만, 그 밖에는 과격한 정치적 주장 일색인, 읽을 마음이 단번에 사라지는 사이트들에서 언뜻 언급되는 정도였다.

어제 한밤중에 '무영토 국가' 플래닛이 동아프리카 전쟁에서 사용된 '닌자'라는 병기의 존재를 발표해 큰 반향을 불러일으켰는데, 묘한 일본어가 들려 텔레비전 볼륨을 높인 그녀는 그것이 딘이 메일에서 넌지시 암시했던 '신종 말라리아에 대한 뉴스'임을 알아채고 공포감에 무심코 제 몸을 끌어안았다.

사실 그녀는 메일을 처음 읽었을 때부터 이미 그의 이야기를 믿고 있었다.

'당신을 위한 디브를 다시 한번 살려내 말을 걸 수 있어서 기쁘군.

나의 이 소중한 디브를 걸고 말하건대, 이건 절대 거짓말이 아니야. 부디 내 말을 믿고 아스토를 구해줬으면 해. 무엇보다 당

364

신의 행복을 빌어.'

그는 그렇게 썼다.

약 후유증이 다시 심해져 의심과 불안이 깊어진 아스토가 과연 이 상황에서 냉정을 지킬 수 있을지 그녀는 불안했다. 이 년 반에 걸친 혹독한 미션에서의 디브가 이제는 기억 속의 장소일 뿐인 '던'에 도무지 붙어 있지 못하고, 다시 시작된 그녀와의 관계의 디브에까지 온종일 배어나왔다. 그런 느낌이었다.

지구로 귀환하자 이 년 반의 억압에서 해방됐는지 그의 디브는 사방으로 한없이 늘어만 갔다. 아무래도 접하는 사람이 많은 탓이겠지만, 클리어레이크에서 그가 분인에 관해 설명해준 뒤로, 그녀는 그가 그렇게 개인을 무수히 분화시킴으로써 '던'에서의 디브를 상대적으로 작게 만들려는 것이 아닐까 하는 생각이 들었다. 아니면 무의식적인 행동이거나.

아스토에게는 그런 면이 있었다. 태양이가 죽은 후에도 어느 시기가 지나자 갑자기 사교적으로 돌변했는데, 물론 그 심정을 모르는 바는 아니지만, 한편으로는 왠지 모르게 경박하게 느껴질 때가 있었다. ER에서 일하겠다고 나선 것도 그랬다. 지진 재해로 자식을 잃은 가슴 아픈 경험이 일각을 다투는 빈사상태에 빠진 사람들을 돕겠다는 생각으로 이어진 것이다. 말로는 이해가 가고 반대할 이유도 없었지만, 지나치게 그럴듯하고 지나치게 논리적이라 납득할 수 없는 기분이 남았다.

조금 과장해 그에게 은둔형 외톨이 성향이 있다고 자각했던 그녀는 나 같으면 그러지 못했으리란 생각으로 그의 결단을 존중했지만, 사실은 그것이 두 사람의 삶에 무엇일지, 아이를 잃었다는 슬픔에 무슨 의미를 줄지 잘 알 수 없었다.

　그녀는 그런 속내를 그에게 털어놓을 생각이었다. 사회를 위한 일이니 올바른 일이니 하는 얘기는 일단 제쳐놓고, 그저 자신이 느끼는 위화감을 고스란히 말해볼 작정이었다. ─당신 혼자서 가버리지 마. ─그렇게 말하고 싶었다. 그러나 아스토가 이치가야 역에서 구조되어 집으로 돌아온 날, 그녀는 알게 모르게 자신의 말이 머금고 있던 또하나의 절망적인 의미를 그를 향한 망연자실한 격분 속에서 발견하고, 그냥 ER에서 일하며 오늘이 꾸준히 내일로 이어지기만 하면 더 바라지 않겠다는 생각에 이르고 말았다. 그가 난데없이 화성 타령을 하더니 급기야 우주비행사가 되겠다고 결심했을 때도, 주위 사람들이 의아해할 만큼 그에 대한 저항을 드러내지 않았다.

　생각해보면 이번 데번 사의 제안에 덤벼드는 모습도 그때와 매우 흡사했다. 그렇게 생각하면 왠지 애처로워질 정도라, '그도 남자구나' 하는 틀에 박힌 사고에 매달리며 이해하려고 애썼다.

　태양이가 죽고, 아스토가 우주비행사가 되고, 어느덧 십 년이 흘렀다.

　국제우주정거장에 체재하는 것도 달에 가는 것도 걱정되긴 마

찬가지였지만, 화성은 또다른 차원이니 역시 대단하다고 생각했
고 자랑스러운 마음도 들었다. 반면에 불안도 컸다. 뭐라고 말할
수 없었고 말해서도 안 된다고 생각했지만, 마음속으로는 역시
가지 않길 바랐다.

죽음의 위험이 있다. 그런 상상에 가끔 눈물이 멈추지 않을 때
는 그만이 아니라 자기 자신에 관해서도 생각했다. 아이를 잃고,
거기에 남편까지 잃으면 나는 어떻게 살아가야 할까? 그녀는 그
런 면에 무신경한 아스토가 실망스러웠고, 그 고독을 아무에게
도 털어놓지 못한 채 그저 한없이 슬퍼만 했다.

자기 목숨을 걸고 국가를 위해, 인류를 위해 사명을 다하고자
한다. 그런 남편을 해맑은 얼굴로 무조건 자랑스러워하는 다른
우주비행사 아내들을 보고는 자기도 그러지 않으면 창피할 것
같아서 억지로 따라 했지만, 마음속 어딘가에는 과연 저 사람들
의 속내는 어떨까 하는 의심도 존재했다.

미국인, 게다가 엘리트 집안에서는 역시나 그게 당연한 걸까?
평범함을 딱히 지겨워하지 않는 편이라 점술 책에서 '야심가 타
입인 당신은……'이라는 결과가 나오면 '흐음, 안 맞네'라고 생
각하는 그녀도 나는 과연 무엇을 위해 살고 있을까라는 상투적인
의문을 가져볼 때가 있었다. 그럴 때 아스토가 부러워지는 건 부
정할 수 없지만, 반대로 자신은 그럴 수 없다는 마음도 있었다.

아스토는 화성에서 귀환하자마자 입원해서 검사를 받았는데,

여러 항목 중 그가 심각한 암페타민 중독이라는 결과가 나왔다. 처음에는 선뜻 와 닿지 않았지만, 사전을 찾아보고 암페타민이 소위 말하는 '각성제'임을 알고 그녀는 충격을 받았다. 미션 성격상 적정한 사용이 허가됐다고 의사가 설명했는데, 아스토는 약을 자유롭게 처방할 수 있는 입장이라 과다 복용한 모양이었다.

예상보다 일찍 이탈 프로그램을 마치고, 승무원들과 함께 전 세계를 돌면서 보고회를 열고, 각국의 총리와 대통령을 만나고, 파티에 참석하고, 언론사 인터뷰에 응하고, 다큐멘터리 프로그램에 출연했다. 그것은 그녀에게도 꿈같은 시간이었고 언제 끝날지 모르는 반복적인 긴장과 흥분이 아직도 기억 속에서 열기를 발했지만, 그런 일들을 마치고 마침내 일터로 복귀했을 때, 아스토에 대한 NASA의 평가는 그녀가 보기에도 결코 높지 않은 것 같았다.

이유가 무엇인지 계속 의문이었다. 역시 약물중독이 원인일까 생각했는데, 그러던 중 함께 강연회에 초대받은 닐 캐시가 릴리언 레인이 NASA를 퇴직해서 다행이라는 의미심장한 말을 했다. 그 자리에 없었던 아스토에게 나중에 물어봤지만 그는 닐이 릴리언과 껄끄러운 관계여서 그렇다고 말할 뿐이었다.

아스토는 데번 사가 마련해준 말리부의 호화저택 자료를 넋 놓고 바라보던 날 처음으로 미션중의 '실수' 이야기를 꺼냈다. 그것이 지금 세간을 떠들썩하게 만드는 그 얘기일까? 릴리언 레인의 임신 소동은 그녀도 의외라고 생각했지만, 아스토는 사생활 문제라며 수술 사실만 인정하고 임신 여부에 관해서는 언급하지 않았다.

인터넷에는 분명히 임신이었다. 상대는 아스토나 노노라고 단언하는 글이 많았다. 굳이 나누면 노노라고 주장하는 쪽이 많았고, 게다가 '합의도 없이'라는 주장이었다. 일본의 스포츠신문에도 기사가 실린 모양인데, 친척이나 친구, 지인 들은 그들을 배려해서인지 뜻밖일 정도로 별말이 없었지만, 그래도 아스토에게는 관계자들의 문의가 끊이지 않는 듯했다.

그녀는 아닐 거라고 생각했다. 물론 릴리언 레인을 만나본 적이 있었는데 친구가 어떤 인상이더냐고 물으면 늘 '동성에게 미움받을 타입'이라고 대답했고, 그러면 상대도 자기 생각과 마찬가지라는 듯 선뜻 고개를 끄덕이곤 했다.

정치인의 딸이라는 태생도 그럴 만했지만, 겉보기에도 뭐든할 수 있을 듯한 느낌을 풍기고, 게다가 그것을 스스로 의식하고 있는 듯한 면이 마뜩지 않았다. 이런 사람이 있긴 하구나 싶을 정도로 미인이지만 어딘지 모르게 차가워 보였고, 게다가 그것이 상대방의 열등감 탓이라고 말하는 분위기였다. 말을 걸면 물론 밝게 응해주지만 친해질 수 있을 듯한 인상은 아니었다.

그런 그녀가 아스토의 아이를 가졌다니 얼토당토않은 소리다, 말도 안 된다고 생각했다. 실제로 같은 팀이 된 무렵에는 아마 그 여자는 당신을 상대도 안 해줄 거라며 놀리곤 했고, 아스토는 농담조로 꼭 그렇진 않다고 반박했었다.

그러나 인터넷에 떠도는, 수술대에 오른 릴리언의 손을 심각한 표정으로 부여잡고 있는 그의 영상을 본 순간, 그녀는 갑자기 불안해졌다. 그것은 그녀가 지금껏 한 번도 본 적 없는 아스토의 디비주얼이었고, 그런 그라면 릴리언과 무슨 일이 있었다 해도 전혀 이상하지 않을 것 같았다.

……날이 저물어 어둑해지자 그녀는 부엌 불을 켰지만 거실은 그대로 두었다. 그래야 태양이를 또렷하게 볼 수 있기 때문이었다. 아스토가 없었던 이 년 반 동안 집안은 늘 이렇게 어스름했다.

피가 살짝 밴 신선한 분홍빛 닭고기가 노란빛이 감도는 강렬한 조명에 반사되어 도마 위에서 반지르르하게 빛났다. 홈쇼핑에서 근육질의 쇼핑 호스트가 쇠망치까지 잘라 보이던 것과 달리 닭고기도 쉽게 썰지 못하는 특이한 모양의 부엌칼이 두툼한 껍질 위를 몇 번이나 오락가락했다. 그녀는 서서히 손을 멈추고, 딱히 의식하지도 않고 먹기 편한 크기로 가지런히 썬 고기 조각을 물끄러미 바라보았다.

그녀는 자신이 릴리언 레인을 질투하고 있다는 것을 처음으로 깨달았다. 아스토가 릴리언 앞에서 보인 디브가 아무리 봐도 자기와의 관계 속 디브보다 매력적이고 충실하게 느껴진다는 것이 충격이었다.

　지금까지도 사람들과 자주 그런 얘기를 나누었다. "NASA 안
에서는 그에 적합한 디브로 근무하지만, 저랑 집에 있을 때는 평
범하기 그지없는 '보통사람'이에요."―웃으며 그렇게 말하는 데
아무런 망설임이 없었고, 오히려 기쁨까지 느꼈다. 제아무리 '불
가능한 시대의 영웅'으로 추앙받고 존경받는 사람일지라도 내
앞에서만은 오 년도 더 전에 일본에서 산 2천 엔짜리 운동복을
입고 카레를 먹으며 옛날 만담 프로그램을 보고 퍽이나 재미있
다는 듯 웃어젖히는 격의 없고 소탈한 모습을 보여준다. 그것이
기뻤다.

　그러나 '던'의 다큐멘터리 영상을 보고 릴리언을 대하는 아스
토의 모습을 보면서, 그녀는 지금껏 그의 가장 하찮은 디브하고만
기나긴 시간을 보내온 게 아닐까란 의구심을 떨칠 길이 없었다.

　'보통사람'이에요. ―그녀의 눈에 그렇게 보인 것은 그가 사노
교코라는 '보통사람'을 위해 마련한 디브일 뿐인 게 아닐까. 그
디브가 편하다고 생각할지는 모르지만, 뭔가 부족함을 느꼈기에
디브를 그렇게 수없이 늘려가고 싶어하는 게 아닐까. 그런 생각
이 들자 그녀는 허전해졌다. 릴리언을 임신시키고 제 손으로 낙
태 수술을 했다는 것은 가슴이 미어지는 상상이었다. 사실이라
면 선악의 문제를 떠나 두 사람의 그런 특별한 관계를 도저히 견
뎌낼 수 없을 것 같았다.

아스토는 데번 사가 동아프리카 전쟁과 관련됐다는 정보가 어디서 나왔는지 불신을 품고 있는데, 하물며 딘 에어스에게서 들었다고 하면 충고를 거절해버릴 게 틀림없었다.

아스토 정도면 다른 기업에서도 얼마든지 제의가 들어올 테고, 일본으로 돌아가 JAXA에서 일하는 것도 좋겠다고 그녀는 생각했다. 딱히 큰 부자가 될 필요는 없었다. 그러나 그가 카본 탈에게 품고 있는 깊은 인간적 신뢰는 그녀도 어찌할 방법이 없었다.

게다가 딘 에어스에 따르면, 데번 사는 릴리언 레인이 한때 적을 두었던 회사이며, 아스토를 추천한 사람도 일찌감치 NASA를 그만둔 그녀라고 했다.

그래서 아스토는 데번 사에 가는 것을 교코가 반대하는 이유가 릴리언에 대한 질투라고 여기는 듯했다. 물론 그것이 주된 이유는 아니었지만, 질투심이 전혀 없느냐고 하면 선뜻 대답하기 어려웠다.

다 썬 닭고기를 요리틀에 재놓고 양파 껍질을 벗기다가 문득 귀찮아져서 손을 씻고 그대로 소파에 앉아버렸다.

어쨌든 아스토를 위해서라도 데번 사 입사는 막고 싶었다. 그러나 앞일은 또 달리 생각해야 할지도 모른다. 엇비슷한 제의가 언제든 다른 곳에서 들어올 것이다. 그때는 아내로서 찬성하고 따라가야 할까. —그녀는 처음으로 그 문제에 관해 진지한 생각에 잠겼다.

27. 악과 수치, 그리고 혼란

월요일 점심시간, 아스토는 개인적으로 할 얘기가 있다는 우주비행사실장 이언 해리스의 부름을 받고 존슨 우주센터 4빌딩에 있는 그의 사무실을 찾았다.

해리스는 유리창 블라인드를 모두 내린 후, 훈련생 시절의 면접 자리를 연상시키는 눈빛으로 아스토를 똑바로 응시했다.

"묻고 싶은 게 많네만, ―우선 최근 릴리언 레인과 연락한 게 언제지?"

"귀환 후에는 개인적으로 연락하지 않았습니다."

"그 말은? 그러기로 했다는 뜻인가?"

"딱히 합의한 건 아니고, ⋯⋯"

"수술 영상 유출 사건에 관해서는 알고 있겠지?"

"―네."

"내 말 잘 듣게, 아스토. 난 자네를 믿어. 그러니 자네도 나를 믿고 단적으로, 간결하게 대답해주게. ―고의든 과실이든 상관없어. 유출한 사람이 자네인가?"

"아닙니다. 제 컴퓨터를 점검해본 한에서는요."

"그럼 짚이는 바는?"

"없습니다. 다만 영상이 모두 진짜였으니 추측해볼 만한 곳은 의료부뿐일 것 같습니다."

"해킹일 수도 있으니 단언할 순 없지. ―좋아, 그건 됐어. 다음은 '위키노블'에 관해서인데, 자네도 그곳의 주요 집필자 중 하나라는 소문을 퍼뜨리는 자들이 있어. 그건 어떤가?"

"……아닙니다."

"조사하면 밝혀질 텐데, 확실한가?"

"……네."

"그래. 안심이군." 그는 몇 번이나 고개를 끄덕이고는, "―그건 그렇고, 릴리언 레인이 행방불명이라는 사실은 알고 있나?"라고 물었다.

"릴리언이? ……몰랐습니다."

아스토는 동요하는 기색을 보였다.

"연락이 안 닿는 상황이라고 하는 게 더 정확하겠지만. ―실은 '위키노블'을 비롯한 인터넷상의 정보, 특히 노노 워싱턴을 둘러싼 인종차별적인 내용에 대해 NASA가 정보 공개 책임을 다하지 않는다고 여러 인권옹호 단체에서 항의하고 있어. 당연히 노노의 아내 도티도 강간 의혹에 불만을 표하고 있고. 우리가 정식 회견을 열 필요성도 제기됐지만, 자네를 전면에 내세울 생각은 없네. 다만 의견은 들어보고 싶군.

릴리언 레인은 아이 아버지가 노노라고 말했지만, ……실은 아스토 자네 아닌가?"

아스토는 입을 다물고 대답을 망설였다.

"왜 말이 없나? 나도 못 믿는다는 뜻인가?"

해리스의 표정이 순식간에 험악해졌다.

"아뇨. ……딱 한 번, 관계를 가진 건 사실입니다. 하지만 그녀가 그렇게 말했으니 노노와도 관계가 있었을지 모릅니다. 그건 알 수 없죠. ……"

"그럴 가능성은 낮다고 보네."

"왜죠? 태아의 혈액검사나 DNA 검사는 불가능했습니다."

"상황증거라고 할까. 우리는 자네들이 귀환한 후 '던' 내부의 기록영상을 이잡듯이 뒤져봤어. 릴리언이 임신했다고 추정되는 시기에 단둘이 있었던 사람이 누구인가? 결정적인 장면은 나오지 않았지만, 비유하자면 당시 우주선 내부의 '산영 비협력 지역'은 로보노트 조작실과 욕실이었지. 자네와 릴리언이 그곳에 단둘이 있었을 것으로 추측되는 전후 영상이 있어. 그리고 다른 장소에서의 친밀한 모습도. ─노노하고는 그런 영상이 발견되지 않았지. 불화도 없었고. 적어도 임신 소동 전까지는 말이야. ─그게 우리 견해야."

아스토는 한동안 꼼짝 않고 우두커니 서 있다가 이윽고 "그렇군요. ……"라며 고개를 끄덕이고는, "그럼 릴리언은 왜 상대가 노노라고 했을까요?"라고 되물었다.

"그거야 모르지. 그녀는 자기한테 불리한 일은 절대 안 하는 사람이야. 그럴 만한 필연성이 있었을 텐데, 위원회에서도 이 점에는 모두 고개를 갸웃했어. —자네가 시킨 건 아니겠지?"

"제가요?" 아스토는 그렇게 되묻고 곧바로 "아닙니다"라고 부정했다.

"그런 의견이 나왔던 건 사실이야. 알렉스는 비교적 침착했지만 메리와 닐의 태도는 당시 상당히 딱딱했어. 자네가 그 거짓말로 곤경에서 빠져나온 건 사실이니까. 메리만 해도 화성에서 릴리언이 빈사상태에 빠진 후에야 겨우 동정적으로 바뀌었지. —단, 노노와 릴리언이 훈련생 시절 관계를 가졌다는 얘기는 있네."

해리스는 그렇게 말하고는 군은 얼굴의 아스토에게 '이게 현실이야'라고 말하는 듯한 제스처를 취했다.

"아무도 몰랐는데, 최근 도티 워싱턴이 내게 털어놨어. 남편의 혐의를 벗겨주려고 열심이지만 속으로는 불안하기도 하겠지.

여기부터는 보고를 들은 노노 담당의 소견이야. —릴리언은 노노와 연인관계를 맺었으나 그것이 우주비행사 경력에 마이너스가 된다고 판단해 끝내려 했어. 우리가 그 사실을 알았다면 두 사람을 같이 우주선에 태우진 않았겠지. 마지못해 응했는지 흔쾌히 받아들였는지는 몰라도 어쨌든 노노도 그녀의 제안에 동의했어. 이건 추측이야.

그런데 말이지, 자네의 귀중한 보고서에도 쓰여 있었듯이, 우주에서 오래 체재할 때는 대인관계가 한정되는 탓에 개인 안의 분인 발생이 과하게 억제될 수밖에 없어. 그러면 과거 기억 속의 분인이나 미래 망상 속의 분인이 감당하기 힘들 만큼 늘어나지. ─이건 대단한 발견이야. ─노노를 덮친 위기도 틀림없이 그런 종류일 걸세. 그의 내부에서 릴리언과 연인관계였던 무렵의 분인이 난데없이 되살아나 불합리하게 활성화됐지. 성적 욕구와도 당연히 관계있었을 테고. 그리고 그것이 선내 생활에 적합한 실용적인 분인을 압박하고, 사고력에 필요한 에너지를 모조리 가로채기 시작했어. 그렇게 대립하는 두 분인 사이에 갈등이 싹트고, 결국에는 무승부에 이르렀지. ─이게 담당의의 의견이야.

노노의 망상은 자네도 아는 것처럼 처참한데, 거기서 일관적으로 문제되는 것이 릴리언 레인이야. 릴리언, 릴리언, 릴리언, ……생각하고 싶지 않지만, 강간 의혹을 인터넷에 유출한 사람은 미션 관계자가 아니라 병원 간호사나 그 주변인일지도 몰라. 그토록 온종일 그녀에 대한 망상에 빠진 노노를 보고 있으면 그가 아이 아빠라는 생각이 들 만도 하지. 합리적으로 추찰하기보다, 어떤 의미에서는 세뇌되어서 말이야."

아스토는 둥그런 턱에 손을 얹고 고개를 살짝 숙인 채 생각에 잠긴 모습으로 그 얘기를 듣다가, 마지막에 숨을 크게 내쉬고 말했다.

"설득력 있는 분석이라고 봅니다만, ─예의 '메르크빈푸인'은 대체 뭘까요? 저는 그게 계속 마음에 걸립니다. 릴리언과 맞먹을 정도로 노노가 집착하는 망상이에요."

"그야 모르지. 그저 옛날에 읽은 SF 소설에 나오는 것일 수도 있어. 정신분석처럼 의미를 파고들 필요는 없지 싶은데, —"해리스는 그렇게 전제하고, 납득하지 못하는 눈치인 아스토에게 "예를 들면 NASA 얘기일지도 모르지. 조금 전 얘기로 돌아가서, 릴리언은 우주비행사 경력을 위해 노노와 헤어졌으니, 미련이 남았다면 거기서 꺼내오고 싶지 않았을까? 난 전문가가 아니니까 억측일 뿐이지만"이라고 말했지만, 강하게 주장하는 분위기는 아니었다.

아스토도 "······그렇군요"라고 말하며 일단 물러섰다.

"딕 라이트는 소장에게 손을 써서 대외적으로는 이 문제를 '없었던 일'로 처리할 생각이야. 영상 속 릴리언의 수술은 부정출혈을 막기 위한 것이지 낙태 수술이 아니다. 수술과 관련된 소문은 모두 날조라고."

"—그게 통할까요?"

"어려운 문제야. 개인적으로는 딕 쪽과 다른 의미에서 그것도 하나의 선택지라고 봐. 그들은 NASA의 체면을 지키고 아서 레인의 선거에 대처하기 위해 그런 방안을 짜냈지만, 난 자네와 릴리언의 사생활을 지켜주고 싶네."

아스토는 평소와 다름없는 그의 명석한 친절에 마음이 흔들렸지만, 결국은 누구나 카본 탈의 말처럼 '원만하게 수습하는 거짓말'을 원한다는 사실에 불현듯 불안을 느꼈다.

"영상과 음성이 유출되지 않았다면 그럭저럭 얼버무릴 수 있겠지만, 그것을 날조라고 강변한다면 오히려 뭔가를 숨기려 드는 걸로 보이지 않을까요? 그럴 경우 의심받는 대상은 역시 노노일 겁니다. 재판이라도 열리면 증거의 신빙성이 문제되고요."

해리스는 두 손을 가볍게 올리고 "그 말이 맞아"라며 고개를 끄덕였다. 그리고 말을 이었다.

"근본적인 부분부터 생각해보게, 아스토. —인간이 뭔가를 숨기고 싶어한다면, 그건 사실이 어떻기 때문일까?"

아스토는 잠시 생각하고서 말했다.

"나쁜 일이거나, 또는, ……부끄러운 일이겠죠."

"맞아, 악과 수치 둘 중 하나야. 일반적으로 인간은 부끄러운 일보다 악한 일을 더 고백하기 힘들어하지. 형사처분이라는 구체적인 페널티 때문이기도 하겠지만, —그런데 말이야, 나 역시 우주비행사였고, 또 우주비행사들을 매니지먼트하는 입장이 된 후에 새삼 생각하게 된 것인데, 아무래도 인간은 본질적으로 악한 일보다 부끄러운 일을 더 고백하기 힘들어하는 것 같더군.

악이란 뭘까, 그것을 고백한 인간에게 조심스럽지 못한 외경심을 품게 만들거든. 모든 사람이 워싱턴이 정원의 벚나무를 벴다고 고백한 용기를 칭송해. 질책에 대한 공포를 이겨냈으니까. 그건 살인 같은 중죄에서도 마찬가지라고 봐. 게다가 악은 궁극적으로는 일반적이야. '던'에서 자녀들에게 고백을 강요하던 메리가 그것을 '원죄'로 돌리지 않았나? 그 긴박한 상황에서 대단한 발상이었다고 다들 감탄했지. ─그런데 수치라는 것은 왠지 모르게 다들 공감하길 거부해. 그래서 고백에 아무런 무게감도 실어주질 못해. 어떤 사람이 어리석고 우스꽝스러운 짓을 했다고 고백한다. 그러면 어리석고 우스꽝스러운 인간이 되는 것으로 끝이야. 훌륭하다는 인상은 남지 않지. 인간의 존엄에는 비난당하는 것보다 웃음거리가 되는 것을 더 두려워하는 면이 있어. 그래서 성당의 고해성사에는 수치를 악으로 털어놓는다는 세련된 기능이 있지 않나.

어려운 건 악과 수치가 분간하기 힘들게 얽혀 있는 경우야. 강간 같은 성범죄를 고백하는 이가 별로 없는 건 아마 그 탓이겠지. 그래서 세간에서도 강간은 차마 말할 수 없는 문제로 덮어두고 싶어해. ─반면 그런 오명을 뒤집어쓴 사람이 노노지.

아스토, 자네는 어떤가? 어느 쪽 고백이 더 어렵지? 릴리언을 임신시키고 빈사상태에 빠지게 만든 악인가, 아니면 성적인 관계를 가지면서 왜 피임 하나 제대로 못했는지 구체적으로 설명하는 수치인가?"

아스토는 가슴을 주먹으로 얻어맞은 것처럼 숨이 막혔다.

"'던'에는 콘돔이 없었나?"

"……있긴 했지만, 모든 승무원이 항상 휴대하진 않았습니다."

"자네는 그날 노노를 돌보느라 몹시 지쳐 있었어. 우주선 내부 카메라 영상으로 상세하게 봤네. 고달픈 임무였겠지. 릴리언은 그런 자네에게 친절했어. 껴안고 있는 사이 분위기가 그쪽으로 흘러갔다. 직전에 잠깐 기다리라며 옷을 챙겨입고, 다른 사람들 몰래 콘돔을 가져와서 다시 옷을 벗고, 자, 그럼 다시…… ─ 그렇게 이어갈 만한 상황은 아니었다. 아닌가? 첫 관계라면 딱히 희한할 것도 없네만, 아무리 경구피임약을 먹고 있다 해도 조심은 했어야지 않나? 물론 우주에서 성행위를 한 우주비행사가 자네들이 처음은 아니야. 우주왕복선 시대부터 여러 종류의 보고가 있었어. 무중력상태에서 콘돔을 끼우기 힘들었다거나, 발기가 안 됐다거나, 체위에 고심했다거나, 사정이 잘 조절되지 않았다거나, ……자네도 다 알고 있을 텐데?"

"……"

"몰아세우려는 게 아니야, 아스토. 부끄러운 일이라고 생각하겠지만, 어쨌든 무사히 귀환한 건 사실이야. 그 행위 자체를 이제 와서 악이라고 비난할 생각은 없어. 하지만 자네는 자신이 이야기하기 힘들다고 느끼는 사실을 객관적으로 마주해야 해. 왜냐하면 그 감정에는 타자가 존재하기 때문이지. 섣불리 그릇된 대처를 하지 않기 바라네."

"……네."

"상대에 따라서도 달라지겠지. 속내를 튼 대학 친구라면 의외로 술에 취해 아무렇지 않게 얘기할 수 있을지도 몰라. ─하지만 일반에 공개하는 건 또다른 차원이야. 아무리 사소한 일이라도 자네들의 경험은 전부 NASA의 귀중한 데이터야. 우주에서의 성행위 자체가 윤리적으로 나쁜 건 아니야. 어떤 피임법이 적절할지, 그런 것도 앞으로의 검토 과제겠지. 자네에게 아내가 있다는 건 또다르게 생각해야 할 문제고. 말하자면 자네와 릴리언의 관계는 소위 '부적절한 관계'일 거야. 신체 건강한 남녀를 이 년 반이나 한곳에 가둬두면서 대책을 소홀히 했다, 그건 우리 문제이기도 해. 개인적인 문제라고 치부해버리진 말게. ─하지만 우리에게는 이렇듯 중요한 정보일지라도, 대부분의 사람들에게는 인류 영웅의 흥미로운 아랫도리 가십일 뿐이야. 악도 아닌 일 때문에 상처받는 건 자네들이겠지?"

해리스가 몸을 내밀면서 말에 힘을 실었다.

"문제를 치밀하게 생각해야 해. 자네는 전 세계에서 선발된 우주비행사의 정점에 서 있어. 곤란할 때일수록 인간은 단순한 원칙을 정하고 거기에 몸을 내맡기기 쉽지. 사실을 공개할 것인가, 공개하지 않을 것인가. 말할 것인가, 말하지 않을 것인가. ─무리라는 걸 알면서도 그 원칙을 밀고 나가면 뭔가 위대한 결단을 내린 듯한 쾌감을 얻지만, 결과적으로 최선의 결단인가 아닌가와는 관계가 없어. 빤히 보이는 현실을 보지 못한 척 뭉개버리면 안 돼. 나는 그것을 용기라고 평가하지 않아. 우주선을 움직인다는 건 그런 의미야. ─안 그런가?

자네가 짊어진 사회적 의무와 자네 자신이 소중하게 여기는 것 사이에서 아슬아슬하게 버틸 수 있는 발판을 디자인해야 해. 아름답지 않아도 좋아. 괴상해 보여도 상관없어. 세간이 어떻게 평가하느냐, 그건 그들에게 맡기는 수밖에. 지금 손에 쥔 소중한 것들이 최대한 망가지지 않도록, 자네 안의 디비주얼을 재구성해봐.

노노의 오명을 씻어주는 건 중요한 일이야. 반면 릴리언의 임신이 사실이고 상대가 자네로 밝혀지면 자네의 장래에 큰 불이익이 생기겠지. 난 그런 타산적인 부분을 전혀 고려하지 않는 태도를 청렴하다고 평가하지 않아. 나이브하고 자아도취적인 멍청이지. 비록 실수일지라도, 1조 달러의 예산을 쏟아붓고 수많은 사람이 관여한 프로젝트에서 일어난 실수야. 게다가 자네는 지진 재해 후 사람들의 희망을 짊어진 존재였어. 일본인이라면 모두 자네를 자랑스럽게 여기고, 미디어를 통해 동일화해버렸지. 배신감을 넘어 수치로 여길지도 몰라. 실제로 인터넷에 그런 목소리가 불거지고 있어. NASA의 문제이기도 하지. 일본의 JAXA도 우주왕복선 시대부터 쌓아온 신뢰에 타격을 받겠지. 일본에 있는 자네 가족도 그 수치를 공유하게 될 거야. 자네 아내는 깊은 상처를 받을 테고. ……

저질러버린 일을 어떻게 수습해야 좋은가. 과거의 내 분인을 현재의 분인과 어떻게 연결할 것인가.

하루가 다르게 변해가는 상황 속에서, 누구에게 무엇을 어디까지 어떻게 공개할 것인가. ─아스토, 내가 했던 말을 기억하나?"

아스토는 그때의 기억을 멀리서 불러오는 듯한 눈빛으로 말했다.

"……고민이 있으면 상의해라. 단, 누구와 문제를 공유할지 잘 생각하라고요."

"그래. ─알겠나, 아스토. 상황을 직시해. 무슨 일이 일어났는지. 누구를 믿을 수 있을지. 카본 탈은 수상한 놈이야. 자네를 파멸시킬 거야."

해리스가 내뱉은 이름에 아스토의 눈동자가 흔들렸다.

"아무리 생각해도 지금 같은 정보 유출은 도가 지나쳐. NASA 내부에서는 자정작용이 일고 있네. 이번 대통령선거로 민주당 정권이 탄생하면 딕 라이트=해럴드 앨런 체제는 안팎으로 변혁의 압력을 견뎌내지 못할 거야. 자네를 믿고 하는 말이네만, 그들이 배제되면 순서상으로 내가 소장이 돼. 그 경우 메리를 비행운용부장으로, 알렉스를 우주비행사실장으로 앉히는 인사를 구상하고 있어. 솔직히 말해 난 닐 캐시를 별로 높게 평가하지 않아. 메리도 같은 의견이고. 자네도 NASA에서 일해주길 바라네만, JAXA에서 부디 자기들 쪽으로 보내달라고 요청하더군. ─이건 나중에 다시 할 얘기고.

아무튼 상황은 그래. 현체제가 무너지면 여기저기서 고름이

터지겠지. 카본 탈은 위험해. 민간기업으로 가고 싶다면 그것도 괜찮은 선택이지만, 데번 사에 대해서는 마음을 접게."

해리스는 타이르듯 말하고는 마지막으로 한마디 덧붙였다.

"릴리언의 동향도 심상치 않아. 그녀야말로 무슨 돌발적인 일을 꾸미고 있을지 미지수야. 목요일 플로리다 파티에 자네도 참석하지? 그때까지 우리 태도를 결정하자고.

아스토, 우주비행사에게 가장 중요한 건 살아남는 거야. ─내 말 알겠지?"

6장

나와 너

28. '나'라는 이름의 '우리'

　투표일까지 삼 주를 남기고, 대통령선거의 행방은 정보의 거친 풍랑에 표류하기 시작했다.

　시시각각 각종 미디어에서 갱신되는 지지율 조사 결과는 원인 모를 상하 변동 양상을 보였고, 양 진영 모두 다음주에 있을 사전투표에 불안을 느끼고 있었다.

　최근 이십 년간 선거 때마다 늘 지적되었듯이, 유권자들은 개인과 기업, 내외국, 나아가서는 합법 비합법을 불문한 갖가지 형태의 조직과 지구상의 모든 장소에서 발신되고 교환되어 새로 만들어지고, 재구성되고, 단편화되고, 매장되지도 않고 영원히 인터넷에 쌓여가는 어마어마한 정보의 소용돌이 속에서 무엇을 선택하고 무엇을 믿어야 할지 더더욱 알기 힘들어졌다.

논의의 복잡성을 축감하고 싶다. ―누구나 그런 욕망을 가지고 있었지만, 아무리 선대본부가 위에서 쟁점을 설정하려 해도 사방팔방에서 순식간에 밀려드는 정보의 파도에 삼켜지고 분쇄되어 침몰하기 일쑤였다. 반면 밑에서 솟구치는 파도도 '온 지표면'에서 도도히 밀려드는 조류와 맞부딪쳐 물보라를 일으키며 산산이 부서져, 대해에 떠도는 물거품이 돼버리는 판국이었다.

그러면서도 만조는 착실하게 다가오고 있었다.

유권자는 말하고 싶어했다. 직장에서든 술집에서든 인터넷에서든, 사람들이 모이면 자연스레 대통령선거를 화제에 올려 후보자에 대해 얘기함으로써 스스로를 표현하고, 상대방을 한층 잘 알게 되고, 그로 인해 좋아지거나 싫어지거나 부둥켜안거나 치고받거나 했다. 사소한 쟁점으로는 분위기가 고조되지 않았다. 중요한 건 미국이 앞으로 어떻게 되고 세계가 어떻게 될 것인가 하는 보다 큰 문제였고, 동시에 일 년 후의 삶이 어떻게 될 것인가 하는 구체적인 문제로 관심이 수렴되었다.

사회가 복잡해질수록 미래 예측의 가능성은 점점 저하된다. 정치도 경제도 장래에 어떻게 될지 실로 알 수 없기에, 무엇을 해줄 것인가 하는 정책의 구체성도 중요하지만 그보다 뭐든 해줄 것 같은 신뢰감이야말로 국민이 새 대통령에게 바라는 바였다.

그레이슨 네일러의 '산영' 오인 스캔들 이후 사람들이 주고받는 이야기가 늘어나면서 차츰 다져진 논의의 발판은 '선악'의 문제였다.

'다음 단계로 나갑시다!'라는 네일러의 추상적인 캐치프레이즈는 마이크 델가도의 캐치프레이즈 '올바른 일을 합시다!'로 보완되며 최근 들어 드디어 유권자들에게 침투하기 시작했다. 네일러의 출신지인 보스턴의 레드삭스가 형편없는 정기 시즌을 마친 후 와일드카드 승자로 올라가 디비전 시리즈와 리그 챔피언십 시리즈에서 호쾌한 진격을 이어감으로써 뒤를 받쳐주었다. 보스턴 글로브 지는 1면에 '다음 단계로 나갑시다!'라고 대문짝만하게 실었다. 나아가 내셔널리그에서 키친스의 출신지 애틀랜타의 브레이브스가 이미 월드 시리즈 진출을 결정한 덕에, 인기 하락에 허덕이던 메이저리그가 오랜만에 주목을 끌었다.

미리부터 '폭탄' 투하 소문을 퍼뜨렸던 플래닛은 예고대로 그리니치표준시로 12일 오전 0시에, 동아프리카 전쟁에서 쓰인 생물무기 '닌자'의 존재를 발표했다.

몇 시간 후, 오랫동안 아프리카에서 말라리아 박멸에 몰두해온 IT기업 계열 재단이 성명을 발표해 '닌자' 문제를 강력히 비판하고, 조사비용 명목으로 플래닛에 우선 2천만 달러를 추렴한다는 계획을 발표했다. 나아가 EU, 특히 프랑스가 '닌자' 의혹을 독자적으로 조사할 준비를 시작했다고 공식 발표했다. 당연히 아프리카 연합은 격렬하게 반발하며, 국제연합에서 이 문제를 철저히 파헤치게 하겠다는 자세를 보였다.

LMC가 하루 늦게 매드 헌터의 '닌자' 취재기록과 딘 에어스가 건네준 실물을 대담하게 활용한 워런 가드너의 '혼신의 역작'인 PR영상을 인터넷에 퍼뜨리자, 난데없이 나타난 이 의혹의 병기가 미국 내에서도 사용되었다는 충격적인 내용에 미디어가 들끓었다.

'캐치업'은 이 순간만 기다렸다는 듯 곧장 인터넷에 범행성명을 띄우고, '닌자'를 이용한 미국 내 테러계획을 지도까지 동원하며 구체적으로 밝혔다. 그리고 워런의 영상에 나오는 플라스틱 케이스가 진짜임을 인정하고, 아열대화가 진행되는 남부 지역을 중심으로 적어도 200세트가 나돌고 있다고 경고했다.

거의 비명에 가까운 목소리가 미국 전역에서 솟구쳤다. 사람들이 동요하면서, 이미 철이 지나 재고도 별로 없던 모기장이며 살충제 스프레이가 온라인 오프라인을 가리지 않고 팔려나가 순식간에 동이 났다.

백악관은 긴급 기자회견을 열어 군에서 사용했다는 '닌자'에 대해서는 현재 조사중이라고만 언급하고, 대신 플래닛과 EU에 이어 '캐치업'을 테러조직으로 인식하고 단호히 대응하겠다는 결의를 밝혔다. 나아가 범행의 배경으로 가소성형의 존재를 지적하고 이에 법적 규제를 가해야 한다는 견해를 밝혔다. 이때

'가소성형'이라는 말을 처음 접한 사람이 의외로 많았다는 것을, 그 직후 급증한 검색수로 추측할 수 있었다.

플래닛의 CEO 리처드 위버는 정권 교체를 예측하고 그레이슨 네일러와 직접 물밑 교섭을 진행중이었는데, 정통한 현실주의자라는 평판대로 구체적이고 세밀한 데이터 분석에 기반해 동아프리카 상황에 대한 논의를 이어가는 모습이 좋은 인상을 주었고, 둘은 기본적으로 국제연합과 협조하지 않는 미군이 현지에서 비중립적으로 과잉 개입하는 것이 문제의 근저이며, 특히 군의 위탁을 받은 민간회사의 엉성한 계획 실패가 사태를 치명적으로 악화시켰다는 점에서 인식을 같이했다. 위버는 또한 네일러의 '악'에 대한 생각에도 공감했다.

"나는 악을 로맨틱하게 신비화하는 데 반대합니다. 악을 과대시하는 데도 반대하죠. 그것은 거꾸로 우리의 선을 신비화하고 과대시하는 셈입니다. 이 나라의 오랜 문제가 바로 그것이지요.

아무리 거악巨惡으로 보여도 구체적으로 철저히 밝혀내 살살이 해체해야 마땅합니다. 그럴 수 없는 악은 이 세상에 존재하지 않습니다. 그 끝에는 반드시 고유명사를 가진 개인이 존재하고, 그 개인을 악으로 몰아붙인 분인이 있을 겁니다. 누가 무엇을 위해 저지른 일인가, 그것을 철저히 밝혀내야 합니다."

네일러는 같은 내용의 성명을 보다 평이한 표현으로 바꿔 유권자에게 발표했다. 그리고 일단 동아프리카에서 군대를 철수시킨 후 국제연합의 평화유지 활동을 기본으로 하는 중립적 개입으로 태도를 바꾸고, 대체총을 도입한 문민경찰을 지원하는 최소한의 정도로 조직을 재편성하고, 위성과 휴대용 카메라로 모든 활동을 빠짐없이 영상으로 기록해 일정 기간 후에 공개한다는 등의 대담한 제안 몇 가지를 구체적으로 내놓았다. 또한 무기 수출입에 대한 빈틈없는 감시 및 규제와 함께, 복잡하게 대립하는 세력을 하나씩 교섭 탁자에 앉혀 무기 해제를 추진하고 '산영' 시스템 도입을 검토할 가능성을 언급하는 한편, 군비축소와 국제연합 개혁에도 의욕을 드러냈다.

민주당 선대본부는 동아프리카 전쟁의 쟁점화를 환영하는 플래닛과 다시금 협력관계를 맺었음을 확인했는데, 그렇게 단행한 이유는 첫째로 워런 가드너가 딘 에어스에게서 입수한 '닌자'가 실물이라는 점, 또하나는 플래닛의 자료에 현지 단독취재 내용뿐 아니라 CIA를 통해 입수한 것으로 보이는 신빙성 높은 내용이 다수 포함되어 있었기 때문이다.

세계 최대의 군사기업으로 알려진 로크 사의 사외 집행위원을 지냈던 국무장관 스토너가 제2기 허 정권에서 자신이 추진하는 전쟁과 첩보활동 민영화를 둘러싸고 CIA와 첨예하게 대립해온 것은 일찍이 알려진 바였는데, 실제로 CIA 주도로 이뤄진 현지 내셔널리즘 세력에 대한 지원은, 민간 전쟁기업의 거듭되는 실패와 자원의 국유화를 막고 민영화를 꾀하려는 움직임이 불러온 격렬한 반미감정 때문에 궤멸적인 타격을 입고 말았다. 일반인뿐 아니라 정부 수립을 노리는 이들까지도 이제는 자금을 제공하는 미국에 심각한 불신을 품기 시작했다. CIA의 이번 정보 제공은 명백히 그런 상황하에서의 견제이며, 스토너를 몰아내고, 다시는 그런 인간을 등용해선 안 된다고 차기 대통령에게 보낸 경고였다.

릴리언 레인은 INAX의 세정 기능 욕조 'RAKUYU'에 몸을 담그고, 머리 감기를 포함한 이십 분 코스를 선택한 후 눈을 감았다.

지시를 정리하는 듯한 몇 초간의 정적 후 소음방지 기능이 장착된 최신 기계가 스르르 작동하며 머리끝부터 발끝까지 단번에 기분좋게 자극했다.

"……좀더 부드럽게. ……그래. ……"

'RAKUYU'는 한숨처럼 들리는 지시를 알아듣고 강도를 알맞게 조절했다.

비데 딸린 변기를 히트시킨 일본인다운 발명이라며 전에는 간호용쯤으로 우습게 여겼는데, 이곳에 와서 사용해보니 눈 깜짝할 새 중독되고 말았다.

와이오밍 주 깊은 산속에 있는 친척 집에 칩거한 지 딱 일주일이 지났다. 매스컴은 아직 이곳을 알아내지 못한 듯했고 장소가 장소인 만큼 '산영'을 걱정할 필요도 없었지만, 인터넷 스토커들은 그녀의 행방에 대해 연일 활발하게 정보를 교환했다.

'위키노블'에선 요즘 들어 '던' 시리즈 관련 작품의 편집이 잦아지고, '걸작'이라 불리는 명장면이 '저장'되면서 다양하게 파생되어갔다. 결과적으로 일부 작품에 접속이 집중되는 현상이 보였지만 릴리언 레인의 '수술 영상' 유출 사건 후 그녀의 임신과 낙태는 절대 빼놓을 수 없는 에피소드가 되었고, 왜 그 플롯이 환영받는지 '위키노블' 전문 비평가가 페미니즘적 관점에서 상세히 분석해 '위키리뷰'에 발표한 것이 화제가 되기도 했다.

릴리언은 불빛에 비친 자기 몸 위에서 왕성하게 솟구치는 큼지막한 거품이 이따금 욕실 바닥에 물방울을 튀기는 희미한 소리를 듣고 있었다. 코로 숨을 내쉬자 목덜미에 솜처럼 모여 있던 거품이 작은 소리를 내며 으깨졌다.

그녀는 불현듯 소형 로켓으로 화성을 출발해 위성 궤도상에 대기하고 있던 '던'으로 돌아갔던 날을 떠올리고, 욕조 가장자리에 얹고 있던 두 손에 힘을 주었다.

불현듯 그 기억이 떠오른 것은 몸이 느끼는 이 진동 때문일까?
……

좁은 것은 마찬가지여도 주거 모듈의 개인실에서 생활하던 화성을 떠나 비좁은 우주선으로 돌아갈 생각을 하면 누구나 우울해졌다. 물도 부족하다. 승무원의 오줌을 리사이클링해서 만든

물이 납이나 수은, 우라늄 등을 정화해 만든 지구의 수돗물보다 더럽다는 건 과학적으로 볼 때는 단순한 착각이었지만, 머리로는 알아도 성분이 아닌 의미를 정화하기는 매우 힘들었다.

노노의 소변팩을 흔들어 보이며 "또 이걸 마시면서 살아야 하나"라고 코웃음 치던 닐의 얼굴이 종이 스티커처럼 뇌리에 들러붙어서, 뜯어낸 흔적을 의식의 손톱으로 아무리 긁어내도 도무지 말끔하게 지워지지 않았다.

그때도 어리석은 사람이라고 생각했다. 아닌 게 아니라 화성에서 물 때문에 고생하지는 않았지만, 사실은 정화하지 못한 그 물의 무언가가 훨씬 위협적일 게 틀림없었다.

호만궤도를 이용하기 위해 일 년 넘게 체재한 화성에서의 미션도 끝나고, 남은 과제는 어떻게든 지구로 돌아가는 것뿐이었다. 사기가 눈에 띄게 떨어져 있었다. 그런 상황에서 정체불명의 감염이 발생한다면 도저히 평정을 지킬 수 없을 것 같았다. 마지막 수단으로 처방받은 항히스타민제와 암페타민으로 얼마나 견뎌낼 수 있을까? 수술 후 체력이 현저하게 떨어진 그녀는 무사귀환에 대한 희망을 잃어가고 있었는데, 그런 자신을 비관하지 않는 것 또한 위험한 징조였다.

지구로 돌아온 뒤 화성에서 뭘 했느냐는 질문을 받을 때마다, 그녀는 속으로는 늘 '아무것도 안 했다'고 대답했다.

임신 십육 주째에 접어들어 불충분한 설비와 수술도구로 행한 아스토의 수술은 NASA의 산부인과 전문의도 높이 평가했지만, 그후 출혈이 좀처럼 멈추지 않았고, 재수술 때는 스스로 의식하지는 못했지만 말 그대로 거의 죽다 살아난 모양이었다.

빈혈로 흐려진 의식과 하복부 통증이 가져온 환각 사이에서 수술 후 줄곧 곁을 지켜준 아스토의 손을 몇 번인가 힘껏 붙잡았던 기억이 난다. 그때는 그 손이 그녀를 현실에 붙잡아두는 유일한 매개체였다.

─그는 정말로 노노의 아이를 낙태했다고 생각했을까? ……

가까스로 몸상태가 회복되자, 오래도록 '던'의 무중력상태에 익숙해져 있던 그녀의 몸은 지구의 3분의 1밖에 안 되는 화성의 중력마저 침대에 강제로 짓눌리는 느낌으로 받아들였다.

매일 아스토가 검진하러 와서 재활을 도와주었지만 대화는 놀라울 정도로 적었다.

그녀부터 입을 열려 하지 않았고, 그 역시 과묵했다. 체재 넉 달째에 접어든 후에야 겨우 미션에 복귀할 수 있었는데, 지구로 보낼 영상은 어찌어찌 찍었지만 본격적인 활동에는 결국 마지막까지 참여하지 못했다. 그런 생각이 귀환 후 일약 스타 대접을 받게 된 그녀를 줄곧 괴롭혔다.

'위키노블'에서 노노가 화성에서 행방불명되어 꼬박 일주일이 지난 후에야 모래먼지에 반쯤 파묻힌 채, 게다가 기적적으로 살아 있는 상태로 발견되는 불가사의한 장면을 읽은 후로, 그녀의 마음속에는 정체 모를 술렁임이 이어졌다.

일주일이라는 시간은 말할 것도 없이 비현실적이었으며, 어쩔 수 없이 그사이 분명 무슨 일이 일어났을 거라는 상상을 자극했지만, 무슨 의도인지 명시적인 설명은 없었다.

발견자는 릴리언 레인과 아스토 사노였다. 그녀는 노노에게 달려가 모래를 털어낸 뒤 그를 끌어안고 이름을 부르며 눈물을 흘렸는데, 그 과장스러운 묘사가 어딘지 모르게 희화적이라 감동했다는 댓글이 있는 반면 실소하는 독자도 많았다. 아스토는 그저 멍하니 서서 그 모습을 바라보고만 있었다.

데번 사가 그에게 접촉중이라는 얘기를 그녀가 들은 건 어젯밤 플래닛을 통해서였다.

막아야 한다고 생각했다. 그러나 그렇게 발을 내디디려면 먼저 스스로 정리해야 할 문제가 너무 많았다. 결단이 필요했고 그럴 마음도 있었지만, 세간의 반응과 앞으로의 인생을 생각하면 어두컴컴한 두통이 의식의 앞길을 온통 덧칠해버렸다.

이마에 살며시 땀이 뱄다. 머리 감기가 끝나고 잠시 후 욕조 코스도 종료되어 동작음이 멈추자 욕실 안은 고요해졌다. 오직 출렁이는 물소리만 남았고, 머지않아 그마저도 사라져버렸다.

인터넷에는 허실이 뒤엉킨 그녀의 디비주얼이 숱하게 흩어져 있고, 지금 이 순간에도 맹렬한 속도로 어지러이 날아다닐 터였다. '위키노블'의 '던' 시리즈에는 무수한 '릴리언 레인'이 존재한다. 몇몇 버전에서 그녀는 결국 메르크빈푸 성으로 끌려간다. 그쯤에서 여운을 남기며 끝나는 내용이 있는가 하면 죽는 내용도 있었다. 살아남아 다른 행성에서 일종의 유토피아를 체험하는 내용도 있었지만, 그런 플롯에서는 예외 없이 지구로 귀환한 그녀가 출발할 때와는 다른 가짜라는 설정이 덧붙어서, 그 얘기를 곧이곧대로 믿고 아서 레인의 사무실로 편지를 보내는 사람도 한둘이 아니었다.

'—릴리언은 실은 아직 메르크빈푸 성에 있는 거죠? ······'

천천히 눈을 뜨니 간접조명을 받은 욕실 천장이 눈부셨다.

그녀는 욕조 가장자리로 보이는, 페디큐어가 살짝 벗겨진 오른쪽 발끝을 바라보았다. 거품 덩어리가 형태를 허물어뜨리며 욕조를 핥듯이 서서히 밖으로 미끄러져 녹아내렸다.

몸을 일으키자 그녀를 휘감고 있던 시간이 순식간에 무너져내리듯 큰 물소리가 울려퍼졌다. 흰색 목욕가운을 걸치고 침실로 가서 차가운 물 한 모금을 마셨다. 그리고 이마에 손을 얹은 채 카운터 앞에 한동안 가만히 있었다.

'—어떻게 해야 할까? ······'

허리끈을 묶으며 침대 옆 거울 앞에 선 그녀는 동작을 멈추고 목욕가운을 풀어헤쳐 바닥에 떨어뜨렸다. 그리고 자신의 알몸과 말없이 마주했다.

『보그』에서 세미누드 사진을 찍을 때 아트 디렉터가 크게 펼

처진 빨간색과 노란색 머리핀과 나란히 두고 라인을 강조했을 정도로 허리의 굴곡이 잘록하고 또렷했고, 좌우도 완벽한 대칭을 이루고 있었다.

NASA를 그만둔 직후 화제가 된 그 표지 특집은 뭔가 착각하는 것 아니냐는 빈축을 사기도 했지만, 이 년 반의 유인 화성탐사 동안 완전히 잃어버린 줄 알았던 육체의 건강이 다시금 빛을 되찾은 것이 그때는 이루 말할 수 없이 기뻤다.

두 손을 얼굴에 얹고 윤곽을 따라 천천히 더듬은 후, 이어서 결국 여름 햇볕을 한 번도 쐬지 못한 하얀 유방을 만졌다. 끄트머리는 꽃봉오리처럼 희미한 복숭앗빛으로 물들어 있었고, 머리칼에서 떨어지는 차가운 물방울에 이따금 민감하게 반응하다 다시 누그러졌다.

한 손을 음부로 뻗어 짧게 깎은 털을 어루만지며, 반대쪽 손 가운뎃손가락을 약간 아플 정도로 깨물었다. 뭐든 흥분되는 것만 있다면 능숙한 자위로 그럭저럭 하룻밤을 넘길 수 있을 것 같았다. 가운뎃손가락을 천천히 구부려서 선명한 분홍빛이 드러날 때까지 아랫입술을 젖혔다. 눈초리에 힘이 들어가고 어깨가 굳었다. 숨을 크게 내쉬고 거울 속에 서 있는, 흥이 깨져 애달픈 표정을 짓고 있는 여자를 바라보았다.

곧이어 아랫입술이 꺼리는 듯한 몸짓으로 손끝에서 무정하게 도망치더니, 붙잡으려는 손을 허망하게 입가에 내팽개치며 쌀쌀

맞게 닫혔다.

그녀는 고개를 숙이고 제 몸을 보호하듯 끌어안은 후, 곧이어 다이아몬드 피어스가 강렬한 빛을 발하는 우묵한 배꼽까지 이어진, 수수께끼 가득한 공백 위에 양손을 포갰다.

외관상으로는 아무것도 없는, 요람의 깔개 같은 그 볼록한 자리는, 지금은 오히려 그 속에 남은 공허한 기억이 되살아나지 않도록 고요히 재워둔 것 같았다.

여기서 분명 하나의 생명이 움텄다 사라졌고, 피의 눈물은 언제까지고 멈출 줄 몰랐다. 없었던 일로 하고 싶은데도, 문득 정신을 차려보면 온갖 말이 숨어들어 그 텅 빈 장소에서 끊임없이 수군거렸다.

그녀는 고개를 흔들고 짜증스러운 표정으로 목욕가운을 낚아채듯 걸치고 머리를 말리러 갔다. 그리고 새하얀 셔츠와 청바지로 갈아입고 머리를 뒤로 묶은 뒤, 아버지에게 지금 바로 통화하고 싶다는 메일을 보낸 후 거실의 대형 모니터 앞에서 기다렸다.

'오케이'라는 답장이 오고 오 분쯤 지나서 레인의 모습이 모니터에 나타났다.

"웬일이니? 몸이 안 좋냐?"

그는 커프스 버튼을 채우며 바쁜 듯이 말을 건넸다.

"지금 시간 있어요?"

"아니, 십오 분 후에 공항으로 가야 해. 오래 걸릴 것 같으면

402

차나 비행기에서 다시 연락하마."

"아뇨, 간단히 말할게요."

"그럼 짧게."

"저, 모든 걸 말할 생각이에요."

"뭐든 얘기해. 그게 최고야."

"아버지한테가 아니에요. 사람들에게요."

부통령 후보는 짙은 다홍색 넥타이 매듭에 손을 얹은 채 험악한 표정으로 동작을 멈췄다.

"무슨 얘기를?"

"모두 다."

"―낙태 말이냐?"

"그것도 있지만, 그것만은 아니에요. 내가 동아프리카에서 뭘 했고, 어떤 경위로 우주비행사에 선발됐는지. ―어쨌든 모두 다요."

"……"

"지금 이 상태가 싫어요."

"진정하고 말해봐라, 릴리언. 왜 그러니?"

"죄책감 때문만은 아니에요. 나를 둘러싸고 인간은 어때야 한다는 식의 논의가 오가는 상황이 싫어요. 지긋지긋해. 내가 아는 비밀 때문에 미래 세계가 변해버릴 거란 중압감도 견딜 수 없어요. 모두 다 알아야 해요. 그리고 판단해야 해요. 안 그래요? 내게 들러붙어서 떨어질 줄 모르는 숱한 말들도 너무 거북하고 부담스러워요. 털어내지 못하면 이대로 머리가 이상해질 것만 같아요.

나름대로 고민해서 내린 결론이에요. 아버지한테는 미안하지만, 이번 선거는 아버지 쪽이 이겨선 안 돼요. 동아프리카 상황을 간과할 순 없어요."

아서 레인은 잠깐 어리둥절해하다가 곧바로 표정을 바꾸고 타이르듯 말했다.

"진정하고 나중에 얘기하자. 늦게라도 꼭 연락하마. 십오 분 정도로 정리될 얘기가 아니야."

"그럴 필요 없어요. 단지 미리 알리고 싶었을 뿐이니까."

"곤란한 상황이란 건 나도 이해한다. 그래서 최대한 도와주려고 하잖니. 그런데 그렇게 자포자기해버리면 어떡해. ─내 말 잘들어라, 릴리언. 릴리언! 고개 들어. ……네가 하려는 일은 아무에게도 도움이 안 돼. 나라를 위한 일도 아니야. 너 자신을 위한 일도 아니고."

"도움이 돼요. 상황이 바뀔 테니까. 다만 아버지에게 이롭지 않을 뿐이죠. ─아닌가요?"

"아니야."

"알고 있는 걸 얘기할래요. 국민에게는 알 권리가 있어요. 알아야 해요."

"물론이지! 하지만 들어봐라, 무엇이 정말로 국민을 위한 일인

404

지 잘 생각해야 해. 모든 정보를 무조건 공개한다고 다가 아니야. 모든 유권자가 너처럼 냉정한 판단력을 갖추진 않았어. 모두가 너처럼 지성을 타고나고 좋은 환경에서 교육받은 건 아니라고.

현실을 봐라. 정보를 아무리 밝힌들, 그것을 이 시대에 넘쳐나는 막대한 정보들과 비교해 잘 검토해보고 뭐가 제일 중요한지 종합적으로 올바른 판단을 내릴 수 있는 인간이 이 나라에 과연 몇이나 되겠니? 허울좋게 그들의 권리를 존중해주기란 간단해. 그러면서 약자의 편에 섰다고 착각하는 어리석은 자들도 있지. 하지만 그렇게 그들 손에 맡기면 최종적인 행복으로 이어진다는 보장은 어디에도 없어. 그게 바로 민주주의의 난점이자 정치의 난점이야.

그들은 적절하게 관리된 정보 안에서만, 비로소 자신들이 어떤 사회에서 살아가야 하는지 판단할 수 있어. 무턱대고 많은 정보의 소용돌이에 휘말리다보면 분위기에 휩쓸려 어처구니없는 결단을 내릴지도 몰라.

네가 유권자들에게 불러일으킬 대혼란은 앞으로 사 년간 돌이킬 수 없을 거다. 게다가 겨우 삼 주도 안 남았는데, 과연 누가 문제를 냉정하게 바라볼 수 있겠니. 응?"

"그러니 계속 숨기라는 건가요? 아버지야말로 이렇게 해서 혹여 선거에서 이기면 앞으로 어쩔 작정이죠? 발각되면 역사에 씻지 못할 오명을 남길 거라고요."

"넌 오해하고 있어. 동아프리카 상황은 어떤 이상주의로도 받아들일 수 없어. 네가 가장 잘 알 텐데?"

"오해라도 상관없어요. 그건 국민이 판단할 일이죠, 아닌가요? 난 아버지 같은 정치인이 아니에요. 정치인의 딸이지만, 한 사람의 국민이에요. 내가 옳다고 생각하는 일을 그대로 실행할 뿐이에요. 그게 잘못됐다면 순순히 인정하고 다시 새로운 인생을 살아가야 해요. 그렇게 살고 싶다고요! 그래서 나 자신에게 긍지를 갖고 싶단 말이에요! 결과부터 역산해서 뭘 해야 할지 고민하는 건 이젠 싫어요. ……지긋지긋해. ……그러니까 결과적으로 피해가 오더라도 난 만족해요."

"넌 현혹당한 거야. 인간의 영향이란 무서워. 누구 말을 진정으로 들어야겠니? 아빠 엄마는 널 진심으로 사랑해. 그러니 그런 사람의 말을 믿어야 하지 않겠니? 누가 너와 평생 관계를 이어가지? 누가……"

그렇게 말하던 아서 레인이 문 쪽으로 시선을 돌렸다.

"―다들 기다리잖아요. 무슨 일이에요?"

"아아, ……릴리언이랑 잠깐 얘기하는 중이야."

어머니 모디가 의아한 듯 화면을 들여다보았다.

"릴리언, 웬일이니? 아빠는 지금 위스콘신으로 가야 해. 얘기는 내일 하렴."

"아무튼 밤에 다시 찬찬히 얘기해보자. 중요한 일이니까. ―

알았지?"

"……알았어요."

그녀는 그렇게 대답하고 대화를 마치려 했지만, 그 모습에 오히려 부통령 후보가 붙잡았다.

"아니, 아무래도 지금 얘기하는 게 낫겠다. 비행기는 늦춰도 상관없어."

모디가 놀란 듯 두 사람을 번갈아 바라보며 물었다.

"대체 무슨 얘긴데 그래요?"

"릴리언, 말해봐라."

"모두 털어놓기로 했어. 화성에서의 중절수술, 그리고 엄마도 모르는 다른 여러 가지 일도."

릴리언은 아까보다 훨씬 강경한 투로 말했다.

"어리석은 짓 하지 마."

모디가 대번에 냉담하게 받아쳤다.

"넌 대체 왜 가끔씩 이렇게 어린애처럼 구니?"

"─무슨 말이야?"

"네가 더 잘 알 텐데? 군대에 가겠다느니, 우주에 가겠다느니, 아빠 선거에 협력하겠다고 나서나 싶더니 이젠 방해하겠다고? 제발 작작해! 결국 우리 애정을 확인하려는 것뿐이잖니!"

릴리언은 뺨을 붉게 물들이고 경멸의 눈빛을 띠었다.

"얘기가 왜 그쪽으로 흘러가?"

모디는 기를 꺾지 않았다.

"다 알아, 네가 무슨 생각을 하는지. 리즈는 부자와 결혼하진 않았지만 단란한 한 가정의 주부로 자기 삶을 소중히 살고 있어. 물론 그애에게도 이런저런 모순이 있겠지. 그래도 너처럼 언제까지나 허황된 꿈만 꾸지 않고, 아내의 의무를 성실히 다하면서 사랑으로 세 아이를 키우잖아. 그런 생활에 하루하루 행복을 느낄 만큼 충분히 성숙했어. ─알겠니? 신은 그런 인간에게만 진정으로 가치 있는 행복을 주시는 거야. 아빠와 나는 그런 리즈가 사랑스러워. 이 나라는 그런 사람들이 지탱하고, 그런 사람들을 위해 존재하는 거야!"

"엄마야말로 왜 그렇게 시시하고 도식적인 분석에서 헤어나지 못해? 그러면 똑같은 식으로 엄마라는 사람을 해설해줄까?

엄마는 아빠 생각대로, 여자는 여자답게 남편을 내조하며 아이를 키우고 가정을 지켜야 한다는 옛날 호시절의 미국 어머니상을 진지하게 연기하는 거야. ─왜 그럴 수 있는지 알아? 무대 위라서 그런 거야. 관객이 보고 있어서라고! 아버지 덕분에 사람들이 미디어를 통해 그런 엄마 모습을 봐주니까! 그렇게 공공연히 인정받을 기회가 없다면 엄마는 절대 리즈처럼 초야에 묻혀서 변변찮은 일개 국민의 행복에 만족하며 살 수 없어!

리즈와 난 엄마의 그런 모순을 나눠 지고 커왔어. 딱히 의식했던 건 아니지만 정신을 차리고 보니 어느새 그렇게 되어 있었지.

리즈는 리즈대로 엄마처럼 대중의 시선 속에서 살아가는 게 너무 싫어서 조용한 생활을 택한 거야. 진심으로, '남편을 내조하며 아이를 키우고 가정을 지키는' 인생을 누가 봐주길 바라지 않고, 굳이 말하면 신이 지켜봐주시는 것만으로 만족하며 살아가지. 그것도 삶의 방식 중 하나야. 그렇지만 난 반대야. 참한 가정주부 따윈 질색이라고. 미디어를 통해 인정받길 원하는 엄마 안의 가련한 일면을 이어받았거든. 리즈랑 내가 왜 이렇게 다르냐고? 그건 엄마 자신의 분열된 면이 반영됐기 때문이야. 리즈와 나는 어릴 때부터 다 알고 있었어. 알지만! 알면서도 무심코 그런 도식에 끌려가고 만다고. 우리 둘 다 거기 얽매여서 얼마나 복잡하게 꼬였는지 알기나 해? ……

화성탐사중 임신 사실이 밝혀지자 휴스턴에서는 내가 메리와 유사 모녀관계에 빠져 있다고 집요하게 경고했는데, 그때 여러 가지를 깨달은 것 같아. 말하자면 그런 도식이 누구의 욕망이었는지 말이야. ─내 말 틀려요, 아버지?"

"그만해라!"

아무 말 못하고 우두커니 서 있는 모디 대신 아서 레인이 이성을 잃은 듯 화면으로 팔을 뻗으며 엄한 목소리로 외쳤다.

"……나도 이제 지겨워, 이런 얘기."

그녀는 핏기가 가신 아버지의 얼굴에서 파멸적인 상황에 직면해 무너져버리기 직전인 초로의 정치인의 고뇌를 확인하고 가슴이 아팠다. 어떻게 하면 사태를 만회할 수 있을까? 속으로 열심히 궁리하는 절박한 얼굴을 그녀는 묘하게 이해가 깃든 눈으로 바라보았다.

자신의 디브 하나가 산산이 무너져내리는 것을 그녀는 느꼈다.

이 두 사람과 마주하는 건 지금이 마지막일지도 모른다. 그런 생각에 자신이 좀더 해야 할 말이 없는지 찾기 시작한 것을 느끼고, 그녀는 손으로 가슴을 꼭 누르며 이별의 말도 없이 갑자기 통신을 끊어버렸다.

29. 현실을 보게, 나의 친구 일본인이여!

"한번 잘 생각해봐. ─솔직히 지금은 우리 둘 다 인생에 문제가 있는 것 같아. ……"

아스토는 달에 가는 새로운 승무원들을 격려하는 모임에 참석하러 플로리다에 다녀오는 비행기 안에서, 오늘 아침 교코가 처음으로 꺼낸 이혼 얘기를 떠올렸다.

이미 그의 머릿속에도 몇 번인가 스친 생각이었지만 입에 올린 적은 없었다.

경제적인 자립을 걱정할 거라 여겼는지, 생활을 꾸리는 것은 친정으로 돌아간 후에 생각하겠다, 영어 하나는 익혔으니 일거리가 아주 없진 않을 테고, 일단 그 문제는 제쳐놓고 당신이 어떻게 하고 싶은지 본심을 알고 싶다고 그녀는 말했다.

이언 해리스는 복잡한 상황이 '이것저것' 신변에 얽혀드는 상황에선 '이것이냐 저것이냐'를 위한 결단을 하나하나 잘 디자인하라고 훈련생 때와 같은 충고를 했다. 문제는 정보가 불완전하고 부정확하며 게다가 시시각각 변한다는 것이었는데, 그런 상황이기에 더더욱 결단을 내려야 하고, 모든 것이 갖춰질 때까지 기다릴 수는 없다는 게 그의 생각이었다.

노노 워싱턴의 강간 의혹이 시들기는커녕 더욱 확대되어가는 지금, 그는 선내에서 릴리언과 관계를 맺은 일과 그 결과를 한 명의 승무원으로서, 또한 의사로서 숨김없이 공개할 의지를 굳혀갔다.

그러려면 준비가 필요했다. 행방불명된 릴리언에게 연락을 취해 그녀의 생각을 들어봐야 했다. 모든 것은 그다음이다. 노노와도 어떤 형태로든 무슨 일이 있었다면 문제는 또 달라진다. 만에 하나 항간에 떠도는 소문 같은 일이 있었다면, ―'메르크빈푸인'이 노노의 성욕의 상징이라면, 아니, 저질러버린 죄의 상징이라면, 그리고 릴리언을 지켜내야 한다는 것이 그의 자문자답이라면, 그가 져야 할 의무는 더더욱 어려워진다. 이런 단순한 해석이 지금까지 몇 번이나 그의 의식에 떠올랐고 노노의 담당의도 의견을 낸 바 있었지만, 인정하고 싶지 않은 해석이기도 했다.

아이 아버지가 아스토였다 해도 그녀가 과연 공표하길 원할까. —인공 임신중절 반대편에 서서 선거전에 임하는 부통령 후보 아서 레인이, 딸에게 그런 짓을 도저히 허락할 것 같지는 않았다.

지금까지 아스토는 대통령선거의 향방에 거의 관심이 없었지만, 해리스의 말대로 비행운용부장 딕 라이트의 지배체제가 실질적으로 끝난다면 그 역시 NASA에서 다시 한번 제자리를 찾을 가능성이 있었다. —그러나 릴리언 레인과의 관계에 대한 증언은, 그때 가서도 그를 좋게 평가해주는 해리스 같은 사람조차 대외적으로 절대 감싸줄 수 없는 흠이 될 터였다.

중요 스폰서인 일본과의 관계도 있고 해서 아스토는 유인 화성탐사 승무원으로 선발될 때까지는 라이트에게 오히려 우대를 받고 있다고 생각했는데, 귀환 후에는 태도가 백팔십도 바뀌어 얼굴도 보고 싶지 않은 것처럼 대하는 통에, 무슨 사정인지 궁금해하는 사람들의 탐색의 표적이 되었다. 만족스럽던 시절, 반대 입장이라면 비참하겠다고 막연히 느꼈던 불안이 지금 그대로 현실이 되었고, 그 자신은 반쯤 체념하며 받아들였지만 "화성에 다녀온 영웅한테 왜 수영장 감시원 따위를 시키는 거야?"라며 분개하는 JAXA 직원들의 억울한 표정을 떠올리면 괴로워졌다. 이상황에서 그들이 진상을 알게 되면 어떤 표정을 지을까. ……

NASA 비행기를 이용하지 않고 혼자 조지 W. 부시 공항에 도착한 아스토는 집으로 돌아가기 전 데번 사 휴스턴 지사에 들렀다. 때마침 출장으로 이쪽에 와 있다고 카본 탈이 연락해온 참이었다.

인터넷으로 본 말리부 연구소처럼 눈이 번쩍 뜨이는 흰색으로 통일된 사무실에서, 일본인처럼 붙임성 좋은 안내창구의 젊은 여직원이 담당자를 불러 탈의 방으로 안내하게 했다.

탈은 휴스턴 시가지가 한눈에 내려다보이는 전망 좋은 방 한가운데 있는 검은색 르코르뷔지에 소파에 앉아 여송연을 피우고 있었다. 방으로 들어온 아스토를 보더니 앉은 채로 손짓해 직원을 내보내고 탁자 맞은편 자리를 권했다. 그리고 악수도 없이 곧바로 얘기를 꺼냈다.

"자네 뜻은 잘 알았네. 안타깝지만 어쩔 수 없지."

탈은 다리를 풀고 여송연을 비벼 끈 뒤 시계를 보았다.

"여러모로 친절을 베풀어주셔서 깊이 감사드립니다. 하지만 저는 NASA에 남아서 좀더 해보고 싶은 일이 많습니다. 죄송하지만, 이번 제안은 거절하고 싶습니다."

"우주비행사실장 이언 해리스의 측근이 딕 라이트의 실각 소문을 알려줬겠지. 그래서 NASA에서의 장래에 다시금 희망을 갖게 됐다. ―정곡을 찔렀나?"

탈은 가볍게 코웃음 치고 입술을 일그러뜨리더니, 뜨끔한 기색을 보이는 아스토를 바라보며 말했다.

"당연한 생각이지. 야유하려는 건 아니야. 인간이 손익에 따라 움직이는 생물이라는 걸 부정하면 민주주의도 자본주의도 믿지 않겠다는 뜻이니까."

그러고는 생각에 잠긴 듯 고개를 비틀더니, "한데, 그 판단이 과연 옳을까?"라며 말을 이었다.

"─자네와 일하지 못하는 건 매우 안타깝지만, 최종적으로는 자네가 결정할 일이지. 난 그 뜻을 존중하고, 앞으로도 계속 응원하겠네. 난 자네를 친구로 생각해. 전에도 말했지만 난 이 말을 절대 가벼운 의미로 쓰지 않아. 이건 우리 사이의 사적인 '미일 동맹'이야."

차가운 뭔가가 배를 짓누르는 듯한 다짐의 말에 아스토의 목이 뻣뻣하게 굳었다.

"하지만 NASA는 생각처럼 되지 않을 걸세. 선거에서는 로런 키친스가 승리할 거야. 그러면 라이트는 해럴드 앨런에게 분노의 숙청 인사를 지시할 테고. ─아니, 이미 했겠지."

"그럴지도 모르지만, ……그래도 상관없습니다. 손익과는 또 다른 문제입니다."

"노노 워싱턴 얘긴가?"

"─네."

탈의 눈빛이 날카로워졌다.

"그렇다면 대통령선거가 끝날 때까지 기다려야지. 지금은 영향이 너무 커, 안 그런가? 선거와 연동해 현체제를 무너뜨리려는 내부 움직임이 아무리 있다 해도, NASA 본부는 쓸데없는 정치적 움직임을 삼가려 할 거야. '던' 프로젝트를 정치문제로 끌고 와선 안 돼. 그건 영원히 인류의 희망이어야 해. 떠오르는 태양이라고. 안 그런가, 아스토?"

"물론 참가한 승무원들 모두 그런 마음이었습니다. 하지만 최근 일 년 사이 정부는 '던'의 성과를 오히려 우주군 창설에 대비한 군비확장과 일국적인 소행성 자원개발에 적극적으로 이용해 왔습니다. 그 때문에 실망한 직원이 많습니다."

"일국이 아니야. 일본 역시 양쪽 모두에 은혜를 입었어. 그렇잖나? 그래서 자네가 화성에 갈 수 있었던 거 아닌가. 일본에는 뭐니뭐니해도 미국의 군사력이 최고야. 자원개발에도 흔쾌히 동조했어. 제국주의적 팽창이 마침내 우주에까지 미친다고 가정하면, 일본과 미국은 운명공동체인 셈이야. 그게 바로 일본의 현실적인 국익지상주의 외교 아닌가?

자네도 잘 알겠지만, 그런 실익도 없이 왜 인간을 화성에까지 보내겠나? 응? 예상되는 정치적 경제적 효과가 없는데 누가 그런 꿈같은 계획에 돈을 내겠어? ─그럼에도 불구하고, 그래, '던' 프로젝트는 분명 그와 동시에 인류에게 매우 황홀하고 장엄하고도 숭고한 꿈이었어! 이건 더럽혀져선 안 되는 꿈이야!"

탈의 눈이 술에 취했나 싶을 정도로 충혈되면서 섬뜩한 핏발을 세웠다.

"노노의 명예회복은 선거전 후에, 가십을 진정시키는 목적에서 철저히 제한된 방법으로 이뤄져야 해."

탈은 다시 한번 그렇게 말하고는 대답을 망설이는 아스토에게 불쑥 "아스토, 자네는 플래닛 국적이 없지?"라고 물었다.

"네. 없습니다."

"다른 마이너 '무영토 국가'의 국적은?"

"없습니다. 일본 국적뿐입니다."

"이런 말은 하고 싶지 않지만, 자네는 일본인이야. 미국인이 아니야. 무슨 말인지 이해하겠지? —이 나라의 대통령을 결정하는 선거에 무책임하게 영향을 끼치는 일은 삼가주게. 이 나라가 파탄나도 자네에게는 돌아갈 곳이, 일본이라는 모국이 있어. 아무런 책임도 지지 않지. 그렇지만 우리에겐 이곳뿐이야! 이 나라 국민들을 공연히 혼란스럽게 하는 짓은 제발 그만두게!"

아스토는 그의 눈을 똑바로 바라보았지만 무릎 위에서 오른손이 떨리는 것을 느꼈다. 그리고 그것이 부끄러워 손을 팔걸이 안쪽으로 슬며시 감췄다. 탈은 다리를 꼬며 미동도 없는 눈동자로 그 모습을 바라보았다.

"……잘 알겠습니다. 노노를 위해서라면 남은 삼 주를 기다릴 수 있습니다. 그러나 릴리언 레인은 어떨까요? 탈 씨가 전에 말씀하신 거대한 음모란 뭡니까? 그녀는 정말로 인공 임신중절 사실만으로 그토록 궁지에 몰린 건가요?"

"아스토, 여기는 누구나 가벼운 마음으로 종교를 즐기는 일본과 달라. 인공 임신중절을 인정하느냐 마느냐. ―이건 신앙과 관련된 중대한 문제야.

솔직히 고백하네만, 난 애국심은 남들보다 깊지만 신앙심은 얕네. 만약 신이 미국을 공격한다면 온 힘을 다해 싸울 거야. 만약 신이 세계를 멸망시키려 든다면 미국인으로서 온 힘을 다해 끝까지 싸울 거라고! 만약 신이 미국의 적이라면 천국으로 핵미사일을 쏘아올리는 일도 마다하지 않아! ―그게 바로 나라는 인간이야.

그리고 난 누구보다 합리적인 인간이지. 이미 일어난 골치 아픈 일에 연연하지 않고 '없었던 일'로 치부하는 태도를 지지하는 사람이야. 릴리언 레인의 임신을 없었던 일로 처리한, 아니, 그럴 수밖에 없었던 승무원들의 판단이 옳다고 난 누구보다 확신해. 왜 이제 와서 그걸 '있었던 일'로 거론해야 하는지 도저히 이해가 안 돼, 알겠나? 그런 얘기를 들은 이상, 신앙이 있는 사람은 연연할 수밖에 없어. 원치 않아도 휘말려들어 의견을 요구당하지. 그들의 신앙이 시험받게 된단 얘기야! ―함부로 그런 상황을 만들어선 안 돼. 내 말이 틀렸나?"

"골치 아픈 일이라서 중절한 게 아닙니다. 모체를 지키기 위해서죠."

"그럼 왜 지금까지 숨겼지? '골치 아픈 진실'이기 때문이잖아?
—아스토, 난 자네 편이야. 누구보다 자네를 잘 이해해. 나와 자
네는 같은 인종이야. 난 그걸 아네. 그래서 자네를 좋아하지."

탈은 그렇게 말하고 마지막으로 웃어 보였지만, 그 눈가에는
섬뜩하고 우울한 정열이 흘러넘쳤다. 이윽고 그가 시계로 눈길
을 던지더니 다시금 온화한 표정을 지으며 말했다.

"아스토, 릴리언은 지금 거대한 음모에 휘말렸어. 자네 추측대
로 중절 영상 유출은 순풍에 돛 단 듯했던 그녀의 앞길을 밟아뭉
개기 위한 절차였지. 1단계야. 목적은 한 단계 앞에 있어. 앞으로
나아갈 미래의 디비주얼이 사라져버리면 사람은 과거의 디비주
얼하고만 어울리게 된다. 자네가 우주에서 보고한 내용이지? 그
녀가 지금 바로 그런 상태야. 그 음모에 딕 라이트를 실각시키려
는 무리와 릴리언을 질투하는 무리가 가담했지. 아니, 그들도 결
국 이용당한 셈이야. 그 추잡한 마음을. —한탄스러운 사건이지."

"누가 그런 짓을 하는 거죠?"

"'캐치업'이라는 테러조직이야."

"……그 '닌자' 사건의?"

"—맞아."

아스토는 그 순간 강렬한 빛을 들쓴 것처럼, 그녀를 둘러싸고
대체 무슨 일이 벌어지고 있는지 단번에 이해했다.

"'닌자'는, —데번 사에서 만들었잖아요? 그 연구에 그녀도 연

관됐다……던데?"

"이건 복잡한 문제야, 아스토."

탈은 부자연스럽게 늘어진 거뭇한 눈 밑 피부를 내키지 않는 듯 꿈틀대고는 다시 주먹을 쥐었다.

"'닌자'라는 이름은 우리가 붙이지 않았지만, 우리가 개발한 건 맞아. 당시 동아프리카의 전황을 고려하면 불가피한 작전이었 어. 가장 훌륭한 방법이라고는 누구도 생각하지 않았지. 나도 다 른 방법이 있다면 하지 않는 게 낫다고 생각했고. 하지만 절대 부정할 수 없는 당시의 현실 속에서, '닌자'는 비용 면에서나 효 과 면에서나 마지막으로 선택할 수 있는 합리적인 방법이었어.

나중에 돌이켜보면! ―그래, 무슨 말이든 할 수 있겠지. 자신 이 우리보다 똑똑한 줄 아는 인간들은 전쟁을 하면 이렇게 되느 니 저렇게 되느니 함부로 떠들어대지. 그렇다면 그들은 왜 그 똑 똑한 머리로 당시 상황에 관여하지 않았지? 그 끔찍한 인권유린 지대에서 날마다 얼마나 많은 강간과 살인이 자행됐는지 아나? 그들은 아무 일 없이 평화로운 세계에서 부를 쌓고, 좋은 집에 살면서 맛있는 음식을 먹고 난잡한 연애를 즐기다가, 그런 향락 도 슬슬 따분해져서 '세계평화'나 한번 생각해볼까 싶어진 즈음 에야 인터넷을 뒤져보고는, 우리의 필사적인 결단에 대해 이러 쿵저러쿵 논평해대며 뒷북을 치고 있다고!

나는 관념적인 평화주의자들이라면 끔찍하게 싫어. 누구보다 번지르르하고 속 편한 인간들이지! —반면 내가 존경하는 건 대의를 위해 목숨을 걸 줄 아는 사람들이네. 그래서 자네들 같은 우주비행사를 존경하고, 동아프리카에서 싸운 병사들 역시 똑같은 마음으로 존경해. 자네들은 인류 최고의 엘리트이고, 병사들 대부분은 미국 최하층에서 살아가는 빈곤한 이들이지. 그러나 내가 인간으로서 느끼는 경의는 똑같아. 자네가 내 최고의 친구이듯 그들 또한 나에게 최고의 친구야.

당시 동아프리카 전황은 이미 진흙탕으로 변해가고 있었어. 매스컴은 베트남화니 이라크화니 하는 경박한 표현을 써가며 작전 실패만 언급했는데, 그건 전선에서 목숨 걸고 싸우는 병사들에게 너무나 무신경한 태도였어.

비참한 현실, 맞서 싸울 악당들의 무도함은 조금도 변함없는데, 그에 대항할 정의 측의 군사행동은 점점 더 한정되어갔지. 지금은 네이팜폭탄으로 정글을 불태워버리는 시대가 아니야. 단한 발의 오폭에도 전 세계에서 비난이 들끓는 판국이라고. 그런데 바다 건너에서 손 하나 까딱 않고 거실 소파에 앉아 구경하는 위선자들 따위가 뭘 알겠나!

2030년대에 접어들어 전황이 완전히 교착상태에 빠지자, 미군은 정글 게릴라전에서 어마어마한 피해를 입었어. 왜 그랬을까? 비인도적이라는 이유로 온갖 무기며 전술이 제한됐기 때문이야. 반면 악은 언제까지고 악이야. 뭐든 무제한으로 허용하지.

그자들이 얼마나 악랄한 수단으로 미군을 공격했는지 아나? 정의로운 방법으로 정의를 위해 싸운다! 그런 헛소리 때문에 현지에서 고귀한 미국인들의 생명이 얼마나 많이 희생되었는지 자네가 알기나 해! 응? 어처구니없는 모순이야!

정규군에는 마땅히 수많은 규칙이 있어. 그래서 외주를 받은 우리 민간기업은 그런 규칙 안에서는 불가능한 '눈에는 눈' 역할을 담당해왔지. '닌자' 따위와는 비교도 안 되는 비열한 무기도 있어. 하지만 우리 데번 사는 그런 것엔 거의 손대지 않았어. '닌자'는 예외야. 정글에서 농성하는 악당들을 몰아내려면 어쩔 수 없이 써야 할 방법이었어. 우리 회사가 덤터기를 쓴 셈이지. 규제 바깥에서 은밀하게 일을 처리해 미합중국 정규군의 명예를 더럽히지 않기 위해! 성조기를 모독하지 않기 위해!

그건 끝난 일이고, 없었던 일이야. 필요상 어쩔 수 없었던 시기가 지나자 우리는 '닌자'에서 완전히 손뗐어. 이건 증명할 수 있네. 자네가 우리 직원이 되는 것을 망설일 이유가 윤리적으로 전혀 없다는 뜻이야.

릴리언 레인이 맡았던 건 미국 병사의 말라리아 피해 연구였어. 그 과정에서 치사율이 비정상적으로 높은 돌연변이종 열대열 말라리아원충이 발견됐지. 그것을 '닌자'에 적용한 것은 그녀가 NASA로 옮긴 후였지만, 물론 그녀는 그럴 가능성을 이미 알고 있었지. 그래서 묵비의무를 조건으로 거래한 거야. —이것이 진상이네.

우리는 컨트롤 가능한 선에서만 '닌자'를 사용했어. 작전용 학질모기의 수명과 운동능력을 엄밀하게 관리하고 감염 확대에 세심한 주의를 기울였지. 눈에 보이지 않는 세균 같은 건 논외야. 그래서 '모기'였던 거지. 이걸 남용하기 시작한 건 테러리스트들이야. 무기란 올바른 사용법을 지키지 않는 무리의 손에 넘어갔을 때 비로소 문제가 되는 것 아닌가? 핵이나 열화우라늄탄도 마찬가지야.

중절 문제로 정신적 궁지에 몰린 릴리언은 지금 '닌자'에 대해 아는 것을 공개하라는 압력을 사방팔방에서 받고 있어. 하지만 이 전쟁이 끝나는 걸 원치 않는 민간 전쟁기업이 한둘이 아니야. 동아프리카로 무기를 대량 밀수하는 패거리도 당연히 그럴 테고.

그녀는 위험한 처지야. 증언을 막지 않으면 이대로 사라질 가능성도 있어.

난 그녀를 막을 사람은 자네뿐이라고 생각해. 증언을 부추기는 건 터무니없는 짓이야! 말려야 해, 아스토. 진심으로 그녀를 소중히 여긴다면! 자네는 화성에서 그녀의 목숨을 구했어! 다시 한번 그래야 해! 이번에는 지구에서 그녀를 살려내야 한다고!"

탈은 비틀어올리듯 왼쪽 코끝에 힘을 주며 검붉은 눈으로 아스토를 노려보았다.

아스토는 분노로 터질 듯한 그 눈을 바라보며 까닭 없이 그를 싫어하던 교코를 떠올리고, 경계하라고 충고한 해리스를 떠올렸다. 그리고 데번 사에서 지낸 나날을 '괴로운 추억'이라고 말한 릴리언도. ……

한동안 생각에 잠겼다가, 이윽고 결심하고 입을 열었다.

"……노노는 자기 고향인 게리의 가난한 흑인들이 잇달아 전쟁에 투입되는 현실을 괴로워했습니다."

"'닌자' 덕분에 그런 사람들이 죽음을 면한 거야."

"그렇지만 그전에, ……그전에 '애국자' 소리를 듣고 싶어서 저임금에도 전쟁터로 앞장서는 그들이 가엾다고 노노는 말했습니다. 귀환 후 받을 명성과 맞바꿔서 그 실태를 널리 알리고 싶다고도 했어요. ―저는 그런 그가 승무원으로 적합하다고 생각했습니다."

아스토는 말이 잘 이어지지 않아 갑갑함에 애가 탔다. 그리고 탈의 기묘한 시선을 알아채고 옆을 올려다보았다가, 어느새 거기 서 있는 누군가의 모습에 깜짝 놀라 눈을 휘둥그레 떴다.

"―그게 현실이야."

탈이 손을 움직이자 실내가 돌연 어두워지고 인영이 한층 또렷해졌다. 아무리 봐도 로런 키친스 대통령 후보였다. 아스토는 이런 자리에서 난데없이 일어난 환각 발작에 동요해 메마른 입가를 무의식적으로 눌렀다.

"괜찮겠나, 이제?"

키친스가 묻자 탈이 자리에서 일어서며 사과했다.

"네, 오래 기다리시게 해서 죄송합니다."

"……홀로그램……전화?"

아스토가 돌아보자 탈이 고개를 끄덕였다.

허둥지둥 일어선 후에야 알아챘는데, 그 삼차원 영상은 얼핏 사람 크기로 보여도 전에 행사에서 몇 번 만나본 키친스의 실물보다 약간 확대된 상태였다.

"편리한 세상이지. 덕분에 암살 걱정 없이 언제 어디서든 누구하고나 얼굴을 보고 대화할 수 있게 됐어. ─자네 모습도 보이는군. 오 분밖에 시간이 없지만, 앉게나. 오늘 내내 이런 식으로 미국 전역의 사람들을 만나고 다니는 중이야."

아스토는 어리둥절해서 "……네" 하며 자리에 앉았지만, 꼭 딘 에어스가 만든 AR를 보는 기분이라 선뜻 진짜라고 믿기지는 않았다.

소파에 앉자 실내에는 빛을 발하는 키친스와 판독용 조명을 받은 그 단둘만 남았고, 탈을 비롯해 다른 모든 것은 어둠 속에 잠겨버렸다.

"카본이 무슨 얘기를 했는지는 못 들었네. 아침부터 다른 사람들을 만나느라. 다만 자네가 마지막에 한 노노 워싱턴 얘기는 들었어. 내가 하고픈 말은 하나야. ─현실을 보게, 미스터 사노. 냉정하게 현실을 직시해."

아스토는 그렇게 힘주어 말하는 인간 모습의 빛덩어리를, 반사 탓에 금빛으로 물든 눈동자로 주시했다.

"동아프리카는 참혹했어. 누군가는 그 끔찍한 악의 소굴로, 테러리스트의 최후의 요새이자 민주주의 세계를 붕괴시킬 최초의 결괴 지점이 될 밑도 끝도 없는 지옥으로 뛰어들어 목숨을 걸고 싸워야 했지. '버림받은 일대'라는 이름이 붙은 그 지역을 감싸 안아 다시 한번 평화로운 세계로 이끌고 와야 했어. 미국은 세계의 구조대야! 그것을 저지하려는 악당들과 단호히 싸워야만 해! 아프리카에서 미국의 영향력을 높이려는 의도라고 비난하는 사람들도 있는데, 당연한 얘기야. 우리는 강력한 지도력으로 평화롭고 안정된 민주주의를 실현하지. 이런 생각에 반론을 제기하는 어리석은 자들은 단 일주일이라도 좋으니 그 현장에 가서 언제 죽을지 모르는, 언제 폭행당하고 강간당할지 모르는 공포와 불안 속에서 한번 살아보라고 해! 틀림없이 이렇게 외치겠지. '살려줘!' ─그런 장소는 지구상에 존재해선 안 돼! 그것이 허정권의, 그리고 우리의 확고한 신념이었어.

그런데, 과연 누가 그 임무를 수행하지? 이 미국 땅에서 평화를 만끽하는 인간 중 대관절 누가? 태어날 때부터 정의의 피가 흐르는 존경스러운 인간이 이 나라에도 있긴 해. 숭고한 희생정신으로 살아가는 것을 긍지로 여기는 위대한 인간. 그러나 안타깝게도 그 수는 절대 충분치 않아.

우리는 위대한 애국자들에게 그에 합당한 보상을 해줘야 해. 가족을 부양할 돈, 부상당했을 때 필요한 생활비, 귀환 후 교육을 받고 싶다면 그 비용까지. ……전쟁으로 돈을 번다는 이야기를 지껄이는 바보들은 20세기에 생각이 멈춰 있는 거야. 국가 정규군을 상대로 '큰 무기'를 맞부딪치며 끝없이 힘을 소모하던 옛날 전쟁과는 달라. 이제 전쟁 특수 따위는 없어! 그래서 어느 나라도 동아프리카에 적극적으로 개입하지 않았지. 자원이 있어도 수지가 맞지 않으니까. 조금만 더 안정되면, 조금만 더 나아지면! 그것만 고대할 뿐이야.

베트남전쟁에서는 헬리콥터 1700기 이상이 격추당했지. 지금 동아프리카에서는 고작 12기야. 대對테러 전쟁에서 가장 많은 돈을 잡아먹는 건 인건비야. ―곧 사람의 피지! 그에 비해 상대는 어떻지? 결국 다른 산업과 마찬가지야. 병사들을 공짜나 다름없는 저임금으로, 열악한 조건으로 끝도 없이 투입하지. 여기저기서 약탈하면서! 가미카제 공격 같은, 우리 문명국에서는 절대 허용될 수 없는 전술을 종교적인 신념 하나로 떠맡고 나서는 인간들이 널렸다고. 알겠나, 그게 현실이야. ―자, 그럼 어쩌지? 상대에게는 지리적 이점도 있어. 정공법으로 맞서면 정의를 위해 나선 우리 동포가 비열한 수단에 당해 허망하게 죽어갈 판이야. 베트남이나 아프간에서 우리가 얼마나 애먹었나! 그런 곳으로 누가 싸우러 가지? 누구야? 대답해봐! 응?

네일러는 어린애야. 온실에서 자란 순진해빠진 도련님이지. 서글플 정도로 허술한 이 인간세상의 모순을 전혀 모르는, 사랑할 수밖에 없는 날개 달린 천사야. 하지만 이건 정치야! 그리스도라면 빵 다섯 개와 물고기 두 마리로 5천 명의 군중을 배불리 먹이는 기적을 이뤄낼 수도 있겠지. 그러나 우리는 단지 인간일 뿐이야! 모순 속에서도 어떻게든 그 8만 배가 넘는 국민을 먹여 살려야 해!

허울좋은 소리나 하고 있을 순 없어. 국제연합 중심주의? 웃기는 소리. 미국 대통령은 무슨 일이 있어도 자국 군대를 국제연합 따위에 맡기지 않아! 대관절 누가 국제연합을 위해 목숨을 걸겠나? 누가 과연 '세계평화'라는 추상적이고 엘리트적 안개 같은 사명을 위해 목숨을 던질까? 그것이 이 나라에서 어떤 평가를 받고, 생활에는 어떤 도움을 주지? 연합군의 일원으로 전사한들 누가 그 공적을 표창해주지? 응? 묘는 어디 만들고? 국제연합 본부의 휘어진 총 동상 옆 언저리일까? 아니면 프랑스인이 세운 그 기묘한 건축물의 그늘? 말해보게, 미스터 사노! 그런 걸 위해 변변한 장비도 없이 싸우다가 죽어 돌아오라고 말씀하시는 인간들은 대체 머릿속이 어떻게 된 거지? 그런 자들의 몸속에 과연 인간의 피가 한 방울이라도 흐를까? 말해보게, 나의 친구 일본인이여!

미국 이민자들의 현실, 저소득층의 현실은 혹독해. 일본인은 상상도 못하겠지. 미국이 자국을 위해 전쟁을 한다는 농담은 작작 하라고 해. 미국을 위한 것도 아닌, 그럴듯한 대의가 다인 국제연합의 전쟁에 누가 참가할까? 미국을 위한 전쟁도 이토록 동원이 힘든데! 정말 미국이 아무것도 안 해도 좋을까? 어때? 전쟁에 국민을 동원하는 한, 절대적으로 이 나라를 위해 헌신하는 행위라고 믿게 해야 해! '애국자'라고 입 모아 칭송해야 한다고! 그런 실리 없이 누가 목숨을 걸겠나? 인간을 오해하지 마. 사람들은 미국이 선봉에 서서 싸우기 때문에 이 전쟁에 참가하는 거야. 미국이 세계의 경찰 역할을 맡았기 때문에, 긍지를 가지고 전쟁터로 향하는 거라고!

미국이라는 이 사회에서 절망적인 소외감을 느끼고 괴로워하는 자는 많아. 이대로 살아간다면 그들을 절대 같은 나라 국민으로 인정하지 않으려는 편협성이 이 나라에 존재하는 것도 사실이지. 그들에게는 스스로가 진정으로 애국적인 미국인이라고 믿을 계기가 필요해! 행복하고 혜택받은 미국인들에게 진정한 애국자로 인정받을 기회가 필요하다고! 미국을 위해 미국의 적과 싸운다! 악과 싸운다! 그것은 그들이 이 사회의 일원이 되기 위한, 목숨을 건 통과의례야! 알링턴 묘지에는 계급도 빈부격차도 없어. 모두 평등한 애국자야. 우리 미국인은 그들의 유족을 깊은 경의와 함께 미국인으로, 위대한 영혼으로 받아들여! 그런 시련을 이겨내고 돌아온 자들만이 이 나라의 일원이 될 수 있지! 그런 시련 없이 미국의 일원이 되려는 약삭빠른 자들은 절대 받아들이지 않는 이들이 있단 말이야. 내 아버지, 할아버지는 그렇게 죽음을 무릅쓰고 노력해서 미국인이 되었는데! 제멋대로 불법체류하면서 몇 년쯤 지나면 미국인으로 인정해달라는 게 말이 되나? ㅡ이게 미국의 현실이야. 불행인지 다행인지 이 정도의 토지와 인구를 끌어안고, 이 정도로 다양한 인간이 함께 살아가면서 이 정도 되는 힘을 갖추었지. 그게 미국이야. 인간에게 유전과 환경에서 비롯되는 개체차가 있듯이, 국가의 개체차도 어쩔 수 없는 현실이야. 자네의 조국인 일본도 그걸 알기에 어떤 상황에서든 미국에 협력하는 거잖아? 그건 전혀 비굴하지 않아. 총명하게 현실을 이해한 거지. 미국을 위해 목숨을 걸고 진력을 다하지 않으면 미국의 사랑을 받고 있는지, 동포로 인정받고 있는지 불안해서 견딜 수 없는 거야. 그게 일본이야. 그리고 실제로도 미국은 그러지 않는 한 일본을 동포로 인정하지 않아. 언제까지고 태평양 저 너머의 고독하고 불안한 이방인일 뿐이지!

우리는 애국자들의 목숨을 동아프리카에 버리고 싶진 않아. 그들은 미국으로 돌아와 애국적인 미국인으로서 어엿한 사회생활을 시작해야 해. 그러려면 무기를 첨단화해서 적과 압도적인 비대칭성을 유지해야 하지! 대형 군수산업은 첨단화나 우주방위 쪽으로 비즈니스 모델을 변경했고, 우리는 하청에 이르기까지 모든 고용을 지켜왔어. 군수산업을 무너뜨리라는 따위의 틴에이저적 발상은 망국으로 가는 길이야. 미국은 그래서 지금 번영하고 있는 거야! 미숙한 각국 정치인들의 시기를 받으며 번영을 구가하고 있지. 대체 뭐가 잘못이지?

미스터 사노! 릴리언 레인은 단순하고 근시안적인, 한 치 앞을 내다볼 줄 모르는 위선적 영웅주의에 젖어서 이 정묘한 밸런스를 무작정 깨뜨리려 하고 있어!

자네는 지금도 그녀를 사랑하지? 그녀를 말려야 하지 않을까? 지금 상황에서 그럴 수 있는 사람은 자네뿐이야. 인간은 자기만이 지킬 수 있는 정의를 위해 살아가지 않나? 응? 어떤가, 미스터 사노!"

아스토는 절망적인 어둠에 삼켜진 넓은 방에서, 아마도 비서의 부름을 거절하는 듯 도중에 몇 번이나 성가시다는 손짓을 하며 열변을 토하는 빛덩어리 인간에게 숨막히는 광기를 느꼈다. 텔레비전에서 본 선거유세 모습과 전혀 달라서 금방이라도 홀로그램을 부수고 직접 나타날 것 같았고, 그 크기가 짐승처럼 거대할 것 같다는 상상이 들었다.

키친스는 안경 너머로 곁눈질하듯 좌우를 크게 둘러본 후, "됐나, 카본? 어디 있어? 할말은 다 했네. 시간이 됐군. 또 만나세, 미스터 사노. 다음번에는 직접! 괜찮지? 약속했네"라며 일방적으로 대화를 마치고, 곧바로 어둠 속으로 모습을 감췄다.

탈이 다시 방의 조명을 켜자 창밖의 빛은 어느새 저녁놀로 변해 있었다.

"그는 저런 사람이야. ─난 존경하네."

아스토는 양손으로 얼굴을 훔치고 상념에 잠긴 표정을 지었다. 탈이 덧붙였다.

"자네가 여전히 릴리언을 사랑한다는 건 로런의 착각일지도 모르지. 그냥 흘려듣게. ─하지만 자네에게 혹시 그런 마음이 있다면, 그것 역시 생각해볼 문제야. 자네와 릴리언의 관계가 사회적으로 용인되기 힘든 이유 중 하나는 바로 불륜이기 때문이지. 릴리언과의 사랑을 회복해 둘이 맺어진다면, 자네들의 실수가 미담이 될 가능성도 없지 않네."

30. 아다지오

애리조나 주 피닉스 대학에서 대통령선거 마지막 텔레비전 토론회가 열리는 10월 17일, 사전 정보대로 릴리언 레인이 인터뷰에서 중대 발언을 할 거라는 뉴스를 전해들은 키친스는 토론회장으로 가기 전 호텔방에서 아서 레인의 홀로그램을 상대로 나중에 화젯거리가 될 만큼 크게 다퉜다.

레인은 키친스가 릴리언 일로 여기저기서 자기를 비난한다는 것을 알고 증오에 가까운 분노를 품고 있었는데, 키친스 역시 그에 대해 울분을 터뜨린 것이다.

키친스는 애당초 릴리언 레인을 좋게 보지 않았다.

그러나 불쾌한 인간은 내뱉기보다 삼켜야 한다는 것이 그의 '정치철학'이었으며, 실제로 그녀가 선거 대책에 유익하다고 내다보고 PR회사에 최대한 활용하라는 지시를 내리기도 했지만, 인사차 한번 만난 자리에서도 그녀가 자신에게 전혀 존경심을 품고 있지 않다는 것을 분명하게 알 수 있었다.

키친스는 자신의 직감을 절대 의심하지 않았다. 그것이야말로 삼십 년에 이르는 정치생활 동안 변함없이 자신을 지탱해주고, 마침내 대통령 후보로까지 끌어올려준 힘의 원천이라고 굳게 믿었다.

그는 경이로운 기억력으로 정치인은 말할 것도 없고 각 부처의 과장 비서관 급에 이르기까지 출신과 가족 구성을 모두 암기했고, 자주 그런 특기를 발휘해 주위 사람들을 깜짝 놀라게 했다. 우연히 의회를 방문한 국무성 관리가 한 번도 대화를 나눈 적 없는 그와 복도에서 마주쳤는데, "산드로가 곧 초등학교에 가겠군. 축하하네"라고 말해서 눈이 휘둥그레졌다는 식의 일화가 넘쳐났다.

인사人事에 정통하고 가려운 데를 긁어준다는 평이 나올 만큼 음으로 양으로 그 능력을 구사해온 그는, 그런 잡다한 기억을 어떤 식으로 정리하느냐는 질문에 항상 '인상'이라고 대답했다.

어디까지 도회韜晦라고 간주해야 할지 모르겠지만, 키친스는 측근에게 종종 자기는 한 번도 인간관계를 논리적으로 생각해본 적이 없다고 말하곤 했다. 정확히 말하면 논리가 앞선 적이 없다는 것이고, 사회심리학이나 정신분석학처럼 추상적인 학문을 그만큼 경멸하는 인간도 드물었다. 물론 본인주의 따위는 새로운 것을 선호하는 경박한 엘리트나 덤벼들 만한 완전한 헛소리였다.

그는 일전에 코넬 대학교 환경분석학과의 모 유명 교수가 텔레비전에서 한 발언을 마음에 들어했는데, 다름아닌 "로런 키친스가 그토록 '남성적인' 주의주장에 열중하는 까닭은 '키친스 KITCHENS'라는, 젠더적으로 지극히 '여성적인' 성姓에 대한 콤플렉스의 표출이다"라는 이야기였다.

그는 기회 있을 때마다 이 이야기를 입에 올려 주위의 웃음을 자아내곤 했고, 대부분의 사람들은 그 발언 자체가 농담이었을 거라고 생각했지만, 그의 말을 빌리면 아니다. 저들은 몹시 진지하게 말한 거다, 학문의 그런 속임수를 그보다 훌륭하게 나타낸 것은 없다, 실로 우설愚說 중의 우설이라는 것이었다.

그러는 한편 키친스는 자신은 감정적인 호오로 인간관계를 분류할 정도로 나이브하지 않다고 단호하게 주장했다. 그렇다면 무엇으로 구분하느냐는 질문에, 예의 느끼한 목소리로 '색과 형태와 크기'라고 말했다.

얼토당토않은 헛소리라고 그 말을 무시해버리는 사람도 적지 않았다. 조금 눈치가 빠른 사람은 말인즉슨 '인종과 사상과 권력'이라는 뜻이라고 해석했지만 키친스는 부정했고, 말 그대로 '색과 형태와 크기' 얘기다. 사람의 이름을 들으면 곧바로 그 사람의 '색과 형태와 크기'가 뇌리에 떠오른다. 내 머릿속에는 그런 것이 서로 연관되어 있다고 말하면서 그 말을 직감적으로 이해하지 못하는 인간을 바보 취급 했다.

그런 이야기에 결국 다들 왠지 모를 경외심을 품은 것은, 실제로 그가 정치인으로서 성공했기 때문이었다.

키친스가 유권자들은 물론이고 워싱턴에서도 아는 사람이나 알던 '아웃사이더' 수완가 아서 레인 콜로라도 주지사를 부통령 후보로 발탁했을 때도 당내에서는 역시 다르다며 감탄하는 목소리가 솟구쳤는데, 표 공헌도 면에서 의문시되던 릴리언의 인기가 예상외로 폭발하고 '위키노블'의 붐도 한몫해 이대로 민주당에 유리한 인터넷 '유동층'을 끌어올 듯한 기미를 보이자, 노련한 정치부 기자들조차 그 예리한 감에 대해 '조금 섬뜩할 정도'라고 수군거렸다.

로런 키친스가 릴리언 레인을 주목한 것은 그녀가 절대 배신하지 않으리라는 것을 알기 때문이었다. 그것은 신뢰나 약속처럼 애매모호한 것이 아니라 그녀 자신의 '이해利害'에 근거한 것이었다. 배신은 자신의 파멸로 이어진다. 그런 선택은 하지 않으리라는 것이 그가 판단한 그녀라는 인간이었고, 실제로 그녀의 발자취도 그렇게 증명한 바였다. 아니, 그랬을 터였다. ―그런데 이 지경이 되다니. 그녀가 무슨 이야기를 할지는 당연히 짐작이 갔지만, 인터넷 세계의 정보 조류에 민감한 편이 아니었던 그는 대체 무슨 경위로 일이 이렇게 되어버렸는지, 왜 이것을 막으려는 조치가 모조리 실패로 돌아갔는지 사실 잘 이해가 되지 않았다.

무엇보다 아서 레인에게 불신이 들었다. 이 중요한 시기에 계집애 하나 때문에 뭐 그리 쩔쩔맨단 말인가? 조심성 없는 그런 비판에 레인은 웬일로 감정적인 태도를 보이며 딸을 두둔했지만, 동시에 이번 일을 냉정하게 분석해보겠다며 정색하는 통에, 결국 키친스의 입에서는 "무슨 소리인지 통 모르겠군! 머리를 좀 식히는 게 어때?"라는 말까지 나오고 말았다.

서로의 홀로그램에게 퍼붓는 비난은 토론회장으로 출발하기 직전까지 이어졌다.

피닉스 대학교에 조금 일찍 도착한 그레이슨 네일러는 잠깐 혼자 있고 싶다며 대기실로 배정받은 방에 들어갔다. 암살의 위험도 잠시 잊고, 창가 의자에 앉아 비행기로 지나온 애리조나의 무궁한 하늘이 천천히 저녁노을을 맞아들이는 장엄한 의식 같은 광경을 바라보았다.

지난 일 년간 유세를 위해 중서부 여러 주를 수도 없이 돌았는데, 그때마다 자신이 거기서 완전히 이질적인 인간임을 어쩔 수 없이 실감해야 했다. 이유는 모르겠지만 아마 전황이 호전될수록 오히려 더 억누르기 힘들게 쌓여가는 일종의 고독이라 해도 좋을 터였다.

예의 '산영' 오인 소동으로 델가도와 엉겁결에 화해했을 때, 그는 술기운을 빌려 이렇게 털어놓았다.

"세간에서 말하듯 나만큼 '천재'와 거리가 먼 인간도 없다고 생각해. 그런 남자가 어쩌다가 수없이 많은 '천재'를 배출해온 이 나라의 대통령이 되겠다는 야심을 품게 되었는지, 나 스스로도 가끔 의심스러워. ―그런 의미에서 난 자네에게 대적할 수 없다고 솔직히 인정하네."

델가도는 그 말에 놀란 표정을 지은 후, 한동안 침묵을 지키다 이윽고 온화한 미소를 지으며 말했다.

"부디 화내지 말고 들어주게."

"응?"

"자네가 정말로 대단한 점은, 전혀 대단하지 않다는 거야."

네일러는 씁쓸하게 웃었다.

"예비선거 때의 비방전이 떠오르는군."

델가도는 "아니"라며 고개를 흔들고 진지한 표정을 지었다.

"그래서 난 자네를 이기지 못했어. 간신히, ―그래, 이제야 간신히 인정할 마음이 드는군. 키친스가 두려워하는 점도 바로 그거야. 그러나 그의 약점은 스스로 그걸 인식하지 못한다는 거지.

그나마 레인이 더 잘 알고 있을 거야."

"칭찬인가?"

"물론이지. 비꼬는 것처럼 들릴지 모르겠지만, 대통령이 되려는 인간은 실은 어딘지 모르게 대중이라는 존재와 동떨어져 있어. 그런데 자네는 아무리 봐도 그렇지 않아. 뭐랄까, 보통사람이라고 해야 할까. ……"

"매력이 없지. '네일러보다도 평범하다'는 말이 농담처럼 퍼질 정도니까."

"처음에는 그렇게 느끼지. 사람들이 자네에게 호감을 품는 시점은 늦어. 하지만 일단 호감을 품게 되면, '……아니요, 유감이지만' 때도 그랬듯이, 자네만큼 대중이 친근하게 농담거리로 삼는 후보도 역사상 없을 거야. 그건 대단한 거야."

"아무래도 칭찬 같진 않군."

"─자네를 믿고 하는 말이지만, 난 지금껏 대중이라는 존재를 경멸 없이 사랑한 적이 단 한 번도 없어. 괴로운 고백이야. 한편으로는 그들을 경멸하면서, 어디선가 애정을 품어야 할 필요를 줄곧 느껴왔지. 어쨌든 그들은 먼 존재야. ─자네의 장점은 그런 모순에서 자유롭다는 거야. 실례되는 표현이지만, 난 자네의 정치적 수완을 얕보는 게 아니야. 만약 그랬다면 부통령 후보 요청을 거절했을 테니까. 이 말은 믿어주면 좋겠군. 그러나 그렇기 때문에 난 자네가 가진 보통의 감각을 존경하네. 자네 같은 사람이 대통령 후보가 된 건 입정 사나운 무리의 말처럼 운이 좋아서만이 아니야. 자네는 포퓰리즘이라고 할 만큼 대중영합적인 재능을 타고나진 않았어.

이 나라는 지금 엄청나게 복잡하고, 눈에 보이지 않는 곤란한 문제를 수없이 떠안고 있지. 같은 대중이라도 그들이 나고 자란 환경은 이루 말할 수 없이 제각각이야. 한 개인에게조차 숱한 분인이 넘쳐나지. 하지만 지금 국민들 사이에서는 자네 같은 사람을 대통령으로 밀어올리려는 힘이 명백하게 작용하고 있어. 키친스처럼 힘으로 사회를 통합하려는 정치인에 대항해서 말이야.

난 그것을 가볍게 봐서는 안 된다고 생각해. 거기에 승부를 걸어야 하지 않을까. 그것이 민주주의의 역동성이니까. 국민은 바야흐로 자네가 옳다고 생각하는 것에서 정의를 찾아내려 해. 그런 사람이 대통령이 되어야 마땅해. ……"

네일러는 델가도가 그때 무슨 말을 하려 했는지 다시금 생각해보았다. 술기운을 빌리긴 했지만, 스스로를 '천재'가 아니라고 말한 것은 자기가 생각하기에도 솔직한 감상이었다. 예를 들면 에코버블 붕괴 때 세계적인 신용판매회사를 매수하는 것으로 출발해, 2020년대 말 세계 곳곳의 NPO나 NGO를 잇달아 링크해서 네트워크화하고, 효율화와 횡단적 프로젝트를 펼치며 디비주얼을 베이스로 한 국적을 발행하고, 지금껏 누구도 생각해내지 못했던 '무영토 국가'라는 아이디어를 실현해 국제연합과의 협의 자격, 유럽평의회의 옵서버 자격, 나아가 올림픽 출전권까지 따낸 뒤, 대통령선거가 있는 올해에 맞춰 단숨에 지명도를 높인 플래닛 대표 리처드 위버 같은 사람이야말로 이 시대가 원하는 '천재'에 가까웠다.

위버는 국가를 해체한다는 20세기 후반적 사고를 완전히 과거의 것으로 만들고, 오히려 그 관리기능을 유효하게 활용해 활동 영역의 층으로 유지함으로써, 시스템의 수평적인 다양성을 손상시키지 않는 조건에서 '무영토 국가'라는 비영토적 틀을 몇 층에 걸쳐 쌓아가, 국적에 기초하는 개인의 정체성을 상대화한다는 샤프한 발상을 내놓았다.

과거를 돌아봐도 역대 미국 대통령들의 눈부시고 수많은 전설에 비해, 네일러는 자신의 초중학교 시절을 너무나 모자라고 범용한 나날로 회상할 수밖에 없었다.

그는 반에서 남다른 뭔가를 보이던 아이가 절대 아니었고, 실제로 예일 대학교 로스쿨 시절의 동기들을 포함해 예전에 그를 알던 사람들은 인터뷰에서 하나같이 "그 그레이슨 네일러가, ……"라고 말하며 뜻밖이라는 감정을 감추지 못했다. 서른넷에 처음 하원의원이 되었을 때, 아니, 그로부터 몇 년이 지난 후에도 그가 장래에 대통령 후보가 될 거라고 상상한 사람은 본인을 포함해 단 한 명도 없었다. 아내만은 지난번에 당신이 뭔가 해낼 줄 알았다는 말을 불쑥 꺼내 그를 놀라게 했지만, 양로원을 경영하는 그녀의 협력 없이는 여기까지 올라올 수 없었던 것도 사실이었다.

'보통의 감각'이라는 간단한 표현으로, 델가도는 무슨 말을 하고 싶었던 걸까? 다시 말해 범인凡人이라는 뜻일까? 그렇다면 이해는 가지만, 그 또한 동분서주 선거전에 임하면서 이 나라 사람이 얼마나 다종다양한지 새삼 절감했을 것이다. 인공 임신중절에 절대 반대. 동성애도 반대. 남자는 남자답게, 여자는 여자답게. 전 세계의 자유와 민주주의를 지키는 것은 신이 오직 미국에 부여한 숭고한 사명이다. ─그런 사람들에게 그 같은 인간이 어떻게 '보통의 감각'의 소유자일 수 있을까?

어찌됐든 대통령은 한 명이다. 최종적으로 그 한 명의 대통령이 해야 할 것과 해서는 안 될 것, 해도 좋은 것과 하면 나쁜 것을 명확히 결정지어야 할 국면이 온다. 위버처럼 그 책임을 분담하려는 사람이 나타난 것은 든든한 일이지만, 그것이 책임 자체를 경감해주진 않는다.

델가도는 결국 대통령에게 가장 중요한 것은 인격이라고 말하고 싶었던 걸까? 고매한 정신을 지닌 인간의 명령은 정의로 받아들여질 수 있다고? ─그러나 대통령은 신이 아니다. 정치적 권력자일 뿐이다. 인간은 왜 지금의 자기 자신을 남의 말로 변조하려 들까? 논리적으로 설득당해서일까? 감정적으로 동조하기 때문에? 아니면 의사소통의 효율성이라는 관점에서? ……

440

눈동자 속으로 맑은 피로가 서서히 미끄러져내려 바닥에 살며시 무게를 보태는 느낌이 들었다.

정신을 차려보니 잔영을 급속히 고갈시키며 태양에서 멀어져가는 하늘이 창의 빛깔을 짙게 만들어, 등뒤에 있는 사람의 그림자가 비쳤다.

네일러는 그 얼굴을 알아보지 못해 불길한 표정으로 돌아보았다. 서 있는 사람은 주임 스피치라이터 '수완가 케인'이었다.

"노크했는데 대답이 없어서요."

"아, 못 들었어. 생각 좀 하느라고. ─최종 원고야?"

"네? 아, 그전에 빅뉴스가 있습니다! 그것도 두 가지나."

"호오? ─좋은 소식인가?"

"한 가지는 확실히 그렇죠. 다른 한 가지는 아마도고요."

"그럼 확실한 쪽을 아껴두지. 첫번째는 무슨 소식이야?"

"플래닛에서 극비로 연락이 왔는데, 릴리언 레인이 내일 텔레비전 인터뷰를 한답니다."

케인이 흥분을 억누르지 못하고 말했다.

"내용은?"

"화성에서 인공 임신중절을 한 사실을 정식으로 인정한답니다."

네일러는 무표정하게 고개를 두어 번 끄덕일 뿐이었다. 케인은 왠지 그 반응이 성에 차지 않았다.

"이로써 공화당의 보수층 표가 더욱 동요하겠죠. 내용도 내용이지만 그녀에겐 좋게든 나쁘게든 사람을 자극하는 면이 있으니까요. 아서 레인은 기독교인과 아버지로서의 역할을 동시에 추궁당할 겁니다. 상황상 릴리언에게 형사책임까지 물을 순 없겠지만."

"우리에게는 유리하게 작용하겠군."

"네. 델가도는 확신하는 것 같습니다. —그런데 무슨 일이라도?"

케인이 의아한 듯 물었다.

"아니야, ……뭐, 기뻐할 일이겠지만, 나도 딸이 있다보니 심경이 복잡하군. 노노 워싱턴의 강간 의혹이 크기도 했지만 타이밍이 타이밍인 만큼, 둘의 관계는 이제 돌이킬 수 없겠지."

"아, 네, ……그렇겠죠."

"그녀에게도 과감한 결단일 거야."

"전 싫습니다. 그녀의 그 뭐랄까. ……"

"과도함 말인가?"

"네, 맞아요. 무슨 일에서나."

"그런 부분도 알 것 같긴 해. —그런데 얘기가 그렇게 흘러간다면, 자기가 마뜩잖은 일에 연루됐다는 실감이 비방전과는 비교도 안 될 만큼 커질 거야. 깨끗하게 이기겠다는 건 너무 안일한 생각일까. ……뭐, 좋아. 그래서? 그것뿐인가?"

네일러는 너무 들뜬 것을 부끄러워하는 듯한 그를 배려해 표정을 부드럽게 누그러뜨렸다.

"아뇨, 다른 얘기도 있습니다. 이쪽이 더 중요합니다. 아무래도 릴리언 레인이 예의 '닌자' 문제에 관해서도 직접 언급할 모양입니다. 플래닛이 그녀를 지원하고 나선 이유도 그거예요."

"'닌자'? 확실해?"

"네. 릴리언은 NASA에 들어가기 전 라이트 패터슨 공군기지 연구소에 있었는데, 그후 소말리아의 데번 사 연구소로 파견을 나갔다는 정보를 워런 가드너가 보내왔습니다. 전문분야는 생물학이고요."

"······그렇군."

네일러는 고개를 끄덕인 후 팔짱을 끼면서 상대의 눈을 바라보았다. 사태가 크게 움직이기 시작했다는 의식이 실감을 끌어오길 버거워하는 느낌이었다.

바로 옆의 모니터를 열고, 원고의 정정 부분을 찾아 확인했다.

"여기에도 반영했겠지?"

"핵심을 못 건드려 갑갑하긴 하지만, 상황을 살피다가 때가 오면 과감하게 공격해야죠. 절호의 기회입니다. 상대도 당연히 릴리언의 인터뷰 사실을 알고 있을 테니까요."

"그에 대한 움직임은?"

"표면적으로는 아직 없습니다. 무슨 수든 쓰긴 하겠지만."

"—그럴 테지. 오케이. 일단 원고를 점검하겠네."

"부탁드립니다."

케인은 그렇게 말하면서도 네일러의 표정이 여전히 어두운 것이 마음에 걸렸다.

"잘될 겁니다."

"응? ―아, 이런. 미안하네. 아까부터 생각하던 것이 마음에 걸려서 그래."

"릴리언 일인가요?"

"아니, 델가도가 해준 얘기. 국민은 내 '보통의 감각'에 끌리는 거라더군."

조심스럽게 고개를 갸웃거리는 케인에게 네일러가 대화 내용을 간추려 들려준 뒤 말했다.

"결국은 늘 하는 얘기야. 지금의 다양성을 선으로 보는 한편, 세계를 보다 올바른 어떤 방향으로 이끌어가려면 어떻게 해야 하는가. ―정치의 영원한 모순이지. 한 사람 한 사람의 개성을 절대적으로 인정하는 건 철저한 현상 긍정일 뿐이야. 나는 심정적으로는 당사자가 선이라고 여기는 것을 바로잡으려 드는 폭력은 삼가야 한다고 생각하지만, 이 나라는 그렇게 타자에 대한 적의와 무관심을 극복하지 못한 채 몇 세기씩 흘러왔어. 내정에서도, 외교에서도 마찬가지지."

"미국의 정의를 강하게 내세우면 세계가 제국주의를 경계할 테고요."

"바로 그거야. 실제로 우리는 현정권을 그런 말로 비난하고 있

444

잖나. 물론 그들의 방법은 완전히 잘못됐고, 동기도 불순해.

하지만 정치인 이상, 상대에게 변화를 요구할 필요는 피해갈 수 없지. 미국은 압도적인 거대함 때문에 어떤 교섭 상대와도 기본적으로는 비대칭적인 권력관계에 설 수밖에 없어. 대통령이 되면 국민에게 여러 가지를 강요할 수밖에 없고. 변화는 마지막 순간에는 외부의 강제에 굴복하는 형태가 아니라 내발적內發的인 형태로 이루어져야 한다고 난 생각해. 비록 옆에서 볼 때 형식적인 절차에 불과하더라도, 당사자가 스스로 변하고 싶어서 변했다고 먼 훗날까지 믿을 수 있어야 하지."

"옳은 말씀입니다. 일본은 자국의 헌법을 놓고 백 년 가까이 지난 지금까지도 그 문제에 매달려 있죠."

"좋은 예야. —남자 중에는 결국 서로 치고받고 싸워서 자기 존재를 증명해야 한다고 생각하는 이들이 있지. 그는 자신이 절대적으로 옳다고 생각하지만, 내 '보통의 감각'은 그것을 옳다고 보지 않아. 그런 사람과 일대일로 마주한다면 상대가 어떻게 나의 '보통의 감각'을 받아들이겠나? 과연 그는 변할 수 있을까?"

케인은 붙임성을 잃지 않으려고 미소를 지었지만, 솔직히 대통령선거가 막바지에 다다라 마지막 텔레비전 토론회를 코앞에 둔 지금 자신이 지지하는 후보가 이런 근본적인 의문을 가진다는 사실에 불안감을 금할 수 없었다. 그의 꾸밈없는 고지식함에서 나오는 매력이긴 했지만, 아까부터 뭔가 조언을 해야 할 것 같은 초조함이 들었다. 그리고 불현듯 알아차렸다. 이런 마음을 가지게 만드는 것이 바로 그레이슨 네일러라고. 이것이야말로 이 이색적인 '보통사람 후보'의 신비로운 구심력이라고 그 순간 새삼 냉정하게 분석했다.

네일러는 존경받는 정치인이면서도 이따금 의외의 허점을 보였다. 심각한 실언은 없었기에 야유로 끝나는 경우가 많았지만, 그 허점은 분명 실망스럽다기보다 오히려 주위 사람들에게 내가 나서서 도와줘야겠다는 적극적인 지원의 감정을 품게 만드는 것이었다. 그것이 선대본부 내부뿐 아니라 지방 당원들, 자원봉사 학생들, 나아가 일반 유권자들에게까지 강한 연대감을 자아냈다.

델가도는 필시 그것을 자기 결점의 반대요소로 이해하고 있는 것이다.

민주주의 정치 시스템에서 완벽한 인상의 정치인만큼 따분하고 받아들이기 힘든 존재도 없다. 훌륭함은 최소한의 조건이지만, 그 훌륭함에 국민의 지지 없이는 아슬아슬하게 비칠 만한, 왠지 모를 불완전한 느낌이 없다면, 정치적 결정은 피가 통하지 않는 차갑고 일방적인 명령으로 받아들여지고 만다.

지금까지 얼마나 많은 민주당 후보가 더할 나위 없이 우수한데도 '엘리트'라는 사실에 까닭 없이 미움을 사서 쓰라린 패배의 고배를 마셔왔던가? 케네디? 그는 젊었다. 오바마는 젊고, 게다가 흑인이었다. 그렇기에 국민이 이기게 해주려고 애쓰는 후보자이자 지지받는 대통령이 될 수 있었다.

　케인은 지금껏 그것을 미국의 비굴한 반'엘리트'주의이자 한심스러운 르상티망으로 여겨왔는데, 이 순간 불현듯 민주주의라는 정치체제에서는 그것이 결정적으로 중요한 의미를 지닌다는 사실을 깨달았다. 미덥지 못한 면이 없다면 어떻게 열심히 응원하겠는가? 어떻게 우리가 관여할 여지가 생기겠는가?

　델가도는 히스패닉이긴 하지만 인구통계상 마이너리티는 아니었고, 매스컴에서 강조된 '미남자 이미지'와 힘있는 연설 스타일 때문에 끝내 네일러만큼 폭넓은 친밀감이 담긴 지지를 모으지는 못했다. 아마도 그런 말을 하고 싶었던 게 아닐까. 그의 우수한 면모에 어딘지 모르게 아니꼬운 마음이 생겨서, 그를 권력의 정점에 앉혀 그를 통해 국가를 운영해가는 것이 도무지 내키지 않고, 소외당한 듯 느껴지는 국민의 감정. ……

　"그런 사람은 대체로 권위주의적이니까 대통령이라는 이유만으로 후보님의 의견을 받아들일지도 모르지만, ─물론 그런 게 통하지 않는 인간도 많고, 후보님이 좀더 다른 이유를 찾고 있다는 것도 잘 압니다."

　케인은 자세를 바로잡고 그와 정면으로 마주섰다.

　"후보님이 대통령이 되면 국민 한 사람 한 사람이 미디어를 통해 후보님을 대하는 분인을 갖게 됩니다. 미국처럼 광대한 나라에서는 그것이 반드시 필요합니다. 미국만이 아니죠. 지금은 전 세계가 그렇습니다. 키친스는 후보님이 작은 나라의 총리에나 어울리는 인물이라고 비아냥거리지만, 그것은 그가 본질적으로 '미디어'라는 매체를 이해하지 못했다는 증거일 뿐이죠.

그레이슨 네일러라는 한 인간과 관계할 때의 나. ―후보님의 영향을 받아 반발하고 공감하는 디브를 내 안의 다른 디브들이 어떻게 평가하는가. 저는 운 좋게도 최근 이 년간 후보님 곁에서 일해왔습니다. 제 안에 후보님과의 관계를 위한 디브가 생겨났죠. 후보님을 만나지 못했다면, 지금 이렇게 말하고 있는 저는 결코 존재하지 않았을 겁니다.

후보님은 제게 뭔가 강한 영향을 미치려 합니다. 그러나 저는 그 영향을 개인으로서 받아들이기 전에, 제 안에 있는 저와 어머니 사이의 디브, 아버지 사이의 디브, 아내와의 디브, 대학 시절 친구와의 디브, 은사와의 디브, 그 밖의 모든 디브를 통해 검토할 수 있습니다. 그후에 부당하다, 받아들이고 싶지 않다 싶으면 그대로 내버리거나 후보님과의 관계로만 한정하면 그만입니다.

그러나 만약 후보님과의 디브를 어머니와의 디브나 친구와의 디브가 마음에 들어하면 링크하고 받아들이겠죠. 후보님과의 디브를 베이직한 디브로 삼고 다른 인간과의 관계에도 채용할 겁니다. ―그래요, 말하자면 그 순간 저는 변했다고 할 수 있지 않을까요? 후보님의 영향을 받았지만, 최종적으로는 내발적인 결단으로요.

제가 이해하는 분인주의란 그런 겁니다. 일대일로 논의하면 후보님 말대로 어쨌거나 힘있는 인간, 말 잘하는 인간에게 밀리게 빤하죠. 옳은가 옳지 않은가는 크게 관계없습니다. ―그렇다 해도 시니시즘으로 인간 사이의 교류를 무력화하는 데는 이미 다들 진절머리를 내고 있고요. 진심을 표현하지 않는 인간의 말에 뭐하러 귀를 기울이겠습니까?

　디비주얼리즘은 그런 진지한 사상입니다. 디브끼리의 관계에서 서로에게 행사하는 권력작용은, 개인에게 직접적으로 영향을 미치고 지배해버리기 전에 완충장치를 두죠. 거꾸로 덕분에 그것은 폐쇄적이고 불균형한 관계에서 영향을 강요받는 대신 다른 모든 디브에게 열려 있게 됩니다. 우리는 자기 모습을 상대의 모든 디비주얼에 공개하면서, 주눅들지 않고 의견을 내놓을 권리를 되찾은 겁니다.

　대통령을 대할 때의 디브가 마음에 든다면 국민들은 타자와 관계할 때도 그 디브를 베이스로 삼겠죠. 이렇게 이해하는 건 제가 프로테스탄트이기 때문일지도 모르지만요. ―델가도는 가톨릭 신자니까, 후보님과 국민 사이의 '미디어'의 존재의의를 성당 정도로 중시하고 있을지도 모릅니다. 후보님이 어떻게 말해지고 비치느냐 하는 점을요. 그러나 그도 '대통령 모방'이 국민에게 얼마나 중요한지 분명히 알고 있겠죠. 그렇기 때문에 후보님의 '보통의 감각'을 존중하는 겁니다."

네일러는 팔짱 낀 양팔에 체중을 싣듯이 하며 몸을 내밀고 있었다. 진지하게 이야기를 들을 때면 늘 그러듯 무의식중에 머리를 살짝 기울이고 있었다. 그리고 마지막으로 고개를 몇 번 끄덕인 후, "얘기하길 잘했군"이라고 짧게 말하고는 또다시 생각을 반추하는 표정을 지었다.

케인은 그 반응을 어떻게 받아들여야 할지 몰라 말을 이었다.

"문제없어요. 국민은 후보님에게 매료되기 시작했어요. 속도는 느리지만, 아직 시간이 충분합니다. 스태프들 모두 그 반응을 느끼고 있어요.

세계는 구폐를 몰아내고 '다음 단계로' 나아가려 합니다. '올바른 방향으로' 나아갈 준비를 갖춰가고 있죠. 그레이슨 네일러라는 존재를 통해! 국민은 후보님을 밀어올리려고 합니다! 미국이, 그 역사가 지금 후보님을 밀어올리려는 겁니다! 부디 그 힘을 믿어주십시오.

창세기 3장 22절에서 신은 이렇게 말했습니다. '이 사람이 우리 가운데 하나처럼 선과 악을 알게 되었다.' —우리가 믿는 신이 처음부터 일자—는 아니었습니다. 여호와는 '경쟁하는 신'입니다. 다른 신을 몰아내고, 자신과 똑같은 인류를 만들어내 독점계약을 맺으려 한 신입니다. 왜냐하면 그에게는 옳다는 확신이 있었으니까요. 그래서 인류의 역사는 그후 여호와를 신학과 신앙으로 지탱해온 겁니다. 왜냐하면 여호와가 아무래도 전지전능하게 보이지는 않았기 때문이죠.

그레이슨 네일러, 후보님은 반드시 이겨야 합니다. 경쟁해서! 그리고 국민은 반드시 그렇게 만들어줄 겁니다!"

네일러는 그 열정적인 말투에 마음이 움직인 듯 미소짓고는 숨을 한 번 내쉬었다.

"약해졌다고 생각하지 말게. 단지 상황을 다시 한번 확인하고 싶었을 뿐이야."

"압니다. 중요한 시기니까요."

"원고를 살펴보지. 고맙네."

"아닙니다. —그럼 잠깐 나가 있겠습니다. 조금 있다 다시 확인하죠."

케인이 그렇게 말하고 문으로 향했다. 네일러는 의자를 돌리며 일어서다 문득 떠오른 듯 물었다.

"그러고 보니 뉴스가 두 가지라고 하지 않았나?"

"아, 맞다. 중요한 걸 잊었네요!"

케인이 큰 소리로 답하더니 쾌활하게 웃으며 돌아보았다.

"레드삭스가 이겼어요. 그것도 12 대 2로."

"정말? 좋았어!"

네일러는 저도 모르게 주먹을 내리쳤다.

"그나저나 12 대 2라니. 내가 봤을 때는 5회말에 1 대 2로 지고 있었는데."

"7회에 단숨에 8점을 따냈어요! 리코 마르티네스가 역전 만루 홈런을 쳤죠. 월드 시리즈 진출이에요!"

"순풍이 되겠군."

"물론이죠! 미디어도 곧장 대통령선거에 비유하고 있어요. 레드삭스 대 브레이브스! 대통령 후보의 출신지 대결이잖아요. 분위기가 엄청나게 달아올랐죠."

"알았네. 고맙군."

미소의 여운을 남긴 채 모니터로 얼굴을 돌리는 네일러에게 케인이 한마디 덧붙였다.

"녹화분은 나중에 보셔야 합니다."

속마음을 들킨 네일러는 쓸쓸하게 웃고는, 역시 '수완가 케인'이라고 감탄하며 오른손을 가볍게 들어 얼른 나가라고 재촉했다.

31. 치고받는 두 사람

딘 에어스와 연락이 끊긴 지 일주일 정도가 지났다.

딘의 제안과 LMC와의 교섭 사이에서 워런 가드너는 '캐치업'과 매드 헌터의 관계에 의혹이 남을 경우를 대비해 그와 접촉한 흔적을 모두 지우고, 만에 하나 관계를 의심받을 때는 계약 사실을 부정하고 익명의 정보제공자로 다룬다는 계획을 세웠지만,

잘 풀릴지는 알 수 없었다.

그는 작업 과정에서 딘이 '짐 킬머'라는 가상의 인물로 얼마나 신중하게, 오로지 한 가지 목적만을 위해 살아왔는가에 감탄했고, 또한 '산영'이 그 얼굴을 다른 얼굴과 통합하지 못하는 것을 보며 그의 가소성형을 집도한 일본인 의사의 실력에 탄복했다. 어쩌면 암살 가능성을 이유로 검색에서 제외해달라는 그의 요청을 '산영'이 받아들였을 수도 있었다.

딘이 가져온 '닌자'의 실물 및 관련자료는 선대본부에 충격을 안겨주었고, 공적은 고스란히 워런의 몫으로 돌아가고 정보원은 극비에 부쳐졌다.

한편 딘은 플래닛의 주선으로 그를 수술해준 일본인 의사에게 얼굴 치료를 받을 예정이었다. 교신 도청으로 피신처가 발각될까봐 워런 쪽에서 먼저 연락하지는 않았지만, 그의 안부가 내내 마음에 걸렸다.

아직 워런까지 신변에 위험을 느낄 상황은 아니었지만 LMC는 '산영' 사각지대에 가지 말라고 주의를 주었다.

워런은 텔레비전 토론회가 시작되기 전까지 비어 있는 B스튜디오에서 메이저리그 리그 챔피언십 시리즈 영상을 소리를 죽인 채 켜놓고, 간결하고 세련된 문체로 인기를 끄는 위키 소설가 SAbtP(Selling America by the Pound)가 새로 올린, '던' 시리즈 중에서도 특히 마음에 드는 「머나먼 화성」의 속편을 독서단말기로 읽고 있었다.

'던'은 이미 화성 체재를 마치고 지구로 귀환하는 중이었고, 목적을 달성한 승무원들이 의욕 저하로 생각지 못했던 말썽을 잇달아 일으키는 바람에, 결국 무사히 귀환하리라는 결말을 아는 그조차 과연 괜찮을지 불안해지는 상황이었다.

서서히 위태로워지는 분위기 속에서 필자든 독자든 승무원들의 인간관계와 고독한 자기관찰에 관심을 집중하게 되었다.

이야기가 진행되면서 조종사 알렉산더 F. 그로스가 갑자기 인기를 모았다. 지금까지는 과묵한 하드보일드풍 인물로서 완전히 조연 취급을 받으며 직접적인 내면묘사가 철저히 생략되었는데, 지금은 남몰래 홀로 조종석에 앉아 광대한 우주의 어둠과 마주하며 이번 미션의 의미를 곰곰이 생각하고 있었다.

알렉스에게 독자의 주목이 쏠리고 이제까지 '던' 시리즈에 관심을 보이지 않던 위키 소설가까지 참여하게 된 것은, 노노 워싱턴과 '메르크빈푸인'의 싸움이 마중물이 되어, 그의 내면이 동아프리카 전쟁에서 귀환한 병사의 심경과 중첩되어 그려졌기 때문이었다. 그것은 비밀을 숨김없이 털어놓듯 은밀하게 이용자들 사이에 퍼져나갔고, 어느새 동아프리카 현지의 흔적도 이따금씩 접속기록에 보이게 되었다.

SAbtP는 전에 다른 '위키노블'의 등장인물을 통해 이렇게 말한 적이 있다.

"인간이란 소설을 쓰고 싶어하는 동물이다. 비단 소설가만 그런 것이 아니다. 혼자 자기 입으로 말해도 될 텐데, 무의식적으로 누군가에게 그 말을 맡기고 싶어한다. 왜 그런지는 모르겠지만."

워런은 한 번도 '위키노블'에 글을 올린 적이 없었지만, 나날이 분량을 더해가 머지않아 독립할 듯 보이는 1장 '알렉스의 회상'을 읽으며 SAbtP의 말에 새삼 공감했다.

아닌 게 아니라 블로그나 SNS에도 실제 체험을 그대로 쓰면 될 일이다. 매스컴에서 다뤄진 예도 있고, 만들어낸 이야기보다 그런 현실을 흥미 있어하는 사람도 많았다. 그러나 '알렉산더 F. 그로스'라는, 반 이상은 허구로 이루어진 인물에게 가탁한 그들의 생각은, 그 우회로와 상상력의 몫만큼 신기하게도 더욱 절박한 진실미를 드러냈다.

'헛수고'란 말이 빈번히 쓰였는데, 그런 댓글이 올라오면 곧바로 그에 반박하는 열렬하고 확신에 찬 말이 뒤를 이었다. 선거전 PR을 의도한 것으로 보이는 가필에는 위키 소설가들도 강하게 반발했다. 명백히 대립되는 두 입장의 사람들이 집필하고 각각 복잡하게 다른 감정을 덧붙여나가는 통에 독백은 더없이 혼란스러웠지만, 그것이 결국에는 내면의 바닥을 끝없이 파내려가 알렉스를 정체 모를 괴물 같은 인물로 성장시켰다.

워런은 그 부분을 나중에 다시 읽어보려고 손가락으로 화면에 붉은 줄을 그었다. 그리고 단말기 왼쪽 위를 엄지로 건드려 군데

군데 책갈피 표시를 해나갔다. 필자가 누구인지 알 길 없는 착잡하고 혼돈에 찬 문장을 읽으며, 그는 무참하게 일그러진 딘 에어스의 얼굴을 떠올렸다.

귀로에 오른 우주선에서 알렉스가 유일하게 마음을 털어놓은 상대는 메리였다. 그녀는 휴스턴과 긴밀하게 연락을 취하면서, 병세가 회복되지 않은 노노 워싱턴을 제외한 모든 승무원을 공정하게 대하려고 노력했다. 그런 그녀에 대한 묘사는 차츰 기도처럼 성모적인 색채를 띠어갔고, 릴리언 레인에 대한 연민과 그에 저항하는 억압된 증오도 덧붙이게 되었다.

당연한 현상이라고 워런은 생각했다. 원래부터 릴리언 레인을 싫어했던 그는 그녀에 대한 내용은 휙 건너뛰고, 아스토 사노가 나오는 장면에서 손을 멈췄다.

딘 에어스가 일찍이 교코 사노에게 호의를 품었다는 사실을 A. 로드 사인볼 속 메모리를 통해 알게 된 후로, 워런은 갑자기 사노 부부에게 흥미가 생겼다.

그녀를 향한 딘의 사랑은 거의 일본적인 '애절한 짝사랑'처럼 보였고, 태양이의 성장기록에 끼어든 몇 가지 글을 보건대 손도 제대로 잡아보지 못한 느낌이었다. 그것이 의사소통의 장애물이 줄어든 만큼 점점 더 묘사가 까다로워진 오늘날의 연애영화나 소설에 비춰보면 묘하게 신선하게 느껴져서, 아직 세상에 알려지지 않은 이 이야기를 머지않아 누군가가 '위키노블'에 쓰지 않을까 하는 생각도 어렴풋이 들었다.

닐 캐시는 '위키노블'의 화성 시리즈 등장인물들의 이름이 모두 가명으로 바뀐 후에도 관계자 외에는 알 수 없는 내용이 여전히 포함되어 있으며, 게다가 대부분 악의로 일그러지거나 과도하게 미화되어 있다며 강한 불만을 표했다. 그중에서도 귀로에 오른 선내에서 아스토 사노가 도쿄 대지진 당시의 환각을 보고 화재 현장에서 일산화탄소중독으로 죽은 아들을 회상하는 장면은 직접 겪은 사람이 아니면 절대 알 수 없을 박진감 넘치는 묘사로 가득해서, 물론 개인의 블로그를 참조했을 수도 있고 도쿄에서 집필된 흔적도 상당수 확인되었지만, 아무래도 몇몇 부분은 본인이 직접 쓴 게 아닐까 하는 의혹을 떨쳐낼 수 없었다.

아스토에 대한 묘사 또한 여러 필자가 자유롭게 가필했기에, 호의적으로 보면 다양한 디비주얼이 잘 표현되었다고 볼 수도 있지만 전체적으로는 역시 붕괴 직전의 위태로운 인상을 풍겼다.

일본의 한 위키 소설가는 아스토와 릴리언 레인의 사랑을 드라마틱하게 묘사하고 싶어했는데, 상대가 일본인인 것에 불만을 품은 릴리언의 미국 팬이 일일이 그것을 수정하는 우스꽝스러운 상황도 벌어졌다. 일본의 영웅으로서 우주선에 닥친 위기에 발군의 기지를 발휘하는 장면도 때때로 보였다.

한편 옛날 할리우드 영화처럼 일본인과 중국인을 명백하게 혼동한 듯한 묘사도 있었고 그것 또한 부지런히 수정되었지만, 일본적인 생활습관이나 일본인다운 행동에 대해서는 자국인들 사이에서도 공론이 불거졌으며, 그럴 때는 의외로 그의 고향인 '도야마 현' 주민의 의견이 받아들여지곤 했다.

그러나 지금 가장 흥미로운 쟁점은 또 달랐다.

「머나먼 화성」의 아스토는 바야흐로 알렉스의 캐릭터가 채 떠맡지 못한 동아프리카 귀환병들의 심경을 급속하게 반영해나가고 있었다.

그가 일본인이라는 사실보다 외국인이라는 점에 감정이입해서, '애국자'로 인정받기를 열망하며 전장으로 떠나 미국의 이름 아래 수행되는 거대한 미션에 종사하는 이민자들의 고독한 위화감을 세세하게 파고들어 엮어나간 것이다.

아스토가 영웅적인 모험 끝에 '무구한 생명을 죽였다'는 큰 죄책감에 괴로워하는 것도 병사들의 전장 체험과 겹쳐져 공감을 자아냈다. 상황을 더욱 긴박하게 만드는 요소는 아스토의 심각한 암페타민 중독이었다. 노노 워싱턴을 열심히 보살피며 암페타민에 중독되어가는 그의 모습은 화성으로 가는 길에 일어난 노노 워싱턴의 망상과는 또다른 참담함을 느끼게 했고, 그런 글에는 개인 블로그에 차마 다 털어놓지 못한 병사들의 고뇌가 물밀듯이 밀려들었다.

워런은 고개를 들고, 내야안타로 노아웃 만루가 되어 달려오는 주자를 마운드에서 이마의 땀을 훔치며 기다리는 에인절스

투수를 힐끗 쳐다보았다. 그리고 다시 단말기로 시선을 떨구고, 아스토가 개인실에 갇혀 꼼짝 못하는 노노 워싱턴의 모습에 당황하는 장면을 계속 읽어나갔다.

……안을 들여다본 아스토는 창백해졌다. 서둘러 노노를 끌어내고 문을 닫으며 "괜찮아? 숨쉴 수 있어?"라고 큰 소리로 외쳤다.

무중력상태에서 노노의 얼굴선은 종이에 펜으로 그린 것처럼 힘없이 떨리며 간신히 이어져 있었다.

코를 들여다보고 입을 벌렸다. 질식한 것 같진 않았다. 맥박은 정상이고 혈압도 문제없었다.

미간을 찡그리며 다시 안쪽을 들여다보니, 조명을 반사해 황금빛으로 빛나는 탁구공만한 물 덩어리가 몇 개씩 떠다녔다. 그제야 악취를 알아채고 문을 닫은 그는 노노의 셔츠를 걷어올리고 소변팩을 확인했다.

예상대로 가득찬 소변팩에서 오줌이 줄줄 새고 있었다.

"……빌어먹을! ……"

아스토는 이를 갈며 거친 숨을 몰아쉬었다.

"내가 가서 말해야겠어!"

그는 노노 개인실의 오줌을 흡인기로 봉지에 담아 오수정화기로 가져가려다가, 그대로 들이밀기로 생각을 바꾸고 팩 주둥이를 오른손으로 움켜쥔 채 덱으로 향했다.

닐은 메리와 함께였다. 서로 아무 대화 없이 비스듬하게 떠서 무표정한 얼굴로 멍하니 천장을 바라보고 있었다.

"……닐, 네가 담당이지!"

진정하려 애썼지만 저도 모르게 뒤집힌 목소리가 나왔다. 닐은 아스토 쪽으로 눈길을 돌렸지만 대답하지 않았다. 메리는 아스토가 손에 든 팩이 무엇인지 의아해하듯 바라보았다.

"오늘은 네 담당이잖아, 닐! 노노의 소변팩이 흘러넘쳤어! 왜 일을 제대로 안 해? 지구로 돌아가려면 서로 협력해야 하는 거 아냐?"

닐은 안 들린다는 듯 무시했다.

"이봐, 닐! 내 말 안 들려? 선내에 수분을 유출하면 안 된다는 건 상식 중의 상식이야! 단 한 모금의 물이라도 기관을 막아버리면 질식할 수 있다고! 다 알잖아!"

"진정해, 아스토!"

메리가 달래듯이 말하고 닐을 돌아보았다.

"정말이야? 노노의 간호를 소홀히 한 게?"

닐은 그제야 귀찮다는 듯이 대꾸했다.

"제대로 했어요. 아스토가 착각한 거예요."

"뭐?"

아스토의 눈이 불타오르듯 흔들렸다.

"거짓말 마! 어떻게 그런 말을 하지? 다음부터는 조심하라는 애기잖아! 이봐, 어떻게 그따위 말을 할 수 있어!"

"했다니까."

"거짓말 마! 안 했지? 솔직히 말해, 사실대로! ……"

닐은 혀를 차고 몸을 회전시키더니, 입끝을 일그러뜨리며 말했다.

"왜 그렇게 빽빽거려, 중독자 주제에. 약발이 떨어졌나?"

메리가 의아한 눈빛으로 고개를 들었다.

"무슨 뜻이지?"

"별거 아니에요. 남은 암페타민 양을 한번 점검……"

"이, 입 닥쳐! 이게!"

아스토는 소변팩을 내던지고 벽을 차며 닐에게 덤벼들었지만 몸이 부딪혔을 뿐 주먹이 얼굴에 맞진 않았다. 그래서 셔츠를 움켜쥐고 끌어당기며 그 기세로 있는 힘껏 얼굴을 때렸다. 발끈한 닐이 곧바로 반격했다. 몸싸움에 별로 익숙지 않은 두 사람이 머리칼을 움켜쥐고 다리를 버둥거리며 막무가내로 뒤엉켜서 주먹을 휘둘러댔다. 닐은 그 와중에도 "녹화! 녹화!" 하며 필사적으로 실내 카메라에 지시를 내렸다.

고함소리와 충격음을 들은 승무원들이 잇달아 덱으로 찾아들었다. 아스토와 닐 둘 다 얼굴에서 피가 나서 붉은 방울이 허공을 떠다녔다. 무중력상태에서 칠전팔기하는 두 사람의 모습은 누구나 남몰래 공상하던, 속시원한 싸움 장면과는 거리가 멀었다.

"그만. ……제발 그만해!"

메리가 소리치는 동시에 더는 두고 보지 못한 알렉스가 끼어들어 둘을 뜯어말렸다.

"기껏해야 중독자 주제에! 휴스턴에 하나도 빠짐없이 보고할 테니 그리 알아! 꼴통! 멍청이 새끼! 저런 잽* 따윈 태우는 게 아니었어!"

닐은 아픈 듯이 오른쪽 눈을 감고 몇 번이나 코를 훔쳤고, 그 바람에 얼굴이 온통 피범벅이 되고 말았다. 다시 덤벼들려는 아스토를 알렉스가 제지했다.

"이제 그만해. 우주선 망가지겠어."

아스토의 입술이 사태의 어리석음을 고스란히 반영하듯 순식간에 부어올랐다. 그런 제 모습이 지독히 혐오스러워 알렉스를 뿌리치고 머리칼을 쥐어뜯으며 돌아선 후, 온 선내에 울려퍼질 만큼 큰 소리로 흐느껴 울었다.

안타까운 마음에 모두 말이 없었다.

벽 쪽에 서서 사태의 추이를 지켜보던 릴리언이 그의 손을 떠나 눈앞까지 떠온 소변팩을 붙잡고 한동안 말없이 바라보았

---

* Jap. 미국인이 일본인을 얕잡아 부르는 말.

다. 그리고 그에게 다가가 떨리는 몸을 뒤에서 살며시 끌어안고, 오열이 멈추지 않는 그의 귓가에 위로하듯 뭐라고 속삭였다. ……

워런은 저도 모르게 가슴속에 고여 있던 숨을 몰아쉰 후, 눈썹을 치켜세우며 눈을 감고 고개를 가로저었다. 눈을 뜨니 모니터가 환한 빛을 내뿜고 있었다. 리플레이 영상을 보고 그는 깜짝 놀란 표정을 지었다. 역전 만루홈런을 친 4번 타자 리코 마르티네스가 우렁찬 함성을 외치며 1루 베이스를 돌고 있었다.

제작 스태프들과 함께 A스튜디오로 이동해 대형 모니터로 텔레비전 토론회를 보면서도, 그의 머릿속 한구석에서는 닐과 아스토가 둥둥 뜬 몸을 제대로 가누지도 못한 채 한심한 싸움을 계속하고 있었다.

사회자는 서두에서 의료비 문제 논의를 매듭지은 후, 최근 들어 두드러진 네거티브 캠페인을 언급하고, 키친스가 여러 차례에 걸쳐 네일러를 공격하는 데 사용한 '비애국자'라는 표현에 대해 물었다.

키친스는 고개를 크게 한 번 끄덕이고 말을 시작했다.

—불과 며칠 전 저는 애틀랜타에서 매우 인상적인 광경을 보았습니다.

동아프리카에서 귀환한 용감한 한 병사—시카고 사우스사이드 출신의 스물다섯 살 젊은이였습니다—가 공항에서 고향으로 가는 환승 비행기를 기다리며 잠깐 바에 들렀을 때의 일입니다. 그는 군복을 입고 있었죠. 사람들은 금방 그를 알아보고 끌어안으며 앞다투어 술값을 대신 치르는 영예를 얻고자 했습니다. 그중에는 일찍이 아프가니스탄 산중에서 그처럼 테러리스트 악당들과 싸웠다는 오십대 퇴역군인도 있었습니다.

그러나 그 젊은이는 건배의 무리에 끼길 주저했습니다. 그는 말했죠. "가장 먼저 경의를 표해야 할 사람은 지금도 여전히 동아프리카에서 목숨을 걸고 싸우고 있는 동포들입니다"라고. 그 자리에 있던 모든 사람이 숙연해졌습니다.

대관절 누가 사랑하는 가족을 조국에 남기고 전쟁터로 떠나고 싶겠습니까? 그것은 괴로운 임무입니다. 서로 죽고 죽이는 살생을 원하는 병사는 단 한 명도 없습니다. 그러나 불행하게도 이 세상에는 악당들이 존재합니다. 이게 현실입니다! 왜 싸우느냐? —이건 우문입니다. 악당들을 제멋대로 날뛰게 놔둬서 죄 없고 무력한 사람들이 위험에 처해도 되겠습니까? 우리가 겁쟁이처럼 태만하게 악과의 전쟁을 뒤로 미뤄서 사랑하는 아이들의 세대로 떠넘겨도 되겠습니까? 절대 안 됩니다! 네일러 후보는 부끄러운 줄 알아야 합니다.

무정부 상태에 빠져 국가가 완전히 용해되어버린 동아프리카 땅에서는 매일같이 강도, 강간, 학살이 자행되고 있습니다. 그리고 테러리스트들에게는 지구 최후의 은신처가 되었습니다. 여러분, 부디 현상황을 정확히 인식해주십시오. 지금 전 세계의 민주주의가 위기에 직면해 있습니다! 신흥국가들이 잇달아 민주화에 실패하면서 근대 이전으로 뒷걸음치고 있습니다. 건실한 사람들이 꼬리를 물고 조국을 떠나는 와중에, 악당들은 실패한 국가에서 넘쳐나는 무기를 제 것인 양 휘두르고 있습니다. 곧 핵무기를 손에 넣을 수도 있겠죠. 그런 무시무시한 시대가 바로 지금입니다.

네일러 후보는 왠지 늘 행복한 백일몽을 꾸고 있는 것 같습니다. 많은 사람이 그렇게 말합니다. '지미 카터의 재래'라고 야유하는 기사도 나왔습니다. 그가 록 뮤지션이라면 그저 사랑과 평화만 부르짖어도 충분하겠죠. 그러나 수많은 국민이 귀중한 생명을 희생하며 세계를 한 발짝이라도 평화로 이끌어가려고 노력하는 이 시기에 그들의 숭고한 싸움을 야만이라고 부정하는 것은 실로 비열한 태도입니다. 이 싸움에는 '민주주의의 존망'이 걸려 있습니다!

네일러 후보, 우리의 자랑스러운 동포들이 **악한 침략자**로서 죽어갔다는 뜻입니까? 오판으로 악행에 가담했다고요? 이보다 더한 모욕은 없습니다. 나는 그들의 영웅적인 희생에 개죽음이라는 오명을 씌우는 것을, 그들을 대신해서, 그들의 유족을 대신해서 절대 용납할 수 없습니다! 그들은 정의를 위해 싸웠어요. 애국심으로 기꺼이 목숨을 바친 겁니다! 만약 당신에게도 양심이 있다면, 알링턴 묘지에 가서 깊이 고개 숙여 전사자들에게 용서를 구해야 마땅합니다.

아까 얘기한 시카고의 청년은 이렇게 말했습니다. 나는 지금 고향으로 돌아가는 길이었다, 그러나 이젠 이곳이 고향임을 뼈저리게 실감했다, 시카고에서 태어나 시카고에서 자랐기에 다른 주 사람들은 지금까지 전혀 안중에 없었는데 이제야 비로소 미합중국 국민이 되었다, 라고요.

(시간이 다 됐습니다, 키친스 후보.)

—한마디만 더 하죠. 나는 그렇게 용감하고 애국적이며 또한 전 세계의 평화를 바라는 미국 국민과 함께, 이 '악과의 전쟁'에서 기어코 싸워 이기겠노라고 맹세했습니다. 이제 거의 다 왔습니다! 이 싸움은 반드시 승리해야 합니다. 귀중한 희생을 치른 애국자들을 위해서라도! 여기서 멈추는 건 터무니없이 어리석은 생각입니다. 힘들여 겨우 여기까지 왔는데! 승리가 바로 눈앞에 있는데! 고지까지 고작 몇 발짝 남았습니다. 그런데 여기서 멈추라는 건가요? 이 얼마나 어리석은 판단입니까? 모든 걸 헛수고로 돌릴 작정인가요? 악당들은 구사일생했다고 흡족해하겠죠. 그러나 절대 그렇게 만들 순 없어요! 아십니까? 그들이 네일러 후보의 당선을 얼마나 간절히 기원하는지!

우리는 이 세계에서 언제나 정의가 승리한다는 걸 증명해야 합니다. 그렇습니다, 전 세계 사람들이 그렇게 믿을 수 있도록!

세계를 악의 손에 넘겨줄 순 없습니다! 필사적으로 지켜내야 합니다! 그것이 바로 정의입니다. 네일러 후보는 겁쟁이처럼 이 가혹한 현실에서 눈을 돌린 채 잠꼬대 같은 정의를 부르짖을 뿐입니다. 거듭 말씀드리지만, 악당들은 만반의 준비를 갖추고서 그가 대통령이 되기를 간절히 기다리고 있습니다. 그러면 미국을 맘껏 구워삶을 수 있으니까요. 끔찍한 일입니다.

여러분, 부디 잘못된 선택을 내리지 말아주십시오. 나이브한 이상주의가 얼마나 심각한 위기를 불러올지 냉정히 판단해주십시오.

(키친스 후보, 제한시간을 지켜주십시오. 규칙입니다.)

—죄송합니다. 하지만 이건 정말로 중요한 얘기입니다. 반론할 말이 있다면, 네일러 후보에게도 똑같은 시간을 주시죠.

워런은 옆에서 메모하던 스태프의 신음소리를 듣고 물었다.

"설득당했나?"

이십대 초반의 젊은 어시스턴트가 어중간한 미소를 지었다.

"아뇨, 전사자 유족이 어쩔 수 없이 품게 되는 감정을 불쾌할 만큼 적확하게 짚어낸 것 같아서요."

"전쟁을 철저히 반성하는 데 늘 방해되는 것이 전사자의 명예 문제야. 전쟁이 쓸모없고 나쁜 것으로 여겨진다면 유족은 내 자식이 이런 걸 위해 죽었나 싶어 허무해지게 마련이지. 헛된 죽음이었단 말인가? 악행에 가담한 거란 말인가? 베트남이나 이라크나 결국 그 점이 문제였어."

"그럼 왜 정부를 비판하는 쪽으로는 기울지 않을까요?"

"속았다는 것도 괴로우니까. —게다가 지금 키친스가 말한 것처럼 전쟁에서 정의를 말끔하게 도려내 악으로 순화시키기란 쉽지 않아. 99퍼센트가 잘못됐어도 1퍼센트만 일리가 있다면 전쟁을 충분히 정당화할 수 있어."

"그럼 반대 논리도 가능하겠는데요. 99퍼센트가 옳은데, 왜 굳이 1퍼센트의 잘못을 들춰내느냐는 식으로."

"음, ……그럴 수도 있겠지."

(네일러 후보, 어떠십니까? 당신은 애국자도 현실주의자도 아니다, 공허한 평화론만 늘어놓는 비겁자다, 라고 키친스 후보가 비판했는데요.)

—전적으로 악의에 찬 중상입니다. 이 나라를 사랑하지 않는 인간이 어떻게 대통령선거에 입후보하겠습니까?

나는 당연히 진심으로 이 나라를 사랑합니다. 미국인이라는 데 긍지를 느끼고, 이 나라의 위대한 선조들에게 경의를 품고 있습니다. 그러나 거기에 도취되진 않습니다. 대부분의 국민처럼 자국이 지금 어떤 상황인지 냉정하게 꿰뚫어보고, 세계에서 보다 큰 존경을 이끌어내기 위해 개선해야 할 점이 무엇인지 겸허히 생각해보는 마음가짐을 잃지 않았습니다. 오만은 성숙의 적입니다. 자기애에 빠져 스스로를 잃어버리는 것만큼 보기 흉한 모습은 없습니다. 조금 전 키친스 후보는 내가 몽상적인 록 뮤지션 같다고 지적했습니다. 이 나라 문화에 대한 빈약하고도 교만한 편견을 또다시 드러내 보인 발언인데, 현실을 보지 못하는 사람은 오히려 그입니다.

나는 미국이라는 이 나라를 진심으로 사랑합니다! 그렇기 때문에 현 정권과 그 정권을 받들어온 키친스 후보의 잘못을 바로잡으려는 겁니다.

키친스 후보의 가장 큰 결점은 **거칠다**는 것입니다. 그리고 **불투명**하다는 점이죠. 주의깊고 자세히 살펴야 할 현실의 세부를 항상 대략적인 개념이나 난폭하고 독단적인 레토릭으로 뭉개버립니다. 그럴 수 있는 까닭은 그가 현실을 은폐하고 그런 추상적인 말로 대치해버리기 때문입니다. 그래서 먼 이국땅에서 무슨 일이 일어나고 있는지 복잡하고도 방대한 정보를 도저히 다 알 길 없는 국민을 향해, **이것이 현실**이라고 무책임한 소리를 하는 겁니다.

악당이 대체 누구입니까? 악이란 누구의 어떤 태도를 가리키는 겁니까? 이 질문에 고유명사로 대답하기란 놀라울 정도로 힘듭니다. 선이냐, 악이냐. ─흡사 중세의 마니교도 같죠.

나는 동아프리카 문제에 대한 내 생각을 설명하기 위해 한 청년의 예를 들고자 합니다. 이름은 래리 헌터. 예의 '솔트 피넛'의 동생입니다. ……

워런은 심장박동이 빨라지는 것과 거의 동시에 옆의 스태프들이 하나둘 "좋았어. ……"라고 중얼거리며 숨을 삼키는 기척을 느꼈다.

32. face to face

사노 아스토와 교코 부부는 식탁에 앉아 카레를 먹고 있었다. 옆에서는 태양이가 어린이용 AR카레를 먹고 있었다.

카본 탈과 로런 키친스를 만난 후 아스토는 릴리언 레인의 수술 영상 유출 사건 이후로 한동안 소원했던 노노 워싱턴의 문병을 갔는데, 돌아오는 길에 완전히 어둑해진 병원 1층에서 우연히 마주친 노노의 아내 도티가 험악한 표정으로 그를 불러세웠다.

도티는 릴리언 임신 소동의 진상을 알고 싶다며 아스토를 다그쳤다. 노노가 강간했다는 의혹을 도저히 참을 수 없는데 NASA에서는 조사중이라고만 할 뿐 정식 답변이 없다. 대체 '던'에서 무슨 일이 있었느냐? 노노가 가장 믿었던 아스토의 입을 통해 사실을 알고 싶다고 그녀는 말했다.

아스토는 그녀의 눈을 바라보며 상대는 나인 것 같다, 가까운 시일 내에 증언할 생각이니 조금만 더 기다려달라고 대답했다. 왜 좀더 일찍 말하지 않았느냐고 비난할 줄 알았는데 뜻밖에도 그녀는 걱정스럽게 그의 손을 잡고 말해줘서 고맙다고 했다. 그리고 이렇게 덧붙였다.

"아무도 모를 테지만, ……노노는 결혼 전에 잠깐 릴리언과 사귄 적이 있나봐요. 확증은 없지만, 아마 그럴 거예요. ……노노를 믿었지만, ……그래서 불안하기도 했어요."

눈물을 글썽이는 그녀를 안아주면서, 아스토는 머릿속에 안개가 자욱해지는 느낌이었다.

이미 이언 해리스가 해준 얘기지만 그녀의 입을 통해 직접 듣고 나니 그렇게 의심해보지 않은 자신이 새삼 이상했고, 약간은 우스꽝스럽게 느껴지기도 했다. 노노의 망상의 중심에 그토록 집요하게 그녀가 출현했으니 당연히 생각해볼 법도 한데, 떠올렸다 부정했던 기억도 없이, 정말로 그런 짐작조차 해보지 않았다. 그렇다면 역시 그건 노노의 아이가 아니었을까? 강간 같은 것이 아니라 그저 서로를 사랑한 것이다. 임신은 그 결과일 뿐이다. ─릴리언은 '자기한테 불리한 일은 절대 안 하는 사람'이라고 해리스가 말했다. 기억 속 우주선 한구석에 방치된 그때의 일에도 그녀 나름의 어떤 의도가 숨어 있었던 걸까? 새삼스레 그런 생각을 하는 아스토의 눈빛이 의식의 손을 벗어나버린 듯 멍해졌다.

증언하겠다고 도티에게 약속한 것은 반쯤 충동적으로, 그녀를 위로하고 싶은 마음에서 한 말이었지만, 그렇게 말한 스스로에게 용기를 느꼈고, 격려해준 그녀가 고마웠다. 그래서 집으로 돌아와 교코에게 모든 것을 털어놓았다.

지구를 출발한 지 석 달째에 노노가 정신이상을 일으킨 일부터 시작해 그녀와 관계를 맺어버린 것, 그후 임신 사실이 밝혀지자 그녀는 노노의 아이라고 설명했으며, 지금 NASA에서는 아스토의 아이로 결론 내렸다는 것. ……화성에 도착한 후 그의 손으로 인공중절을 했고, 출혈이 멈추지 않아 그녀가 빈사상태에 빠졌던 것. 그런 탓에 화성에서 미션을 충분히 완수하지 못해 귀환 후 그녀에 대한 평가가 바닥으로 떨어졌고, 그녀 본인도 영웅적

인 공적이라며 칭송하는 주위 상황에 괴로워했다는 것. ……귀
로에 접어든 우주선에서 자신이 암페타민 과다 복용으로 심각한
약물중독에 시달렸고 그 후유증이 지금까지도 이어진다는 것.
따라서 그에 대한 평가 또한 결코 좋지는 않다는 것. ……

카본 탈과 지금까지 나눈 대화 내용도 숨김없이 털어놓았다.
릴리언이 '닌자' 개발에 관여했고 그 묵비의무를 구실로 NASA
우주비행사로 발탁되었다는 소문. 그래서 대통령선거 기간중 고
발하라는 압력을 받았으며, 결국 그러기로 결정한 것 같다는 것.
본인임을 확인할 길 없는 로런 키친스의 홀로그램이 그에게 그
녀를 저지하라고 지시한 것. ―여하튼 자신이 알고 있는 모든
것, 밝혀야 할 디비주얼들을 모조리 교코에게 털어놓았다. 그녀
가 먼저 이혼 얘기를 꺼낸 것도 고백하는 데 힘이 되었다.

교코는 감정을 억누른 표정으로 이따금 고개를 끄덕이거나 갸
웃거리며 되묻거나 하다가, 마지막으로 "……알았어"라고 중얼
거렸다. 그리고 릴리언과의 관계는 자기도 예상했다, 전혀 이해
못하는 건 아니지만 받아들일 수 있을지는 모르겠다고 말했다.

"그러니까 단순한 사고는 아니었다는 거잖아? 꼭 그녀가 아니
었더라도 그런 일이 생길 수 있었을까? 예를 들어 메리는?"

그녀는 그런 상황에서 남녀가 충동적으로 관계를 맺는 것을 머
리로는 이해할 수 있을 듯했지만, 그래도 상대가 릴리언이라는
것에 의미가 크다고 느꼈다. 어쩌다보니 그렇게 됐든, 서로 깊이

사랑했든. ─그녀가 그걸 불쾌하게 느끼는 것은 사실이었다. 게다가 아스토는 그후 두 사람의 아이를 제 손으로 낙태했다.

귀환 후에는 전혀 연락을 하지 않았고, 지금은 그녀에게 특별한 감정이 없다. 그러나 노노에 관해 불명예스러운 소문이 도는 이상 이 사실을 공개하고 싶다고 아스토는 초조하기 이를 데 없는 표정으로 말했다.

교코는 그 말에는 대꾸하지 않고 딘 에어스가 진작 데번 사에 관해 경고했었다고 말하고는 그것이 데번 사 입사를 줄곧 반대해온 이유였다고 밝혔다. 에어스와 그런 관계까지 간 건 아니지만 그의 방문이 마음의 버팀목이 된 것은 사실이었다는 말도 했다. 그리고 '던' 프로젝트를 반대하는 세력에 이용당할 것을 경계해 그가 NASA를 그만둬버렸다는 것, 그후 뭘 하는지는 모르지만 '할 일이 있다'며 모습을 감췄고, 일 년 후 난데없이 경고 메일을 보내왔다고 설명했다. 그와의 미래를 진지하게 생각했던 건 아니지만 지금은 그저 걱정스러운 마음이라고 솔직하게 말했다.

아스토는 '던'의 성공을 막으려는 음모가 있다는 소문에는 회의적이었지만, 그것이 사실이라면 심각한 문제고 용납할 수 없다며 분개했다. 그리고 내가 과연 NASA에서─아니, 내가 태어난 이 세상 자체에서 정보를 얼마나 제공받고 있는지, 그 하나하나가 얼마나 사실에 가까운지 정말로 모르겠다며 힘없이 고개를 떨어뜨렸다. '이것저것'에 하나씩 연관된 각각의 분인이 '이것이냐 저것이냐'를 결정한다, 그것들이 서로 교차하는 개인이라는 장소를 잘 디자인하라고 해리스는 말했다. 어디서 어떻게 손을 대고 무엇에 중점을 두어야 할까? 교코라는 한 여자와 연관된 이 작고 사적인 디브에서 시작해야 옳을까, 아니면 지구 차원의 문제에 연관된 다수의 디브를 우선시해야 할까? 게다가 그 디브들 하나하나는 결코 순수하지 않고, 늘 수많은 문제와 복잡하게 뒤얽혀 있다.

대화중에 교코는 자신이 무엇에 집착하고 있는지 알 수 없어졌다. 아스토가 자기 말고 다른 사람과 육체관계를 맺었다는 사실일까? 그러나 상황이 너무도 예외적이라 지금까지의 인생 경험과 마찬가지로 취급해도 좋을지 알 수 없었다. 결혼 전 사귀었던 회사 동료가 바람을 피운 적이 있었다. 그때는 일단 용서했다가 반년쯤 슬하게 싸운 뒤 헤어졌는데, 용서한 줄 알았던 그때 일도 결국 이별의 이유 중 하나였다. 이번 경우는 결혼한 사이라는 큰 차이가 있지만, 인류의 희망을 짊어지고 생사를 걸고서 임한 프로젝트 도중이었다는 배경이 '바람을 피워서 화가 난다'는 차원과는 지나칠 만큼 먼 느낌이라, 신중하게 생각하려는 그녀의 의식을 뒤에서 무릎을 확 꺾어버리듯 좌절시켰다.

상대가 하필 자신이 싫어하는 릴리언 레인이었다는 것도 물론 불쾌함의 원인이었지만, 그 일로 인해 그녀에 대한 열등감이 파헤쳐지는 것도 우울한 일이었다. 이것은 '위키노블'을 몇 번 읽어본 뒤부터, 그저 망상의 산물이라는 걸 알면서도 그녀의 마음속을 내내 어지럽히던 생각이었다.

노노를 위해 사실을 공개하겠다는 아스토의 생각은 옳지만 그로 인해 세간의 눈에 드러나는 나는 어떻게 될지 생각하자 그녀는 불안해졌다. 아스토는 그것으로 끝이다. 하지만 아내인 나는? 전 세계를 휩쓸 엄청난 스캔들로 번질 것이 빤하다. 그리고 누구나 아내의 동향에 주목할 것이 틀림없다. 아니, 생판 남인 사람들의 무책임한 흥미 따윈 어떻든 상관없다. 그보다 옆집에 사는 톰과 애슐리, 친정 부모님, 오랜 친구들, 새로 일을 시작할 직장 사람들, ……그런 이들을 어떤 얼굴로 대해야 할지 막막했다. 아스토는 왜 이런 식으로 이혼 말고 다른 선택을 할 수 없는 상황을 만들어버리는 걸까?

모든 이야기를 듣고 여러 가지를 이해한 반면, 이제 끝낼 작정이라 이러는 걸까라는 생각이 몇 번이고 들었다. 불륜도 각각의 디브로서 한 일이라고 깨끗이 구분해버리는 사람들도 있다. 그것 또한 하나의 사고방식이고, 요즘은 그런 부부가 더 많을지도 모른다. 그러나 이렇듯 그 각각의 디브의 이야기가 모조리 나의 디브로 밀려든다면 그들은 태연할 수 있을까? 내가 좋아하는, 나를 향한 아스토의 디브가 릴리언을 사랑한 디브와 어딘가에서 뒤섞여 있다. 지금까지는 보이지 않았던 혼탁함이 이야기를 듣고 나자 눈앞에 드러났다. 그것을 어떻게 받아들여야 할까? ……

둘 다 이날은 주저하며 명확하게 표현하지 않았지만, 대화의 흐름에서는 이혼을 확인한 듯한 개운함이 느껴졌다.

이 년 반의 공백을 서로의 말로 메워가고, 마지막에는 그날의 일과 태양이가 죽었을 때의 이야기를 나눴다. 그녀는 중태에 빠져 의식불명 상태로 병원에 실려갔는데, 의식을 찾고 회복될 때까지 아스토와 가족 모두 태양이는 괜찮다고 말했다. 그런데 퇴원이 코앞으로 다가왔을 때, 친정집이 있는 후쿠이로 피난했다던 태양이가 실은 지진 당시 죽었음을 알게 된 것이다. 아스토가 그후 몇 번이나 '애도'를 시도했음은 알고 있었고, 그래서 마음이 편해졌다고 느낀 적도 있다. 그러나 그가 외부를 향해 활동적으로 변하는 것과 달리 그녀는 자꾸 집에 틀어박혀 태양이와 함께했던 무렵의 일들만 떠올리게 되었고, 정신을 차려보면 그 공백의 시간으로 다시 끌려가 있곤 했다.

의식도 없고, 시간이 흐른 기억도 없었다. 그 완전한 공백 속에서 태양이는 한순간에 목숨을 잃고 내 곁에서 영원히 떠나버렸다. 그 끔찍한 죽음의 찰나에 나는 곁에서 지켜봐주지 못했다. 아니, 죽음의 세계로 끌려갈 위기에 처한 그 아이의 손을 붙잡고 다시 데려오지 못했다. 살려내지 못했다. ……

태양이가 태어났을 때 보관해둔 DNA로 딘 에어스가 AR를 만들어줬을 때, 정말로 거기에 죽은 태양이의 영혼이 깃들어 있다고 느꼈다. 천국에 가지 못하고 줄곧 이 세상을 떠돌던 그 아이가 마침내 모습을 드러내주었다. —그런 느낌은 지금도 마찬가지다. 그래서 그 아이를 떠나보낼 수 없다. 그것은 딘을 향한 마음과는 또다른 것이라고 말했다.

아스토는 고개를 끄덕이고 울면서 그 이야기를 들었다. 그리고 말했다. 나는 꿈을 좇음으로써 괴로운 과거에서 벗어나 앞으로 나아가려 했고, 그 걸음에 교코도 함께하고 있다고 혼자 편할 대로 생각했다. 그래서 지구로 돌아와 태양이를 봤을 때 몹시 놀랐고, 분노를 느끼는 한편 자신의 독선이 비참하게 느껴졌다. 환경을 바꿔 둘만의 인생을 다시 시작하고 싶었기에 먼 우주로 갈 필요가 없는 말리부에서의 생활을 생각하게 되었다. 그곳이 실로 우리가 다다라야 할 안식의 땅처럼 느껴졌다. 명확한 이유도 없이 거부하는 당신에게 화가 났지만, 돈에 눈이 먼 것처럼 보일까봐 동요하기도 했다. 경멸당하는 걸 견딜 수 없었다. 좀더 일찍 많은 이야기를 나눴어야 했다. 그리고 마지막으로 무엇 때문이라는 말도 없이, 아마도 여러 가지를 내포한 말투로 사과했다.

"……미안해."

눈물을 글썽이며 말없이 듣던 교코는 받아들였다기보다 그저 알겠다는 정도로 살며시 고개를 끄덕였다.

그날 밤 각자의 방으로 들어간 후, 아스토는 또다시 격렬한 환각에 사로잡혀 족히 한 시간쯤 이따금 괴성을 질러가며 영문 모를 소리들을 지껄였다. 교코는 혹여 이웃에서 경찰을 부를까 걱정스러워 곁에 붙어서 진정될 때까지 달랬는데, 말하는 내용을 진지하게 들으려 할수록 그녀까지 정신이 이상해질 지경이었다.

처음에는 자기에게 숨기고 또 약기운에 의지했나 싶어 실망했지만 아무래도 그런 것 같지는 않았고, 우주의 기억과 망상이 뒤섞인 반복적인 플래시백 때문에 괴로워하는 것 같았다.

릴리언과의 일은 별개의 문제겠지만 이 년이 넘도록 신선한 바깥공기를 마실 수도 없는 곳에서 노노를 보살펴온 그도 꽤나 힘들었을 거라는 생각이 불현듯 들었다. 조금 안정된 뒤 그런 얘기를 하자 아스토는 동정을 바라고 일부러 소동을 일으킨 것으로 보였다고 생각했는지, 몹시 부끄러워하며 그건 아니라고 몇번씩이나 집요하리만큼 주장했고, 그녀는 또 그 모습에 한숨을 쉬어야 했다.

사실 그런 생각까지 하지는 않았다. 만약 연기라면 정말 수준급이겠지만, 그녀가 아는 한 아스토는 그런 짓을 할 인간은 아니었다. 그의 안에 어떤 미지의 디브가 숨어 있는지는 몰라도, 왠지 모르게 그는 그런 사람이 아니라는 믿음이 있었다. 다만 오늘 한 이야기들이 마치 악몽처럼 머릿속에서 뒤엉켜 못된 짓을 하는 거라는 느낌은 들었다.

새벽녘이 될 때까지 자다 깨다를 몇 번이나 반복하다 가까스로 조용해진 그가 갑자기 카레를 먹고 싶다고 해서, 그녀는 마치 캠프에서 먹는 것처럼 집에 있는 채소와 안심으로 한 시간 남짓 압력솥을 써가며 비프카레를 만들었는데, 완성하고 보니 아니나 다를까 그는 깊이 잠들어 있었다. 그래서 출근 시간까지 깨우지 않았다.

피로와 단조로운 생활 때문인지 예전 우주왕복선 시대에도 일본인 승무원이 우주식으로 가져간 카레가 인기였던 모양인데, 귀환 후 아스토는 팩에 든 그 카레를 먹으면 먹을수록 냄새도 중력도 신경쓸 필요 없는, 접시 위에서 모락모락 김을 내는 지구의 진짜 카레가 더 그리워지더라고 자주 말했다. 그리고 카레를 먹고 잠이 들면 어김없이 도쿄에서 살던 무렵의 꿈을 꾸었다고. 별다를 것 없는 평범한 저녁 식탁의 광경이었지만 기억 속의 세 가족이 둘러앉아 하는 식사는 더없이 맛있었다고, 그런데 왠지 모르게 불안하고 불길할 정도로 감상적이 되어서, 우주에서는 늘 마음이 편치 않았다고 했다.

하루 동안 냉장고에 넣어둬서 맛은 오히려 더 좋아졌지만 왠지 메뉴가 미흡한 것 같아서 그녀는 바삭하게 튀겨낸 커틀릿을 그의 접시에 올려주고 자기 접시에는 채소튀김을 곁들였다. 집에 돌아온 아스토는 그것을 보고 "마침 카레가 먹고 싶었는데! 어떻게 알았지?"라며 눈빛을 반짝여서 그녀를 어이없게 만들었다.

아스토의 숟가락이 몇 번이나 힘차게 접시 위로 미끄러지면서 식탁 위에 딱딱한 소리를 울렸다.

대통령선거 토론회에서는 로런 키친스가 언제나처럼 집게손가락을 치켜세우며 허 정권 시대의 업적인 유인 화성탐사 성공을 강조하는 중이었다.

—네일러 후보는 '던'이 이뤄낸 위업을 과소평가해왔습니다. 그러나 '던'의 용감한 도전은 인류의 눈부신 미래를 개척해냈습니다. 미국 국민의 프런티어 정신이 지금도 여전히, 늠름하게 타오르는 태양처럼 건재하다는 것을 몸소 증명해준 것입니다.

절대 공허한 성과가 아닙니다. 이 나라의 기술력을 세계 만방에 떨친 최고의 PR이며, 그 결과 소행성 광물자원 개발을 둘러싼 치열한 경쟁에서 우리 나라는 자금조달 면에서 압도적 우위에 섰습니다. 또한 '던'에서 나온 상세한 데이터는 미래의 장기 우주비행에 구체적으로 활용될 것입니다.

대체 뭐가 잘못이라는 걸까요? 네일러 후보는 무지 때문인지 아니면 악의 때문인지, 이런 사실들을 명백하게 과소평가하고 있습니다.

'1조 달러에 이르는 막대한 비용'을 들였다며 여러 차례 비난했습니다만, '던'이 금융시장에 가져다준 지대한 경제적 효과에는 비할 바가 못 됩니다.

—나는 지금까지 단 한 번도 NASA에 대해, 또 '던' 승무원에 대해 경의가 결여된 발언을 한 적이 없습니다. 그러나 내가 아는 한 그것은 육체적으로나 정신적으로나 너무나 혹독한 미션이었습니다. 성공 확률이 채 30퍼센트가 되지 않았다는 전문가의 의견이 수없이 많습니다. 1조 달러가 우주의 쓰레기로 사라지고 승무원 여섯 명의 목숨마저 잃게 될

위험이 매우 컸습니다. 기적 같은 성공으로 그 사실을 덮어버리면 안 됩니다.

'던'은 무모한 계획이었습니다. 그들을 통해 우리는 오히려 인류의 화성 여행이 시기상조라는 교훈을 얻은 것입니다.

―네일러 후보는 위험을 무릅쓰고 위대한 목표를 위해 용감히 도전하는 콜럼버스나 아문센 같은 영웅적인 인간을 이해하지 못하는군요. 한심합니다.

―이게 바로 키친스 후보의 나쁜 버릇입니다. 콜럼버스니 아문센이니, 현실적으로 '던'과 아무 관계도 없는 과거의 영웅들을 끌어와서 문제를 덮어버리죠. '영웅적 인간'으로 신비화하고 개개의 인간이 견뎌내야 했던 어려움은 **없었던 것으로** 치부해버립니다.

제가 특히 문제시하는 부분은 시기입니다. 왜 그런 불확실한 상황에서 졸속하게 계획을 단행해야 했는가? 명백히 이번 대통령선거에 맞추기 위해서입니다. 그것은 인류를 위한 것도 뭣도 아닙니다. 자신의 선거를 위한 겁니다! 그렇게 승무원들을 위험에 노출시키고, 성공하면 '영웅적'이라고 칭찬하는 거지요. 아니, 실패해도 '영웅적'이라고 칭찬하겠죠. 대체 그게 뭡니까?

대다수의 국민은 지금 '던' 승무원들에게 새롭고 보다 깊은 공감을 보이기 시작했습니다. 키친스 후보가 찬양하는 불굴의 영웅정신 같은 것에 현혹되어 조잡하고 단순한 흥분을 느꼈기 때문이 아닙니다. 그들이 처했던 복잡한 상황과 곤란함을 충분히 이해하고, **그럼에도 불구**

하고 끝내 그것을 이겨냈다는 점에, 사회적 모순의 소용돌이 속에서도 열심히 살아온 자신들의 인생을 겹쳐보며 깊은 공감을 품은 겁니다.

메리 윌슨, 알렉스 F. 그로스, 닐 캐시, 노노 워싱턴, 아스토 사노, 그리고 릴리언 레인도! 결코 오디세우스가 아닙니다. 우리와 똑같은 인간입니다.

—지금쯤 텔레비전 앞의 국민들은 너무도 조잡한 음모론과 이해하기 힘든 심리분석에 쓴웃음을 짓고 있겠군요. '위키노블'을 너무 많이 읽으신 것 아닙니까?

잘 들으세요, 이번 미션의 시기는 위치관계의 문제였습니다. 중학생도 아는 내용입니다. 다음 기회를 기다렸다면 러시아나 EU, 중화연방이 먼저 화성에 도착했겠죠. 성공 가능성은 충분했습니다. 확률은 어느 쪽으로든 나올 수 있었어요. 그리고 무엇보다 NASA와 승무원들은 성공의 영광뿐 아니라 실패의 책임도 스스로 지겠다는 강한 의지를 갖고 있었습니다. 그런 도전을 왜 주저하겠습니까? 대통령과 나는 결단을 내렸습니다. 그리고 성공했어요. 이게 현실입니다.

네일러 후보가 같은 입장이었다면, 우물쭈물 망설이다가 결국 인도나 브라질한테까지 뒤처졌겠죠.

—음모론이란 키친스 후보의 단골 멘트입니다. 그런 말을 꺼내면 국민들이 갑자기 바보가 돼서 문제 추궁을 포기할 거라고 믿는 거지요. 누구나 진저리칠 만큼 고루한 정치인의 수법입니다.

현정권이 고작 몇 년을 기다리지 못하고, '21세기의 냉전'이라는 말까지 나오는 긴박한 국제관계를 우주공간으로 확대해버린 것은 부정할 수 없습니다. 결국은 그것이 동아프리카에서 각국과 협조하지 못하는 결과로 이어진 겁니다. 세계 각국은 지구상에서 석유나 석탄을 놓고 패권 다툼을 벌였을 때와 마찬가지로, 이번에는 우주로 자리를 옮겨 소행성 광물자원 채굴사업을 놓고 다시 대립하고 있습니다. 그런데 우주에서의 군비확장 경쟁과 화려한 유인 화성탐사에만 정신이 팔려서 채굴사업은 완전히 뒷전으로 밀려난 실상입니다. 이대로라면 거품이 또다시 꺼져버립니다.

패권 국가를 지향해선 안 됩니다. 우리는 국제적 협력관계를 견인하는 입장에 서야 해요.

(논의를 잠깐 정리해볼까요. ……)

"─네일러가 좀 열세네. 이해는 가지만."

교코는 서로 손대려 하지 않는 식탁 위 침묵의 절반을 스스로 떠맡으려는 듯, 밥을 다 먹고 빈 잔을 손에 든 아스토에게 말했다.

아스토는 태양이를 시야 한쪽에 담은 채 모니터 속 키친스의 모습을 바라보며 카본 탈의 사무실에서 만났던, 반론할 틈도 없이 열변을 토하던 그 홀로그램이 과연 진짜였을지 다시금 생각해보았다. 그리고 그녀의 말에 조금 늦게 "……그렇네"라고 대답한 뒤, 나머지 절반의 침묵을 넘겨받으며 갑작스럽게 말을 이었다.

"오늘, ……수영장에서 훈련생 하나를 죽일 뻔했어."

"─뭐?"

교코가 텔레비전 소리를 낮추며 눈썹을 찡그렸다. 옆에 앉아 있던 태양이도 솜털처럼 옅은 눈썹을 치켜세우며 걱정스러운 듯 아빠의 얼굴을 올려다보았다.

"모니터상의 이변을 알아채지 못했어. 우주복의 산소량이 떨어져서, ……지극히 단순한 부주의였지."

"어떻게 됐어?"

"곧바로 물속에서 끌어올려 가까스로 위기는 넘겼는데, ─정말 위험했어."

"다행이다. ……그랬구나."

"잠시 쉬는 게 좋겠다고들 하더군."

아스토는 휴지로 입가를 닦고 "잘 먹었어"라고 말한 후, 부엌에서 물병을 가져와 잔을 채웠다.

교코는 "나도. ─고마워"라며 물을 받고 그의 얼굴을 바라보았다.

"그래야 하지 않을까?"

물병을 내려놓은 아스토는 한동안 침묵하다가 이윽고 불쑥 입을 열었다.

"이제 생각났다."

"뭐가?"

"카레. ……내가 먹고 싶다고 했지?"

"그래, 오늘 아침에."

교코가 희미하게 웃으며 말했다.

"맛있었어?"

"응. ……아주 맛있었어."

"더 있는데."

아스토는 오른손을 배 언저리에 얹더니 말했다.

"오랜만에 만들어줬으니 더 먹을까."

"배부르면 무리할 필요는 없어."

"……아니야."

아스토는 숟가락을 옆에 내려놓은 뒤 접시를 들고 일어나려 했다. 교코가 고개를 숙였다가 머뭇거리듯 쳐들면서 말했다.

"……또 만들어줄게."

그리고 잠시 뜸을 두고, "당분간은, ……곁에 있을 테니까"라고 중얼거리듯 말했다.

아스토는 접시에서 손을 뗀 후 아래를 내려다보고 입술을 깨물면서 고개를 끄덕였다.

"……고마워."

"응."

둘의 모습을 지켜보던 태양이가 입을 열었다.

"아빠랑 엄마, 화해했어?"

아스토는 기쁜 듯이 미소짓는 그 얼굴을 한동안 바라보았지만, 좀처럼 대답이 나오지 않았다.

33. 작은 빛

곰팡내가 자욱한 움막 같은 방에서 딘 에어스는 홀로 침대에 누워 있었다.

불을 켜지 않고 휴대전화 모니터와 이어폰으로 대통령선거 토론회를 보고 있었다. 콘택트 모니터는 눈이 아파 아까부터 빼놓은 상태였다.

복도는 고요하고 인기척이 없었지만 그런 만큼 옆방의 텔레비전 소리가 훤히 들렸고, 어느 방에서는 더 거슬리는 소리까지 들려왔다.

그는 문득 귀를 기울이고 문을 바라보면서 바닥에 벗어둔 운동화로 시선을 떨구었다. NASA를 그만둔 후로 줄곧 신고 다닌 위성추적 방지용 신발인데, 그림자의 움직임으로 걸음걸이가 분석되는 것을 막기 위해 밑창이 랜덤으로 부풀거나 줄어드는 기능을 갖추고 있었다.

문 너머 정면에서 숨죽인 발소리가 들린 것 같았지만, 기분 탓인 듯했다.

눈 밑을 살짝 누른 후 뭉개진 얼굴을 찡그렸다. 지속되는 긴장 때문에 피로도는 높아져만 갔다.

—나는 동아프리카 문제에 대한 내 생각을 설명하기 위해 한 청년의 예를 들고자 합니다. 이름은 래리 헌터. 예의 '솔트 피넛'의 동생입니

다. ……

생중계 영상과 별개로 뉴욕의 타임스 스퀘어, 캘리포니아 주립대학교, 디트로이트의 도요타 공장, 볼티모어의 소농가 등 여러 장소에 카메라를 설치해 그 자리를 함께한 사람들의 반응을 비추었는데, '솔트 피넛'이라는 이름이 나오자 너나없이 민감하게 반응하는 모습이었다.

—래리는 2004년 디트로이트 교외에서 태어났습니다. 어머니는 1998년 십대 나이에 미혼모로 '솔트 피넛' 매드 헌터를 낳았고, 그후 다른 남자와의 사이에서 래리를 낳았습니다. 남자는 GM에서 육 년간 비정규직으로 일하다가 2000년대 말 금융위기로 해고되어 실직자가 된 후 그녀를 떠났습니다. 그후에는 그녀의 인생이 줄곧 그러했듯 숱한 남자들이 그 집을 드나들었습니다.

그런 환경에서 자란 아이가 으레 그렇듯, 래리는 충분한 교육을 받지 못했습니다. 고등학교도 가지 않았고, 십대 무렵에는 거리의 **악당** 취급을 받았습니다. 열아홉 살 때는 그가 사는 지역에서 가장 유복한 게이티드 커뮤니티 한곳을 불법침입해 체포까지 당했죠.

2029년 허 정권이 동아프리카 전쟁을 본격화하자 래리는 신병 모집에 응해 육군에 입대했습니다. 당시 그는 시급 6달러를 받으며 저녁 식사 배달 가게에서 일하고 있었습니다. 식사만은 데이터로 해결할 수 없으니까요. 최저임금 미달이었던 건 말할 필요도 없죠. 에코버블 붕괴 후 서민들의 생활은 완전히 궁지에 몰렸습니다. 그는 어느 지역에서나 볼 수 있던 그런 사람들 중 하나였습니다. 여러분도 그가 배달한 타코스나 피자를 받은 적이 있을지도 모릅니다.

입대 직후 래리는 플로리다를 강타한 허리케인 '도러시'의 복구사업을 맡은 비전투 배비配備기지에서 근무하기로 약속받았습니다. 그런데 신병 훈련이 끝나자 갑자기 동아프리카로 보내진 것입니다. 속았다는 표현은 적절하지 못하다고 키친스 후보는 말하겠죠. 입대는 본인의 **의지**이며 애국적인 결단이었다고. 혹은 본인에게 계약을 이해하는 능력이 모자랐던 것이지 절차상의 문제는 없었다고. ―그럴 가능성은 있습니다. 그는 읽고 쓰기를 거의 할 줄 몰랐으니까요. 그러나 어쨌든 분명한 것은 동아프리카행이 그의 뜻이 아니었다는 점입니다.

동아프리카 전쟁에서 전사한 미군은 이미 1만 명에 육박하고 있습니다. 잘 알려지지 않았지만 귀환한 뒤 자살한 병사도 그에 버금가고, 무인병기 원격조작을 맡았다가 자살한 병사도 8천 명을 넘어섰습니다.

―자살의 요인은 복합적이에요. 회사원이나 노동자 중에서도 자살하는 사람이 많지만, 아무도 노동이 악이라고 말하진 않습니다.

―끝까지 들어주십시오. 그 밖에 귀환 후 노숙자가 된 사람, 범죄에 손대는 사람도 끊이지 않습니다. 당연합니다. 그들은 일반사회에서 통용되는 상식을 버리라는 철저한 트레이닝을 받고 전쟁터에 보내졌고, 귀환 후에는 아무런 보살핌 없이 그대로 원래의 사회로 내던져졌으니까요.

다른 한편, 동아프리카 현지의 사망자는 국제연합 추계로 42만 명,

플래닛 발표로는 57만 명입니다. 입이 딱 벌어지는 숫자입니다.

그러나 속지 마십시오. 미군 전사자와 별개로, 전쟁터에서 미군의 작전을 지원하기로 위탁받은 민간 전쟁기업의 사망자 또한 2만 명에 달하고 있습니다. 허 정권은 이것을 '고용'으로 간주하지만요. 다시 말해 거의 5만 명에 육박하는 미국인이 이미 이 전쟁에서 죽어나간 겁니다. 2만 명 남짓 수용되는 매디슨 스퀘어 가든이 가득찬 광경을 상상해보십시오. 사망자는 그 두 배가 넘습니다. 그리고 거기서 전국 노동인구의 5퍼센트에 해당하는 최저소득층이 차지하는 비율은 무려 67퍼센트입니다. 세 명에 두 명꼴. 래리 헌터는 그중 한 사람이었습니다.

왜 이런 일이 벌어졌을까요? 인도적 개입에서 크게 벗어난 허 정권은 안보리 결의도 거치지 않고 이 전쟁에 돌입했습니다. 2020년대 전반기 민주당 정권 시대에 국제연합을 중심으로 펼쳤던 평화유지활동과는 완전히 이질적인 행동이었죠. 저는 처음부터 이 전쟁에 반대했습니다. 잘 아시다시피 의회에서 반대표를 던졌고, 비애국자로 비난받았습니다. 그러나 부당한 오명에 굴하지 않았던 것을 지금껏 자랑스럽게 생각합니다.

그로부터 어느덧 칠 년이 흘렀습니다. 이해하시겠습니까? 단순한 질문을 해보죠. 이 전쟁은 왜 끝나지 않을까요? 왜 이토록 오랜 시간이 걸리는 걸까요? 아무런 전망도 없습니다. 수많은 귀환병이 '끝이 보이지 않는다'고 말하고 있습니다.

허 정권의 동아프리카 전쟁—그렇습니다, 저는 감히 '전쟁'이라고 부르겠습니다──은 막다른 벽에 부딪혔습니다. 그들은 혼란을 시간적으로 정렬하는 노력, 요컨대 복잡한 이해관계에 뒤얽힌 이들을 교섭 테이블에 앉히고, 오늘은 여기까지, 다음주는 여기까지 하는 식으로 한 발 한 발 해결해나가는 견실한 노력을 거의 하지 않았습니다. 어쩌면 이렇게 표현해도 좋을지 모르겠습니다. **실패로 안정되어 있다**고. 이 정권에는 군수산업 관계자가 무려 서른여덟 명이나 됩니다.

　─적당히 하시죠. 네일러 후보는 또 예의 터무니없는 음모론을 주장하고 있습니다. 네, 몇 번이든 말씀드리죠. **음모론**입니다. '군산복합체'라는 신화입니다. 칠십 년도 더 지난 옛날, 반애국적인 코뮤니스트 스피치라이터 때문에 아이젠하워 대통령이 입에 담은 표현이지요.

　잘 들으세요, 누구나 알고 있듯이 군수산업에서 대테러 전쟁은 **수지**가 맞지 않아요. 우리가 싸우는 대상은 정규군이 아니라 테러리스트입니다. 헬리콥터나 탱크 같은 대형 장비를 다량으로 퍼부어 특수를 누리던 21세기의 전쟁과는 달라요. 전쟁 특수라는 말은 전적으로 구시대적입니다. 군사예산이 GDP에 비해 증가한 것은 사실이지만, 따지고 보면 유족이나 상이군인에게 지급하는 수당, 병사 처우 개선비 등의 증가에 따른 것입니다. 애국자들의 영예를 칭송하고 깊은 감사의 뜻을 전하기 위한 최소한의 성의란 말입니다.

　─그것은 하사관급 이상의 얘기죠. 수많은 일반 병사에 대한 처우는 악화되고만 있잖습니까. 왜 속이려는 겁니까?

　동아프리카에서 실패한 원인 중 하나는 큰 정부에서 작은 정부로,

관에서 민으로 가는 흐름 속에서 모든 것이, 전쟁까지도 급속하게 민영화되었기 때문입니다.

거슬러올라가면 조지 W. 부시 시대부터 비용절감 의식이 높고 아이디어가 풍부한 민간기업에 전쟁 매니지먼트를 위탁하는 일이 현저히 늘어났는데, 그 결과 PR에서 병사 모집, 병참에서 전후 부흥에 이르기까지 모든 것이 무시무시한 이권 다툼의 소굴로 변해버렸습니다. 어폐를 두려워하지 않고 감히 말씀드리건대, 동아프리카에서의 군사작전은 탐욕과 냉혈로 더럽혀진 지 오래입니다.

국민이 모르는 사이 군수산업의 구조는 크게 변화했습니다. 그래서 어떻게 됐는가? 경비 삭감을 위해 맨 먼저 손을 댄 것은 당연히 인건비입니다. 군대는 민간기업의 주도하에 정규군의 임금과 보상금을 대폭 깎았습니다. 그들은 이민자가 주축이 된 이 나라 저소득층―요컨대 실패한 사회정책의 희생자들―의 입대 동기가 고액의 보수만이 아니라, 고등학교에 가고 싶다, 의료보험에 들고 싶다, 그린카드를 취득하고 싶다, 그리고 그 이상으로 **애국적인 미국인으로서 사회에서 인정받고 싶다**는 것이라는 점에 주목한 겁니다. 전사하면 위대하고 진정한 미국인들과 함께 알링턴 묘지에 잠들 수 있다. 이것만으로도 그들에게는 충분한 동기가 됩니다. 그렇게 입대한 사람 중 하나가 래리 헌터고요.

―여러분, 방금 네일러 후보가 한 모욕적인 발언을 잊지 말고 기억해주십시오.

―네, 잊지 말아주십시오. 그러나 전 결코 전사자를 모욕한 게 아닙

니다. 정치적 실패를 전쟁으로 은폐하려 드는 현정권을 비판한 겁니다.

한편 허 정권은 정규군 전사자 수를 줄이고 법으로 정해진 보장 수준 이하로 인원을 조달하기 위해, 위험한 임무의 대부분을 민간 전쟁 기업 소속의 비정규 파견군에게 맡겼습니다. 그들에 대한 처우는 보수 면에서나 대우 면에서나 훨씬 가혹하고 비참합니다. 그것이 해외의 값싼 군사 시장에서 저임금 병사를 무한정으로 조달하는 테러리스트들에 대한 대항책이었다고 키친스 후보는 말합니다.

실제 전장에서는 어디까지가 민간의 비정규 파견군이고 어디부터가 정규군인지 구별할 수 없습니다. 미션은 늘 공동으로 수행됩니다. 중요한 것은 전쟁에 관여하는 민간기업이 여러 면에서 국군과 같은 엄격한 국제법, 국내법상의 규제를 면제받고 있다는 겁니다. 맹점이지요. 2000년대 서브프라임 사태가 엄격한 규제를 받고 있던 은행이 아니라 규제 적용범위 바깥에 있는 투자은행의 무법 행태로 인해 일어난 것처럼, 군대는 지금 법적 규제 때문에 수행할 수 없는 작전을 모조리 민간기업에 위탁하고, 아니, 떠맡기고 있습니다.

규제 적용범위의 안과 밖. 이 둘이 연결되면 규제는 없는 거나 다름없습니다.

그 기업들은 그런 식으로 인건비 절감과 행동의 자유를 실현하는 한편, 당연히 수익을 높이는 방법을 고안해냅니다. 기업이 이익을 추구하는 건 당연합니다. 하지만 지금 그들이 관여하는 대상은 전쟁입니다.

이라크 전쟁에서 대량으로 출현한 전쟁기업의 실적은 전간기戰間期

에 급속히 악화됐습니다. 전후 인프라 정비에서 반미감정으로 인해 현지 노동력을 원활하게 조달할 수 없었고, 테러로 인한 손실도 컸지요. 국유화할 자원을 미국의 민간기업이 독점하려 들면 반발이 일어나는 것도 당연합니다.

허 정권하에서 전면적인 도급을 맡은 로크 사나 데번 사 같은 기업은 살아남기 위해 중소 전쟁기업을 잇달아 자회사로 매수하며 대담한 업계 재편을 시도했는데, 그중에는 국제연합, 국방총성, 나아가 국제사면위원회가 요주의 기업으로 경고한 회사도 여럿 포함되어 있습니다. 이해하시겠습니까, 현지를 지휘하는 건 사관학교 출신의 용감한 군인만이 아닙니다.

로크 사의 전략은 두 가지였습니다. 러시아와 과도한 우주개발 경쟁을 벌이며 '큰 무기'는 우주방위 분야로 압축했습니다. 하늘을 올려다보십시오. 저 맑고 아름다운 파란 하늘 너머에는 온갖 파괴무기가 가득합니다. 그리고 우리에게 감시카메라와 총구를 겨누고 있습니다. 지구가 범죄자처럼 완전히 포위되어 있는 겁니다.

—비즈니스 모델의 전환은 당연한 수순 아닙니까? '하나의 큰 싸움'에서 '여러 개의 작은 싸움'으로 이행하는 구조개혁이죠. 핵미사일에서 통상무기로. 전지戰地에서도 대형 정면 장비에서 재빠른 대처능력을 갖춘 로봇을 필두로 한 하이테크 무기로 주력을 바꾸고 있어요. 임기응변이라고 봐야 하지 않습니까?

—그렇죠, 대테러 전쟁에서도 수익을 낼 수 있는 스마트한 비즈니스

모델로의 전환이죠. 그러나 바로 그런 발상 때문에 현지에서 정말로 필요한 무기가 아니라, 단가가 높고 지극히 파괴력이 큰, 또한 쓸데없이 하이테크화된 무기가 대량으로 생산되고 있습니다. 이런 갭은 현실을 무기 쪽에 맞추고 그 무기들을 유효하게 활용할 수 있도록 작전을 세우는 방법으로 메워지고요.

그런 하이테크 무기들은 동아프리카 정글이나 사바나에서 무장세력에게 파괴당하기보다 고장으로 못 쓰게 되는 경우가 훨씬 많습니다. 전사자의 대부분이 병사病死나 자살인 것과 비슷하죠. 쓸 수 있는 장소가 한정되고, 준비에 시간과 노력이 들고, 비용도 높고, 누구를 어떻게 노리는가 하는 점에서는 이루 말할 수 없이 조잡하며, 오발이나 오폭으로 현지인들이 미국에 적대감정을 품게 하는 결정적 요인이 되었습니다. 미국이 어느새 전쟁 당사자가 되어버린 커다란 원인 중 하나입니다.

현재 동아프리카의 상황은 매우 복잡합니다. 앞으로 국가를 재건해가는 과정에서 국경조차 확정할 수 없는 상황입니다. 이런 와중에 현 정권의 접근 방식은 엉성하기 그지없습니다. 전쟁의 민영화로 말미암아, 군부와 대립하는 CIA의 정보수집 능력이 제대로 기능하지 않고 있습니다.

키친스 후보가 부르짖는 '악당'이라는 단어가 지칭하는 애매한 대상은, 이들 우둔한 대량파괴무기의 엉성한 타깃과 완전히 합치합니다. 그런 **난폭함**이 매번 개입행동을 실패로 몰아가고, 현재 의혹이 제기된 예의 '닌자'도 바로 그런 상징적인 무기입니다. 저는 테러행위를 절대 긍정하지 않습니다. 그러나 '캐치업' 같은 집단이 분노하는 원인은 바로 그 **난폭함**이라고 말할 수 있습니다.

　—놀랍군요. 네일러 후보는 지금 테러조직에 이해를 표하는 겁니까?

　—방금 절대 긍정하지 않는다고 말씀드렸는데요. 키친스 후보는 그들이 왜 그런 행동으로 내몰리고 있는지조차 냉정하게 분석하지 못하고 있습니다. 그러니 충분한 대책도 제시하지 못하겠죠.

　—터무니없는 소리! 단호히 싸운다! 대책은 그것뿐이에요. 악당들이 자신의 잘못을 깨닫도록 말입니다!

　—그런 태도 때문에 결국 아무런 진전도 없이 5만 명에 가까운 미국인의 목숨을 희생시키며 칠 년을 보냈단 말입니다!

　현정권은 우리 나라에 존재하지 않지만 하이테크 산업에는 필수 불가결한 희소금속을 정세가 불안정한 아프리카에서 확보하겠다는 저의를 품었습니다. 그러나 여러 소행성에 희소금속이 풍부하게 존재함이 확인되고 채굴 준비가 시작돼 동아프리카 채굴사업이 지닌 매력이 약해지자, 로크 사는 하루빨리 전쟁을 끝내려는 의욕마저 잃었습니다. 제가 아프리카 주둔군 철수를 선언한 다음날 로크 사의 주가는 폭락했습니다. 실패한 정부에서 군비가 유출된 일만 문제가 아닙니다. 대량으로 유입되는 개발도상국제 무기를 상대로 백해무익한 무기를 끝도 없이 투입하고, 제대로 훈련도 받지 못한 계약 파견군들의 목숨을 마구 쏟아붓고 있습니다. 이것이 현재의 동아프리카입니다.

　—도대체 머릿속이 어떻게 된 겁니까? 질 낮은 코뮤니스트의 기사

처럼 허술한 분석이군요.

　—하지만 당신은 나에게 구체적으로 반론할 수 없을 겁니다. '군산 복합체'라는 괴물은 이렇듯 우주방위부터 지상 전투, 나아가 지하 채굴에 이르기까지 모든 분야에서 이권을 모조리 빨아들이는, 완전히 새롭고 가공할 만한 **안정구조**로 변신하고 있습니다. 국민 여러분, 그렇습니다, 이 구조는 **안정**되고 있습니다. 그러나 우리가 절대 인정해서는 안될 **안정**입니다. 래리 헌터는 이런 구조 속에서, 실패한 정치와 경제의 최하층에서 물 흐르듯 자연스럽게 전지로 보내져 죽음을 맞았고, 아무일 없었다는 듯 미국으로 돌아와 알링턴 묘지에 묻혔습니다. 이런 사태를 대관절 뭐라고 설명해야 합니까?

　나는 절대 동아프리카 문제에 무관심하지 않습니다. 우리는 항상 어떤 국면에서는 당사자이고, 다른 어떤 국면에서는 제삼자입니다. 분쟁은 원칙적으로 당사자 간에는 해결되지 않습니다. 힘에 의해 부당한 승패를 가릴 뿐이지요.

　제삼자의 관여가 필요합니다. 문제를 늘 제삼자에게 투명하게 열어놓을 필요가 있습니다. 여러분도 재판을 통해 잘 알고 계실 겁니다.

　우리는 동아프리카에 관여해야 합니다. 그리고 그 임무에 종사하는 사람들에게 경의를 표해야 합니다. 그러나 경찰이나 소방대원에게 품는 것과 같은 자연스러운 경의를 그들에게도 품을 수 있으려면, 비즈니스를 위해 비인도적인 수단도 마다하지 않는 무도한 기업에 얽매여버린 이 나라 군대를 구제해야 합니다. 가장 중요한 것은 행동의 투명화와 적정화, 최소한의 **가소성** 확보, 그리고 국제연합의 중개하에서 다른 나라와 협조체제를 이루는 것입니다.

가소성에 대해 한 가지 예를 들어보죠. 미군이 현지에서 몹시 미움받는 이유 중 하나가 검문소에서 벌어지는 오인 사살입니다. 아무 죄도 없는 수많은 사람이 시내에 가려고 도로를 지나가다가 테러리스트로 오인받아 사살당하고 있습니다.

병사들을 탓해선 안 됩니다. 그들은 잘못된 훈련을 받고, 잘못된 무기를 쥔 채, 잘못된 상황에 내던져진 것입니다. 만약 그들이 악당을 상대한다는 어리석은 관념에 물들지 않고 기관총 대신 대체총을 들고 검문소에 서 있었다면 방아쇠를 당길 기회는 훨씬 줄어들었을 것이며, 만에 하나 오발한 경우에도 **만회**할 수 있었을 것입니다. 늦기 전에 후회할 수 있는 거지요. 병사에게 사죄와 화해의 가능성이 남아 있는 겁니다. 그러나 죽여버리면 유족에게 증오를 사는 것이 당연합니다.

거듭 말씀드리건대, 우리는 동아프리카뿐 아니라 전 세계의 문제에 관여해야 합니다. 그러나 그것은 다른 나라와의 제휴를 통한 투명하고 중립적인 평화유지활동으로 이루어져야 합니다. 절대 힘으로, 당사자로서 나서면 안 됩니다.

물론 테러리즘에는 의연하게 대처해야 하지만, 그전에 인간이 테러리즘에 이르는 경로를 차단해야 합니다. 공격에 의한 근절은 있을 수 없습니다. 미군이 공격한 수를 넘어서는 사람들이 잇달아 테러조직에 가입하고 있습니다. 실로 무시무시한 속도입니다. ……

딘 에어스는 희미한 빛을 발하는 작은 모니터를 두 손으로 감싸고 네일러의 얼굴을 응시했다.

정치인 중 드물게 성형수술 흔적이 전혀 없는 얼굴이라고 그를 수술한 일본인 의사가 말해줬는데, 그 말대로 네일러의 표정에는 오십 년이라는 세월 동안 쌓인 모든 디비주얼의 경험이 골고루 스민 듯했고, 눈가의 잔주름 하나하나까지 신중하고 성실하게 그 추억을 이야기하는 것 같았다.

딘은 자기 부모에게도 그런 주름이 있었던 것을 떠올렸다. 그리고 자신이 그 두 사람에게서 물려받은 얼굴에 쌓아가야 했던 표정을 미숙한 상태에서 여럿으로 나누고 제대로 섞어내지 못한 결과, 이렇듯 추하고 고통스러운 혼돈을 출현시켜버렸다는 사실에 깊은 슬픔을 느꼈다.

분인에 걸맞은 얼굴을 가진다는 것은 개인의 유일한 얼굴을 잃는다는 뜻일까?

대통령선거 기간 막바지에 열린 마지막 토론회에서 그레이슨 네일러는 헌터 형제의 이름을 입에 올리며 국민에게 호소했다. 게다가 그 남자의 얼굴은 단 하나뿐이다. 아니, 바로 지금 완벽하게 하나가 되려 한다.

그 모습에 강렬한 감동을 받은 딘 에어스는 가슴이 떨렸다.

모니터 빛을 받아 그의 얼굴이 어둠 속에 희미하게 떠올랐다.

그 얼굴에서 마지막 표정의 흔적이 사라졌다. 터치패널로 전원을 끄고, 캄캄해진 방안에서 숨을 삼켰다. 신발은 신지 않은 것 같았다. 발소리가 멈추자 보이지 않는 문 너머에 있는 인간의 체온이 피부에 와 닿을 듯 생생하게 느껴졌다.

대체총으로 손을 뻗어 소리나지 않게 움켜쥐었다.

커튼 틈새로 비쳐든 달빛이 문손잡이의 윤곽을 그렸다. 그것이 아래로 떨어지면 방아쇠를 당겨야 했다.

방어태세를 갖춘 채 한동안 기다렸지만, 인기척은 곧 안개 걷히듯 사라졌다.

딘은 총을 내려놓은 뒤 침대 위에서 무릎을 끌어안고 힘없이 고개를 숙였다. 세차게 뛰는 심장박동이 꺼져가는 형광등처럼 의식의 밑바닥에 파열하는 빛을 점멸시켰다.

그것은 여운으로 옮겨가지 않고 언제까지고 끝날 줄 몰랐다. 불쑥 고개를 든 그는 어둠 속으로 시선을 돌리며 비로소 그 침입자의 존재를 알아차렸다. 멀리서 희미하게 소리가 들린다고 느낀 순간, 이어폰 볼륨 버튼을 잘못 돌린 것처럼 갑자기 귓가에 요란한 모깃소리가 울렸다.

그는 허겁지겁 팔을 휘두르며 몸을 뒤로 젖혔다. 위기에 예민해진 귀가 앞에서 뒤에서 잇달아 그 소리가 접근해옴을 알렸다. 물에 빠진 사람처럼 온몸을 버둥거렸다. 귀는 그를 중심으로 그려지는 온갖 미음微音의 궤적을 필사적으로 더듬으려 했지만, 달아나야 할 정적의 장소는 그로 인해 점점 멀어져만 갔다.

34. 릴리언 쇼크

마지막 대통령선거 토론회에 대한 반응은 정확히 둘로 나뉘었다. 역시 키친스의 노련함이 엿보였지만 그런 만큼 불쾌하게 느낀 시청자도 많았다. 반대로 네일러는 스마트하다고 할 수는 없지만 성실함에 호감이 갔다는 의견이 있는 반면 너무 이상적이며 설명도 지나치게 상세하다고 염려하는 목소리가 있었는데, 사상적으로 그와 가까운 기득권층일수록 후자 쪽의 반응이 더 많았다.

그들은 특히 네일러가 종료 직전 조금 조급하게, 그러나 충분한 분량으로 정리해낸 동아프리카 전쟁에 대한 논의에 주목했다.

상당히 깊이 들어간 내용과 힘찬 말투에 열의가 느껴졌고 무엇보다 '솔트 피닛'의 남동생을 언급한 것이 화제가 되었는데, 그런 만큼 어떻게 받아들여야 할지 당혹스러워하는 분위기도 적지 않았다. 이야기를 조금 더 듣고 싶다는 목소리가 다수였지만, 그것이 격화소양식의 부정적인 뉘앙스인지 아니면 흥미가 생겼다는 의미인지는 확실치 않았다. 릴리언 레인의 인터뷰와 이어지는 어떤 결정적인 정보가 나올지 모른다고 예상했던 기자들은 다소 헛물을 켠 기색이었다.

네일러가 잘했다기보다 키친스의 반론이 생각보다 둔했다는 감상도 심심찮게 들려왔다. 보통 때라면 그보다 세 배쯤은 말이 많았을 텐데, 고압적인 이미지에서 탈피하려는 의도였는지는 몰라도 대응할 때의 날카로움 역시 예전보다 덜해 보여서, 네일러가 비장의 카드를 쥐고 타이밍을 엿보는 것 아니냐는 억측으로 이어졌다.

어느 쪽이 이겼다고 보느냐는 조사에선 키친스가 우세했다는 의견이 조금 더 많았고, 지지율 포인트 차이는 1~2퍼센트로 막상막하라, 네일러가 역전할 거라던 토론회 직전의 예측이 다시 흔들리고 있었다.

릴리언 레인의 생방송 인터뷰는 다음날인 18일 오후 세시에 시작될 예정이었다.

휴일인 토요일, 아스토는 아침부터 존슨 우주센터로 업무를 정리하러 갔다가, 점심식사 후 병원에서 한 시간 가까이 노노와 단둘이 시간을 보냈다.

맑은 날이라 집밖으로 한발 내딛자 현관 앞에 있던 철 지난 메뚜기가 잔디를 향해 경쾌하게 팔짝 뛰어올랐다. 하늘을 올려다보니 무심코 심호흡을 하고 싶어질 정도였는데, 노노도 병실에 비쳐드는 빛에 기뻐하는 것 같았다.

"……이제야 알았어, 노노. 네가 무슨 말을 하려 했는지. ― 메르크빈푸인의 '정체'. ……"

노노는 그를 돌아보며 희미하게 미소를 지었다. 아스토는 그 이상 아무 말도 하지 않고 그의 손을 잡은 채 얼굴을 응시했다.

어제까지 계속 연락해보려 애썼지만 한 번도 응답이 없었던 릴리언 레인이, 오늘 아침 드디어 그의 휴대전화로 영상통화를 걸어왔다. 그는 통화를 일단 대기로 돌리고 인기척 없는 회의실로 이동해 이어폰으로 바꿔 끼웠다.

릴리언은 호텔에 있는 듯했다. 흰색 셔츠를 입고 의자에 앉아 있었는데, 머리칼을 짧게 잘라서 잠시 몰라볼 뻔했다.

아스토는 모니터에 비친 자신의 얼굴이 표정의 한 발짝쯤 앞에서 머뭇거리는 것을 알아차렸다.

"오랜만이야."

그녀가 미소지으며 말을 건넸다.

"정말. 좀 말랐나? 머리가 짧아져서 그런가 이미지가 달라졌는데."

그렇게 대답하고 몇 초간 뜸을 들인 후, 카본 탈과 로런 키친스가 그녀의 증언을 말려달라고 설득했다는 얘기를 했다. 릴리언의 표정 역시 버퍼링이 걸린 듯 어색했다.

"데번 사로 갈 생각이야?"

"아니, ⋯⋯안 가기로 했어. 아무래도 그들의 생각은 옳지 않은 것 같아."

"그래?" 그녀가 마음이 놓인 듯 말했다. "다행이야. 카본 탈은 신뢰할 수 없는 인간이야. 당신이 이용당할까봐 걱정했어."

"다들 그렇게 말하는데, ……적어도 나한테는 늘 친절했어."

"그렇게 방심하게 만들고 허점을 노려. 그러니까 비열하지. 당신 잘못이 아니야. 정보가 없었으니까. ─전쟁에서도 그래. 다들 속아서 동아프리카로 갔어."

"아니야, 속이려고만 들었다면 아무리 둔해도 알아챘겠지. ……하지만 그에게는 진심으로 나를 동정하는 마음도 있었다고 봐. 마지막으로 대화하면서 느꼈어. 데번 사가 그 업계에서 위로 올라서기 위해 꽤나 모험을 해왔는데도 결국 톱 스리에 들지는 못했으니까. 지구로 귀환한 나에게 그가 품었던 이상한 공감에는 불운에 대한 한탄과 양심의 가책이 뒤얽힌 나름의 진실이 있었을 거야. ……"

릴리언은 뜻밖이라는 듯 그 말을 듣다가, 살짝 시선을 돌리며 납득한 듯 고개를 끄덕였다.

"그런 면도 있었을지 모르지. ─하지만 그런 공감에서 출발해 이끌어가려 했던 목적지는 잘못됐어."

"그야 물론이지. ……긍정하진 않아, 나도."

"난 내가 아는 걸 이야기하기로 했어."

"화성에서의…… 낙태 수술도?"

"그게 주는 아니야. ─그건 당신과도 상의해야 한다고 생각해. 하지만 지금 이대로는 노노가 가엾잖아?"

"릴리언, ……"

뒷말을 주저하는 그를 대신해 그녀가 말을 이었다.

"사실은 누구 아이였느냐고 묻고 싶은 거지?"

"이제 와서 당신에게 하고 싶은 말이 있는 건 아니야. 다만,
……나도 여러 가지 결단을 내려야 하니까. 불확실한 상황에서
는 그러기가 어려워."

릴리언은 맑은 눈으로 그때처럼 똑바로 그를 바라보며 말했다.

"─당신 아이야."

아스토는 꼼짝도 하지 않았다.

"노노의 아이일 리 없어. 그와는 그런 일이 없었고, 물론 강제
로 어쩐 적도 없었어. 거짓말을 한 전과가 있으니 안 믿을지 모
르지만 사실이야."

그녀는 그렇게 말하고 미간을 희미하게 떨면서 아래를 내려다
보았다. 아스토는 모니터에도 그녀에게도 눈길을 피하고 있다가
잠시 후 가까스로 입을 열었다.

"그렇군, ……"

부드럽게 울리는 그 목소리에 릴리언은 고백의 손에 이끌려가
는 느낌을 받았다.

"노노와는, ……훈련생 시절 한번 연인관계가 될 뻔했어. 당
신이 팀에 들어오기 전 얘기야."

"도티한테서 들었어."

릴리언의 눈이 휘둥그레졌다.

"그래, ⋯⋯알고 있었구나."

"그냥 느낌이라고만 했지만."

"그럼 나중에 아니라고 해줘. 실제로는 그 직전에 끝났어."

"그런 거야?"

"응. ⋯⋯서로 끌렸지만, 그런 관계가 되면 둘 다 화성행이 불가능해진다는 걸 알고 있었어. 연인끼리는 탈 수 없잖아? 어느 한쪽이 제외되거나 양쪽 다 부적격 판정을 받겠지. ─그런 생각을 하며 망설일 무렵, 내가 전에 공군에서 데번 사로 파견 나갔던 이야기를 했어. 그곳에서 어떤 연구를 했는지도. ─노노는 그 이야기를 듣고 격분했지. 그는 군대에 있었으니 데번 사가 어떤 회사인지 잘 알고 있었고, 친구 중에 동아프리카에서 비정규군으로 전사한 사람도 많았으니까. ⋯⋯그래서 끝났어, 우리 관계는. 이해해줄 줄 알았는데 충격이었지. ⋯⋯그뿐이야, 아무 일도 없었어."

아스토는 반사적으로 고개를 끄덕였지만 말이 나오지 않았다.

"그도 성인이니까 우주비행사 디브로서는 공적으로 대해줬고, 나도 그렇게 했어. 그래서 화성에 갈 때쯤엔 예전에 그런 일이 있었다는 것조차 잊을 정도였지. ⋯⋯"

"노노가 그 디브를 이겨내지 못했다고 생각해?"

"글쎄, ⋯⋯나에게 미련이 있었다거나 한 건 아니야. 다만 우주선에서는 회상에 빠져 있을 시간이 너무 많잖아. ⋯⋯그의 육체가 무신경하게 옛 기억을 끄집어내서 어떻게든 하라고 채근했을지도 모르지. 게다가 그는 상처받았을 거야. 진지한 성격이니까. 닐은 마치 자신의 성욕을 단속하듯 노노를 감시하고, 자잘한 몸짓 하나하나를 폭발의 전조인 양 멋대로 확신하고, 불쾌할 정도로 호되게 비난했는데, ─사실 그런 스트레스는 많든 적든 누구나 느꼈잖아? 메리와 나는 남자 승무원들과 별도로 우주선에서 강간 피해를 당했을 경우에 대비한 시뮬레이션 훈련을 받았는데, 그런 생각을 하면 불안해서 잠이 안 올 때도 있었어. 그럴듯한 말로는 정리되지 않는, 전혀 영웅적이지 않은 문제가 머릿속에 가득했지."

"노노가 했던 '메르크빈푸인'이란 말, ……혹시 짚이는 데 있어?"

릴리언은 아스토의 진중한 눈길에 애매하게 고개를 돌렸다. 그리고 잠시 생각에 잠긴 듯 침묵하다가 입을 열었다.

"잘은 모르겠지만, ……"하며 고개를 갸웃거리고 말을 이었다. "……맨 처음에는 '메르카' 뭐라는 줄 알았어. 그래서 솔직히 놀랐고. ……데번 사의 소말리아 연구시설이 모가디슈에서 가까운 메르카라는 지역에 있었거든. ……"

릴리언의 대답에 아스토의 눈동자가 고통스럽게 굳었다.

"당신은, ……알아챘군? 알아채고도 나한테는 말하지 않았어. ─그렇지?"

"……모르겠어."

"노노는 당신을 사랑했어. 그래서 메르카에 두고 온 당신 과거의 디브를 어떻게든 구출하고 싶었던 거야. 당신 안에 여전히 '악'에 붙들린 디브가 있다는 걸 그는 알고 있었어! 메르크빈푸성은 결국 동아프리카였던 거지? 그가 두려워한 건 전쟁이었어! 아니야?"

아스토는 미디어를 통해서만 그녀와 마주할 수밖에 없다는 사실에 안타까움을 느꼈다. 영상은 놀라우리만큼 선명했지만, 옆에 있으면 느낄 수 있을 어떤 소중한 것이 결핍된 기분이 들었다.

그때 나는 바로 그 직전까지 다가섰던 게 아닐까? 전쟁까지 생각이 미치긴 했다. 남은 것은 단 한 발짝이었다. 거기서 더 나아가지 못하게 하려고, 릴리언은 나를 끌어안고 키스하며 입을 막았던 걸까? 그는 그것이 알고 싶었지만, 차마 제 입으로 물어볼 엄두가 나지 않았다.

릴리언은 눈앞을 가린 앞머리를 귀 뒤로 넘기고 입을 열었다.

"……그렇게 해석할 수도 있고. 오늘 인터뷰 후에 NASA 담당의도 그렇다고 수긍하겠지. 어미는, —뭐가 될까. ……빙being? 존재, ……생물, ……신? ……하지만 당시에 난 그렇게까지 확신하진 못했어."

"정말?"

"응. ……"

두 사람은 한동안 서로를 바라보았다.

"한 가지만 더 말해줘. ─우주선에서는 왜 노노의 아이라고 했지? 난 정말이지 그것 때문에 괴로웠어."

"······미안해."

"그런 뜻이 아니라, ······단지 알고 싶을 뿐이야."

"······잘 모르겠지만, 순간적으로 그가 떠올랐어. 절대 옳은 일이 아니고, 그에게 사과해야 마땅하지만, 살아남으려면 그게 좋겠다고 생각했어. 널과 메리의 분위기도 심상치 않았어. 특히 널은 내 상대에게 규율을 깬 벌을 줘야 직성이 풀릴 기세였지. 당신은 의사고, ······상대가 당신이라고 밝혀지면 미션 속행이 어려웠을 거야. 하지만 노노는 이미 충분히 고통받고 있었고, 다들 죄에 합당한 벌을 받고 있다고 느꼈잖아?"

"그런 생각을, ······했다고?"

"······글쎄. ······내 판단을 정당화하려고 뒤에 갖다붙인 설명이겠지. ─그리고 만약 당신 아이라고 하면 중절을 말릴 것 같았어. 도쿄에서 죽은 당신 아들 얘기를 들었거든. ······'던'에서도 자주 가위에 눌리며 '태양아─' 하는 잠꼬대 소리가 들렸어. 개인실이 바로 옆이었으니까."

"······아아."

아스토의 표정이 굳었다.

"현실적으로는 그럴 리 없겠지만, 그때는 나도 냉정하지 못해서, ……솔직히 두려웠어. 사람들이 낳아야 한다고 말하고, 내 안의 생명에 승무원의 희망이, ―인류의 희망이 맡겨진다. 전 세계의 모든 시선이 하나되어 뱃속을 찌르고, 인간의 애정과 올바른 행실이 시험대에 오른다. 신앙이 시험대에 오른다! ―머릿속에 자꾸 그런 생각이 소용돌이쳐서 불안해 견딜 수가 없었어.

화성에서 출혈이 멈추지 않았을 때, 난 한 번 포기했었어. 죽는다고 생각했지. 수술 뒤에 말이야. 의식이 흐려지는 와중에 트럼프의 하트 여왕이 나타나 웃으며 나에게 사형선고를 내렸어. 기억해, 앨리스 이야기? 그때 불현듯 첫값이라는 생각이 들었어. 이렇게 신앙심이 얕고, 그래서 몇 번이고 아버지의 발목을 붙잡는 내가 말이야! 너무나 이상했어. ……

화성의 주거 모듈에 틀어박혀서 난 매일같이 생각했어.

80억이나 되는 사람들이 살아가는 지구에 새롭게 보태지려던 한 생명이 사라진다. ……고작 여섯 명뿐인 우주선 안에서 새로운 일곱번째 생명이 사라진다. ……당신과 나 두 사람, 그 사이에서 시작되려던 생명이 시작도 하기 전에 끝나버린다. ……나라는 한 인간에게서 또하나의 생명이 영원히 사라져, 나는 또다시 홀로 남는다. ……그리고 언젠가는 나도 죽는다. ……

아무것도 시작되지 않은 제로의 행성에서 그런 경험을 하고, 20만 년에 걸쳐 80억 명의 인간이 번식해 각자 다양한 인생을 살아가는 이 행성으로 다시 돌아왔어. 한동안 허무한 기분도 들었지. NASA에서 내 평가는 바닥이고, 스스로도 뭘 더 해볼 생각이 없었고. 영웅 대접을 받으며 미디어에서 인기를 끄는 통에 우주에서와는 또다른 부유감에 잔뜩 취해 있었으니까. 그런 대접을 받을 만한 일은 아무것도 하지 않았는데 말이야. ……귀환 뒤 아버지에게 안겼을 때는 정말로 기뻤어. 마침내, ……그래, 마침내 돌아왔다는 생각에 눈물을 참을 수가 없었어. ……"

흰 벽을 등진 흰색 셔츠와 하얀 피부, 그리고 빛의 각도에 따라서는 은백색으로도 보이는 금발이 떨리면서 그녀의 눈이 붉게 물들어갔다.

"그런데도 자꾸 생각하게 돼. 지구도 화성처럼 불모의 행성이 었어도 전혀 이상할 것 없잖아. ―안 그래? 그런데 기적 같은 우연이 수없이 겹쳐서 이렇게 아름답고 풍요로운 행성이 된 거야. 이 행성에는 한 사람 한 사람이 더없이 복잡하고 다양한 80억 개의 생명이 존재하고, 게다가 그 기원인 아프리카 대지에서는 지금도 연일 눈뜨고 볼 수 없는 끔찍한 살육이 되풀이되고 있어! ……아무리 생각해도 이상하잖아? ……우주에서 바라본 지구가 얼마나 아름다운지, 잘 알잖아? 그런데 분쟁의 지구본에선 아프리카 대륙 한복판이 시뻘건 핏빛으로 물들어가고 있어. ……네일러 말이 옳아."

"넌 레인 후보와 반대 입장인 거야?"

아스토의 물음에 릴리언이 가슴의 경련을 가라앉히려는 듯 숨을 크게 몰아쉬었다.

"어제 토론회 봤지? 이대로라면 네일러는 져. '닌자'는 그가 하고자 하는 복잡한 이야기를 국민에게 단적으로 이해시키는 상징이 될 수 있을 거야.

세계의 커다란 시계에 이런 문제가 있고, 한편으로 나 자신의 시계에도 문제가 있어.

지금 나에게는 진심으로 옳다고 믿는 행동으로 나서기 위한 디브가 필요해. 원하든 원치 않든 이렇게 미디어에 영향력을 미치게 된 이상, 그런 디브를 세상에 하나쯤은 내놓아야 한다고 생각해. ─그게 의무인 것 같아."

아스토는 '던'의 승무원 선발 당시 노노가 했던, '기회가 주어졌을 때는 마땅히 말해야 한다'는 말을 떠올리며 "……그렇겠지"라고 이해를 표했다.

"나 하나의 힘으로 세상이 바뀐다고 생각할 만큼 자만하진 않지만, 적어도 내 일생에서 지금 이 순간만큼 효과적인 타이밍은 없다고 봐. 이 기회를 눈앞에서 놓쳐버린 채 남은 인생을 살아가고 싶진 않아. 이 세계와의 사이에 생긴 디브를 지금 소유하지 못한다면, 난 앞으로도 나 자신을 버텨낼 수 없을 거야. 모순된 디브가 너무도 많아. 당연하다고 생각하고, 나름대로 만족해. 그렇지만 사회 전체를 대할, 이거다 싶은 디브가 없어. 그걸 손에 넣을 수 있는 기회야! 진정한 긍지를 갖고 부모님과 마주하는 건 그다음이야. ……꽤 먼길을 돌아왔지만. ……"

아무도 없는 회의실 한구석에서 아스토는 몸을 단단히 움츠리고 모니터를 보고 있었다. 귓속 고막에 그녀가 나지막이 콧소리를 내며 기침하는 소리가 조용히 울려퍼졌다. 그리고 곧 파문처럼 퍼져나갔다.

"널 응원하지만, ……걱정되기도 해. 아무리 옳은 일이라도 네 생명이 위험해진다면, 난 역시 말려야 한다고 생각해."

"고마워. 그렇지만 괜찮아. 신변 경호는 필요하겠지만, 어쨌든 부통령 후보의 딸이잖아. 상대도 생각이 있겠지. ―내 문제뿐 아니라 아버지를 위해서이기도 해. 게다가 미국인이니까 오늘 인터뷰는 반드시 해야지. 하지만, ……당신은 노노를 위해 최소한의 말만 해주면 돼. NASA와 JAXA와의 관계도 있고, 아내 생각도 해야 하잖아?"

"그녀와는, ……어떻게 될지 몰라."

릴리언은 꼭 다문 입술을 떨다가 가까스로 "……그렇구나"라고 말하며 아래를 내려다보았다.

"'던'에서 무슨 일이 있었는지 증언할 생각이야. 어차피 도티가 법적 조치를 취하면 증언이 필요할 테니까. ―나머지는 시기와 방법에 대해 이언 해리스와 상의하는 중이고."

"그렇겠네. 난 그만뒀지만, 당신은 우주비행사로 좀더 활약해주었으면 해. ……"

512

릴리언은 그렇게 말하고 마지막으로 회상에 잠긴 표정을 지었는데, 그 얼굴은 오늘의 대화 중에서도 가장 복잡한 그늘을 드리우고 있었다.

"국제우주정거장에서 훈련할 때—'키보' 안에서 이런저런 얘기를 나눌 때부터, 난 나름대로 당신과의 관계를 어떻게 규정해야 할지 생각했었어. ······그러니까 돌발적인 일은 아니었어."

아스토는 그녀를 바라보며 안타까운 표정을 지었다. 그리고 살며시 고개를 끄덕이고서 말했다.

"······어렵군. 큰 시간의 흐름과 작은 시간의 흐름은, ······늘 이런 식으로 어긋나버리니까. ······"

릴리언은 잠시 생각에 잠긴 눈빛을 보이다가 "······그러게"라고 말했다.

"각자의 인생을 살아가겠지만, 당신과의 디브는 내 안에 언제나 남아 있을 거야."

"그러면 좋겠어, 나도."

릴리언은 마지막으로 눈동자 한가득 빛을 머금으며 NASA 정원에 흐드러지게 피어 있던 새빨간 히비스커스처럼 화사한 미소를 보여주었다. 아스토는 무심코 한마디 덧붙일 뻔했다. 그러나 결국 그 말은 꺼내지 않은 채, 그저 서로 침묵을 주체할 길 없이 짧게 이별을 고했다.

병원을 나와 주차장에 세워둔 차 안에서 릴리언 레인의 CNN

인터뷰를 보았다. 그녀는 회색 재킷에 흰색 셔츠 차림으로 1인용 소파에 앉아 있었다. 표정은 침착해 보였다.

—……릴리언, 당신은 2026년부터 2028년까지 오하이오 주에 있는 라이트 패터슨 공군기지 연구소에서 근무했죠?

—정확하게는 2026년 2월부터 2027년 12월까지요. 그후 소말리아에 있는 데번 사 연구시설로 2028년 7월까지 파견을 나갔어요. 메르카라는 지역인데, 예전에는 치안이 매우 좋아서 외국인도 많이 체재한 곳이지만 제가 있을 무렵에는 상당히 황폐해져 있었죠.

—무슨 연구를 했나요?

—말라리아 연구였어요. 2020년대 전반 평화유지활동 당시 동아프리카에서는 살충제에 내성이 생긴 학질모기 때문에 말라리아로 고통받는 병사가 많았죠. 그 대책으로 학질모기, 말라리아원충에 관한 연구가 이루어졌는데 저는 양쪽 다에 관여했어요. 실질적으로는 공군과 데번 사의 공동연구였고요.

—처음에는 2029년 5월까지 계약했죠?

—맞아요. 그런데 도중에 접었어요.

—왜죠? 허 정권의 '개입'이 계획되었기 때문인가요?

—그렇다기보다, 옳지 않은 일이 행해지고 있다는 걸 알았기 때문이에요. 데번 사는 생물무기의 연구개발을 진행했어요. 그들은 무기로 사용할 수 있는 세균이나 바이러스, 감염 경로로 이용 가능한 동식물, 곤충, 로봇 등의 매개 연구개발을 한꺼번에 도급받았어요. 모든 국영

사업이 그렇듯, 군대는 **상상력 풍부한** 민간기업과 아이디어를 겨룰 수 없었죠.

─생물무기는 제네바의정서와 생물무기금지조약, DNA연구 평화이용조약 등에서 금지하고 있는데요.

─공군 연구소와 미국 국내의 데번 사도 조약 규정을 따르고 있어요. 그러나 조약을 비준하지 않은 국가에 속한 자회사와 동아프리카의 국가용해지대 시설에서는 그 적용범위를 벗어난 연구를 행하고 있죠. 양측은 때때로 중개를 이용하면서 매우 복잡하게, 그리고 교묘하게 연결되어 있어요. 빠져나갈 구멍이 얼마든지 있는 거죠.

조금 전 얘기로 돌아가서, 처음에 저는 라이트 패터슨 공군기지에서 유전자 변형 모기를 연구했어요. 수컷 학질모기의 유전자를 조작해서 야생 암컷 모기와 교배시키죠. 그러면 그 암컷은 유충 단계에서 죽어버리는 치사유전자를 지닌 모기만 낳게 돼요. 그런 방법으로 말라리아 원충을 매개하는 학질모기의 개체수를 줄이는 프로젝트였어요.

오래전부터 연구해온 방법인데, 개체수 변화가 환경에 야기하는 피해나 다른 생물에 그 기술이 적용될 위험성 때문에 지금껏 실용화되지 못했죠. 무서운 얘기처럼 들릴 수도 있겠지만 병사뿐 아니라 그것을 통해 죽음을 면할 수 있는 아프리카 아이도 많다는 점을 생각한다면, 개인적으로는 검토해볼 만한 가치가 있다고 생각해요.

이 방법의 과제는 유전자 변형 모기를 어떻게 효율적으로, 또한 회수 가능한 형태로 말라리아 분포 지역에 퍼뜨리느냐 하는 점이었어요.

당연히 그런 지역에서는 학질모기 구제驅除도 이뤄지고 있기 때문에 유전자 변형 모기가 교배 기회를 얻기도 전에 죽어버리면 아무 소용이 없죠. 또한 자연계 수컷과의 경쟁에서도 이겨야 해요. 필연적으로 살충제에 내성이 강하고 생식능력이 뛰어난 수컷 유전자를 연구해야 했죠. 무선으로 조종할 수 있는 사이보그 모기도 개발되어 있었어요. 비용 문제가 있긴 했지만.

복잡한 얘기라 죄송한데, 조금만 더 들어주세요.

2028년 제가 아프리카에 간 것은 현지에서 신종 열대열 말라리아로 보이는 증세가 확인됐다는 극비보고를 받았기 때문이에요. 실제로 세 건의 사례를 확인했는데, 정말 끔찍했어요. 모든 환자가 24시간 이내에 사망했죠.

유전학적으로는 조류 말라리아원충의 변이 같다고 저는 추측했어요. 그렇지만 그 단계에서, 적어도 제 위치에서—요컨대 군에서—연구할 주제는 아니라고 생각했어요. 그래서 지금 생각하면 잘못된 결단이었지만, 저는 귀국해서 군대를 그만두고 NASA에 지원했죠. 개인적으로 아프리카 생활에 몹시 지쳐 있었고, 스스로 관여하고 싶지 않은 연구라고 직감했어요.

결론을 말씀드리면, 지금 미국에서 테러리스트들이 사용하는 '닌자'는 이 신종 변이 열대열 말라리아를 제가 관여했던 매개 모기 연구와 조합해 인위적으로 개발해낸 무기예요. 암컷에 응용한 거죠. 직접적으로 개발한 곳은 현지 연구시설인데, 전적으로 데번 사와 라이트 패터슨 연구소가 관리하는 곳입니다.

—증명할 수 있나요?

—저는 플래닛을 통해 '솔트 피닛', 즉 매드 헌터의 방에서 발견된 학질모기의 사체와 '캐치업'이라는 조직이 배포중인 예의 플라스틱 케이스를 입수했는데, 여기 가져온 자료에 나와 있듯이 이들 변이 열대열 말라리아원충과 제 연구 대상이 유전학적으로 동일하다는 것을 증명할 수 있어요. 미국에선 나올 수 없는 종이에요. 또한 그 학질모기도 자연계에는 존재하지 않고요.

—플래닛은 어떻게 그 모기를 입수했죠?

—아직은 말할 수 없지만, 적당한 시기가 되면 공개하겠죠. '산영' 등에서도 볼 수 있듯이 그들은 모든 정보를 오픈하고 공유해야 한다는 강력한 가치관을 갖고 있어요. 실제로 매드 헌터를 문 모기는 FBI에서 압수했을 텐데, 현재까지 그 분석 결과가 발표되지 않고 있죠. 이대로 어둠 속에 묻히지 않았으면 해요.

—잘 믿기지 않는 얘기인데요.

—물론 절대 용납할 수 없는 일이에요. 그러나 현실이죠. 지금 남부에서 말라리아 사망자의 유족들이 '닌자'로 인한 죽음이 아닌지 의혹을 제기하고 있는데, 해당 열대열 말라리아원충을 채취하면 사실을 확인할 수 있어요.

—당신은 2028년 당시 그 신종 열대열 말라리아에 관한 논문을 발표하지 않았나요?

—학회에 보고했지만 거의 주목받지 못했어요. 다들 관심이 없었죠. 정세가 몹시 불안정한 지역인 만큼 군의 협력 없이는 연구자가 조사하러 갈 수 없었어요. 저는 논문이 인터넷에서 삭제되는 데 동의했어요. 여기서 짐작하시듯이, 제가 그런 악용 가능성을 예측하지 못했다고 하면 거짓말이겠죠. 설마 하는 마음은 있었지만. 그것이 저 자신의 책임을 성찰할 때 중요한 포인트라고 생각해요.

　메르카의 데번 사 시설에는 세계 각국의 연구자들이 모여 있었는데, 기본적으로 보수를 노리고 왔거나 본국에서 불법인 연구를 목적으로 하는 사람들이었기 때문에 정보 유출은 피할 수 없었다고 봐요. '캐치업'이 '닌자'를 입수한 경로도 조만간 밝혀지겠죠.

　—한편 데번 사는 제약 부문에서 말라리아 치료약 연구비용 명목으로 정부와 민간재단의 후원금을 받았는데요.

　—제가 있었던 연구시설은 철거됐고, 지적하신 대로 지금은 말라리아 치료약 연구시설이 됐어요. 제가 보기에 속죄의 뜻 같진 않아요. 회수 불가능해진 '닌자'로 또 비즈니스를 하려는 거겠죠.

　—연구자로서 본인의 윤리적 책임에 대해서는 어떻게 생각하나요?

　—깊이 반성하고 있어요. 이런 고발도 정의를 위해서라기보다 속죄하고픈 마음에서예요. 많은 분이 세상을 뜬 것을 생각하면 학자로서, 또한 한 인간으로서 책임을 면할 수 없죠.

　나중에 플래닛에서도 발표하겠지만, 이 무기의 사용이 동아프리카에서 처음 확인된 것은 제가 화성으로 떠난 뒤였어요. 그 타이밍에 의미가 있는지는 잘 모르겠어요.

NASA에서 훈련받는 동안에도 동아프리카 정보를 이따금 체크했는데, 신종 변이 열대열 말라리아에 관한 뉴스는 전혀 없었어요. 감염이 일어났다는 얘기도 없었고. 물론 낙관했던 건 아니지만, 내 연구가 잘못된 것은 아니었을까 하는 생각에 회의를 느끼곤 했어요.

—타이밍이라고 했는데, 당신이 유인 화성탐사 승무원으로 선발된 것에 이 문제도 관계되어 있다고 생각하나요?

—저는 줄곧 아버지 힘으로 승무원에 선발됐다는 험담을 들어왔는데, 그건 신빙성이 없다고 봐요. 당연한 얘기지만 전 아버지라는 사람을 잘 알아요. 딸을 화성 같은 데 보내고 싶진 않았을 거예요. 그래서 그런 비난에 강하게 반발했고, 억울한 심정도 있었죠. 하지만 현정권에서 아버지와 밀접한 관계인 사람들은 어떨지 알 수 없어요. 귀환 후 선거 유세에까지 끌려다녔으니 그런 지적도 이해가 가요.

다만 NASA에 들어가면서 공군 및 데번 사와 묵비의무 계약을 맺었는데, 그때 위에서 모종의 교섭이 있었다는 소문은 들었죠. 저는 우주비행사 적성 테스트를 수치상으로 아무런 문제 없이 통과했지만 그런 내막이 있었다 해도 이상한 일은 아니라고 생각해요. 솔직히 마음에 걸리긴 합니다.

—데번 사는 NASA와도 거래를 했죠?

—우주 신약 개발을 추진하고 있어요. '던'의 스폰서 기업 중 하나이기도 했으니 선내에는 데번 사의 약이 많이 쌓여 있었죠. 그중 하나가

제가 복용하던 경구피임약의 효과를 상쇄해버린 것이 아이러니하죠. 불교에서 말하는 '인과응보'일까요.

—끝으로, 고발 의도를 다시 한번 설명해달라는 시청자의 요청이 들어왔습니다.

—저는 이 정보가 어떤 정치적 결과를 초래할지 예측할 수 없어요. 하지만 국민은 자신들의 미래를 맡길 대통령을 뽑기 전에 마땅히 이 사실을 알아야 한다고 생각해요.

동아프리카 전황은 호전되지 않았어요. 정치적, 종교적인 것부터 '즉흥적'이라 할 수 있는 것까지 테러는 점점 복잡해지고 있는데, 지금 그것을 구실로 무력이 지나치게 자유화되고 있어요. 규제가 있긴 해도 적용범위 외부와 교묘하게 연결돼 있어서 제 기능을 못하죠. 네일러 후보가 어제 말했듯이요. 하지만 그게 전쟁의 현실 아닐까요? 깨끗한 전쟁 따윈 없어요.

'닌자'는 바로 그 상징이에요. 정글에 흩뿌리고 사람들이 튀어나오는 순간 잠복하고 있던 비정규군이나 로봇이 사살한다. —너무도 잔혹한 발상이죠.

플래닛은 이것을 국제형사재판소에 '반인도적 범죄'로 고발하려고 준비중이에요. 미국은 아마 소추방지책으로 빠져나가겠지만. 한편 사망한 환자들의 민족적 편향을 고려해 제노사이드*로 인정할 가능성도

---

* 인종이나 이념 등의 대립으로 특정 집단을 대량 학살해 절멸시키는 행위.

검토중이죠. 이건 나라의 수치예요. 애국적인 병사들의 명예까지 더럽혀질 겁니다.

타깃이 무차별적이고 종전 후에도 수습할 수 없다는 면에서 지뢰나 클러스터폭탄과 마찬가지로 최악의 무기죠. 게다가 은밀한 만큼 더 나쁘다고 봐요.

—당신은 네일러 후보를 응원할 생각인가요?

—그래요. 그가 대통령이 되어야 해요. 저는 사상적으로 '악을 신비화해선 안 된다, 우리 자신의 선을 신비화하지 않기 위해'라는 그의 발상이 마음에 들어요. '악'이 아니라 '문제'인 거죠. 그렇다면 치밀하게, 즉물적으로 생각해야 해요.

—아버님은 뭐라고 하세요?

—물론 반대하시겠죠. 그러나 저는 저 나름대로 **옳다**고 믿는 행동을 하고 싶어요. 아버지와는 그다음에 대화해야죠. 비뚤어진 아이처럼 보이겠지만, 전 아버지를 사랑해요. 아버지에게 사랑받고 싶어요. 깜박 잊을 뻔했는데, 어머니도 사랑해요. 사랑받고 싶고요. ……

—앞으로의 계획은 뭡니까?

—허락된다면 이번에야말로 동아프리카를 위해 말라리아를 연구하고 싶어요. 하지만 그전에 정리해야 할 문제들이 많겠죠. 내가 무엇을 해야 옳은지, 사회의 목소리를 듣고 싶어서 이런 기회를 마련한 거예요.

—한때는 배우로 데뷔한다는 소문도 있었는데요.

—그런 소문은 농담으로 넘겨왔지만, 이렇게 된 이상 이젠 아무도

원치 않겠죠. 저는 이미 제 인생에서 너무 많은 연기를 해왔어요. 배우
로 연기하면 오히려 본성이 드러날 거예요. ……

7장

기나긴
깜박임
끝에

35. 라스트 데이스

후에 '릴리언 쇼크'로 불린 이 인터뷰의 반향은 실로 엄청났고, 모든 미디어에서 반복적으로 작열하며 시시각각 영향력을 부풀려갔다.

선거전이 대단원에 접어들고 각 주에서 사전투표가 시작되는 와중에 미디어에서도 기폭제를 모색하던 참이었다.

다음날 일요일 아침부터 밤까지 인터뷰 내용에 관한 논의가 오갔고, 매스컴은 정보수집에 분주했다. '데번 사' '신종 열대열 말라리아' 같은 키워드가 인터넷 검색어 톱으로 올라왔고, 사람들이 너나없이 사이트를 분주히 옮겨다니는 기척이 모니터에서 흙먼지가 일듯 전해져왔다. 한여름이었다면 확실히 패닉상태에 빠졌을 만한 일인데, 미디어에서 가차없이 내보내는 한여름 남부의 영상이 시청자의 계절감을 앗아갔다.

백악관은 밤이 되어서야 가까스로 기자회견을 열고, 남부 각주에서 말라리아 대책이 이미 충분히 이뤄지고 있다고 설명한 뒤 국민에게 냉정을 되찾을 것을 요청했다. 그리고 '캐치업'의 국내 활동은 FBI에서 계속 수사중이라고 밝혔다. '닌자'에 대해서도 조사중이라는 선에서만 언급했다.

새로운 주가 시작되자 사태는 단숨에 급변했다. 『뉴스위크』지 조사에서는 네일러가 48퍼센트 대 47퍼센트로 처음으로 키친스를 제쳤고, 당초의 낙승 분위기가 오히려 공화당 진영의 절박감을 강조해 실패요인에 관한 전문가들의 분석이 활발히 이루어졌다. 별것 아닌 듯한 우연들에 하나하나 그럴듯한 의미가 주어졌다.

주식시장에서는 데번 사 주가가 하한가 매도세를 유지하며 결국 하루를 마감했고, 다른 군수기업 관련주도 잇달아 대폭 하락하는 장세가 나흘이나 이어졌다.

데번 사 CEO 카본 탈은 홍보사를 통해, 릴리언 레인의 증언은 군사기밀에 해당하는 부분이라 언급할 수 없으며, 전체적으로 악의와 오해로 가득한 내용이자 미국의 영웅으로서 유감스럽기 그지없는 행동이므로 법적 대응을 검토하지 않을 수 없다는 성명을 내놓았다.

로런 키친스 역시 강하게 반발하며, 문제는 '캐치업'이라는 테러조직의 미국 국내 활동이다, 그들의 말도 안 되는 '거울 이론'을 조장하는 약점을 보여서는 절대 안 된다, 악에는 철저히 맞서 싸워야 한다, 타협이나 교섭은 일절 필요 없다, 이기거나 지거나 둘 중 하나라며 거품을 물었다. 그리고 릴리언 레인의 행위는 혹독한 상황에서 미국의 안전과 세계평화를 위해 싸우고 있는 애국자들을 모욕하고 유치한 음모론으로 국민을 기만한 행위이며, 국가가 준 기회와 영예를 염치없는 매명으로 더럽히고 가장 숭고한 가족애라는 가치관까지 조소했다며 '말괄량이 아가씨를 야단치는' 듯한 '위엄 있는 태도'를 시종 유지하면서 기자들의 질문에 응했다. 그러나 얼굴은 핏물이 배어나오는 붕대처럼 분노로 붉게 물들어 있었고, 농담을 섞어가며 몇 번이나 표정을 바꿔보려 애썼지만 소용이 없었다.

텍사스 주 샌안토니오에서 유세중이던 키친스는 자신 이상으로 릴리언에게 격분하고 네일러의 소극적인 외교 자세와 '닌자'에 대한 공포에 겁먹은 지지자들을 접하고 마음을 다잡았으나, 한 번 뇌졸중의 전조처럼 말문이 막히는 바람에 동행한 스태프들을 당황하게 만들었다. 그 장면이 텔레비전에 크게 보도되어 중병설이 나돌았지만 그는 단순한 피로 때문이라고 웃으며 해명했다.

키친스는 단상에서 그 지역 퇴역군인 무리 중 초로의 한 남자와 눈이 마주친 뒤 나중에 그를 '유령'이라고 표현해 주위를 당혹게 했다. 유세장을 가득 메운 2만 명의 관중 속에서 그 남자만 색도 형태도 크기도 없더라고 말한 것이다. 여느 때와 다름없는 도회벽 같았지만, 측근들은 왠지 모를 불길한 징조를 느꼈다.

아서 레인은 대통령선거 한복판에서 벌어진 '전대미문의 가족 싸움'이라는 언론의 야유를 받으면서 딱 한 번 쓸쓸한 투로 이렇게 말했다.

"제 딸은 정신적으로 매우 지쳐 있습니다. 최근 십 년간 그애는 성실한 애국심으로 전쟁중인 아프리카 땅에 갔고, 자신의 꿈을 실현하고 인류의 새로운 한 걸음을 개척하기 위해 머나먼 화성까지 갔으며, 귀환 후에는 미국을 위해, 그리고 사랑하는 아버지를 위해 몸이 부서져라 선거 지원을 했습니다. 저는 그 점에 깊이 감사하며, 지금도 진심으로 딸을 사랑합니다.

그러나 안타깝게도 선거는 때때로 추악한 양상을 드러냅니다. 그애는 인기로 인해 아무런 근거 없는 가십에 시달렸고, 마음의 틈을 비집고 들어오려는 비열한 유혹을 견뎌왔습니다. 그애에게는 잠시 휴식이 필요합니다. 그애의 말에 상처받은 분들에게는 제가 대신 사죄하고 싶습니다.

거기까지는 아버지의 역할을 성실히 다하겠습니다. 동요하지 않고 의연하게 일하겠습니다. 여러분 가정에도 이런저런 문제가 많겠죠? 그것이 현실입니다. 저희 가정도 절대 특별하진 않습니다. 그럼에도 집에서 한 발짝 나서면, 오늘 하루의 일을 훌륭히 완수해야 합니다. 그것이 이 나라 아버지 본연의 모습입니다. 그러다보면 딸도 언젠가 깨닫겠죠. 나라를 사랑하고 염려하는 마음은 옳았다, 그러나 생각과 표현 방식이 잘못되었다고요. 여러분도 부디 따뜻한 마음으로 그 아이를 지켜봐주십시오."

네일러는 '가족 싸움'에 대한 언급을 회피하고 허 정권의 '전쟁 경영'을 재차 엄격하게 비판하면서, 대통령 취임 후 민간전쟁 기업을 엄격하게 규제하겠다고 약속하고, 국제연합을 중심으로 각국과의 평화적 협조체제를 이루고 군을 축소한다는 방침을 다시금 천명했다. 또한 대형 군수산업의 기술력을 군사위성에서 소행성 채굴을 중심으로 한 우주개발로 단계적으로 돌려서 캘리포니아에 집중된 중소 하청기업을 보호하겠다고 약속했다. 아울러 총기규제에 관해서도 당초 주장대로 일단 '대체총' 전환부터 시작해야 한다는 제언을 되풀이했는데, 이 정책은 그 기묘함 때문에 이즈음 다시금 평가받고 있었다. 그것은 세계 곳곳의 분쟁지대에서 소년병으로 지원한 아이들이 라이플의 멋진 형태에 매료되어 있으며, 게다가 미국에서 수입된 영화나 만화가 그런 현상을 조장하고 있다는, 왠지 경솔하게까지 느껴지는 이야기를 S&N의 PR영상을 구체적 사례로 들어가며 꾸준히 주장해온 델가도의 공적이기도 했다.

채 일주일이 지나지 않아, 2030년 무렵 데번 사의 메르카 시설에서 일했다는 사람 둘이 익명으로 인터뷰에 응해 릴리언 레인의 증언을 뒷받침했다. 이 소식을 들은 뒤 일찍부터 네일러를 응원해온 보스턴 글로브에 이어 뉴욕 타임스와 시카고 트리뷴이 경제정책의 실현 가능성에 대해서는 입장 표명 보류를 표하면서도 네일러 지지 의사를 명확히 밝혔고, 반대로 워싱턴 포스트는 사설을 통해 키친스를 옹호했다. 저명인사들도 속속 후보 중 한 사람에 대한 지지를 표명했다.

정치기부금 증가 면에서는 네일러 진영이 우세했다. 특히 지난해 〈위 아 더 월드〉의 오십 주년 기념 리메이크 제작에 참여했던 민주당 지지 뮤지션들이 '위 아 더 월드 어게인' 콘서트를 개최한 후로 그 차이가 현저해졌다. 생방송으로 공개된 이 무대에서는 여든일곱 살 나이로 투병중인 브루스 스프링스틴이 휠체어를 타고 등장해, 래리 헌터의 다큐멘터리 필름을 배경으로 〈Born in the USA〉를 합창하는 무리에 끼어 손장단을 맞추는 감동적인 장면이 화제가 되었다.

워런 가드너는 미국 전역을 날아다니는 그레이슨 네일러의 자투리 일정을 이용해 마지막 홍보영상을 만들기 위해 꼬박 일주일간 그들의 유세에 동행했다.

토론회 후 그가 만든 영상에서는 화면 왼쪽에 동아프리카 어린이가 기관총을 든 모습, 오른쪽에 미국의 백인 어린이가 장난감 총을 든 모습이 놓였다가 각각 어른이 된 후의 영상으로 바뀌었는데, 곧이어 총성과 함께 미국 쪽 영상이 흑백으로 변하면서 '래리 헌터, 2029년 6월 18일 오후 1시 7분, 향년 24세'라는 글씨가 뜨고, 이어서 왼쪽 영상이 똑같이 흑백으로 변하면서 '마리, 2029년 6월 18일 오후 1시 8분, 향년 18세'라고 표시되었다. 그 외에 전장에 나뒹구는 로봇 무기와 전사한 자식의 이야기를 하는 몇몇 가족의 영상, 그리고 네일러의 메시지로 구성되었는데, 비참한 내용이지만 감각적인 편집 덕에 효과를 발휘했다.

10월의 마지막 일요일인 26일, 레드삭스가 브레이브스를 긴박한 승부 끝에 2 대 0으로 누르고 월드시리즈 우승을 결정지으며 네일러의 약진에 가세했다.

사전투표 조사에서 획득이 확실시된 선거인 수는 321 대 312로 네일러가 근소하게나마 우세했다. 나아가 국제적인 조사에서도 네일러 지지율이 잇달아 높아져 허 정권의 대외적 PR전략이 얼마나 실패했는지 훤히 드러났다.

그런데 그다음 주 화요일, 두 후보가 한창 격전이 치러지는 주들을 돌면서 유세중이던 무렵, FBI가 보스턴, 밀워키, 덴버, 포틀랜드에서 '닌자' 살포에 관여한 '캐치업' 멤버 네 명을 체포했다고 발표했다. 국민은 그들이 하나같이 '어디서나 볼 수 있는 지극히 평범한 미국인'이라는 사실에 충격을 받았고, '악당에게도 너무 친절한 네일러'에 대한 불안이 화학섬유에 불이 붙듯 다시금 문제되었다.

다음날 발표된 지지율 조사 결과에 네일러 진영은 머리를 싸맸다. 투표일까지 일주일밖에 남지 않은 단계에서 또다시 키친스에게 1~2퍼센트 차이로 리드를 허용하게 되자, 히스패닉 계열 퇴역군인들의 절대적 지지를 받고 있는 델가도가 '닌자' 패닉에 빠진 남부 각 주로 날아가서, 동아프리카 전쟁이 비즈니스로 인해 얼마나 오염됐는지에 대해 새삼 열변을 토했다.

FBI는 나아가 매드 헌터의 사인이 '닌자'라는 수사 결과를 처음으로 공개하고, 아울러 그가 '캐치업'의 일원이었다는 의혹을 언급함으로써, 암살이 테러리스트들 사이의 내분에 의한 것임을 암시했다.

그러고 나서 두 시간이 지나기도 전에 동아프리카에서 매드와 가깝게 지냈다는 앰네스티 인터내셔널의 여자 직원이 인터넷에 등장해, 그는 훌륭한 저널리스트였으며, 테러리스트의 일원이었다는 주장은 절대 있을 수 없다고 항의했다. 그 발 빠른 대응에서 짐작할 수 있듯이, 그녀 또한 자신이 플래닛 국민임을 공표했다.

한편 매드 헌터를 암살한 것이 마피아의 소행이라는 괴소문까지 퍼지기 시작했다.

케이맨제도 앞바다에서 그가 선상 섹스 사진을 찍어 한몫 챙긴 퀸 에이치의 매니지먼트 회사를 업계에서 유명한 마피아가 운영하고 있고, 그 회사는 데번 사에 거액을 투자하고 있다는 내용이었다.

워런 가드너는 이 정보를 전혀 믿지 않았지만, 그 출처에는 신경이 쓰였다. 딘 에어스의 이야기와 릴리언 레인의 증언을 아울러 생각하는 한 매드 헌터를 암살한 것은 '캐치업'이 아니라 군대나 데번 사, 혹은 전쟁이 계속되길 바라는 누군가의 소행일 게 빤했다. 파파라치 '솔트 피닛'은 제쳐놓고, 딘에게서 받은 방대한 자료에서 엿보이는 용감하고 진지한 카메라의 시선으로 판단하면, 매드는 신뢰할 수 있는 저널리스트였다.

그는 플래닛 시절부터 '캐치업'에 상당히 가까이 접근해서 '닌자'에 대해 취재해왔고 그 결과 플래닛 국적을 잃었지만, 그가 고발할 작정으로 이 정보들을 수집했다는 사실은 명백했다. ─ 그러나 '캐치업'이 그를 이용할 목적으로 의도적으로 접근했다는 딘의 지적이 맞는지, 플래닛은 매드 헌터의 명예회복에 대해 여전히 주저하고 있었다.

워런은 매드 헌터를 친형처럼 따르고 얼굴까지 비슷하게 만들어 '솔트 피닛'이라 자칭했던, 가엾은 괴짜 딘 에어스를 요즘 들어 다시 떠올렸다.

사실은 그가 매드 헌터에게 속아넘어간 게 아닐까? 매드는 정말로 '캐치업'의 일원이었다. 그리고 그것 때문에 전쟁기업의 손에 살해당했다. 그는 그런 위험에 대비해, 동생의 죽음에 가책을 느끼고 있던 옛 친구 딘을 주목하고 정보 공개를 부탁했다. 대통령선거라는 절호의 타이밍을 노려서. ……

거기까지 생각이 미친 워런은 옳은 일을 하고 있다는, 지금껏 살면서 처음 느낀 상쾌한 기분에 별안간 음울하고도 탁한 빛이 감도는 느낌을 받았다. 그렇다면 딘의 뒤를 이어 테러리스트들의 계획을 완성시킨 사람은 결국 자신인 셈이다. 정신을 차려보니 내가 퍼즐의 마지막 한 조각이 되어 있었다. 반년간 죽도록 고생한 결과로.……

문제는 FBI가 투표일까지 어느 정도 조사를 진전시켜 공표할 것인가에 달렸다. 영향력이 막대한 만큼, 그들에게도 실수는 용납되지 않는다. 민주당이 유리하다는 관측이 나오기 시작한 후로 상황을 살피는 눈이 늘어나자, '캐치업' 멤버의 체포에 대한 매스컴의 관심은 그 배경으로 향했다.

테러리스트들을 감시하는 자원봉사자 그룹이 '산영'을 통해 매드와 함께 찍힌 인물들을 한 사람씩 점검중이었는데 그중에는 NASA 시절의 딘 에어스도 포함되어 있었다. 서모그래피 영상이 딘이 만든 AR시스템이라는 것은 진작 알려졌지만, 둘의 관계가 단순한 고객 혹은 옛 친구라는 선에서 수습될 수 있을지는 예단할 수 없었다. 결국 매드 헌터가 정말로 비열한 테러의 협력자였는가 하는 것은 이미 세상을 떠나버린 본인의 본심에 물어보는 수밖에 없었다.

"……인간에게는 절대 변할 수 없는 부분이 있어요. 그건 생물학적인 사실이죠. 그렇지만 변할 수 있는 부분도 있어요. 그것 역시 생물학적인 사실이고요. 지금껏 나는 그중 변할 수 없는 부분을 연구하며 살아왔어요. 앞으로는 변할 수 있는 부분을 위해 살고 싶다. ─진지하게 그런 생각을 했어요."

마지막으로 서니사이드에서 만났을 때, 그는 매드 헌터가 못다 한 일을 이어받기로 결심한 이유를 그렇게 설명했다. 워런은 그 말을 이해할 것 같으면서도 이해할 수 없었다. 딘은 변하려고 했다. 그러나 결국 다시 이끌려간 장소는 그가 나고 자란 곳이 아니었을까? ……

사전 약속도 없이 스튜디오로 불쑥 찾아와 화장실 문 앞에 서 있던 딘 에이스의 모습을 워런은 잊을 수 없었다. 첫 만남답게 디비주얼이 안정되지 않아 어쩔 줄 몰라하는 눈치였다. 삼 주 전쯤 '산영'으로 본 지하철 영상처럼, 워런은 아마도 몹시 언짢은 표정을 지었을 것이다. 뜬금없는 제안을 듣고 당장에 무시하려 했지만, 그러면서도 왠지 모를 호감을 느꼈다.

미처 지불하지 못한 급료도 남아 있다. 귀찮은 일에 얽혀버렸다는 생각에는 변함없지만, 딘과의 디브가 자신 안에 예상외로 단단히 자리잡았다는 것을 워런은 알아차렸다.

지금도 소변을 보다보면 문밖에 '짐 킬머'가 서 있는 기척을 느낄 때가 있다.

무사할까? 스튜디오 휴식시간에 솔기가 터진 A. 로드의 사인볼을 던졌다 잡았다 하면서 그는 불현듯 A. 로드의 이니셜이

'AR'라는 사실을 떠올렸다. 우연일까? 아니면 무슨 의미를 담으려는 의도였을까? 증강현실 속에 자신의 '기억/기록'이 존재한다. —그런 얘기였을까? ……

워런은 확인할 길 없는 추측에 고개를 갸웃거리며, 선거가 끝나고 한숨 돌리면 플래닛에 연락해 그의 행방을 찾아봐야겠다고 생각했다.

36. 뭔가가 살며시 고개를 끄덕였다

'산영'이 '암살 요주의 인물 목록'에 릴리언 레인을 추가했지만, 그녀는 실시간 검색기능의 일시정지를 거부했다. 당분간 사람들 눈에 드러나는 편이 더 안전하겠다는 판단이었다. 인터뷰후 수많은 협박장이 날아들었고, 묵고 있는 뉴욕 호텔에는 경찰과 경호원이 24시간 경호를 서고 있었다.

아서 레인은 유세 짬짬이 시간을 내어 딸과 연락하려 애썼지만 전화에도 메일에도 답이 없었고, 찾아가도 완고하게 거부당했다. 한밤중이 되어 지친 몸을 침대에 눕히면 마지막으로 딸과 나눈 영상통화 때의 기억이 떠올라 좀처럼 잠을 이루지 못했다.

'닌자'가 불러온 충격에 묻히면서 릴리언 레인의 인공 임신중절 문제는 완전히 자취를 감췄고, 본인의 공개적인 발표도 의회

선거에서의 공화당 지지율에 별다른 영향을 주지 않았다. '위키노블'에서 여러 번 논한 탓에 뉴스로서의 신선함이 없어서 분위기상 릴리언 문제는 다음 단계로 나아가는 듯했지만, 이 일에 여전히 애매한 태도를 취하고 있는 아서 레인은 종교 보수층의 집중적인 비판을 받으며 기반이 크게 흔들리고 있었다.

릴리언 본인에 대해서는 영웅 행세나 한다, 제멋대로다, 무책임하다, 결국은 자기선전이다 등등의 맹비난이 쏟아진 반면 용기 있다고 칭찬하는 목소리도 많아서, 인터넷상에서 약간 정체돼 있던 인기가 다시 들끓기 시작했다.

'위키노블'의 '던' 시리즈는 당연히 그녀의 동아프리카 시절 에피소드를 담아내기 시작했고, 별다를 것 없는 우주선 장면에도 과거의 어두운 기억을 암시하는 듯한 대사와 묘사가 여기저기 덧붙었다.

가장 큰 변화는 '던' 시리즈 전체를 이번 대통령선거와 직접적으로 연관지으려는 편집이 시작됐다는 점이었다.

지금까지 '위키노블'에서는 당연히 대통령선거를 소재로 한 시리즈도 계속 이어져왔는데, 거기서 몇몇 장章을 뽑아내 화성 시리즈와 합쳐 문체를 정리하거나, 정합성을 갖추기 위해 내용을 바꾸는 작업이 이루어졌다. 그중 가장 중요한 역할을 부여받은 것이 릴리언 레인이었는데, 처참한 동아프리카 체험을 시작으로 사랑과 죽음의 극한을 몸으로 실감한 화성 탐사를 거쳐 결

국 대통령선거에 결정적 영향을 미치기에 이르는 그녀를 주인공
으로 한 장대한 이야기는 종국을 향해가면서 실제 현실에 더욱
강력한 영향력을 발휘했다. 그 결말은 그레이슨 네일러의 승리
일 수밖에 없겠지만, 지면 또 지는 대로 재미있어질 듯한 분위기
였다.

시간이 갈수록 키친스 진영은 그런 그녀를 어떻게 다뤄야 할
지 알 수 없었다. 건드리면 여론이 반드시 움직일 테지만, 그 진
폭이 너무 커서 선거가 며칠 안 남은 지금 상황에서 섣불리 손대
면 치명적인 결과가 나올지도 몰랐다.

연방의회는 대통령부 국가우주회의와 별개로 존슨 우주센터
의 현황을 독자적으로 조사하고, 해럴드 앨런 소장이 실질적으
로 비행운용부장 딕 라이트의 꼭두각시 역할을 하면서 인사에
지장을 초래한다는 직원들의 목소리를 수렴해 NASA 본부에 사
실관계를 조회했다. 천재일우의 기회라고 판단한 이언 해리스는
아스토와 릴리언의 문제뿐 아니라 '던' 프로젝트 전반을 다룬 방
대한 양의 보고서를 독자적으로 작성해, 라이트＝앨런 체제의
폐쇄성이 연구소 내부의 활발한 논의를 가로막고 있으며, 그 결
과 정보 유출에 의한 쿠데타 움직임이 표면화되고 있음을 지적
하고, 메리 윌슨, 알렉산더 F. 그로스를 요직에 앉히는 새로운 인
사 구상을 실현하기 위해 각 방면으로 활발히 손을 썼다. 그리고
대외적으로는 이 상황에 동요하는 소장 앨런을 설득해 릴리언

레인의 '던' 선내에서의 임신 사실을 처음으로 정식으로 인정하게 만들고, 동시에 일부에서 이름이 오르내리던 노노 워싱턴과의 관계를 명확하게 부정하고, 인종편견으로 가득한 그 내용을 엄격히 비판하며, 변호사를 통해 인터넷 각 사이트에 올라온 허위 사실을 삭제해달라고 통보했다. 또한 '위키노블'의 대표와 인권을 배려한 가이드라인 작성을 놓고 협의의 장을 마련했다.

이언 해리스는 릴리언 쇼크로 상황이 크게 바뀐 점을 고려해, NASA 내에서는 실질적으로 릴리언의 상대가 아스토임을 인정한 것이나 다름없는 모양새로 결론을 내고, JAXA를 비롯한 관계 각처에 개별적으로 보고하고, 공식적으로는 아스토 개인이 블로그에서 사실관계를 간결하게 설명하는 것이 어떻겠냐고 제안했고, 아스토도 이 제안에 동의했다. 적어도 대형 매체들은 릴리언의 상대가 아스토였다는 사실에 그다지 주목하지 않았고, 보수 계열 신문의 칼럼에서 아스토가 '정토진종'이라는 종파의 신자라는 사실을 거론하고 그 종파가 일본 특유의 '장례불교'라는 사실을 소개하면서, 그러나 그가 실질적으로는 무교라는 점을 흥미 위주로 다룬 정도였다.

과도한 대응은 모든 의미에서 우스꽝스럽고 무의미했지만, 그럼에도 특히 일본에서 JAXA를 건너뛰어 취재 의뢰가 직접적으로 쇄도했고, 게이트를 나설 때 미국과 일본 기자들에게 에워싸이기도 했고, 그럴듯한 망상들이 '위키노블'의 울타리를 벗어나 인터넷상에 넘쳐흘렀다. 이런 현상에 얼굴을 찌푸리는 사람들도 확실한 정보원이 없는 한 반론할 여지가 없었다.

해리스는 이런 소동이 불러온 스트레스 탓인지 아스토의 상태가 조금 이상하다는 의료부의 연락을 받고 혹시나 하는 마음에 블로그 글 초안을 사전에 보내달라고 요청했는데, 릴리언 레인의 증언에 자극받은 탓인지 너무나 노골적이고 파멸적인 내용이라 읽자마자 전화를 걸어 목소리를 높이며 화를 냈다.

"자네는 행동을 주의깊게 디자인하라는 내 말을 허투루 들었나? 이런 자폭테러 같은 내용은 절대 인정 못해! 왜 이러는 거야? 블로그에 모조리 쏟아내고 후련해지고 싶나? 자네가 그렇게 나태한 인간이었어? 내가 안고 있는 문제가 어느 정도의 규모로 어떤 미디어에서 어떤 형태로 공표되어야 옳은지 왜 심각하게 고민하지 않지? 대답해봐. 릴리언의 고백에 영향을 받았나? 그런 거야? 자네야 속이 시원하겠지. 모든 걸 말해버렸다. 한 번에 끝내버리니 편하다. 세간의 비웃음을 사겠지만, 난 그 고통을 이겨내면서 옳은 일을 했다고 도취하겠지. 하지만 이건 자네만의 문제가 아니야! '던'의 성공에 가슴 부풀었던 아이들은 어쩌지? 이런 노골적인 내용을 죽은 자네 아들에게 읽힐 수 있나? 어때? 남의 아이라면 상관없다는 건가? 왜 그런 생각을 못해? 자네는 미션에 구체적으로 관여한 관계자를 향한 설명, 응원해준 사람들을 향한 설명, 납세자를 향한 설명, 이 이야기에 천박한 흥미만 품은 인간을 향한 설명을 미디어의 특성도 표현 방식도 고려하지 않고 엉망으로 뒤섞어서 폭탄이라도 던지듯 내동댕이치려는 거야! 세상과 자네 모두 뒤죽박죽이 되면 그다음은 어쩌지? 자네 안의, 전혀 무관한 디비주얼까지 모조리 못쓰게 되어버리면 앞으로 어떻게 살아갈 거냐고. 나에게는 가족이 있어. 자네도 있잖아. 이 프로젝트에 긍지를 느끼는 NASA 직원들도 있어. 그런 사람들을 지키고 자기 자신을 지키면서 책임을 다하는 방법을 왜 진지하게 찾아보지 않는 건가? 물론 정보를 완전히 컨트롤할 순 없어. 하지만 컨트롤할 수 있는 부분도 있어. 토론회에서 네일러가 한 말 못 들었나? 무모하게 어설픈 대응을 하고 나중에 주위에 피해가 가도 나 몰라라 하는 건 대량파괴무기로 아이들까지 다치게 하면서 타깃을 폭격하는 거나 마찬가지야! 정신 바짝 차려!"

아스토는 격앙한 해리스를 보며 지금 자기 상태가 그의 눈에 얼마나 불안정하게 비치는지 깨닫고 놀란 나머지 할말을 잃었다. 초고 내용을 보면 그런 반응이 나와도 어쩔 수 없었지만, 한순간 해리스의 그런 판단이 전혀 뜻밖으로 느껴졌고, 비로소 자신의 상태가 어떤지 알아차릴 수 있었다.

릴리언 레인이 화성에서의 낙태 사실을 인정하자 일본에서나 미국에서나 아스토를 대하는 사람들의 시선이 돌변했는데, 이미 각오한 바이긴 하지만 스스로도 신기할 만큼 고요한 심정으로 그런 반응을 받아들일 수 있었다. 노노의 오명이 씻긴 것도 기뻤지만 입을 다묾으로써 지금껏 그 누명을 함께 조장해왔다는 양심의 가책에서 해방된 것이 홀가분하기도 했다. 릴리언에 이어 성명을 낼 생각이었기에 해리스의 제안에 두말없이 동의했다. 그것으로 자기의 책임을 다할 수 있다고 생각했다.

JAXA를 비롯한 관계 각처에선 규문糾問에 가까운 딱딱한 문의가 들어왔고, 게이트 밖으로 나가면 대기중이던 기자들에게 시달리기 일쑤였지만, 그럼에도 그는 스스로가 차분하다고 느꼈다. 그리고 그런 기묘한 마음의 평온을 의심해볼 힘조차 없었다.

방에 틀어박혀 해리스를 격분시킨 원고를 한밤중까지 몇 번이고 되풀이해 읽자니 어느새 수치심이 일 때마다 고통으로 도망쳐 고비를 넘겨버리는 버릇이 생겨버렸다는 생각이 들었다. 이 글이 세간에 널리 공개되고, 모든 이의 눈에 드러난다. 그런 상상은 그에게 견디기 힘든 수치심을 불러일으켰지만, 찌르는 듯한 과격한 고통의 상상으로 얼버무려버리면, 나중에는 오히려 기분 좋은 마비가 남았다.

"부끄럽다는 감정을 함부로 다루면 안 된다"고 해리스는 집요하게 강조했다. 그것은 과연 어떤 의도로 한 말이었을까?

처음에 아스토는 사고의 틈새를 비집고 들어와 움직임을 앗아가는 것이 수치라 여겼다. 해야 할 말이 도무지 입 밖으로 나오지 않는다. 그것은 입에서 나와야 할 말 하나하나에 수치가 덕지

덕지 묻어서 제대로 맞물리지 않고 삐걱거리기 때문이다. ─결국 그는 그 수치를 눈으로 확인하고 긁어내지 못했다. 그의 내면의 뭔가가 지금 수치를 통해 이 적나라한 고백을 단념시키려 경고하고 있다. 왜 멈추려는 걸까? 인간의 내부에는 왜 그런 기능이 갖춰져 있는 걸까? ……

의식을 고요히 감싼, 수상쩍을 만큼 새하얀 공백이 그런 사변을 싹트기 전부터 집어삼키며 정체 모를 뭔가에 집중시키려 했다. ……무엇일까? ……그는 자신이 고백하려는 내용의 하찮음을 솔직하게 느꼈다. 노노의 오명을 씻어준다. 릴리언 레인에게만 책임을 떠넘기지 않고 나도 그 책임을 맡는다. ─사실은 그뿐이고, 그 이상은 오히려 그를 바라보는 세간의 눈에 대한 반응때문이었다. 마침내 그는 마음속 어딘가에서 릴리언의 증언을 부러워하는 자신과 마주했다. 그녀는 인류 역사상 최초로 화성땅을 밟은 영웅적 인간이라는 미명을 버리는 대신, 모국의 미래를 바꾸기 위해 위험을 무릅쓰고 과거의 중대한 실책을 증언함으로써, 죄를 짓긴 했지만 성실한 디비주얼 하나를 이 세상에 새로이 내밀었다. ─그에 비해 나는 어떤가? 선내에서 '우행'을 저질러 프로젝트에 치명적인 곤란을 야기하고, 인간이 새롭게 시작할 순수한 원초의 행성에서 어린 한 생명을 종결시키고, 모체를 빈사상태로까지 내몰았다. 그런 고백으로 얻을 수 있는 것은 너무나 초라하고 '그'라는 인간의 사회적 디비주얼은 무참히 상처입을 뿐이다. 용기에 대한 칭송도, 어떤 존경도 얻어낼 수 없다.

그는 릴리언과 나는 다르다고 새삼 의식했다. 과한 기대가 집중되고 투여된 세금도 예사롭지 않았던 만큼, 남들이 예상치도 못했던 디비주얼이 자기 안에 숨겨져 있었다는 사실이 밝혀지는 것이 요 일 년 동안 두려웠다. 단 한 번도 밝고 환한 얼굴로 무대에 서본 적이 없었다! 그것은 분명 악조차도 만족시킬 수 없는 수치이며, 비밀 중에서도 가장 무게감이 없는 사적인 사건이었다. 그래서 그는 자신이 지금 고요할 수 있다는 것에 기묘함을 느끼고, 한복판에서 모든 것을 파멸적으로 폭로해버리고픈 불길한 충동을 느꼈다.

—대체 뭘까? ……이 새하얀 공허는. ……

갑자기 뭔가가 그의 의식을 귀가 먹먹해질 기세로 빠져나갔고, 심장박동이 단숨에 빨라졌다. 내동댕이쳐진 듯한 충격과 함께 격통의 기억이 몸속에서 절규했다. 책상에 팔꿈치를 괴고 두 손으로 얼굴을 덮은 그는 그대로 옴짝달싹하지 못하고, 머릿속에 생생하게 되살아난 광경에 숨이 막혔다.

예전에 딱 한 번 이 기묘한 평온을 경험했었다. 그것은 용서처럼 부드럽게 그를 감싸며 더할 나위 없이 맑은 정밀靜謐로 집어삼키고, 지진 피해를 여전히 복구중이던 그날의 주오 선 이치가야 역 플랫폼에서 해질녘의 아름다운 소토보리를 보여주며 서서히 그 장소로 유인하려 했다. 카본 탈이 집요하게 눈앞에 들이댔던 말리부 해의 낙조처럼 아름답게 빛나는 태양! 그곳에서 한 찰나가 그를 충격과 함께 낚아채 끌어안고 흔적도 없이 갈가리 찢어버릴 터였다. 삶의 고통스러운 흔적을 내주고 완벽한 침묵 속으로 사라지면서 '이제 됐다'고 한마디 속삭여줄 터였다. 그러나 그 순간 플랫폼에 경보와 급브레이크, 그리고 절망적인 비명이 요란하게 울려퍼지면서 여러 사람이 그의 몸을 붙잡고 온 힘을 다해 다시금 삶 쪽으로 끌어왔던 것이다. 거의 마구잡이에 가까운, 당사자들조차 까닭을 모르는, 이를 가는 듯한 절박한 힘으로! ……

아스토는 저도 모르는 새 흰곰팡이처럼 번지기 시작한 공허감이 그때와 같다고 생각했다. 수치란 계속 살아가고자 하는 인간을 위한 감각이며, 이 세상에서 살아가길 원한다면 도저히 떨쳐버릴 수 없는 것이었다. 받아들여지고픈 마음이 티끌만큼도 없는 인간이 왜 수치에 시달리겠는가? 그것은 어쩌면 슬픔과도 비슷하다. 살라고 명하고 살아가는 길을 가리키고 있음에도, 절박할수록 삶 자체를 단념시키려 드는 소리로 자칫 오해받고 마는, 일종의 고통이었다. ─그렇다, 고통으로 이해하는 것만이 수치를 받아들일 수 있는 유일한 방법임을 아스토는 어렴풋이 느꼈다. 고통의 무시무시한 양만큼 삶의 가치를 인정받을 수 있다. 삶 자체를 단념할 정도의 고통에만 사람들은 다시금 미소를 건넨다. 그것을 몸소 증명해 보일 때만 다시금 눈물을 흘려준다!

그것은 어딘지 모르게 '낙원'과도 같은 고요함을 머금고, 위안 가득한 빛으로 그에게 끊임없이 손짓했다. 영원히 차디찬 시간의 나락으로, 인간 온기의 환영을 떨쳐내고 쫓아가라며 등을 떠미는, 자애롭기 그지없는 일종의 부추김. ……

이성적이어야 한다. 아스토는 천천히 얼굴을 들면서 생각했다. 그것이 해리스의 현실적인 지시였다.

초고를 일단 파기하고, 그의 말대로 불특정 다수가 접속하는 블로그라는 미디어에서 말할 수 있는 내용과 표현 방식이 어디까지인지, 이해를 구할 필요가 있는 사람만 알 수 있는 문장이 어떤 것일지 생각하며 쓸 내용을 다시 정리했다. 이미 릴리언이 증언했으니, 그것을 추인하는 형태로 직접적인 용어를 피하면서 사실을 명료하게 설명하면 될 것이다. 자세한 내용까진 필요 없다. 노노의 누명을 풀어주는 것이 무엇보다 중요했기에, 앞으로 근거 없는 비방에는 NASA에서 법적 조치를 취할 거라고 덧붙였다. 엄밀히 말해 세간에 사과할 필요는 없다는 게 해리스의 생각이었지만, 아스토는 선택받은 인간으로서 기대에 부응하지 못한 점을 '죄송하게' 느끼는 심정을 솔직히 쓰고, 대응하느라 동분서주하는 관계 각처에 대한 사과도 표명하기로 했다. 그리고 '실수'를 저질러 심각한 상황을 초래했음에도 지구 귀환에 성공했다는 사실이 지닌 무게감을 다시금 생각해보았다. 본인 나름의 노력도 언급해야겠지만, 오히려 온 힘을 다해 도와준 승무원과 지상 스태프, 그리고 한결같은 성원을 보내준 대중에 대한 감사의 마음을 강조하고 싶었다. 그것 역시 거짓 없는 솔직한 심정이었다.

그는 모니터를 마주보며 올여름 실리콘밸리의 초등학교에서 아이들에게 했던 이야기를 떠올렸다. 그때 이미 지금과 같은 심정을 입에 올렸을 것이다. 하지만 정말로 이해하고 그랬던 걸까? 그후 이상한 여자가 다가와 '거짓말을 했다'고 비난했다. 실제로 그 여자는 뭔가 알고 있었을지도 모른다. ―플래닛 국민? 아니면 그저 그의 말이 어딘지 모르게 경박하게 들려서였는지도 모른다. 자기 자신도 믿지 않는 말을 하는 것. 그것이 바로 '거짓말'이고, 분명 아이들에게 들려줄 만한 말은 아니었을 것이다. ……

간결하게 새로 쓴 초고도 여전히 미흡한 감이 있었지만, 아스토는 배제된 항목을 다른 미디어에서 거론하게 하는 편이 좋을지 하나씩 고민해보는 쪽으로 생각을 바꿨다. 배포형 웹매거진, 공개형 웹매거진, 종이 잡지, 신문, 텔레비전, 개별 면담. …… 설명의 책임을 다하는 데도 상대에 따라 여러 수준이 있었다. 한 명의 수신자가 단 하나의 미디어를 통해 정보를 얻는다고 보기는 어려우므로, 이를테면 블로그와 배포형 웹매거진, 신문 등의 미디어를 종합해 정보를 판단할 거라 예측하고 바람직한 표현 방식을 모색했다. 아이들은 블로그 정도만 보겠지. 좀더 나이가 있으면 신문도 읽을지 모른다. 기사에 손댈 수야 없지만 인터뷰를 할 수는 있다. 관계자에게는 내부 보고서 형식으로 자세히 설명해야 한다. 일본이냐 미국이냐에 따라서도 당연히 달라질 것이다. ……

아스토는 꼬박 이틀을 방에 틀어박혀 있었다. 해리스가 말한, 곤란에 직면해 자신의 디비주얼 구성을 디자인하는 게 어떤 것인지 차츰 피부로 이해되었다. 그리고 릴리언이 자신의 영향력에 걸맞은, 선한 디비주얼을 갖기를 간절히 원한다는 것도. ……

두번째 초안은 매우 짧았지만, 해리스는 두세 군데 자잘하게 걸리는 표현만 지적하고 전체적으로는 이 정도면 되겠다고 말했다. 어조가 약간 불안정한 부분이 있긴 해도 내용이 잘 요약되어 있고 필요 이상으로 비굴하지도 않았다. 사실관계를 단적으로 인정하며 노노를 향한 의혹을 부정하고, 자기 실수보다 그후 승무원들과 협력해 어려움을 극복했다는 사실에 역점을 두며 도와준 사람들에게 겸허한 사의를 표한 점을 좋게 평가했다. 사과의 표현에 대해 잠시 대화가 오갔지만 최종적으로는 아스토의 의지를 존중했고, 앞으로 이쪽에서도 자네를 지켜주겠다고 약속했다. 그리고 마지막으로 덧붙였다.

"사회적 의무에 대해서는 자네 설명대로 성실히, 신중하게 임해주길 바라지만, 그와 별개로 한 번쯤 자네 자신을 위해 지금까지의 인생을 돌아보고 글로 써보면 어떨까? 사회를 향한 난폭한 고백은 간과할 수 없지만, 어떤 디비주얼은 글로 옮김으로써 정리되기도 하지. 지난번 초고에도 미래에 대한 힌트가 종종 보이던데, 그중 한 가지 이견을 제기하고 싶은 부분이 있었네. ─노노에 대해서야. 자네는 노노가 귀환 후 발표할 예정이었던 성명을 언급했지. 게리의 가난한 흑인들이 비정규 파견병사로 전장에 보내진다는 얘기 말이야. 자네는 그걸 직접적인 반전 메시지로 이해했던데, 그게 다일까? 응, 어때? 우주 한복판에서 궁지에 몰린 노노를 이 년 넘도록 참을성 있게 간호해서 지구로 무사히 귀환시킨 자네라면 좀더 깊은 해석을 할 수도 있지 않을까? 자네는 왜 노노를 보살펴줬지? 회복하면 유용하다고 생각했기 때문일까? 아니잖아. 그저 어떻게든 그가 살아 있길 바랐어. ─분명히 그랬을 거야.

이보게, 아스토. 인간은 사회에 유익하기 때문에 살아 있는 게 아니야. 살아 있기 때문에 사회에 뭔가 유익한 일을 하는 거야. 안 그래? 나라를 위해 뭔가 했으니 살 자격이 있다고 누가 말할 수 있겠나? 전쟁에 나가 목숨을 걸었으니 진정한 미국 국민이라고 누가 말할 수 있겠어! 우주공간에서 박테리아 한 마리를 발견해도 호들갑 떠는 우리가, 인간이라는 복잡하고도 정묘한 생물이 존재한다는 사실은 왜 좀더 중히 여기질 않지?

누구도 자신의 모든 디비주얼에 만족할 순 없어. 하나라도 그럭저럭 괜찮은 디비주얼이 있다면 그걸 발판 삼아 살아갈 수 있는 거야. 도저히 그것을 찾아낼 수 없다면 날 찾아오게. 지금 이렇게 내 앞에 있는 자네는 상당히 호감 가는 사람으로 보이니까.
……"

지난번 호통쳤을 때도 그리고 이번에도 옆에서 전화로 대화
내용을 듣고 있던 메리는 나중에 해리스와 이런 대화를 나눴다.

"좋은 얘기였어요."

"나도 책임을 느껴. 아스토는 이번 미션에 딱 맞는 인간이었
어. 황송할 정도로 우수하고, 본질적으로 성실하고, 화성에 가고
싶다는 강렬한 열망이 있었고, 게다가 놀라울 만큼 자기주장이
강하지 않았지. 우리에게는 쓸데없는 말 없이 묵묵히 지시에 따
라주는 좋은 우주비행사였는데, 그 모순이 저런 형태로 나타난
거야. ……그도 로봇이 아니야. 인간이야.

그런 그가 한 가지 큰일을 마친 뒤, 평생 지고 살아갈 수 없는
'실수'가 훤히 드러나 당황해하고 있어. 우리가 돕는 건 그의 공
적에 보답하는 책무야."

"고쳐쓴 초고도 그로서는 최선을 다한 내용이죠? 처음에 가져
온 걸 봤을 때는 어쩌면 좋을지 막막했는데."

"그도 어딘가에 속시원히 털어놓고 싶은 심정을 억누르기 힘
들었겠지. 하지만 큰 미디어에 올릴 필요까진 없어. 내가 받아들
이면 돼. 그리고 따끔하게 야단치고, 곰곰이 생각하게 만들어야
했지. 일본인은 왠지 마조히스틱한 방법을 택하는 경향이 있으
니까."

"확실한 생각이 있으셨군요."

"아, 물론 반쯤은 정말로 화가 났어. 대중에겐 도저히 적합하지 않았으니까. ……"

사노 부부가 사는 게이티드 커뮤니티 앞에는 이따금 인터넷에 올릴 사진을 찍으러 온 구경꾼들이 눈에 띄었다. 릴리언의 광팬들이 협박해오면 경찰에 알리고, 일본에서의 취재 의뢰는 내용을 보고 가려서 받아들였다.

대통령선거가 끝날 때까지 휴가를 내라는 NASA의 권유가 있어서, 아스토는 커튼을 쳐놓은 집안에서 거실을 이리저리 뛰어다니는 태양이를 바라보고 이따금 교코와 말을 주고받는 걸 빼면 대부분의 시간을 혼자 자기 방에 틀어박혀 있었다. 그러면서 해리스가 한 말을 계속 생각했다.

그는 별다른 계기 없이 책상에 앉아 워드 프로그램을 열었다.

블로그나 SNS가 아닌 곳에 자기 자신에 대해 마음먹고 글을 쓰긴 처음이었지만, 프로파일을 쓰듯 성장과정에 대한 구체적인 기술로 시작해 그때그때 떠오르는 생각을 형식에 구애받지 않고 드문드문 일본어로 써내려갔다.

처음에는 조금 의욕을 부려 '나는……'이라고 쓰다가 금세 말문이 막혀버려서 '저는……'으로 바꿨다. 딱히 누구를 향해 하는 말은 아니었지만 그러고 나니 꽤 편해졌다.

부모님 얘기를 쓰고, 나고 자란 도야마 현 다카오카에 대해 썼다. 어릴 때의 추억을 잘 기억하는 줄 알았는데, 자세히 돌이켜보니 하나하나의 기억들은 예상외로 많이 손상되고 빛이 바래서 토막 난 단편으로만 띄엄띄엄 남아 있었다. 뭔가 실마리가 잡혔다 싶으면 예외 없이 사진이나 동영상으로 시간 외측에 보존된 광경을 발판으로 한 것들이라, 실제 현실이 머릿속에 그대로 배어든 것과는 다른 느낌이었다.

지금의 그와 비슷한 나이였던 삼십대 중반의 부모님 얼굴을 떠올리려 해봐도 이상하리만큼 어려웠다. 학교에서 돌아오는 길에 병원에 들르면 접수처에서 사무를 보고 있던 어머니가 매일 있는 일인데도 조금 안심한 표정으로 어서 오라고 말했고, 진료기록부를 들고 진료실에서 나온 아버지는 언제나 청결함을 유지하던 큼지막한 손으로 머리를 쓰다듬어주었다.

그때 두 사람의 얼굴은 어땠을까? 아스토는 자신의 과도한 그리움과 이제는 가까스로 흔적만 남은 두 사람의 흐릿한 표정 사이의 갭이 당혹스러웠다. 억지로 떠올리려 애써도 시간 속에서 마찬가지로 마모되어버린 다른 시간 다른 장소의 얼굴이 앞뒤 경계 없이 흘러넘치며 번뜩이기만 했다.

부모님만이 아니었다. 과거를 향해 누구의 이름을 불러봐도 끌어모을 수 있는 기억은 사그라질 것처럼 희미한 순간순간의 모습뿐이었고, 이쪽을 향해 뭐라고 입을 여는가 싶다가도 더 머물 힘이 없다는 듯 금세 다시 과거로 끌려가버렸다. 그래도 그들을 위한 디비주얼은 좀더 오래도록 그의 내부에 남아서, 거기 스며든 한 사람 한 사람의 존재를 온기와 함께 느끼게 해주었다.

앨범 파일을 연 아스토는 자신과 가족의 사진을 띄엄띄엄 살펴보면서 떠오른 기억과 감정을 써내려갔다. ─아기침대에 누워 있는 갓난아기 적의 나. ……품에 안은 돌쟁이 아들에게 카메라를 가리키는 어머니. ……유치원에서 고적대를 지휘하는 모습. ……할아버지 댁 툇마루에서 담소를 나누는 가족. ……미쿠루마야마 축제에서 오징어 구이를 먹는 두 사촌. ……초등학교 반 친구와 Wii 게임을 하는 모습. ……친척을 초대한 바비큐 파티에서 연기에 얼굴을 찡그리며 고기를 굽는 아버지. ……책상 위에 가지런히 쌓인 참고서. ……교복 차림으로 침대에 누워 있는 나. ……병원 간호사들과 함께 찍은 기념사진. ……현관 앞 정원. ……매미를 잡으러 가곤 하던 벚나무. ……

아스토는 아마하라시 해안을 뛰어다니는 두 살배기 자신의 표정을 보며 그때 카메라를 들고 있던 아버지가 어떤 디브를 드러냈는지 생생하게 상상하고, 그 모습이 자연스레 미야자키 바다에서 죽기 몇 개월 전의 태양이를 바라보던 그 자신과 겹쳐지는 것을 느꼈다. 그는 만 두 살 때의 기억이 전혀 없었는데, 그것을 통해 처음으로 태양이의 향년에 생각이 미쳤다. 그 아이는 기억조차 의식하지 못한 채 죽어갔을까? 아니면 뭔가를 떠올리며 즐거웠거나 슬펐다고 스스로 느끼기 시작했을까? ⋯⋯

　이 사진 속 사람들에게도 이제는 반쯤 지워져가는 그의 모습에 대한 기억이 있고, 그 곁에는 선명하게 데이터화된 기록이 남아 있을 거라고 그는 생각했다. 인터넷상에는 그의 이름 태그를 단 '산영' 영상이 쌓여 있고, 여기저기서 모인 그것들은 뭐가 중요하다고 구별되지도 않은 채 잡다하게 통합되어 있다. 그가 모르는 곳에서 여러 사람의 대화 속에 '사노 아스토'라는 인간이 섞여들고, 인터넷에는 그 고유명사에 대한 갖가지 말이 어지러이 날아다닌다. 불과 몇 달 전까지 넘쳐나던, 온갖 찬란한 표현으로 가득하고 미소와 성원 일색이던 말들은 이제 흔적도 찾아볼 수 없다. 그런 생의 흔적은 설령 지금 이 순간 그가 이 세상에서 사라져버린다 해도, 한동안은 사람들 사이에서 사라지지 않은 채 조금씩 변용되고 이지러지며 계속 표류할 것이다.

　돌연 스콜 같은 비가 쏟아지다가 한나절 만에 그친 날부터 꼬박 이틀간 아스토는 아무것도 쓰지 않고 책상 근처에도 가지 않았다. 소파에 누워 이따금 나지막한 신음 같은 소리를 내며 쿠션에 얼굴을 파묻는가 하면 갑자기 벌떡 일어나 창가에서 몇 시간이고 잿빛 하늘을 올려다보기도 했다. 빗소리 때문에 실내의 고요함이 맑은 날보다 한층 두드러졌다. 저녁 무렵에는 큰 벼락이 쳤다. 물끄러미 벽을 바라보며 주먹으로 몇 번이나 이마를 두드리고 고개를 흔들거나 머리칼을 쥐어뜯거나 했다. 전화에도 메일에도 답하지 않았고, 저녁식사 때는 먼저 교코에게 말을 건네기도 했지만, 대부분 질문과 대답이 한차례 오가는 데서 끝나버리고 그 이상 이어지진 않았다.

하루 맑게 갠 날을 끼고 토막토막 얕은잠을 자다가 새벽녘에 또다시 거센 비가 쏟아지는 기척에 눈을 떴는데, 커튼 틈새로 밖을 내다보니 기분 탓이었다. 요즘 들어 매일 밤 혼자 소파에서 자던 그는 화성에서도 이렇게 비가 오는 꿈을 자주 꿨다고 회상했다. 여섯시 전이라 밖은 아직 어두웠다.

스웨트셔츠 위에 겉옷 하나를 걸치고 교코가 깨지 않도록 조용조용 밖으로 나갔다. 앞뜰 잔디에 서서 하늘을 올려다보고 지퍼를 채웠다. 구름이 끼었는지 별이 잘 보이지 않았지만 잔디는 이미 다 말라 있었다.

집밖으로 나온 것은 오랜만이었다. 약간 싸늘했지만 10월 말에 이 정도면 대통령선거에서 민주당이 말한 것처럼 올겨울도 포근할 듯했다. 잔디 위에 앉으니 아침이슬이 조금 차가웠지만 개의치 않고 그대로 하늘을 보고 드러누웠다.

치밀한 밤의 어둠에 밤새도록 여과되어 조용히 방울져 떨어지는 듯한 상쾌한 공기가 기관을 훑고 지나며 폐를 부풀릴 때마다 온몸의 핏빛을 선명하게 바꿔놓는 것 같았다.

저멀리 고속도로를 달려가는 대형 트럭의 굉음에 귀를 기울였다. 아침이 아직 태어나기 전의 이 신선한 정적을 가장 먼저 쇄

빙선처럼 호쾌히 뚫고 지나가는 모습을 상상하며, 그는 데이터가 절대 대신할 수 없는 '물체'를 운반하는 그 단순한 활동에 웬지 모를 강한 감동을 받았다. 그래서 양손으로 잔디를 움켜쥐며 누군가가 손으로 살며시 가린 것처럼 지그시 눈을 감았다.

눈꺼풀 안에서 붉은 별이 쉴새없이 반짝거렸다. 사흘 전부터 갑자기 시야에서 어른거리기 시작한 그 고혹적인 빛은, 지진 재해 후 쓰레기 더미로 변한 도쿄에서 하늘을 올려다보던 그를 사정없이 사로잡아버렸던 그 신비로운 빛과도 같았다.

대학을 졸업하기 직전 친구의 소개로 교코를 만나고, 졸업하자마자 잠잘 시간도 부족하던 인턴 시절 주위 사람들의 어이없는 반응 속에서 결혼식을 올렸던 날을 아스토는 떠올렸다. 금전적 여유가 없어서 서른 명 정도 모여서 조촐한 피로연을 열고 친척과 친구 들의 축복을 받았다. "학교도 월반하고 결혼도 이렇게 빠르다니, 대체 뭐가 그리 급한 걸까요?"라고 친구 대표로 인사해 모두를 웃겼던 대학 선배는 지진으로 무너진 집에 깔려 세상을 뜨고 말았다.

일 년 후 태양이가 태어나고, 그로부터 재해가 닥치기 전까지 이 년간. ─아스토는 그 행복했던 시간을 그렇게 떠올렸다. 태양이를 잃고 '낙원'에서 추방된 후로 두 사람은 두 번 다시 그렇게 행복하게 웃을 수 없었다. 왜일까? 아무리 젊었다 해도 스물여섯 살이었으니, 우리 사이에서 사라져 영원히 흔적만 남은 그 어린 생명을 위해 뭔가 다른 일을 할 수도 있지 않았을까? 그녀와의 생활을 다시 일으키려고 필사적으로 애썼던 건 분명하다. 그러나 그녀를 위해서도, 좀더 다른 뭔가를 할 수 있지 않았을까? ……

그는 눈을 감고 물끄러미 화성을 바라보았다. 그것은 흡사 단 하나의 별만 반짝이는 밤하늘 같았다.

아스토는 왜 다른 우수한 후보자들 대신 자신이 '던'의 승무원으로 선발됐는지 속으로 남몰래 납득하고 있었다. 죽어도 좋다고 생각했기 때문이다. 대놓고 무모한 인간은 물론 논외다. 그러나 살고 싶은 마음이 강하면, 훈련에서나 테스트에서나 한계를 읽어내는 눈이 한층 날카로웠을 것이다.

실제로 유인 화성탐사선의 성공률은 항간에 떠도는 것보다 훨씬 낮았다. 대통령선거를 통해 표면에 떠오르기 전에도 NASA 사람이라면 누구나 알고 있었다. 그는 출발 전 종이와 펜을 꺼내 아내와 부모님에게 보내는 유서를 썼다. 정말로 진지한 내용이었다. 귀환 후 그것을 찢으며 느낀, 뭐라 표현하기 힘든 감촉을 그는 아직도 생생히 기억한다.

……시간이 얼마나 흘렀을까.

아스토는 천천히 눈을 뜨고, 지평선을 황금빛으로 물들이며 갖가지 건축물의 실루엣을 선명하게 그려내기 시작한 동쪽 하늘로 시선을 던졌다. 해가 뜰 때까지 여기 있을 작정이었다. 태양을 보고 싶었지만, 사실은 태양이 뜰 때까지 살고 싶다는 게 더

적절했다. 눈 깜짝할 사이일지라도 맑디맑은 이 아침 공기에 잠겨 대지에 등을 맡긴 채, 그저 평온하게 아무 일 없이 생명이 유지되길 바랐다. 이런 생각 속에서 갑자기 존재가 단절되는 건 원치 않았다. 문득 이런 생각이 든 지금 이 순간까지 죽지 않았다는 사실에 깊은 기쁨을 느꼈다. 이 순간 이제 영원히 돌아오지 않을 죽은 이들을 애도하고, 살아 있는 이들에게 친밀한 미소를 건네고 싶었다.

그냥 뒤돌아보면 됐을 일인데, 나에게는 1억 킬로미터나 되는 왕복 여정과 무려 십 년의 시간이 필요했다고 그는 생각했다.

어깨를 떨면서 입으로 크게 숨을 내쉬었다. 아침이슬이 내린 것처럼 그의 눈도 묵직하게 촉촉해졌고, 한줄기 흘러내린 후에는 양쪽 관자놀이로 뻗은 흔적이 어렴풋한 서늘함을 가져왔다.

눈앞을 맑게 하려고 그는 조금 길게 눈을 깜박였다. 그 찰나, 절망적인 어둠이 망막을 태울 듯 격렬한 빛과 교차했다. 지금 이곳 지구와 기억 속의 화성 사이 거리가 순식간에 소멸하면서, 슬픈 기억 하나가 그의 삶 깊숙이 가라앉았다.

저 머나먼 시간의 시작과 언젠가 어딘가에 나타날 끝이 겹치면서 지금의 영원 속에서 맺어졌다. 그때 그 순간 태양이는 고작 이 년 반이라는 짧은 생을 온 힘을 다해 살아냈고, 파도가 밀려드는 바닷가에서 마지막으로 그를 돌아보았다. ……

눈을 뜬 아스토는 일어나 앉아 드디어 빛나기 시작한 아침햇살을 눈동자 가득 받아들였다. 무릎을 끌어안고 정원의 야자나무를 멍하니 바라보았다. 살아 있는, 별다를 것 없는 그 한순간에, 뭔가가 살며시 고개를 끄덕이는 기적을 그는 느꼈다.

혼자서 간단히 아침을 먹은 후, 아스토는 사흘 만에 다시 방에 틀어박혀 쓰다 만 글을 마주했다. 모니터에서 멀찍이 떨어져 눈의 초점을 풀고서 분량이 꽤 되는 말의 무더기를 바라보았다. 커서를 글 첫머리로 끌어올리고 하나하나 아래로 내려갔다. 공백에 다다르면 또다시 위로 돌아가 똑같이 내려왔다. 그러길 몇 번이나 되풀이했다.

그라는 인간이 어느 정도 표현되어 있는 그 글은, 그의 분인이 오늘날까지 다양한 기회에 타인에게서 조금씩 넘겨받아 개인의 것으로 삼아온 말들로 이루어져 있었다. 그리하여 지금 글을 쓰는 행위를 통해 그의 모든 분인이 함께 공명하면서, 그 분인을 만들어준 모든 이가 내면에서 말을 건네며 해야 할 말을 번갈아 가르쳐주었다.

첫머리로 돌아간 커서를 다시 첫 줄에서 다섯째 줄로, 1쪽에서 2쪽으로 이동시켰다. 속도가 빨라지면서 3쪽, 5쪽, 10쪽, ……눈을 어지럽히며 시야를 스쳐지난 화면이 돌연 새하얀 빛을 내뿜고, 공백이 하염없이 이어졌다.

앞으로 여기에 어떤 이야기를 써나가게 될까, 그는 생각했다.

어떤 글이 이어지면 이 이야기가 지금보다 훨씬 매력적이고 사랑받을 만한 것이 될 수 있을까? 스스로도 나중에 다시 읽고 싶어지고 남에게도 읽히고 싶은 이야기로 만들려면 앞으로 무엇이 필요할까?

도움이 되기 때문에 사는 게 아니다. 살아 있기 때문에 남에게 도움이 되는 것이다, 라고 해리스는 말했다. 아스토는 그 말의 뜻을 새삼 다시 생각했다.

지금까지 써온 이야기 속 괴롭고 고통스러운 장면 하나하나가 결국은 밝은 결말로 수렴되는 복선에 불과하게 만들려면 무엇이 이어지고 무엇이 바뀌어야 할까? 전 세계의 비난을 산 이 주인공은 앞으로 어떻게 해야 다시 사람들에게 받아들여질 수 있을까? 남에게 상처를 주고 잘못을 저지른 주인공이 앞으로 어떻게 살아가야 사람들이 다시금 그를 사랑하게 될까? ……

그는 등장인물로 누가 함께해야 할지 생각했다. 앞으로 수많은 미지의 인물이 등장할 것이다. 반면에 누가 줄곧 자리를 지켜줘야 이 이야기가 전진할 수 있을까? 주인공이 누구에게 어떻게 대해야 이 이야기가 밝고 사랑스러운 결말로 향할 수 있을까? 어떻게 하면 그 자신이 이 미완성 이야기의 주인공을 사랑할 수 있을까?

아스토는 창으로 비쳐드는 태양빛과 밤의 정적이 번갈아 지켜보는 방에서 새하얀 공백과 마주앉아, 다시 여러 날을 곰곰이 생각에 잠겼다.

교코는 아스토가 고쳐쓴 블로그 글 초고를 읽고 말없이 고개를 끄덕였다.

릴리언과의 일은 차치하더라도 데번 사를 비롯해 그가 얽혀든 상황에 불안을 느끼고 있던 터라, 그에 관해서 가능한 한 많은 사람과 문제를 공유하는 것이 좋겠다는 게 그녀의 생각이었다.

음모란 세균과 같아서 음침하고 어두운 그늘에서 더더욱 악취를 풍기며 번식한다고 그녀는 화창한 날 오후 안뜰에 빨래를 말리며 생각했다. 세상 어디서든 폭력은 바퀴벌레처럼 어두운 곳을 좋아하고, 환한 햇빛 아래 사람들 눈에 드러나는 것을 꺼리게 마련이다. 복잡한 심경이었지만 릴리언 레인의 인터뷰를 보며 그렇게 느꼈고, 그후 자신의 자기방어를 보면서도 그랬다.

문제를 백일하에 드러내어 인간의 관심이라는 빛으로 철저히 살균해야 했다. 아스토와 릴리언의 관계를 전 세계 사람들이 알게 되었다는 것은 되도록 생각하지 않으려 애쓰고, 일단은 이 소동을 어떻게 이겨낼 것인가에 집중했다.

남들의 주목을 받는 것은 큰 스트레스였지만, 생각을 바꿔보면 그들이 사는 게이티드 커뮤니티는 '산영'을 통해 불특정 다수의 경비원을 무료로 고용한 셈이었다. JAXA와 대사관, 그리고 전에 아스토의 다큐멘터리 프로그램을 만들었던 NHK 프로듀서, 인터뷰를 위해 방문했던 신문기자 등에게 연락해서 상황을 설명하고, 비밀스러운 폭력에 대항할 수단을 강구했다. 협박을 받아 신변의 위험을 느끼고 있다는 얘기를 SNS에 솔직하게 쓰고, 관계 각처와 연락을 취하고 있다는 점도 분명히 밝혔다. 인터넷상의 디브는 한 종류뿐이었지만, 그것을 통해 다시 조금씩 사람들과 접촉하기 시작했다.

SNS에는 동정을 표하는 코멘트가 쇄도했다. 응원할 테니 힘내라는 말이 넘쳐나고, 악의성 댓글은 집중포화를 받고 달아났다.

일본에 있는 친구와 두세 시간씩 전화 통화를 하며 이혼할지는 아직 결정 못했다고 말하자, 친구는 기가 막힌다는 듯 말했다.

"당장 헤어지라니까. 넌 아직 젊잖아. 우주에서 얼마나 힘들었는지는 몰라도, 그렇다고 바람을 피우다니 기가 찰 노릇 아니니? 이건 다른 문제잖아? 아이를 잃고 그렇게 상심하던 널 놔두고 자기 꿈만 좇아서 우주로 가버리고, 급기야 아이까지 만들고 자기 손으로 지우고 오다니, 너무 끔찍하지 않아? 그게 용서가 돼? 절대 안 돼. 나라면 헤어져. 참을 필요 없다니까."

그리고 그녀를 대신해 아스토가 얼마나 '한심한 인간'인지 가차없이 쏟아놓았다. 처음에는 맞장구치면서 속이 조금 후련해지는 걸 느꼈지만, 나중에는 이렇게까지 심하게 말할 건 없지 않나 싶어 그가 점점 안쓰러워졌다.

자신이 그 입장이라면 어떻게 충고할지 상상해보았다. 친구의 남편이 우주비행사인데 미션 수행중 미녀 승무원과 아이를 만들고 말았다. 귀환 후 화성에서 중절한 사실이 밝혀나서 전 세계의 비난을 사고 있다. 미국에서 이 정도니 보나마나 일본에서는 난리도 아니겠지. ―아마도 헤어지라고 할 것 같았다. 하지만 그 친구가 결혼생활을 지속하고 싶어서 고민이라면 "어쩔 수 없었겠지"라고 말할 것 같기도 했다. 이혼 쪽으로 마음이 기울기도 했지만, 이런 일로 화를 내며 상처받고 헤어지자니 왠지 석연치 않은 부분이 있었다.

아무리 내가 관여할 수 없는 분인의 문제일지라도 사노 아스토라는 개인은 한 사람이고 그 몸은 하나뿐이다. 유출된 릴리언의 수술 영상에서 아스토가 그녀의 손을 잡고 있는 모습을 본 후로 교코는 키스는 물론이고 그의 몸을 만지지도 않았다. 그와 키스한다고 생각하면 왠지 그의 입술을 통해 릴리언과 키스하는 느낌이 들었다. 그에게 안기는 상상을 하면 릴리언과 살이 맞닿는 기분이 들었다. 그렇게 느끼는 자신이 이상한 건 아닌가 싶기도 했지만, 생리적으로 느껴지는 혐오감은 어쩔 수 없었다.

한편으로 그녀는 이따금 딘 에어스를 떠올렸다.

남편이 부재한 이 년 반 동안 혼자 고독을 견뎌온 건 사실이었다. 있을 수도 있었던 관계에 미련이 남았다. 맺어진 관계보다 맺어져도 이상하지 않았을 테지만 맺어지지 않은 관계가 기억에는 더 강렬한 흔적을 남긴다는 것을 그녀는 비로소 깨달았다. 아니, 그

때는 아무 감정도 아니었는데 지금 와서 애정이라고 착각하는 걸까? 아니면 착각하고 싶은 걸까.……

깨나른할 정도로 풍부한 텍사스의 여름 햇볕을 창밖으로 느끼며 팬케이크를 굽고, 아이스크림을 만들고, 딘이 그것을 맛있게 먹는 모습을 바라보는 게 좋았다. 일출과 동시에 혼자선 감당하기 힘들 정도로 남아도는 시간이 매일같이 떠안겨져 난감할 때, 그가 불쑥 찾아와 티 나지 않게 그것을 분담해주는 게 기뻤다. 게이트 밖에서 호출한 그의 모습을 모니터로 확인하고 태양이와 함께 문 앞에서 기다리고 있노라면 가슴이 설렜다. 그가 와서 보살펴주면 태양이는 한층 생기 넘치게 눈빛을 반짝였다. ―그런 일상이 밝고 설렐수록 우주에서 고통을 억누른 듯한 표정으로 말을 걸어오는 아스토와 마주하기가 괴로웠다. 지구와 멀리 떨어진 장소에서도 그는 뭔가를 알아챘던 것일까.……

블로그 공개 후, 사태가 대중에 널리 알려진 만큼 아스토의 평판은 역시나 더 나빠졌다. 지금까지는 그저 무책임한 소문일 거라 여겼던 사람들이 사실을 알고 소스라치게 놀랐고, 일본인의 긍지를 훼손했다고 비판하고, 한심하다며 욕설을 퍼부었다. 잘못을 엄중하게 비난하기보다 어처구니없어서 비웃는 느낌이었다. 그녀의 심경도 이러쿵저러쿵 상상으로 사람들 입에 오르내렸다. 부인이 불쌍하다. 분명히 화가 났을 거다. 가엾다. 나라면 회복이 안 될 거다. ―그리고 아스토는 지금, 그런 세간의 경멸에 걸맞게 약에 찌든 몸으로 가까스로 삶을 견뎌가고 있었다. 머릿속에 북적이는 온갖 분인으로 인해 혼란에 빠진 채. ……

내가 곁에 있으면 안정이 될까? 둘 사이의 디브를 다시 함께 다져나가면, 그것을 발판 삼아 일어설 수 있을까?

아스토뿐 아니라, 그녀 자신도 지금 이 상태에서 헤어날 필요가 있었다.

교코는 휴가를 받은 뒤로 아스토가 매일같이 틀어박혀 있는 2층 방 문을 두드렸다. 아침에 일어나서 나오면 일찌감치 혼자 아침을 먹은 흔적이 보이곤 했는데, 그녀 몫의 샐러드와 삶은 계란까지 준비되어 있는 것에 마음이 조금 흔들렸다.

그녀는 공허한 눈빛으로 침대에 누워 있는 남편에게 말을 걸었다.

"몸은 좀 어때?"

아스토는 표정 없이 천천히 몸을 일으켜 침대가에 앉더니, 서 있는 그녀를 올려다보았다.

그리고 느릿느릿 말했다.

"……일본으로 돌아가야겠어."

"그래, ……"

부드럽게 고개를 끄덕인 그녀가 "NASA는?" 하고 물었다.

"그만둬야지. 인생을 다시 시작하고 싶어."

"아쉽네."

"……"

"그전에 해야 할 일이 있잖아?"

교코의 말에 아스토의 눈빛이 불안하게 흔들렸다.

"이혼……얘기지."

그녀는 그렇게 말한 그를 잠시 바라보았다. 또다시 뒷걸음칠 뻔했지만, 곧바로 표정을 누그러뜨리고 고개를 가로저었다.

"일단 몸부터 추슬러야지. 당신 지금 엉망이잖아. ……"

"……같이 있고 싶어. ……"

아스토의 눈이 알싸하게 분비된 눈물에 젖어들었다.

"……같이 있고 싶어. ……당신을 사랑해. ……당신이 곁에 있기에 살아갈 수 있는 이 디브를 잃고 싶지 않아. ……그러니까 ……"

교코는 자연스레 그의 옆에 내려앉아 살며시 등을 끌어안았다.

"그래야지. ……당분간은. ……"

아스토는 말없이 고개를 끄덕이고, 그녀의 가슴에 얼굴을 묻으며 떨리는 목소리로 간신히 "……고마워. ……"라고 말했다.

"하루빨리 회복해서 건강을 찾자. ……긍지를 가져, 여보. 만점은 아니지만 훌륭한 일을 했으니까. ……"

그녀도 울고 있었다. 눈물이 옷에 스며들고, 두 사람의 몸에 다시 조금 힘이 들어갔다.

눈을 감으니 자신을 포함해 모든 것이 사라져가는 느낌이 들었다. 창밖도 방안도 한없이 고요하고, 오직 끊임없이 피어나는 두 사람의 열기만이 품속에서 힘차게 부풀어오르는 것 같았다.

37. 떠오르는 아침해

11월 1일 두번째 텔레비전 인터뷰에서 릴리언 레인은 동아프리카에 있는 데번 사 시설의 위치와 당시 내부 영상, '닌자' 관련 자료, 나아가 그후 미국 남부 각지에서 수집한 말라리아 감염자의 시료 중 여덟 건이 '닌자'에 의한 것으로 확인되었다는 사실을 자원봉사자로 나선 여러 연구자와 공동으로 발표했다. 그리고 키친스가 이어가려는 동아프리카 전쟁이 심각한 궁지에 내몰렸다는 점을 다시금 호소했다.

이 인터뷰에 이어 몇 시간 후, 대조적인 두 가지 성명이 미국 전역을 휩쓸었다.

하나는 해외에서 발신된 '캐치업' 멤버의 범행성명으로, 지난번에 이어 미국 전역에 새로 '닌자'를 살포한 구체적인 장소 몇 군데를 밝히고, 미국이 '야비한 전쟁'을 멈추지 않는 한 앞으로도 모든 수단을 동원해 테러활동을 계속하겠다고 선언하는 내용이었다.

같은 시각 우연하게도, 아프가니스탄 전쟁의 영웅이자 전 육군 참모총장으로 키친스 정권에서 차기 보훈부 장관으로 취임할 거란 소문이 돌던 디컨 페레스 씨가 허 정권의 동아프리카 전략을 통렬히 비판하고 그레이슨 네일러 지지를 표명했다.

네일러에게도 지금이 승부처였다. 러시아, 중화연방, 프랑스의 주요 미디어가 네일러 지지를 표명하는 한편, 영국이 키친스를 지지했고, 일본은 키친스를 지지하는 듯하면서도 애매한 태도를 보였다.

네일러는 시차를 이용해 델가도와 각자 하루 평균 다섯 주를 돌았고, 특히 격전중인 남부에서는 본인의 약점인 안전보장에 관해서는 플래닛의 협력으로 FBI나 범행성명보다 상세한 '닌자' 확인 사례를 들면서 세분화되어가는 테러 위협에 대한 높은 정보수집 능력을 과시했고, 동아프리카 전쟁에 대해서는 일시 철수와 관여 방식에 대한 재검토를 다시금 확약했다. 군사력 규제 완화를 근본적으로 재점검하고, 미디어를 중층적, 적극적으로 활용해 분쟁 당사국의 이해관계와 평화유지활동의 투명화를 도모하겠다고 거듭 강조하고, 병사들의 명예 회복을 호소했다. 그리고 국제연합의 근본적 개혁에 착수해 국제협조체제를 만들 것을 재차 언명하고, 공허한 이상론으로 들리지 않도록 비용 면에서도 그 필연성을 설명했다.

워런 가드너는 대미를 장식할 마지막 작업물을 위해 여든 시간 동안 쉬지도 자지도 않으면서 투표 전날 내보낼 텔레비전용 PR 두 편과 인터넷에 띄울 보다 상세하고 직접적인 PR 두 편, 총네 편을 제작했다.

텔레비전용 첫번째 영상은 지금까지 미디어에서 네일러 지지 발언을 해온 사람들의 목소리를 이어붙여 그가 얼마나 대통령에 적합한 인물인가를 객관성과 함께 호소하는 내용이었고, 다른 하나는 데번 사가 군을 상대로 한 프레젠테이션에서 인건비의 규모를 너무도 무분별하게 디스카운트한 부분을 발췌하고, 키친스가 동아프리카 전쟁의 정당성을 주장하는 영상을 중첩한 것이었다. 둘 다 채택되었지만 제작 시간은 둘을 합해도 전체의 3분의 1 정도였다.

한편 인터넷용 영상은 선거대책본부에 미리 확인받을 요량 없이, 보수와 무관하게 개인적으로 만든 것이었다.

첫번째는 2차 세계대전의 원폭, 베트남전쟁의 고엽제, 지뢰, 이라크 전쟁의 클러스터폭탄, 팔레스타인 공격에 사용된 백린탄 등 역사에 오점을 남긴 여러 무기를 무참하기 이를 데 없는 피해자들의 모습과 함께 깔아주고, '닌자'로 죽어가는 아이의 모습을 조용히 지켜보며, 마지막에 '세계가 다음 단계로 나아가야 할 때입니다'라는 네일러의 메시지를 덧붙였다.

다른 한 편은 릴리언 레인을 활용해, 화성에서 돌아와 절정의 인기를 누리며 아버지 아서 레인을 응원하던 무렵의 영상을 정리한 후, 살짝 긴장했지만 숙연한 표정의 그녀가 '닌자'에 대해 고발하는 인터뷰를 이어붙이고, '올바른 일을 합시다'라는 델가도의 말로 마무리지었다.

두 개를 다 업로드하고 오랜만에 집에 들어와 죽은듯이 자고 일어나자 투표일 이른 아침이었다. 옆에서 잠든 아내의 얼굴을 한동안 바라보고 같이 잠든 두 딸에게 입을 맞춘 뒤 서재로 가서 이번 선거에서 경쟁회사가 제작한 영상들을 한차례 훑어보고, 이어서 자기가 만든 것들을 처음으로 한데 모아 돌려보았다.

마지막 텔레비전용 영상 두 편의 완성도는 의욕에 비해 매우 불만스러웠다. 따분했으며, 꼭 그가 아니라도 누구나 만들 수 있을 만한 내용이었다. 반면 인터넷에 올린 것은 그가 보기에도 나쁘지 않았다. 몇 번을 재생하면서 기분좋은 만족감이 들었지만, 그와 함께 고독도 느꼈다.

문득 지쳤다는 생각이 들었다. 그러나 실은 크리에이터로서의 자기 재능에 약간 실망한 것임을 그는 자각했다.

아무리 봐도 그의 재능은 이 세상의 비열한 악의 존재를 분노를 담아 그려낼 때 비로소 빛을 발했다. 어쨌든 전쟁이 싫고, 총이 싫고, 치고받고 싸우는 것이 너무도 싫었기 때문에, 그런 부류의 어리석음을 표현할 때는 섬뜩할 정도로 박진감 넘치는 영상을 만들어낼 수 있었다.

그런 까닭에 학생 시절부터 그가 만들어온 작품들은, 대단한 건 분명하지만 왠지 덮어놓고 칭찬할 수만은 없는, 말하자면 사랑받지 못하고 당혹감만 사는 것들뿐이었다.

그가 생각하기에 인간이란 선한 행위의 아름다움을 동경하며 흉내내려고 애쓰는 한편, 악한 행위의 추함을 알고 그러지 않기 위해 스스로를 바로잡는 생물이었다. 그 양쪽이 반드시 공존해야 한다. 어느 쪽이든 표현이 강할수록 더 큰 영향력을 지니므로, 악을 다룰 때는 철저하고 신랄하고 엄격한 태도를 가져야 했다.

자기가 하는 일의 의의를 그는 지금도 믿고 있었다. 제아무리 이상적인 사회상을 그려본들, 전쟁의 처참함을 눈으로 확인하지 못하면 인간은 아무리 시간이 흘러도 폭력과 대결하지 못한다. 현정권이 가져온 안정에 국민이 전혀 회의를 품지 않는 것이 좋은 예였다.

그런데 이번 대통령선거에서 더없이 밝은 미국의 미래를 국민들에게 제시하며 실로 희망 가득한 영상을 만들어내는 경쟁자들의 작품을 보고, 그는 몇 번이나 내 재능이 이런 쪽이라면 좋았겠다는 반발을 느끼면서 왠지 씁쓸한 기분에 사로잡혔다.

가치를 설파하고 사람을 매료시키는 데 자신이 얼마나 서투른지 이번만큼 적나라하게 실감한 적이 없었다. 그런 영상을 만들어보면 자기가 생각해도 너무나 어설프고 평범했고, 속이 빤히 들여다보였다. 결국 스스로 완전히 믿지 못하기 때문이라고 생각했지만, 아무리 그래도 너무 어설픈 느낌이었다. 그렇다면 저들은 진심으로 저런 가치를 믿고 있다는 걸까? ……

자신의 재능이 사회에서 나름 주목받고 있다는 것을 그는 알고 있었다. 진지한 사회파 록밴드 니켈스는 그가 만든 PV를 매우 마음에 들어했고, 그것으로 그래미상 후보에 오르기도 했다. 자기비하적인 가사로 나이브한 틴에이저에게 인기를 끄는 하트도 단골 중 하나였다. LMC도 그의 작품을 있는 그대로 인정해주었다. 그러나 네일러의 긍적적인 이미지를 그려내는 영상은 끝내 의뢰해오지 않았다. 그 일에는 다른 적임자가 있었다.

그는 자신이 자기 일의 그런 성격에 슬슬 짜증이 나기 시작했음을 알아차렸다. 아무래도 뒤가 켕기는 느낌이었다.

모니터를 터치해 '위 아 더 월드 어게인' 콘서트를 검색한 후 〈Born in the USA〉를 재생하고, 백발의 브루스 스프링스틴이 젊은 뮤지션들의 노래에 맞춰 손뼉을 치면서 옅은 미소를 머금고 입술을 움직이는 모습을 바라보았다. 무대에는 래리 헌터의 일생으로 구성한, 그가 만든 영상이 흘러나왔다.

깊은 한숨을 내쉰 후, 의자를 조금 젖히고 책상에 다리를 올리고서 눈을 감았다.

앞으로 어떻게 할지 생각하던 중 어느새 노래가 끝나고 다시 잠들어버렸고, 이따금 의식이 돌아올 때마다 커튼 틈새로 비쳐드는 아침햇살이 눈부시게 느껴졌다.

그럴 때마다 투표하러 가야지 하고 생각했다. 그러나 휴일에는 늘 일찍 일어나는 두 딸이 들어와 코를 쥐며 깨울 때까지 이대로 좀더 있기로 했다.

38. 메르크빈푸인이 꾼 꿈

"……일어나, 아스토. ……일어나, ……어서!"

아스토는 자신을 흔들어 깨우는 어머니의 목소리를 들으며, 주위의 소리가 갑자기 원근과 울림을 조합해 장소의 형태를 맺어가며 제 몸을 현실로 감싸는 느낌을 받았다.

'……어머니가 왜 영어를 하지?'

그런 뚱딴지같은 생각을 하고 깜짝 놀랐는데, 알고 보니 목소리의 주인공은 메리 윌슨이었다.

"……아아, ……안녕히 주무셨어요?"

"안녕. ─푹 잤나보네, 마음이 놓이나봐."

"아직 우주죠? ……꿈을 꿨어요. 무슨 꿈이더라, ……마지막 순간 갑자기 어린애가 됐는데, ……"

메리는 잠꼬대 같은 소리에 맞춰주지 않고 화제를 돌렸다.

"시간이 조금 이르지? 벌써 창밖에 보이기 시작했어! 준비하고 나와!"

그녀는 조급하게 벽을 짚어가며 먼저 조종석으로 돌아갔다.

곧 국제우주센터에 기항해서 우주선을 갈아타고 지구로 돌아갈 예정이었다.

어제 잠들기 전 모든 준비를 마친 후 승무원 한 사람 한 사람과 악수를 나누고 포옹했는데, 다들 말없이 서로의 등이나 어깨를 가볍게 두드리기만 했다.

조종석에 앉은 알렉스가 휴스턴과 교신하며 ISS 기항 절차를 확인하고 있었다. 노노는 맨 뒷자리에 안전벨트를 매고 앉아 있었는데, 상황을 이해하는지는 알 수 없었다.

"드디어 지구로 돌아가는 거야, 노노."

아스토의 말에도 반응하지 않았고, 창밖을 바라보는 표정은 파도가 잦아든 바다처럼 고요했다.

창가로 다가가니, 잘 닦아놓은 듯한 멋진 구체가 암흑 속에서 태양빛을 더할 나위 없이 청정하고도 과묵한 빛깔로 물들이며 고요히, 그러나 힘차게 찬란한 빛을 발하고 있었다.

그것은 실로 푸름 그 자체였으며, 다른 그 무엇과도 비슷하지 않은, 어스 블루라고밖에 표현할 수 없는 완벽한 푸름이었다. 물과 공기. 오직 지구에만 존재하는 풍부한 푸름. 그것은 어린애가 책상 서랍에 몰래 감춰두고 언제까지고 소중히 간직하고 싶어할 만한 사랑스러움과 희귀함을 아울러 갖춘, 누구에게도 내주고 싶지 않고 어디서도 찾아낼 수 없는, 신비롭고도 향수로 가득한 빛이었다.

40억 년이 넘는 시간을 거쳐 자연스레 이루어진 완전한 우연성! 어이없을 정도로 낙천적인 결과론의 미美! 모든 아집으로부터 말끔하게 자유로운 시간에 대한 신뢰! 눈에 보이지 않는 분자의 결합부터 시작해, 그 표면을 쾌청하게 뒤덮은 대기에 이르는 과대망상적인 연쇄운동!

모든 것이 이 단 하나의 공간의 힘에 이끌리고 있다. 사람과 동물을 불문하고, 생물이든 무생물이든 관계없이, 하나로 이어지는 장소에서 중력을 매개로 뒤섞여 있다. 무슨 변덕으로 손을 떼버리면 순식간에 무한한 죽음의 세계로 내동댕이쳐질 고독의 한가운데서, 별다른 의식 없이 만물의 생명활동을 허락하고 무기물의 존재를 받아들이며 마침내 스스로 하나의 개체로서 존재하는 복제 불가능한 거대한 생명! 지구라고 불리는 완벽한 시간! 그 표층적인 용기 안에서 독창성의 한계를 쏟아내며 온갖 생물이 탄생하고, 아주 잠시 번창했다 절멸해간다. ─인간들! 극히 최근에야 등장해서 기묘한 번식력으로 '온 땅의 표면'을 뒤덮고, 신이 자신들을 위해 그 장소를 준비한 줄 착각하며 가공의 군림에 도취된, 우스꽝스럽지만 미워할 수 없는 인간들! 이곳의 경영을 맡기에는 너무나 무력하고 너무나 무지하고 너무나 비소(卑小)한 인간들! 그러나 그들은 분명 다른 생물들과 달라서, 하나하나의 생명에 이름을 붙이고, 한 인간이 죽는 것과 다른 한 인간이 죽는 것이 절대 같지 않다는 것을 아는 유일한 생물이 아니었을까? 10만 개의 개체가 사멸하는 것과 10만 명의 인간이 죽는 것은 전혀 다르다는 것을 이해한 지구 최초의 생명이 아니었을까? ……

'나는 그곳으로 돌아간다!'

아스토는 감격에 겨워 마음속으로 외쳤다. 저 크고 아름다운 구체의 아주 작은 한 구역에, 나라는 인간이 지금껏 살아왔고 앞으로 살아갈 모든 것이 존재한다. 기다리고 있다. 그 장소가 변함없이 제자리에 있다! 시간의 흐름은 땅에 내려서는 그를 아무 일도 없었던 듯이 받아들여줄 것이다. 그리고 다른 이들과 똑같이, 멈출 도리 없는 기세에 떠밀려 미래를 향해 나아갈 것이다.

정확하게 착지해야 했다. 위치가 조금이라도 어긋나 만약 동아프리카 한가운데 떨어진다면, 우리는 순식간에 총탄이 날아다니는 살육의 소용돌이로 휘말려들 것이다. ─그것은 대체 뭘까? ······

"자리에 앉아, 아스토. 회의할 거야."

메리가 재촉해서 비좁은 시트를 파고들었다. 늦어지는 닐을 기다리는 동안, 아스토는 옆에 있는 릴리언 레인에게 작은 목소리로 말했다.

"나, 조금 전에 꿈을 꿨어."

"그래? 무슨 꿈?"

"지구로 귀환한 후인데, ······잊어버렸어. 그런데 이상하게 꽤 힘들던데."

"······힘들 거야, 아마도."

"그렇겠지. ─드디어 메르크빈푸인의 꿈속에서 탈출할 수 있겠군."

아스토가 웃으며 말하자 릴리언은 표정을 살짝 누그러뜨리고는 회의 내용을 확인하려 단말기 모니터로 시선을 돌렸다. 터치 패널을 능숙하게 조작하는 손가락 끝에서, 귀환을 앞두고 말끔하게 정리한 듯 반질반질한 손톱이 천장의 빛을 받아 분홍색으로 반짝거렸다.

39. 귀환

새 대통령이 결정되어 세간이 마침내 안정을 되찾아가고, 어느새 거리는 크리스마스 준비를 시작하고 있었다.

사노 아스토는 집에서 이 주간 요양한 후 NASA를 그만둘 생각이었지만, 소장 해럴드 앨런과 비행운용부장 딕 라이트 등이 릴리언 레인의 수술 영상 유출 사건을 위시한 일련의 소동에 책임을 지고 전격 해임되고, 새로운 소장으로 임명된 이언 해리스와 그의 우주비행사실장 자리를 이어받은 메리 윌슨이 강하게 그를 붙잡았다. 적어도 건강이 회복될 때까지는 휴스턴에서 치료를 받아라, 그것이 NASA의 의무다, 라고 설득해서, 결국 이번 겨울은 이곳에서 지내게 되었다.

나쁘게 해석하면 감시당하는 것 같기도 했지만, NASA의 병원이 아닌 휴스턴 시내의 병원에 있어도 상관없다, 비용은 모두 이쪽에서 부담하겠다고 제안해서, 약물 이탈 프로그램을 한차례 마친 후 일본으로 돌아가기로 결정했다. NASA와의 관계를 신경 쓰는 JAXA의 의향도 있었고, 소행성 채굴사업에 적극적인 새 정권과의 관계를 중시하는 일본 정부가 희망하는 바이기도 했다.

　12월의 화창한 오후였다. 교코는 오전에 아스토의 병원에 다녀온 후 저녁 무렵 친구와 약속한 시간까지 여유가 있어서, 귀국 후에 할 일로 고려중인 해외유학원 자료를 거실에서 훑어보고 있었다.

　결국 다시 일본으로 돌아가는구나, 하며 그녀는 태양이를 떠올렸다. 삼 주기까지만 제사에 참석하고 끝이었다. 아스토는 귀국할 때마다 혼자 묘를 찾는 듯했으나, 그 문제로 몇 번이나 말다툼한 탓에 더는 같이 가자고 권하지 않았다.

　우리는 왜 그 아이에게 '태양'이라는 이름을 붙였을까, 그녀는 종종 이런 생각을 했다. 이름 때문인지 화장해서 묘지에 묻은 지금도 죽지 않고 어딘가에 살아 있을 것 같은 느낌이 들었다. 매일 집밖에 나가 하늘을 올려다볼 때마다 떠올랐다. 이름을 지을 때 아스토가 의기양양하게 말한, '아들son'과 '태양sun'의 발음이 같다는 단순한 말장난이 그때마다 그녀의 가슴을 옥죄었다.

　묘비가 얼마나 잔혹한지 그녀는 처음 본 순간 느꼈다. 딱 그 아이만한 크기인데 각이 지고, 차갑고, 어두운 색깔에, 무슨 말을 건네도 묵묵부답이었다. 그토록 시끄럽게 아침부터 밤까지 뛰어다니던 아이가. —그토록 연약하고 믿음직스럽고 따뜻했던 그 아이가. ……

교코는 점심으로 핫케이크를 먹고 소파에서 웅크린 채 잠든 AR 태양이를 바라보았다. 일본에서 쓰던 것과 똑같은 작은 담요를 덮고 있었는데, 그것 역시 딘 에어스에게 이미지를 전해주고 만들어달라고 한 것이었다.

커피를 내리러 부엌에 다녀온 그녀는 이상하다는 듯 주위를 둘러보았다. 소파 위에 있던 태양이가 사라지고 없었다.

"……태양아?"

어디 숨어 있는 걸까? 불안한 마음에 커피잔을 카운터에 내려놓고 탁자 밑과 옷장 틈새를 찾아보았다.

마침내 창가로 시선을 돌렸을 때, 창으로 비쳐드는 햇살에 금방이라도 사라질듯 희미해진 모습이 보였다.

"거기 있었니?"

태양이는 의아한 기색으로 고개를 갸웃거리더니 다시 창밖으로 눈을 돌렸다.

"왜 그래? 누가 왔어?"

밖에 있는 인간을 알 리 없지만, 그녀는 무심결에 그렇게 물으며 뜰 쪽을 바라보았다.

태양이는 어른스러운 배려가 깃든 표정으로 돌아서더니 그녀를 올려다보았다.

"왜 그래? 배 아파?"

의식에 앞서 그녀의 온몸에 전율이 훑고 지나갔다.

"엄마, ……안녕."

"—뭐?"

"사랑했어, 언제나. ……고마워."

할말을 잃고 우두커니 서 있는 그녀의 눈앞에서 태양이가 스르르 빛 속으로 사라지고, 실내는 그대로 고요히 가라앉았다. 허겁지겁 다가가며,

"태양아? ……태양아!"

라고 불러봤지만 대답이 없었다. 그 순간 그녀는 사태를 알아차렸다. 그래서 입가를 가리고 고개를 저으며 그대로 바닥에 주저앉고 말았다.

이틀 후 아스토의 입원실에 가보니, 그는 침대에 반쯤 누워 EWM(아이 웨어 모니터)로 뭔가를 보고 있었다.

"—뭐 봐?"

말을 걸자 그가 깜짝 놀란 듯 돌아보고는 "아아" 하며 화면을 일시정지하더니, 일어나 앉아서 침대 옆에 있는 모니터로 영상을 전송했다.

로런 키친스가 패배를 선언하는 영상의 녹화분이었다. 패군의

우두머리로서 가까스로 위엄을 되찾은 그는 처음에는 미련 없이 승자를 칭찬하고 도와준 사람들에게 감사를 표했지만, 중간부터 근육층에 벌레라도 들어간 것처럼 오른뺨이 실룩거리기 시작하더니, 몇 번이나 손으로 억눌러도 소용없었다. 그 모습이 한 달 동안 몇 번씩 보도되며 화제가 되었다.

얼굴 속에서 뭔가가 꿈틀거렸다. ―이런 우스갯소리가 별안간 음침한 인상으로 뒤바뀐 것은 의회 공청회에서 증언하기로 예정되어 있던 데번 사의 카본 탈이 이틀 후 느닷없이 휴스턴 사무실에서 권총 자살을 했다는 뉴스가 전해졌기 때문이었다. 이 사건에 온 미국이 들썩였고, 자살이냐 타살이냐를 놓고 연일 논의가 분분했으며, FBI가 자살이라고 발표하자 이번에는 또 그 진위를 둘러싸고 온갖 억측이 난무했다.

그전부터 카본 탈의 뇌물 혐의를 수사하며 참고인 조사를 위해 몇 번 아스토를 찾아왔던 수사관도 그후로는 발길을 뚝 끊었다. 아스토는 교코에게 선거전이 막바지였을 무렵 탈의 사체가 발견된 예의 휴스턴 사무실에서 그와 만났던 이야기를 했는데, 불안이 재연된 듯 중간중간 상념에 잠긴 표정을 짓는 것이, 건강에 그다지 좋아 보이진 않았다.

영상은 그레이슨 네일러의 승리 선언 연설로 이어졌다.

―위기의 시대에 단결하는 것. 이것이 국가의 의의입니다. 그러나 번영의 한복판에서 이 질문을 성실히 되묻는 것은 결코 쉬운 일이 아

닙니다. 하지만 여러분은 지금 그 위대한 결단을 내리고 새로운 한 걸음을 내디뎠습니다!

번영에 도취되어 자아를 잃어버린 사람은 파멸로 내달리고, 진심이 깃든 현명한 조언에 귀를 막고, 겸허한 반성의 기회를 잃은 나머지, 잘못된 진로를 바꿀 방법을 찾지 못합니다.

그런 분별없고 탐욕스러운 사람들로 말미암아 미국은 지금껏 몇 차례나 위기에 내몰렸습니다.

그러나 우리는 지금 '보다 풍요롭게, 보다 바르게'라는 새로운 시대로 첫발을 내디뎠습니다.

우리는 인류의 다음 단계로 나아갔습니다. 폭력과 영원히 결별하기 위한 새로운 첫발을 내디딘 것입니다! ……

스타디움을 가득 메운 지지자들이 그 한마디 한마디에 환호성을 질렀고, 감격에 복받쳐 눈물을 글썽이는 여자의 모습이 크게 비쳤다.

"아스토, 이거…… 아, 실례."

노크하고 문을 연 스무 살 정도의 남자가 교코를 보고 당황한 듯 "제시 고메스입니다"라고 자기소개를 했다.

그리고 아스토에게 노트를 건네준 후 나중에 받으러 오겠다며 병실을 나갔다.

"누구야, 저 사람?"

"동아프리카 귀환 병사야. 여기 아주 많지. ―저 사람은 그쪽

582

에서 매일 '위키노블'을 읽었다는데, 내가 아스토 사노라는 걸 알고 깜짝 놀라더라고. 사인을 받고 싶대."

아스토는 그렇게 말하며 살며시 웃더니, 표정을 굳히고 중얼거렸다.

"저런 젊은이들이 전장에 나가 서로를 죽이다니, ……뭔가 잘못됐어."

"저 사람도 이민자겠지."

교코가 침대가에 앉으며 말했다.

"맞아. ……미국인으로 태어난 사람들만 가득하다면 이렇게 시끄럽게 애국심 타령을 해대지 않겠지. 이민국의 역사야. ……일본도 노동력 부족으로 이민을 받아들이기 시작한 후로 똑같은 현상이 일어나고 있잖아. ……별로 심각하게 생각해본 적 없었는데, '위키노블'에서 그들이 나에게 그런 이민자의 심경을 필사적으로 투영하는 걸 보고 겨우 깨달았어. 난 미국 국민이 될 생각이 없었으니까 처음에는 위화감이 들었지만. ……"

교코는 표정뿐 아니라 아스토의 사고도 차츰 선명해지는 것에 기쁨을 느끼며 대답했다.

"난, ……당신보다는 조금 더 이해가 돼."

"응. ……"

"나 역시 미국 국민이 되고 싶은 생각은 없었어. ……다만 일상생활에서는 아무래도 좀 그렇더라. ……지금은 인터넷에 조

국 사람들과의 디브가 다 남아 있으니, 미국인으로 녹아드는 것
도 어렵긴 해."

"정말 그래. 플래닛 같은 게 유행할 만하지."

—폭력을 멈춰야 할 때입니다. 그 위대한 사명을 향해 현실적으로
맞섭시다! 우리는 세계사의 새로운 단계로 걸음을 내디뎠습니다. 인류
역사상 끝내 이뤄내지 못한, 가장 곤란한 일에 처음으로 착수하는 명
예를 얻은 것입니다. 여러분의 한 표가 세계를 바꾸려 합니다. 지금 이
순간 여러분의 감동이 인류를 새로이 만들고 있습니다.

공허한 평화론이라며 뻔한 얼굴로 냉소하는 건 이제 그만둡시다. 시
니시즘은 인간이 뭔가에 몰두하고 창조하는 데 최대의 적입니다. 시니
컬함을 지적이라고 착각하는 사람들에게 이렇게 물어봅시다. 당신들
은 지금까지 과연 무엇을 만들어냈느냐고. 나이브해 보일까봐 전전긍
긍하느라 악이라는 것을 알면서도 한심하게 현상을 긍정해버린 이들에
게 충고합시다. 당신은 정보 과다 섭취로 옴짝달싹 못하게 됐다. 그러
니 다이어트를 하자고! 그것은 결코 불치병이 아닙니다. 모든 국민이
건강한 정보생활을 위해 노력해야 합니다. 좋은 사상을 섭취하고 몸을
움직입시다! 섭취한 정보를 행동으로 소비하는 겁니다.

현장에서 웃음소리와 함께 휘파람 소리가 날아다녔다. 아스토
와 교코도 얼굴을 마주보며 웃었다.

아스토는 모니터 음량을 줄이고 잠시 머뭇거리다 입을 열었다.

"뉴욕의 영상작가라는 워런 가드너라는 남자가 여길 다녀갔어."

교코는 누구인지 의아해하는 표정을 지었다.

"집으로 갔는데 아무도 없어서 이쪽으로 왔다면서. 좀 특이한 사람이고, 왠지 몰라도 나에 대해 자세히 알고 있었는데, 힘내라고 격려해주더군. ……당신도 알고 있었어. 당신에게 이걸 전해달라더군."

아스토는 침대 옆에서 A. 로드의 사인이 적힌 야구공을 꺼내 바라보았다.

"이 사람도 영광과 오명을 둘 다 경험한 사람이었지. ……"

교코는 그것을 응시한 채 할말을 잃었다.

"카본 탈이 자살한 뒤 매드 헌터 암살사건의 용의자가 체포됐잖아? 가드너는 그걸 계기로 예전에 자기 스튜디오에서 일했던 짐 킬머라는 사람의 일생을 좇는 다큐멘터리영화를 만드는 모양인데, ……"

"……"

"진정하고 들어. ……그런데 그 사람이 변사체로 발견됐나봐. ―그의 본명은 딘 에어스야."

아스토는 교코와 시선을 마주치는 대신, 시트 위로 툭 떨어진 눈물이 얼룩으로 번져가는 모습을 바라보았다.

"곧 뉴스에도 나오겠지. ……"

아스토는 그렇게 말하며 그녀의 어깨를 감싸안았다.

"……좋아했지, ―그 사람을?"

그녀는 의식의 고삐가 기억에 가로채인 것처럼 그의 질문에 대답하지 않았다. 그러다 간신히 입을 열었다.

"태양이가, ……그가 만든 태양이의 AR가 사라져버렸어."

아스토는 순간 눈을 휘둥그레 떴지만, 그저 팔에 살짝 힘을 주며 말했다.

"……그렇군."

"그제 갑자기. ……'안녕'이라면서."

성대한 환호성과 함께 네일러가 무대 위에서 아내와 두 아이를 끌어안았다.

영상이 끝나자 상황을 지켜보고 있던 정적이 천천히 다가와 병실의 두 사람을 살며시 감싸안았다. 그 시간이 하염없이 이어졌다. ……

해가 바뀌고 일본에서 벚꽃 개화 소식이 들려올 무렵, 두 사람은 귀국 준비로 정신이 없었다.

새로 임대한 쓰쿠바의 맨션에 배편으로 이삿짐을 보냈는데, 가구는 본래 붙박이였고 이쪽에서 산 물건도 대부분 큰맘 먹고 처분한 터라 이삿짐 양은 생각보다 적었다. 전자체중계가 종이 상자에 반응하지 않아서 제한 중량을 확인하기 위해 아스토가 몇 번이나 직접 상자를 안고 올라가 무게를 재고 자기 체중을 빼는 작업을 계속하던 중 급기야 허리를 삐끗하고 말았다. 그 바람에 그는 이 나라에서의 마지막 생활 동안 중력을 몸소 통감하게 되었다.

알렉스가 소개해준 중국인에게 침을 맞고 조금 나아진 허리를 부여잡고 매일같이 열리는 송별 만찬에 부부 동반으로 참석했다. 교코는 아스토의 안색이 작년 가을에 비해 몰라볼 정도로 밝아진 것을 느꼈다. 남들 앞에서 잘 웃고 말도 잘했지만, 역시나 귀국 날짜가 다가오자 상념에 잠긴 표정을 보일 때가 많았다.

'허리를 삐끗했다'는 표현이 아스토가 미국에서 사람들에게 알려준 마지막 일본어가 되었다. 전말을 들려주자 존슨 우주센터의 새로운 소장 이언 해리스는 "요양하러 우주로 가면 되겠네. 무중력이잖아"라며 웃고, 마지막으로 눈을 똑바로 바라보며 말했다.

"—다시 가야지. 기다리고 있겠네."

새 우주비행사실장 메리 윌슨도 그 말에 미소를 머금으며 고개를 끄덕였다.

인류 역사상 최초로 화성 땅을 밟은 일본인 우주비행사 사노 아스토와 아내 교코는 그날 휴스턴의 조지 W. 부시 공항을 출발해 여덟 시간의 비행 끝에 하네다 국제공항에 도착했다.

아픈 허리를 조심하며 트렁크를 찾아 세관으로 나가자, 여권을 본 직원이 고개를 들고 '아아' 하는 표정을 지었다. 교코는 걱정스럽게 아스토의 반응을 살폈지만 그는 살며시 미소만 지었다. 젊은 직원은 형식적인 질문을 한차례 던지고 여권을 돌려주더니, 마지막에 "고생하셨습니다"라는 한마디를 덧붙였다. 아스토는 뜻밖이라는 눈빛을 띠다가 잠시 후 "고맙습니다"라고 웃으며 대답했다.

세관을 통과하자 회색 자동문이 두 사람 앞을 벽처럼 가로막고 있었다. 아스토는 그 자리에 멈춰 서서 살짝 굳은 표정으로 옆에 선 교코의 얼굴을 바라보았다.

"─괜찮아?"

확인하는 듯한 그녀의 질문에 그는 "응"이라며 고개를 끄덕이고 중얼거렸다.

"……돌아왔네."

"그러게. ……돌아왔네."

한 걸음 내디디자 문이 열렸다. 오후 햇살이 로비에 가득하고, 곧이어 울타리 너머에서 환호성이 솟아올랐다.

출구 앞에 상상도 못한 많은 사람이 모여, 놀라 멈춰 선 두 사람을 결혼식 하객처럼, 화려하지는 않지만 부드러운 미소와 박수로 맞아주었다. 부모님과 친척, 친구와 업무 관계자뿐 아니라 낯선 사람들도 꽤 많이 섞여 있고, 스쳐가던 여행객들도 무슨 일인가 하고 돌아보았다.

아스토는 앞으로 걸어가 손으로 쉴새없이 얼굴을 문지르며 그들에게 고개를 숙였다. 옆에서 얌전히 인사한 교코가 뒤에서 나오는 승객을 배려해 트렁크를 살짝 끌어당긴 후 축축해진 그의 손을 잡고 귓가에 뭐라고 속삭였다. 아스토가 고개를 끄덕이며 뒤돌아보자, 그녀는 그 눈을 똑바로 바라보며 다시 한마디, 줄곧 아껴왔던 말을 건넸다. 그녀의 눈에도 붉은 기가 감돌았다. 그것이 서서히 얼굴 전체로 퍼져가는 모습을 바라보며 아스토는 붙잡은 손에 살며시 힘을 주고 똑같은 말을 했다.

나중에 많은 사람이 그때 뭐라고 말했느냐고 물었지만, 두 사람 다 힘내자고 서로 격려했다는 말밖에 하지 않았다. 그 자리에서 입모양을 본 사람들은 다른 한마디가 더 있었다는 걸 알았지만, 그들의 조심스러운 태도를 존중해 가슴속에 소중히 담아두기로 했다.

사랑해, 라고 말했을 터였다.

그 말은 꽤 갑작스럽게 느껴졌지만, 최근 십 년간의 그들의 삶을 잘 아는 사람들은 오히려 그 말 덕분에, 결코 쉽지 않을 두 사람의 앞으로의 행보를 조용히 지켜보기로 마음먹었다.

『드래곤플라이—미르 우주정거장·악몽의 진실(상·하)』, 브라이언 버로 지음, 기타무라 미치오 옮김, 데라카도 가즈오 감수, 지쿠마쇼보.

『'우주의학' 입문—우주공간에서 사람의 몸은 어떻게 변하는가』, 우주항공연구개발기구, 마키노 출판.

『위험하면서 안전한 우주여행 상식사전』, 닐 F. 코민스 지음, 미야케 마사코 옮김, 소프트뱅크크리에이티브.

『이라크—미군 탈주병, 진실을 고발하다』, 조슈아 키·로런스 힐 지음, 이데 신야 옮김, 합동출판.

『중상과 음모—미국 대통령선거 광소사狂騷史』, 아리마 데쓰오 지음, 신초샤.

『오바마 대통령—블랙 케네디가 될 수 있을까』, 무라타 고지·와타나베 야스시 지음, 분게이슌주.

『인도적 개입—정의의 무력행사는 가능한가』, 모가미 도시키 지음, 이와나미 신서.

『국제연합과 미국』, 모가미 도시키 지음, 이와나미 신서.

『분식전쟁—부시 정권과 환상의 대량파괴무기』, 존 스타우버·셸던 램프턴 지음, 진보 데쓰오 옮김, 인포반.

『우주 일기—디스커버리 호의 15일』, 노구치 소이치 지음, 세계문화사.

『우주 진출 앞으로 20년―달, 그리고 화성을 향한 도전이 시작됐다』, 뉴턴프레스.

http://wiredvision.jp/archives/200402/2004022002.html

http://wiredvision.jp/news/200901/2009011921.html

http://wiredvision.jp/news/200808/2008082221.html

http://wiredvision.jp/news/200812/2008121619.html

http://wiredvision.jp/news/200808/2008082122.html

http://www.asyura2.com/0406/war57/msg/776.html

http://gigazine.net/index.php?/news/comments/20080314_hack_kill/

http://wiredvision.jp/blog/fromwiredblogs/200801/ 20080129082208.html

http://wiredvision.jp/news/200801/2008012123.html

http://wiredvision.jp/news/200901/2009012922.html

http://72.14.235.132/search?q=cache:dCst3fzXWvQJ:www.jca.apc.org/~kmasuoka/places/halliburton2.html+%E6%88%A6%E4%BA%89%E3%80%80%E4%BC%81%E6%A5%AD%E3%80%80%E3%83%8F%E3%83%AA%E3%83%90%E3%83%BC%E3%83%88%E3%83%B3&hl=ja&ct=clnk&cd=1&gl=jp

http://tanakanews.com/d0823iraq.htm

http://homepage2.nifty.com/space_for_peace/references/060400.fujioka.A4

http://wiredvison.jp/news/200810/2008102822.html

그 밖에 적절한 관련 문헌, 관련 사이트를 참조했다. 취재를 통해 많은 분에게 귀중한 조언을 얻었다. 이 자리를 빌려 감사드린다.

한국의 독자분들께 졸저 『던』을 선보일 수 있게 되어 매우 기쁩니다.

NASA의 유인 화성탐사 계획은 2030년대를 목표로 설정하고 이미 준비에 들어갔습니다. 대략 여섯 명 정도의 승무원으로, 화성과 지구를 오가는 데 이 년 내지 삼 년이 소요될 것으로 계산하고 있는 듯합니다. 요즘에는 돌아올 수 없다는 전제하에 민간 기업이 추진중인 화성 이주 계획이 화제인데, 상황은 『던』의 일본 출간 시점인 2009년보다 상당히 많이 진척된 것 같습니다.

비단 화성탐사에 그치지 않고, 이 미래소설의 배경으로 묘사한 제 세계관은 부분적으로 이미 실현되고 있는 듯 보입니다.

과연 2030년대에는 어떤 세상이 펼쳐져 있을까? 이십 년쯤 후의 미래이니 그때까지 주택대출금을 갚고 있는 사람도 있을 테고, 저도 겨우 환갑 정도밖에 되지 않은 나이입니다. 이런 일들이야 충분히 현실적이지만, 최근 십여 년의 과학의 진보를 보면 뜻밖의 세상이 펼쳐질 것 같은 기미도 느껴집니다.

사회가 변화하면 당연히 인간의 감정생활이나 사고방식도 달라지게 마련입니다.

저는 격변하는 세계에서 살아가는 미래의 사람들과, 다른 한편에서는 고작 여섯 명의 인간이 과학의 정수라 할 수 있는 우주선 안에서 지극히 원시적인 격리생활을 할 수밖에 없는 상반되는 대비에 흥미를 느끼고, 그 사이에서 무슨 일이 벌어질지 마음껏 상상의 나래를 펼쳐보았습니다. 거기에 인간이 삶을 고찰하는 데 도움을 줄 중요한 실마리가 숨겨져 있을 것 같았습니다.

저는 현대라는 모호한 시대를 생각해보기 위해 데뷔작『일식』 이래 과거로 거슬러올라가 어떠한 경위를 거쳐 이렇게 되었는지 주의깊게 살피는 작업을 계속해왔습니다. 그것은 지금의 내가 이런 까닭은 과거에 이런 일이 있었기 때문이라는, 개인적인 되돌아보기와도 같은 발상이었습니다.

그러나 과거만 바라보고 있으면 현재가 그 인과관계에 묶여 옴짝달싹 못하게 되어 모든 것을 결과론으로 돌려버리는 냉소주의에 빠지고 맙니다.

새로운 걸음을 내디디려면 어떻게 해야 하는가? 그것을 알아내려면 미래의 측면에서 현재의 자신을 상대화하는 시점도 필요합니다.

안타깝게도 소설가는 예언자가 아닙니다. 미래에 어떤 세상이 오리라는 계시는 내릴 수 없습니다. 그러나 이런 가능성을 상상해보면 지금 정체되어 있는 것들 하나하나가 다시 움직일 수 있지 않을까, 그런 생각 정도는 독자와 함께 나눠볼 수 있을 것 같습니다.

물론 『던』의 세계관은 단순한 공상이 아니라 여러 가지 조사를 통해 제 세계관과 사상을 바탕으로 구상한 것입니다. 출간 후 일반 독자뿐 아니라 우주개발사업 관계자와 프로덕트 디자이너, IT기업 경영자, 변호사와 의사, 정치학자와 사회학자, 예술가 등 그 어느 때보다 다양한 독자들의 소감을 들을 수 있었습니다.

특히 이 작품의 주요 개념인 '분인'이라는 정체성관이 주목받아 그후 저의 작업에서도 중요한 위치를 차지하게 되었습니다. 한국에서 앞서 번역된 『나란 무엇인가』를 통해 이미 알고 계신 분도 계시리라 생각합니다.

전작 『결괴』는 현대인이 직면한 문제를 인간 내적 측면에서,

또한 사회구조 측면에서 철저하게 고찰해보기로 결심하고 써나간 작품입니다. 문제를 애매하게 방치한 채 안이한 위로로 적당히 넘어가려 들거나 진부한 정신론으로 해결을 강요해봐야 현대인은 절대 구원받을 수 없다는 게 저의 확신입니다.

소설의 비극적인 결말은 필연적이었지만, "그럼 어떻게 살아가야 하는가?"라는 독자의—그리고 말할 것도 없이 저 자신의—질문에 대한 대답이 절박한 과제로 남겨졌습니다. 『던』은 『결괴』의 후속편은 아니지만, 전작의 어둠을 헤치고 나와 눈앞에 펼쳐진 '여명'으로서 제가 보고자 했던 풍경이라고도 할 수 있습니다.

이 작품이 독자 여러분의 인생에 어떤 새로운 빛을 비추는 독서 체험으로 작용한다면, 저자로서 더할 나위 없이 기쁠 것입니다.

끝으로 데뷔작 『일식』 이래 꾸준히 졸저를 출간해주시는 문학동네와, 『결괴』에 이어 번역을 맡아주신 이영미씨에게 이 자리를 빌려 감사 인사를 드립니다.

고맙습니다.

2015년 3월

히라노 게이치로

지은이 **히라노 게이치로**

1975년 아이치 현 출생. 명문 교토 대학 법학부에 재학중이던 1998년 문예지 『신조』에 권두소설로 전재된 장편 『일식』으로 제120회 아쿠타가와 상을 수상하며 데뷔했다. 장편 소설 『달』 『장송』 『얼굴 없는 나체들』 『결괴』 『형체뿐인 사랑』 『공백을 채우세요』, 소설집 『센티멘털』 『방울져 떨어지는 시계들의 파문』 『당신이, 없었다, 당신』 『투명한 미궁』, 그 외 『문명의 우울』 『책을 읽는 방법』 『소설 읽는 방법』 등이 있다.

옮긴이 **이영미**

아주대학교 국문과를 졸업하고, 일본 와세다 대학 대학원 문학연구과 석사과정을 수료 했다. 2009년 요시다 슈이치의 『악인』과 『캐러멜팝콘』으로 일본국제교류기금이 주관하 는 보라나비 저작·번역상의 첫 번역상을 수상했다. 옮긴 책으로 『단테 신곡 강의』 『태양 의 탑』 『공중그네』 『기적의 사과』 『지도남』 『약속된 장소에서』 『화차』 『나란 무엇인가』 등 이 있다.

문학동네 세계문학

던

초판인쇄 2015년 3월 9일 | 초판발행 2015년 3월 23일

지은이 히라노 게이치로 | 옮긴이 이영미 | 펴낸이 강병선
책임편집 양수현 | 편집 황문정 박아름 | 독자모니터 양은희
디자인 고은이 이원경 | 저작권 한문숙 박혜연 김지영
마케팅 정민호 이미진 정진아 양서연 | 온라인마케팅 김희숙 김상만 한수진 이천희
제작 강신은 김동욱 임현식 | 제작처 한영문화사(인쇄) 경일제책사(제본)

펴낸곳 (주)문학동네
출판등록 1993년 10월 22일 제406-2003-000045호
주소 413-120 경기도 파주시 회동길 210
전자우편 editor@munhak.com | 대표전화 031) 955-8888 | 팩스 031) 955-8855
문의전화 031) 955-1927(마케팅) 031) 955-2684(편집)
문학동네카페 http://cafe.naver.com/mhdn | 트위터 @munhakdongne

ISBN 978-89-546-3549-3 03830

www.munhak.com